dtv

Am 8. August 1736 wendet sich der vierundzwanzigjährige Kronprinz Friedrich von Preußen zum ersten Mal an den von ihm seit längerem verehrten französischen Dichter-Philosophen Voltaire, der 42jährig als Exilant auf Schloß Cirey in Lothringen lebt. Dies ist der Auftakt zu einem Austausch zweier freier Geister, die beide darum ringen, das irdische Jammertal zu einem freundlicheren Wohnort zu machen. Alles Erlebte und Gedachte kann Anlaß im nun beginnenden brillanten Dialog sein, der weder gegenseitiges Lob noch heftigen Tadel ausspart. Der Briefwechsel zwischen »Apoll« und »Mars« endet erst mit dem Tode Voltaires 1778. Beide Aufklärer hatten einander hellsichtig Unsterblichkeit gewünscht: Beide sind mit ihren Werken und Taten gegenwärtig. Allein diese Briefauswahl mit begleitenden Kommentaren dokumentiert, daß »es nichts Ähnliches in der Literaturgeschichte gibt«. (George P. Gooch)

Hans Pleschinski, Jahrgang 1956, Literatur- und Theaterwissenschaftler, lebt als Journalist und Autor in München. Er erhielt zahlreiche Auszeichnungen, u. a. für seine Romane ›Brabant‹ und ›Bildnis eines Unsichtbaren‹.

Voltaire – Friedrich der Große

Briefwechsel

Herausgegeben und übersetzt
von Hans Pleschinski

Deutscher Taschenbuch Verlag

Von Hans Pleschinski
sind im Deutschen Taschenbuch Verlag erschienen:
Madame de Pompadour. Briefe (12935)
Ostsucht. Roman (13090)
Brabant. Roman zur See (13194)

Revidierte Neuausgabe
Mai 2004
Deutscher Taschenbuch Verlag GmbH & Co. KG,
München
www.dtv.de

Umschlagkonzept: Balk & Brumshagen
Umschlagbild: ›Friedrich II und Voltaire‹ (ca. 1900)
nach Georg Schöbel (© akg-images)
Gesamtherstellung: Druckerei C. H. Beck, Nördlingen
Gedruckt auf säurefreiem, chlorfrei gebleichtem Papier
Printed in Germany · ISBN 3-423-13195-0

Voltaire – Friedrich der Große

»Wo es um Freundschaft geht,
bin ich nicht zu überbieten«

Friedrich und Voltaire

Stich von Pierre Charles Baquoy, nach einem Gemälde von Nicolas André Monsiaux, um 1795. (Archiv für Kunst und Geschichte, Berlin)

»... sowie ich eintrete, faßt er mich bei den Haaren, wirft mich zu Boden, und nachdem er seine starken Fäuste auf meiner Brust und meinem ganzen Leib erprobt hat, schleppt er mich an das Fenster und legt mir den Vorhangstrick um den Hals ...«

1736 züchtigt Friedrich Wilhelm I., der Soldatenkönig, seinen ältesten Sohn nicht mehr. 1736 ist der preußische Kronprinz Friedrich vierundzwanzig Jahre alt. Sein Fluchtversuch aus Preußen, in der Folge die Hinrichtung seines Freundes Hans Hermann von Katte, seine Haftstrafe in Küstrin liegen hinter ihm. Friedrich ist 1736 Regimentskommandeur in Ruppin. Da er nach anfänglichem Widerstand auch in die Ehe mit Elisabeth Christine von Braunschweig-Bevern eingewilligt hat, darf er sich, mit väterlicher Erlaubnis, Schloß Rheinsberg nach seinem Geschmack ausbauen. In Rheinsberg bei Ruppin lebt es sich 1736 recht angenehm, will sagen: unmilitärisch. Aus Berlin – wohin der Kronprinz zuweilen zum Rapport muß – kommen die Komponisten Carl Heinrich Graun und Franz Benda zum Musizieren aufs Land. 1736 rudern die kronprinzlichen Freunde Charles Etienne Jordan und Dietrich Freiherr von Keyserlingk die Barke mitsamt philosophierendem Cercle über den Rheinsberger See. Hans Georg Wenzeslaus Freiherr von Knobelsdorff malt die märkischen Ausflügler.

In Rheinsberg hat Friedrich seine Bibliothek in einem der beiden runden Schloßtürme unterbringen lassen. In diesem Raum mit antiker Literatur sowie neueren Werken fast durchweg aus Frankreich blickt ein Gemälde von der Wand. Der darauf Abgebildete ist im Jahre 1736 zweiundvierzig Jahre alt und hatte seinen Namen bereits 1718 geändert. 1718 hatte François-Marie Arouet l.(e) j.(eune) – François-Marie Arouet der Jüngere – die Buchstaben seines Familiennamens umsortiert, dabei aus dem ›u‹ ein ›V‹ und aus dem ›j‹ ein ›i‹ gemacht. Auf dem Theaterzettel seiner erfolgreichen Tragödie *Œdipe* hatte dann 1718 zum ersten Mal der neue Name des Dichters von *Œdipe* gestanden: VOLTAIRE.

1. Friedrich an Voltaire

Berlin, 8. August 1736

Monsieur, wenngleich ich nicht die Genugtuung habe, Sie persönlich zu kennen, so sind Sie mir doch durch Ihre Werke sehr wohl bekannt. Es sind, wenn ich mich so ausdrücken darf, Schätze des Esprits und Werke, die mit soviel Geschmack, Delikatesse und Kunst gearbeitet sind, daß ihre Schönheiten bei jedem Wiederlesen ganz neu erscheinen. Ich vermeinte, darin den Charakter ihres ingeniösen Schöpfers wiederzuerkennen, der unserem Jahrhundert und dem menschlichen Geist überhaupt zur Ehre gereicht.

Die großen modernen Männer werden eines Tages Ihnen und nur Ihnen allein zu Dank verpflichtet sein, wenn der Streit, ob ihnen oder den antiken Dichtern der Vorrang gebühre, wieder aufflammen wird, und wenn dann Sie die Waage auf seiten der Modernen niedergehen lassen werden.

Zu den Eigenschaften des exzellenten Dichters gesellen Sie eine Unzahl sonstiger Kenntnisse, die wohl in einiger Verbindung zur Poesie stehen, die aber erst durch Ihre Feder dort ihren Platz gefunden haben. Nie zuvor hat ein Dichter metaphysischen Gedanken rhythmischen Schwung verliehen; diese Ehre blieb Ihnen als erstem vorbehalten.

Es ist dieses Gefallen an der Philosophie, das Sie in Ihren Schriften erkennen lassen, welches mich dazu ansporrnt, Ihnen die von mir in Auftrag gegebene Übertragung der Anklage und der Rechtfertigung Monsieur Wolffs zuzuschikken, des berühmtesten Philosophen unserer Tage, der in übler Weise des Atheismus und Unglaubens bezichtigt wird, weil er Licht in die trübsten Bereiche der Metaphysik gebracht, weil er in so erhabener wie präziser und klarer Manier diese heiklen Themen behandelt hat.

Es ist dies das Schicksal großer Männer; ihr überlegenes Ingenium setzt sie stets den Giftpfeilen der Verleumdung und des Neids aus.

Ich lasse derzeit den Traktat *Vernünfftige Gedancken von Gott, der Welt und der Seele des Menschen, auch allen Dingen überhaupt* aus der Feder des nämlichen Autors übersetzen. Ich werde Ihnen, Monsieur, denselben zusenden, sobald er fertig ist, und ich bin mir sicher, daß die Beweiskraft all seiner Lehrsätze, die sich mit mathematischer Folgerichtigkeit einer aus dem anderen ergeben und wie Kettenglieder sich verbinden, Sie verblüffen wird.

Die Nachsicht und die Unterstützung, die Sie all jenen zuteil werden lassen, die sich den Künsten und den Wissenschaften weihen, läßt mich hoffen, daß Sie mich nicht von der Zahl derer ausschließen, die Sie Ihrer Unterweisung für würdig erachten. Ich möchte hier nur Ihr Korrespondieren erwähnen, das für jedes denkende Wesen nichts denn gewinnbringend sein kann. Ohne irgend jemandes Verdienste herabzusetzen, wage ich sogar so weit zu gehen, daß man keinen im gesamten Universum ausnehmen kann, dessen Meister Sie nicht sein könnten.

Ohne Sie in einen Ihrer unwürdigen Weihrauch zu hüllen, kann ich Ihnen versichern, daß ich in Ihren Werken Schönheiten ohne Zahl entdecke. Ihre *Henriade* bezaubert mich und triumphiert über die wenig gerechte Kritik, die ihr widerfuhr. *César* führt uns edle Charaktere vor; die Gefühle darin sind sämtliche groß und herrlich, und man verspürt, daß Brutus entweder Römer oder Engländer ist. *Alzire* gesellt zum Zauber des Neuen die glückhafte Gegenüberstellung von Gebräuchen der Wilden und der Europäer. Sie zeigen im Charakter des Gusman, daß ein falsch verstandenes und von falschem Eifer gelenktes Christentum barbarischer sogar und grausamer macht als das Heidentum.

Corneille, der große Corneille, er, der sich die Bewunderung seines ganzen Jahrhunderts erwarb, er erblickte, würde er heute auferstehen, mit Staunen und vielleicht voller Neid, daß die tragische Göttin Sie mit Gunstbezeugungen überschüttet, die sie ihm nur geizend gab.

Was darf man vom Autor so vieler Meisterwerke noch alles erwarten! und welche neuen Wunder werden noch der Feder entfließen, die so geistvoll und so elegant einst *Le Temple du Goût* niederschrieb!

Eben dies läßt mich brennend wünschen, all Ihre Werke zu besitzen. Ich bitte darum, Monsieur, sie mir zu senden und mich freimütigst auf dem laufenden zu halten. Falls sich unter den Manuskripten eines befindet, das Sie aus gebotener Vorsicht vor den Augen der Öffentlichkeit verbergen wollen, so verspreche ich Ihnen, es im geheimen zu verwahren und mich damit zufriedenzugeben, ihm ganz für mich zu applaudieren. Unseligerweise weiß ich, daß Fürstenwort heutzutage wenig Vertrauen verdient; doch ich hoffe gleichwohl, daß Sie sich nicht von Vorurteilen bestimmen lassen und zu meinen Gunsten eine Ausnahme von der Regel machen.

Wenn ich im Besitz Ihrer Werke bin, werde ich mich reicher fühlen, als ich es durch den Besitz aller vergänglichen und verachtenswerten Güter des Glücks sein könnte, die der gleiche Zufall uns erwerben und verlieren läßt. Erstere können ganz Eigentum werden, ich meine Ihre Werke, indem sie sich dem Gedächtnis einprägen und ebenso lange bestehen bleiben wie dieses. Weil ich mir meines schwachen Begreifens bewußt bin, schwanke ich lange, ehe ich mich entscheide, was ich in meinem Gedächtnis zu horten wünsche.

Wenn die Poesie sich noch auf der Stufe befände wie ehedem, was meint, daß die Poeten nur langweilige Idyllen, Eklogen in immer demselben Klingklang, schale Stanzen zu trällern verstanden oder bestenfalls ihre Lyra zu weinerlicher Elegie stimmten, ich wendete mich vollkommen von ihr ab; aber Sie adeln diese Kunst, Sie weisen den Cotins und Rousseaus neue Wege und ungegangene Pfade.

Ihre Dichtungen besitzen Qualitäten, welche sie der Aneignung und des Studiums durch den Mann von Welt wert und würdig machen. Sie sind eine moralische Lektion, bei der man denken und handeln erlernt. Tugend ist hier in den schönsten Farben gemalt. Die Idee von wahrem Ruhm ist fest umrissen; und Sie verführen mit solcher Feinheit und solchem Raffinement zum Genuß an den Wissenschaften, daß ein jeder, der Ihre Werke gelesen hat, voller Ehrgeiz Ihren Spuren folgen möchte. Wie oft habe ich nach diesem trügerischen Köder geschnappt, und wie oft habe ich mir dann gesagt: Unseliger! Laß die Last, deren Gewicht deine Kräfte übersteigt; Voltaire läßt sich nicht imitieren, es sei denn, man wäre Voltaire. In solchen Augenblicken fühlte ich, daß die Vorzüge von Geburt und der Dunst von Größe, in dem die Eitelkeit uns wiegt, zu wenig nütze sind, oder besser ausgedrückt: zu nichts. Es bleiben Auszeichnungen, die von uns getrennt sind und die nur die Erscheinung schmücken. Wie sehr sind ihnen die Gaben des Geistes vorzuziehen, und was verdanken wir nicht jenen Männern, welche die Natur durch das glückhafte Ingenium ausgezeichnet hat, das sie ihnen bei der Geburt mitgab! Sie gefällt sich darin, Wesen auszuformen, die sie mit der ganzen nötigen Begabung versieht, welche den Fortschritt in den Künsten und Wissenschaften bewirkt; und es obliegt den Fürsten, die Nächte des Schaffens zu entlohnen. Ah! möge der Ruhm sich meiner bedienen, um Ihre Erfolge zu krönen! Ich fürchte nichts weiter, als daß dieses Land, das dem Lorbeer nicht günstig ist, nicht soviel davon sprießen läßt, wie Ihre Werke verdienten, und man aus Mangel zur Petersilie greifen müßte. Falls mein Schicksal es mir nicht vergönnt, Sie selbst zu besitzen, so kann ich doch zumindest hoffen, eines Tages den Mann zu sehen, den ich seit so langer Zeit von weitem bewundere, und Ihnen mit erregter Stimme zu versichern, daß ich mit aller Wertschätzung, die jenen Menschen zusteht, die der Flamme der Wahrheit folgen und ihr Tun dem allgemeinen Wohl widmen, Ihr zutiefst ergebener Freund bin, Frederic, P. R. de Prusse.

Monsieur Wolff: Christian Wolff, 1679–1754, tüchtig vernunftbetonter Philosoph, der 1723 wegen des Verdachts der Religionsfeindlichkeit vom Soldatenkönig aus Halle und des Landes verwiesen wurde. Wolff, der die deutsche Sprache ins Philosophieren einführte, lehrte 1736 in Marburg. Sein Werk *Vernünfftige Gedancken von Gott, der Welt und der Seele des Menschen, auch allen Dingen überhaupt* war 1720 erschienen.

Henriade: Epos, in dem Voltaire König Heinrich IV. von Frankreich als Muster an Toleranz feiert, Epos, das Voltaire den Ehrentitel eines *Homer der Franzosen* eintrug.

César, Alzire: Frühe Dramen Voltaires, von denen *Alzire* in Paris Indianer und indianisches Ambiente in Mode brachte.

Le Temple du Goût: Eine von Voltaire vielfach umgearbeitete Verssatire mit Prosaeinschüben, in der er etliche seiner literarischen Zeitgenossen angriff und ihnen die Klassiker des 17. Jahrhunderts entgegenhielt.

Cotin: Charles Cotin, 1604–1681, Geistlicher und Poet und von Molière als »leerer Silbendrechsler« charakterisiert.

Rousseau: Der *andere, frühere* Rousseau, nämlich Voltaires Ruhmesrivale Jean-Baptiste Rousseau, 1671–1741, Dichter in allen Sparten, wegen Verleumdung von Zeitgenossen aus Frankreich gewiesen und lange Zeit in Brüssel ansässig.

P. R. = Prince Royal: Kronprinz.

François-Marie Arouet – Voltaire – hat im Jahr 1736 schon mancherlei erlebt und hinter sich. Der Kindheit als Sohn eines angesehenen Pariser Advokaten – (»Ich habe zwei Narren zu Söhnen; der eine ist zu gottlos, der andere ist zu fromm!«) – waren bei dem »gottlosen« und jüngeren glänzend absolvierte Schuljahre im Jesuitengymnasium Louis-le-Grand gefolgt. Dieser Ausbildung bei vorzüglichen Lehrern hatte sich 1711 ein alsbald wieder abgebrochenes Studium der Rechte an der Sorbonne angeschlossen. Doch schon 1706, fünf Jahre vor diesem kurzen Studium, hatte Arouet d. J. als Zwölfjähriger seine erste Tragödie geschrieben: *Amulius et Numitor.*

Bereits während seiner Studienzeit hatte der knapp Zwanzigjährige Kontakt zum ›Cercle du Temple‹ aufgenommen, einem Kreis freigeistiger Pariser Literaten und vornehmlich adliger Schöngeister der französischen Hauptstadt. Der stets sehr elegant gekleidete, bemerkenswert hagere Neuling aus dem Advokatenmilieu und mit dichterischen Neigungen war hier durch seine brillante Rhetorik aufgefallen, durch geschliffene Verse und auch dadurch, daß er kaum Alkoholisches trank.

Der begabte Jüngling, Verfasser scharfzüngiger Spottgedichte auf Persönlichkeiten des öffentlichen Lebens – und gerade mit der Niederschrift seines Dramas *Œdipe* befaßt – fand sich erstmals 1717 in der Bastille wieder. Allzu deutlich war der junge Literat in einem Gelegenheitspoem für den ›Cercle du Temple‹ auf die allseits gemutmaßte Liaison zwischen Frankreichs Regenten Philippe d'Orléans und der Herzogin von Berry, dessen Tochter, eingegangen. Diese erste Inhaftierung wegen Verleumdung und Majestätsbeleidigung fiel kurz aus. Sie wurde vom nachsichtigen, wenn nicht sogar leichtfertigen Übergangsherrscher zwischen Ludwig XIV. und Ludwig XV. in eine befristete Verbannung Arouets/Voltaires in die Provinz umgewandelt.

Neun Jahre darauf, 1726, wurde der nunmehr zweiunddreißigjährige und längst gefeierte Dramatiker neuerlich ins Pariser Staatsgefängnis eingeliefert. Wegen des sich selbst verliehenen Adelsprädikats – des angemaßten ›de‹ vor seinem Dichternamen – hatte der hochadelige Chevalier de Rohan den Herrn ›de Voltaire‹ auf offener Straße abgefangen und verprügeln lassen und zudem seine Inhaftierung durchgesetzt. Knapp einen Monat nach dieser gewalttätigen Erniedrigung des Selbsterhöhten ging der Verprügelte und Gedemütigte ins freiheitlichere England. Doch zeit seines Lebens sollte Voltaire diesen Zusammenstoß mit den Mächtigen, diese Demütigung seiner Person, nicht vergessen.

In England, dessen Liberalität er bewundert, widmet der französische Exilant sein Epos *Henriade* – diese Feier des toleranten

Königs Heinrich IV. – der britischen Königin Caroline. Das Werk wird zu einem großen Erfolg. 1729 wagt sich sein Autor ins heimatliche Frankreich zurück. Dort schreibt er nun unter anderem die erfolgreiche Tragödie *Zaïre.* Er läßt, allerdings heimlich, seine *Lettres philosophiques* drucken, ›Briefe‹, in denen er die englische Freiheit preist, alle Tyrannei verdammt, umfassende Toleranz unter gleichgestellten Menschen fordert. Dieses sofort verbotene Buch verkauft sich wegen des Verbots nur um so besser, und seinem Verfasser droht 1734 zum dritten Mal die Bastille.

So lebt der rege, doch früh und immer kränkelnde Verfasser höchst aufrührerischer Werke 1736 abermals in sicherer Entfernung von Paris und im halben Exil.

Schloß Cirey liegt im teilsouveränen Herzogtum Lothringen und gehört dem Marquis du Châtelet. Die Schloßherrin Émilie du Châtelet bewundert Voltaires Schaffen und liebt – mit der nonchalanten Erlaubnis ihres Gatten – den Autor gleichermaßen. In Cirey lebt man ein Leben zu dritt, oder auch zu zweit, wenn der Marquis auf Reisen oder im Manöver ist. Die Marquise du Châtelet selbst ist eine Dame von Geist und zudem Amateurphysikerin; sie arbeitet, Seite an Seite mit ihrem Gast, um 1736 an einem Traktat *Über das Feuer.* Der zweiundvierzigjährige Exilant hingegen ist mehr mit einem Werk zur Verbreitung der Physik Newtons befaßt. Er empfängt viele Besucher aus Paris, fühlt sich weiter von Polizei und Zensur bedroht und lebt mit dem Gedanken: »Um mich für die üblen Begleiterscheinungen der Literatur schadlos zu halten, will ich ein großes Vermögen machen.«

1736 ist der rege, verfolgte, produktive Voltaire bereits sehr wohlhabend.

Schon vor dem Empfang von Post aus Berlin wird er von einem vielversprechenden musischen Kronprinzen dort, im fernen Nordosten, gehört haben.

2. Voltaire an Friedrich

[September 1736]

Monseigneur, man müßte fühllos sein, um von dem Brief, mit dem Ew. Kgl. Hoheit mich zu ehren geruhten, nicht inniglichst gerührt zu sein. Er schmeichelte meiner Eigenliebe nur zu sehr; aber die Liebe zum Menschengeschlecht, die seit je in meinem Herzen lebt und die, wie ich zu behaupten wage, meinen Charakter prägt, schenkte mir eine tausendfach reinere Freude, als ich erkannte, daß es auf der Welt einen Prinzen gibt, der als Mensch denkt, einen Fürsten-Philosophen, der die Menschen beglücken wird.

Gestatten Sie mir anzumerken, daß es auf der Erde keinen gibt, der ein heiteres Dasein nicht eben jener Sorgfalt verdankt, mit der Sie durch heilsame Philosophie eine Seele pflegen, die zum Befehlen geboren wurde. Es stimmt, nur die wahrhaft guten Könige waren es, die, ganz wie Sie, damit begannen, daß sie sich bildeten, die Menschen zu ergründen suchten, das Wahre liebten, Verfolgung und Aberglauben verabscheuten. Es gibt keinen so gesonnenen Fürsten, der seine Staaten nicht ins Goldene Zeitalter zurückzuführen vermöchte. Warum streben so wenige Könige dies an? Sie ahnen es, Monseigneur, fast alle sinnen mehr auf das königliche Gepränge als auf Menschlichkeit; bei Ihnen verhält es sich exakt umgekehrt. Seien Sie gewiß, falls Staatsgeschäfte und die Bösartigkeit der Menschen einen so göttlichen Charakter nicht eines Tages verändern, werden Sie von Ihren Völkern angebetet und von der ganzen Welt gepriesen werden. Philosophen, die dieses Titels würdig sind, werden in Ihre Staaten eilen; und so wie berühmte Künstler in das Land strömen, in dem ihr Können in den höchsten Ehren steht, werden sich jene Menschen, die denken, um Ihren Thron versammeln.

Die berühmte Königin Christine verließ auf der Suche nach den Künsten ihr Land; regieren Sie, Monseigneur, und die Künste werden alsbald zu Ihnen kommen.

Mögen Sie niemals wegen Gelehrtendisputen von den Wissenschaften angewidert sein! Durch alles, was Sie mir mitzuteilen geruhen, sehen Sie, Monseigneur, daß solche Leute zumeist Höflingen gleichen. Sie sind ebenso ehrbegierig, ebenso intrigant, ebenso falsch, ebenso grausam; der ganze Unterschied zwischen den Pesten des Hofs und den Plagen der Fakultäten liegt in der größeren Lächerlichkeit letzterer.

Es ist fürwahr betrüblich für die Menschheit, daß jene, die sich Verkünder göttlicher Gebote, Übermittler des Göttlichen, mit einem Wort: Theologen nennen, bisweilen die Gefährlichsten von allen sind; daß etliche unter ihnen für die Gesellschaft so schädlich sind wie dunkel in ihren Ideen, daß ihre Seele in dem Maße, in dem sie der Wahrheit ermangelt, von Eifer und Hochmut gebläht ist. Durch trugschlüssiges Wortgeklingel möchten sie die Erde beben machen und alle Könige dazu bringen, die Ehre irgendeines Argumentums *in ferio* oder *in barbara*, mittels Eisen und Feuer, wiederherzustellen.

Jedes denkende Wesen, das nicht ihre Meinung teilt, ist ein Atheist, und jeder König, der sie nicht unterstützt, wird verdammt. Sie wissen, Monseigneur, daß es das Beste ist, sie allesamt sich selbst zu überlassen, diese angeblichen Präzeptoren, die in Wahrheit Feinde des Menschengeschlechts sind. Wenn niemand ihren Worten lauscht, verwehen sie gleich Wind im Äther; aber vermengt sich das Gewicht von Macht damit, nimmt dieser Wind eine Gewalt an, die bisweilen Throne umwirft.

Mit der Freude eines Herzens, das von der Liebe zum allgemeinen Wohl erfüllt ist, sehe ich, Monseigneur, die unermeßliche Distanz, die Sie zwischen jenen Menschen schaffen, die friedvoll die Wahrheit suchen, und denen, die wegen Begriffen, die sie nicht begreifen, in den Krieg ziehen. Ich sehe, daß die Newtons, die Leibnizze, die Bayles, die Lockes, diese so erhabenen, so aufgeklärten und so hellen Seelen es sind, die Ihren Geist nähren, und daß Sie alle sonstige, fadenscheinige Nahrung von sich weisen, sobald Sie Gift oder mangelnde Substanz darin erahnen.

Ich kann Ew. Kgl. Hoheit nicht genug für die Güte danken, mir das kleine, Monsieur Wolff betreffende Buch zugeschickt zu haben. Ich erachte seine metaphysischen Gedanken für etwas, das dem menschlichen Geist zur Ehre gereicht. Es sind Blitze inmitten tiefer Nacht; das ist alles, was man sich, wie ich glaube, von der Metaphysik erhoffen kann. Es hat nicht den Anschein, als könnte man die Urprinzipien der Dinge jemals erkennen. Die Mäuse, die ein paar winzige Löcher in einem riesigen Gebäude bewohnen, wissen nicht, ob dieses Gebäude ewigen Bestand hat, noch wer sein Baumeister ist, noch weshalb dieser Baumeister es erbaut hat. Sie mühen sich, ihr Leben zu erhalten, ihre Löcher zu bevölkern und die zerstörerischen Bestien zu fliehen, die sie verfolgen. Wir sind die Mäuse, und der göttliche Baumeister, der dieses Universum errichtete, hat sein Geheimnis, soweit ich darum weiß, noch keinem von uns verraten. Falls jemand für sich in Anspruch nehmen darf, etwas davon zu erahnen, so ist dies Monsieur Wolff. Man kann gegen ihn streiten, aber man muß ihn achten. Seine Philosophie ist weit davon entfernt, verderblich zu sein; läßt sich Schöneres und Wahreres sagen, als er es tut, daß nämlich die Menschen gerecht sein müssen, wären sie auch Atheisten?

Monseigneur, Sie versprechen, mir gütigerweise den *Traktat über Gott, die Seele und die Welt* zu schicken. Welch ein Geschenk, Monseigneur, und welch ein Handel! Aus seinem Palast geruht der Erbe einer Monarchie einem Einsiedler Unterweisungen zukommen zu lassen! Erweisen Sie mir die Ehre solcher Gabe, Monseigneur; meine unabdingbare Liebe zum Wahren alleine ist es, die mich dessen würdig macht. Die Mehrzahl der Fürsten fürchtet die Wahrheit: Sie werden sie verkünden.

Was die Verse angeht, von denen Sie sprechen, so denken Sie über diese Kunst so sinnreich wie über alles andere. Verse, die den Menschen keine neuen, bewegenden Wahrheiten nahebringen, verdienen es nicht, gelesen zu werden. Sie spüren, daß es nichts Verächtlicheres gibt, als sein Leben damit zuzubringen, verschlissene Gemeinplätze, die den Namen Gedanken nicht verdienen, in Reime zu pferchen. Falls es etwas noch Abscheulicheres gibt, dann besteht es darin, ausschließlich satirischer Dichter zu sein und nur zu schreiben, um andere zu verschreien. Diese Poeten sind auf dem Parnaß das, was die Doktoren in den Schulen sind, die nichts als Wörter aneinanderreihen und Intrigen spinnen gegen die, die über Wesentliches schreiben.

Falls die *Henriade* Ew. Kgl. Hoheit nicht zu mißfallen vermochte, so muß ich der Liebe zur Wahrheit Dank abstatten, dem Ekel vor den Aufwieglern, den Verfolgern, den Abergläubischen, vor den Tyrannen und vor den Umstürzlern, den mein Gedicht einflößt. Es ist das Werk eines aufrechten Mannes; es mußte vor einem Fürsten-Philosophen Gnade finden. Sie befehlen mir, Ihnen meine übrigen Werke zu schicken. Ich werde gehorchen, Monseigneur; Sie werden mein Richter sein und Publikum mir ersetzen. Ich werde Ihnen vorlegen, wozu ich in der Philosophie mich erkühnte; Ihr Gedankenleuchten wird mein Lohn sein, ein Preis, den nur wenige Herrscher zu zahlen vermögen. Ich bin mir Ihrer Diskretion gewiß; Ihre Seelengröße kommt gewiß Ihren Wissensschätzen gleich.

Ich würde es als kostbares Glück erachten, Ew. Kgl. Hoheit meine Aufwartung zu machen. Man reist gen Rom, um Kirchen, Gemälde, Ruinen und Reliefs zu betrachten. Ein Prinz wie Sie verdiente weit mehr eine Reise, ist er doch eine viel herrlichere Rarität. Doch die Bande der Freundschaft, die mich hier in der Abgeschiedenheit festhalten, erlauben mir nicht, mich davonzustehlen. Gewiß denken Sie gleich Julian, diesem verleumdeten, großen Mann, der erklärte, daß Freunde den Königen allzeit vorgezogen gehören.

Gleichgültig, in welchem Erdenwinkel ich mein Leben beschließe, seien Sie versichert, Monseigneur, daß ich ohne Unterlaß das Beste für Sie, das heißt für das Glück eines ganzen Volkes, wünschen werde. Mein Herz wird immer zu Ihren Untertanen zählen; Ihr Ruhm wird mir immer teuer sein. Ich werde ersehnen, daß Sie sich stets selbst ähnlich bleiben und die anderen Könige Ihnen ähnlich werden. Mit tiefster Hochachtung vor Ew. Kgl. Hoheit Ihr sehr ergebener etc.

Zuweilen fehlen Datierung und Unterschrift.

Königin Christine: Die Tochter Gustav Adolfs, 1626–1689, dankte 1654 ab, um als Katholikin in Rom zu leben, hatte aber davor bedeutende Köpfe (unter anderen Descartes) nach Schweden geholt.

Julian: Julian Apostata, das ist: ›der Abtrünnige‹, römischer Kaiser des 4. Jahrhunderts, dem attisches Heidentum mehr zusagte als die Religion aus dem Jordantal.

Erdenwinkel: Quai des Théatins, nachmalig Quai Voltaire, Paris, und erst ein halbes Jahrhundert später.

Seinen Brief ergänzte der Gast im Hause du Châtelet um eine Versepistel, in der es heißt: »Den Forschenden erleuchten und des Weisen Stütze sein: / Das ist es, was ich schätze, das wird Ihr Lebenswerk.«

3. Friedrich an Voltaire

Rheinsberg, 4. November 1736

Monsieur, es ist eine recht heikle Prüfung für einen Studiosus der Philosophie, Lobeshymnen von einem Mann Ihres Verdienstes zu empfangen. Die Eigenliebe und der Dünkel, diese grausamen Tyrannen der Seele, die durch Schmeicheln vergiften, fühlen sich durch einen Philosophen bestärkt, durch Waffen aus Ihrer Hand, und wollen eine von mir stets bekämpfte Herrschaft über meine Vernunft erlangen.

Vieltausendfaches Glück, wenn ich, indem ich sie besiege und die Philosophie in die Tat umsetze, eines Tages der vielleicht zu günstigen Vorstellung, die Sie von mir haben, entsprechen könnte.

Sie zeichnen, Monsieur, in Ihrem Brief das Bild eines vollendeten Fürsten, in dem ich mich nicht wiedererkenne. Es ist eine äußerst subtile und in die verbindlichste Art der Welt gekleidete Lektion; es ist endlich eine kunstreiche Methode, um die scheue Wahrheit ans Ohr eines Fürsten gelangen zu lassen. Ich werde mir dieses Bild als Modell vor Augen halten und alle Anstrengungen unternehmen, um würdiger Eleve eines Meisters zu sein, der so göttlich zu unterrichten versteht.

Schon jetzt fühle ich mich unendlich zum Schuldner Ihrer Werke gemacht; sie sind der Born, aus dem sich Gefühle und Wissen schöpfen lassen, die großen Männern wohl anstehen. Meine Eitelkeit geht nicht so weit, daß ich solche Bezeichnung auf mich münzte, aber es ist mir gestattet, danach zu streben, eines Tages sie zu verdienen; Sie, Monsieur, werden es sein, dem gegenüber ich diese Verpflichtung verspüren werde:

Et d'un peu de vertu si l'Europe me loue,
Je vous la dois, seigneur, il faut que je l'avoue.

(Und so geringer Tugend wegen Europa mich auch preist, Herr,
ich dank' sie Euch und gesteh' dies ein.)

Ich kann nicht umhin, diesen großherzigen Charakter zu bewundern, diese Liebe zum Menschengeschlecht, die Sie des Beifalls aller Völker versichern sollte; ich wage sogar zu behaupten, daß sie Ihnen ebensoviel und mehr noch verdanken als die Griechen dem Solon und Lykurg, diesen weisen Gesetzgebern, deren Gebote ihre Vaterländer blühen ließen und der Grundstein einer Größe waren, welche anzustreben die Griechen sonst nicht gewagt hätten. Die Schriftsteller sind in gewissem Sinne öffentliche Personen; ihre Schriften verbreiten sich in alle Teile der Welt und präsentieren, dem gesamten Weltkreis zur Kenntnis gelangt, den Lesern die sie bestimmenden Ideen. Sie veröffentlichen Ihre Gefühle; deren Schönheit, der Zauber von Wortwahl und Wortfluß, in einem Wort: alles, was das Feuer der Gedanken und die Kraft der Beredsamkeit Vollkommenes schaffen können, setzen Ihre Leser in Erstaunen; sie sind davon berührt, und dank Ihres glückhaften Anstoßes atmet bald eine ganze Welt diese Liebe zum Menschengeschlecht. Sie formen gute Staatsbürger, treue Freunde, Untertanen, die den Umsturz verabscheuen, für das öffentliche Wohl sich ereifern. Was alles verdankt man Ihnen!

Für den Fall, daß ganz Europa eine Wahrheit nicht erkennt, die deswegen nicht weniger wahr ist, und Ihnen nicht alle Anerkennung zollt, die Sie verdienen, so seien Sie sich zumindest der meinen gewiß. Betrachten Sie meine Taten künftig als die Frucht Ihrer Lektionen. Sie wurden mir zuteil, mein Herz schlug heftiger, und ich habe mir ein unverbrüchliches Gebot daraus gemacht, ihnen Folge zu leisten.

Ich sehe, Monsieur, mit Bewunderung, daß Ihre Kenntnisse nicht schon bei den Wissenschaften haltmachen; Sie haben die verborgensten Falten des menschlichen Herzens erkundet, und von ebenda haben Sie den heilsamen Rat geschöpft, den Sie mir erteilen, wenn Sie mich warnen, mich vor mir selbst in acht zu nehmen. Ich danke Ihnen, Monsieur, und ich wünschte, ich könnte es mir fortwährend wiederholen.

Es ist ein beklagenswertes Zeichen menschlicher Unzulänglichkeit, daß die Menschen sich nicht jeden Tag gleichen; oft zerstören sie ihre Entschlüsse mit derselben Plötzlichkeit, mit der sie sie gefaßt haben. Die Spanier sagen höchst gescheit: Einst war er doch wacker. Ließe sich nicht gleichermaßen sagen, daß die bedeutenden Menschen es nicht immer und nicht in allem sind?

Wenn ich etwas begierig ersehne, dann wäre das, gebildete und fähige Menschen um mich zu scharen. Ich glaube nicht, daß es vertane Mühe wäre, alles daranzusetzen, sie anzulokken; es ist dies eine Huldigung, die ihnen gebührt, und es ist ein Eingeständnis des Drangs, von ihrem Licht erhellt zu werden.

Ich kann mich nicht genug verwundern, wenn ich bedenke, daß eine Nation, die von den schönen Künsten durchdrungen ist, der Ingenium zur Seite steht, daß eine Nation, die seit langem Sachwalterin des Geschmacks ist, den Schatz nicht sieht, den sie in ihrem Schoß birgt. Was? Derselbe Voltaire, dem unsere Hände Altäre und Standbilder errichten, wird in seinem Vaterland für gering geachtet und lebt zurückgezogen in der Champagne! Ein Paradoxum, ein Rätsel, eine bizarre Laune der Menschen.

Nein, Monsieur, die Streitereien der Gelehrten werden mir die Wissenschaften niemals verleiden; ich werde immer zwischen denen, die die Wissenschaften entwürdigen, und den Wissenschaften selbst zu unterscheiden wissen. Ihre Querelen rühren für gewöhnlich aus einem maßlosen Ehrgeiz und der unstillbaren Begierde, sich einen Namen zu machen, oder aus dem Neid eines geringeren Verdienstes auf den strahlenden Glanz eines höheren Verdienstes, der ihm ein Dorn im Auge ist.

Letzterer Nachstellung sind die großen Männer ausgesetzt. Die Bäume, deren Wipfel sich bis zu den Wolken erheben, sind den stürmischen Winden und den Unbilden des Wetters ärger preisgegeben als dürres Buschwerk, das in ihrem Schatten wuchert. Das ist es, was aus den Tiefen der Hölle heraus die gängigen Verleumdungen von Des Cartes und Bayle heraufbeschwor. Ihre und die Überlegenheit von Monsieur Wolff ist es, was die Ignoranten aufbringt und diejenigen aufkreischen läßt, deren lachhafte Anmaßung jeden Mann verstummen machen will, dessen Geist, Wissen und Leuchten all ihr Allotria übertönen. Nehmen wir einmal an, die großen Männer vergäßen sich so weit, daß sie einer auf den anderen losgingen; sollte man ihnen deswegen den Titel der Größe absprechen und ihnen die Wertschätzung vorenthalten, die etliche herausragende Eigenschaften ihnen eingetragen haben? Das Publikum kennt für gewöhnlich keine Gnade; es verdammt die geringsten Fehler; sein Urteil ist allein ans Gegenwärtige geknüpft; das Gewesene erachtet es für nichts: aber man sollte nicht dem gemeinen Publikum nacheifern. Ich suche gebildete, weltkluge Menschen, doch keine vollkommenen. Wann hat die Natur je eine an Tugenden reiche Gestalt erschaffen, die gänzlich ohne Makel gewesen wäre? Ich würde mich glücklich preisen, wenn man mir dieselbe Nachsicht zuteil werden ließe, die ich anderen entgegenbringe.

Betäubt vom Gezänk dieser Parnaß-Hornissen, schicke ich sie zum Vorwort der *Alzire,* wo Sie, Monsieur, Ihnen eine Lektion erteilen, die sie nie aus den Augen verlieren sollten und der nichts hinzuzufügen ist.

Was die Theologen angeht, so scheint es, als ähnelten sie sich alle im allgemeinen, gleich welcher Religion oder Nation sie angehören; stets ist es ihr Bestreben, sich über die Gewissen eine despotische Autorität anzumaßen. Das reicht hin, sie zu eifernden Verfolgern all jener zu machen, deren edle Kühnheit die Wahrheit zu entschleiern wagt; ihre Hände sind immer mit den Blitzen des Bannstrahls bewaffnet, um das eingebildete Phantom des Unglaubens zu zermalmen, das sie ohne Unterlaß bekämpfen. Wenn man sie hört, predigen sie nichtsdestoweniger Demut, eine Tugend, die sie niemals praktiziert haben, und sie nennen sich Diener eines Friedensgottes, dem sie mit einem Herzen voller Haß und Eifern dienen. Ihre Lebensweise, kaum ihrer Moral gemäß, reicht meiner Meinung nach schon aus, ihre Lehre in Mißkredit zu bringen.

Die Wahrheit ist ihrem Wesen nach ganz anders. Sie braucht keine Waffen, um sich zu verteidigen, keine Gewalt, um die Menschen an sie glauben zu machen; sie muß nur hervortreten, und sobald ihr lebendiges Licht die Wolken, die sie versteckt hielten, auseinandergetrieben hat, ist ihr Triumph gewiß.

Voilà, dies sind, so scheint mir, ein paar Züge, welche die Kirchenmänner recht gut treffen, die wiederum, läsen sie dies hier, uns wohl nicht zu ihren Lobsängern küren würden. Allerdings kenne ich ihre Fehler gut genug; dennoch erfülle ich die Gewissenspflicht, ihnen die gebührende Gerechtigkeit widerfahren zu lassen. In seiner Satire aufs schöne Geschlecht hat Despréaux genug Anstand, drei Pariser Damen auszunehmen, deren allseits bekannte Sittsamkeit sie vor seinen Schmähungen bewahrte. Seinem Beispiel folgend, kann ich zwei Prälaten im Herrschaftsbereich des

Königs nennen, welche die Wahrheit lieben, die Philosophen sind und deren Lauterkeit und Arglosigkeit es verdienen, daß man sie nicht mit dem Haufen vermenge. Dieses Zeugnis von Tugend bin ich den Messieurs Beausobre und Reinbeck schuldig, zwei Männern, die beide Berühmtheiten genannt zu werden verdienen.

Es gibt da noch einen Banausen gleichen Amts, der es wahrhaft nicht wert ist, sich so weit herabzulassen, daß man erforscht, welche Fragen ihn erregen. Bereitwillig gestehe ich solchen Menschen zu, zu lehren und zu glauben, was sie befriedigt, um so mehr, als mein Wesen der Gewalt abhold ist, doch dasselbe Wesen, das mich zum Verteidiger von Freiheit macht, läßt mich Verfolgung gleichermaßen hassen. Ich kann nicht mit verschränkten Armen zusehen, wie Unschuld unterdrückt wird; dies hinzunehmen wäre zaghaft und feige.

Niemals hätte ich mich mit solchem Eifer des Falls von Monsieur Wolff angenommen, wenn ich nicht mitangesehen hätte, wie Männer, die sich vernünftig nennen, Gift und Galle über einen Philosophen ausgießen, der freimütig zu denken wagt, wenn ich nicht mitangesehen hätte, wie diese Männer ihre blinde Wut zu Haß steigern, ohne für ihr Hassen andere Gründe angeben zu können als ihre abweichenden Ansichten, wobei sie gleichzeitig die Erinnerung an einen Schurken, Verräter, Heuchler hochleben lassen, der keinen weiteren Vorzug besitzt als den, gedacht zu haben wie sie selbst.

Ich bin entzückt, Monsieur, Sie ein Ruhmeszeugnis für die vier größten Philosophen, die Europa hervorbrachte, ausstellen zu sehen. Ihre Werke sind Horte der Wahrheit und des Irrens. Die Vielfalt ihrer Ansichten lehrt uns, wie sehr die Vorstellungskraft den Irrwegen und den engen Grenzen, die unserem Begreifen gesetzt sind, untertan ist. Wenn Newton, wenn Leibniz, wenn Locke, wenn diese überlegenen Genies, diese Männer, die ein Leben lang sich im Denken geübt haben, das Joch des bloßen Meinens nicht völlig abzuschütteln vermochten, um zu Gewißheiten zu gelangen, was kann da ein Anfänger im Philosophieren erhoffen?

Monsieur Wolff wird die Wertschätzung, die Sie seiner *Metaphysik* zuteil werden lassen, sehr schmeicheln. In der Tat kommt sie ihr zu; sie ist eines der vollkommensten

Werke dieser Art, und es ist ein Vergnügen, sie den Augen eines Richters vorzulegen, dem die schönen wie auch die schwachen Stellen nicht entgehen.

Es verdrießt mich, daß ich meinem Brief nicht die versprochene Übertragung dieser *Metaphysik* beifügen kann. Sie wissen, Monsieur, daß derlei Arbeit nur mählich vonstatten geht. Dennoch lasse ich kopieren, was beendet ist, und ich hoffe, alles dem nächsten meiner Briefe, der Sie erreichen wird, beizulegen.

Ich lege diesem hier die *Logik* des Monsieur Wolff bei, übersetzt von Monsieur Deschamps, einem jungen Mann von einigem Talent; er hat den Vorzug, Schüler des Verfassers gewesen zu sein, der ihm bei der Übertragung jede erdenkliche Hilfe gewährt hat. Es scheint mir, daß er sich glückhaft geschlagen hat; aus Zuneigung wünschte ich ihm nur, er hätte die Widmungsepistel verbessert und gekürzt, denn durch sie flutet Weihrauch aus vollen Schalen, und so etwas machte sich unendlich besser in einem Opernprolog aus dem Jahrhundert Ludwigs XIV.

Nicht zugunsten der einzigartigen *Henriade,* dem einzigen Epos der Franzosen, ergreife ich Partei, vielmehr zugunsten all Ihrer Werke: sie tragen insgesamt das Signum der Unsterblichkeit.

Es zeugt von universalem Genie und außergewöhnlichem Geist, in so vielen unterschiedlichen Werken sich auf so gleichbleibender Höhe zu halten. Gestatten Sie mir zu bemerken, Monsieur, allein Sie waren fähig, die Tiefe des Philosophen, die Gaben des Historiographen und die funkelnde Einbildungskraft des Poeten in einer Person zu verschmelzen. Sie verschaffen mir das größte Vergnügen, indem Sie mir zusagen, mir all Ihre Hervorbringungen zu senden. Das verdiene ich schon durch die unendlichen Umstände, die ich deswegen mache.

Kaiser und Könige vermögen Reichtümer, sogar Reiche zu vergeben und alles, was dem Hochmut, der Habsucht und der Begehrlichkeit der Menschen lieb ist; es sind dies Dinge, die ihnen äußerlich bleiben und die, weit davon entfernt, sie klüger und tugendhafter zu machen, für gewöhnlich nur dazu taugen, sie zu verderben. Das Geschenk, das

Sie mir versprechen, dient anderem Gebrauch. Durch Lesen verbessert man seine Gesittung und schmückt seinen Geist. Weit davon entfernt, mich zum Richter Ihrer Werke aufzuschwingen, begnüge ich mich damit, sie zu bewundern; mich zu bilden heißt das Ziel meiner Lektüre. Wie die Bienen hole ich mir den Honig aus den Blumen und überlasse es den Spinnen, Gift daraus zu saugen.

Nicht durch meine schwache Stimme läßt Ihr schon so gefestigter Ruhm sich mehren; doch zumindest wird man zugeben müssen, daß die Nachfahren der alten Goten und Vandalen, daß die Bewohner der deutschen Wälder sich darauf verstehen, dem strahlenden Verdienst der Tugend und den Talenten großer Männer aller Nationen Gerechtigkeit widerfahren zu lassen.

Ich bin mir bewußt, Monsieur, welchen Kummer ich Ihnen bereiten würde, wenn ich bezüglich Ihrer Werke nicht auf Diskretion achtete. Ich bitte Sie, sich auf meine Zusage zu verlassen; mein Wort ist unverbrüchlich.

Zu sehr respektiere ich die Bande der Freundschaft, als daß ich Sie den Armen Émilies entreißen wollte. Man hätte ein hartes und empfindungsloses Herz, wollte man ein derartiges Opfer verlangen; im übrigen hätte man nie die Süße genossen, die man in der Nähe geliebter Menschen verspürt, würde man nicht den Schmerz ahnen, den eine solche Trennung Ihnen bereiten würde. Ich verlange einzig, daß Sie einem solch verblüffenden Wunder an Geist und Wissen meine Verehrung übermitteln. Wie selten dergleichen Frauen sind!

Seien Sie versichert, Monsieur, daß ich mir des unermeßlichen Werts Ihrer Hochachtung bewußt bin, aber daß ich mich zugleich an eine Lehre aus der *Henriade* erinnere:

Un nom trop tôt fameux est un poids bien pesant.

(Eine schwere Last ist ein zu früh berühmter Name.)

Wenige Menschen halten stand; und die meisten brechen unter dieser Last zusammen.

Es gibt kein Glück, das ich Ihnen nicht wünsche, und keines, dessen Sie nicht würdig wären. Cirey wird fortan mein Delphi sein und Ihre Korrespondenz, die ich Sie fortzusetzen bitte, mein Orakelwort. Ich verbleibe mit besonderer Hochachtung, Monsieur, Ihr sehr verbundener Freund.

Et d'un peu ...: Henriade, II. Gesang.
Meine Taten: Friedrichs Taten sind vielfältig; seinen ersten Krieg begann er vier Jahre später.
Champagne: Lies: Lothringen.
Des Cartes: René Descartes, 1596–1650; der Philosoph wurde unter anderem wegen seines hypothetischen Denkansatzes *»Gott ist ein Betrüger«* beargwöhnt.
Bayle: Pierre Bayle, 1647–1706; der Frühaufklärer verlor seinen Lehrstuhl in Sedan auf Grund der Duldung unterschiedlicher Konfessionen.
Alzire: »Rostiger Neid, Verleumdungsgift, das Töten mit Satire, entehren ein Metier, das an sich göttlich ist.«
Despréaux: Nicolas Boileau-Despréaux, 1637–1711. Versfuß-souveräner Sänger und Chefästhet der französischen Klassik.
Reinbeck: Prediger und Konsistorialrat in Berlin.
Ein Banause gleichen Amts: Nach 250 Jahren ließe sich nicht einmal mehr mutmaßen, wer gemeint ist.
Schurke, Verräter, Heuchler: Siehe vorherige Anmerkung.
Historiograph: Voltaires erstes und bedeutendes Geschichtswerk galt Karl XII. von Schweden, 1682–1718, dem Sturmwind des Nordischen Kriegs und Besiegten von Poltawa: *L'Histoire de Charles XII,* 1731.

4. Friedrich an Voltaire

[Rheinsberg, 13. November 1736]

Épître à Monsieur de Voltaire:
En quoi consiste la fausse et la véritable grandeur

Voltaire, ce n'est point le rang et la puissance,
Ni les vains préjugés d'une illustre naissance,
Qui peuvent procurer la solide grandeur.
Du vulgaire ignorant telle est souvent l'erreur;
Mais un homme éclairé tient en main la balance,
Lui seul sait distinguer le vrai de l'apparence,
Il n'est point ébloui par un trompeur éclat,
Sous des titres pompeux il découvre le fat,
Et d'illustres aïeux ne compte point la suite,
Si vous n'héritez d'eux leurs vertus, leur mérite.

Il est d'autres moyens de se rendre fameux,
Qui dépendent de nous et sont plus glorieux,
Chacun a des talents dont il doit faire usage,
Selon que le destin en régla le partage.
L'esprit de l'homme est tel qu'un diamant précieux,
Qui sans être taillé ne brille point aux yeux.
Quiconque a trouvé l'art d'ennoblir son génie,
Mérite notre hommage en dépit de l'envie.
Rome nous vante encor les sons de Corelli;
Le Français prévenu fredonne avec Lully;
L'Énéide immortelle, en beautés si fertile,
Transmet jusqu'à nos jours l'heureux nom de Virgile;
Carrache, le Titien, Rubens, Buonarotti
Nous sont aussi connus que l'est Algarotti,
Lui dont l'art du compas et le calcul excède
Le savoir tant vanté du célèbre Archimède.
On respecte en tous lieux le profond Cassini;
La façade du Louvre exalte Bernini;
Aux mânes de Newton tout Londre encore encense;
Henri le grand, Colbert, sont chéris de la France;
Et votre nom, fameux par de savants exploits,
Doit être mis au rang des héros et des rois.

à Remusberg ce 13 de nov. 1736

(Epistel an Monsieur de Voltaire:
Was falsche und wahre Größe ausmacht

Voltaire, es sind nicht Rang noch Macht,
Noch eitler Stolz auf hohe Herkunft,
Was unverbrüchlich Ruhm verschafft.
Der Tropf meint oft, so sei es;
Doch in Händen hält der kluge Mann die Waage,
Er weiß allein, was wahr, vom Schein zu scheiden,
Ein falscher Glanz verstört ihn nicht,
Den Laffen sieht er unter hehren Titeln,
Und für Spätere zählen nicht berühmte Ahnen,
Es sei denn, Tugenden, Verdienst vererbten sich.

Andere Mittel gibt's, einen Namen zu gewinnen,
Einzig von uns hängen sie ab und sind ruhmesvoller.
Ein jeder hat die Gaben, die er gebrauchen soll,
Ganz wie das Schicksal sie verteilte.
Der Menschengeist gleicht einem edlen Diamant,
Der ungeschliffen nicht ins Auge sticht.
Wer immer sich bemühte, sein Ingenium zu adeln,
Verdienet unsern Beifall mehr als Neid.
Corellis Klänge preist noch immer Rom;
Der kundige Franzose summt Lullys Musik;
Die schönheitsreiche, ewige Aeneis
Zeigt unserer Zeit den Namensglanz Virgils;
Carracci, Tizian, Rubens, Buonarotti
Kennen wir so gut wie Algarotti,
Dessen Meß- und Rechenkunst
Archimeds gerühmtes Wissen übersteigt.
Die Front des Louvre huldigt dem Bernini;
Von Newtons Manen ist ganz London noch erfüllt;
Geehrt von Frankreich sind Colbert, der große Heinrich;
Und Ihr durch weises Tun berühmter Name,
Gehöret dem von Helden und Königen zugesellt.

Remusberg, 13. November 1736)

Monsieur, Sie wissen sicherlich, daß der vorherrschende Charakterzug unserer Nation nicht die liebenswürdige Lebhaftigkeit der Franzosen ist; im Gegenzug schreibt man uns gesunden Menschenverstand, Geradheit und Wahrhaftigkeit unseres Redens zu; das reicht hin, um Ihnen klarzumachen, daß ein Reimerling aus den Tiefen Germaniens nicht dazu geeignet ist, aus dem Stegreif zu dichten. Das Werk, das ich Ihnen zukommen lasse, entspricht dem.

Ich zögerte lange, ob ich Ihnen meine Verse zuschicken sollte oder nicht, Ihnen, dem Apoll des französischen Parnaß, Ihnen, vor dem die Racines, die Corneilles, diese Größen nicht bestehen könnten. Dennoch gaben zwei Gründe den Ausschlag: Der Grund, der alle anderen ausstach, war, daß Sie, Monsieur, selber ein Dichter sind und folglich das unüberwindliche Verlangen, diese Raserei, seine ersten

Werke fabrizieren zu wollen, kennen müssen; der Grund, der mich bei meinem Unterfangen am meisten bestärkte, war das Vergnügen, Ihnen meine Gefühle in Verse gewandet vorzuführen, was in Prosa nicht ganz so anmutig ausfiele.

Das größte Verdienst meines Werkchens ist zweifelsohne, daß Ihr Name es schmückt; meine Eigenliebe blendet mich nicht dermaßen, daß ich meine Epistel fehlerfrei glaube. Ich halte sie nicht einmal für würdig, Ihnen gewidmet zu sein. Ich habe Ihre Werke gelesen, Monsieur, dazu die der berühmtesten Autoren, und ich versichere Ihnen, daß ich um den unermeßlichen Unterschied zwischen Ihren und meinen Zeilen weiß.

Ich stelle Ihnen mein Opus anheim; kritisieren, verdammen, verwerfen Sie es, wenn Sie nur gegenüber den beiden Schlußversen Gnade walten lassen. Beide sind mir außerordentlich wichtig: Der Gedankengang dort ist so wahrhaftig, so sinnfällig, so offenbar, daß ich mich in der Lage fühle, ihn gegen die schärfste Kritik, gegen Haß, Neid und wider die Verleumdung zu verteidigen. Ich bin, Monsieur, mit vollkommener Hochachtung Ihr sehr ergebener Freund Federic P. R.

Bernini: Nach Ablehnung von Berninis Entwurf durch Ludwig XIV. wurde die Fassade des Louvre nach den Plänen von Claude Perrault gebaut.

Was Cirey direkt antwortete, ist verschollen. Unterdessen ist aber Voltaires Gedicht *Le Mondain (Der Weltmann),* ist also Voltaires apollinisch-dionysische Feier des diesseitigen Lebens erschienen, und ihr Verfasser eilt vor katholischem Polizeizugriff bereits gen Holland. Brandenburg kann das noch nicht wissen, zumal Briefe der Freigeisterei nicht mit der ordinären Post durch Europa gehen.

5. Friedrich an Voltaire

Remusberg [= Rheinsberg],
3. Dezember 1736

Monsieur, ich war angenehm überrascht, als ich heute Ihren Brief erhielt, dem Sie etliche Ihrer Schriften beilegten. Nichts auf der Welt könnte mir größere Freude machen, auf keine Werke bin ich so erpicht wie auf Ihre. Ich wünschte nur, die Überlegenheit, die Sie mir in meiner Eigenschaft als denkendes Wesen zuschreiben, versetzte mich in die Lage,

Ihnen greifbare Zeichen meiner Wertschätzung, die sich nicht ablehnen ließen, zukommen zu lassen.

Ich habe die Abhandlung über die Seele gelesen, die Sie, Monsieur, an Pater Tournemine adressiert haben. Jeder vernunftbegabte Mensch, der nur glauben will, was er verstehen kann, und der nicht tollkühn über Dinge entscheidet, die unser schwacher Verstand nicht ergründen könnte, wird stets Ihre Ansichten teilen. Es ist gewiß, daß man niemals zum Erkennen der letzten Ursachen vordringen wird. Wir, die wir nicht begreifen können, warum zwei aneinandergeschlagene Steine Funken sprühen, wie könnten wir behaupten, daß Gott Denken und Materie nicht zu vereinen verstünde? Es ist sicher, daß ich Materie bin und daß ich denke. Dieses Argument beweist mir die Wahrheit Ihrer These.

Ich kenne den Pater Tournemine nur durch die unwürdige Art und Weise, wie er Monsieur Beausobre wegen dessen *Histoire du manichéisme* angegriffen hat. Begründungen ersetzt er durch Beschimpfungen, eine schwache und grobschlächtige Zuflucht, die nur beweist, daß ihm nichts Triftigeres zu sagen einfällt. Was meine Seele angeht, Monsieur, so kann ich Ihnen versichern, daß sie die untertänigste Dienerin der Ihrigen ist. Sie wünscht sich sehr, ein wenig mehr von ihrer Materie abgelöst zu sein, um zur Unterweisung gen Cirey zu eilen,

A cet endroit fameux où mon âme révère
Le savoir d'Émilie et l'esprit de Voltaire;
Oui, c'est là que le ciel, prodigant ses faveurs,
Vous a doué d'un bien préférable aux grandeurs.
Il m'a donné du rang le frivole avantage,
A vous tous les talents: gardez votre partage.

(Hin zu jenem Ort, wo meine Seele huldigt
Den Kenntnissen Émilies und dem Geist Voltaires;
Ja, wo verschwenderischer Himmel ausgeschüttet hat
Wohltat, von größerm Wert denn alle Würden.
Im Range hat er leeren Vorzug mir verliehen,
Euch alle Fähigkeit: bewahret Euch, was so ward ausgeteilt.)

Nicht Ihnen, Monsieur, teile ich alles das mit, was ich von den mir geschickten Werken denke. Wer sie nicht bewundert, hat den gesunden Menschenverstand verloren. Die Ode, überreich an Schönheiten, enthält nichts denn zwingende Wahrheiten; die *Épître à Émilie* ist eine wunderbare Zusammenfassung des Newtonschen Systems; und der *Mondain*, dies köstliche Werk, atmet nur Freude, ist, wenn ich mich so ausdrücken darf, eine rechte moralische Unterweisung. Die Freude am reinen Genuß ist das Greifbarste, das wir auf der Welt haben; darunter verstehe ich den Genuß, von dem Montaigne spricht und der nichts mit ausschweifender Zügellosigkeit zu tun hat.

Mit großer Ungeduld warte ich auf die *Philosophie de Newton;* ich wäre Ihnen unendlich verpflichtet. Ich sehe wohl, daß ich nie jemand anderen als Monsieur de Voltaire zu meinem Lehrer haben werde. Sie erziehen mich durch Verse, Sie erziehen mich durch Prosa; man müßte ein verstocktes Herz haben, um Ihren Lehren unzugänglich zu sein.

Ich warte noch auf die *Pucelle.* Ich hoffe, daß sie nicht strenger sein wird als so viele andere Heroinen, die sich nichtsdestoweniger von den Bitten und der Beharrlichkeit ihrer Galane haben niederzwingen lassen. Ich habe von Ihnen zwei Pakete bekommen; nun, Monsieur, ist das dritte da. Auf die beiden ersten habe ich geantwortet. Ich habe Ihnen sodann Verse zugeschickt, und dies ist jetzt der vierte Brief, den Sie beantworten mögen. Ursache dieser Verzögerungen ist teils das Postwesen in Deutschland, das schleppend ist; und im übrigen machen meine Briefe einen langen Umweg: sie reisen über Paris in die Champagne. Wissen Sie einen kürzeren Weg, so bitte ich Sie, ihn mir mitzuteilen; ich wäre glücklich, mich seiner zu bedienen. Die Müßigkeit des Kopisten ist der Grund, daß ich Ihnen die *Philosophie* Wolffs nicht schicken kann; zweifelsohne wird sie in Kürze abgeschlossen sein.

Über Huldigungen sind Sie allzu erhaben, als daß ich solche aussprechen wollte, doch sind Sie gleichzeitig zu sehr Freund der Wahrheit, als daß Sie beleidigt darauf reagierten. Gestatten Sie denn, Monsieur, daß ich die Wertschätzung, die ich für Sie hege, bekräftige. Mein Lob beschränkt sich darauf, Ihnen zu versichern, daß ich Sie erkenne. Möge der Erdkreis Sie gleichermaßen erkennen! Mögen meine Augen eines Tages denjenigen erblicken, dessen Geist der Zauber meines Lebens ist! Mit aufrichtiger Hochachtung, Monsieur, verbleibe ich Ihr sehr gewogener Freund Frederic P. R.

Pater Tournemine: René Joseph de Tournemine, 1661–1739; Jesuit & Literat, einst Lehrer Voltaires.
Denken und Materie: Im theologischen Disput um Spitzfindiges mit Tournemine erklärte Voltaire: »Wir können nicht wissen, ob es Gott unmöglich ist, die Materie mit Denken zu begaben.«
Le Mondain: In dieser herrlich frischen Daseinsfeier heißt es: »Ich liebe den Luxus, ja selbst die Verweichlichung.«
Philosophie de Newton: La Philosophie de Newton, eines von Voltaires ›Sachbüchern‹; es machte die empirische, die un-religiöse moderne Physik des Briten auf dem Kontinent populär.
Pucelle: La Pucelle (Die Jungfrau); seine Satire auf die Heilige Johanna hielt Voltaire immer wieder zurück; in der Tat mußte er seine Vierteilung befürchten, da er die Heilige als rasenden Vamp darstellte.

Unterdes in den Niederlanden, wo trotz Fluchtstimmung einige der circa 20 000 Briefe Voltaires an große Persönlichkeiten seiner Zeit zu Papier kamen:

6. Voltaire an Friedrich

Leiden, Januar 1737

Monseigneur,
Wäre ich unglücklich, so würde ich bald getröstet. Man teilt mir mit, daß Ew. Kgl. Hoheit so gnädig waren, mir ihr Konterfei zu schicken; außer der Ehre, sich Ihrer Gegenwart zu erfreuen, ist dies allerdings das Schmeichelhafteste. Doch hat der Maler in Ihren Zügen diese schöne Seele ausdrücken können, der ich mein Lob darbrachte? Ich habe gehört, daß Monsieur Chambrier das Portrait für sich requiriert hatte; aber Madame la Marquise du Châtelet, Émilie, hat ihn *stante pede* wissen lassen, daß dieser Schatz für Cirey bestimmt sei. Sie beansprucht es für sich, Monseigneur; sie teilt meine Bewunderung für Ew. Kgl. Hoheit; sie duldet nicht, daß man ihr dies kostbare Gut entreiße; es wird der Haupt-

schmuck des bezaubernden Hauses werden, das sie sich in ihrer Einöde errichtet hat. Dort wird man nun diese kleine Inschrift lesen können: *Vultus Augusti, mens Trajani.*

Offensichtlich hat der Lärm um das Geschenk, mit dem Sie, Monseigneur, mich beehrt haben, das Gerücht in die Welt gesetzt, ich weilte in Preußen. Alle Gazetten posaunen das; es ist schmerzlich für mich, daß sie meine Wünsche so gut erraten und meine Pfade so schlecht. Sie zweifeln nicht, Monseigneur, an meiner außerordentlichen Lust, Sie aus der Nähe zu bewundern; aber ich hatte bereits die Ehre, Ihnen mitzuteilen, daß eine unaufschiebbare Angelegenheit mich hier festhält. Um Ihrer würdiger zu sein, Monseigneur, halte ich mich in Leiden auf; ich vertiefe die Kenntnis der Dinge, die Sie bevorzugen. Sie lieben einzig und allein Wahres, ich suche es hier. Ich werde mir die Freiheit nehmen, Ew. Kgl. Hoheit den hier geernteten Vorrat zuzuleiten; mit einem Blicke sondern Sie die faulen Früchte von den guten.

Wenn Ew. Kgl. Hoheit in der Zwischenzeit sich mit einem kleinen Nachtrag zum *Mondain* unterhalten wollen, werde ich mir erlauben, Ihnen diesen unverzüglich zuzusenden; es ist ein Versuch zur weltmännischen Moral, wobei ich mit heiterer Miene zu erweisen suche, daß der Luxus, die Pracht, die Künste, alles, was den Glanz eines Staates ausmacht, seinen Reichtum verkörpern, und daß diejenigen, die gegen den sogenannten Luxus schreien, übellaunige Dummköpfe sind. Ich glaube, ein Staat wird dadurch reicher, daß man seinen Untertanen vielerlei Freuden zuteil werden läßt. Falls das ein Irrtum ist, so scheint er mir bis jetzt ein recht angenehmer zu sein. Ich warte auf die Ansicht Ew. Kgl. Hoheit, um zu wissen, was ich in dieser Angelegenheit denken soll. Im übrigen, Monseigneur, ist es die reine Menschenliebe, die mich zu Vergnügungen raten läßt; meine bestehen aus kaum mehr denn aus Studium und Abgeschiedenheit. Aber es gibt tausend Arten, glücklich zu sein. Sie verdienen sie alle; das ist es, was ich Ihnen wünsche, etc.

Monsieur Chambrier: Jean le Chambrier, preußischer Geschäftsträger in Paris.
Vultus Augusti, mens Trajani: »Augustus' Antlitz, Trajans Geist«.

Unaufschiebbare Angelegenheit: Im Lande der ›Preßfreiheit‹ beaufsichtigte der Erschütterer europäischen Denkens die Drucklegung seiner verbotenen Schriften. In Paris machte derweil das Lied die Runde: *Adieu belle Émilie/En Prusse je m'en vais.* (»Adieu, schöne Émilie/nach Preußen lenk' ich meinen Schritt.«) Die Korrespondenz war also schon ein interessantes offenes Geheimnis geworden.

7. Friedrich an Voltaire

[16. Januar 1737]

Nein, Monsieur, ich habe Ihnen keineswegs mein Portrait gesandt; eine derartige Unart ist mir durchaus nicht in den Sinn gekommen. Mein Konterfei ist weder schön noch außergewöhnlich genug, um Ihnen überreicht zu werden. Ein Mißverständnis war der Grund dieses Versehens. Zum Zeichen meiner Wertschätzung habe ich Ihnen, Monsieur, eine Nichtigkeit geschickt, eine Sokrates-Büste in Form eines Gehstockknaufs; und die Art, wie dieser Stock verpackt wurde, ganz so, wie man Bilder aufrollt, hat wohl dieses Durcheinander gestiftet. Auf alle Fälle war dieser Kopf würdiger, Ihnen geschickt zu werden, als mein Konterfei. Es handelt sich um das Abbild des größten Philosophen der Antike, eines Mannes, welcher der Ruhm der Heiden war und der bis auf den heutigen Tag Zielscheibe der Eifersucht und Mißgunst der Christen ist. Sokrates wurde verleumdet, und welcher bedeutende Mann wurde das nicht? Sein Geist, Wahrheitsliebender, lebt in Ihnen neu. Deshalb kommt es allein Ihnen zu, die Büste dieses Philosophen zu hüten. Ich hoffe, daß Sie sie annehmen, dazu einige Briefe, die ich Ihnen geschrieben habe und die, meine ich, zur gleichen Zeit an Sie abgegangen sind.

Madame la Marquise du Châtelet erweist mir große Ehre, wenn sie sich für mein vermeintliches Abbild zu interessieren scheint. Ihr könnte es gelingen, mich besser über mich selbst denken zu lassen, als ich es je tat oder tun sollte. Es wäre an mir, um ihr Portrait nachzusuchen. Ich gestehe, daß ihr Geistesblitzen mich ihre Materie hat vergessen machen. Sie denken vielleicht, das hieße, für mein Alter zu philosophisch denken; doch Sie könnten sich irren. Die Ferne des Gegenstands und die Unmöglichkeit, ihn zu besitzen, spielen dabei eine ebenso große Rolle wie das Philosophieren. Das darf uns nicht unempfindsam machen, noch daran hindern, ein zartfühlendes Herz zu haben: in diesem Fall wäre es für den Menschen eher übel als gut.

In der Tat scheint es so zu sein, als hätte irgendein Dämon sich mit sämtlichen Gazettenschreibern Hollands zusammengetan, damit sie unisono schreiben, daß Sie sich zu mir auf den Weg gemacht haben. Mich hat das allgemeine Gerede darüber in Kenntnis gesetzt, was mich sogleich an der Wahrheit dieser Neuigkeit zweifeln ließ. Zuerst sagte ich mir, daß Sie sich nicht der Zeitungsschreiber bedienen würden, um mir Ihre Reise anzukündigen, und daß ich persönlichere Nachricht erhalten hätte, wenn Sie mir die Freude machen würden, sich in dieses Land aufzumachen. Die Öffentlichkeit glaubt mich glücklicher, als ich bin. Ich reiße mir ein Bein aus, um alles wieder richtigzustellen. Im übrigen fühle ich mich dem Skribenten sehr verpflichtet, daß er als Idee vollzogen hat, was er zu Recht als unendlich angenehm für mich erachtet.

Wenngleich Sie es in keinster Weise nötig haben, sich durch weiteres Wissen zu vervollkommnen, so glaube ich doch, daß der Austausch mit dem berühmten Monsieur s'Gravesande Ihnen höchst willkommen sein wird. Bis aufs i-Tüpfelchen soll er die Newtonsche Philosophie beherrschen. Monsieur Boerhaave wird Ihnen nicht minder hilfreich sein, wenn Sie ihn betreffs Ihrer Gesundheit zu Rate ziehen. Die sei Ihnen ans Herz gelegt, Monsieur. Im Namen der Freundschaft, die an allem lebhaften Anteil nimmt, was Sie betrifft, bitte ich Sie, über die übliche Sorge um den Erhalt Ihres Körpers hinaus auf Ihre Gesundheit zu achten. Ich wage zu behaupten, daß ich weiß, was Sie wert sind, und daß ich um den Verlust weiß, den Ihr Tod für die gesamte Welt bedeuten würde; die Tränen, die man über Ihrer Asche vergösse, wären nutzlos für Sie und vergeblich für jene, die sie weinten. Ich sehe dieses Unglück voraus und ich fürchte es, doch möchte ich es vertagen.

Sie machen mir, Monsieur, eine große Freude, wenn Sie mir Ihre neuesten Hervorbringungen schicken, und ich erwarte sie mit großer Ungeduld. Gute Bäume tragen immer gutes Obst. Die *Henriade* und Ihre übrigen Werke verheißen mir die Vollkommenheit der zukünftigen. Ich bin sehr begierig, den Nachtrag zum *Mondain*, den Sie mir überlassen wollen, vor Augen zu haben. Was Sie andeuten, ist vernunftvoll auf Wahrheit gegründet. Die Weisheit des Schöpfers hat in der Tat nichts Überflüssiges auf der Welt geschaffen. Gott will, daß der Mensch sich am Lebendigen erfreue, und es hieße, dem Willen des Schöpfers zuwiderhandeln, wollte man das Dasein anders nutzen. Nur Mißbrauch und Übertreibung verkehren ins Üble, was ansonsten in sich gut ist.

Meine Moral, Monsieur, stimmt mit der Ihrigen überein. Ich gestehe, daß ich Vergnügen und alles, was dazu beiträgt, sehr schätze. Die Kürze meines Lebens lehrt mich, es zu genießen. Wir haben nur eine kurze Frist, die es zu nutzen gilt. Die Vergangenheit ist nur ein Traum, die Zukunft ungewiß. Dieser Grundgedanke ist als solcher nicht gefährlich; nur darf man aus ihm keine falschen Schlüsse ziehen.

Ich rechne damit, daß Ihre moralische Abhandlung zur Chronik meiner Gedanken wird. Obwohl das Studium und die Pflege der schönen Künste mein größtes Vergnügen sind, wissen Sie besser als jeder andere, Monsieur, daß dies Muße, Ruhe und Sammlung erheischt:

Car loin du bruit et du tumulte,
Apollon s'était retiré
Au haut d'un coteau consacré
Par les neuf Muses à son culte.
Pour courtiser ces doctes sœurs,
Il faut du repos, du silence,
Et des travaux en abondance
Avant de goûter leurs faveurs.
Voltaire, votre nom, immortel dans l'histoire,
Est gravé par leurs mains aux fastes de la gloire.

(Denn weit vom Lärmen und Tumult
Hatte Apoll zurückgezogen sich
Auf eines Hügels Höhe,
Geweiht von allen Musen seinem Kult.

Zu umschmeicheln diese klugen Schwestern,
Braucht es Ruhe, braucht's Besinnlichkeit,
Dazu der Mühen sonder Zahl,
Eh' ihre Gunst zu kosten ist.
Voltaire, Ihr Name, unsterblich durch die Zeiten,
Ward von Musenhand in die Ruhmestafeln
eingehauen.)

Es gehört für einen Lehrling oder, besser gesagt, für einen Frosch des Heiligen Tales viel Kühnheit dazu, in der Gegenwart Apolls das Quaken zu wagen. Ich gewahre es, ich beichte es und ich bitte Sie um Absolution. Meine Wertschätzung für Sie läßt mich dieselbe verdienen. Recht schwer ist es, gewisse Wahrheiten zu verschweigen, wenn man völlig von ihnen durchdrungen ist und es wagt, sich auf Gedeih und Verderb auszudrücken. Mir geht es so; Sie bringen mich dazu, und folglich müssen Sie mir gegenüber mehr Duldsamkeit an den Tag legen als bei jedem anderen. Ich bin auf ewig mit aller Hochachtung, die Ihnen gebührt, Monsieur, Ihr zutiefst verbundener Freund Frederic.

[16. Januar 1737]: Bei verschollenen Handschriften stammen die Datierungen zumeist aus den *Œuvres posthumes de Fédéric II, roi de Prusse* oder aus den *Œuvres complètes de Voltaire,* herausgegeben von Beaumarchais.
Monsieur s'Gravesande: Professor für Mathematik und Philosophie in Leiden.
Monsieur Boerhaave: Berühmter Arzt und Neuerer im Diagnostischen, der erlebt haben muß, wie in den Taschen des mehrmals wöchentlich von Koliken geplagten und stets hypochondrischen Franzosen immer Arzneidöschen rasselten. Um *Stahl-Pillen* aus Berlin wird es später gehen.

8. Friedrich an Voltaire

Remusberg, 8. Februar 1737

Monsieur, kümmern Sie sich ganz und gar nicht um den Lärm, den man wegen des Briefwechsels, den ich mit Ihnen unterhalte, schlägt; dies Lärmen kann weder Ihnen noch mir Verdruß bereiten.

Es stimmt, daß abergläubische Leute, von denen es in diesem Land ebenso viele oder womöglich noch mehr gibt als andernorts, davon schockiert wären, daß ich mit Ihnen

Briefe wechsle; diese Leute vermuten des weiteren, daß ich nicht devotest an das glaube, was sie Glaubensartikel nennen. Dank der gängigen üblen Hetze gegen Ihre Person wurden sie von Ihren Feinden bestens auf dem laufenden gehalten, so daß diese braven Frömmler voll heiligen Eifers all jene verdammen, die Sie dem Luther, dem Calvin vorziehen und die in ihrer Verstocktheit so weit gehen, daß sie Ihnen zu schreiben wagen. Um mich von diesen ärgerlichen Belästigungen zu befreien, hielt ich es für das Beste, den Amsterdamer Zeitungsschreiber wissen zu lassen, welche Freude er mir bereiten würde, wenn er mich überhaupt nicht mehr erwähnte.

Das, Monsieur, ist die Wahrheit über alles Vorgefallene; Sie können darin auf mich bauen. Ich kann Ihnen versichern, daß ich es mir als Ehre anrechne, Sie wertzuschätzen, und daß es mir zum Ruhme gereicht ... einem Mann Ihres Ingeniums Ehrerbietung zu bezeugen. Ich werde sogar meine Einwilligung geben, alle Stellen in meinen Briefen drucken zu lassen, wo von Ihnen die Rede ist, auf daß alle Welt sieht, daß ich nicht erröte, mich von einem Manne aufklären zu lassen, dem es zukommt, mich zu bilden, und der nur den Fehler hat, sonstige Menschen allzusehr zu überragen. Doch Sie bedürfen, Monsieur, keiner so schwachen Zeugenschaft wie der meinigen, um Ihr von Ihnen selbst begründetes Renommee zu befestigen. Solch Fundament ist edler und unerschütterlicher als mein nichtiges Loben. In jedem anderen Jahrhundert als diesem würde ich es dem Sieur Tronchin nicht verbieten, frei und in welcher Weise auch immer über mich zu sprechen. Er liefe nicht Gefahr, auf dem Mont Saint Michel den Bajazet abzugeben. Es handelt sich um eine Vorsichtsmaßnahme, und Sie wissen, Monsieur, daß man sich den Gegebenheiten fügen und den Zeitläuften anpassen muß. Ich sah mich genötigt, es so zu handhaben.

Meine Ihnen gewidmeten Verse haben Sie mit solcher Nachsicht entgegengenommen, daß ich mich erkühne, Ihnen eine *Ode sur l'Oubli* zu schicken, deren Thematik, soweit ich weiß, niemals behandelt wurde. Betreffs der Ode bitte ich Sie, Monsieur, um alle Strenge des Meisters und um die harte Unbeugsamkeit eines Zensors. Ihre Korrekturen werden mir weiterhelfen; sie werden mir soviel bedeuten wie von Apoll selbst diktierte Regeln und Musenhauch.

Sie würden mir eine Freude machen, Monsieur, wenn Sie Ihre Einwände gegen die *Metaphysik* Wolffs für mich festhalten würden. Ich hoffe, Ihnen in Kürze den Schluß des Werks schicken zu können. Ich vermute, Sie werden es über die Definition, die er vom *einfachen Ding* gibt, angreifen. Vom selben Autor gibt es eine *Moral*, die unvergleichlich ist: darin ist alles in der nämlichen Reihenfolge behandelt wie in der *Metaphysik;* die Thesen sind eine mit der anderen innig verbunden und reichen, wenn ich mich so ausdrücken darf, einander die Hände, um sich gegenseitig zu stützen. Ein gewisser Jordan, den Sie in Paris kennengelernt haben müssen, hat die Übersetzung unternommen. Er hat den heiligen Paul zugunsten des Aristoteles verlassen.

Am Schluss seiner *Metaphysik* behauptet Wolff die Existenz einer vom Leib getrennten Seele; über ihre Unsterblichkeit äußert er sich mit diesen Worten: *Weil denn die Seele,* meint er, *auf einmahl und nicht Stück für Stück erschaffet wurde, kann GOTT sie nur durch einen klaren Entschluss seines Willens zunichte machen.* Er scheint an die Ewigkeit der Welt zu glauben, wiewohl er davon nicht so klar redet, wie es zu wünschen wäre.

Was man, meinem geringen Auffassungsvermögen nach, Handfestes zu diesem Komplex sagen kann, ist, daß die Welt in der Zeit oder bezüglich fortwährenden Geschehens ewig ist, daß aber Gott, der außerhalb der Zeit ist, vor allem übrigen dagewesen sein muß. Sicher ist, daß die Welt viel älter ist, als wir es vermuten. Falls Gott sie aus aller Ewigkeit heraus erschaffen wollte, so lagen der Wille und die Fähigkeit dafür einzig bei ihm, und daraus folgt notwendig, daß die Welt ewig ist. Monsieur, ich bitte Sie, mich nicht zu fragen, was ›ewig‹ bedeutet, denn ich gestehe vorneweg, daß ich beim Aussprechen dieses Terminus ein Wort in den Mund nehme, das ich selbst nicht allzugut verstehe. Die metaphysischen Fragen bleiben jenseits unseres Begriffsvermögens. Vergebens suchen wir die Dinge, die unser Begreifen übersteigen, zu entschlüsseln, und in dieser törichten Welt gilt die wahrscheinlichste Mutmaßung als das hervorragendste System.

Meines besteht darin, das höchste Wesen zu verehren, das einzig gut, einzig barmherzig ist und schon daher meine Verehrung verdient; soweit ich vermag, den Menschen, um deren Elendiglichkeit ich weiß, Hilfe und Stütze zu sein; mich ansonsten auf den Willen meines Schöpfers zu verlassen, der über mich verfügt, wie ihm gutdünkt, und von dem ich, komme, was kommen mag, nichts zu fürchten habe. Ich schätze, dies ist so ungefähr mein Glaubensbekenntnis.

Falls mich die Vernunft erleuchtet, falls ich mir zu schmeicheln wage, daß sie aus meinem Munde spricht, so tut sie das in einer für Sie höchst vorteilhaften Weise; sie läßt Ihnen als dem größten Manne Frankreichs, als einem Sterblichen, der dem Wort Ehre erweist, Gerechtigkeit widerfahren.

Komme ich je nach Frankreich, wird meine erste Frage sein: Wo ist Monsieur de Voltaire? Nicht der König, sein Hof, Paris, Versailles, weder das schöne Geschlecht noch die Lustbarkeiten werden meine Reiseroute bestimmen; allein Sie. Erlauben Sie, daß ich abermals einen Vorstoß in Richtung *Pucelle*-Dichtung wage. Wenn Sie soviel Vertrauen zu mir haben, daß Sie mich für unfähig halten, einen Mann zu verraten, den ich schätze, wenn Sie mich für einen Mann von Ehre halten, werden Sie's mir nicht verweigern. Ihr Wesen ist mir zu kostbar, als daß ich ihm jemals ein Leid zufügen würde, und jene, die mich kennen, wissen, daß ich weder indiskret noch unvorsichtig bin.

Fahren Sie fort, Monsieur, die Welt aufzuklären. Die Fakkel der Wahrheit konnte keinen besseren Händen anvertraut werden. Ich werde Sie aus der Ferne bewundern und dennoch nicht von meinem Wunsch lassen, Sie eines Tages zu sehen. Sie haben es mir versprochen, und ich behalte mir vor, Sie bei Gelegenheit daran zu erinnern.

Zählen Sie, Monsieur, auf meine Wertschätzung; ich erweise sie nicht leichtfertig und lasse auch nicht leicht von ihr ab. Dies, Monsieur, sind die Gefühle, mit denen ich Ihr sehr verbundener Freund bin Frederic.

Das, Monsieur, ist die Wahrheit: Es ist nicht mehr nachweisbar, was Gazetten über den Briefwechsel geäußert hatten. Jedenfalls war preußischerseits an den Leiter französischer Zeitungen in Holland, Tronchin, wohl die Aufforderung ergangen, sich über den Kronprinzen nicht auszulassen. Weswe-

gen Tronchin zum blutrünstigen Sultan Bajazet in der Benediktinerabtei Mont-Saint-Michel werden könnte, ist eine dunkel gewordene Anspielung.
Zum Ruhme gereicht ...: Die nachfolgenden Worte wurden – später – unleserlich gemacht.
Ode sur l'Oubli: Ode über das Vergessen.
Ein gewisser Jordan: Charles Étienne Jordan, 1700–1745, Theologe, Gelehrter, Geheimer Rath, Freund des Thronfolgers, überdies Initiator des Berliner Armenhauses. Jordan – in der Rheinsberger Intimsprache auch *Hephaistion* oder *Tindal* genannt – oblag die Korrektur der französischen Briefe Friedrichs. Doch der spätere Monarch, dessen Deutsch sich so liest: *Wohr heute gegen Mittag die Sone scheint, So werde ich ausreiten. Kome doch am fenster! ich wolte Dihr gerne Sehen* (an den geliebten Freund Fredersdorff), sollte auch noch im Französischen neue Wörter wagen, einen recht unklassischen Nebensätzebeschuß – gerade in den aufgeregten Kriegspostzeiten.

9. Voltaire an Friedrich

Februar 1737

Les lauriers d'Apollon se fanaient sur la terre,
Les beaux-arts languissaient ainsi que les vertus;
La Fraude aux yeux menteurs et l'aveugle Plutus
Entre les mains des rois gouvernaient le tonnerre.
La Nature indignée élève alors sa voix:
Je veux former, dit-elle, un règne heureux et juste,
Je veux qu'un héros naisse, et qu'il joigne à la fois
Les talents de Virgile et les vertus d'Auguste,
Pour l'ornement du monde et l'exemple des rois.
Elle dit; et du ciel les Vertus descendirent,
Tout le Nord tressaillit, tout l'Olympe accourut;
L'olive, les lauriers, les myrtes reverdirent,
Et Frédéric parut.

(Apollons Lorbeer ward auf Erden welk,
Die Künste darbten wie die Tugenden;
Betrug mit gleißnerischem Blick und Pluton, blind,
Durch Königshand regierten sie den Donnergroll.
So erhob die zornige Natur denn ihre Stimme:
Sie sprach, ich will des Glücks Regentschaft und des Rechts,
Eines Helden Geburt verlange ich, der in sich vereint
Die Gaben des Virgil und des Augustus Tugenden,

Zur Zier der Welt und Königen zum Exempel.
Sie sprach's; und alle Tugenden vom Himmel stiegen,
Der Norden bebte, des Olymps Bewohner kamen;
Es grünten frisch Olive, Lorbeer und die Myrten,
Und Friedrich erschien.)

Möge Ihre Bescheidenheit, Monseigneur, der zartfühlenden Verehrung, welche mein Herz für Sie verspürt, diese kleine Begeisterung nachsehen.

Ich habe die bezaubernden Schreiben Ew. Kgl. Hoheit erhalten und dazu Verse, wie sie Catull zu Zeiten Caesars schrieb. So wollen Sie denn in allem brillieren? Ich weiß jetzt, daß es also Sokrates und nicht Friedrich war, den Ew. Kgl. Hoheit mir verehrten. Ein für allemal, Monseigneur, ich hasse die Verfolger des Sokrates, ohne mich indes Tag und Nacht mit diesem stupsnasigen Weisen zu befassen:

Socrate ne m'est rien, c'est Frédéric que j'aime.

(Was gilt mir Sokrates, Friedrich ist's, den ich liebe.)

Welch ein Unterschied doch zwischen einer attischen Plaudertasche mitsamt seinem Hausdrachen und einem Prinzen, der das Entzücken der Menschen ist und ihnen Glückseligkeit bringen wird.

In Amsterdam geriet ich an zwei Berliner: *Fruere fama tui, Germanice.* Von Ew. Kgl. Hoheit sprachen beide voller Bewunderung. Ich will bei jedem etwas über Sie in Erfahrung bringen. Ich sage also: *Ubi est Deus meus? Deus tuus*, antworten sie mir, kommandiert das prächtigste Regiment der Welt; *Deus tuus* brilliert in allen Künsten und allem holden Zeitvertreib; er ist gebildeter als Alkibiades, spielt die Flöte gleich Telemach und steht weit über diesen beiden Griechen; und darauf entgegne ich wie der greise Simeon:

Wann werden meine Augen meinen Heiland sehen? Ich hätte Ew. Kgl. Hoheit die versprochene *Philosophie* und die nicht versprochene *Pucelle* schon schicken sollen; doch erstens, Monseigneur, müssen Sie mir glauben, daß ich keinen

Augenblick fand, über den ich frei hätte verfügen können. Zweitens führen die *Pucelle* und diese *Philosophie* schnurstracks zum Schierlingsbecher. Seien Sie sich drittens gewiß, daß die Neugier, die Sie als Prinz und denkendes Wesen in Europa wecken, immerfort ein Auge auf Sie hat. Man überwacht unsere Schritte und unsere Worte; man horcht auf alles, weiß alles.

Apropos Tournemine, es kursieren da reizende Verse, die Augustus-Virgilius-Friedrich zugeschrieben werden:

> Il avouera, voyant cette figure immense,
> Que la matière pense.

> (Sieht dies riesige Gesicht er an, wird er zugestehen,
> Daß Materie grübeln kann.)

Nicht Ew. Kgl. Hoheit haben mir solches zugesandt; woher kenne ich's? Zweifeln Sie nicht daran, Monseigneur, daß jedweder ausländische Geschäftsträger, so sehr er Ihnen auch verbunden und so liebenswert er auch sein mag, alles opfern würde, um den Oberen, in deren Diensten er steht, Informationen zustecken zu können. So weit, so übel, das Paket, das ich an Ew. Kgl. Hoheit zu adressieren wage, werde ich nach Wesel abgehen lassen; doch erlauben Sie mir, daß ich Ihnen, gleich Lukrez dem Memmius, wiederhole: *Tantum religio potuit suadere malorum.*

Dieser Vers hätte das Motto des Werks zu sein. Sie sind der einzige Fürst auf Erden, dem ich es zu schicken wage. Betrachten Sie mich, Monseigneur, als den anhänglichsten Ihrer Untertanen, denn ich habe keinen anderen Herrn und will keinen anderen. Verfügen Sie.

Entgegen meinen Plänen reise ich in Kürze wieder aus Holland ab; die Freundschaft ruft mich nach Cirey zurück; man hat nach mir geschickt, um mich zurückzubeordern. Der größte Fürst der Welt ist mir zum Vertrauten geworden. Falls Ew. Kgl. Hoheit mir also Befehle zu erteilen haben, so bitte ich, sie an die Deckadresse Monsieur Du Breuil, Amsterdam, zu schicken; er wird sie für mich aufheben. Spät werden sie mich erreichen; in meinen Klagegesängen wider die Vorsehung wird es deshalb einen langen Passus über die äußerste Ungerechtigkeit geben, daß Cirey nicht nach Preußen gepflanzt wurde. Ich verbleibe, Monseigneur, mit, gestatten Sie mir dieses Wort, zärtlichster Verehrung; etc.

Welch ein Unterschied doch ...: Es handelt sich hier um das vom Menschen offenbar erreichbare Maximum an Schmeichelei. Übertroffen wird es nur noch von den nachfolgenden Einfällen.
Fruere fama tui, germanice: Frei nach Tacitus, *Annales: »Freue Dich Deines guten Rufes, Germanicus.«*
Ubi est Deus meus: »Wo ist mein Gott?«
Wesel: Gehörte zur rheinischen Enklave Brandenburgs.
Tantum religio potuit suadere malorum: Lukrez, *De rerum natura:* »Zu soviel Unheil vermochte die Religion zu raten.«

Voltaire fand bei Herrn Du Breuil Post vor. Ist Émilie beim Kronprinzen nicht erwünscht? Schreckt der Soldatenkönig so heftig ab? Oder warum sonst wird Voltaire erst 1740, zum zweiten Mal 1750 nach Preußen reisen und zeitweise zum Berliner werden?

10. Voltaire an Friedrich

März 1737

Monseigneur, ich weiß nicht, wo beginnen; ich bin trunken vor Freude, Überraschung, Dankbarkeit: *Pollio et ipse facit nova carmina; pascite taurum.*

Sie machen in Berlin französische Verse, wie man sie zu Zeiten des guten Geschmacks und der Lustbarkeiten in Versailles gemacht hat. Sie schicken mir die *Metaphysik* von Monsieur Wolff, und ich wage zu behaupten, daß Ew. Kgl. Hoheit sie eigenhändig übertragen haben könnten. Sie schicken mir Monsieur de Borcke in meine Einsamkeit, Sie wissen, wie teuer mir ein Mann sein muß, der Ihres Wohlwollens würdig ist. Auf einen Schlag bekomme ich vier Briefe von Ew. Kgl. Hoheit; die Sokrates-Büste ist in Cirey angekommen. Ich bin geblendet von so viel Gaben; ich habe die größte Mühe, mich zu fassen, um Dank abzustatten.

Den großen Leidenschaften erteile ich als ersten das Wort; diese Leidenschaften, Monseigneur, sind Sie und Verse.

Moderne Alcibiade, aimable et grand génie,
Sans avoir ses défauts, vous avez ses vertus.
Protecteur de Socrate, ennemi d'Anytus,
Vous ne redoutez point qu'on vous excommunie.
Je ne suis point Socrate; un oracle des dieux
Ne s'avisa jamais de me déclarer sage,
Et mon Alcibiade est trop loin de mes yeux.
C'est vous que j'aimerais, vous qui seriez mon maître,
Vous contre la ciguë illustre et sûr appui,
Vous, sans qui tôt ou tard un Anytus, un prêtre,
Pourrait dévotement m'immoler comme lui.

(Neuer Alkibiades, freundlich großer Genius,
Seine Tugenden haben Sie, seine Fehler nicht.
Als Retter Sokrates' und Feind von Anytos
Fürchten Sie nicht, daß die Kirche Sie verstoßen wird.
Ein Sokrates, der bin ich nicht; Götterspruch
Entschloß sich nie, weise mich zu sprechen,
Und meinem Blicke fern ist mein Alkibiades.
Ich möcht' Sie immer lieben, mein Herrscher sollen Sie sein,
Sie, gegen den Schirling berühmter und sicherer Schutz,
Sie, ohne den ein Priester, ein Anytos früher oder später
Mich fromm opfern könnte wie einstens Sokrates.)

Vorzeiten, Monseigneur, dichtete Augustus für Horaz und Virgil; doch Augustus hat sich durch Verbannungsurteile besudelt. Karl IX. machte recht artige Verse für Ronsard, doch Karl IX. wurde schuldig, weil er die Bartholomäusnacht, schlimmer noch als Verbannungen, zumindest duldete. Ich vergleiche Sie allein mit unserem Heinrich dem Großen, mit Franz I. Zweifelsohne ist Ihnen, Monseigneur, das charmante Chanson Heinrichs des Großen geläufig:

Recevez ma couronne,
Le prix de ma valeur;
Je la tienne de Bellone
Tenez-la de mon cœur.

Das waren mustergültige Menschen und Herrscher; Sie überflügeln sie alle. Mit allem, was Monsieur de Borcke mir von Ew. Kgl. Hoheit berichtete, hat er mein Herz bewegt, doch mich nichts Neues gelehrt.

Sie ahnen wohl, Monseigneur, daß ich Ihre Briefe wegen meiner Reiserei recht spät bekommen mußte. Nun, Madame du Châtelet hat sie mitsamt dem Sokrates in Empfang genommen. Monsieur Thiériot hätte das Paket früher bekommen können; doch Monsieur Chambrier hielt es zurück, und weil er glaubte, daß es sich um Ihr Portrait handelte, wollte er es selbstredend für sich behalten. Émilie ist ganz verzweifelt, daß es bloß Sokrates ist. Der Hof zu Cirey, Monseigneur, hatte sich schon geschmeichelt, mit dem Konterfei des einzigen Prinzen, der auf Erden zählt, ausgezeichnet worden zu sein. Émilie erwartet es; sie verdient es, und Sie sind gerecht.

Monsieur Thieriot war noch immer der Auffassung, ich würde nach Preußen reisen. Die Fülle Ihrer Wohltaten hat so manchen in diesem Glauben gewiegt. Vor fast einem Monat wurde diese Nachricht in den Gazetten gedruckt. Aber, Monseigneur, Ihre Scharfsinnigkeit hat Sie meine Wesensart erkennen lassen; ich bin mir sicher, wenn Sie mir Gerechtigkeit widerfahren ließen, müßten Sie überzeugt sein, daß ich zwar größte Lust habe, Ihnen meine Aufwartung zu machen, daß ich aber keineswegs entschlossen war, zu kommen. Ohne präzise Order bin ich unfähig, einen solchen Schritt zu wagen.

Der Hof Ihres königlichen Vaters und Ihre Person, Monseigneur, locken Ausländer gewiß an; doch ein Schöngeist, der Ihnen verbunden ist, sollte sich nicht ohne Befehl auf diese Reise begeben.

Vor einem Monat noch beabsichtigte ich ganz und gar nicht, Cirey zu verlassen. Madame du Châtelet, deren Seele nach dem Modell der Ihrigen geformt ist und die ganz gewiß eine prästabilierte Harmonie mit Ihnen verbindet, mußte mich an ihrem Hof festhalten, den ich als Freund, als Philosoph, als freier Mann ohne zu zögern jedem Hof aller Könige der Erde vorziehe, denn

... Fuge suspicari
Cujus octavum trepidavit aetas
Claudere lustrum.

Ein Gewittersturm hat mich aus diesem glücklichen Zufluchtsort gerissen; die Verleumdung hat mich in Cirey eingeholt. Seit ich die *Henriade* geschrieben habe, werde ich verfolgt. Halten Sie es für möglich, daß man mir mehr als einmal vorgeworfen hat, ich hätte darin die Bartholomäusnacht in zu gräßlichen Farben gemalt? Daß man mich gottlos schimpft, weil ich erkläre, daß die Menschen nicht auf die Welt gekommen sind, um sich gegenseitig zu vernichten? Schließlich ist der Sturm angeschwollen, und auf Anraten meiner besten Freunde bin ich abgereist. Ich hatte gerade die recht leicht faßlichen Grundsätze der Newtonschen Philosophie skizziert; Madame du Châtelet hatte ihren Anteil daran; Minerva diktierte, und ich schrieb auf. Ich bin nach Leiden gefahren, um das Werk Ihrer und Minervas würdiger geraten zu lassen; ich bin nach Amsterdam gefahren, um es drucken und die Stiche entwerfen zu lassen. Das wird den Winter über dauern. Das ist meine Geschichte und mein Tun; die Gunstbeweise Ew. Kgl. Hoheit gebieten dies Geständnis.

In Holland reiste ich zunächst unter falschem Namen, um Besuchern, neuen Bekanntschaften und Zeitverlust zu entgehen; doch als die Zeitungen sich in beleidigendem Getön ergingen, das meine Feinde angestimmt hatten, entschloß ich mich sofort, sie zu verwirren, indem ich sie Lügen strafte und mich zu erkennen gab.

Ich hatte noch keine Muße, die gesamte *Metaphysik* zu lesen, mit der Sie mich zu beschenken geruhten; das wenige, das ich gelesen habe, kommt mir wie eine goldene Kette vor, die vom Himmel bis auf die Erde reicht. Es gibt darin, um die Wahrheit zu sagen, ein paar so lose Kettenglieder, daß man fürchtet, sie reißen; doch verraten sie soviel Geschick der Herstellung, daß ich sie bestaune, egal wie zerbrechlich sie sein mögen.

Ich sehe wohl, daß man die Art prästabilierter Harmonie, auf die es Monsieur Wolff ankommt, attackieren kann und daß es mancherlei gegen sein System vorzubringen gibt; aber nichts läßt sich gegen seine Tugend und gegen sein Genie sagen. Ihn als Atheisten, Immoralisten zu klassifizieren, ihn sogar zu verfolgen, kommt mir absurd vor. Alle Theologen aller Länder, Leute, die von heiligen Schimären trunken sind, ähneln jenen Kardinälen, die Galilei verdammten. Wollen sie Monsieur Wolff lebendigen Leibs verbrennen, weil er gescheiter ist als sie? Großer Prinz, Schutzengel Wolffs und der Vernunft, weites und heiteres Ingenium, reicht denn nicht Ihr Augenzwinkern, um die Toren schweigen zu machen?

In den Briefen, die ich von Ew. Kgl. Hoheit erhalte, fällt mir unter den vielen Bemerkungen des Fürsten und des Philosophen jene Stelle auf, an der Sie meinen: *Caesar est supra grammaticam.* Das ist wohl wahr; es steht einem Fürsten wohl an, kein Purist zu sein; aber es steht ihm nicht an, wie eine Frau zu schwätzen und zu orthographieren. Ein Fürst muß in allem die hervorragendste Erziehung genossen haben; und da Ludwig XIV. nichts wußte, nicht einmal die Sprache seines Landes beherrschte, schließe ich daraus, daß er schlecht erzogen war. Er wurde gerecht und weise geboren; aber man brachte ihm bloß Tanzen und Lautenspiel bei. Er las nie, und wenn er gelesen, wenn er Geschichte gekannt hätte, so gäbe es in Berlin weniger Franzosen. Ihr Königreich hätte sich 1686 nicht durch den Aderlaß an seinem bereichern können. Er hätte weniger auf den Jesuiten Le Tellier gehört; er hätte etc., etc., etc.

Entweder war Ihre Erziehung Ihres Genies würdig, Monseigneur, oder Sie haben sich selbst geholfen. Es gibt heute auf Erden keinen Prinzen, der so denkt wie Sie. Es ärgert mich über die Maßen, daß Sie keinerlei Nebenbuhler besitzen. Ich werde mein Lebtag lang etc.

Pollio et ipse facit ...: Virgil, *Eklogen:* »Pollio schreibt nun selbst ein neues Lied; so weidet einen Stier ihm ...«
Monsieur de Borcke: Kaspar Wilhelm Borcke, preußischer Geschäftsträger in London.
Anytos: Hauptankläger des Sokrates.
Recevez ma couronne ...: »Empfangt meine Krone,/Meiner Tapferkeit Preis;/Ich empfing sie von Bellona (römische Kriegsgöttin)/Mein Herz gibt sie Euch.«

Monsieur Thiériot: Nicolas-Claude Thiériot, 1696–1772, Voltaires Kollege aus Advokatslehrzeiten und später sein Faktotum in Paris.
Fuge suspicari ...: Horaz, *Oden:* »Hüte Dich, Argwohn zu hegen/Mein Alter eilt ja schon/das Vierzigste zu vollenden.«
Prästabilierte Harmonie: Den Gedanken einer alles beherrschenden Wohlordnung hatte Wolff von Leibniz entlehnt.
Caesar est supra grammaticam: »Caesar steht über der Grammatik.«
So gäbe es in Berlin weniger Franzosen: Nach der Aufhebung des Edikts von Nantes entkamen viele Hugenotten vor ihrer Zwangskatholisierung nach Preußen.
Le Tellier: Berüchtigt fanatischer Beichtvater des Sonnenkönigs.

11. Friedrich an Voltaire

Remusberg, 7. April 1737

Monsieur, alles, bis hin zu der Art, Ihre Post zu siegeln, sind Sie Garant hübscher Aufmerksamkeiten. Sie sprechen mit mir in schmeichelhaftester Weise, Sie überhäufen mich mit Lob, Sie verleihen mir Titel, die allein großen Männern zustehen, und ich sinke unter der Bürde Ihrer Lobpreisungen zusammen.

Mein Reich, Monsieur, wäre wahrhaft winzig, bestünde es nur aus Untertanen Ihres Verdiensts. Braucht es Könige, um über Philosophen zu regieren? Unwissende, um Gebildete zu lenken? mit einem Wort: Männer, die Sklaven ihrer Leidenschaften sind, um die Untugenden derjenigen zu zügeln, die sie von sich aus unterdrücken, und zwar nicht aus Furcht vor Strafen, nicht aus der kindischen Angst vor Hölle und Teufel, sondern aus Liebe zur Tugend?

Die Vernunft ist Ihr Führer, sie ist Ihr Souverän, und Heinrich der Große ist der Heilige, der Sie behütet. Ein fremdländischer Beistand wäre überflüssig. Trotzdem, sähe ich mich angesichts meiner jetzigen Position in der Lage, Sie die Stärke meiner Gefühle spüren zu lassen, so fänden Sie in mir einen Heiligen, den Sie nie vergebens anflehen würden. Ich gebe Ihnen vorab eine kleine Kostprobe. Mir scheint, daß Sie mein Portrait wünschen; Sie wollen es, ich habe es in Auftrag gegeben.

Um Ihnen zu zeigen, in welchen Ehren bei uns die Künste stehen, sollen Sie wissen, Monsieur, daß es keinen Zweig gibt, den wir nicht gern veredeln wollen. Einer meiner Kavaliere, mit Namen Knobelsdorff, der nicht nur den Pinsel zu führen versteht, hat dieses Portrait gemalt. Er weiß, daß er für Sie arbeitet und daß Sie Kenner sind; das ist Ansporn genug, um sich selbst zu übertreffen. Einer meiner intimen Freunde, der Baron von Keyserlingk, auch Caesarion genannt, wird Ihnen mein Bild überbringen. Er wird Ende nächsten Monats in Cirey sein. Wenn Sie ihn sehen, mögen Sie darüber befinden, ob er nicht die Wertschätzung jedes Mannes von Welt verdient. Ich bitte Sie, Monsieur, sich ihm anzuvertrauen. Er ist beauftragt, Sie in puncto *Pucelle, Philosophie de Newton* und *Histoire de Louis XIV* zu bedrängen, aus Ihnen soviel herauszuquetschen, wie er nur kann.

Wie auf Ihre Verse antworten, wenn man nicht als Poet zur Welt gekommen ist? Ich bin nicht so verblendet, mir einzubilden, daß ich ein Talent für Verse hätte. In einer fremden Sprache zu schreiben, Verse zu formen und, was schlimmer ist, sich den Tadel Apolls zuzuziehen, das ist zuviel.

Je rime pour rimer; mais est-ce être poëte
Que de savoir marquer le repos dans un vers,
Et, se sentant pressé d'une ardeur indiscrète,
Aller psalmodier sur des sujets divers?
Mais, lorsque je te vois t'élever dans les airs,
Et d'un vol assuré prendre l'essor rapide,
Je crois, dans ces moments, que Voltaire me guide;
Mais non, Icare tombe, et perit dans les mers.

(Ich reime, um zu reimen; doch heißt es Dichter sein,
Wenn man die Zäsur in einem Verse setzen kann
Und mit unverhülltem Eifer sich getrieben sieht,
Zu psalmodieren über jenes oder dies?
Doch wenn ich Dich dann in den Äther steigen seh'
Und mit festem Flügelschlag rasch entschwinden,
Dann glaub' ich, daß Voltaire mich mitentführt;
Aber nein! Es stürzet Ikarus und ertrinkt im Meer.)

Es stimmt, wir anderen Poeten versprechen viel und halten wenig. Im selben Augenblick, in dem ich für alle schlechten Verse, die ich Ihnen geschickt habe, Abbitte leiste, verfalle ich in die nämliche Unart. Berlin möge Athen werden; ich will hoffen, daß dieses Prophetenwort sich erfüllt; Berlin könnte nicht umhin, eine der berühmtesten Städte Europas zu werden, wenn es in der Lage wäre, Monsieur de Voltaire anzulocken.

Ich unterwerfe mich, Monsieur, Ihren Argumenten. Sie begründen Ihre Verse vortrefflich. Die alten Römer hatten anstelle von Kriegsstandarten Heubüschel. Ich stimme zu, Sie werden mich aufklären, Sie werden mich unterweisen; Sie werden mich noch aus meiner Dummheit lernen lassen.

Wodurch hat mein Regiment Ihre Neugierde erregt? Ich wünschte, daß es wegen seiner Tapferkeit und nicht wegen seiner Pracht bekannt wäre. Nicht durch eine hohle Maschinerie des Pomps und der Herrlichkeit, nicht durch äußerlichen Glanz soll ein Regiment bestechen. Die Truppen, mit denen Alexander sich Griechenland unterwarf und den größten Teil von Asien eroberte, waren von ganz anderer Art. Ihr einziger Schmuck war das Schwert. Lange und bittere Gewöhnung hatten sie für ihr Werk abgehärtet; sie wußten Hunger, Durst und alle Strapazen zu ertragen, die rauhe Kriegszeiten mit sich bringen. Eine strenge und unerbittliche Disziplin hielt sie zusammen, ließ sie alle dem einen Ziel entgegenstreben und versetzte sie in die Lage, zügig und energisch die weitestgesteckten Pläne ihrer Heerführer auszuführen.

Was die Frühzeit der römischen Geschichte angeht, so bin ich aus einem Grund, der Sie verblüffen wird, an einer Klärung interessiert. Um Ihnen das zu erläutern, bin ich gezwungen, eine Kleinigkeit zu erwähnen, die ich in aller Kürze darlegen möchte.

Vor etlichen Jahren entdeckte man im Vatikan eine Handschrift mit der Geschichte von Romulus und Remus, ganz anders erzählt, als wir sie kennen. Diese Handschrift legt dar, daß Remus der Verfolgung durch seinen Bruder entkam und sich in die nördlichen Provinzen Germaniens, an die Gestade der Elbe flüchtete, um vor der eifersüchtigen Raserei in Sicherheit zu sein; daß er dort an einem großen See eine Stadt baute; und daß er nach seinem Tod auf einer Insel begraben wurde, die wie ein Berg aus dem See aufragt.

Vor vier Jahren waren nun im Auftrag des Papstes zwei Mönche hier, um die Siedlung, die Remus gegründet hatte, auszukundschaften. Nach der Beschreibung, die ich eben gab, befanden sie, daß es Remusberg, was Mons Remus bedeutet, sein mußte. Um die Gebeine des Remus zu finden, haben die braven Patres die Insel von einem Ende zum anderen umwühlen lassen, um die sterblichen Überreste des Remus aufzuspüren. Sei's, daß sie nicht sorgfältig genug einbalsamiert worden waren, sei's, daß die Zeit, die alles zerstört, sie in Staub verwandelt hat, Tatsache ist, daß man nichts fand.

Eine auch nicht besser verbürgte Überlieferung besagt, daß vor hundert Jahren, als der Grundstein zu diesem Schloß gelegt wurde, zwei Steine zum Vorschein kamen, in welche die Sage vom Geierflug geritzt war. Wenngleich die Zeichen stark verwittert waren, ließ sich doch dies und das erkennen. Unsere gotischen Vorfahren, die leider höchst unwissend und an Altertümern uninteressiert waren, versäumten es, diese kostbaren Geschichtsmonumente für uns zu bewahren, und ließen uns somit in dunkler Ungewißheit über eine derart wichtige Begebenheit.

Als vor drei Jahren die Erde im Park umgegraben wurde, fanden sich eine Urne und römische Münzen, die aber so uralt waren, daß die Prägung mehr oder weniger verschwunden war. Ich habe sie Monsieur de la Croze geschickt. Er schätzte ihr Alter auf möglicherweise siebzehn- bis achtzehnhundert Jahre.

Ich hoffe, Monsieur, daß Sie mir für die Anekdote, die ich Ihnen erzählt habe, Dank wissen und daß Sie mein Interesse für alles, was die Geschichte eines der Gründer Roms betrifft, dessen Asche ich in meinem Besitz vermute, entschuldigen. Übrigens werfe mir niemand zu große Leichtgläubigkeit vor. Wenn ich sündige, so nicht aus Aberglauben.

Ma foi, se défiant même du vraisemblable,
En évitant l'erreur, cherche la vérité.
Le grand, le merveilleux, approchant de la fable;
Le vrai se reconnaît à la simplicité.

(Mein Glaube, vorm Wahrscheinlichen selbst auf der Hut,
Sucht nach der Wahrheit, indem das Irrige er meidet.
Das Gewaltige, Wundersame kommen der Fabel gleich;
Am Einfachen erkennt der Mensch das Wahre.)

Wahrheitsliebe und Abscheu vor Ungerechtigkeit haben mich die Partei von Monsieur Wolff ergreifen lassen. Nackt hat die Wahrheit wenig Macht über den Geist der meisten Menschen; wenn sie sich zeigen will, muß sie von Rang und Würden, vom Schutz der Mächtigen umhüllt sein.

Dummheit, Fanatismus, Aberglaube, blindwütiger Eifer, vermengt mit Neid, haben Monsieur Wolff nachgestellt. Sie haben ihn Verbrechen geziehen, bis nun endlich die Welt den Morgenschimmer seiner Unschuld zu erkennen beginnt.

Ich will mich nicht unrechtmäßig rühmen, noch mich mit fremden Federn schmücken. Ich kann Ihnen versichern, daß ich die *Metaphysik* Wolffs nicht übersetzt habe; einem meiner Freunde kommt diese Ehre zu. Eine Verkettung von Umständen hat ihn nach Rußland geführt, wo er sich, obwohl er ein besseres Los verdiente, seit einigen Monaten aufhält. Mein Anteil an der Arbeit besteht darin, daß ich sie ermöglichte und durchsah. Den Rest der Übertragung hat der Kopist in Händen; ich rechne täglich damit; Sie werden sie in Kürze haben.

Émilies Gedanken an mich sind recht schmeichelhaft. Versichern Sie sie bitte meiner vornehmsten Gefühle.

Car l'Europe la compte au rang des plus grands hommes.

(Denn Europa zählt sie zu den größten Männern.)

Was könnte ich der Newton-Venus verweigern, der höchsten Wissenschaft, gekleidet in den Reiz der Schönheit, mit dem Zauber der Jugend, mit Grazie und Lieblichkeit? Die Marquise du Châtelet will mein Abbild (es wäre an mir, ihres zu erbitten); ich willige ein. Jeder Pinselstrich wird Zeugnis meiner Bewunderung für sie sein.

Diesen Brief schicke ich über Monsieur Du Breuil-Tronchin an die Adresse, die Sie mir angegeben haben. Ich glaube, es wäre gut, mit dem Postmeister in Trier wegen unserer kleinen Korrespondenz ein Arrangement zu treffen. Ehe ich mich dieser Route bediene, will ich warten, bis Sie sich mit ihm abgesprochen haben.

Wann wird der größte der Franzosen derlei Vorsichtsmaßnahmen nicht mehr zu treffen brauchen? Sollten Ihre Landsleute die einzigen sein, die Ihnen den gebührenden Ruhm verweigern? Verlassen Sie dies undankbare Vaterland und kommen Sie in ein Land, wo man Sie verehren wird. Mögen Ihre Befähigungen eines Tages in diesem neuen Athen ihre Belohnung finden.

Amène dans ces lieux la foule des beaux-arts,
Fais-nous part du trésor de ta philosophie.
Des peuples de savants suivront tes étendards;
Éclaire-les du feu de ton puissant génie.
Les myrtes, les lauriers, soignés dans ce canton,
Attendent que, cueillis par les mains d'Émilie,
Ils servent quelque jour à te ceindre le front.
J'en vois crever Rousseau de fureur et d'envie.

(Bring der schönen Künste Schwarm herbei,
Gib uns von Deinem Denkerschatz.
Stämme von Gelehrten folgen Deinen Bannern;
Deines mächtigen Ingeniums Feuer klär sie auf.
Myrten und Lorbeer, gehegt in diesem Kanton,
Erwarten es schon, gepflückt von Emiliens Hand,
Eines Tages zu bekränzen Deine Stirn.
Verrecken seh' ich schon vor Neid und Wut Rousseau.)

Ihre Briefe verschaffen mir ein unendliches Vergnügen; ich gestehe jedoch, daß ich es weit mehr genösse, mich mit Ihnen zu unterhalten und Sie mit lauter Stimme der vollkommenen Hochachtung zu versichern, mit der ich für immer, Monsieur, Ihr sehr verbundener Freund bin Federic.

Ich erhalte gerade l'*Enfant Prodigue.* Es ist voller schöner Stellen und braucht nur noch den letzten Schliff.

Der Baron von Keyserlingk: Dietrich Freiherr v. Keyserlingk, 1698–1745, einer der engsten Gefährten des Kronprinzen und jungen Königs.
Histoire de Louis XIV: Das Jahrhundert Ludwigs XIV. sollte erst 1751 in Berlin erscheinen. Voltaire – ab 1745 zum Hofhistoriographen Ludwigs XV. avanciert – machte in seinem größten Geschichtswerk Geschichtsschreibung unparteiischer und schuf hier das Gesamtbild einer Epoche nach.
Ich unterwerfe mich Ihren Argumenten: In einem Vers seiner *Défense du mondain* hatte Voltaire behauptet, in der Frühzeit seien römische Soldaten unter Heubüschelstandarten vorgerückt.
Car l'Europe la compte ...: Aus der *Henriade.*
Der Zauber der Jugend: Das Licht der Welt erblickte die Marquise 1706.
Enfant prodigue: Der Verlorene Sohn, Tragödie Voltaires.

Nun ist Voltaire wieder in Lothringen.

12. Voltaire an Friedrich

[April 1737]

Monseigneur, anbei, wie befohlen, meine Gedanken zu der Ode, mit der Ew. Kgl. Hoheit die französische Poesie zu verschönern geruhten. Erlauben Sie mir zu wiederholen, wie sehr es mich verwundert, welche Ehre Sie unserer Sprache erweisen; und ohne Sie nun mit all dem, was meine Bewunderung mir eingibt, inkommodieren zu wollen: Ich habe mich en détail jeder einzelnen Zeile gewidmet. Nachdem ich mit Ew. Kgl. Hoheit somit die Blumen der Poesie gepflückt habe, müssen wir zu den Dornen der Metaphysik übergehen.

Gleich Ew. Kgl. Hoheit bestaune ich den umfassenden und exakten Geist, die Methode, den Scharfsinn Monsieur Wolffs. Es scheint mir eine Schande, ihn zu verfolgen, ruhmvoll, ihn zu beschützen. Mit großer Genugtuung erkenne ich, daß Sie als Fürst ihn beschützen, als Philosoph ihn examinieren.

Ew. Kgl. Hoheit haben mit souveränem Geist den wunden Punkt dieser, im übrigen bewunderungswürdigen, *Metaphysik* erspürt. Dies *einfache Ding,* von welchem er spricht, gebiert allerlei Probleme. Er sagt in Paragraph XVI, daß überall dort, wo *zusammengesetzte Dinge* sind, es auch *einfache Dinge* gäbe. Hier seine eigenen Worte: »Wenn keine einfachen vorhanden wären, so müßten alle Theile, sie möchten so klein angenommen werden, als Sie immermehr wollen, aus anderen Theilen bestehen. Da man nun aber keinen Grund anzeigen könte, woher denn die zusammengesetzten Theile endlich herkämen, so wenig als man begreifen könte, woher eine zusammengesetzte Zahl entstanden wäre, wenn sie keine Einheiten in sich fassen solte; so muß man endlich einfache Dinge zugeben, daraus die zusammengesetzten entstanden.«

Dann, Paragraph LXXXI: »So können die einfachen Dinge keine Figur und Größe haben, sie können keinen Raum erfüllen.«

Ließe sich auf diese Behauptungen nicht erwidern: 1. Ein zusammengesetztes Ding ist notwendigerweise unendlich teilbar, was durch die Mathematik erwiesen ist. 2. Ist es nicht physikalisch unendlich teilbar, so nur deshalb, weil unsere Werkzeuge zu grob sind; dementsprechend könnten die Formen und das Nacheinander der Dinge nicht andauern, wenn die Urprinzipien, woraus die Dinge gebildet sind, sich teilten, auflösten. Teilen, zerlegen Sie den Urkeim des Menschen, der Pflanzen, und Menschen und Pflanzen gäbe es nicht mehr. Es muß daher ungeteilte Körper geben.

Daraus folgt jedoch keineswegs, daß diese Urkeime, diese Urprinzipien wirklich unteilbar, einfach, ohne Ausdehnung wären; es wären dann nämlich keine Körper, und man müßte schließen, daß Materie nicht aus Materie zusammengesetzt wäre, Körper nicht aus Körpern; das erscheint doch etwas seltsam.

Was wären dann also die Urprinzipien der Materie? Zweifelsohne teilbare Körper, die jedoch ungeteilt bleiben, solange die Natur der Dinge fortbesteht.

Doch was mag der zureichende Grund für die Existenz von Körpern sein? Diese Frage kann man gewiß nur von zwei Seiten angehen: entweder ist die Beschaffenheit der Körper von Natur aus und zwangsläufig so, oder sie sind das Werk des Willens eines freien und allerfreiesten höchsten

Wesens. Einen dritten Standpunkt gibt es nicht. Aber innerhalb dieser zwei Ansichten gibt es bedeutende Schwierigkeiten zu überwinden.

Auf wessen Seite schlage ich mich? Auf die, wo ich alles in allem weniger Absurditäten zu verdauen habe. Nun, mehr Widersprüche, Schwierigkeiten, Verwirrung mache ich im System der notwendigen Existenz von Materie aus; so bequeme ich mich denn zu der Anschauung, daß ein höchstes Wesen existiere, als der wahrscheinlichsten und glaubhaftesten.

Ich glaube nicht, daß es irgendeine wirklich triftige Beweisführung für die Existenz dieses Wesens gibt, das unabhängig ist von Materie. Ich entsinne mich, daß ich in England nicht davon abließ, dem berühmten Doktor Clarke immer wieder mit solchen Fragen das Leben schwerzumachen: Eine Verknüpfung von Ideen, die immer Probleme zurückläßt, kann man nicht Beweisführung nennen. Zu sagen, daß das Quadrat über der Hypotenuse eines Dreiecks ebenso groß ist wie das Quadrat über den beiden Katheten, ist ein Beweis, der, bei aller Kompliziertheit, nichts offenläßt. Doch die Existenz eines Schöpferwesens bereitet dem menschlichen Geist noch zu viele unüberwindliche Schwierigkeiten. Diese Wahrheit kann somit nicht in den Rang wirklicher Beweise erhoben werden. Ich glaube an sie, an diese Wahrheit; aber ich glaube an sie, wie man an das Wahrscheinlichste glaubt; durch tausend Nebelschwaden hindurch trifft mich dieses Licht.

Vielerlei ließe sich dazu anmerken; doch Ew. Kgl. Hoheit mit philosophischen Gedankengängen zu behelligen, hieße Gold nach Peru verschiffen.

Alle Metaphysik befaßt sich meines Erachtens mit zweierlei: erstens mit allem, was Leute mit gesundem Menschenverstand wissen; zweitens mit dem, was sie nie wissen werden.

Wir wissen beispielsweise, was eine einfache Idee, was eine zusammengesetzte Idee ist; niemals werden wir wissen, was das ist: ein Wesen, das Ideen hat. Wir vermessen die Körper; nie werden wir wissen, was Materie ist. Allein durch Analogien vermögen wir Schlüsse zu ziehen; das ist der Krückstock, den die Natur uns, die wir allesamt Blinde sind, in die Hand gegeben hat, auf daß wir weitergehen und aufs neue auf die Nase fallen.

Das Analogiedenken lehrt mich, daß die Tiere wohl sein könnten, was ich bin, denn ihre Beschaffenheit gleicht meiner, sie haben wie ich Gefühle, gleich mir Gedanken. Will ich das weiterdenken, so stehe ich vor einem Abgrund, und am Rand der Schlucht halte ich inne.

Materie mag ewig sein (was etwas Unbegreifbares an sich hat), sie mag in der meßbaren Zeit erschaffen worden sein (was große Schwierigkeiten mit sich bringt), unsere Seele mag mit uns vergehen, sie mag sich der Unsterblichkeit erfreuen, alles, was ich weiß, ist: Inmitten dieser Ungewißheiten ist es das Weiseste, Ihrer Würdigste, wenn Sie Ihre Seele, vergänglich oder nicht, mit allen Tugenden, allen Freuden und allem Wissen beglücken, die sie aufnehmen kann, als Fürst leben, als Mensch und Weiser, glücklich sind und andere glücklich machen.

Ich erachte Sie für ein Geschenk des Himmels an die Erde. Ich bewundere, daß in Ihrem Alter die Neigung zu Vergnügungen Sie nicht mit sich fortgerissen hat, und ich beglückwünsche Sie unendlich, daß die Philosophie Ihnen die Freude an Zerstreuungen nicht verleidet. Wir sind nicht bloß dazu geboren, Platon und Leibniz zu lesen, Krümmungen zu messen und in unserem Kopf Tatsachen zu ordnen; wir sind mit einem Herzen auf die Welt gekommen, das es zu füllen gilt, mit Leidenschaften, die befriedigt werden wollen, ohne daß man ihr Sklave wird.

Wie entzückt ich von Ihrer Moral bin, Monseigneur! Wie mein Herz sich dazu bestimmt fühlt, Untertan des Ihrigen zu sein! Ich verspüre ungeheure Genugtuung, in allem zu denken wie Sie.

Ew. Kgl. Hoheit geruhten, mir in Ihrem letzten Schreiben mitzuteilen, daß Sie den verstorbenen Zaren für den bedeutendsten Mann des vorigen Jahrhunderts halten; daß diese Einschätzung Sie aber nicht so sehr verblendet, als daß Sie seine Grausamkeiten übersähen. Er war ein großer Fürst, Gesetzgeber, Gründer; aber während ihm die Politik so viel verdankt, welche Vorwürfe hat ihm die Menschheit zu machen! Man bewundert in ihm den Monarchen; aber den Menschen kann man nicht lieben. Fahren Sie nur fort, Monseigneur, und Sie werden vom gesamten Erdkreis bewundert und obendrein geliebt sein.

Es wird eines Ihrer größten Geschenke an die Menschheit sein, wenn Sie Aberglauben und Fanatismus unter Ihren Sohlen zertreten, nicht zulassen, daß ein Mensch in Robe andere Menschen verfolgt, die nicht so denken wie er. Tatsache ist, daß Philosophen niemals Staaten in Bedrängnis bringen. Warum also Philosophen bedrängen? Was schadete es Holland, daß Bayle recht hatte? Warum durfte ein Jurieu, dieser fanatische Prediger, sich anmaßen, Bayle sein bißchen Hab und Gut zu nehmen? Die Philosophen begehren nur Ruhe, sie wollen nichts, als unter einer unangefochtenen Regierung in Frieden leben; aber es gibt keinen Theologen, der nicht auch Lenker des Staates sein möchte. Ist es denn möglich, daß Leute, deren einzige Wissenschaft das Reden ist, die sich nicht verstehen und die nicht verstanden werden, fast überall den Ton angaben und immer noch angeben?

Die Länder des Nordens haben vor dem Süden Europas den Vorzug, daß diese Seelentyrannen hier weniger Macht besitzen als anderswo. Auch sind die Fürsten im Norden meist weniger abergläubisch und bösartig als anderswo. So ein Fürst in Italien wird sich ans Vergiften halten und zur Beichte gehen. Derartige Tröpfe, derartige Monster kennt das protestantische Deutschland nicht; und im allgemeinen würde es mir keine Mühe bereiten zu beweisen, daß die am wenigsten abergläubischen Könige immer die besten Herrscher waren.

Sie sehen, würdiger Erbe des Geistes Marc Aurels, wie freimütig ich mit Ihnen zu sprechen wage. Auf Erden sind Sie beinahe der einzige, der solche Sprache verdient.

Meine Gedanken zu der Ode: Ode über das Vergessen.
Paragraph XVI: In der greifbaren Ausgabe der *Vernünfftigen Gedancken,* dem Nachdruck der Ausgabe von 1740, handelt es sich um Paragraph 76.
Doktor Clarke: Samuel Clarke, Verfasser von *A Demonstration of the being and attributs of God.*
In allem zu denken wie Sie: Planloses Loben gibt es bei Voltaire wohl nicht – hin und wieder mag er schon einen preußischen Orden, diesen oder

jenen mit Leibrente versehenen Titel im Auge gehabt haben. Briefe an Katharina die Große trugen ihm Jahrzehnte später jedenfalls viel Pelzwerk ein.
Der verstorbene Zar: Es ging um Peter den Großen.
Jurieu: Geistlicher in Rotterdam, erst Bayles Freund, später Betreiber von dessen Entlassung aus seinem Lehramt, was auch den Verlust seiner Pension bedeutete.

13. Friedrich an Voltaire

Amalthea, 14. Mai 1737

Monsieur, bitte vergeben Sie mir die Ungerechtigkeit, die ich in meinem letzten Brief Ihrer Offenheit widerfahren ließ. Ich bin entzückt, mich getäuscht zu haben und zu sehen, daß Sie mich zur Genüge kennen, um mir die Fehler zu zeigen, die ich begangen habe.

Ich überspringe die Verdammung meiner Ode. Ich gebe alle Fehler zu, die Sie mir vorwerfen; aber weit davon entfernt, mich entmutigen zu lassen, behellige ich Sie weiterhin mit einigen meiner Werke, die ich Sie mit derselben Strenge zu korrigieren bitte. Falls es sonst nichts nützt, so ist es doch zumindest eine treffliche Methode, Ihnen ein paar gute Verse abzuschwindeln.

Was für ein Unterschied, wenn zwei verschiedene Menschen ein und dasselbe Thema abhandeln.

Les Grâces, qui partout accompagnent vos pas,
En prêtant à mes vers le tour qu'ils n'avaient pas,
Suppléent par leurs soins à mon peu de pratique,
Ornent de mille fleurs mon ode prosaïque,
Et font voir, par l'effet d'un assez rare effort,
Que ce que vous touchez se convertit en or.

(Die Grazien, die Ihren Schritt überall begleiten,
Leihen meinen Versen, was an Feinheit ihnen fehlt,
Ersetzen durch Sorgfalt meine wenige Übung,
Schmücken mit tausend Blumen meiner Ode rohen Ton,
Und zeigen das Wirken von seltenem Tun,
Daß, was Sie anrühren, zu Gold verwandelt sich.)

Ich komme jetzt zur Philosophie. In allem folgen Sie dem Pfad der großen Geister, die, weit entfernt, sich von Regungen niedriger und bösartiger Eifersucht beflügeln zu lassen, das Verdienstvolle anerkennen, wo immer sie darauf stoßen, und es sich unvoreingenommen aneignen. Anstelle von Monsieur Wolff gratuliere ich Ihnen zu der schmeichelhaften Weise, in der Sie sich zu seiner Sache äußern. Ich sehe, Monsieur, daß Sie die Schwierigkeiten um das *einfache Ding* genauestens erfaßt haben. Gestatten Sie, daß ich darauf antworte.

Die Mathematiker beweisen, daß eine Linie unendlich oft geteilt werden kann; daß es sich bei allem, was zwei Seiten oder, was dasselbe ist, zwei Gesichter hat, ebenso verhält. Doch wenn ich mich nicht irre, handelt es sich bei der These von Monsieur Wolff weder um Linien noch um Punkte; es dreht sich um unteilbare Einheiten oder Teile, welche die Materie bilden.

Niemand kann oder wird sie jemals wahrnehmen können; also kann man sich dazu nur etwas denken, denn klare Vorstellungen besitzen wir einzig von jenen Dingen, die uns sinnfällig sind. Monsieur Wolff führt alles auf, was das *einfache Ding* nicht ist; er schließt den Raum aus, die Länge, die Breite etc., mit großer Behutsamkeit geht er vor, um dem geometrischen Denken vorzubeugen, welches auf sein *einfaches Ding* nicht mehr anwendbar ist, da ihm materielle Eigenschaften fehlen. Unser Philosoph bedient sich des Kunstgriffs von Sankt Paulus, der uns unserer Einbildungskraft überläßt, nachdem er uns bis vors Heiligste der Himmel geführt hat und durch den Begriff des Unsagbaren ersetzt, was er, ohne Angriffspunkte zu bieten, nicht erklären könnte.

Nun scheint mir nichts richtiger zu sein, als daß jedwede zusammengesetzte Sache aus Teilen bestehen muß. Diese Teile wiederum können aus so vielen Teilen bestehen, wie Sie nur wollen. Am Ende muß man aber doch auf Einheiten stoßen; und nur mangels eines hinreichend feinen Augenorgans und Tastsinns, mangels hinreichend feiner Instrumente werden wir die Materie nie so weit zerlegen können, daß wir diese Einheiten finden.

Was stellen Sie sich vor, wenn Sie an ein Regiment von fünfzehnhundert Mann denken? Sie stellen sich diese fünfzehnhundert Mann als exakt so viele Einheiten oder Individuen vor, die unter einem Befehlshaber vereint sind. Nehmen wir einen dieser Männer heraus: Ich finde, daß er ein endliches Ding ist, das Ausdehnung, Breite, Dicke hat, daß dies Ding begrenzt ist und somit eine Gestalt hat; ich bemerke, daß es teilbar ist (die Erfahrung beweist es); indes vermöchte ich nicht zu sagen, daß es unendlich teilbar ist. Könnte es ein zugleich endliches wie unendliches Ding geben? Nein, denn das beinhaltet einen Widerspruch. Nun, weil eine Sache nicht gleichzeitig sein und nicht sein kann, folgt notwendig, daß der Mensch nicht unendlich ist; also ist er nicht unendlich teilbar; also gibt es Einheiten, die als Ganzes zusammengesetzte Summen ergeben; und diese Summen nennt man, sobald sie zusammengesetzt sind, Materie.

Gern überlasse ich Ihnen den göttlichen Aristoteles, den göttlichen Platon und alle diese Recken der scholastischen Philosophie. Das waren Männer, die im Gerede Zuflucht suchten, um ihre Unwissenheit zu verschleiern. Ihres Rufs wegen glaubten ihre Schüler an sie, und ganze Jahrhunderte begnügten sich damit, aneinander vorbeizureden. In unserer Zeit dürfen wir Wörter nur in ihrem eigentlichen Sinn verwenden. Monsieur Wolff legt jedes Wort per definitionem fest, er regelt seine Verwendung; und indem er die Termini festlegt, kommt er allerlei Streitereien zuvor, die oft nur dem Spiel mit Worten entspringen oder den diversen Bedeutungen, die man ihnen zuschreibt.

Nichts ist wahrer, als was Sie zur *Metaphysik* sagen; doch unabhängig davon gestehe ich, daß ich meinem von Natur aus wißbegierigen Geist nicht verbieten kann, sich in das zu vertiefen, was ihn fesselt und was ihn gerade aufgrund der Schwierigkeiten anzieht, vor die er sich gestellt sieht.

Sie sagen mir auf die verbindlichste Weise der Welt, daß ich ein Trottel bin. Das schwante mir bisher zwar schon, doch jetzt bin ich allmählich davon überzeugt. Ganz im Ernst: Sie haben nicht unrecht; aber jene Vernunft, auf deren Vorherrschaft die Menschen sich soviel einbilden, wer besitzt sie denn? Menschen, die zusammenleben wollten, waren gezwungen, sich Vorsteher zu wählen, sich Gesetze zu geben, um zu lernen, daß es ein Unrecht ist, sich gegenseitig zu töten, zu berauben etc. Wegen eitler Streitfragen, die sie nicht wirklich verstehen, erklären sich diese vernunftbegabten Menschen den Krieg; diese vernunftbegabten Menschen haben hunderterlei verschiedene Glauben, von denen einer absurder ist als der andere; diese vernunftbegabten Menschen wollen gerne lange leben und jammern ihr Lebtag über das langsame Verstreichen der Zeit und über Langeweile. Sind das die Auswirkungen jener Vernunft, die sie von den wilden Tieren unterscheidet?

Man kann mir die klugen Entdeckungen der Mathematiker, die Berechnungen von Monsieur Bernoulli, von Mister Newton entgegenhalten; aber inwiefern waren diese Leute vernünftiger als der Rest? Sie brachten ihr Dasein mit der Suche nach algebraischen Formeln, den Beziehungen zwischen Zahlen zu und nutzten nicht die kurze und knappe Lebensspanne.

Wie lobe ich mir einen Philosophen, der sich in den Armen Émilies zu vergessen weiß! Und gewiß zöge ich ihre Bekanntschaft der Bekanntschaft mit dem Gravitationszentrum, mit der Quadratur des Kreises und dem Goldwasser und mit der Versündigung am Heiligen Geiste etc. unendlich vor.

Sie sprechen, Monsieur, als gebildeter Mensch von den Fürsten des Nordens. Die sind dem Luther und Calvin (nebenbei bemerkt, recht triste Figuren) unbestritten zu großem Dank verpflichtet, da diese sie vom Priesterjoch befreit und durch die Säkularisierung von Kirchengütern ihnen beträchtlichen Reichtum verschafft haben. Dennoch ist ihr Glaube nicht frei von Aberglauben und Frömmelei. Wir haben hier eine Sekte Seeliger, die den Presbyterianern in England ausgesprochen ähnelt und sogar noch unerträglicher ist, weil sie in strenger Rechtgläubigkeit ohne Einspruchsrecht all jene der Verdammung überantwortet, die nicht ihre Ansichten teilen. Man ist genötigt, seine Gefühle zu verbergen, um sich nicht zu ungelegener Zeit Feinde zu machen. Es gibt einen Gemeinplatz, der in aller Munde ist:

Der kennt nicht Recht noch Glauben. Das wiegt soviel wie ein Konzilsbeschluß. Man urteilt einen ab, ohne ihn anzuhören, man verfolgt einen, ohne ihn zu kennen, und die anerkannte Religion eines Landes anzugreifen heißt im übrigen, der Menschen letztes Bollwerk der Eigenliebe zu attackieren, welche sie die überkommenen Gefühle und den Glauben der Väter jedem anderen Glauben vorziehen läßt, mag er auch vernünftiger sein als ihrer.

Über den Fall Bayle denke ich wie Sie, Monsieur. Dieser nichtswürdige Jurieu, der ihn verfolgte, ließ die höchste Pflicht jeder Religion außer acht: Barmherzigkeit. Monsieur Bayle kam mir im übrigen seit jeher nur noch schätzenswerter vor, als er zur Sekte jener Akademiker zählte, die nur das Für und Wider der Dinge gegeneinander abwägen und nicht tollkühn Schlüsse ziehen bei Themen, die uns abgründig erscheinen müssen.

Ich vermeine Sie zu sehen, wie Sie bei Tisch mit erhobenem Glas Ihres Freundes gedenken. Daß Sie Ihr Glas auf mein Wohl erheben, ist für mich schmeichelhafter als der Bau solcher Ehrentempel, wie sie einst für Augustus errichtet wurden. Brutus gab sich mit dem Beifall Catos zufrieden; mir genügt die Geneigtheit eines weisen Mannes.

Unterstützen Sie mich kräftig gegen meine Eigenliebe! Ich halte ihr unablässig die Freundschaft entgegen, die Sie für mich empfinden; aber wie schwierig ist es doch, über sich selbst zu Gericht zu sitzen! und wie sehr muß man doch vor der Eitelkeit, zu der wir einen so natürlichen Hang haben, auf der Hut sein!

Ausgerüstet mit einem Beglaubigungsschreiben und dem Portrait, das Sie unbedingt haben wollen, wird mein Sonderemissär in Kürze gen Cirey aufbrechen. Militärsachen haben seine Abreise verzögert. Er gleicht dem verheißenen Messias; immer rede ich von ihm, und nie kommt er. Ich bitte Sie, ihm auszuhändigen, was Sie meiner Diskretion anvertrauen wollen. Ich verbleibe, Monsieur, mit vollkommener Hochachtung Ihr sehr verbundener Freund Federic.

Amalthea: Diesen Namen gab Cicero dem Landhaus seines Freundes Atticus und Friedrich seinem Garten bei Ruppin.

Ich überspringe die Verdammung ...: Diese Kritik ist, wie manches andere auch, nicht überliefert.
Monsieur Bernoulli: Jakob Bernoulli, 1654–1705, Mathematiker in Groningen und Basel.
Goldwasser: Aurum potabile, mittlerweile als wohl unzureichend eingestuftes Allheilmittel.

In einer einleitenden und umfangreichen Gelegenheitsode bekräftigt Monsieur de Voltaire die preußische Meinung, daß Rheinsberg von Remus gegründet worden sein muß, und: »Das erste Rom, es fiel, nur heilig ist es noch;/Das einzige, wohin ich gehen möcht', ist Remusberg.«

14. Voltaire an Friedrich

Cirey, 27. Mai 1737

Voilà, Monseigneur, soviel zu Mont Remus; ich bin dazu bestimmt, immer andere Ansichten zu haben als Mönche. Ihre beiden Kapuzenaltertümler, die sozusagen vom Papst gesandt wurden, um nachzusehen, ob der Bruder von Romulus Ihren Palast gegründet hat, sollten diesen Remus fürwahr zu einem Heiligen erklären, wenn sie ihn schon nicht zum Grundsteinleger machen konnten; aber wahrscheinlich wäre Remus ebenso verblüfft gewesen, sich nach Preußen versetzt zu sehen, wie darüber, sich im Paradies wiederzufinden.

Mit Ungeduld harrt man im kleinen Paradies von Cirey zweier Dinge, die in Frankreich Seltenheitswert haben werden: des Portraits eines Prinzen wie Euch und des Monsieur de Keyserlingk, den Ew. Kgl. Hoheit mit dem Worte Freund ehren.

Ludwig XIV. meinte eines Tages zu einem Mann, der dem König von Spanien, Karl II., große Dienste erwiesen hatte und sein Vertrauen besaß: Der König von Spanien liebte Euch also sehr? – Ah, Sire, antwortete der arme Höfling, liebt ihr Könige denn überhaupt irgend etwas?

So wollen Sie denn, Monseigneur, alle Tugenden besitzen, die man sonst so vergebens wünscht und für die man die Könige immer im falschen Moment lobte; so ist es nicht genug, durch Geist und Rang den Menschen überlegen zu sein, Sie sind es obendrein durchs Herz. Sie, Fürst und Freund! Zwei große Ehrentitel, die man bisher für unvereinbar hielt.

Nichtsdestoweniger wagte ich stets zu glauben, daß die Empfindung reiner Freundschaft den Fürsten vorbehalten sei, denn für gewöhnlich sind die geringeren Menschen, die sich Freunde nennen, Rivalen. Sie haben immer etwas, um das sie sich zanken: um Ruhm, Stellungen, Frauen und vor allem um Gunstbezeugungen von euch Erdenherren, um welche noch mehr gezankt wird als um die der Frauen, die eigentlich ebensoviel wert sind.

Aber es scheint, daß ein Fürst, und insbesondere ein Prinz wie Sie, sich um nichts zu zanken, keinen Rivalen zu fürchten hat und unbeschwert nach seinem Gutdünken lieben kann. Glücklich, Monseigneur, wer an einer Herzensgüte wie der Ihrigen teilhaben kann! Monsieur de Keyserlingk begehrt zweifellos nichts weiter. Mich wundert nur, daß er fortreist.

Auch Cirey, Monseigneur, ist ein der Freundschaft geweihter Tempel. Madame du Châtelet, die, wie ich Ihnen versichere, alle Tugenden eines großen Mannes besitzt, dazu die Reize ihres Geschlechts, ist des Besuchers nicht unwürdig und wird ihn als Freund des Prinzen Friedrich empfangen.

Monseigneur, Ew. Kgl. Hoheit dürfen dessen gewiß sein, daß in Cirey nie ein anderes Portrait zu sehen sein wird als Ihres. Wir haben eine Amor-Statuette, der wir die Inschrift *Noto Deo* gegeben haben; unter Ihr Portrait kommt: *Soli Principi.*

Ich empfinde es als recht undankbar von mir, daß ich in meinen Briefen an Ew. Kgl. Hoheit nie Neuigkeiten über die französische Literatur mitteile, für die Sie sich zu interessieren geruhen; aber ich lebe in vollkommener Zurückgezogenheit an der Seite der bewunderungswürdigsten Dame dieses Jahrhunderts und dazu mit den Büchern des letzten Jahrhunderts; in meinen Schlupfwinkel sind kaum Neuigkeiten gedrungen, die es verdienten, nach Remusberg zu gelangen.

Unsere schönen Künste sind im Niedergang begriffen, sei's aus Mangel an Ermutigung, sei's, daß die Franzosen heutzutage unglücklicherweise nach dem Besseren streben, nachdem sie das Gute schon im Zeitalter Ludwigs XIV.

gefunden haben, sei's, daß die Natur sich wie überall nach großen Anstrengungen ausruht, wie die Äcker nach üppiger Ernte.

Der dem Menschen nützlichste Zweig der Philosophie, jener, der die Seele betrachtet, wird für uns so lange keinen Wert haben, wie wir nicht frei denken dürfen. Ein gewisser Kreis abergläubischer Leute macht sich hierzulande an der Wahrheit überaus schuldig. Wenn Cicero lebte und wenn er *De natura deorum* oder seine *Tusculanae disputationes* schriebe; wenn Virgil dichten würde:

Felix qui potuit rerum cognoscere causas
Atque metus omnes et inexorabile fatum
Subjecit pedibus strepitumque Acherontis avari!

dann riskierten Cicero und Virgil viel; nur die Jesuiten dürfen alles sagen; ich bezweifle, daß Ew. Kgl. Hoheit, wenn Sie deren Sätze gelesen haben, ihnen dieselbe Ehre zuteil werden lassen wie Monsieur Rollin. Um gute Geschichtsschreibung zuwege zu bringen, muß man in einem freien Lande leben; aber bei den meisten Franzosen, die ins Exil nach Holland oder England gegangen sind, hat sich die Reinheit ihrer Sprache verloren.

Was unsere Universitäten angeht, so kommt ihnen kaum ein anderes Verdienst zu als ihr ehrwürdiges Alter. Die Franzosen haben keinen Wolff, keinen Mac-Laurin, keinen Manfredi, keinen s'Gravesande, keinen Muschenbroek. Unsere Professoren der Physik sind zumeist nicht würdig, bei den ebengenannten auf der Schulbank zu sitzen. Einzig die Akademie der Wissenschaften hält die Ehre der Nation hoch; doch ist das ein Lichtquell, der noch nicht weit genug leuchtet; jedes Akademiemitglied sieht nur sein Feld. Wir haben keine tüchtige Physik, nichts Nennenswertes in der Astronomie, um die Jugend heranzubilden; hier sind wir gezwungen, bei Ausländern unser Heil zu suchen.

Die Oper hält sich, da Musik gefällt; aber unseligerweise wird diese Musik, anders als die italienische, nie den Geschmack anderer Nationen treffen. Das Theater stürzt in den Abgrund. Da ich vom Theater spreche, Monseigneur:

Ich bin zutiefst entsetzt, daß man Ihnen l'*Enfant prodigue* geschickt hat. Zum einen ist die Abschrift, die Sie haben, nicht das wirkliche Stück; zweitens ist das wirkliche nichts als eine Skizze, die abzuschließen ich weder Zeit noch Lust hatte, Ihres Blicks also mitnichten würdig.

Ich spreche mit Ew. Kgl. Hoheit in einer Unbefangenheit, die vielleicht nur allzusehr meinem Naturell entspricht; ich offenbare Ihnen, Monseigneur, was ich von meiner Nation halte, ohne sie dabei herabwürdigen oder aber lobpreisen zu wollen. Ich meine, die Franzosen leben in Europa ein wenig auf Kredit, wie ein reicher Mann, der sich, ohne es zu ahnen, ruiniert. Unsere Nation bedarf der Aufsicht eines Meisters, um wieder aufzublühen; und was mich betrifft, Monseigneur, so verlange ich nichts denn die stete Aufmerksamkeit des Fürsten Friedrich. Nur an Gesundheit mangelt es mir, sonst würde ich, um Ihr Wohlwollen zu verdienen, frischweg arbeiten; aber wenig Genie und kaum Gesundheit, das gibt eine traurige Figur ab.

Ich verbleibe mit tiefstem Respekt etc.

Noto Deo – Soli Principi: »Dem bekannten Gott« – »Dem einzigen Fürsten«.
Mit den Büchern des letzten Jahrhunderts: In der vornehmlich von Pariser Besuchern heimgesuchten Hofhaltung von Cirey arbeitete Voltaire wieder am *Siècle de Louis XIV.*
Felix qui potuit ...: Virgil, *Georgica:* »Glücklich, wem es gelang, das Wesen des Alls zu ergründen/Und der jegliche Angst und das unbarmherzige Schicksal/Unter die Füße sich warf und des gierigen Acherons Toben!«
Monsieur Rollin: Dem Historiographen Rollin hatte der Kronprinz einen Glückwunsch zu einem Werk zukommen lassen. Solche Privatbriefe wurden gern dem Publikum zugänglich gemacht und waren vielleicht schon dementsprechend abgefaßt.
Mac-Laurin: Schottischer Mathematiker.
Manfredi: Italienischer Astronom.
Muschenbroek: Holländischer Naturforscher.

15. Voltaire an Friedrich

Mai 1737

Ich habe den Brief des Prinzen-Philosophen vom 14. Mai erhalten und erfahre, daß ein großes Paket für mich in Amsterdam bei Monsieur Du Breuil-Tronchin verwahrt wird. Das Paket ist wahrscheinlich der zweite Teil der *Metaphysik;* das alles kommt von Ihnen, unvergleichlicher Prinz. Zu Ew. Kgl. Hoheit verhalte ich mich wie ein unendlich kleiner in einem unendlich großen Kreis; alle Linien des unendlich großen Kreises streben zum Zentrum des armen, unendlich kleinen; aber welch ein Unterschied des Umfangs! Ich liebe all das, was Ihr Ingenium liebt; aber ich berühre kaum, was Sie in sich schließen. Ich erblicke in Ihnen nicht nur den Beschützer von Wolff, sondern eine ihm ebenbürtige Intelligenz. Ich werde es wagen, zu dieser Intelligenz zu sprechen.

Sie erweisen mir die Ehre, mir mitzuteilen, daß ein Wesen wie der Mensch nicht zugleich endlich und unendlich sein könne, weil das einen Widerspruch beinhalte. Es trifft zu, daß er nicht endlich und unendlich in ein und demselben Sinne sein kann; doch er kann ein physikalisch endliches und mathematisch unendlich teilbares Wesen sein. Diese Teilung bis ins Unendliche meint nichts anderes als die Unmöglichkeit, einen letzten unteilbaren Punkt zu bestimmen; und diese Unfähigkeit ist es, was die Menschen als das Unendliche im Kleinen umschreiben, ganz so wie wir die Unfähigkeit, die Grenzen des Raums zu bestimmen, als das Unendliche im Großen bezeichnen.

Nehmen wir zum Exempel eine Einheit: 1 ist endlich, aber betrachten Sie ${}^{1}/{}_{2}$, ${}^{1}/{}_{4}$, ${}^{1}/{}_{8}$, ${}^{1}/{}_{16}$ etc.; nie werden Sie diese Zahlenreihe zu Ende führen können. Natürlich ist es trotzdem richtig, daß diese Reihe, eine Hälfte, ein Viertel, ein Achtel, ein Sechzehntel, insgesamt gesehen, jener Einheit entsprechen. Voilà, darin liegt meines Erachtens das ganze Geheimnis des Unendlichen im Kleinen.

Nehmen Sie desgleichen kurz das Unendliche im Großen; es steht fest, daß die Zahlen 1, 2, 4, 8, 16, 32 etc. sich einander niemals annähern. Doch nehmen Sie all diese Zahlen, ohne zu zählen, zusammen; sie entsprechen dem Unendlichen.

Dies ist die Methode der Mathematiker; sie ist gültig, an ihr gibt es nichts zu deuteln.

Zwischen beiden Thesen ist also keinerlei Widerspruch: diese Einheit ist endlich, und die Reihe ${}^{1}/{}_{2}$, ${}^{1}/{}_{4}$, ${}^{1}/{}_{8}$, die dieser Einheit entspricht, ist unendlich.

Diese Wahrheiten, diese mathematischen Beweise ändern keineswegs etwas daran, daß es in der Natur ungeteilte Wesen gibt, Wesenseinheiten, Atome; ohne sie hätte die Welt sich nicht organisiert. Es ist absolut richtig, daß die Materie aus Ungeteiltheiten besteht, weil es unveränderliche Wesen braucht, um sich stets gleichende Keime zu bilden, und weil die Bestandteile zusammengesetzter Wesen keine Bestandteile wären, wenn sie zusammengesetzt wären. Es ist daher absolut richtig, daß die Urstoffe der Dinge harte, feste, ungeteilte Substanzen sind; doch sind diese Urstoffe deswegen unteilbar? Diese Schlußfolgerung ist meiner Ansicht nach nicht zwingend.

Wenn sie freilich aufgeteilt wären, wäre dies Universum ein anderes, doch ist nach wie vor klar, daß sie teilbar sind, da sie Materie, abgegrenzt sind.

Solange die Elemente Feuer, Wasser und Luft so bleiben, wie sie sind, ungeteilt, werden sie sein wie gehabt; ihre Natur wird sich nicht ändern; hingegen vermag der Schöpfer der Natur sie zu teilen.

Nun bleibt nur noch zu begreifen, in welcher Weise, gemäß Monsieur Wolff, die Materie aus *einfachen Dingen* ohne Ausdehnung zusammengesetzt ist; meine arme Seele vermag da nicht zu folgen. Ich warte auf Teil zwo der *Metaphysik,* die Ew. Kgl. Hoheit mir zu verehren geruhen. Ich hoffe, daß dieser andere Teil mir Flügel verleiht, um mich zum *einfachen Ding* emporschwingen zu können; meine beklagenswerte Schwere drückt mich immerfort zum *Ding* mit seiner Ausdehnung zurück.

Wann werden mir Flügel verliehen, um dem am wenigsten einfachen, dem umfassendsten Wesen der Welt, Ew. Kgl. Hoheit, meine Aufwartung zu machen? Madame la Marquise du Châtelet harrt mit Ungeduld dieses liebenswerten Mannes, den Friedrich seinen Freund nennt, dieses Hephaistos, dieses Alexander.

Monseigneur, ich werde Ihre Güte mißbrauchen, werde mir die Freiheit nehmen, Ihr wohltätiges Wesen auszunutzen. Dreist erbitte ich vom Prinzen-Philosophen eine Gnade.

Ich plane seit einigen Jahren, ohne mir über das Wie schon

im klaren zu sein, eine Geschichte dieses halben Alexander, halben Don Quichotte, dieses so berühmten Königs von Schweden. Monsieur Fabrice, der sieben Jahre lang bei ihm war, der Gesandte Frankreichs, der Gesandte der Engländer und ein Oberst in seiner Armee haben mir Memoiren überlassen. Diese Leute könnten sich in vielem getäuscht haben, und ich habe gemerkt, wie schwierig es ist, ein Werk zur Zeitgeschichte zu verfassen. Alle, die genau die gleichen Ereignisse miterlebt haben, sehen sie mit anderen Augen; die Zeugen widersprechen sich. Um die Geschichte eines Königs zu schreiben, müßten sämtliche Zeugen tot sein, nicht anders als in Rom, wo man mit einer Heiligsprechung wartet, bis die Maitressen, Gläubiger, Kammerdiener und Pagen unter der Erde sind.

Überdies werfe ich mir heftig vor, zwei Bände über einen einzigen Mann zusammengeschmiert zu haben, der nicht Sie sind.

Vor allem schäme ich mich, über dermaßen viel Schlachten, dermaßen viel den Menschen angetanes Leid mich ausgelassen zu haben; das reut mich um so mehr, als etliche Offiziere, die von diesen Schlachten erzählen, der Ansicht sind, daß ich nicht die Wahrheit berichtet habe, und zwar weil ich nicht von ihren Regimentern gesprochen hatte; sie vermeinten, ich müßte deren Geschichte aufschreiben.

Besser wäre es gewesen, all diese Details zu den Schlachten in Sarmatien wegzulassen und genauer zu betrachten, was der Zar alles zum Wohle der Menschheit getan hat. Ich schätze eine urbar gemachte Quadratmeile mehr als eine von Leichen übersäte Ebene.

Man hat mit einer neuen Drucklegung meiner Prosa- und Versnarreteien begonnen; mir scheint, daß diese Narreteien nützlicher würden, wenn ich ihnen einen Abriß der großen Taten Karls XII. und der sinnreichen Unternehmungen des Zaren Peter hinzufügte.

In meinem Cireyschen Unterschlupf fehlen mir moskowitische Memoirenwerke. Hier sind Philosophie, die schöne Literatur, Frieden und Glückseligkeit zu Hause; doch irgend etwas Neues aus Rußland ist nicht zur Hand.

Ich werfe mich Ew. Kgl. Hoheit zu Füßen; ich flehe Sie

an, einen informierten Diener, den Sie in Moskau haben, zu bitten, die beigefügten Fragen zu beantworten. Ew. Kgl. Hoheit werde ich es verdanken, die Wahrheit besser erkannt zu haben; ein zwischen Fürsten und Privatleuten seltener Handel. Aber Sie gleichen in nichts anderen Fürsten: die wird man um Güter, um Ehren bitten; Sie ersucht man einzig und allein um Aufklärung.

Salomon des Nordens, die Königin von Saba, besser: von Cirey schließt sich meiner Bewunderung an.

Dieses so berühmten Königs von Schweden: Karl XII.
Sarmatien: Das Land zwischen Weichsel und Wolga.
Prosa- und Versnarreteien: Die Amsterdamer Werkausgabe von 1738.

Fragen zu der neuen Macht im Osten gingen am 27. Juli aus Ruppin an den leicht mit Preußen sympathisierenden kursächsisch-polnischen Gesandten in Petersburg, den dänisch-stämmigen Ulrich Friedrich von Suhm ab.

16. Friedrich an Voltaire

Ruppin, 6. Juli 1737

Monsieur, wäre ich als Poet auf die Welt gekommen, so hätte ich in Versen auf Ihre charmanten Stanzen, Ihren letzten Brief geantwortet; doch Truppenparaden, Reisen, Koliken und Fieber haben die poetische Ader so gründlich verstopft, daß Phoebus sich meinem Bitten, mich mit seinem göttlichen Feuer zu inspirieren, unerbittlich verweigerte.

Remusberg est la seule où je voudrais aller

(Das einzige, wohin ich gehen möcht', ist Remusberg.)

Diese Zeile bereitete mir das größte Vergnügen von der Welt; mehr als tausendmal las ich sie. Ein Genius wie Sie, ein vorurteilsfreier Mann, dessen lebendige Phantasie von Vernunft beherrscht ist, wäre hierzulande eine seltene Erscheinung. Welches Glück gliche meinem, wenn ich meinen Geist von Ihrem nähren könnte, wenn ich mich unter Ihrer Obhut auf den Pfad des wahren Schönen geführt fände!

Die Remus-Geschichte habe ich Ihnen nur als das erzählt, was sie ist. Die Ursprünge der Nationen sind fast immer von Fabeln umrankt; dies belegt nur das Alter der Gründungen. Legen Sie die Anekdote von Remus zur Legende des Heiligen Salbgefäßes und zu den Zaubertaten Merlins.

Die Kapuzenaltertümler werden niemals meine Historiographen noch Führer meines Gewissens sein. Wie Ihre Denkungsart sich doch von diesen Handlangern der Verirrung abhebt! Sie lieben die Wahrheit, jene den Aberglauben; Sie leben christliche Tugenden, jene bescheiden sich damit, sie zu lehren; jene verleumden, Sie verzeihen. Wäre ich Katholik, so würde ich weder den heiligen Franz von Assisi noch den heiligen Bruno zu meinem Schutzpatron wählen. Ich ginge schnurstracks nach Cirey, wo ich Tugenden und Fähigkeiten fände, die Haß und Mönchskutte in jeder Weise ausstechen.

Diese Könige ohne Freundschaftssinn und Dankbarkeit, von denen Sie sprechen, kommen mir wie der Holzklotz vor, den Jupiter den Fröschen zum König gab. Undankbarkeit kenne ich nur durch das Üble, das sie mir angetan hat. Ohne Übertreibung darf ich sogar behaupten, daß ich auf alle Größe verzichtete, wenn ich glauben müßte, daß sie mit Freundschaft unvereinbar wäre. Sie erhalten Ihr Teil von meiner. Ihr Freimut, die Aufrichtigkeit und das edle Vertrauen, das Sie mir bei jeder Gelegenheit bezeugen, machen sie würdig, daß ich Sie meinen Freund nenne.

Ich wünschte, Sie wären Lehrer der Fürsten, Sie lehrten sie, Menschen zu sein, fühlende Herzen zu haben, Sie zeigten ihnen den wahren Lorbeer der Größe und die Pflicht, die sie zwingt, zum Glück der Menschen beizutragen.

Mein armer Caesarion wurde unversehens durch einen Gichtanfall festgehalten. So gut er konnte, hat er sich davon kuriert und sich auf den Weg nach Cirey gemacht. Sie haben zu urteilen, ob er nicht all meine Freundschaft verdient.

Als ich von meinem lieben Freund Abschied nahm, sagte ich zu ihm: Bedenken Sie, daß Sie ins irdische Eden aufbrechen, zu einem Ort, der tausendfach süßer ist als die Insel der Kalypso; daß die Göttin jenes Orts um nichts weniger schön ist als die Verführerin Telemachs; daß Sie in ihr alle

Liebreize des Geistes finden werden, die den körperlichen weitaus vorzuziehen sind; daß dieses Wunder seine Muße der Suche nach Wahrheit weiht. Dort werden Sie den Menschengeist in seiner höchsten Vollendung antreffen, milde Klugheit, von freundlichen Liebesgöttern und Lachen umspielt. Sehen werden Sie zum einen den erhabenen Voltaire, zum anderen den liebenswerten Verfasser des *Mondain;* den, der sich auf die Höhe Newtons schwingt, und den, der ohne Plattheit Phyllis zu besingen versteht, die zur Marquise verwandelt ist. Wie, mein teurer Caesarion, vermöchte man einen Aufenthalt so voller Zauber wieder hinter sich zu lassen? Wie schwach doch die Bande alter Freundschaft gegenüber so vielen Verführungen sein werden!

Mein Begehren lege ich in Ihre Hände; Ihnen, Monsieur, obliegt es, mir meinen Freund wiederzugeben. Vielleicht ist er der einzige Sterbliche, der würdig ist, Bürger von Cirey zu werden; doch denken Sie daran, daß er mein einzig Gut ist, daß es schreiendes Unrecht wäre, ihn mir zu entreißen.

Ich hoffe, daß mein kleiner Emissär, beladen mit Ihrem Goldenen Vlies, das heißt mit Ihrer *Pucelle* und vielen anderen, halb versprochenen, aber noch immer voller Ungeduld erwarteten Werken, heimkehren wird. Sie wissen, ich habe eine entschiedene Vorliebe für Ihre Schöpfungen; sie mir zu verweigern wäre mehr denn grausam.

Ich meine, daß der Verfall des Niveaus in Frankreich nicht so allgemein ist, wie Sie vermeinen. Für die Klarheit und Schönheit des historischen Stils haben die Franzosen weiterhin einen Apoll in Cirey, sie haben Fontenelle, Crébillon; Rollin; d'Olivet für Übersetzungen; einen Bernard und einen Gresset, deren natürliche und geschmeidige Musen ohne weiteres die Chaulieus und La Fares ersetzen können.

Wenn Gresset hin und wieder an der Exaktheit sündigt, so ist das angesichts des Feuers, das in ihm lodert, entschuldbar; voll von Ideen, kümmert er sich nicht mehr um die Worte. Wie wenige vollkommene Werke die Natur doch hervorbringt! wie wenige Voltaires man erblickt! Fast habe ich Monsieur de Réaumur vergessen, der bei uns als Physiker größtes Ansehen genießt. Hiermit haben wir, denke ich, die Quintessenz Ihrer bedeutenden Persönlichkeiten zusammen. Die übrigen Autoren scheinen mir der Aufmerksamkeit nicht wert zu sein. Die schöngeistige Literatur wird nicht mehr so belohnt wie zu Zeiten Ludwigs des Großen. Wenngleich er nicht sehr gebildet war, lag es diesem Fürsten doch am Herzen, die zu fördern, von denen er sich Unsterblichkeit versprach. Er liebte den Ruhm, und dieser edlen Leidenschaft verdankt Frankreich seine Akademie, und daß die Künste dort noch immer blühen.

Was die Metaphysik angeht, so glaube ich, daß sie außerhalb Englands nie vom Glück begünstigt sein wird. Sie haben Ihre Frömmler, wir haben unsere. In Deutschland fehlt es nicht an abergläubischen Leuten, auch nicht an von Vorurteilen beherrschten und bösartigen Fanatikern, die um so unverbesserlicher sind, als ihnen ihre tumbe Unwissenheit den Gebrauch der Vernunft verbietet. Es steht fest, daß man im Dunstkreis solcher Untertanen vorsichtig sein muß. Selbst der ehrenhafteste Mensch der Welt ist verschrieen, wenn er als Mann ohne Religion gilt. Religion ist der Fetisch der Völker. Wer auch immer mit ungeheiligter Hand an sie rührt, er zieht Haß und Abscheu auf sich. Ich liebe Cicero unendlich. In den *Tusculanae disputationes* entdecke ich manche Empfindungen, die meinen gleichen. Lebte er jetzt, riete ich ihm ab, zu sagen:

Mourir peut être un mal, mais être mort n'est rien.

(Sterben mag schlimm sein, der Tod hingegen ist nichts.)

Kurz gesagt, Sokrates hat den Schierlingsbecher der Qual, stillzuschweigen, vorgezogen; aber ich weiß nicht, ob es ein Vergnügen ist, Märtyrer des Irrtums anderer Leute zu sein. Für uns ist die Wirklichkeit auf dieser Welt das Leben. Mir scheint, jeder vernunftbegabte Mensch sollte versuchen, es sich zu erhalten.

Ich versichere Ihnen, daß ich die Jesuiten zu sehr verachte, als daß ich ihre Werke läse. Die bösen Herzen verdunkeln bei ihnen alle geistige Qualität. Unser Leben ist im übrigen so kurz bemessen, und unser Erinnerungsvermögen ist so schwach, daß wir uns allein am Exquisitesten bilden sollten.

Mit dieser Post erhalten Sie die *Histoire de la Vierge de Czenstochow* von Monsieur de Beausobre; ich hoffe, Anlage und Stil dieses Werks werden Ihre Zustimmung finden. Soweit ich mich darin auskenne, konnte ich keine Versündigung an der Reinheit der Sprache ausmachen. Es ist wahr, die meisten Emigranten vernachlässigen diese sehr. Dennoch gibt es etliche unter ihnen, glaube ich, die von der Akademie nicht abgelehnt würden.

Unsere Universitäten und unsere Akademie der Wissenschaften sind in einem traurigen Zustand; es hat den Anschein, als wollten die Musen aus diesen Breiten fliehen.

Friedrich I., König von Preußen, ein Fürst von höchst beschränktem Geiste, leutselig, aber leichtfertig, brachte während seiner Regierung die Künste zum Blühen. Dieser Fürst liebte Glanz und Pracht, er war großzügig bis zur Verschwendung. Hingerissen von all den Lobeshymnen, die man auf Ludwig XIV. sang, meinte er, gleichfalls gepriesen zu werden, wenn er sich jenen Monarchen zum Vorbild nähme. Binnen kurzem war der Hof von Berlin zum Affen Versailles' geworden; alles wurde nachgeahmt, das Zeremoniell bei Hofe, die Redeweise, das gemessene Schreiten, gestelzte Worte, große Musketiere, Chevaux-legers etc. Gestatten Sie, daß ich Sie nicht mit solchen Details langweile.

Die Gemahlin Friedrichs, Königin Charlotte, war eine Fürstin, die zu aller Naturbegabung auch eine vorzügliche Erziehung genossen hatte. Sie war die Tochter des Herzogs von Lüneburg, des nachmaligen Kurfürsten von Hannover. Vom Hof ihres Vaters her war diese Fürstin insbesondere mit Leibniz vertraut. Dieser Gelehrte unterwies sie in den Grundlagen der Philosophie und vor allem der Metaphysik. Die Königin schätzte Leibniz hoch; sie stand mit ihm im Briefwechsel, was für ihn Ursache mancher Reise nach Berlin wurde. Dieser Denker liebte selbstredend sämtliche Wissenschaften; daher war er in allen Meister. Höchst geistreich meinte Fontenelle über ihn, in ihm fände man genug Stoff für einen ganzen Batzen anderer Gelehrter, wenn man ihn nur tranchieren würde. Die Hingabe Leibniz' an die Wissenschaften ließ ihn nie das Bestreben vergessen, ihnen eine Heimstatt zu geben. Er entwarf, mit geringen Modifikationen, für Berlin den Plan zu einer Akademie nach dem Muster der Pariser. Diesen Plan legte er der Königin vor, die davon begeistert war und ihm mit all ihrem Einfluß zu helfen versprach.

Wir streiften Ludwig XIV.; die Astronomen versicherten, sie würden eine Unzahl von Gestirnen entdecken, deren Patenschaft unzweifelhaft dem König zustände; Botaniker und Ärzte weihten ihm ihre Fähigkeiten. Wer hätte solchen Überredungskünsten widerstehen können? Man sieht auch die Resultate. Aus dem Nichts entstand ein Observatorium, die Anatomische Fakultät wurde ins Leben gerufen; und die bestens ausgestattete Akademie bekam Leibniz zu ihrem Direktor. Zu Lebzeiten der Königin stand es um die Akademie nicht schlecht; doch nach ihrem Hinscheiden änderte sich das. Ihr Gemahl, der König, starb auch bald. Andere Zeiten, andere Sorgen. Derzeit verkümmern die Künste mit jedem Tag mehr; mit Tränen in den Augen sehe ich das Wissen von hier entfliehen und dünkelhafte Unwissenheit, plumpe Sitten seinen Platz einnehmen.

Du laurier d'Apollon, dans nos stériles champs,
La feuille négligée est désormais flétrie;
Dieux! pourquoi mon pays n'est-il plus la patrie
Et de la gloire et des talents?

(Auf unsern öden Feldern ist das nicht umsorgte Grün
Von Apollons Lorbeerbaum nunmehr verdorrt;
Götter! warum ist mein Land nicht weiter Vaterland
Des Ruhmes und der Geistesgaben?)

Ich glaube, über den *Enfant Prodigue* habe ich gerecht geurteilt. Ich fand Verse darin, die ich zuerst für Ihre hielt; dann gab es jedoch andere, die eher das Werk eines Schülers als das eines Meisters zu sein schienen.

Wir sind den Franzosen zu Dank verpflichtet, bei sich die Wissenschaften zu neuem Leben erweckt zu haben. Nach grausamen Kriegen haben das Aufkommen des Christentums und die vielen Invasionen der Barbaren den Künsten, die sich von Griechenland nach Italien gerettet hatten, den Todesstoß versetzt; etliche Jahrhunderte der Dumpfheit gingen dahin, ehe die Fackel sich endlich bei Ihnen neu entzündete. Die Franzosen haben das Gestrüpp und die Dornen beseitigt, die der Menschheit den Ruhmespfad versperrten, den man in der schöngeistigen Literatur einschlagen kann. Ist es denn nicht nur allzu gerecht, daß die übrigen Nationen Frankreich für den ihnen allen geleisteten Dienst dankbar bleiben? Gebührt nicht den Menschen, die uns das Leben schenken, und denen, die uns die Mittel an die Hand geben, uns zu bilden, der nämliche Dank?

Was die Deutschen angeht, so ist ihr Fehler nicht ein Mangel an Geist. Gesunder Menschenverstand ist ihnen zugefallen; ihre Wesensart kommt der englischen recht nahe. Die Deutschen sind tüchtig und gedankentief; haben sie sich einmal einer Sache angenommen, dann erweisen sie sich als beharrlich. Ihre Bücher sind von betäubender Konfusion. Wenn man ihre Schwere ein wenig behöbe und sie ein wenig mit den Grazien aussöhnen könnte, so zweifelte ich nicht daran, daß auch meine Nation bedeutende Gestalten hervorzubringen vermöchte. Dennoch gibt es eine Kalamität, die auf immer verhindern wird, daß wir in unserer Sprache gute Bücher bekommen; der Gebrauch der Worte ist nicht festgelegt; und da Deutschland unter eine Unmenge von Souveränen aufgeteilt ist, wird sich kein Mittel finden, daß sie sich den Entscheidungen einer Akademie unterwerfen.

Es bleibt unseren Gelehrten also nichts anderes übrig, als in fremden Sprachen zu schreiben; aber da es höchst schwierig ist, diese gründlich zu beherrschen, steht zu befürchten, daß unsere Literatur niemals Fortschritte machen wird. Eine weitere Schwierigkeit ist nicht geringer als die erste: die Fürsten verachten im allgemeinen die Gebildeten; die wenige Sorgfalt, welche diese Herren ihrem Äußeren widmen, der Studierstubenstaub, der sie bedeckt, und die wenigen Gemeinsamkeiten zwischen einem mit vorzüglichen Abhandlungen möblierten Kopf und dem leeren Schädel dieser Mächtigen sind der Grund dafür, daß man über das Erscheinungsbild der Gelehrten lacht und dabei den bedeutenden Menschen nicht wahrnimmt. Die Ansichten der Fürsten werden von den Höflingen zu sehr beachtet, als daß sie sich entschieden, anders zu denken, und sie stimmen in die Verachtung derer ein, die tausendmal mehr taugen. *O tempora! o mores!*

Ich für mein Teil, der ich mich nicht für das Jahrhundert, in dem wir leben, gemacht fühle, ich gebe mich damit zufrieden, dem Beispiel meinesgleichen nicht nachzueifern. Ohne Unterlaß predige ich ihnen, daß der Dummheit Gipfel der Hochmut ist; und wo ich die Überlegenheit von euch großen Menschen erkenne, halte ich euch meines Weihrauchs und Sie, Monsieur, all meiner Wertschätzung für würdig; Sie haben darauf jeden Anspruch. Betrachten Sie mich als einen uneigennützigen Freund, dessen Bekanntschaft Sie einzig Ihren Verdiensten verdanken. Für alle Zeit, Monsieur, Ihr zutiefst verbundener Freund Federic.

Geschrieben mit einem Fuß im Steigbügel und reisefertig; in zwei Wochen werde ich zurück sein.

Ihr letzter Brief: Ein Briefverkehr im Europa von 1737 war naturgemäß voller Überschneidungen.
Histoire de la Vierge de Czenstochow: Geschichte der Jungfrau von Tschenstochau.
Friedrich I.: Großvater des Kronprinzen, 1657–1713. 1701 legte er sich den Titel eines Königs *in* Preußen zu, woraus der spätere Friedrich II. hier schon das an sich unrechtmäßige, alsbald aber geläufige *von* Preußen macht. Preußen unterstand formal der Lehnshoheit Polens.
O tempora! o mores!: O welche Zeiten! o welche Sitten!
In zwei Wochen werde ich zurück sein: Friedrich reiste nach Pommern ab.

Zuweilen fassen sich die Korrespondenten auch moderner, will sagen: knapper.

17. Voltaire an Friedrich

Juli 1737

Monseigneur, ich bin umringt von Ihren Wohltaten: Monsieur de Keyserlingk, das Portrait Ew. Kgl. Hoheit, der zweite Teil von Monsieur Wolffs *Metaphysik*, die Abhandlung von Monsieur de Beausobre und allem voran der bezaubernde Brief, den Sie mir am 6. Juli aus Ruppin zu schikken geruhten. Damit läßt sich dem Fieber und der Mattigkeit, die mir zusetzen, die Stirn bieten, und ich bemerke, daß man leiden und gleichzeitig glücklich sein kann.

Ihr liebenswerter Gesandter hat keine Gicht mehr; wir werden ihn verlieren. Er ist nur gekommen, damit wir ihn vermissen werden; er kehrt heim zum Prinzen, den er liebt und von dem er geliebt wird; in Cirey hinterläßt er ewiges Gedenken an ihn und die unverrückbare Herrschaft Friedrichs. Mit sich nimmt er meinen Tribut; ich habe gegeben, was ich besaß. Es heißt, es gäbe Tyrannen, die ihre Untertanen ausplünderten; aber die guten Untertanen geben den guten Herrschern aus freien Stücken alles hin.

Ich habe also alles in ein kleines Paket geschnürt, was ich von der *Histoire de Louis XIV* verfaßt habe, einige Vers-Sachen, die im Anhang zur *Henriade* sehr fehlerhaft abgedruckt sind, sowie etliche philosophische Fragmente. Als ich alle meine Gedanken verpackte, sagte ich zu mir:

Pauvre petit génie, oseras-tu paraître
    Devant ce génie immortel?
    Pour être digne de ton maître,
    Il faudrait être universel,
Et tu n'as pas l'honneur de l'être,

(Klein-klägliches Genie, wirst Du es wagen,
    Vor dies unsterbliche Genie zu treten?
    Um würdig Deines Herrn zu sein,
    Heißt's weltumspannend sein,
Und diese Ehre hast Du nicht.)

Dein Fürst, fuhr ich fort, kennt, pflegt alle Künste, von der Musik bis hin zur wahren Philosophie; insbesondere beherrscht er die große Kunst, liebenswert zu sein; wenn sich mit all diesen Vorzügen nicht obendrein Nachsicht verbände, so würde Herr von Keyserlingk nicht ein so voluminöses Paket mit sich schleppen.

Zu guter Letzt haben Sie mir, Monseigneur, etwas eingeflößt, was Fürsten so selten einflößen, das höchste Vertrauen.

Gerne hätte ich die *Pucelle* zum Tribut dazugepackt; Ihr Botschafter wird Ihnen sagen, warum das unmöglich ist. Seit einem Jahr befindet sich dies schmale Werk in den Händen von Madame la Marquise du Châtelet, die es sich nicht entwinden läßt. Die Freundschaft, mit der sie mich ehrt, erlaubt ihr nicht, etwas zu riskieren, das mich auf immer von ihr trennen könnte; um mit mir in tiefer Einsamkeit und Studium zu leben, hat sie auf alles verzichtet; sie weiß, daß das geringste Wissen um dieses Werk mit Gewißheit einen Gewittersturm entfesseln würde. Sie fürchtet jedes Unheil; sie weiß, daß man in Straßburg Monsieur de Keyserlingk nachspioniert hat, daß es wieder so sein wird, daß er belauert wird, daß man ihn vielleicht durchsucht; vor allem weiß sie, daß Sie nicht wegen eines versifizierten Scherzes das Unglück Ihrer beiden Untertanen von Cirey heraufbeschwören wollen. Ew. Kgl. Hoheit würden sehen, daß dies kleine Gedicht einen etwas anderen Tonfall hat als die *Histoire de Louis XIV* und die *Philosophie de Newton; sed dulce est desipere in loco.* Fluch über die Philosophen, die sich nicht die Falten aus ihren Stirnen bügeln lassen! Ich betrachte Verbissenheit als Krankheit; tausendfach ziehe ich vor, zu leiden und zu fiebern, wie es der Fall ist, als trübsinnig zu grübeln. Mir scheint, Tugend, Wißbegier und Heiterkeit sind drei Schwestern, die man niemals auseinanderreißen sollte; diese drei Göttinnen sind Ihre Hofdamen; ich halte sie mir als Maitressen.

Metaphysik macht ein beträchtliches Stück Ihres weiten Horizonts aus; also habe ich nicht gezaudert, Ihnen auf diesem Gebiet meine Zweifel zu unterbreiten und aus Ihren königlichen Händen ein Garnknäuel zu erflehen, das mich durch ein solches Labyrinth geleitet. Sie ahnen nicht, Monseigneur, wie trostreich es für Madame du Châtelet und mich ist, zu sehen, wie sehr Sie als Philosoph denken und wie sehr Ihre Tugend den Aberglauben verachtet. Wenn die meisten Könige in ihren Staaten zum Fanatismus ermutigt haben, so deshalb, weil sie dumm waren, weil sie nicht bemerkten, daß die Priester ihre größten Widersacher sind. Gibt es denn in der Weltgeschichte nur ein einziges Beispiel, daß Priester für Eintracht zwischen Herrschern und deren Untertanen gesorgt hätten? Erblickt man nicht ganz im

Gegenteil allerorten Geistliche, die das Banner der Zwietracht und des Umsturzes schwenken? Sind es denn nicht die Presbyterianer Schottlands, die jenen unseligen Bürgerkrieg entfacht haben, der Karl I. das Leben kostete, einem König, der ein Ehrenmann war? War es nicht ein Mönch, der Heinrich III., König von Frankreich, ermordet hat? Ist Europa nicht immer noch gezeichnet von den Spuren kirchlichen Ehrgeizes? Sind Bischöfe, die zu Fürsten und dann zu Kurfürsten und damit Teilhabern der Macht avancierten, ist ein Bischof von Rom, der die Kaiser auf die Knie zwingt, nicht Zeugnis genug dafür?

Wenn ich bedenke, wie schwach und verrückt die Menschen sind, bin ich stets verwundert, daß die Päpste in Zeiten der Finsternis nicht die Weltherrschaft innehatten.

Ich bin überzeugt, daß es heutzutage nur einem Herrscher zukommt, in seinem Land alle Keime religiöser Raserei und kirchlichen Gezänks zu ersticken. Wichtig ist allein, ein ehrenhafter und nicht ein frömmelnder Mensch zu sein; so töricht die Menschen auch sein mögen, sie verspüren in ihren Herzen sehr wohl, daß Anstand mehr wert ist als Frömmelei. Unter einem frömmelnden König leben ausschließlich Heuchler; ein König, der ein Mensch von Anstand ist, formt Menschen seinesgleichen.

In solche Sphären wage ich mich vor Ew. Kgl. Hoheit aufzuschwingen, denn Ihr göttlicher Charakter gibt mir Mut zu allem. Soeben habe ich mit Monsieur Keyserlingk ein Gespräch geführt; er hat meinen Eifer und meine Verehrung für Ihre Person noch mehr entflammt. Mein Unglück ist, daß meine Gesundheit es wohl nicht zulassen wird, Zeuge Ihrer kommenden Wohltaten zu werden, des großen Beispiels, das Sie geben werden. Glücklich die, die solche herrlichen Tage erleben dürfen! Aus nächster Nähe werden andere den Ruhm und das Glück Ihrer Herrschaft gewahren; doch ich, ich werde die Güte des Philosophen-Prinzen genossen haben, ich werde die Anfänge einer großen Seele erlebt haben, ich werde allzu beglückt gewesen sein etc.

Sed dulce est desipere in loco: »Doch süß ist's, am rechten Orte toll zu sein.«

1737 publiziert Carl v. Linné seine Einteilung des Pflanzenreichs, 1737 schreibt Jean-Philippe Rameau seine Oper *Castor und Pollux*, 1737 ist ein Hochsommer erfüllt von Erklärungen der Wahrheitsliebe und abgründigen Zweifeln an der himmlischen Statthalterschaft Papst Clemens' XII. Dieser nun sechsundachtzigjährige Florentiner war erblindet, gab 1737 jedoch noch den Trevi-Brunnen in Auftrag.

18. Voltaire an Friedrich

Oktober 1737

Monseigneur, es schmerzt sehr, daß Cirey so weit entfernt vom Remusberger Thron liegt. Ihre Geschenke und Ihre Befehle sind immer sehr lange auf Reisen. Am 10. Oktober bekomme ich einen Brief vom 16. August, voll von Versen, hohen Gedanken, schöner Metaphysik und großen Empfindungen, dazu von einer Güte, die mein Herz betört. Ah! Monseigneur, warum sind Sie ein Fürst? Warum sind Sie nicht wenigstens für ein oder zwei Jahre ein Mensch wie andere? Man hätte das Glück, Sie zu sehen; seitdem Sie mir zu schreiben geruhen, ist dies das einzige, was mir fehlt. Sie sind wie der Gott Abrahams, Isaaks und Jakobs; mit den Gläubigen plaudern Sie via Engelsboten. Sie haben uns den Engel Caesarion gesandt, zu früh ist er in seinen Himmel zurückgekehrt; wir haben Sie in Ihrem Abgesandten erkannt. Das Glück, Sie von Angesicht zu Angesicht zu erblicken, ist uns nicht vergönnt; das ist den Erwählten von Remusberg vorbehalten.

Unser kleines Eden Cirey entbietet Ihrem Empyreum untertänigste Grüße, und die Göttin Émilie verneigt sich vor Gott-Friedrich. Über tausend Umwege habe ich schließlich den schönen Brief, die Ode und das dritte Heft der Wolffschen *Metaphysik* erhalten. Wieder einmal sind dies Wohltaten, welche andere Könige, diese armen Menschen, die nichts als Könige sind, nicht zu schenken vermögen.

Ich sage Ihnen über diese etwas lange, ein wenig von Allgemeinheiten erfüllte, im übrigen bewunderungswürdige, logisch geknüpfte und oft höchst tiefsinnige *Metaphysik*, ich sage Ihnen dazu, Monseigneur, daß ich von Wolffs *einfachem Ding* kein Gran begreife. Ich fühle mich unversehens in ein Klima versetzt, in dem ich nicht atmen, auf einen Boden, auf dem ich keinen Schritt tun kann, zu Menschen, deren Sprache ich nicht verstehe. Wenn ich mir schmeicheln dürfte, diese Sprache zu beherrschen, wäre ich womöglich kühn genug, gegen Monsieur Wolff anzutreten, selbstredend mit allem Respekt. Zum Beispiel verneine ich rundweg die Definition von Raum, der, diesem Denker zufolge, die Fülle der Dinge sei. Der reine Raum hat Ausdehnung und braucht dafür keine sonstigen Dinge. Wenn Monsieur Wolff den reinen Raum verneint, so gehören wir in diesem Falle zwei verschiedenen Religionen an; bleibe er bei seiner, ich bleibe bei meiner. Ich bin duldsam, ich finde es exzellent, wenn einer anders denkt als ich; denn ob nun alles angefüllt ist oder nicht, egal, ich meinerseits bin angefüllt mit Hochachtung für ihn.

Ich kann Ew. Kgl. Hoheit nicht genug des Dankes sagen. Sie geruhen weiterhin, mir Memoirenwerke zu des Zaren guten Taten zuzusagen; solche Taten berühren Sie am meisten, sie sind das Vorbild, das Sie übertreffen müssen, und sie sind das Thema, an dem ich zu arbeiten habe. Sie sind geboren, um würdigeren Menschen als den Untertanen des Zaren zu gebieten. Sie haben alles, was diesem großen Mann fehlte, und allem voran ist Ihnen die Menschlichkeit zu eigen, die er unglücklicherweise nicht besaß. Bewunderungswürdiger Prinz, meine Gesundheit liegt stets im argen, und wenn ich weiterleben will, dann nur, um zum Zeugen Ihrer Taten zu werden. Ich wünsche mir, daß Lukrez unrecht hat und daß meine Seele unsterblich ist, damit ich dort oben oder unten in der Tiefe, oder sei's, wo's sei, das Lobsingen auf Sie vernehmen kann; eines ist gewiß, falls ich dann Ohren habe, werden sie hören, daß Sie die Devise unseres kleinen Feuerwerks in Cirey erfüllt haben: *spes humani generis.*

Als Gipfel Ihrer Wohltaten, Monseigneur, senden Sie mir obendrein eine neue Ode von Ihrer Hand. Exakt so vertrieb sich der junge und mußevolle Caesar seine Zeit. Er und Augustus und beinahe alle guten Caesaren haben Verse geschmiedet; ich könnte auch schlechte Fürsten nennen, doch will ich der Poesie keinen Schimpf antun.

Es ist vortrefflich, großer Prinz, daß Sie Ihr Ingenium, das alles umfaßt, auch auf diesem Gebiet üben. Da Sie der französischen Sprache die Ehre erweisen, sie so vorzüglich zu beherrschen, ist dies ein exzellentes Mittel, sie, indem man seine Gedanken in Verse faßt, mit mehr Kraft zu sprechen; denn es gehört zum Wesen von Versen, mehr und dies besser auszudrücken, als die Prosa es erlaubt. Ich habe mir ein zweites Mal die Freiheit genommen, Ihr Werk höchst skrupulös zu untersuchen. Ich erlaube mir, meine Meinung auch noch zum Nebensächlichsten vorzubringen. So vollkommen Ihre Kenntnis der französischen Sprache auch sein mag, allein durch Talent errät man gewisse Redewendungen, gewisse Ausdrucksweisen, deren Gebrauch sich bei uns eingebürgert hat, nicht. Zuweilen ist es unmöglich, ein Wort, das in die Prosa gehört, von jenem zu sondern, das die Poesie duldet, eines, das in der einen Gattung gestattet ist, von jenem, das man nicht willkommen heißt. Wenn ich Latein schreibe, mache ich täglich diese Fehler. Es gibt keinen Zweifel, daß Ew. Kgl. Hoheit das Französische unendlich besser im Griff haben als ich das Latein; dennoch bleiben da immer ein paar Kommata, i-Punkte zu setzen; und um Ihren gnädigsten Willen zu erfüllen, kümmere ich mich um diese Bagatellen.

Ich füge sogar meinen Anmerkungen zu Ihrer Ode einige Verse hinzu und bleibe dabei Ihrem Gedankengang vollkommen treu, versehe ihn nur mit anderen Ausdrücken; das wage ich nur, wenn wiederum Sie meine Stanzen umzuschmelzen geruhen, wenn Sie in einem Augenblick der Muße Ihre eigene Ode ausbessern mögen. Ich weiß um Ihren edlen Eifer, bei jeder Ihrer Unternehmungen Vollkommenheit anzustreben. In der Musik glänzen Sie derartig, daß es derzeit ein Problem ist, einen Musikus zu finden, der Sie überflügelt. Wir haben hier Ihre Kompositionen gespielt. Ihr Portrait hing über dem Cembalo. Sie sind dazu geschaffen, großer Prinz, alle Sinne zu bezaubern! Ah! wie man sich glücklich preisen muß, wenn man in Ihrer Nähe lebt; und wie richtig es von Monsieur de Keyserlingk ist, Sie zu lieben! Als wir ihn sahen, haben wir den Gesandten durch den Prinzen und den Prinzen durch den Gesandten begutachtet. Andere Fürsten, Monseigneur, werden nur Untertanen haben, Sie nur Freunde. Eben das zeichnet Sie aus.

Ich merke, reines Glück ist selten. Ew. Kgl. Hoheit schreiben mir Briefe eines großen Mannes, schicken mir Werke eines Weisen; Sie wissen, wie lang der Weg ist, ehe mich diese Kostbarkeiten erreichen. Monsieur Du Breuil übergibt die Pakete einem Freund, der Verbindungen hat, und all das verursacht viele Umwege. Ich bin wie ein Höfling, bin unersättlich nach neuen Gunstbeweisen. Würden Sie, Monseigneur, den Weg über Monsieur Thiériot versuchen wollen? Er wird die Pakete sicher von Paris nach Cirey expedieren.

Empfangen Sie, Monseigneur, mit gewohnter Güte die aufrichtigen Zeichen tiefen Respekts, herzlicher und unwandelbarer Ergebenheit, Wertschätzung und Leidenschaft, aller Regungen, mit denen ich verbleibe, etc.

Spes humani generis: »Die Hoffnung des Menschengeschlechts.«
Eine neue Ode von Ihrer Hand: Ode *An Madame du Châtelet, über die Verleumdung.*

19. Friedrich an Voltaire

Remusberg, 13. November 1737

Monsieur, ich gestehe, daß nichts trügerischer ist, als Menschen nach ihrer Reputation zu beurteilen. Die Geschichte des Zaren, die ich Ihnen schicke, zwingt mich, die hohe Meinung, die ich von diesem Fürsten hegte, zurückzunehmen. Aus diesem Geschichtswerk wird er Ihnen ganz anders entgegentreten als aus Ihrer Imagination, und nun existiert, wenn ich mich so ausdrücken darf, ein großer Mann weniger in der wirklichen Welt.

Ein Wettstreit günstiger Umstände, vorteilhafter Geschehnisse und die Ahnungslosigkeit der Ausländer haben aus dem Zaren ein heroisches Phantom gemacht, dessen Größe von niemandem in Zweifel gezogen wurde. Ein umsichtiger Historiker, teils Augenzeuge, lüftet indiskret einen Vorhang und zeigt uns diesen Fürsten mit allen menschlichen Mängeln und wenigen Vorzügen. Er ist nicht länger der universelle Geist, der alles ersinnt und alles erkunden will; er ist vielmehr ein Mensch, der beherrscht ist von ganz neuartigen Phantasmagorien, wodurch er einen gewissen

Glanz bekommt und verblüfft. Er ist nicht länger der furchtlose Krieger, der keine Gefahr scheut noch kennt, sondern ein feiger, schüchterner Fürst, den bei Gefahr seine Unerbittlichkeit verläßt; grausam in Friedenszeiten, schwächlich im Krieg, bewundert von Ausländern, gehaßt von seinen Untertanen; ein Mann schließlich, der sich so despotisch gebärdet hat wie kein anderer Souverän und dessen Glück Umsicht ersetzte; im übrigen ein großer Ingenieurskopf, rührig, eifrig und bereit, seinem Wissensdurst alles zu opfern.

So wird Ihnen Zar Peter I. aus diesen Memoiren entgegentreten. Und wenngleich man genötigt ist, eine Unzahl von Vorurteilen fallenzulassen, ehe man den Mut hat, ihn sich von allen seinen großartigen Eigenschaften derart entblößt vorzustellen, ist es dennoch gewiß, daß der Verfasser nichts vorbringt, das nicht voll und ganz beweisbar wäre.

Man darf daraus schließen, daß man nicht vorsichtig genug sein kann, wenn es darum geht, große Männer zu beurteilen. Wer in der römischen Geschichte Pompejus mit bewundernden Augen betrachtet hat, findet einen ganz anderen, wenn er ihn in Ciceros *Briefen* kennenlernt. Die Reputation von Menschen hängt recht eigentlich von der Gunst des Historiographen ab. Der Schein großer Taten hat die Schriftsteller unseres Jahrhunderts dazu bestimmt, den Zaren vorteilhaft zu zeichnen, und ihre Einbildungskraft hat großherzig dem Bilde hinzugefügt, was womöglich noch fehlte.

Es kann sein, daß Alexander nichts weiter als ein berühmter Räuberhauptmann war. Dennoch hat Quintus Curtius Mittel und Wege gefunden, ihn dem Geist aller Jahrhunderte als einen der größten Männer einzuprägen, den die Erde trug, sei es nun, um mit der Leichtgläubigkeit der Völker zu spielen, sei es, um stilistisch zu glänzen. Wieviel Beispielhaftes schaffen doch die Historiker heran, wenn sie für den Ruhm gewisser Monarchen eine ausgesprochene Vorliebe hegen! Aber wo sie Beispiele für Güte anführen, bietet die Geschichte uns Exempel des Hasses und der Seelenschwärze. Erinnern Sie sich nur an die unterschiedlichen Charaktereigenschaften, die Julian, genannt Apostata, zugeschrieben wurden. Haß, Wut, Raserei Ihrer heiligen Bischöfe haben ihn dermaßen entstellt, daß sein Wesen in den Bildern, die ihre Bösartigkeit zeichnete, kaum erkennbar ist. Für ganze Jahrhunderte war dieser Fürst ein Schrecknis, so gewaltige Wirkung hatte das Zeugnis dieser Betrüger! Schließlich ist ein Besonnener gekommen, der die Kunstgriffe der Klosterchronisten durchschaut, dem Kaiser Julian seine Tugenden zurückgibt und die Verleumdung durch die Kirchenväter zerschlägt.

Alles menschliche Handeln ist unterschiedlichen Deutungen ausgesetzt. Über den Guten kann man Gift ausschütten, eine Verdrehung macht die Üblen entschuldbar oder gar lobenswert; die Parteilichkeit oder Unparteilichkeit des Historikers bestimmen das Urteil der Öffentlichkeit und der Nachwelt.

In Ihre Hände lege ich alles, was ich an Bemerkenswertem zu der Geschichte, um die Sie mich ersuchten, sammeln konnte. Diese Memoiren enthalten außergewöhnliche wie unbekannte Fakten, so daß ich mir schmeicheln darf, Ihnen etwas verschafft zu haben, was Sie ohne mich nicht bekommen hätten; betreffs Ihres Werks wird mir dasselbe Verdienst zukommen wie jemandem, der gutes Baumaterial zur Errichtung eines herrlichen Bauwerks beschafft, das von einem berühmten Architekten entworfen wurde.

Haben Sie die Güte, die Epistel der unvergleichlichen Émilie auszuhändigen. Meine Muse habe ich ihr geweiht. Als Lohn für meine Mühen bitte ich sie um unnachsichtige Kritik; und wenn meine Kühnheit mich zu hoch erhob, so kann mein Sturz nur ruhmreich sein, so wie bei jenen berühmten Unglücksmenschen, die durch ihre Verbrechen bekannt wurden. Ich geselle noch einige Kinder meiner Muße hinzu, die ich Sie mit professoraler Präzision zu bessern bitte.

Teilen Sie mir, ich bitte Sie, Neuigkeiten von sich mit und antworten Sie über den Überbringer dieses Schreibens. Seit mehr als einem Monat habe ich keine Post aus Cirey bekommen. Alarmieren Sie meine Freundschaft nicht grundlos mit Befürchtungen um Ihre Gesundheit. Sagen Sie mir wenigstens: Ich lebe und ich atme. Mehr als jedem anderen sind Sie mir diese kleine Aufmerksamkeit schuldig, da wenige

Menschen solche Wertschätzung für Sie empfinden können wie ich, doch selbst wenn ein anderer ebensoviel Wertschätzung empfände, verspürte er doch noch lange nicht die ganze Dankbarkeit, mit der ich, Monsieur, Ihr treu ergebener Freund bin Federic.

Diese Memoiren: Johann Gotthilf Vockerodt, *Erörterungen einiger Fragen, die unter Peters I. Regierung in Rußland vorgegangenen Veränderungen betreffend,* 1737; auf französisch: *Considérations sur la Russie sous Pierre le Grand.*
Julian Apostata: Siehe Brief 2, Anmerkung 2.
Ein Besonnener: Vie de l'empereur Julien par l'abbé de la Bletterie. Diese Biographie von 1735 rehabilitierte den bis dahin als ›letzten Heiden‹ verfluchten römischen Kaiser.
Die Epistel: A la divine Émilie (An die göttliche Émilie).

Auch via *Metaphysik* hat man sich kennengelernt – die Frage, ob das *einfache Ding* aus Deutschland oder das *höchste Wesen* aus Frankreich den Kosmos kreiert habe, ist während eines Jahres des Briefewechselns ungelöst geblieben.

20. Voltaire an Friedrich

Cirey, 20. Dezember 1737

Monseigneur, am 12. dieses Monats habe ich den Brief Ew. Kgl. Hoheit vom 19. November bekommen. In diesem Schreiben geruhen Sie, mir mitzuteilen, daß Sie die Güte hatten, mir ein Paket mit Memoiren zur Regierung des Zaren Peter I. zu schicken, und zugleich weisen Sie mich, mit Ihrer üblichen Bedachtsamkeit, auf den vorsichtigen Gebrauch hin, den ich davon machen soll. Der einzige Gebrauch, den ich davon machen werde, Monseigneur, wird sein, daß ich Ew. Kgl. Hoheit das entsprechend Ihren Hinweisen verfaßte Werk sende; ohne Ihre verbriefte Zustimmung wird es nicht erscheinen. So will ich es mit allem halten, was hier noch entstehen mag; in diesem Sinne nehme ich mir die Freiheit, Ihnen heute über Paris und die Adresse von Monsieur Borcke eine eben vollendete Tragödie zukommen zu lassen, die ich Sie zu begutachten bitte. Ich hoffe, daß mein Paket rascher in Ihren Händen sein wird als Ihres in meinen.

Ew. Kgl. Hoheit versichern mir, daß das Paket, welches die Zaren-Erinnerungen und für mich noch viel kostbarere Sachen enthält, am 10. November an mich abgegangen sei. Sechs Wochen sind verflossen, und noch immer habe ich nichts. Vermehren Sie, Monseigneur, die Zeichen Ihrer Güte um die Auskunft, welchen Postweg Sie gewählt haben, und forschen Sie bei denen nach, denen Sie das Paket anvertraut haben. Falls Ew. Kgl. Hoheit mich weiterhin mit Briefen und Befehlen beehren und weiter mit mir voller mich bezaubernder, vertrauensvoller Güte konversieren wollen, so meine ich, daß es das Beste wäre, die Briefe an Monsieur Pidol, den Postmeister von Trier, zu schicken; die einzige Umständlichkeit wäre die Beförderung bis Trier; nach der Deckadresse dieses Pidol wäre die nächste d'Artigni in Bar-le-Duc. Was die Pakete Ew. Kgl. Hoheit an mich betrifft, wäre der Pariser Weg, Adresse und Vermittlung von Monsieur Thiériot, das Bequemste.

Werden Sie nicht müde, Monseigneur, Cirey mit Ihren Gaben zu bereichern. Die Ohren Madame du Châtelets horchen in die ganze Welt, ebenso ihre Seele und die Ihrige gleichfalls. In italienischer Musik ist sie sehr bewandert; Kompositionen aus Fürstenhand schätzt sie nur gelegentlich. Der verstorbene Herzog von Orleans schrieb eine grauenhafte Oper, *Panthée* genannt. Aber Sie, Monseigneur, sind für uns weder Prinz noch König; Sie sind ein großer Mann.

Man munkelt, Ew. Kgl. Hoheit hätten reizende Verse an Madame de La Popelinière geschickt. Wissen Sie denn überhaupt, Monseigneur, daß Sie in Frankreich bewundert werden? Man betrachtet Sie hier als den jungen Salomon des Nordens. Um es zu wiederholen: Für uns ist es höchst bedauerlich, daß Sie auf die Welt gekommen sind, um woanders zu regieren. Eine Million oder etwas weniger Apanage, ein hübsches Palais in gemäßigten Breiten, Freunde statt Untertanen, von Künsten und Ergötzungen umgeben, Achtung und Bewunderung der Menschen allein sich selbst verdankend, das wäre vielleicht mehr wert als ein Königreich; aber es ist Ihre Pflicht, eines Tages die Preußen zum Glück zu führen. Ah! wie sehr man das den Preußen neidet!

Sie befehlen mir, Monseigneur, Ihnen Regeln zu nennen, wonach die Wörter der französischen Sprache, die in die Prosa gehören, sich von jenen unterscheiden lassen, die der Poesie geweiht sind. Es wäre zu wünschen, daß es hierzu Regeln gäbe; doch wir haben kaum welche für unser Sprechen. Mir scheint, als nisteten Sprachen sich gleich Gesetzen ein. Neue Bedürfnisse, derer man nur nach und nach gewahr wird, bewirken allerlei Gesetze, die sich zu widersprechen scheinen. Es hat den Anschein, als hätten auch die Menschen sich widersprechen und aufs Geratewohl reden wollen. Um dennoch etwas Ordnung in diese Materie zu bringen, will ich poetische Gedanken, Wendungen und Worte umreißen.

Wie Ew. Kgl. Hoheit wissen, ist ein poetischer Gedanke ein funkelndes Bild, das an die Stelle einer natürlichen Vorstellung von der Sache, über die man sprechen will, tritt; in Prosa sage ich beispielsweise: *Er gibt einen jungen, tugendhaften und begabten Fürsten, der Neid und Fanatismus verabscheut.* In Versen würde ich sagen:

O Minerve! ô divine Astrée!
Par vous sa jeunesse inspirée
Suivit les arts et les vertus.
L'Envie au cœur faux, à l'œil louche,
Et le Fanatisme farouche,
Sous ses pieds tombent abattus.

(O Minerva! o göttliche Astrea!
Durch Euch beseelt, folgte seine Jugend
Den Künsten und den Tugenden.
Der Neid mit falschem Herzen, scheelen Blicks,
Und der Fanatismus, wutentbrannt,
Sinken unter seinem Schritt geschlagen hin.)

Eine poetische Wendung meint eine Wörterverkehrung, die in der Prosa nicht erlaubt ist. In Prosa würde ich niemals sagen: *Eines weibischen Herrn politische Verderber,* sondern *politische Verderber eines weibischen Herrn.* Ich würde niemals sagen:

Tel, et moins généreux, aux rivages d'Épire,
Lorsque de l'univers il disputait l'empire,
Confiant, sur les eaux, aux aquilons mutins
Le destin de la terre et celui des Romains,
Défiant à la fois et Pompée et Neptune
César à la tempête opposait sa fortune.

(So, und weniger beherzt noch, vor Epiros' Ufern,
Kämpfte er um die Herrschaft über die Welt,
Dort auf den Fluten und in blasendem Nord,
Anvertrauend den Stürmen das Schicksal der Erde
und Römer,
Trotzend dem Pompejus und dem Neptun,
Führte Caesar wider den Sturm sein Glück ins
Gefecht.)

Dieser Caesar in der sechsten Zeile ist eine rein poetische Wendung, und in Prosa begänne ich das Ganze mit Caesar.

Die Worte, die allein der Poesie vorbehalten sind, ich meine, der edlen Poesie, sind nicht eben zahlreich; in der Prosa würde man zum Beispiel für Pferde nicht *Rosse* sagen, nicht *Diadem* für Krone, *Imperium Frankreich* für Königreich Frankreich, *Schurkereien* für Verbrechen, *Unterfangen* für Taten, *Empyreum* für Himmel, *Lüfte* für Luft, *Ruhmesblatt* für Anerkennung, *kaum daß* für kürzlich etc.

Beim intimen Reden werden in Prosa und Versen ungefähr die nämlichen Worte benutzt. Doch wage ich anzumerken, daß ich die Freizügigkeit ganz und gar nicht schätze, die man sich oft leistet, wenn man in einem Werk, das in sich geschlossen sein muß, wenn man in einer Epistel, in einer Satire nicht nur verschiedene Stile, sondern obendrein unterschiedliche Sprachen vermengt, wie beispielsweise bei Marot und auch heutzutage. Solch ein Kauderwelsch stößt mich ebenso ab wie ein Bild, auf dem sich Gestalten à la Callot, Typen à la Teniers und Personal im Stile Raffaels vereinen. Mir scheint, als ob solche Mixtur die Sprache verdürbe und einzig dazu tauge, jeden Nicht-Franzosen zu verwirren.

Im übrigen, Monseigneur, haben Ew. Kgl. Hoheit durch

Lektüre und Genuß hervorragender Autoren viel mehr gelernt, als es anhand meiner Überlegungen möglich ist.

Was die *Metaphysik* von Monsieur Wolff angeht, so richtet sie sich meines Erachtens ganz nach den Leibnizschen Prinzipien. Ich betrachte beide als sehr große Philosophen; aber sie waren Menschen und folglich dem Irrtum unterworfen. Wer auch immer ihre Fehler brandmarkt, reicht dennoch nicht an sie heran; denn ein Soldat kann seinen General wohl kritisieren, ein Bataillon wird er deswegen noch lange nicht befehligen können.

Sie entzücken mich, Monseigneur, durch das Mißtrauen, das Sie gegen sich selbst an den Tag legen, ebenso wie durch Ihre großen Begabungen. Madame la Marquise du Châtelet, die von Bewunderung für Ihre Person durchdrungen ist, gesellt ihre Respektsbezeugung zur meinigen. Mit Gefühlen der Hochachtung und ehrerbietiger und zärtlicher Dankbarkeit verbleibe ich ein Leben lang etc.

Das entsprechend Ihren Hinweisen verfaßte Werk: Die *Histoire de l'empire de Russie sous Pierre le Grand* wird erst 1763 erscheinen.
Eine eben vollendete Tragödie: Voltaires Breitenruhm basierte in erster Linie auf seinen zahlreichen Tragödien; hier handelt es sich um *Mérope.*
Reizende Verse an Madame de La Popelinière: !!! – der innige Austausch bekommt seine porösen Stellen. Warum auch mußte der preußische Alexander, ohne den Apollon von Cirey zu befragen, Verse an irgendeine La Popelinière schicken? Voltaire am 6. Dezember an seinen Pariser Agenten Thiériot: »Verschaffen Sie mir unbedingt das Gereimte des Prinzen und die dazugehörige Antwort.«
Eines weibischen Herrn politische Verderber: Aus der *Henriade.*
Tel, et moins généreux . . .: Desgleichen.
Marot: Clément Marot, 1495–1544, Poet zwischen mittelalterlicher Farbigkeit und Drang zur Nachahmung klassischer Antike.

Zur Göttlichen Vorsehung ... Und hat sich Voltaire nicht zurückhalten können, eine Satire auf den Soldatenkönig zu schreiben und zu publizieren?

21. Friedrich an Voltaire

Berlin, 25. Dezember 1737

Monsieur, nach langer Pause, während der ich keinen Brief von Ihnen erhielt, wurde ich heute reichlich entschädigt; die heutige Post brachte mir zwei auf einmal, worauf ich dem Datum entsprechend antworten werde.

Nichts überraschte mich mehr als der Brief vom 24. Oktober, in dem Sie mir mitteilen, in welche Aufregung Sie kürzlich eine Mitteilung Thiériots versetzt hat. Betreffs allem, was er Ihnen geschrieben hat, können Sie ruhig und gelassen bleiben, denn Sie stehen keineswegs im Verdacht, einen Anteil an, noch Kenntnis von, noch irgend etwas mit dem Pamphlet zu tun zu haben, das den König zur Zielscheibe hat. Ich will Ihnen diese Affaire knapp darlegen, die im Grunde eine lachhafte Bagatelle ist und gar nicht der Beachtung würdig. Vor ungefähr einem Jahr verkaufte man hier unter der Hand ein verleumderisches Pamphlet, das den Titel *Brief Don Quichottes an den Schwanenritter* trug und die Person des Königs angriff. Die Verse sind recht ordentlich, doch handelt es sich nur um Beleidigungen in Reimform. Der Inhalt ist das Galligste, was je zu Papier gebracht worden ist. Es handelt sich um ein Gewebe von Anekdoten, mit jeder nur denkbaren Bösartigkeit genäht und gräßlich bestickt. Der König hat dies Werk gesehen; doch allein für wirklichen Ruhm und die Anerkennung durch tüchtige Menschen empfänglich, hat er Verfasser und Elaborat souverän übergangen. Man beschränkte sich darauf, den Verkauf unter schwere Strafe zu stellen. Des weiteren weiß man sehr wohl, wo dieses Werk fabriziert wurde. Man weiß, daß der infame Verfasser zu jenen geschäftigen Lohnschreibern gehört, die durch die Feindseligkeit eines ausländischen Hofs zum Verbrechen angestiftet wurden; aber es ist ebenso weit unter der Würde eines Königs, sich mit der Bestrafung eines bösen Winzlings die Zeit zu vertreiben, wie wenn der Schöpfer seinen Blitz auf jedes Reptil schleudern wollte, das rasend tollkühn sich bis zur Gotteslästerung verstiege; dicke Wolken bedeckten immerfort das Antlitz der Erde, und ohne Unterlaß würden Blitze aus den Himmeln herabsausen. Glauben Sie etwa, Monsieur, ich wäre der letzte gewesen, Sie über die angeblichen, gegen Sie konstruierten, beleidigenden Verdächtigungen zu benachrichtigen, wenn sie laut geworden wären? Sie kennen mich recht schlecht, und Sie haben nur eine schwache Vorstellung von meiner Freundschaft. Seien Sie sich gewiß, daß ich mich Ihres guten Rufs angenommen hätte. Ich bin hier für Ihr Renommée zuständig. Seien Sie sich dessen gewärtig, dann verstehen Sie, daß ich hiermit nur sagen will: Ich habe es mir zur Pflicht gemacht, Ihre Reputation gegen Vorurteile von Ignoranten und gegen die Verleumdungen Ihrer Neider zu verteidigen. Ich stehe für Sie mit Leib und Leben ein; und Ihren eigenen Werken entnehme ich Argumente und Exempel, um Ihnen Anhänger zu gewinnen. Ich darf mir schmeicheln, darin erfolgreich zu sein, wenngleich ich mir kein anderes Verdienst zuschreibe, als Sie meinen Landsleuten wirklich nahegebracht zu haben. Ich bitte Sie, Monsieur, sich künftig nicht mehr zu beunruhigen und zu warten, bis von mir ein Alarmsignal kommt.

Ich vergaß zu sagen, daß der Offizier, den Thiériot erwähnt, nicht in meinem Regiment dient und in der Armee als wenig aufrichtiger Mann bekannt ist; das mag Sie noch mehr beruhigen.

Ich habe Ihr metaphysisches Kapitel *Sur la Liberté* bekommen und bin bestürzt, Ihnen sagen zu müssen, daß ich Ihre Auffassung nicht vollkommen teile. Mein System gründe ich darauf, daß man nicht freiwillig auf die Kenntnisse verzichten sollte, die man durch Nachsinnen erlangen kann. Dies vorausgeschickt, unternehme ich jede Anstrengung, um über Gott alles zu erfahren, was ich erfahren kann, wobei mir der Weg über Analogien sehr von Nutzen ist. Vorab erkenne ich, daß ein Schöpfer weise und mächtig sein muß. Da weise, hat er mit seiner zeitlosen Intelligenz den Plan der Welt entworfen; und weil allmächtig, hat er ihn ins Werk gesetzt.

Daraus folgt notwendig, daß der Schöpfer dieses Universums sich beim Erschaffen ein Ziel gesetzt haben muß. Wenn er ein Ziel verfolgt hat, müssen alle Geschehnisse darauf zielen. Wenn alle Geschehnisse darauf zielen, müssen die Menschen gemäß der Absicht des Schöpfers handeln, und folglich entschließen sie sich zu all ihrem Tun nur entsprechend den unwandelbaren Gesetzen ihres Schicksals, dem sie ahnungslos Folge leisten; sonst wäre Gott müßiger Betrachter der Natur. Die Welt regierte sich nach Menschenlaune, und der, dessen Macht das Universum erschaffen hat, wäre überflüssig, seit schwache Sterbliche es bevölkern. Da man sich entschließen muß, ob man für ein passives höchstes Wesen oder für den tätigen Schöpfer und dessen Kreatur stimmen will, gestehe ich, daß ich mich vorderhand zugunsten Gottes entscheide. Es ist natürlicher, daß Gott alles vollbringt und der Mensch Werkzeug seines Willens ist, als sich einen Gott zu denken, der eine Welt schafft und sie mit Menschen bevölkert, um sodann mit verschränkten Armen dazustehen und seinen Willen und seine Macht den Kaprizen des Menschengeistes zu unterwerfen. Das kommt mir so vor, wie wenn ein Amerikaner oder irgendein anderer Wilder zum ersten Mal eine Uhr sieht; er wird glauben, daß der Stundenzeiger sich von selbst dreht, und nicht vermuten, daß es versteckte Federn gibt, die ihn bewegen, und noch weniger wird er vermuten, daß der Uhrmacher die Uhr so gemacht hat, daß sie exakt die Bewegungen tut, die sie tun muß. Dieser Uhrmacher ist Gott. Unser System von Federn ist unendlich subtiler, in sich unverbundener und vielgestaltiger als das der Uhr. Der Mensch ist zu vielem fähig; und weil das System tief in uns verborgen und weil das Prinzip, das uns bewegt, unsichtbar ist, halten wir uns an das, was uns zuerst ins Auge sticht; der, der all die Federn spielen läßt, entgeht unserem schwachen Blick. Er hat jedoch deswegen nicht weniger die Absicht, uns für genau das zu bestimmen, was wir sind; nicht weniger hat er gewollt, daß sich all unsere Taten auf ein Gesamtes beziehen, das Stützung der Gemeinschaft, Wohlergehen des ganzen Menschengeschlechts meint.

Betrachtet man die Dinge für sich, kann es geschehen, daß man ganz andere Inhalte erkennt, als wenn man sie im Zusammenhang mit allem, was mit ihnen in Verbindung steht, betrachtet. Man kann ein Bauwerk nicht nach dem Bruchstück einer Säule beurteilen; doch besieht man sich das ganze Gebäude, gewinnt man eine genaue und klare Vorstellung von seinen Proportionen und Schönheiten. So verhält es sich auch mit den philosophischen Systemen. Sobald man lose Einzelteile nimmt, errichtet man einen Turm ohne Fundament, der folglich in sich zusammenstürzt. Gibt man also zu, daß es einen Gott gibt, so muß dieser Gott

Teil des Systems sein, oder es wäre besser und bequemer, ihn ganz zu leugnen. Der Name Gottes, ohne eine Vorstellung von seinen Eigenschaften und insbesondere ohne eine Vorstellung von seiner Macht, seiner Weisheit und seinem Vorherwissen, ist ein Klanggebilde, das keine Bedeutung und zu nichts einen Bezug hat.

Ich gestehe, daß man, um mich einmal so auszudrücken, das Edelste, das Höchste und das Majestätischste auf einen Haufen schütten muß, um sich, wiewohl höchst unvollkommen, vorzustellen, was dies Schöpferwesen, dies ewige Wesen, dies allmächtige Wesen etc. ist. Trotzdem ziehe ich es vor, mich in seine Allmacht zu versenken, als auf sein Erkennen, auf jede geistige Vorstellung zu verzichten, die ich mir von ihm machen kann.

Kurzum, wenn Gott nicht existierte, wäre Ihr System das einzige, zu dem ich mich bekennen würde; doch da gewiß ist, daß Gott ist, läßt sich gar nicht genug auf seine Rechnung setzen. Hiernach bleibt mir Ihnen nur noch zu sagen, daß ich, da alles wohlbegründet ist und da alles seinen Grund in seinen Voraussetzungen hat, den Grund für Temperament und Verfassung eines jeden Menschen in seiner Leibesmaschine entdecke. Ein aufgeregter Mensch hat eine leicht stimulierbare Galle; ein Misanthrop eine geblähte Milz; der Trinker trockene Lungen, der Verliebte eine robuste Konstitution etc. Nun, weil alles in dieser Weise in unserem Körper disponiert ist, mutmaße ich, daß zwangsläufig jedes Geschöpf klar determiniert ist und daß es nicht von uns abhängt, einen anderen als unseren Charakter zu haben. Was soll ich zu den Erscheinungen sagen, die uns Ideen und Entscheidungen eingeben, wie zum Beispiel zum schönen Wetter, das mich einlädt spazierenzugehen, zum Renommée eines kunstsinnigen Menschen, der mir ein Buch empfiehlt, mich zum Lesen anhält, und solcherlei Dingen mehr? Wenn man mir nie gesagt hätte, daß es auf dieser Welt einen Voltaire gibt, wenn ich nicht seine superben Werke gelesen hätte, wie hätte mich mein Wille, dieser lose Händler, dahin bestimmen können, für ihn die höchste Wertschätzung zu empfinden? Mit einem Wort: *Wie kann ich etwas wollen, wenn ich es nicht kenne?*

Also auf denn, um die Freiheit in ihrem letzten Bollwerk anzugreifen: Wie kann der Mensch sich entschließen, etwas zu wählen oder zu tun, wenn die Ereignisse ihm nicht die Gelegenheit dazu geben? Und diese Ereignisse, wer lenkt sie? Der Zufall kann es nicht sein, da Zufall ein sinnleeres Wort ist. Es kann also nur Gott sein. Wenn Gott die Ereignisse nach seinem Willen lenkt, lenkt und regiert er notwendigerweise auch die Menschen; dieser Grundsatz ist Basis wie Fundament der göttlichen Vorsehung, und er läßt mich die erhabenste, höchste und herrlichste Vorstellung fassen, die eine so beschränkte Kreatur, wie der Mensch es ist, sich von einem derart unermeßlichen Wesen wie dem Schöpfer nur bilden kann. Dieser Grundsatz läßt mich in Gott ein unermeßlich großes und weises Wesen erkennen, das von den gewaltigsten Erscheinungen nicht verschlungen wird und sich mit den kleinsten Kleinigkeiten nicht entwürdigt. Welche Unermeßlichkeit eines Gottes, der alles umfängt und dessen Weisheit von Anbeginn der Welt an vorbereitet hat, was am Ende der Zeiten sein wird! Ich maße mir nicht an, die Geheimnisse Gottes mit der schwachen menschlichen Vorstellungskraft ausloten zu wollen. Ich lasse meinen Blick so weit schweifen, wie ich kann; doch wenn auch etliche Dinge meinem Auge entgehen, will ich dennoch nicht unbeachtet lassen, was es klar erkennt.

Vorurteil, Voreingenommenheit, der süße Gedanke, eine eigene Meinung zu verfolgen, blenden mich vielleicht. Vielleicht würdige ich den Menschen zu weit herab; das kann sein, ich widerspreche nicht. Doch wenn der König von Frankreich mit dem König von Yvetot verglichen würde, so bin ich mir sicher, daß jeder vernünftige Mensch die Macht Ludwigs XV. höher einschätzte denn die des anderen. Noch mehr Grund haben wir, uns für die Macht Gottes zu erklären, der in keiner Weise mit den flüchtigen Wesen zu vergleichen ist, welche die Zeit hervorbringt, mit denen das Schicksal spielt und welche die Zeit nach kurzer und flüchtiger Frist zerstört.

Wenn Sie von Tugend sprechen, erkennt man, daß Sie in diesem Land zu Hause sind; als Meister, dem Theorie und Praxis geläufig sind, sprechen Sie über diesen Gegenstand;

kurzum, es ist Ihnen ein leichtes, sachkundig von sich selbst zu plaudern. Fest steht, daß die Tugenden in der Gesellschaft nur bedingt zur Geltung kommen. Das Urprinzip aller Tugend ist Eigennutz (daß Sie das bitte nicht erschrecke), denn es ist offenkundig, daß die Menschen, hätten sie keine Tugenden, sich gegenseitig vernichteten. Selbstredend bringt die Natur Diebe hervor, Neider, Lügner, Mörder; sie bedekken das Antlitz der Erde; und ohne die Gesetze, die das Böse in Schach halten, gäbe jedes Individuum seinem natürlichen Instinkt nach und dächte einzig an sich selbst. Um all die Einzelinteressen zu versöhnen, mußte man einen Ausgleich finden, der alle befriedigt; und man kam überein, sich nicht wechselseitig Hab und Gut zu rauben, seinesgleichen nicht nach dem Leben zu trachten, sich miteinander allem zu widmen, was dem allgemeinen Wohle dienen könnte.

Es gibt glückliche Sterbliche, edle Seelen, die die Tugend um der Tugend willen lieben; Gutes zu tun erfüllt ihr Herz mit reiner Freude. Ihnen ist es gleichgültig, ob Eigennutz oder das öffentliche Wohl es erheischen, daß Sie tugendhaft sind. Glücklicherweise hat der Schöpfer Sie so geschaffen, daß Laster keinen Zugang zu Ihrem Herzen haben; und dieser Schöpfer bedient sich Ihrer als Organ, als Werkzeug, als Diener, um dem menschlichen Geschlecht die Tugend achtens- und liebenswerter erscheinen zu lassen. Sie haben Ihren Federkiel der Tugend geweiht, und man muß gestehen, daß dies das größte Geschenk ist, das ihr je gemacht wurde. Die Tempel, welche die Römer ihr unter unterschiedlichen Bezeichnungen weihten, dienten ihrer Verehrung; aber Sie schaffen ihr Schüler. Sie arbeiten daran, ihr Untertanen auszubilden und ein Beispiel zu geben – nämlich durch Ihre Art zu leben –, was die Menschheit Lobwürdigstes hat.

Ich erwarte die *Philosophie de Newton* und die *Histoire de Louis XIV*, die, im Verbunde mit Caesarion, am 16. Januar zu mir kommen werden. Gicht, Fieber und Liebe haben meinen kleinen Gesandten gehindert, mich zeitiger aufzusuchen. Schon eines dieser Übel genügt, um die Freiheit unseres Willens über den Haufen zu werfen. Ich werde nicht verfehlen, mich freimütig zu den Werken zu äußern, die Sie mir freundlicherweise überließen: es ist das deutlichste Zeichen meiner Wertschätzung, das ich Ihnen geben kann. Wenn ich Ihnen meine Einwände darlege, so tue ich das weder aus Anmaßung, noch weil ich eine hohe Meinung von meinen Fähigkeiten hätte; vielmehr geht es darum, die Wahrheit aufzudecken. Meine Zweifel sind Fragen, damit ich mich um so mehr bilde und alle Hindernisse meide, die sich mir in so dorniger Materie, wie die Metaphysik es ist, entgegenstellen könnten.

Das sind die Gründe, die mich zwingen, Ihnen meine Empfindungen niemals zu verhehlen. Es wäre zu wünschen, daß jeder Kommerz ein Handel mit Wahrheiten wäre; aber wie viele Menschen können sie vernehmen? Unseliger Dünkel, eine gefahrvolle Vorstellung von Unfehlbarkeit, eine finstere Gewohnheit, alles vor sich die Knie beugen zu sehen, stehen dem entgegen. Diese Leute könnten nur das Echo ihrer eigenen Gedanken ertragen, und sie treiben die Tyrannei so weit, Gedanken und Meinungen so regieren zu wollen, wie die Russen eine knechtische Herde von Sklaven regieren. Tugend allein ist würdig, die Wahrheit zu hören. Weil die Welt den Irrtum liebt und getäuscht sein will, muß man sie ihrem schlimmen Schicksal überlassen; und meiner Ansicht nach ist es die schmeichelhafteste Ehrung, die man jemandem erweisen kann, wenn man ihm furchtlos seine innersten Gedanken kundtut. Kurzum, einem Autor zu widersprechen heißt, seiner Gelassenheit, seiner Gerechtigkeit, seiner Vernunft eine stillschweigende Ehrung zuteil werden zu lassen.

Sie geben mir bezaubernde Hoffnungen ein. Ihnen genügt es nicht, mich in den tiefgründigsten Angelegenheiten zu belehren; Sie denken auch noch an meine Erholung. Was verdanke ich Ihnen nicht! Zur Erfüllung meines Glücks war mir der Himmel gewiß einen Mann Ihres Verdienstes schuldig. Sie allein wiegen Tausende auf.

Sie werden nun ein gutes Quantum meiner Verse haben, die ich Ende November nach Cirey abgehen ließ. Ich liebe die Poesie leidenschaftlich, doch habe ich zu viele Hindernisse zu überwinden, um etwas Passables zustande zu bringen. Ich bin Ausländer, meine Phantasie ist nicht lebhaft genug, und alles Gute und Richtig wurde schon vor mir gesagt. Mit mir geht es derzeit wie mit den Reben, deren Saft immer nach der Krume schmeckt, in die sie gepflanzt wurden. Es scheint, daß die von Remusberg für meine Verse reicht, doch daß letztendlich hier nur die Prosa gedeihen wird.

Wollen Sie bitte die unvergleichliche Émilie meiner Wertschätzung versichern; durch das Stückchen Ihrer *Metaphysik,* das ich eben erhalte, hat sie meinen Grimm entwaffnet. Es bekümmerte mich, ich gestehe es, die kleinste Kleinigkeit darin entdeckt zu haben, die der Unvollkommenheit nahekommen konnte. Nun ist sie so, wie ich sie mir wünschte. Wenn Ihrer beider Namen nicht Teil meiner Titel sind, fühle ich dennoch, daß Sie dazu erschaffen sind, mich zu bilden, und daß ich dazu da bin, Sie zu bewundern.

Es wäre überflüssig, Ihnen die Versicherungen von Wertschätzung und Freundschaft zu wiederholen. Ich schmeichele mir, daß Sie von beidem überzeugt sind wie auch von allen Gefühlen, mit denen ich, Monsieur, Ihr sehr verbundener Freund bin Federic.

Wirklicher Ruhm: Vielleicht bestand der größte Ruhm Friedrich Wilhelms I. in seiner Soldatenliebe; seine 80 000 Männer waren ihm so kostbar, daß er nie Krieg riskierte, so daß der Soldatenkönig den Zeitgenossen als der friedfertigste Fürst galt.
Wo dieses Werk fabriziert wurde: Nicht mehr nachweisbar.
Der Offizier, den Thiériot erwähnt: Nicht mehr nachzuweisen.
Ein Turm ohne Fundament: Sicherlich nicht einmal eine unbewußte – oder doch? – Anspielung auf den gewaltigen Münzturm, den Andreas Schlüter für König Friedrich I. baute und der nach seiner Vollendung in sich zusammenstürzte; siehe auch den Tobis-Film *Andreas Schlüter,* sehr aufwendig und mit Heinrich George.
Wie kann ich etwas wollen, wenn ich es nicht kenne?: Aus Voltaires Drama *Zaïre.*
Sie haben Ihren Federkiel der Tugend geweiht: Voltaires wohl impulsiver Plan für eine Feldmaschinerie zum Zerhacken preußischer Reiterei gehört in spätere Zeitläufte und wurde dann vom Ministerium in Versailles abgelehnt.

»Da sie beide Geschmack besaßen – und viel Geld –, dazu eine Neigung zu Prunk, die sich bei Émilie in Flitterkram und bei Voltaire in seiner Sucht zu Theaterveranstaltungen äußerte, machten sie Cirey im hintersten Winkel der Provinz zu einem Wohnsitz großen Stils. Die Tragödien, die Algebra und die Bauarbeiten mußten gleichzeitig vorangetrieben werden. Man wühlte die Gärten um, man wollte Durchblicke, übereinanderliegende Terrassen, von Balustraden gesäumt. Was die Pariser erstaunte, war, daß man ihnen auf die Frage: ›Sind beide entkräftet, hat Verdummung sie befallen, laufen sie schon auf allen vieren?‹ antwortete, es ginge beiden ausgezeichnet und man sprühe Funken.« Jean Orieux, *Das Leben des Voltaire*

22. Voltaire an Friedrich

23. Januar 1738

Ich erhalte aus Berlin einen Brief vom 26. Dezember. Er hat zwei große Abschnitte: einen voller Großmut, Zärtlichkeit und Aufmerksamkeit, mich mit schmeichelhaftesten Gunstbezeugungen zu überhäufen; der zweite Abschnitt ist ein kräftig metaphysisches Werkstück. Man möchte meinen, es wäre ein Brief Leibniz' oder Wolffs an einen ihrer Freunde; aber er ist unterzeichnet mit *Federic.* Er ist eines Ihrer Seelenmirakel, Monseigneur; Ew. Kgl. Hoheit nehmen mich ganz in ihr Wesen auf. Sie waschen Verleumdung von mir ab, Sie geruhen, meine Ehre vor der Mißgunst zu schützen, und Sie erleuchten meine Seele.

So werde ich mich jetzt in die Nacht der Metaphysik stürzen, um mich den Leibnizzen, Wolffs und Friedrichs entgegenzustemmen. Ich bin wie Ajax, der in der Finsternis kämpft, und ich rufe Ihnen zu:

Zeus, Vater, schaffe Helle und im Licht verdirb uns denn!

Doch ehe ich in die Schranken trete, werde ich für ein Paket zwei Episteln ins reine schreiben lassen, die der Anfang einer Art Moralsystem sind, das ich vor einem Jahr begonnen habe. Vier Episteln sollen es werden. Anbei die beiden ersten: eine behandelt die menschliche Gleichheit, die andere die Freiheit. Es mag ein wenig impertinent erscheinen, daß ich, ein Atom zu Cirey, einem fast gekrönten Haupt sage, die Menschen seien gleich, und daß ich gereimte Verunglimpfungen der Anhänger des Fatalismus einem Philosophen schicke, der das System von der absoluten Notwendigkeit so tüchtig unterstützt.

Doch beweisen diese beiden Kühnheiten meinerseits, wie gütig Ew. Kgl. Hoheit sind. Sie üben auf Gewissen keinen Druck aus. Sie gestatten, daß man gegen Sie argumentiert; Sie sind der Engel, mit dem Israel zu ringen wagt. Ich werde hernach hinken, aber gleichwie; mich gelüstet nach Kampfesruhm.

Was die Gleichheit der Menschen angeht, so bin ich davon so fest überzeugt wie davon, daß eine Seele wie die Ihre gleichmäßig von Güte durchwirkt ist. Ihre Devise lautet:

Nave ferar magna et parva, ferar unus et idem.

Was die Freiheit angeht, so sieht die Angelegenheit etwas wirr aus. Schauen wir, ob die Clarkes, Lockes, Newtons mich erleuchten, oder ob die Leibnizze, seien sie nun Prinzen oder nicht, mein Licht sein müssen. Für die absolute Notwendigkeit des Schicksals läßt sich gewißlich nichts Stärkeres vorbringen, als Ew. Kgl. Hoheit es taten. Ich bemerke vorderhand, daß Ew. Kgl. Hoheit die Position vom *zureichenden Grund* der Messieurs Leibniz und Wolff vertreten. Das ist eine sehr schöne Idee, will sagen, eine sehr wahre; denn schließlich gibt es nichts, das nicht seine Ursache hätte, nichts, dessen Existenz keinen Grund hätte. Schließt diese Idee die Freiheit des Menschen aus?

1. Was verstehe ich unter Freiheit? Die Kraft zu denken und dementsprechende Bewegungen auszuführen; eine höchst begrenzte Kraft, wie alle meine Fähigkeiten.

2. Bin ich es, der denkt und Bewegungen ausführt? Ist es ein anderer, der all das für mich tut? Falls ich es bin, bin ich frei; denn frei sein heißt handeln. Das Passive ist nicht frei. Handelt ein anderer an meiner Stelle? Ich werde von diesem anderen getäuscht, wenn ich vermeine, selbst der Tätige zu sein.

3. Wer ist der andere, der mich täuschen möchte? Entweder gibt es einen Gott oder nicht. Gibt es einen Gott, dann täuscht er mich unablässig. Er ist das unendlich weise, un-

endlich folgerichtige Wesen, das ohne zureichenden Grund sich ewig mit Verwirrungen beschäftigt, die seinem Wesen, der Wahrheit nämlich, völlig entgegengesetzt sind.

Wenn es keinen Gott gibt, wer täuscht mich dann? Die Materie, die selbst ohne Intelligenz ist?

4. Um uns zu beweisen, trotz unseres inneren Gefühls, trotz dieses Zeugnisses unserer Freiheit; um uns zu beweisen, sage ich, daß diese Freiheit nicht vorhanden ist, müssen wir notwendigerweise beweisen, daß sie unmöglich ist. Das scheint mir unbestreitbar. Schauen wir, wie unmöglich sie sein könnte.

5. Nur auf zweierlei Weise kann diese Freiheit unmöglich sein: weil es entweder kein Wesen gibt, das sie verleihen kann, oder weil in ihr selber ein begrifflicher Widerspruch liegt, so wie ein Quadrat, das länger ist als breit, in sich ein Widerspruch ist. Nun, die Idee von der Freiheit des Menschen hat nichts Widersprüchliches in sich; bleibt nur noch zu prüfen, ob das unendliche Schöpferwesen frei ist und ob es, eben als freies Wesen, einen kleinen Teil seiner Eigenschaft dem Menschen verleihen kann, so wie es ihm eine kleine Portion Intelligenz gegeben hat.

6. Wenn Gott nicht frei ist, ist er kein Handelnder; also ist er nicht Gott. Ist er aber frei und allmächtig, so folgt daraus, daß er dem Menschen Freiheit verleihen kann. Bleibt nur noch zu untersuchen, welchen Grund man hätte zu glauben, daß er uns dieses Geschenk nicht gemacht habe.

7. Es wird behauptet, Gott habe uns keine Freiheit gegeben, weil wir, wenn wir handelten, von ihm unabhängig wären; und was täte Gott dann, wird gefragt, wenn wir eigenständig handelten? Ich gebe darauf eine doppelte Antwort: 1. Gott tut das, was er immer tut, auch wenn die Menschen handeln, das, was er tat, bevor sie waren, und das, was er tun wird, wenn sie nicht mehr sind. 2. Seine Macht bleibt dennoch notwendig, um seine Werke zu erhalten, und daß er uns ein wenig Freiheit geschenkt hat, schadet in nichts seiner Allmacht, denn sie ist eine Auswirkung seiner unendlichen Macht.

8. Es wird eingewandt, daß wir zuweilen gegen uns selbst handeln; und ich erwidere: Zuweilen also sind wir Herr über

uns. Krankheit beweist, daß es Gesundheit gibt, und Freiheit ist die Gesundheit der Seele.

9. Es wird angemerkt, daß die Zustimmung unseres Geistes nötig sei und daß der Wille dieser Zustimmung folge; folglich, so sagt man, will und handelt man aus Notwendigkeit. Ich erwidere, daß man mit Notwendigkeit begehrt; doch Begierde und Wille sind zwei höchst unterschiedliche Dinge, so unterschiedlich, daß ein weiser Mensch oftmals will und tut, was er nicht begehrt. Seine Begierden zu bekämpfen ist der Freiheit schönster Beweis; und ich meine, daß eine der großen Quellen des Mißverständnisses zwischen Menschen betreffs dieses Punktes die ist, daß man häufig Willen mit Begierde verwechselt.

10. Es wird eingewandt, daß es im Falle unserer Freiheit Gott nicht gäbe; ich glaube im Gegenteil, daß wir frei sind, weil es einen Gott gibt. Denn wenn alles mit Notwendigkeit geschähe, wenn diese Welt aus absoluter Notwendigkeit durch sich selbst bestünde (was ein Gewimmel von Widersprüchen beinhaltet), wäre es offenkundig, daß in solchem Falle alles durch notwendig miteinander verknüpfte Abläufe geschähe; dann gäbe es also keinerlei Freiheit, also ohne Gott keine Freiheit. Ich bin sehr erstaunt, das der illustre Monsieur Leibniz gewisse Gedankengänge zu dieser Materie nicht vollzogen hat.

11. Das dröhnendste Argument, das je gegen unsere Freiheit ins Feld geführt wurde, besagt, daß sie mit Gottes Vorherwissen nicht vereinbar sei. Und sagt man mir: Gott weiß, was Sie in zwanzig Jahren tun; also werden Sie das, was Sie in zwanzig Jahren tun, aus absoluter Notwendigkeit tun, gebe ich unumwunden zu, daß ich am Ende bin, daß ich nichts zu antworten weiß und daß alle Philosophen, die künftige Zufälligkeiten mit dem Vorherwissen Gottes versöhnen wollten, recht schlechte Unterhändler waren. Es gibt genug Bestimmtheiten, um sagen zu dürfen, daß Gott über künftige Zufälligkeiten nicht unbedingt Bescheid wissen muß, wie auch ein König, wenn ich so sagen darf, nicht alles wissen muß, was ein mit allen Vollmachten versehener General tun wird.

Doch diese Leute gehen noch weiter. Sie behaupten, daß

es nicht nur keine Unvollkommenheit eines höchsten Wesens wäre, wenn es nicht wisse, was die Geschöpfe, die es frei erschuf, frei tun, und es im Gegenteil einem Höchsten Wesen würdiger sei, ihm im Denken, im Willen und im Handeln ähnliche, ich sage, ähnliche Geschöpfe zu schaffen als bloß Maschinen.

Sie werden anfügen, daß Gott nichts Widersprüchliches tun könne, daß aber möglicherweise ein Widerspruch darin liege, vorher zu wissen, was seine Geschöpfe tun müssen, und ihnen nichtsdestotrotz die Macht zu geben, genau so oder dem zuwider zu handeln. Denn die Freiheit, erklären sie, besteht in der Macht, zu handeln oder nicht zu handeln; wenn Gott also exakt weiß, was von beidem eintritt, wird das jeweils andere sofort unmöglich; folglich keine Freiheit mehr. Nun, diese Leute gestehen eine Freiheit zu; ihnen zufolge wäre das also, da sie das Vorherwissen zugeben, ein Widerspruch in sich.

Am Ende werden diese Leute behaupten, daß Gott nicht wissen dürfe, was er aus seiner Natur heraus nicht weiß; und sie werden vorzubringen wagen, daß er aus seiner Natur heraus alle zukünftigen Zufälligkeiten nicht kenne und daß er nicht kennen muß, was nicht ist.

Könnte es nicht sehr gut sein, bringen sie vor, daß Gott eben aus seiner tiefen Weisheit heraus alles Notwendige immer im voraus wisse, daß aber auch er das freie Geschehen nicht kenne? Wäre er deswegen weniger der Schöpfer aller Dinge und aller frei Handelnden und aller rein passiven Dinge?

Wer hat uns denn gesagt, werden sie fortfahren, daß es für Gott keine ausreichende Genugtuung wäre, so viele freie Wesen, die er auf so vielen Himmelskörpern geschaffen hat, frei handeln zu sehen? Ist dieses immer neue Vergnügen, zu sehen, wie seine Geschöpfe sich unablässig der Hilfsmittel bedienen, die er ihnen geschenkt hat, nicht mindestens soviel wert wie diese ewige und müßige Selbstbetrachtung, die im übrigen mit den ihm sonst zugestandenen Handlungen nach außen hin ziemlich unvereinbar ist?

Diesen Raisonneuren hält man entgegen, daß Gott in einem Augenblick Zukunft, Vergangenheit und Gegenwart überblicke; daß für ihn die Ewigkeit nur ein Augenblick sei. Doch sie werden antworten, daß sie diese Sprache nicht verstünden und daß ihnen die Ewigkeit als Augenblick ebenso absurd vorkomme wie eine Unendlichkeit, die nichts als ein Punkt sei.

Könnte man nicht, etwas weniger tollkühn als sie, sagen, daß Gott unsere freien Taten ungefähr so vorhersieht, wie ein Mann von Geist vorausahnt, wofür ein Mensch, dessen Charakter er kennt, sich gegebenenfalls entscheiden wird? Der Unterschied wird nur darin bestehen, daß ein Mensch aufs Geratewohl abwägt und daß Gott in unendlicher Weisheit vorhersieht. Das meint Clarke.

Ich gestehe, daß mir das alles recht gewagt vorkommt und daß es eher ein Eingeständnis als eine Lösung einer Vertracktheit ist. Ich gestehe endlich, Monseigneur, daß es gegen die Freiheit vorzügliche Einwände gibt; doch ebenso gute gibt es gegen die Existenz Gottes; und wie ich, trotz der gewaltigen Schwierigkeiten, die gegen Schöpfung und Vorsehung sprechen, an die Schöpfung und die Vorsehung glaube, glaube ich mich auch (natürlich nur bis zu einem gewissen Grad) frei, trotz der mächtigen Einwände, die Sie vorbringen.

So meine ich denn, an Ew. Kgl. Hoheit zu schreiben, nicht wie an einen Automaten, der geschaffen wurde, das Haupt von einigen tausend menschlichen Marionetten zu sein, sondern wie an eines der freiesten und weisesten Wesen, das Gott je zu erschaffen geruht hat.

Gestatten Sie mir hier eine Reflexion, Monseigneur. Auf zwanzig Menschen kommen neunzehn, die nicht nach Ihren Grundsätzen leben; Ihre Seele jedoch scheint zu der kleinen Zahl derer zu gehören, die voller Festigkeit und Seelengröße gemäß ihrem Denken handeln.

So geruhen Sie doch, im Namen der Menschlichkeit, zu meinen, daß wir ein bißchen frei sind; denn wenn Sie glauben, daß wir reine Maschinen sind, was wird dann aus der Freundschaft, die eines Ihrer Entzücken ist? was werden die großen Taten, die Sie vollbringen werden, wert sein? welchen Dank würde man Ew. Kgl. Hoheit für die Sorge schulden, die Menschen glücklicher und besser zu machen? was sollten Sie schließlich von Zuneigung zu Ihnen halten, von Diensten, die man Ihnen erweist, vom Blute, das für Sie fließen wird? Was denn! der großherzigste, der zärtlichste, der umsichtigste der Menschen würde alles, was man ihm zu Gefallen täte, so betrachten, wie man ein Mühlrad sieht, das sich mit der Wasserströmung dreht und vor lauter Arbeit zerbricht! Nein, Monseigneur, zu edel ist Ihre Seele, um sich so Ihres schönsten Lohns zu berauben.

Haben Sie Nachsicht mit meinen Argumenten, meiner Moral, meiner Redseligkeit. Ich werde nicht sagen, daß ich bei diesem meinem Reden nicht frei gewesen wäre. Nein, ich meine, daß ich sehr frei geschrieben habe, und für diese Freiheit erbitte ich Pardon. Madame la Marquise du Châtelet schließt sich wie stets meiner Hochachtung und Bewunderung an.

Mein letzter Brief war der eines pedantischen Grammaticus, dieser ist der eines schlechten Metaphysicus; aber alle stammen von einem Ihrer Person ewiglich verbundenen Manne. Ich verbleibe etc.

Nave ferar ...: Horaz, *Episteln:* »... ob das Schiff nun groß oder klein, ich werde stets derselbe Fahrgast sein ...«

23. Friedrich an Voltaire

Remusberg, 27. Februar 1738

Monsieur, Ihre Werke sind unbezahlbar; das ist eine Tatsache, von der ich seit langem überzeugt bin. Das soll mich nicht hindern, Ihnen meine Anerkennung und Dankbarkeit zu bezeugen. Die Nichtigkeiten, die ich Ihnen sende, sind nur Zeichen zur Erinnerung, Signale, die Sie an das Vergnügen erinnern sollen, das Ihre Werke mir bereitet haben.

Es scheint, Monsieur, daß Ihnen Wissenschaften und Künste im Halbjahreswechsel dienstbar sind. Dieses Jahresviertel scheint das der Poesie zu sein. Wie! Sie nehmen eine neue Tragödie in Angriff! Woher nehmen Sie nur die Zeit? Oder fließen bei Ihnen die Verse wie Prosa? So viele Fragen, so viele Probleme; es kann nicht anders sein, als daß Sie Tag und Nacht über Ihr Werk gebeugt sind oder daß der Himmel Ihnen, neben blendenden Gaben, eine vollends außergewöhnliche Leichtigkeit verliehen hat.

Mérope gebe ich nicht aus den Händen. Dafür kommt es meiner Eigenliebe zu sehr entgegen, einziger Verwahrer eines Stückes zu sein, das von Ihnen ist. Ich ziehe es allen Stücken vor, die in Frankreich gedruckt wurden, ausgenommen *La Mort de César.*

Liebesverwicklungen scheinen mir die Eigentümlichkeit von Komödien zu sein; sie sind die Essenz, sie verknoten das Stück; und weil man ja irgendwie zu einem Ende kommen muß, scheint das Heiraten unbedingt dazuzugehören. Was die Tragödie angeht, würde ich meinen, daß es Sujets gibt, worin Liebe naturgemäß vorkommen muß, wie bei *Titus et Bérenice, Le Cid, Phèdre et Hippolyte.* Der einzige Nachteil ist, daß Liebe sich allzusehr gleicht, und daß der Geist nach zwanzig Stücken angewidert ist von der unablässigen Wiederholung süßlicher Gefühle, die von den Gebräuchen unseres Jahrhunderts viel zu weit entfernt sind. Seit man, aus gutem Grund, romanhafte Liebe reichlich lächerlich findet, verspürt man nicht mehr das Großartige von übertriebener Gefühlsseligkeit. Man erträgt den Seufzenden im ersten Akt, aber im vierten oder fünften ist man geneigt, über seine Tumbheit zu lächeln; die Leidenschaft, die *Mérope* beseelt, ist indes ein natürliches Gefühl, dessen Stimme jedem recht plazierten Herzen bekannt ist. Über das, was man selbst empfindet oder empfinden könnte, macht sich keiner lustig. Mérope tut alles, was eine zärtliche Mutter in ihrer Lage ebenfalls täte. Sie spricht, wie das Herz zu uns spricht, und der Akteur drückt nur aus, was man empfindet.

Ich habe wegen der *Mérope* des Marquis de Maffei nach Berlin schreiben lassen, obgleich ich mir sicher bin, daß sein Stück nicht an Ihres heranreicht. Solange es Menschen von Ihrer Kompetenz an der Spitze gibt, wird das französische Gelehrtenvolk stets unbesiegbar sein. Ich wage sogar zu behaupten, daß ich betreffs der französischen Armeen und all ihrer Marschälle unendlich mehr Zweifel hege.

Hier ist eine eben beendete Ode, nicht ganz so schlecht wie die vorausgegangenen. Der Anlaß war Caesarion. Der arme Bursche hatte einen besonders heftigen Gichtanfall. Er schreibt mir davon in Worten, die mir das Herz durchbohren. Ich kann nichts für ihn tun, als ihm Geduld predigen; ein schwaches Mittel, wenn Sie so wollen, gegen die Übel, die sehr real sind; Mittel nichtsdestotrotz, das in der Lage ist, die stürmischen Geistesturbulenzen, die unter bitteren Schmerzen sich einstellen, zu besänftigen.

Ich rechne mit Ihrem Freimut und Ihrer Freundschaft, daß Sie mir die Fehler zeigen, die sich in diesem Werk finden. Ich fühle mich als sein Vater, und ich wäre unzufrieden, wenn ich kein waches Auge auf meine Hervorbringungen hätte;

Tant l'erreur est notre apanage!
Souvent un rien nous éblouit,
Et de l'insensé jusques au sage,
S'il juge de son propre ouvrage,
Par l'amour-propre il est séduit.

(Nur zu sehr ist Irren unser Teil!
Ein Nichts verblüfft uns oft,
Und vom Narren bis zum Weisen,
Wenn er sein eigen Werk ermißt,
Wird von der Eigenliebe er verführt.)

Sie werden nicht versäumen, tausend Versicherungen meiner Hochachtung der Marquise du Châtelet zu übermitteln, deren erfindungsreicher Geist sich mit einer kleinen Probe zu offenbaren geruht hat. Es ist nur ein Strahl dieser Sonne, der sich zwischen Wolken blicken ließ; was wird sein, wenn man sie unverhüllt erblickt! Vielleicht sollte die Marquise ihren Geist verbergen, wie Moses sein Antlitz, weil das Volk Israel dessen Klarheit nicht ertragen konnte. Doch selbst wenn ich erblindete, ich muß vorm Sterben dieses Kanaan, dieses Gefilde der Weisen, dieses irdische Paradies sehen. Zählen Sie auf meine höchste Wertschätzung und unverbrüchliche Freundschaft, mit der ich, Monsieur, Ihr sehr verbundener Freund bin Federic.

Eine eben beendete Ode: Ode sur la patience (Ode über die Geduld).

In einer bestimmten Frage wich Voltaire auch Anfang März nicht von seinem Standpunkt ab: »Wenn wir Freuden empfinden, ist es gewiß, daß wir keine Schmerzen spüren; wenn wir schauen, ist es ganz gewiß, daß Sehen nicht Hören ist. Nun also! wird das Freiheitsgefühl das einzige sein, bei dem das unendlich vollkommene Wesen eine Illusion vorgaukelt?«

24. Friedrich an Voltaire

Ruppin, 31. März 1738

Monsieur, ich bin genötigt, Ihnen mitzuteilen, daß ich an zwei Tagen hintereinander über Monsieur Thiériot Briefe empfangen habe, die geöffnet waren. Ich würde nicht einmal darauf schwören, ob dem letzten, den Sie mir schrieben, nicht dasselbe Schicksal widerfuhr. Ob die Post in Frankreich oder in den Staaten des Königs Opfer einer recht unangebrachten Neugierde wurde, weiß ich nicht. Man darf alles erfahren, was unsere Korrespondenz beinhaltet. Ihre Briefe atmen nichts denn Tugend und Menschlichkeit, meine enthalten für gewöhnlich nur Bitten zur Aufklärung über Dinge, für die der Großteil der Menschen sich aus Trägheit kaum interessiert. Indes, trotz der unschuldigen Sujets unserer Briefe, Sie kennen die Menschen zur Genüge und wissen, daß sie meistens dazu neigen, böse auszulegen, was keinen Tadel verdient. Aus diesem Grund bitte ich Sie, Briefe, die von Philosophischem und Poesie handeln, nicht über Thiériot gehen zu lassen. Schicken Sie vielmehr alles über Tronchin Du Breuil, und wenn das auch langsamer ist, so werde ich doch dadurch entschädigt, daß es sicherer ist. Schreiben Sie Briefe zu Marginalem, so senden Sie sie wie üblich über Thiériot, damit die Wissensdurstigen auf ihre Kosten kommen.

Ich gestehe, daß es höchst verdrießlich ist, zu Vorsichtsmaßnahmen Zuflucht nehmen zu müssen, wenn es auch ganz anders gehen könnte; sobald ich merke, daß wir auf diese Vorsicht verzichten können, gebe ich Ihnen auf der Stelle Bescheid.

Caesarion betört mich mit allem, was er über Cirey erzählt. Ihre *Histoire du Siècle de Louis XIV* bezaubert mich. Ich wünschte bloß, daß Sie Machiavell, der ehrlos war, nicht in den Rang der großen Männer seiner Zeit erhoben hätten. Selbst wenn jemand der hervorragendste Kopf von der Welt wäre, sollte er niemals, sobald er Wortbruch, Unterdrückung, Unrechttun lehrt, einen Platz einnehmen, der einzig den Tugenden und lobenswerten Talenten zusteht. Cartouche steht kein Platz zwischen den Boileaus, Corneilles und Luxembourgs zu. Ich bin sicher, Sie pflichten mir bei. Sie haben zu viel Ehrgefühl, um einem übel beleumdeten, elenden Schurken derlei Ehre zuteil werden zu lassen; zudem bin ich mir gewiß, daß Sie den Machiavell nur unter dem Aspekt des Genialen betrachtet haben.

Verzeihen Sie meine Offenheit; ich wäre sparsam mit ihr, hielte ich Sie nicht für einen würdigen Adressaten.

Wären die Chroniken der Welt so geschrieben wie die, die Sie mir anvertraut haben, dann wüßten wir mehr über die Gebräuche aller Jahrhunderte und wären von den Geschichtsschreibern weniger irregeleitet worden. Je besser ich Sie kenne, desto einzigartiger finde ich Sie. Nie las ich einen schöneren Stil als den in der *Histoire de Louis XIV.* Ich bin derartig begeistert, daß ich jeden Absatz zwei- bis dreimal lese. Jede Zeile stimmt in sich; alles nährt sich aus feiner Überlegung; kein falscher Gedanke, nichts Unreifes und dabei eine vollendete Objektivität. Sobald ich das Werk fertiggelesen habe, werde ich Ihnen einige kleine Anmerkungen schicken, unter anderem betreffs der deutschen Namen, die ein wenig mißhandelt worden sind; so etwas kann einen Schatten auf das Werk werfen, denn es tauchen derartig entstellte Eigennamen auf, daß man sie erraten muß.

Ich wünschte, Ihre Feder hätte alle Werke geschrieben, die der Belehrung dienen; das wäre der Weg, um Nutzen aus der Lektüre zu ziehen.

Überflüssiges, schwache Reflexionen und Trockenheit machen mich bei bestimmten Büchern zuweilen ungeduldig. Solche Lektüre zu verdauen liegt beim Leser. Dies Leiden ersparen Sie Ihren Lesern. Ob ein Mensch Urteilsvermögen hat oder nicht, aus Ihren Werken zieht er in jedem Falle Nutzen. Nur ein gutes Gedächtnis ist vonnöten.

Die *Éléments de la philosophie de Newton* setzen erst beim 15. Kapitel an, was die zusammenhängende Lektüre vereitelt. Ich warte auf Eifer und Konzentration; das wird nach Ostern sein, wenn ich mir die Muße gönne, zu empfangen

> ... ce que vous savez,
> Avec beaucoup de bienséance.

> (... was ihnen geläufig,
> mit viel Anstand.)

Ich werde Ihnen meine Zweifel mit letzter Offenheit darlegen und schäme mich, Sie unentwegt in die fatale Lage jener Israeliten zu bringen, die Jerusalems Mauerbreschen nicht schließen konnten, weil sie mit der einen Hand arbeiteten, mit der anderen sich verteidigten.

Gestehen Sie, daß mein Skeptizismus unerträglich ist; er ist es mir manchmal selbst. Ich suche nach einem Halt für meinen Geist, und noch finde ich keinen. Wenn Sie einen völlig widerspruchsfreien kennen, so nennen Sie ihn mir bitte. Von zwei Dingen ließe ich mich überzeugen, daß es einen anbetungswürdigen Gott im Himmel gibt und einen fast ebenso schätzenswerten Voltaire in Cirey. Ich übersende ein kleines Präsent für Madame la Marquise, das ich Sie ihr zu überreichen bitte. Ich hoffe, sie wird es in ihrer Beletage unterbringen und sich bei ihren Hervorbringungen seiner bedienen.

Ich konnte Ihr Portrait nicht in Caesarions Händen lassen. Ich habe meinem Freund geneidet, mit Ihnen geplaudert zu haben und überdies Ihr Bild zu besitzen. Ich sagte mir: das ist zuviel; die Geschenke des Fatums gehören aufgeteilt. Dennoch denken wir über Sie nach und darüber, wer Sie am meisten liebt und schätzt.

Seien Sie versichert, daß ich auf der Welt nichts mehr bedauere, als Sie nicht von den Gefühlen überzeugen zu können, mit denen ich, Monsieur, Ihr treu verbundener Freund bin

Federic.

Fast habe ich vergessen, Ihre Gelegenheitspoesie zu erwähnen, die *Bastille, Usage du bonheur, Cadenas,* den *Temple de l'Amitié*; alles hat mich bezaubert. Sie häufen immer mehr Dankesschuld an, die ich zu begleichen habe.

Die Marquise soll nicht vergessen, das Tintenfaß aufzuklappen. Ich übersende eine Kleinigkeit: ein Schreibnecessaire.

Cartouche: Louis Dominique Cartouche, 1693–1721: Räuber.
... ce que vous savez: Anspielung auf die Letzte Ölung in Voltaires *Epître à M. le duc de Sully.*

25. Voltaire an Friedrich

April 1738

Monseigneur, ich habe neue Wohltaten Ew. Kgl. Hoheit erhalten, kostbare Früchte Ihrer Muße und Ihres außerordentlichen Talents. Die Ode an Ihre Majestät die Königin, Ihre Mutter, scheint mir das schönste Werk zu sein. Wenn sich Ihr Herz mit Ihrem Geiste vermählt, kann schließlich nur ein Meisterwerk geboren werden. Ich habe hier einzig zu tadeln, daß einige Ausdrücke nicht vollkommen unserer französischen Genauigkeit entsprechen. Den Plural *Weihräuche* haben wir nicht; wir sagen nicht wie im Deutschen, glaube ich, jemanden *beweihräuchern.* Diese Wendung wird von ein paar emigrierten Predigern gebraucht, die alle des reinen Französisch nicht mehr ganz mächtig sind. Das ist in etwa alles, was meine grammatikalische Pedanterie an diesem entzückenden Werk zu kritisieren findet, welches ich als Mensch, Dichter, als zärtlicher Diener Ihrer erlauchten Person begrüße.

Wie entzückt es mich, einen Prinzen, geboren zum Regieren, zu erblicken, der erklärt:

Ta clémence et ton équité,
Ces limites de ta puissance.

(Deine Sanftmut und Gerechtigkeit,
Diese Schranken Deiner Macht.)

Zwei Verse, die ich beim vortrefflichsten Dichter bewundern würde und die bei einem Prinzen mich hinreißen. Gleich Marc Aurel machen Sie durch Ihr Beispiel und Ihre Schriften Höfe lächerlich, und darüber hinaus besitzen Sie das Verdienst, mit schönen Versen in fremder Sprache zu sagen, was er in seiner recht trocken herausbrachte.

Wenn die respektvolle Zärtlichkeit, die diese Ode diktierte, nicht meinen sofortigen Beifall gefunden hätte, dann die Ode selbst. Endlich mehr Phantasie als bei jenem; und das Verdienst, welches in allen Künsten zählt, das Schwierige gemeistert zu haben, ist im Falle einer Ode wesentlich größer als bei einer freien Epistel.

Der *Printemps* hat einen ganz anderen Stil; es ist ein Gemälde von Claude Lorrain geworden. Es gibt einen englischen Dichter, einen wackeren Mann, Thomson, der die *Vier Jahreszeiten* in dieser Manier gemacht hat, in Blankversen, ohne Reim. Ich meine, derselbe Gott hat Sie beide inspiriert.

Werden Ew. Kgl. Hoheit mir zu diesem Poem eine Bemerkung erlauben, die nicht besonders poetisch ist?

Et dans le vaste cours de ses longs mouvements,
La terre, gravitant et roulant sur ses flancs,
Approchant du soleil, en sa carrière immense ...

(Und auf der weiten Bahn ihrer langen Bewegungen,
Nähert die kreisende und seitlich rollende Erde sich
Der Sonne, bei ihrem gewaltigen Umlauf ...)

Voilà, philosophische Verse, die folglich wahr und vernünftig sein müssen. Hier hat man es nicht mit Josua zu tun, der sich dem allgemeinen Irrglauben anschließt und als einfacher Mann aus dem Volk spricht; hier spricht ein kopernikanischer Prinz, ein Prinz, in dessen Staaten Kopernikus geboren wurde; denn ich glaube, er wurde in Thorn geboren, und ich glaube, Ihr königliches Haus könnte sehr wohl Anrechte auf Thorn haben; aber kommen wir zur Sache. Die Sache ist die, daß die Erde sich von Frühjahr bis Sommer immer weiter von der Sonne entfernt, so daß sie mitten im Krebs ungefähr eine Million deutsche Meilen weiter von diesem

Gestirn entfernt ist als im Winter und daß wir zum Ausgleich dieser Ungleichmäßigkeit des Erdumlaufs acht Tage mehr haben als winters. Ich weiß, daß man lange glaubte, wir wären im Sommer der Sonne näher; doch das ist ganz irrig. Es muß nicht verwundern, daß uns ein Dreiunddreißigstel an Nähe nicht aufwärmt; denn zweiunddreißig Schritt von meinem Kamin entfernt ist mir kaum wärmer als bei dreiunddreißig. Nicht die Nähe macht die Wärme, sondern der Einfallswinkel der Sonnenstrahlen und daß sich mehr Sonnenstrahlen in der Luft über der Erde brechen. Nun, sommers fallen die Strahlen lotrechter ein und werden, wie Ew. Kgl. Hoheit wissen, in der nördlichen Sphäre öfter gebrochen. All dies Geplauder dient nur dazu, meine einzige Kritik zu entschuldigen. Im übrigen kann ich Ew. Kgl. Hoheit nicht genug Dank sagen für die dem französischen Parnaß erwiesene Ehre.

Mit diesem Paket schicke ich die vierte Epistel: die dritte korrigiere ich. Ich hätte die neuen letzten drei *Mérope*-Akte geschickt; aber sie werden gerade ins reine geschrieben.

Was mir Ew. Kgl. Hoheit zu Zar Peter I. zukommen ließen, hat meine Ansichten gründlich geändert. Ist es möglich, daß sich so viel Grausames mit Absichten, die einem Alexander zur Ehre gereicht hätten, verbinden konnte? Was ist das! sein Volk zivilisieren und es töten! Henker sein, grauenhafter Henker und Gesetzgeber! den Thron verwaist lassen, um ihn dann mit Verbrechen zu besudeln! Menschen formen und die menschliche Natur entehren! Prinz, der Sie durch Herz und Verstand dem Menschengeschlecht Ehre machen, geruhen Sie, mir solches Rätsel zu enträtseln. Ich harre der Memoiren, die Sie mir zukommen lassen wollen, und werde sie ganz nach Ihren Anweisungen verwenden. Die *Histoire de Louis XIV*, oder vielmehr die seines Jahrhunderts, setze ich nur fort, wenn Sie es mir befehlen. Ich will nicht …

Die Ode an Ihre Majestät die Königin: Ode à la reine.
Beweihräuchern: Bei Voltaire: *Encenser* à *quelqu'un.*
Josua: Moses' Nachfolger, der beim Kampf um Gibeon erfolgreich ausrief: »Sonne, steh still zu Gibeon und Mond im Tal Ajalon!«
Ich will nicht …: Nachfolgendes ist verlorengegangen.

Hat man sich einen Monat lang nichts mitzuteilen gehabt? Es hat den Anschein.

26. Voltaire an Friedrich

Cirey, 20. Mai 1738

Monseigneur, an den Tagen mit Post von Ihnen verhält es sich wie seinerzeit bei Titus; weinen würden Sie, gälten Ihre Briefe nicht als Wohltaten. Ihre beiden letzten, mit denen Ew. Kgl. Hoheit mich beehren, vom 31. März und 19. April, sind neue Bande, die mich an Sie fesseln; meine Antworten müßten jedesmal neue Treueschwüre sein, die meine Seele, Ihre Untertanin, Ihrer Seele schwört, ihrer Gebieterin.

Als erstes sehe ich mich genötigt, darüber zu sprechen, wie Sie über Machiavell denken. Wie auch sollten Sie nicht in tugendhafte Wut, beinahe gegen mich, geraten, weil ich den Stil eines schlechten Menschen gelobt habe? Es stand den Borgias an, Vater und Sohn und all diesen kleinen Fürsten, die einzig mittels Verbrechen aufsteigen konnten, jene infernalische Politik zu studieren; einem Prinzen wie Ihnen steht es an, sie zu verabscheuen. Machiavells Künste, die ihn in eine Reihe mit den Locustas und Brinvilliers' stellen, vermochten einigen Tyrannen flüchtige Macht zu verleihen, so wie Gift zu einem Erbe verhelfen mag; doch weder bedeutende noch glückliche Menschen waren je das Resultat, das steht fest. Wohin führt diese schreckliche Politik? Zum eigenen und zum Unglück anderer. Das sind Wahrheiten, die der Katechismus Ihrer schönen Seele sind.

Ich bin von diesen Gefühlen, diesen Ihnen angeborenen Ideen, deren Frucht das Glück der Menschen sein soll, so durchdrungen, daß ich Ew. Kgl. Hoheit fast für die Güte zu danken versäumte, sich für meine persönlichen Leiden zu interessieren. Aber hat die Liebe zum Gemeinwohl nicht stets vornean zu stehen? Über die vielen Wohltaten hinaus geruhen Sie, Monseigneur, meinetwegen auch noch Ärzte zu konsultieren. Mit dieser seltenen Güte ist nur ein ebenso seltener Umstand vergleichbar, nämlich daß die Ärzte Ihnen die Wahrheit sagten. Sofern es gestattet ist, Schlechtes mit

Gutem zu vergleichen, bin ich seit langem davon überzeugt, daß meine Krankheit wie meine Bindung an Ihre Person Teil meines Lebens sind.

Die Tröstungen, die mir in meiner wonniglichen Einsiedelei und durch die Ehre Ihres Korrespondierens zuteil werden, sind stark genug, um mich noch ärgere Schmerzen ertragen zu lassen. Ich leide ganz geduldig; und wenngleich die Schmerzen bisweilen hartnäckig und heftig sind, bin ich weit davon entfernt, mich unglücklich zu wähnen. Nicht weil ich Stoiker wäre; im Gegenteil, weil ich höchst epikureisch bin, weil ich Schmerz für ein Übel und Freude für ein hohes Gut halte und weil ich, alles wohl berechnet und erwogen, unendlich mehr Süße als Bitternis in diesem Leben finde.

Wenn Ew. Kgl. Hoheit es erlauben, eile ich aus diesem moralischen Exkurs Ihren Schritten in den Abgrund der Metaphysik hinterdrein. Ein so klarer Verstand wie der Ihre kann die Frage nach der Freiheit sicherlich nicht als etwas Bewiesenes betrachten. Ihre Neigung zu Ordnung und Gedankenverknüpfung hat Ihnen Gott nachdrücklich als einzigen und rundum unendlichen Herrn vorgeführt; für sich genommen, ohne uns selbst miteinzubeziehen, scheint diese Vorstellung ein fundamentaler Grundgedanke zu sein, aus dem sich die unentrinnbare Fatalität allen Naturgeschehens ergibt. Doch noch eine andere Denkweise scheint Gott sogar mehr Macht zu verleihen und aus ihm ein Wesen zu machen, das unserer Anbetung, wenn ich so sagen darf, noch würdiger ist: wenn wir ihm die Macht zuschreiben, freie Geschöpfe zu erschaffen. Die erste Denkmethode bringt einen Gott der Automaten hervor, die andere einen Gott der denkenden Geschöpfe. Nun, beide Methoden haben jede ihre Stärken und ihre Schwächen. Wägen Sie mit der Waage des Weisen; und trotz des schrecklichen Gewichts, das die Leibnizze und Wolffs in die Schale werfen, nehmen Sie sich noch dieses Wort von Montaigne zum Motto: *Que sais-je?*

Anhand der Memoiren über den Zarewitsch, die Ew. Kgl. Hoheit mir zu schicken geruhten, erkenne ich mehr denn je, daß zur Geschichtsschreibung ebensoviel Pyrrhonismus wie

Metaphysik gehören. Bei der Geschichte Ludwigs XIV. achtete ich darauf, daß ich nicht tiefer als notwendig in die Geheimkabinette eindrang. Die großen Ereignisse der Regierungszeit betrachte ich als wunderbare Phänomene, die ich ausbreite, ohne bis zu den allerersten Ursachen zurückzugehen. Die erste Ursache ist nichts für einen Physiker, und die verborgensten Triebfedern von Intrigen sind nichts für den Historiker. Die Sitten der Menschen zu zeichnen, die Geschichte des menschlichen Geistes in jenem großen Jahrhundert zu verfassen, vor allem die Geschichte der Künste, das ist mein einziges Anliegen. Ich bin mir ganz sicher, daß ich wahr spreche, wenn ich über Descartes, Corneille, Poussin, Girardon, über so viele den Menschen nützliche Errungenschaften schreibe; ich bin mir sicher, daß ich lüge, wollte ich die Zwiegespräche zwischen Ludwig XIV. und der Madame de Maintenon wiedergeben. Wenn Sie mich bei diesem Unterfangen zu ermutigen die Güte hätten, würde ich mich mehr denn je darin vertiefen; aber während ich das abwarte, werde ich den Rest dieses Jahres der Physik und insbesondere der experimentellen Physik widmen. Allen Nachrichten entnehme ich, daß meine *Éléments de Newton* schon verkauft werden; ich jedoch habe sie noch nicht zu sehen bekommen. Es ist amüsant, daß der Autor und der Mann, dem es gewidmet ist, die einzigen sind, die das Werk nicht besitzen. Ohne mich hinzuzuziehen, ohne die vorbereiteten Korrekturen abzuwarten, haben sich die holländischen Buchhändler ans Werk gemacht; aber sie haben mir das Buch weder geschickt noch mich davon unterrichtet, daß es im Handel ist. Somit habe ich nicht die Ehre, es Ew. Kgl. Hoheit senden zu können; aber ein neuer, korrekterer Druck, den zu schicken ich mir erlauben werde, ist in Vorbereitung.

Es scheint mir, Monseigneur, daß dieser kleine *commercium epistolicum* alle Künste umfaßt. Ich hatte die Ehre, Ihnen von Moral, Metaphysik, Geschichte, Physik zu sprechen; ich wäre höchst unhöflich, wollte ich die Verse beiseite lassen. Und wie die letzten vergessen, die Ew. Kgl. Hoheit mir geschickt haben? Es ist wirklich seltsam, mit welcher Leichtigkeit Sie in einer fremden Sprache zu schreiben vermögen. Französische Verse zu machen ist selbst in Frankreich eine sehr diffizile Angelegenheit, Sie, zu Remusberg, komponieren sie, wie wenn Chaulieu, Chapelle, Gresset die Ehre hätten, mit Ihnen zu soupieren.

Locusta: römische Giftmischerin aus Neros Zeiten.
Brinvilliers: Die Marquise de Brinvilliers, französische Giftmischerin aus Ludwigs XIV. Zeiten.
Wohin führt diese schreckliche Politik?: Der florentinische Diplomat Niccolò Machiavelli hatte während italienischer Kriegs- und Krisenzeiten in seinem theoretischen Werk *Il Principe* unter anderem geäußert: »Wer politisch handelt, muß auch Böses tun.«
Que sais-je?: »Was weiß ich?«
Pyrrhonismus: Pyrrhon von Elis, griechischer Skeptiker, der die Beweisbarkeit theoretischer Sätze verneinte – statt dessen ist auf Gebräuche und Konventionen zu bauen.
Girardon: François Girardon, 1628–1715, Bildhauer.
Commercium epistolicum: Briefaustausch.

Ist es nach zweieinhalb Jahren des Briefaustauschs nicht allmählich Zeit für ein Rendezvous?

27. Friedrich an Voltaire

Wesel, 24. Juli 1738

Mein teurer Freund, da bin ich nun auf mehr als sechzig Meilen an Cirey herangekommen. Mir scheint, als hätte ich nur noch einen Schritt zu tun, um dort zu sein, und ich weiß nicht, welche unbezwingliche Macht mich abhält, mein Verlangen, Sie zu sehen, zu stillen. Sie ahnen nicht, wie Ihre Nähe mich leiden macht; ich leide alle Ungeduld, alle Unruhe, kurz alle Geißeln des Woandersseins.

Schieben Sie, sofern dies möglich ist, Ihren Meridian an unseren heran; lassen Sie uns von Remusberg und von Cirey aus noch einen Schritt tun, um vereint zu sein.

Que, par un système nouveau
Quelque savant change la terre,
Et qu'il retranche, pour nous plaire,
Les monts, les plaines et les eaux
Qui séparent nos deux hameaux.

(Daß doch durch ein neues System
Irgendein Gelehrter die Erde ändere,
Und daß er, uns zu Gefallen,
Tilge die Berge, Ebenen und Wasser,
Die trennen unsere zwei Weiler.)

Ich wünschte sehr, daß Maupertuis mir diesen Dienst erweisen könnte. Ich wüßte ihm dafür mehr Dank als für seine Entdeckungen zur Erdgestalt, und was seine Lappländer ihm beigebracht haben.

Apropos Reise, ich passierte hier einen Landstrich, bei dem die Natur an nichts gespart hat, um die Äcker zu den fruchtbarsten, die Gegenden zu den lieblichsten der Welt zu machen; aber es kommt mir so vor, als hätte sie ihre Kräfte mit dem Hervorbringen von Bäumen, von Hainen und Bächen, welche die Landschaft schmücken, erschöpft, denn mit Gewißheit hat es ihr in diesen Gegenden an Kraft gemangelt, auch unsere Spezies vollendet geraten zu lassen.

Fast ganz Westfalen strömte an unserem Reiseweg zusammen. Wenn Gott so gnadenreich war, den Menschen seinen göttlichen Atem einzuflößen, so muß man zugeben, daß ihm bei dieser Nation eher die Luft ausgegangen ist als bei anderen. Was den Geist betrifft, so ist er dermaßen schlecht aufgeteilt, daß man sich in der Tat die Frage stellt, ob diese menschenhaften Gestalten Menschen sind, die denken, oder nicht.

Mit jedem, der von Holland kommt, unterhalte ich mich über Ihre Reputation; entweder gerate ich an Menschen, die denken wie ich, oder ich schaffe Proselyten. In Braunschweig habe ich für Sie gegen einen gewissen Bothmer gefochten, an dem ein Schöngeist verlorengegangen ist, lebhaft, unbesonnen, der alles wie in letzter Instanz entscheidet. Sie dürfen mir glauben, meine Sache hat triumphiert; der andere gab sich von der Macht Ihres Verdienstes geschlagen und erklärte sich für besiegt.

Zum Teil sind es die Schmähschriften, mit denen Ihre Landsleute Ihre Person garnieren, welche die Öffentlichkeit, die für gewöhnlich ungerecht und wenig gebildet ist, mit

Neuigkeiten versorgen. Es genügt, daß ein Mann von einem anderen Mann, der gegen ihn schreibt, in den Schmutz gezogen wird, damit der Großteil der Leute sich damit zufriedengibt, die Angriffe des Gegners gegen ihn nachzuplappern. Der gewöhnliche Mann forscht niemals nach, und es behagt ihm, das zu wiederholen, was andere ihm gesagt haben, vor allem, wenn es jemand von Einfluß ist.

Ihre Nation ist sehr undankbar und sehr unbesonnen, es hinzunehmen, daß irgendein Schmähsüchtiger, daß irgendeine namenlose Feder es wagt, Ihren Lorbeer zu zerzausen. Gibt es denn so viele bedeutende Männer? Geschieht das, weil Sie vor den Gesichtern der Erdengötter keinen Weihrauchnapf schwenken? Welche Gründe sie auch nennen wollen, es gibt nur schlechte. Hätte Augustus geduldet, daß man Virgil mit Schmähungen überhäuft, hätte Ludwig XIV. dazu beigetragen, Boileaus Verdienst zu schmälern, so wären sie weniger große Fürsten, und der römische wie der französische Monarch wären vielleicht gezwungen gewesen, auf ein Stück ihres Ruhms zu verzichten.

Es ist eine Art von Barbarei, Verdienst und große Begabungen zu verschleiern oder auch nur dazu beizutragen, ihnen den Atem zu nehmen. Da die Franzosen Sie nicht genug schätzen, scheinen sie unwürdig, die Landsleute des Verfassers der *Henriade* zu sein. Auch wenn man nicht darauf achtet, so ist doch nur allzu deutlich zu spüren, daß die Feder Ihrer Feinde in die Galle der Eifersucht getunkt ist. Es sind keine Vernunftgründe, die man gegen Sie anführt, es sind Ausflüsse der Bösartigkeit und des Übelwollens; es ist nur zu wahr, daß Eifersucht und Neid eine Art von Nebel sind, der in den Augen des Neiders das Verdienst seines Gegners verdunkelt.

Thiériot hat mir die beiden Briefe, die Sie mir schrieben, zugeleitet, den einen über das Werk Dutots und den zweiten zur *Mérope.* Jeder ist auf seine Weise ein Meisterwerk. Als Horaz urteilen Sie über Poesie, als Agrippa, als Amboise über die Kunst, Menschen glücklich zu machen.

Ich führe seit einiger Zeit ein tätiges, ein sehr tätiges Leben. In einigen Wochen wird die Kontemplation an der Reihe sein. So oder so kann man glücklich sein; und wie könnte ich unglücklich sein, da ich mir doch schmeicheln kann, wahre Freunde zu besitzen? Seien Sie immer meiner, Monsieur, und zweifeln Sie nie an der vollkommenen Wertschätzung, mit der ich, Monsieur, Ihr sehr treu ergebener Freund bin

Federic.

Versäumen Sie nicht, die Marquise aller bewundernder Gefühle zu versichern, die sie mir einflößt; von ihrer Schönheit spreche ich nicht, denn die scheint unaussprechlich zu sein.

Auf mehr als sechzig Meilen an Cirey herangekommen: Eine Reise des Kronprinzen in die rheinischen Besitzungen Preußens währte von Anfang Juli bis Ende August.
Maupertuis: Pierre Louis Moreau de Maupertuis, 1698–1759; Physiker und Mathematiker, der bei seiner Lappland-Fahrt von 1736/37 die Abflachung des Globus nachwies. Später Präsident der Preußischen Akademie der Wissenschaft, Gesellschafter zu Sanssouci und damit schon fast gezwungenermaßen ein Fleck auf Voltaires Sonnenscheibe. Beider Berliner Gemetzel siehe später.
Bothmer: Carl Ludwig von Bothmer, nicht mehr wegweisender Kammerjunker von Braunschweig-Lüneburg.
Dutot: Charles Dutot, französischer Finanzfachmann und Schatzmeister der Ostindienkompanie.
Agrippa: Agrippa, Freund des Augustus, Erbauer des Pantheons, Anreger einer Weltkarte.
Amboise: Georges d'Amboise, Minister Ludwigs XII. und *Henriade*-Gestalt.

28. Voltaire an Friedrich

Cirey, [8.] August

Monseigneur, nach dem, was Monsieur Thiériot mir mitteilt, werfen Ew. Kgl. Hoheit mir vor, daß mehr meine vielfältigen Beschäftigungen als meine Krankheiten die Ursache meines Schweigens seien. Doch habe ich nun die Ehre, Ihnen, Monseigneur, via Monsieur Plötz und Monsieur Thiériot zu schreiben. Dies ist ein drittes Schreiben, und Ew. Kgl. Hoheit könnten sich höchstens beschweren, daß ich zu oft lästig falle.

Monseigneur, diesmal handelt es sich weder um Literatur noch um Verse, noch um Philosophie, noch um Geschichte. Ich wage es, mir gegenüber Ew. Kgl. Hoheit eine neue Freiheit herauszunehmen: bis zum äußersten nehme ich Ihre Nachsicht und Güte in Anspruch.

Ich hatte bereits die Ehre, ein Wort über eine kleine Herrschaft fallenzulassen, die sich in der Gegend von Lüttich und Jülich befindet. Beringen ist ihr Name. Sie besteht aus Ham und Beringen. Durch seine Mutter, aus dem Hause Honsbruck, fiel sie an den Marquis de Trichâteau. Sie ist verschuldet. Madame du Châtelet, die die Verwaltungsvollmachten hat, wünschte sehr, daß dieser kleine Flecken Erde, der keiner sonstigen Herrschaft untersteht, Seiner Königlichen Majestät, Ihrem Vater, zusagen möge. Fünf- oder sechstausend Florin, die der Besitz wert ist, wären nur eine Nebensache bei diesem Geschäft. Falls noch Zeit dazu ist, wäre es vielmehr das Wichtigste, daß die Königin von Saba sich dorthin aufmacht, um mit dem Salomon Europas zusammenzutreffen. Ew. Kgl. Hoheit wissen, daß ich mitkäme. Also wird das Land Jülich das Gelobte Land sein, wo ich *salutare meum* sehen werde. Vielleicht weiß ich nicht genau, was ich hier rede, doch letztendlich habe ich mir gedacht, wenn der Kaufvorschlag den Interessen Seiner Majestät entgegenkäme, dann beginge ich keineswegs das Verbrechen der Kabinettsbeleidigung, und die Minister Seiner Majestät könnten nichts dagegen haben, wenn Ew. Kgl. Hoheit ihnen meine Idee nahebrächten oder nahebringen ließen. Ich bitte Ew. Kgl. Hoheit inniglich, sich vorderhand über die Herrschaft, die Rechtslage und ihre geographische Lage unterrichten zu lassen, denn darüber weiß ich nichts.

Von Politik verstehe ich nichts. Ich verstehe mich einzig auf die Empfindungen des Eifers, Respekts, der Bewunderung, fast hätte ich gesagt, der Zärtlichkeit, mit der ich verbleibe, etc.

Monsieur und Madame du Châtelet sind gegenwärtig Nutznießer dieser kleinen Herrschaft, die ihnen infolge einer Schenkung seitens des Marquis de Trichâteau zugefallen ist. Bis zur Tilgung der Schulden lassen sie die Einkünfte unangetastet.

Marquis de Trichâteau: Voltaires Gastgeber, der Marquis du Châtelet, Marquis de Trichâteau, war Sohn der Baronin Isabelle Agnes von Hoensbroech.
Salutare meum: »Mein Heil«.

29. Voltaire an Friedrich

August 1738

Je suis presque ressuscité
Lorsque j'ai vu cette écritoire,
L'instrument de la vérité,
De mes plaisirs, de votre gloire.
Mais qu'il m'en doit coûter de soins!
Que l'usage en est difficile!
Quand en a la lance d'Achille,
Il faut être Patrocle au moins.
Qui du beau chantre de la Thrace
Tiendrait la lyre entre ses doigts,
S'il n'avait sa forte et sa grâce,
Pourrait-il animer les bois,
Adoucir l'enfer et Cerbère?
C'est un grand ouvrage, et je crois
Qu'il ferait bien mieux de se taire.
Mais le cas est tout différent;
L'écritoire est pour Émilie;
Grand prince, elle eut votre génie
Avant d'avoir votre présent.
Le ciel tous les deux vous réserve
Pour l'exemple de nos neveux;
Et c'est Mars qui, du haut des cieux,
Envoie une égide à Minerve.

(Fast bin ich vom Tode auferstanden,
Als dieses Schreibgerät ich sah,
Das Instrument der Wahrheit,
Meiner Freuden, Ihres Ruhms.
Doch wieviel Sorgfalt es mir abverlangt!
Wie sein Gebrauch doch heikel ist!
Wenn man die Lanze von Achilles hat,
Muß man Patroklos zumindest sein.
Wer immer von Thrakiens schönem Sänger
Die Lyra hielt' in seinen Händen,
Könnte der beseelen denn die Wälder,
Besänftigen die Hölle und den Zerberus,
Wenn seine Kraft ihm fehlte und die Anmut?

Das ist ein großes Unterfangen, und ich mein',
Das Schweigen stünd' ihm besser an.
Doch liegt der Fall ganz anders;
Für Émilie ist das Gerät bestimmt;
Großer Prinz, sie hatte Ihr Ingenium,
Noch eh' sie Ihr Geschenk besaß.
Der Himmel behält euch allen beiden vor,
Zu sein das Vorbild unserer Enkel;
Und Mars ist's, der, vom Zenit der Himmel,
Minerva übersendet einen Schild.)

Monseigneur, ich habe Ew. Kgl. Hoheit und Émilie gebraucht, um Kraft zum Denken und zum Schreiben zu bekommen. Ich war sehr nahe daran, jenes Reich zu erblikken, das von Orpheus bezwungen wurde und aus welchem ich nur hätte zurückkommen wollen, um Émilie und Ihre Person wiederzufinden.

Vielleicht halten Sie es nicht für möglich, Monseigneur, daß ich *Mérope* noch wesentlich verändert habe. Zuerst hatte ich den Marquis Maffei nachahmen wollen, denn leidenschaftlich gerne kämpfe ich in meinem Vaterland für die Meisterwerke des Auslands. Doch nach und nach, im Laufe der Arbeit, ist *Mérope* völlig französisch geworden. Dank Ihrer klugen Einwände gehört sie Ihnen so gut wie mir; wenn ich sie in Druck gebe, werde ich Sie um die Erlaubnis bitten, sie Ihnen widmen und Ihnen das Stück und meine Gedanken zur Tragödie zu Füßen legen zu dürfen.

Ich weiß nicht, ob Ew. Kgl. Hoheit die neue Ausgabe der *Éléments de Newton* erhalten haben. Da Sie geruhen, sich so für mich zu interessieren, daß Sie mir sogar berichten, Monsieur s'Gravesande habe nicht viel Gutes dazu geäußert, werde ich ihm also mitteilen, daß mich das nicht überrascht.

Da die Verleger, respektive die holländischen Korsaren, es nicht erwarten konnten, das Werk in den Handel zu bringen, haben sie sich entschieden, die beiden letzten Kapitel von einem holländischen Metaphysiker zusammenstümpern zu lassen, dessen Ziel es war, in diesen zwei unechten Kapiteln den Auffassungen von Monsieur s'Gravesande zu widersprechen. Der verneint die beiden vorzüglichsten Erkenntnisse des Newtonschen Systems, die Begründung für Gezeiten und die Erklärung für die Verschiebung der Tagundnachtgleiche, die zweifelsohne von der Erdausbuchtung im Äquatorialbereich herrührt. Monsieur s'Gravesande hat sich zu Recht mit diesen zwei wichtigen Punkten befaßt. Im übrigen ist das Buch mit hundert lächerlichen Fehlern gedruckt. Die französische Ausgabe, nur zum Schein in London erschienen, ist ein wenig exakter. Die Cartesianer schreien wie Verrückte, wenn man ihnen die werten Hirngespinste, mit denen sie sich füttern, wegnehmen will; sie glauben zu verarmen, falls in der Natur Vakua existieren sollten. Sie tun so, als wollte man sie bestehlen; ein paar von ihnen sind ernsthaft erbittert. Ich für mein Teil werde mich hüten, mich über das Vorhandensein des Nichts zu ärgern, solange nur *divus Federicus et diva Emilia* mir ihre Gunst bewahren.

Wir haben uns ein wenig über dieses Beringen unterrichtet; es ist eine Stadt zwischen dem Lüttichschen und dem Jülichschen. Falls das Seiner Majestät entgegenkommt und falls Seine Majestät die Stadt mit dem Titel einer Untertanin auszeichnen wollen, erwarten wir selbstverständlich alle Anweisungen, die Seine Majestät vorzuschreiben geruhen. Madame du Châtelet hatte nicht den Mut, zu Ew. Kgl. Hoheit darüber zu sprechen; sie bittet mich, Sie um Ihre Protektion zu ersuchen. Wir richten uns in dieser Angelegenheit allein nach Ihren Anweisungen. Madame du Châtelet hat jetzt einen Mann in die Gegend gesandt, einen lothringischen Advokaten.

Falls die Angelegenheit den Verlauf nimmt, den ich mir wünsche, so wäre es nicht schwierig, Monsieur le Marquis du Châtelet dazu zu bewegen, sich zu einer kleinen Reise zu entschließen. Sollen die Gazetten nur schwätzen, ich meinerseits wage zu prophezeien, daß ich mich eines Tages mit allem Anstand Ew. Kgl. Hoheit zu Füßen werfen und endlich sehen kann, was ich bewundere.

Ich hoffe, daß Ihr anderer Untertan, Monsieur Thiériot, bald für ein paar Tage in Ihr Schloß Cirey kommen wird. Dann wird sich hier der Gottesdienst für Sie vollenden, und wir werden Hymnen anstimmen, die uns das Herz eingibt. Ich verbleibe mit tiefstem Respekt und zärtlicher Dankbarkeit, die täglich zunimmt, etc.

Die Cartesianer schreien wie Verrückte: Laut Descartes dürfte in einer göttlichen Schöpfung ein Nichts natürlich nicht vorhanden sein.
Divus Federicus et diva Emilia: »Der göttliche Friedrich und die göttliche Émilie«.

Preußen zeigte sich am Erwerb einer entlegenen, verschuldeten Herrschaft nicht brennend interessiert: »Trotz des Erwerbs und Kaufs einer Herrschaft, glaube ich, hätte ich dennoch nicht das Glück erlebt, sie alle beide zu sehen.« So geht denn ein Herbst mit neuerlichen, unverfänglicheren Gedanken zur Poesie und zu allem sonstigen ins Land.

30. Voltaire an Friedrich

Cirey, 1. Januar 1739

Jeune héros, esprit sublime,
Quels vœux pour vous puis-je former?
Vous êtes bienfaisant, sage, humain, magnanime;
Vous avez tous les dons, car vous savez aimer.
Puissent les souverains qui gouvernent les rênes
De ces puissants États gémissant sous leurs lois
Dans le sentier du vrai vous suivre quelquefois,
Et, pour vous imiter, prendre au moins quelques peines!
Ce sont là tous mes vœux, ce sont là les étrennes,
Que je présente à tous les rois.

(Junger Held, erhabener Geist,
Welche Wünsche sprech' ich für Sie aus?
Wohltätig sind Sie, weise, menschlich, groß;
Jeden Vorzug haben Sie, weil Sie zu lieben wissen.
Möchten doch die Herrscher, die die Zügel halten
Dieser mächt'gen Staaten, stöhnend unter ihren Gesetzen,
Ihnen dann und wann auf dem Pfad der Wahrheit folgen,
Und sich mühen wenigstens, Ihnen nachzueifern!
Das sind alle meine Wünsche, das sind meine Neujahrsgaben,
Die ich darbring' allen Königen.)

Gerade als ich in diesem Tone fortfahren wollte, Monseigneur, ließen der Brief Ew. Kgl. Hoheit, dazu die Epistel auf den Prinzen, der Ihr Bruder zu sein das Glück hat, mir die Feder aus der Hand fallen. Ah! Monseigneur, welch eigenwillig genutzte Mußestunden und welche bei einem außerhalb Frankreichs geborenen Manne rare Begabung, französische Verse zu machen, noch rarer bei einem Manne Ihres Ranges, zudem täglich wachsende und tüchtigere Begabung! Aber was nehmen Sie nicht in Angriff! Von der Kunst des Regierens bis zur Musik und zur Kunst der Malerei, welche Laufbahn wäre nicht die Ihre! Welche Gabe der Natur hätten Sie durch Ihr Bemühen nicht verschönt!

Aber was denn! Stimmt es denn also, Monseigneur, daß Ew. Kgl. Hoheit einen Ihrer würdigen Bruder haben? Das nenn' ich ein seltenes Glück; doch ist er Ihrer noch nicht vollends würdig, so wird es nach der schönen Epistel seines älteren Bruders unweigerlich sein; voilà, der erste Prinz auf Erden, der so erzogen wurde.

Mir will es scheinen, Monseigneur, daß es einen Kurfürsten gab, einen Ihrer Ahnen, den man den Cicero Deutschlands hieß; war es nicht Johann II.? Ew. Kgl. Hoheit sind sich meines Respekts für diesen Fürsten gewiß; doch bin ich überzeugt, daß Johann II. keine solche Prosa verfaßte wie Friedrich; und was Verse angeht, habe ich fast ganz Deutschland und fast ganz Frankreich in Verdacht, nichts Besseres als diese schöne Epistel zuwege zu bringen:

> O vous en qui mon cœur, tendre et plein de retour,
> Chérit encor le sang qui lui donna le jour!
>
> (O Sie, in dem mein Herz, zärtlich und dankerfüllt,
> Noch das Blut verehrt, das ihm sein Leben gab!)

Dieses *encor* erscheint mir als eine der größten Feinheiten von Kunst und Sprache; recht energisch, mit zwei Silben, sagt es, daß man seine Eltern in seinem Bruder ein zweites Mal liebt. Aber falls Ew. Kgl. Hoheit das zusagt, so schreiben Sie doch *opinion* nicht länger mit g und geruhen Sie, dem Wort die vier Silben zu geben, aus denen es sich zusammensetzt; dies sind die Augenblicke, in denen die großen Fürsten und die großen Genies den Pedanten nachgeben müssen.

Alle Größe Ihres Ingeniums vermag nichts über die Silben, und Sie sind nicht der Herr darüber, dort ein *g* zu plazieren, wo es nicht hingehört. Weil ich gerade bei Silben bin, ich möchte Ew. Kgl. Hoheit bitten, *vice* mit einem *c* und nicht mit zwei *s* zu schreiben. Mit Hilfe solcher Kleinigkeiten werden Sie, sobald Sie wollen, Mitglied der Académie française, und Sie werden ihr, Ihr Fürstentum einmal hintangestellt, alle Ehre machen; wenige ihrer Mitglieder drücken sich mit solcher Kraft aus wie mein Fürst, und der Hauptgrund dafür ist, daß er mehr denkt als sie. In der Tat, in Ihrer Epistel findet sich ein Bild für Verleumdung, das an Michelangelo gemahnt, eines für Jugend, das an Albani denken läßt. Wie sehr doch Ew. Kgl. Hoheit unsere Lust verdoppeln, ihr unsere Aufwartung zu machen! Wir richten alles so ein, um im April aufzubrechen, und ich müßte schon vom Unheil verfolgt sein, fände ich von Jülichs Grenzen keinen Weg, der mich zu Ew. Kgl. Hoheit führte. Erlauben Sie mir, Ihnen mitzuteilen, daß wir, falls nicht Krieg uns verjagt, für ein Jahr dort verweilen werden. Madame du Châtelet möchte über allen derzeit gebundenen Familienbesitz wieder verfügen können; so etwas braucht seine Zeit, sie muß sogar höchstselbst in Wien und Brüssel prozessieren, wozu sie bereits Schreiben von ebenderselben Klarheit und Schärfe wie ihre Abhandlung über das *Feuer* aufgesetzt hat. Selbst wenn diese Geschäfte zwei Jahre dauerten, sei's drum; dann müssen wir Cirey eben für zwei Jahre sich selbst überlassen; Pflichten und ernste Angelegenheiten haben Vorrang vor allem übrigen. Und wie könnte man Cirey missen, wenn man in Kleve einem Lande näher ist, das höchstwahrscheinlich durch die Anwesenheit Ew. Kgl. Hoheit geehrt wird? Deshalb möchten wir, Monseigneur, Ew. Kgl. Hoheit ersuchen, die Zusendung dieses guten Weines aufzuschieben, den Ihre Großmut uns kosten lassen möchte; es hat nämlich den Anschein, als würde ich lange Zeit zwischen Lüttich und Jülich Rheinwein trinken. Ew. Kgl. Hoheit sind zu gütig; meinetwegen haben Sie Ärzte zu Rate gezogen und geruhten, mir ein Rezept zu senden, das mehr taugt als alles von denen Verordnete.

Ma santé serait rétablie,
Si je me trouvais quelque jour
Près d'un tonneau de vin d'Hongrie,
Et le buvant à votre cour,
Mais le buvant près d'Émilie.

(Meine Gesundheit wäre wieder da,
Wenn ich mich eines Tages fände
Bei einem Faß von Ungarwein,
Und zechte ihn an Ihrem Hof,
Doch zecht' ich mit Émilie ihn.)

Ich verbleibe mit tiefster Hochachtung, mit Bewunderung, mit der mir gestatteten Zärtlichkeit etc.

... weil Sie zu lieben wissen ...: Was das Lieben, insbesondere von Frauen, betrifft, trug Friedrichs Gattin Elisabeth Christine, 1715–1797, das vielleicht schwerste Los. In Rheinsberg teilte sie noch das Leben des Kronprinzen, danach traf sie ihren Mann anläßlich größerer Zeremonien, nach Potsdam wurde sie nie gebeten. »Es wird eine unglückliche Fürstin mehr in der Welt geben«, hatte der Kronprinz schon vor seiner Hochzeit in Salzdahlum geäußert.
Bruder: Prinz Heinrich.
Johann II.: Wahrscheinlich spielt Voltaire in einer Mischassoziation auf Kurfürst Johann Cicero, 1455–1499, an.
Albani: Francesco Albani, italienischer Barockmaler.
Für ein Jahr: Das Paar brach im Mai nach Holland auf.

31. Friedrich an Voltaire

Berlin, 8. Januar 1739

Mein teurer Freund, es schmeichelte mir sehr, daß die *Épître sur l'Humanité* wegen der darin geäußerten Gefühle Ihre Anerkennung erringen konnte; aber ich hoffe zugleich, daß Sie die Güte haben, eine Kritik des poetischen Stils vorzunehmen.

Ich ersuche also den gewandten Philosophen, den großen Dichter, aus Freundschaft zu mir sich abermals zu erniedrigen und den gestrengen Grammatiker zu spielen. Ich werde nicht zögern, ein Werk umzuschreiben, das in seiner Substanz der Marquise gefallen konnte; an meiner Fügsamkeit, Ihren Korrekturen zu willfahren, erkennen Sie, welches Vergnügen es mir bereitet, besser zu werden.

Möge meine *Épître sur l'Humanité* Vorbote desjenigen Werkes sein, über das Sie selbst schon nachgedacht haben; reichlich belohnt würde ich mich fühlen, wenn mein Werk die Morgenröte des Ihrigen wäre. Folgen Sie dieser Fährte und fürchten Sie nicht, daß mißverstandene Eigenliebe mich meinen Hervorbringungen gegenüber blind machte. Die Menschlichkeit ist ein unerschöpfliches Sujet; ich habe Gedanken gestammelt, es ist an Ihnen, sie zu entwickeln.

Es scheint, als würde man in einem Gefühle bestärkt, sobald man sich alle dafür sprechenden Gründe durch den Kopf gehen läßt. Das bewog mich, dies Thema Menschlichkeit zu behandeln. Sie ist, meiner Ansicht nach, die einzige Tugend, und sie sollte vor allem jenen Menschen eigen sein, die durch eine besondere Stellung vor aller Welt ausgezeichnet sind. Ein Herrscher, ob groß oder gering, ist als Mensch zu betrachten, dessen Pflicht es ist, menschliches Leid soweit zu lindern, wie es in seiner Macht steht; er gleicht dem Arzte, der heilt, wenn auch nicht von körperlichen Gebrechen, so doch seine Untertanen vom Unglück. Die Stimmen der Unglücklichen, das Stöhnen der Elenden, die Schreie der Unterdrückten müssen bis zu ihm dringen. Sei es aus Mitgefühl, sei es wegen eines gewissen Selbstwertgefühls, er hat von der traurigen Lage jener, deren Leiden er sieht, berührt zu sein; wenn nur sein Herz empfindsam ist, werden Unglückliche bei ihm alles Mitgefühl finden.

In der Beziehung zu seinem Volk ist der Fürst das, was bezüglich des mechanischen Aufbaus des Leibes das Herz ist. Aus allen Gliedmaßen empfängt er Blut und pumpt es in die Extremitäten zurück. Er empfängt die Treue und den Gehorsam seiner Untertanen, schenkt ihnen dafür Überfluß, Wohlstand, Ruhe, alles, was zum Wohle und Gedeihen der Gemeinschaft beitragen kann.

Dies sind, so scheint mir, Maximen, die den Herzen aller Menschen eingeboren sind; man spürt es, sobald man ein wenig nachdenkt, und es bedarf keiner umständlichen moralischen Unterweisung, um sie sich anzueignen. Ich meine, daß Mitgefühl und der Wunsch, einem hilfsbedürftigen Menschen Erleichterung zu verschaffen, den meisten Menschen innewohnende Tugenden sind. Wir stellen uns eigene Gebrechen und Leiden vor, wenn wir die anderer sehen, und bemühen uns ebensosehr zu helfen, wie wir es uns von anderen wünschten, wenn wir in ebendieser Not wären.

Für gewöhnlich sündigen Tyrannen, weil sie die Dinge unter einem einzigen Gesichtspunkt betrachten; sie betrachten die Welt einzig in bezug auf sich selbst, und ihre Herzen bleiben unempfänglich, weil sie zu hoch über gewissen gewöhnlichen Leiden stehen. Wenn sie ihre Untertanen unterjochen, wenn sie hart, wenn sie gewalttätig und grausam sind, dann deshalb, weil sie die Natur des Bösen, das sie anrichten, nicht kennen, und weil sie selbst nie Schlechtes erlitten, achten sie es für etwas allzu Geringfügiges. Menschen dieses Schlags sind nicht wie Mucius Scaevola, der alle Feuersqualen verspürte, als er vor Porsennas Augen seine Hand hineinhielt.

Mit einem Wort, alles Wirtschaften des Menschengeschlechts dient dazu, Menschlichkeit hervorzubringen; diese Ähnlichkeit bei fast allen Menschen, diese Gleichheit, dieses Aufeinanderangewiesensein der Menschen, ihre Nöte, die ihre Bedürfnisse eng verknoten, diese natürliche Neigung zum Gleichgearteten, unser Reden, das uns Menschlichkeit predigt, die gesamte Natur scheint zusammenzuwirken, um eine Schuld bei uns einzuklagen, die unser Glück hervorbringt, unser Leben jeden Tag neu versüßt.

Damit mehr als genug zur Moral, will mir scheinen. Ich vermeine, Sie beim Lesen dieses schrecklichen Geschwätzes zweimal gähnen und die Marquise ungeduldig werden zu sehen. Sie hat wahrlich recht, denn über alles dies wissen Sie mehr als ich, und mehr noch, Sie leben es.

Bei uns hier ist alles zugefroren. Es ist ungewöhnlich kalt. Ich gehe überhaupt nicht mehr nach draußen, und wenn, dann nur zitternd, daß mit irgendeinem Körpersaft auch das Wärmeprinzip in mir stocken könnte.

Ich bitte Sie, der Marquise auszurichten, daß ich sie herzlich darum ersuche, mir ein bißchen von dem Feuer zu schicken, das ihr Ingenium lodern läßt. Sie muß etwas davon übrig haben, und ich bräuchte es dringlich. Falls sie Eisstücke benötigt, um während sämtlicher Sommerhitzen Eiswasser zur Hand zu haben, verspreche ich ihr soviel davon, wie sie will.

Doctissimus Jourdanus hat die Abhandlung der Marquise noch nicht zu sehen bekommen; ich bin mit Ihren Gunstbezeugungen etwas knausrig. Es gibt sogar Leute, die mir vorhalten, dies bis zum Geiz zu treiben. Jordan wird den *Essai sur le Feu* sehen, weil die Marquise dem zustimmt, und er selbst wird, wenn er mag, Ihnen mitteilen, wie dies Werk auf ihn wirkt. Vorweg kann ich Ihnen auf jeden Fall versprechen, daß wir alle hier keine Vorurteile kennen. Die Descartes', die Leibnizze, die Newtons, die Émilies sind für uns in dem Maße große Menschen, wie sie uns, entsprechend dem Jahrhundert, in dem sie lebten, bilden.

Wo es um Überzeugungskraft geht, wird die Marquise durch ihre Schönheit und ihr Geschlecht uns gegenüber im Vorteil sein.

Son esprit persuadera
Que le profond Newton en tout est véritable;
Mais son regard convainquera
D'une autre vérité plus claire et plus palpable;
En la voyant, on sentira
Tout ce que fait sentir un objet adorable.

(Ihr Geist wird erweisen,
Daß der tiefe Newton wahr in allem ist;
Ihr Blick wird überzeugen indes
Von anderer Wahrheit, klarer und faßlicher;
Sie erblickend, wird man fühlen
Alles, was Anbetungswürdiges erfühlen läßt.)

Hätten die Grazien den Vorsitz in der Akademie, würden sie nicht versäumen, eigenhändig das Werk zu krönen. Es ist offenkundig, daß die Herren der Akademie, die allzusehr an Brauch und Sitte hängen, Neues nicht lieben, da sie Angst haben, sich mit dem zu befassen, was sie nur unvollkommen begreifen. Ich stelle mir ein betagtes Akademiemitglied vor, das, schon vergreist, nach einem Leben an der Kandare

Descartes' eine neuartige Ansicht vor sich emporsteigen sieht. Dieser Mann hat die philosophischen Glaubensartikel am Schnürchen; er ist an seine Denkmethode gewöhnt, er ist mit ihr zufrieden, er möchte, daß alle Welt es sei. Was! soll man mit sechzig, mit siebzig Jahren wieder zum Schüler werden, der Schande preisgegeben sein, selber zu studieren, nachdem man so lange andere belehrt hat, und als die große Fackel, die man zu sein vermeint, zum schwachen Lichtlein werden oder gar völlig erlöschen! Das hat man nicht so gerne. Es ist einfacher, ein neues System zu verschreien, als tiefer in es einzudringen. Es zeigt sogar heldische Festigkeit, sich allem Neuen entgegenzustemmen und vorgefaßte Meinungen zu verteidigen. Jeder Geistesorden denkt auf seine Weise. In ihrer Einfalt erklären sie: diese Auffassung war die unserer Väter; warum sollte sie nicht die unsrige sein? Sind sie nicht glücklich gewesen, als sie den Eingebungen des Aristoteles oder des Descartes folgten? Warum sollten wir uns den Kopf über Ideen von Neuerern zerbrechen? Solche Geister werden sich stets der Weiterentwicklung der Erkenntnis entgegenstellen; es ist daher nicht verwunderlich, daß sie selber so wenig zuwege bringen.

Gleich nach meiner Rückkehr nach Remusberg werde ich mich kopfüber in die Physik stürzen; das verdanke ich der Marquise. Ich bereite mich überdies auf eine recht heikle und recht kühne Unternehmung vor; aber ich will Sie erst nach dem Versuch, an den ich alles setze, davon unterrichten.

Zu meinem Leidwesen begibt sich der König in diesem Frühjahr nach Preußen, wohin ich ihn begleiten werde; das Schicksal will, daß wir Kriegsspiele spielen; und trotz all meiner Vorstellungskraft sehe ich noch nicht voraus, wie wir uns sehen könnten. Für mein Gefühl wird das stets zu spät sein; davon sind Sie, wie ich hoffe, ebenso überzeugt wie von den Gefühlen, mit denen ich, mein teurer Freund, Ihr unveränderlich Ihnen zugetaner Freund bin Federic.

Mucius Scaevola: Gaius Mucius Scaevola (›Linkshand‹) rettete Rom, indem er vor dem Etruskerfürst Porsenna eine Hand ins Feuer hielt und erklärte, daß alle Römer solchen Mut hätten.

32. Voltaire an Friedrich

Cirey, 18. Januar 1739

Monseigneur, Ew. Kgl. Hoheit sind mehr Friedrich und mehr Marc Aurel denn je. Die angenehmen Dinge entfließen Ihrer Feder mit einer Leichtigkeit, die mich immer wieder in Staunen versetzt. Ihr Hirtenwort könnte vom würdigsten Bischof stammen. Sie beweisen, daß die, welche zum König bestimmt sind, in der Tat die Gottgesalbten sind. Ihr Katechismus ist der der Vernunft und des Glücks. Glückauf für Ihre Schäfchen, Monseigneur! die Herde zu Cirey empfängt Ihr Wort zu ihrer großen Erbauung.

Ew. Kgl. Hoheit raten mir, das heißt, befehlen mir, die *Histoire du Siècle de Louis XIV* zu Ende zu bringen. Ich werde gehorchen, ich werde sogar versuchen, sie mit viel Behutsamkeit, welche der Wahrheit Tribut zollt, sie jedoch nicht abstoßend erscheinen läßt, verständlicher zu machen. Alles in allem ist mein großes Ziel ja nicht eine politische und militärische Geschichte, vielmehr eine solche der Künste, des Handels und Wandels, der Zivilisation, mit einem Worte, des menschlichen Geistes. In all dem verbirgt sich keine gefährliche Wahrheit. Ich denke also, daß ich mir ein so großes und gesichertes Stück Lebenspfad nicht deshalb versagen sollte, weil es kleine Stolpersteine geben könnte; was sich in Händen Ew. Kgl. Hoheit befindet, bleibt ausschließlich für Sie bestimmt. Der gewöhnliche Sterbliche ist nicht dafür gemacht, wie mein Prinz bedient zu werden.

Ich habe die *Histoire de Charles XII* aufgrund etlicher Memoiren umgearbeitet, welche mir durch einen Bedienten des Königs Stanislaus zugeleitet wurden, vor allem aber aufgrund all dessen, was Ew. Kgl. Hoheit mir zukommen zu lassen geruhten. Von den denkwürdigen Details, mit denen Sie mich beehrten, habe ich allein das verwandt, was alle Welt wissen soll und niemanden verletzt: die Volkszählung, die erlassenen Gesetze, Stiftungen, Stadtgründungen, Handel, ziviles Leben, allgemeine Sitten; was das private Tun des Zaren, der Zarin, des Zarewitsch angeht, hülle ich mich in tiefes Schweigen. Ich nenne niemanden beim Namen, ich zitiere niemanden – nicht allein deswegen, weil das nicht zu meinem Thema gehört, sondern weil ich einen Passus des

Evangeliums, den Ew. Kgl. Hoheit mir gepredigt hätten, nicht berücksichtigen würde –, es sei denn, Sie würden es mir ausdrücklich befehlen.

Ich bearbeite die *Henriade* und beabsichtige, mit der nächsten Post einige Änderungen, die ich vorgenommen habe, Ew. Kgl. Hoheit zur Beurteilung zu unterbreiten. Ich korrigiere auch alle meine Tragödien; für den *Brutus* habe ich einen neuen Akt verfaßt; denn schließlich muß man seine Fehler korrigieren, um sich seines Prinzen und Émilies würdig zu erweisen.

Mérope lasse ich nicht drucken, denn ich bin mit ihr noch nicht zufrieden; aber man fordert, daß ich eine neue Tragödie schreibe, eine Tragödie voller Liebe und nicht voller Galanterie, bei der die Frauen Tränen vergießen und die von der Comédie Italienne parodiert werden kann. Ich schreibe sie, ich arbeite seit acht Tagen daran; mag man mich parodieren; bis dahin verbessere ich etliches an den *Éléments de Newton;* ich darf nichts übersehen und ich will, daß dies Werk umfassender und verständlicher werde.

Ich habe Ihnen, Monseigneur, exakte Rechenschaft über alles Tun Ihres Untertans von Cirey abgelegt; ich sollte auch nicht verschweigen, daß Rousseau und der Abbé Desfontaines mich neuerlich verfolgen. Während ich die Tage und Nächte in einer Einsiedelei mit emsiger Arbeit zubringe, verfolgt man mich in Paris, verleumdet mich, schmäht mich auf grausamste Weise. Madame la Marquise du Châtelet glaubte, Thiériot, der oftmals alles gegen mich Gerichtete in alle Welt hinausgehen läßt, habe auch Ew. Kgl. Hoheit eine schreckliche Schrift des Abbé Desfontaines geschickt; sie mußte das um so mehr glauben, als sie an Thiériot geschrieben, Aufklärung verlangt und Thiériot nicht geantwortet hatte. Nun lodert das edle, des Ihren würdige Herz Madame du Châtelets; sie schreibt an Ew. Kgl. Hoheit; sie läßt Klagen laut werden, welche ihrem Munde anstehen, meinem jedoch untersagt sind. Hier der Tatbestand:

Ein Mann, der Chevalier de Mouhy, der schon einmal eine Schrift gegen den Abbé Desfontaines verfaßt hat, schreibt eine literarische Kleinigkeit gegen ihn; in dieser Schrift druckt er einen Brief ab, welchen ich vor zwei Jahren schrieb. In diesem Brief hatte ich etwas allgemein Bekanntes erwähnt: nachdem ich den Abbé Desfontaines aus schwerem Beschuß gerettet hatte, verfaßte er zur Belohnung umgehend ein Pamphlet gegen seinen Wohltäter, was Thiériot bezeugen kann. All das ist die volle Wahrheit, eine für die Literatur schändliche Wahrheit. Ob Thiériot nunmehr neue Bisse des Abbé Desfontaines fürchtet, ob er mehr Angst vor diesem tollwütigen Hund als Liebe zu seinem Freund empfindet, das weiß ich nicht; ich habe lange nichts von ihm gehört. Ich verzeihe ihm, daß er sich meinetwegen nicht exponiert. Als Antwort an den Abbé Desfontaines habe ich ein kleines Memorandum zur Rechtfertigung aufgesetzt. Madame du Châtelet hat es Ew. Kgl. Hoheit zukommen lassen; danach habe ich noch sehr daran gefeilt. Ich schmähe nicht; die Schrift richtet sich nicht gegen den Abbé Desfontaines, sie soll nur meine Sache vertreten. Ich versuche, ein wenig Literarisches hineinzumischen, um die Öffentlichkeit nicht mit Privatfehden zu ermüden.

Aber ich habe das Gefühl, daß ich Ew. Kgl. Hoheit mit diesem Geschwätz ermüde. Was für eine Unterhaltung für einen großen Prinzen! Doch die Götter befassen sich zuweilen mit den Torheiten der Menschen, und die Heroen schauen Wachtelkämpfen zu. Ich verbleibe, Monseigneur, mit tiefstem Respekt, zärtlichster, unwandelbarer Verbundenheit etc.

König Stanislaus: Stanislaus I. Leszcynski, 1677–1766; obwohl zweimal zum König von Polen gewählt, mußte er zweimal dem Hause Sachsen weichen und wurde 1738 mit dem Herzogtum Lothringen und Bar abgefunden. Er war des weiteren Schwiegervater Ludwigs XV. von Frankreich und Navarra. Der umgängliche Exilkönig verschönerte Nancy, schätzte an seinem kleinen Musenhof die Gesellschaft der Cirey-Herrschaften, schwankte unablässig zwischen der Anziehungskraft seiner Maitresse, Madame Boufflers, und den diesbezüglichen Vorhaltungen seines Beichtvaters Menou, besaß zudem einen so kleinen Zwerg, daß dieser bei Festen manchmal in einer Überraschungs-Pastete versteckt wurde.

Abbé Desfontaines: Pierre-François Guyot, Abbé Desfontaines, 1685–1745, Jesuit, Übersetzer von Swift, Pope, Fielding, nannte Voltaire in seiner Schrift *La Voltairomanie* einen »antichristlichen Reimerling«, was Voltaire auch später noch, als Desfontaines gelegentlich ins Gefängnis gesteckt wurde, in

Raserei versetzen konnte: »In welches Loch hat man diesen Hund gesteckt, der seine Herren beißen würde?« – eine typische, lange, scheinbar intime, von der Öffentlichkeit aufmerksam verfolgte Affaire.
Chevalier de Mouhy: Charles de Fieux, Chevalier de Mouhy, 1701–1784, Romancier, Polizeispitzel, Verfasser einer Geschichte des Theátre Français, Organisator von Applaus-Mannschaften im Theater.

Aus Preußen kommt vorerst andere Nachricht und ein langes Poem: »Plötzlich aus rasendem Fluge/Stürzte der Tod sich auf mich ...«

33. Friedrich an Voltaire

Berlin, 27. Januar 1739

Diese vierzig und ein paar Verse sollen Sie nur wissen lassen, daß ein furchtbarer Bauchkrampf vor zwei Tagen Sie beinahe eines Freundes beraubt hätte, eines Freundes, der Ihnen aufrichtig verbunden ist und der Sie so hochschätzt, wie das nur möglich ist. Meine Jugend hat mich gerettet; die Scharlatane meinen, es sei ihre Medizin gewesen, aber nach meinem Dafürhalten war es, glaube ich, meine Ungeduld, Sie noch vor meinem Tode zu sehen.

Bevor ich mich niederlegte, hatte ich abends eine sehr schlechte Ode von Rousseau gelesen, *A la postérité* adressiert; sie war die Ursache der Kolik, und ich fürchte, daß unsere armen Enkel die Pest davon bekommen werden. Es ist mit Sicherheit das elendiglichste Werk, das mir zeit meines Lebens zwischen die Finger geraten ist.

Ich bin von der Zustimmung, mit der Sie meine letzte Ode bedenken, höchst geschmeichelt. Sie bereiten mir eine große Freude, daß Sie mich wegen meiner Fehler tadeln; ich werde tun, was ich kann, um meine Orthographie, die miserabel ist, zu verbessern; aber ich fürchte, ich werde mir nicht so bald die erforderliche Exaktheit aneignen. Ich habe den Fehler, zu rasch zu schreiben, und bin zu träge, um Geschriebenes zu überarbeiten. Doch ich verspreche, mein möglichstes zu tun, damit Sie nicht einen *dialogue de lettres à la Lukian* abfassen müssen, der mich vor das Tribunal von Vaugelas brächte, wo ich der Sprachverwüstung angeklagt würde.

Falls man durch Korrigieren sich einige Gewandtheit aneignet; falls man durch eifriges Bemühen lernt, es besser zu machen; falls die Sorge der Kunstmeister, Jünger heranzubilden, nicht nachläßt, kann ich hoffen, eines Tages mit Ihrer Hilfe Verse zu dichten, die nicht so schlecht sind wie die jetzigen.

Ich ahnte schon, daß die Marquise du Châtelet sich ernsten Geschäften genauso widmet wie der Physik, der Philosophie, der Geselligkeit; eine Eigentümlichkeit der Wissenschaften besteht darin, den Verstand so zu schärfen, daß er deren Mißbrauch verhindern kann. Ich höre gern, daß eine Dame so weit Herr ihrer Leidenschaften ist, daß sie all ihre Liebhabereien zugunsten ihrer Pflichten aufgibt; mehr noch bewundere ich aber einen Philosophen, der sich aus Freundschaft entschließt, seine Ruhe und seinen Frieden hintanzustellen. Das sind die Exempel Cireys für die Nachwelt, und der Philosophie macht dies mehr Ehre als die Abdankung jener eigenwilligen Frauensperson, die vom schwedischen Thron herabstieg, um in einem römischen Palais zu wohnen.

Man muß die Wissenschaften als etwas betrachten, das uns Mittel an die Hand gibt, unseren Pflichten besser nachzukommen. Menschen, die sie pflegen, gehen methodischer vor und handeln konsequenter. Der philosophische Geist stellt Grundsätze auf; sie sind Quellen des Nachdenkens und Ursache überlegten Handelns; und es würde mich in Anbetracht Ihres Ingeniums und Ihrer umfassenden Kenntnisse sehr verwundern, wenn Sie nicht so vorgingen.

Über Ihre Abreise nach Brüssel bitte ich Sie, mich zu unterrichten und mir zugleich zwecks Beschleunigung unserer Korrespondenz den kürzesten Postweg zu nennen. Ich rede mir ein, wöchentlich Post von Ihnen erhalten zu können, da Sie sich so nahe an unseren Grenzen aufhalten werden. In jenem Land könnte ich für Sie vielleicht von einigem Nutzen sein, da ich den Prinzen von Oranien, der oft in Breda weilt, sehr gut kenne, außerdem den Herzog von Aremberg, der in Brüssel lebt. Vielleicht könnte ich auch durch das Ministerium des Fürsten von und zu Liechtenstein der Marquise dabei helfen, Verzögerungen zu vermeiden, mit denen sie in Brüssel und Wien zu kämpfen haben wird. Richter in diesen Ländern haben es mit Richtsprüchen durchaus nicht eilig. Es heißt, wenn der kaiserliche Hof jemandem eine Ohrfeige schuldig geblieben ist, muß man drei Jahre um die fällige Auszahlung nachsuchen. Somit weissage ich, daß die Angelegenheit der Marquise nicht so schnell, wie erwünscht, unter Dach und Fach sein wird.

Wohin Sie auch gehen, der Ungarwein folgt Ihnen. Er ist Ihnen viel zuträglicher als der Rheinwein, den ich Sie bitte, nicht zu trinken, da er äußerst ungesund ist.

Vergessen Sie mich nicht, mein teurer Voltaire; und wenn Ihre Gesundheit es zuläßt, so lassen Sie mir so oft als möglich Nachricht, Werke und Verweise zukommen. Sie haben mich dermaßen an Ihre Hervorbringungen gewöhnt, daß ich fast nicht mehr zu den Produkten anderer zurückfinde. Ich brenne vor Ungeduld, den Schluß des *Siècle de Louis le Grand* zu haben; dieses Werk ist ohne Vergleich, aber hüten Sie sich, es drucken zu lassen. Mit aller nur vorstellbaren Hochachtung und aufrichtigster Freundschaft, mein teurer Freund, verbleibe ich Ihr ergebener Freund Federic.

A la postérité: An die Nachwelt, zu dieser Ode von Jean-Baptiste Rousseau fand Voltaire die kritische Formulierung: »Warum an die Nachwelt, wo schon die Zeitgenossen sie nicht lesen?« Die Äußerung entsprach mehr latenter Eifersucht als dem zum Teil gefeierten Werk.
Lukian: Griechischer Dichter des 2. nachchristlichen Jahrhunderts.
Vaugelas: Vaugelas, berühmter Grammatiker der Richelieu-Zeit.
Jene eigenwillige Frauensperson: Königin Christine von Schweden.
Herzog von Aremberg: Kommandant in den österreichischen Niederlanden.
Fürst von und zu Liechtenstein: Kaiserlicher Gesandter in Paris.

34. Friedrich an Voltaire

Berlin, 3. Februar 1739

Mein lieber Freund, Sie nehmen meine Werke mit zuviel Nachsicht auf. Eine Voreingenommenheit zugunsten des Autors läßt Sie Schwächen entschuldigen, Fehler, von denen es wimmelt.

Ich gleiche dem Prometheus der Sage; ich raube Ihnen zuweilen von Ihrem göttlichen Feuer und schüre damit meine schwachen Produkte. Doch der Unterschied zwischen Sage und Wahrheit liegt darin, daß die Seele des Voltaire, größer und großmütiger als die des Götterkönigs, mich nicht zu jener Strafe verdammt, die der Urheber des himmlischen Raubes erdulden mußte. Meine noch angeschlagene Gesundheit hindert mich an der Ausführung von fortwährend erwogenen Arbeiten; und der Arzt, grausamer noch als die Krankheit selbst, verurteilt mich zu täglicher Leibesertüchtigung, Zeit, die ich von meinen Studierstunden abziehen muß.

Diese Scharlatane wollen mir verbieten, mich zu bilden; bald werden sie verlangen, daß ich nicht mehr denke. Aber alles in allem, alles erwogen, ziehe ich körperliche Gebrechen einem Erlahmen des Geistes vor. Unseligerweise scheint der Geist nur die Garnierung des Körpers zu sein; der Geist gerät in Unordnung, sobald die Organisation unserer Maschinerie in Unordnung ist, und die Materie leidet nicht, ohne daß der Geist ebenso litte. Dieser so enge Zusammenhang, diese Gebundenheit aneinander scheinen mir ein trefflicher Beweis für die Hypothese von Locke zu sein. Was in uns denkt, ist mit Sicherheit eine Wirkung oder ein Ergebnis der Mechanik unserer belebten Maschinerie. Jeder vernunftbegabte Mensch, jeder, der nicht von Vorurteilen oder Eigenliebe durchdrungen ist, muß dem beipflichten.

Da ich Sie über meine Beschäftigungen auf dem laufenden halten will, werde ich Ihnen sagen, daß ich einige Fortschritte in der Physik gemacht habe. Ich habe alle Experimente mit der Luftpumpe verfolgt, und ich visiere zwei neue an, die da sind: erstens, eine Uhr ohne Gehäuse in die Pumpe zu legen, um zu sehen, ob ihre Bewegung sich beschleunigt, verlangsamt, gleich bleibt oder zum Stillstand kommt. Das zweite Experiment betrifft die Nährkraft von Luft. Man nimmt ein Quantum Erdreich, in das man eine Erbse steckt, danach wird beides in ein Behältnis eingeschlossen; mit der Pumpe saugt man die Luft ab, und ich vermute, daß die Erbse nicht keimen wird, weil ich diese Nährkraft und diese Kraft zum Keimen der Luft zuschreibe.

Des weiteren habe ich für Arbeit für unsere Akademiemitglieder gesorgt; zum Ursprung von Winden ist mir etwas in den Sinn gekommen, worüber ich Bericht erstattet habe, und zum Jahresende wird unser berühmter Kirch mir sagen können, ob meine Vermutung richtig ist oder ob ich irre. Um Ihnen mit wenigen Worten zu erklären, worum es sich handelt, braucht man nur zwei Ursachen für Winde in Erwägung zu ziehen: den Luftdruck und die Luftströmung. So behaupte ich, daß der Grund dafür, daß gegen Wintersonnenwende häufiger Stürme auftreten, darin liegt, daß die Sonne sich uns genähert hat und daß der Druck dieses Gestirns auf unsere Hemisphäre die Winde erzeugt. Des weiteren muß bei dieser Annäherung die Erdbewegung sich beschleunigen, im umgekehrten Verhältnis zum Quadrat ihres Abstandes, und diese Bewegung, welche die Luftteilchen stärker aktiviert, muß notwendigerweise Winde und Stürme bewirken. Die sonstigen Winde können von anderen Planeten, denen wir uns nähern, hervorgerufen werden. Wenn des weiteren die Sonne der Erde viel Feuchtigkeit entzieht, steigt diese als Dunst auf, der sich in der mittleren Luftregion sammelt und vermöge seines Drucks gleichfalls Winde und Wirbel erzeugen kann. Monsieur Kirch observiert derzeit die Position der Erde im Verhältnis zur Planetenwelt; er wird die Wolken im Auge behalten, sie sorgfältig untersuchen, um herauszufinden, ob meine Begründung für die Entstehung der Winde zutreffend ist.

Dies zur Physik. Was die Poesie angeht, so habe ich einen großen Plan gefaßt; doch dieser Plan ist so groß, daß er mich, wenn ich ihn in Ruhe bedenke, entsetzt. Was meinen Sie? Ich habe ein Tragödienprojekt; das Sujet entstammt der Aeneis; die Handlung des Stücks sollte die zärtliche und beständige Freundschaft zwischen Nisus und Euryalus zeigen. Ich habe mir vorgenommen, mein Thema in drei Akten abzuhandeln, und die Materialien habe ich bereits geordnet und mir einverleibt; meine Erkrankung ist dazwischengekommen, und Nisus und Euryalus scheinen mir zweifelhafter denn je.

Zu Ihnen, mein lieber Freund, Sie sind mir ein unbegreifliches Wesen. Ich bezweifle, daß es einen Voltaire auf Erden gibt; ich habe mir ein System ausgedacht, um seine Existenz zu leugnen. Nein, es ist bestimmt kein einzelner Mensch, der die gewaltige Arbeit schafft, die Monsieur de Voltaire zugeschrieben wird. In Cirey wirkt eine Akademie, die sich aus der Elite des Universums zusammensetzt, es gibt dort Philosophen, die Newton übersetzen, Dichter des Heroischen, es gibt dort die Corneilles, Catulls, Thukydides', und das Wirken dieser Akademie wird unter dem Namen Voltaire publiziert, wie bei einer kompletten Armee der Name des Oberkommandierenden für ihre Taten steht. Die Sage berichtet uns von einem Riesen, der hundert Arme hatte; Sie sind im Besitz von tausend Genies. Sie umfangen das gesamte Universum, gleich Atlas, der es stemmte.

Diese ungeheure Arbeit macht mir, ich gestehe es, angst; lassen Sie niemals außer acht, daß Ihr Geist gewaltig, Ihr Leib höchst zerbrechlich ist. Ich bitte Sie, denken Sie an die Freundschaft Ihrer Freunde und lassen Sie vor lauter Eifer, die Ernte einzubringen, Ihren Acker nicht ausdorren. Die Regsamkeit Ihres Geistes untergräbt Ihre Gesundheit, und dies ungeheuerliche Schaffen verbraucht zu rasch Ihr Leben.

Da Sie mir versprechen, mir jene Stellen der *Henriade* zu schicken, die Sie verändert haben, bitte ich Sie, mir Ihre Kritik am Getilgten zukommen zu lassen.

Ich trage mich mit dem Gedanken, die *Henriade* (sobald Sie mir die Änderungen, die Sie für angebracht hielten, mitgeteilt haben) so mit Stichen illustrieren zu lassen, wie man es mit Horaz in London getan hat. Knobelsdorff, der vortrefflich zeichnet, wird die Stiche entwerfen; und wir könnten die *Ode à Maupertuis,* die *Épîtres morales* und ein paar Ihrer kleineren Sachen, die verstreut erschienen sind, dazunehmen. Ich bitte Sie, mich Ihre Meinung dazu und Ihre Wünsche wissen zu lassen.

Es ist Frankreichs unwürdig, und eine Schande ist es, daß man Sie ungestraft verfolgt. Die, die Herren der Welt sind, sollten Gerechtigkeit walten lassen, die Tugend wider die Unterdrückung und Verleumdung in Schutz nehmen und unterstützen. Ich bin bestürzt, daß sich niemand dem Wüten

Ihrer Feinde entgegenstellt. Die Nation sollte die Partei desjenigen ergreifen, der nur für den Ruhm des Vaterlandes arbeitet und der beinahe der einzige Mensch ist, der seinem Jahrhundert zur Ehre gereicht. Rechtschaffene Menschen verabscheuen das verleumderische Pamphlet, das im Umlauf ist; sie empfinden Grauen vor den verabscheuungswürdigen Urhebern. Diese Machwerke vermögen Ihrem Renommée nichts anzuhaben; es sind kraftlose Ränke und allzu abscheuliche Verunglimpfungen, als daß man ihnen leichtfertig Glauben schenkte.

Ich habe an Thiériot schreiben lassen, um ihm zu sagen, was er zu hören verdient, und meine Worte bezüglich seines Verhaltens werden, so hoffe ich, fruchten.

Sie wissen, daß die Marquise und ich Ihre besten Freunde sind; wenn Sie angegriffen werden, bedienen Sie sich unser zu Ihrer Verteidigung. Nicht daß wir uns mit soviel Beredsamkeit und Würde dieser Aufgabe entledigen könnten wie Sie selbst; aber alles, was wir vorbrächten, könnte stärker wirken, weil ein Freund, der über das Unrecht empört ist, das seinem Freund angetan wurde, viel mehr zu sagen vermag, als die Dezenz es dem Beleidigten gestattet. Die Öffentlichkeit ihrerseits wird von den Klagen eines anteilnehmenden Freundes eher gerührt als von der des Bedrängten, der nach Rache schreit.

Ich bin dem gegenüber, was Sie betrifft, nicht gleichgültig, und bin eifrig am Frieden desjenigen interessiert, der ohne Unterlaß für meine Unterweisung und Unterhaltung wirkt.

Ich verbleibe mit Gefühlen, welche Sie jedem, der Sie kennt, einflößen, Ihr treu ergebener Freund Federic.

Versichern Sie die Marquise meiner Wertschätzung.

Kirch: Christfried Kirch, 1694–1740, Astronom in Berlin.
Nisus und Euryalus: Gefährten des Aeneas und gleichgeschlechtliches Liebespaar, das noch vor Gründung Roms in einem Gefecht sein Leben aushauchte.
... verbraucht zu rasch Ihr Leben: Eine Fehlprognose des Kronprinzen; Krankheiten, die Voltaire unablässig schüttelten, zehrten den Homme de Lettres zwar aus, konnten aber der skelettösen Erscheinung bis 1778 doch nichts Endgültiges anhaben.

Wenn zwei Herren unter Koliken leiden:

35. Voltaire an Friedrich

Cirey, 26. Februar 1739

O nouvelle effroyable! ô tristesse profonde!
Il était un héros nourri par les vertus,
L'espérance, l'idole et l'exemple du monde;
Dieu! peut-être il n'est plus.

Quel envieux démon, de nos malheurs avide,
Dans ces jours fortunés tranche un destin si beau?
A mes yeux égarés quelle affreuse Euménide
Vient ouvrir ce tombeau?

Descendez, accourez du haut de l'Empyrée,
Dieu des arts, dieu charmant, mon éternel appui;
Vertus qui présidez à son âme éclairée,
Et que j'adore en lui,

Descendez, refermez cette tombe entr'ouverte,
Arrachez la victime aux destins ennemis;
Votre gloire en dépend, sa mort est votre perte;
Conservez votre fils.

Jusqu'au trône enflammé de l'empire céleste
La Terre a fait monter ces douloureux accents:
»Grand Dieu! si vous m'ôtez cet espoir qui me reste,
Sapez mes fondements.

Vous le savez, grand Dieu! languissante, affaiblie
Sous le poids des forfaits, je gémis de tout temps;
Frédéric me console, il vous réconcilie
Avec mes habitants.«

Le Ciel entend la Terre, il exauce ses plaintes;
Minerve, la Santé, les Grâces, les Amours,
Revolent vers mon prince, et dissipent nos craintes
En assurant ses jours.

Rival de Marc-Aurèle, âme héroïque et tendre,
Ah! si je peux former le désir et l'espoir
Que de mes jours encor le fil puisse s'étendre,
Ce n'est que pour vous voir.

Je suis né malheureux; la détestable envie,
Le zèle impérieux des dangereux dévots,
Contre les jours usés de ma mourante vie
Arment la main des sots.

Un lâche me trahit, un ingrat m'abandonne;
Il rompt de l'amitié le voile décevant.
Misérables humains, ma douleur vous pardonne:
Frédéric est vivant.

(O schreckliche Nachricht! o abgründige Trauer!
Es war einst ein Held, von den Tugenden gesäugt,
Die Hoffnung, der Abgott und das Vorbild der Welt;
Gott! vielleicht ist er nicht mehr.

Welch neidischer Dämon, lüstern nach unseren Leiden,
Zerschneidet in diesen gesegneten Zeiten ein Schicksal, so schön?
Welch furchtbare Eumenide hat vor meinem irrenden Blick
Dieses Grab aufgetan?

Steiget, eilet vom höchsten der Himmel herab,
Gott der Künste, bezaubernder Gott, mein ewiger Halt;
Tugenden, die Ihr seine erleuchtete Seele regiert
Und die ich Euch anbete in ihm,

Steiget herab, schließt dieses halbgeöffnete Grab,
Entreißet das Opfer dem feindlichen Los;
Euer Ruhm steht auf dem Spiel, sein Tod ist Euer Verderben;
Bewahret den Sohn Euch.

Bis vor den flammenden Thron des himmlischen Reiches
Hat die Erde diese Töne des Schmerzes gesandt:
»Großer Gott! wenn Du diese letzte Hoffnung mir raubst,
So untergrabe meine Fundamente denn auch.

Du weißt es, großer Gott! ermattet, geschwächt
Seufze ich unter der Untaten Last immerfort;
Friedrich ist mein Trost, er versöhnet Dich
mit meinen Bewohnern.«

Der Himmel vernimmt die Erde, ihre Klagen erhört
er;
Minerva, die Gesundheit, die Grazien, die Götter der
Liebe
Schweben zu meinem Prinzen zurück und
verscheuchen unser Bangen,
Indem für sein Leben sie stehn.

Rivale Marc Aurels, heldische und zärtliche Seele,
Ah! wenn Wunsch und Hoffnung ich nennen darf,
So möge mein Lebensfaden nur deshalb lang noch
sein,
Damit ich Dich sehe.

Ins Unglück bin ich geboren; der scheußliche Neid,
Der übermächtige Eifer von gefährlichen Frömmlern
Waffnen wider die mühsamen Tage meines sterbenden
Lebens
Die Hände der Toren.

Ein Feigling verrät mich, ein Undankbarer verläßt
mich;
Er zerreißt den trügerischen Schleier von
Freundschaft.
Elende Menschen, mein Kummer verzeiht Euch:
Friedrich lebt.)

Monseigneur, Sie müssen diese einfältigen Verse entschuldigen, die nur das weiterhin um Sie bangende Herz diktiert hat, und zwar in demselben Moment, als mir die Freude zuteil wurde, von Ihrer selbstbewerkstelligten Auferstehung zu hören.

Ew. Kgl. Hoheit gleichen somit dem Schwan vergangener Zeiten; Sie singen am Grabesrand. Ah! Monseigneur, wie Ihre Verse mich beruhigten! Man hat viel Leben in sich, wenn der Geist nach einer Magenkolik solche Dinge vollbringt. Aber, Monseigneur, wie viel Gutes auf einmal! Als meine Beschützer habe ich nur Sie und Émilie. Ew. Kgl. Hoheit geruhen nicht bloß, mich zu lieben, Sie wünschen auch, daß andere mich lieben. Wie denn! Was zählen die anderen? Letztendlich werde ich nicht so beklagenswert schwach sein, nach dem Lob des Vadius zu schielen, da doch das Wohlwollen Friedrichs mich ehrt; aber unseligerweise zeitigt der unversöhnliche Haß des Vadius oft die Verfolgung durch Sejanus.

Ich lebe in Frankreich, weil Madame du Châtelet hier lebt; ohne sie würde mich längst ein verborgenerer Zufluchtsort vor Verfolgung und Eifersucht schützen. Ich hasse mein Land nicht, ich achte und liebe die Regierung, unter der ich geboren wurde; ich wünschte nur, mit mehr Ruhe und weniger Furcht mich meinen Studien widmen zu können.

Wenn der Abbé Desfontaines und Personen seines Schlages, die mich verfolgen, sich mit verleumderischen Pamphleten begnügten, dann ginge das ja noch an; aber keinen Winkelzug lassen sie aus, um mich zu verderben. Einmal bringen sie schamlose Schriften in Umlauf und dichten sie dann mir an; dann gibt es anonyme Briefe an die Minister, lustvoll von Rousseau ersonnene, von Desfontaines fertiggebastelte Histörchen; Scheinheilige verbünden sich mit beiden, hüllen ihre Lust zu schaden in religiösen Eifer. Jede Woche fürchte ich, die Freiheit oder das Leben zu verlieren; und krank in meiner Einsamkeit, ohnmächtig, mich zu verteidigen, werde ich von denjenigen verlassen, denen ich das meiste Gute tat und die denken, es würde ihnen nützen, wenn sie mich verraten. Ein Flecken Erde in Holland, in England, bei den Schweizern oder anderswo gewährte mir zumindest Schutz und wendete den Sturm ab; doch eine allzu verehrungswürdige Person war so gut, ihr glückliches Leben an ein so unglückliches Leben zu binden; sie besänftigt all meinen Kummer, wenngleich sie meine Befürchtungen nicht zerstreuen kann.

So gut ich vermochte, habe ich versucht, das Schmerzliche meiner Situation vor Ew. Kgl. Hoheit zu verbergen, trotz Ihrer Güte, von sich aus diese Bitternis zu beklagen; ich wollte dieser großmütigen Seele so lästige Gedanken ersparen; ich dachte einzig an die Wissenschaften, die Ihr Entzücken sind; ich unterschlug den Schreibenden, den Sie zu lieben geruhen. Aber seine Lage zu verheimlichen hieße letztendlich, seinen Beschützer hintergehen. So sieht es aus. Horaz sagt:

Durum! sed levius fit patientia

und ich sage:

Durum! sed levius fit per Federicum.

Ew. Kgl. Hoheit versprechen auch Protektion bei Angelegenheiten, welche Madame du Châtelet am äußersten Rand Ihres Herrschaftsgebietes durchfechten muß. Sie dankt Ihnen dafür, Monseigneur; sie allein vermöchte den Wert Ihrer Wohltaten auszudrücken. Werden sich Ew. Kgl. Hoheit in Preußen aufhalten, wenn wir in der Nähe von Kleve sind? Wenigstens hoffe ich, daß wir lange genug dort bleiben werden, um *salutare meum* dort zu begegnen. Ich verbleibe mit tiefer Hochachtung etc.

... ein Undankbarer verläßt mich: Ein kurzer Zwist mit Voltaires Pariser Vertrauensmann Thiériot.
Vadius: Figur aus Molières *Die Gelehrten Frauen.*
Sejanus: Lucius Aelius Seianus, Prätorianerpräfekt unter Tiberius und Christenverfolger.
Durum! sed levius fit patientia: »Hart! Doch leichter wird durch Geduld (/Was zu verändern verwehrt ist.)«
Durum! sed levius fit per Federicum: »Hart! Doch leichter wird durch Friedrich ...«

»Ein Zwiespalt, den man in Voltaires Leben immer wieder bemerkt, verleidete ihm manchmal die Idylle von Cirey. Es war der Konflikt zwischen dem Philosophen Voltaire, der in Ruhe und Zurückgezogenheit nur an seinen Manuskripten arbeiten wollte, und dem Weltmann Voltaire, der nur zu gern in Paris und am Hofe eine Rolle gespielt hätte. Aber gab es nicht auch noch andere Möglichkeiten als Cirey und Paris?« Georg Holmsten

36. Voltaire an Friedrich

28. Februar 1739

Monseigneur, ich empfange den Brief Ew. Kgl. Hoheit vom 3. Februar und antworte auf demselben Wege. Wir haben das Experiment mit der Uhr in einem Behälter sofort wiederholt; das Absaugen der Luft hat an der Bewegung des Uhrwerks nichts geändert. Zur Zeit liegt die Uhr unter der Glocke; ich meine zu bemerken, daß der Perpendikel vielleicht ein wenig schneller geht, da er im Vakuum sich freier bewegen kann; doch diese Beschleunigung ist äußerst gering und hängt möglicherweise mit der Uhrmechanik zusammen. Was die Schwungfeder angeht, so wird durch das Experiment offensichtlich, daß die Luft keine Wirkung zeitigt; und bezüglich der *matière subtile* von Des Cartes bleibe ich sein ergebener Diener. Falls diese Materie, falls diese Luftwirbelströmung nur eine Richtung hat, wie können dann die Kräfte, die dabei entstehen, in alle Richtungen wirken? Und was sind das denn überhaupt für Wirbel?

Aber was schert mich der Pumpapparat! Es ist Ihre Maschinerie, Monseigneur, die mir wichtig ist; das Wohlbefinden des liebenswerten Leibes, der eine so schöne Seele beherbergt. Was! muß ich mich also auch auf das beschränken, was Ew. Kgl. Hoheit mir so oft zu sagen belieben: Schonen Sie sich, arbeiten Sie weniger. Monseigneur, Sie sagten das einem Mann, dessen Erhaltung für die Welt nutzlos ist; und ich, ich sage es einem, von dem das Glück der Menschen abhängen muß. Ist es möglich, Monseigneur, daß Ihre Unpäßlichkeit solche Folgen hatte? Ich hatte die Ehre, Ew. Kgl. Hoheit via Herrn Plötz zu schreiben; ich habe auch ganz offen geschrieben; ein Jammer! ich kann keiner von denen sein, die über Ihre Person wachen. Nisus und Euryalus werden Ihre Rekonvaleszenz gewißlich mehr versüßen als Rechenkünste. Es wundert mich nicht, daß der Held der Freundschaft sich dieses Sujet herausgegriffen hat; ich erwarte ungeduldig die ersten Szenen. Scipio, Caesar, Augustus verfaßten Tragödien; *cur non Federicus?*

Ew. Kgl. Hoheit erweisen mir zu viel der Ehre; gegen meine Mißgeschicke führen Sie zu viel Güte in die Schlacht; an der *Henriade* habe ich so viele Änderungen vorgenommen, daß ich gezwungen bin, Ihnen das ganze Werk mit den Korrekturen zu schicken. Wenn Sie mir den Postweg nennen, auf dem das Werk, das Sie beschirmen, in Ihre Hände gelangen kann, werde ich mich daran halten. Ich bin, trotz meiner Feinde, nur zu glücklich; ich danke Ihnen tausendfach, und alles, was Sie mir zu sagen geruhen, dringt mir ins Herz. Wie ich noch schwätzen würde, wenn nur meine elende Gesundheit mir erlaubte, häufiger zu schreiben! Ich liege Ihnen, Monseigneur, zu Füßen. Ich atme kaum noch; doch ich tue es für Émilie und meinen Schutzgott.

Ich verbleibe mit tiefstem Respekt und zärtlichster Dankbarkeit etc.

Cur non Federicus?: »Warum nicht auch Friedrich?«

37. Friedrich an Voltaire

Remusberg, 8. März 1739

Mein lieber Freund, seit dem letzten Brief, den ich Ihnen schrieb, lag meine Gesundheit so darnieder, daß ich mich mit nichts beschäftigen konnte. Müßiggang ist mir eine unerträglichere Last als Arbeit und Krankheit. Doch wir sind bloß aus ein bißchen Lehm geknetet, und es wäre im höchsten Maße lachhaft, von einer Maschine, die von Natur aus oft defekt ist und nicht anders kann, als sich zu verbrauchen, bis sie schließlich stillsteht, viel Gesundheit zu verlangen.

Ich ersehe aus Ihrem Brief, daß Sie tüchtig an Ihren Werken feilen. Ich bedaure es sehr, daß einige Samen solch bedachter Verbesserung nicht auf die Arbeit gefallen sind, die ich Ihnen zugesandt habe. Ich hätte sie nicht dem Sonnenlicht ausgesetzt, hätte ich nicht den Wunsch gehegt, daß die Sonne sie reinigen möge. Ich erwarte keine Lobsprüche aus Cirey, die stehen mir nicht zu; ich warte nur auf Ihre Meinung und Ihren klugen Rat. Das sind Sie mir gewißlich schuldig, und ich bitte Sie, meine Eigenliebe nicht zu schonen.

Mit unendlichem Genuß habe ich das Stück *Henriade*

gelesen, das Sie verbessert haben. Es ist schön, es ist superb. Das einmal beiseite, gerne hätte ich das zuwege gebracht, was Sie ausgestrichen haben. Ich glaube, ich bin dazu ausersehen, lebhafter als jeder andere die Schönheiten zu empfinden, mit denen Sie Ihre Werke schmücken; die prachtvollen Verse, die ich soeben las, haben mich neu mit dem Feuer Apolls entzündet. Das ist die Kraft Ihres Ingeniums, das sich über zweihundert Meilen vermittelt. Ich werde meine Laute greifen, um neue Akkorde zu zupfen.

Es besteht keinerlei Zweifel, daß Sie mit der neuen Tragödie, an der Sie arbeiten, erfolgreich sein werden. Sprechen Sie von Ruhm, so meint man, Julius Caesar zu hören. Sprechen Sie von Menschlichkeit, so ist es die Natur, die sich Ihrer Stimme bedient. Handelt es sich um Liebe, glaubt man, den zärtlichen Anakreon zu vernehmen oder den göttlichen Sänger, der nach Lesbia schmachtete. Mit einem Wort, Sie bedürfen allein der Seelenruhe, die ich Ihnen von ganzem Herzen wünsche, um alles zu meistern und in jedem Genre Wunderdinge hervorzubringen.

Es ist nicht verwunderlich, daß die Académie royale irgendein physikalisches Machwerk der hervorragenden Abhandlung der Marquise vorgezogen hat. Wie viele Dreistigkeiten wurden nicht schon als Philosophie gehandelt! Mit welcher Absurdität hätte der Menschengeist sich an den Universitäten noch nicht befaßt! Welches Paradoxum bliebe nicht noch daherzustammeln, das nicht bereits verfochten wurde! Die Menschen neigen stets zum Falschen; ich weiß nicht, aufgrund welcher Absonderlichkeit die Wahrheit sie stets weniger beeindruckt. Angst, Vorurteile, die Eigenliebe und Oberflächlichkeit sind in allen Jahrhunderten, so meine ich, die Feinde, die sich dem Fortschritt der Wissenschaften entgegenstellen werden; es ist ganz natürlich, daß Berufsgelehrte einige Mühe haben, Gesetze von einer jungen und liebreizenden Dame zu empfangen, die sie im Reiche der Grazien allesamt für bewunderungswürdig halten, aber im Reiche der Wissenschaften als Vorbild ablehnen. Der Wahrheit erweisen Sie in der Tat eine philosophische Huldigung. Die Eigeninteressen, die kleinen oder großen Beweggründe, diese finsteren Wolken, die den Blick des gewöhnlichen

Menschen üblicherweise verdunkeln, können Ihnen nichts anhaben; und so wie die Gestirne, die wir durch ein Fernrohr betrachten, uns deutlicher sichtbar werden, so nähern sich Ihrem Verstande die Wahrheiten.

Es wäre zu wünschen, daß die Menschen allesamt über den Verführungen von Irrtum und Lüge stünden, daß das Wahre und guter Geschmack dem ernsten Tun und den geistigen Werken als Maßstab dienten. Aber wie viele Gelehrte sind fähig, Rangfragen, Schönheit, Freundschaftsbande der Wahrheit zu opfern? Die Seele, die solch mächtigen Widerpart besiegt, muß stark sein, und der Sieg, den man, so gesehen, über die Freundschaft davonträgt, ist weit größer als der über sich selbst. Die Winde, wie Sie mir beipflichten werden, sind in der Höhle des Äolus, aus der man sie meines Erachtens nur aus triftigem Grunde herauslassen sollte, bestens aufgehoben.

Von den Nachstellungen, die gegen Sie ins Werk gesetzt wurden, bin ich sehr betroffen; es sind Unwetter, die eine Weile die Ruhe des Ozeans stören, und ich wäre gern der Neptun der *Aeneis,* um Ihnen die Ruhe zu verschaffen, die ich Ihnen von ganzem Herzen wünsche. Gestatten Sie, daß ich Sie an die zwei schönen Verse aus der *Épître à Émilie* erinnere, wo Sie selbst so klug sagen:

> Tranquille au haut des cieux que Newton s'est soumis,
> Il ignore en effet s'il a des ennemis.
>
> (Hoch im Himmel hat Newton ruhig eingenommen seinen Platz,
> Ob er Feinde hat, weiß er nicht mehr.)

Lassen Sie, glauben Sie mir, diesen nichtswürdigen und schamlosen, so rasenden wie ohnmächtigen Schwarm von Feinden unter sich. Ihr Verdienst, Ihre Reputation werden Ihr Schutzschild sein. Vergebens wird der Neid Sie hetzen; seine Pfeile werden stumpf und zersplittern am Autor der *Henriade,* mit einem Wort, an Voltaire. Mehr noch, wenn es der Plan Ihrer Gegner ist, Ihnen zu schaden, haben Sie nichts zu fürchten, denn gelingen kann es nicht; und falls man versucht, wie es den Anschein hat, Sie zu bekümmern, so wäre es nicht gut, wenn Sie ihnen diese Genugtuung verschaffen würden. Von Ihrem Verdienst überzeugt, in Ihre Tugend gehüllt, sollten Sie süßen und glücklichen Frieden genießen, der auf dieser Welt das Ersehnenswerteste ist. Dafür bitte ich Sie, sich zu entscheiden. Aus Freundschaft nehme ich Anteil an Ihnen, und deswegen sorge ich mich um Ihre Gesundheit und um Ihr Leben.

Ich bitte Sie, mich wissen zu lassen, durch wen und wie ich Ihnen und der Marquise etwas zukommen lassen kann, das ich Ihnen zugedacht habe. Alles ist bereit und eingepackt; sagen Sie freiheraus und befehlen Sie mir, was Sie am zweckmäßigsten finden.

Die Marquise fragt bei mir an, ob ich ihr Newton-Exzerpt erhalten hätte. Ich habe versäumt, ihr zu diesem Auszug zu antworten. Ich bitte Sie, sagen Sie ihr, daß Thiériot es mir geschickt hat und daß es mich, wie alles, was von ihr kommt, bezauberte. Im Grunde ist die Marquise zu rührig; sie will uns, uns Männer, aller Vorteile, die unserem Geschlecht vorbehalten sind, berauben. Ich fürchte, wenn sie sich ans Kommandieren von Armeen macht, wird sie die Asche der Condés und Turennes zum Erröten bringen. Stemmen Sie sich dieser Entwicklung, die uns in Zukunft noch mehr von dieser Art bescheren mag, entgegen und arrangieren Sie es so, daß wenigstens eine Sorte Ruhm für uns übrigbleibt.

Ich bin voller Pläne; sobald ich wiederhergestellt bin, wird Cirey von meinen Werken überflutet werden wie einst Italien von der Invasion der Goten. Ich bitte Sie, stets mein Richter, nicht mein Lobsänger zu sein. Mit glühendster Hochachtung, mein teurer Freund, Ihr treuest ergebener Freund

Federic.

Caesarion, der mir Gesellschaft leistet, versichert Sie tausendfach seiner Freundschaft; kein Tag vergeht, an dem wir uns nicht über Sie unterhielten.

Die Arbeit, die ich Ihnen zugesandt habe: Es mag sich um ein nicht mehr nachweisbares Gedicht gehandelt haben.
Condé, Turenne: Feldherren des Sonnenkönigs.

38. Voltaire an Friedrich

Cirey, 25. April 1739

Monseigneur, hiermit habe ich die Ehre, Ew. Kgl. Hoheit den Keltersud meines Weines zukommen zu lassen. Es sind die Korrekturen eines Werks, das niemals des besonderen Schutzes würdig sein wird, den Sie ihm angedeihen lassen. Aber ich habe doch getan, was ich vermochte; Ihr erhabener Name erledigt den Rest. Gestatten Sie einmal mehr, Monseigneur, daß der Name des aufgeklärtesten, großmütigsten, liebenswertesten aller Prinzen seinen Glanz über dieses Werk ergießt, wodurch selbst noch die Fehler verschönt werden; gestatten Sie solche Bezeugung meiner zärtlichen Hochachtung, die der Schmeichelei unverdächtig ist. Dies ist die einzige Huldigung, welche das Publikum wertschätzt. Ich mache mich damit nur zum Sprecher all derer, die um Ihr Genie wissen. Alle wissen, daß ich Ihnen dasselbe sagen würde, wenn Sie nicht der Erbe einer Monarchie wären.

Ich habe *Zaïre* einem einfachen Kaufmann gewidmet; nur den Menschen in ihm suchte ich. Er war mein Freund, ich brachte seiner Tugend eine Ehrengabe dar. Ich wage, die *Henriade* einem bedeutenderen Geist zu widmen. Wiewohl er Fürst ist, ist meine Liebe zu seinem Genie doch größer als meine Verehrung seines Rangs.

Jetzt endlich sind wir reisefertig, Monseigneur, und sobald uns die lästige Angelegenheit, die uns zum Reisen nötigt, zu einem festen Quartier geführt hat, darf ich Ew. Kgl. Hoheit um Ihre Befehle ersuchen. Madame du Châtelet wird wegen einer Klitsche prozessieren, Sie hingegen werden es wegen Landstrichen tun, die Waffen in der Hand. Das Besitztum befindet sich nah dem Kriegstheater, das mir angst macht;

Mantua vae miserae nimium vicina Cremonae!

Ich glaube fest, daß das Schloß von Beringen seiner Zerstörung entgehen wird, so ich nur einen Ihrer Lorbeerzweige an die Tür nagele. Ihre großen Grenadiere werden mir nichts Böses tun, wenn ich Ihre Briefe vorzeige. Ich werde sagen:

Non hic in proelia veni! Gewiß verstehen sie Virgil, und wenn sie plündern wollen, werde ich ausrufen: *Barbarus has segetes!* Zum ersten Mal würden sie fliehen. Ich möchte erleben, daß ein preußisches Regiment mich aufhielte! »Messieurs«, würde ich sagen, »wissen Sie, daß Ihr Gebieter die *Henriade* illustrieren läßt und daß ich zu Émilie gehöre?« Der Oberst bäte mich zum Souper; aber leider soupiere ich nie.

Einmal hielten mich die Soldaten des Regiments Conti für einen Spion; der Prinz, ihr Oberst, ritt vorbei, und anstatt mich aufknüpfen zu lassen, lud er mich ein, mit ihm zu soupieren. Doch derzeit, Monseigneur, lebe ich immer in der Furcht, daß die Mächtigen mich hängen lassen, statt mit mir anzustoßen. Einst liebte mich der Kardinal Fleury, den ich bei Madame la Maréchale de Villars zu sehen pflegte; *altri tempi, altre cure.* Nunmehr ist es Mode geworden, mich zu verfolgen, und ich weiß nicht, wie ich inmitten des Grams, der meine Seele bestürmt, und inmitten der fortwährenden Leiden, die meinen Leib zerstören, Scherzhaftes in diesen Brief einfließen lassen konnte. Aber Ihr Abbild, das ich betrachte, ruft mir stets zu: *Macte animo.*

Durum! sed levius fit patientia
Quidquid corrigere est nefas.

Ich wage es immer wieder, Ihr großes Genie anzustacheln, mit Nisus und Euryalus den Virgil zu ehren und Machiavell zu zermalmen. An Ihnen ist es, das Lob der Freundschaft zu singen; an Ihnen ist es, den infamen Politikus, der Verbrechen zur Tugend erhebt, zu zerstören. Das Wort *Politiker* meint in seinem Ursprung *Bürger*, dank unserer Verderbtheit meint es heutzutage *Bürgertäuscher.* Geben Sie ihm, Monseigneur, seine wahre Bedeutung zurück. Lehren Sie die Menschen Tugend kennen und lieben.

Ich beende soeben ein Werk, das ich Ew. Kgl. Hoheit zusenden darf, sobald mein Kopf ein wenig zur Ruhe kommt. Ew. Kgl. Hoheit werden nicht versäumen, meine leichtsinnigen Produktionen zur Kenntnis zu nehmen, und solange sie gut unterhalten, stehe ich zu Diensten.

Madame du Châtelet schließt sich meiner Verehrung an.

Ich verbleibe, Monseigneur, mit tiefstem Respekt und größter Hochachtung etc.

Ein einfacher Kaufmann: Beim Kaufherrn Falkener war der Emigrant und Freigeist Voltaire 1727 in Wandsworth Gast gewesen.
Mantua vae miserae nimium vicina Cremonae: Virgil: »Mantua, ach, dem armen Cremona zu nahe gelegen.«
Non hic in proelia veni!: »Nicht also kam ich zum Kampfe.«
Barbarus has segetes!: Horaz: »Jetzt einem Barbaren meine Ernte?«
Kardinal Fleury: André Hercule de Fleury, 1653–1743, Bischof von Fréjus, Erzieher Ludwigs XV. Als Erster Minister leitete Fleury die französische Politik seit 1726. Der alte Herr im Kardinalspurpur konsolidierte die Staatsfinanzen, war um (katholische) Glaubensruhe und Frieden bemüht, geriet aber am Ende mit in die Schlesischen Kriege hinein. Nach ihm brachten die großen Maitressen des Roi Bien-Aimé das Staatsschiff auf ihre Kurse.
Altri tempi, altre cure: »Andere Zeiten, andere Sorgen.«
Macte animo: Virgil: »Heil zur ersten Tat (, mein Knabe, nur so geht's zu den Sternen).«
Durum! Sed levius fit ...: »Hart! Doch leichter wird durch Geduld/Was zu verändern verwehrt ist.«
Ein Werk: Die Tragödie *Mahomet (Mohammed).*

Während der eine nach Norden reist, der andere gen Osten, nähert man sich dennoch mehr und mehr.

39. Friedrich an Voltaire

Insterburg, 27. Juli 1739

Mein lieber Freund, nach dreiwöchigem Anmarsch sind wir endlich in einem Land angekommen, das ich als das Nonplusultra der zivilisierten Welt betrachte. Es ist eine in Europa wenig bekannte Provinz, wenngleich sie bekannter zu sein verdiente, da sie als Schöpfung meines Vaters, des Königs, angesehen werden kann.

Preußisch-Litauen ist ein Herzogtum von dreißig deutschen Meilen Länge, zwanzig Breite, wenngleich es zum Samland hin schmäler wird. Zu Beginn unseres Jahrhunderts wurde diese Provinz von der Pest verheert, und mehr als dreihunderttausend Einwohner erlagen der Seuche und dem Elend. Der Hof, der von den Leiden des Volkes wußte, versäumte es, einer gesegneten und fruchtbaren, volkreichen und in jeder Weise üppigen Provinz zu helfen. Die Seuche raffte die Menschen hin; die Felder lagen brach und verwilderten. Auch der Viehbestand nahm bei der allgemeinen Not ab; kurzum, die blühendste unserer Provinzen verwandelte sich in die erschreckendste Einöde.

Darüber starb Friedrich I., und er wurde zu Grabe getragen, mitsamt seiner falschen Größe, die nur aus leerem Gepränge und dem Zurschaustellen pompöser und hohler Zeremonie bestand.

Mein Vater, der ihm auf dem Thron nachfolgte, war von dem allgemeinen Elend berührt. Er kam hierher, an Ort und Stelle, und sah mit eigenen Augen das weite verwüstete Land mit allen schrecklichen Spuren, die eine Seuche nach sich zieht, dem Hunger, der dumpfen Habsucht der Beamten. Zwölf oder fünfzehn entvölkerte Städte, vier- oder fünfhundert unbewohnte und verödete Flecken waren das traurige Schauspiel, das sich seinen Augen bot. Durch solch gräßliche Zustände mitnichten entmutigt, empfand er lebhaftes Mitgefühl und beschloß, Menschen anzusiedeln, Handel und Wandel in einer Gegend, die ihr Gesicht verloren hatte, in Schwung zu bringen.

Seit jener Zeit scheut der König keine Kosten, um seine wohltätigen Absichten mit Erfolg zu krönen. Mit umsichtigen Maßnahmen ging er ans Werk; er baute wieder auf, was die Pest verheert hatte, und ließ aus allen Teilen Europas Tausende von Familien kommen. Land wurde urbar gemacht, die Bevölkerung nahm wieder zu, der Handel blühte neu auf, und nunmehr herrscht in dieser fruchtbaren Landschaft mehr Überfluß denn je.

Mehr als eine halbe Million Einwohner hat Litauen; es gibt jetzt mehr Städte, als es gab, mehr Vieh als früher, mehr Wohlstand und reichere Ernten als in jedem anderen Teile Deutschlands. Und was ich Ihnen hier jetzt berichte, ist einzig dem König zu danken, der nicht nur anordnete, sondern der Durchführung höchstselbst vorstand; der Pläne entwarf und der sie allein mit Leben erfüllte; der nicht Sorgen, nicht Mühen, nicht gewaltige Ausgaben, nicht Versprechungen, nicht Belohnungen scheute, um das Glück einer halben Million denkender Wesen zu sichern, die allein ihm ihre Glückseligkeit und ihr Zuhause verdanken.

Ich hoffe, diese Details verärgern Sie nicht. Ihre Menschlichkeit muß sich auf Ihre litauischen Brüder ebenso erstrekken wie auf Ihre französischen, englischen, deutschen etc. Brüder, und dies um so mehr, als ich zu meinem größten Erstaunen durch Dörfer gekommen bin, wo ich nur Französisch vernahm.

Ich habe etwas, doch weiß ich nicht genau, was, Heroisches in der Großmut und in dem Fleiß entdeckt, womit der König diese Wüstenei bewohnt, fruchtbar und glücklich gemacht hat, und es schien mir, als würden Sie dasselbe empfinden, wenn Sie die Umstände dieses Wiederaufbaus erfahren.

Ich erwarte täglich aus Enghien Neuigkeiten von Ihnen. Ich hoffe, daß Sie sich dort vollkommener Ruhe erfreuen und daß der Ärger, dieser schwere und drückende Gott, Émiliens schützende Arme nicht zu durchbrechen wagt, um zu Ihnen vorzudringen. Vergessen Sie mich nicht, mein lieber Freund, und seien Sie sicher, daß mein Fortreisen nur die Ungeduld steigert, Sie zu sehen und in die Arme zu schließen. Adieu. Federic.

Meine Komplimente an die Marquise und an den Herzog, welcher von Apoll dem Bacchus streitig gemacht wird.

Das Nonplusultra: Ein frisches Französisch für 1739: »Que je regarde comme le non-plus-ultra du monde civilisé«.

Realisiert Voltaire in belgischen Gegenden schon, daß sich in Preußen ein neuer, nicht mehr so verspielter Tonfall in die Zeilen des hohen, wahrscheinlich bald herrschenden Zöglings eingeschlichen hat?

40. Voltaire an Friedrich

12. August 1739

Monseigneur, ich habe mir die Freiheit genommen, Ew. Kgl. Hoheit über die Herren David Girard und Kompagnon den zweiten *Mahomet*-Akt zu schicken. Ich hoffe, daß die Muselmänner bei Ew. Kgl. Hoheit denselben Erfolg erzielen werden wie an der Moldau. Zumindest kann ich meine Zeit nicht ehrenvoller zubringen, als Sie mit diesen Gottlosen zu unterhalten, die mehr denn je von sich reden machen.

Ich vermute Ew. Kgl. Hoheit zur Zeit an der Küste, wo man den schönen Bernstein findet, woraus wir, dank Ihrer Fürsorge, Schreibnecessaire, Tischglöckchen und Spieljetons besitzen. Beim Brelan habe ich alles verloren, als ich mit elenden ordinären Coupons spielte; aber ich habe immer gewonnen, wenn ich die Jetons Ew. Kgl. Hoheit benutzte.

C'est Frédéric qui me conduit,
Je ne crains plus disgrâce aucune;
Car il préside à ma fortune,
Comme il éclaire mon esprit.

(Friedrich ist's, der mich führt,
Ungunst fürcht' ich keine mehr;
Wie er meinem Glücke vorsteht,
Erhellt auch meinen Geist er.)

Von dem schönen Gestirn Friedrich werde ich erflehen, daß es während einer kleinen Reise nach Paris, zusammen mit der Marquise, Ihrer Untertanin, immer über mir leuchten möge. Für einen Philosophen führe ich ein recht bewegtes Leben; doch unser großer Prinz, noch mehr Philosoph als wir, ist nicht weniger unterwegs. Falls ich auf meinem Weg auf irgendeinen hochgeschossenen Burschen von sechs Fuß stoße, werde ich zu ihm sagen: Spute dich, im Regiment meines Prinzen zu dienen. Stoße ich auf einen Mann von Geist, werde ich zu ihm sagen: Was für ein Unglück für Sie, nicht an seinem Hof zu weilen!

In der Tat, für denkende Wesen existiert nur ein Hof; Ew. Kgl. Hoheit wissen, wie es an den übrigen aussieht; der von Frankreich ist jetzt, seitdem der König das Lieben wagt, ein wenig heiterer. Da er Empfindungen hegt, ist er gerade dabei, ein großer Mann zu werden. Unglücklich die harten Herzen! Die zärtlichen Seelen wird Gott segnen. Unempfindsame sind mir, ich weiß nicht genau, warum, verdächtig;

deshalb definierte die heilige Therese den Teufel wohl auch als den *Unseligen, der nicht zu lieben weiß.*

Paris spricht nur noch von Festen und Feuerwerken; man gibt viel für Pulver und Raketen aus; viel mehr gab man vorzeiten für den Geist und für die Künste aus; und wenn Ludwig XIV. Feste gab, dann waren Corneille, Molière, Quinault, Lully, Le Brun mit von der Partie. Es verdrießt mich, daß ein Fest nichts weiter sein soll als flüchtiges Amüsement, Radau, Volksauflauf, Bürgergewühl und ein paar Diamanten und weiter nichts; ich wünschte, es würde noch in den Ohren der Nachwelt widerhallen. Die Römer, unsere Lehrmeister, verstanden sich besser darauf; ihre Amphitheater, ihre Triumphpforten, die sie für einen Festtag errichteten, gefallen und bereichern uns noch immer. Wir heutzutage, wir nageln auf der Place de Grève, wo noch tags zuvor ein paar Diebe gerädert wurden, ein Brettergerüst zusammen; wir böllern aus den Rathausmörsern. Besser fände ich es, diese Mörser aufs Rathaus selbst zu richten, das häßlicher nicht sein kann, und das Geld, das für Feuerwerksraketen ausgegeben wird, zum Bau eines schönen zu verwenden. Ein Fürst, der baut, bringt notwendigerweise auch die übrigen Künste zum Blühen; Malerei, Bildhauerei, das Zeichnen sind das Gefolge der Baukunst. Ein schöner Salon muß der Musik vorbehalten sein, ein weiterer dem Theater. In Paris gibt es weder einen Theatersaal noch ein Opernhaus; und der Widerspruch, daß großartige Werke auf elendesten Bühnen gespielt werden, paßt wahrlich zu uns. Die guten Stücke gibt es in Frankreich, und in Italien sind die schönen Räume.

Während Sie zum Wohle der Menschheit Machiavell unerbittlich niederringen, spreche ich zu Ew. Kgl. Hoheit nur von Vergnügungen; aber ich folge meiner Berufung wie mein Prinz der seinigen; ich tue, was ich kann, um ihn aufzuheitern, derweil er berufen ist, der Erde aufzuhelfen. Ich verbleibe etc.

Denselben Erfolg wie an der Moldau: Voltaire feiert hiermit den Sieg der Türken über die Österreicher bei Grozka.

Da er Empfindungen hegt ...: Nachdem Madame de Mailly kurzzeitig Maîtresse-en-titre Ludwigs XV. gewesen war, muß es sich nun um Madame de Vintimille handeln, die nachfolgende Schwester aus dem Hause des Marquis de Mailly-Nesle.

Paris spricht nur noch von Festen und Feuerwerken: Vermählungsfeierlichkeiten von Louise-Elisabeth, Tochter des Monarchen, mit dem Infanten Philipp.

Während Sie Machiavell niederringen: Friedrich arbeitete schon an seiner ersten größeren Schrift, am *Antimachiavell,* dem Programm für ein tugendhaftes Regieren, bei dem der Herrscher nur *le premier domestique,* »der erste Diener« des Staates sein soll, denn: »Einem guten König wird man gern dienen.«

41. Voltaire an Friedrich

Paris, September 1739

In Paris, Monseigneur, habe ich die beiden umfänglichen Tröstungen bekommen, deren ich in dieser riesigen Stadt dringend bedurfte, wo Lärmen, Zerstreuung und die unnütze Hast, nie anzutreffende Freunde aufzusuchen, den Takt schlagen; hier lebt man niemals allein; hier findet man sich urplötzlich inmitten von zwanzig Wirbelwinden, die noch windiger sind als die des Des Cartes und noch weniger zum Glück führen, als die cartesianischen Absurditäten uns die Natur erklären. Meine zwei Tröstungen, Monseigneur, sind die zwei Briefe vom 9. und 15. August, mit denen Ew. Kgl. Hoheit mich beehrten und die mir nach Paris nachgesandt wurden. Als ich eintraf, mußte ich zuallererst viele in Paris verbreitete Einwände wider die Entdeckungen Newtons parieren. Doch diese kleine Pflicht, der ich nachkam, ließ mich keineswegs den *Mahomet,* wovon ich den Anfang Ew. Kgl. Hoheit bereits geschickt habe, aus dem Auge verlieren. Hier gleich zwei Akte. Hätte ich abgewartet, bis sie würdig wären, Ihnen vorgelegt zu werden, wäre ich allzu saumselig geworden. Ich sende das als Zeugnis meines Eifers, Ihnen gefällig zu sein; und als noch besseren Beweis werde ich alles einer Korrektur unterziehen. Ew. Kgl. Hoheit werden sehen, ob die Schrecken, die mit dem Fanatismus einhergehen, wahr und klar genug gezeichnet sind. Der unselige Séide, der glaubt, Gott zu dienen, indem er seinen Vater erwürgt, ist kein imaginäres Portrait. So haben die Jean Châtels, Cléments, Ravaillacs gehandelt, und das Schlimmste ist, daß alle sich für rechtschaffen hielten. Erweist man der Menschheit denn keinen großen Dienst, wenn man, wie ich, Religion und Aberglauben immer auseinanderhält? und verdiene ich denn, daß man mich verfolgt, weil ich unablässig, hundertfach variiert sage, daß man Gott nie dient, indem man Menschen Leid zufügt? Allein der Beifall, die Gunstbeweise, die Briefe Ew. Kgl. Hoheit helfen mir gegen den Widersinn, den ich in meinem Land erfahren habe. Ich sehe mein Leben als Fest des Damokles beim Dionys. Die Briefe Ew. Kgl. Hoheit und die Gesellschaft von Madame la Marquise du Châtelet sind meine Feier und meine Musik.

Mais de la persécution
Le fer, suspendu sur ma tête,
Corrompt les plaisirs de la fête
Que, dans le palais d'Apollon,
Le divin Frédéric m'apprête.
Sans cela, ma muse, enhardie
Par vos héroïques chansons,
Prendrait une nouvelle vie,
Et mêlerait de nouveaux sons
Aux concerts de votre harmonie.
Mais quoi! sous la serre cruelle
De l'impitoyable vautour,
Voit-on la tendre Philomèle
Chanter les plaisirs et l'amour?

(Doch der Verfolgung Schwert,
Über meinem Haupte aufgehängt,
Verdirbt des Festes Freuden,
Das, im Palaste des Apoll,
Der göttliche Friedrich mir gibt.
Sonst wachte meine Muse,
Bestärkt von Euren Heldenliedern,
Zu frischem Leben auf,
Und mischte neue Klänge
Unter Eurer Harmonien Konzert.
Doch weh! wo sieht man denn, unter des
Unbarmherzigen Geiers böser Kralle,
Die zartfühlende Philomele
Die Freuden und die Liebe preisen?)

Kaum war ich in Paris angekommen, als man einem bedeutenden Minister zuflüsterte, daß ich seine Lebensgeschichte abgefaßt hätte und daß diese kritische Geschichte alsbald im Ausland erscheinen würde. Die Verleumdung war alsbald entlarvt, aber sie hätte mir einen bösen Schlag versetzen können. Ew. Kgl. Hoheit wissen, was despotische Gewalt ist, und zu der werden Sie nie greifen; und Sie sehen die Lage eines Menschen, den ein einziges Wort vernichten kann. Das ist die Lage, in der ich mich immer befinde. Das also haben mir zwanzig Jahre meines Schaffens eingetragen, während derer ich versuchte, meiner Nation zu gefallen, zuweilen sie zu erziehen. Aber noch einmal, Ew. Kgl. Hoheit lieben mich, und ich bin weit davon entfernt, beklagenswert zu sein; Sie geruhen, die *Henriade* illustrieren zu lassen, was könnte man mir antun, das vor solcher Ehrung nicht verblassen würde? Ich habe gerade einen vollständigen Machiavell erworben, einzig um bezüglich der schönen Widerlegung, mit der ich aus Ihrer Feder rechnen kann, genauer Bescheid zu wissen; ich glaube nicht, daß es eine bessere Widerlegung als Ihre Lebensführung geben kann. Derzeit scheinen mir die Menschen sämtliche damit beschäftigt zu sein, sich gegenseitig zu vernichten, und von der Mongolei bis hin zur Meeresenge von Gibraltar befindet sich alles im Kriegszustand; man vermutet, daß auch Frankreich in diesem widerlichen Kriegstanz bald sein Bein schwingen wird. Zur selben Zeit lehren Ew. Kgl. Hoheit Gerechtigkeit, ehe Sie Ihre Tapferkeit beweisen. Ist mir erlaubt zu fragen, wann ich das Glück haben werde, diese Lektionen in Rechtsempfinden und Weisheit zu bestaunen?

Ich habe den Aufwand der Pariser Feuerwerke gesehen; ich sähe es lieber, wenn man, statt solche Feuerwerke zu verschießen, mit dem Bau eines Rathauses begönne, mit dem Bau schöner Plätze, großer und bequemer Märkte, schöner Brunnen. Ich ziehe den Freudenfeuern die römische Pracht vor; ich verdamme sie nicht, Gott gefällt es nicht, wenn ich auch nur ein einziges Vergnügen nicht wertschätze! aber indem ich genieße, was wir haben, vermisse ich ein wenig das, was wir nicht haben.

Zweifelsohne wissen Ew. Kgl. Hoheit, daß Bouchardon

und Vaucanson, jeder auf seine Weise, Meister ihres Fachs sind. Rameau bemüht sich, die italienische Musik in Mode zu bringen. Das sind Männer, würdig, unter Friedrich zu leben; aber ich fürchte, daß die Betreffenden dazu nicht ganz soviel Lust haben wie ich.

Ich verbleibe mit tiefstem Respekt und zärtlichster Dankbarkeit etc.

Jean Châtel; Clément; Ravaillac: Glaubensfanatiker: Jacques Clément ermordete Heinrich III., Jean Châtel versuchte, Heinrich IV. zu ermorden, François Ravaillac gelang das 1610.
Bouchardon: Edmé Bouchardon, Maler.
Vaucanson: Jacques de Vaucanson, Mechaniker.

In Rom lebt ein belesener, heiterer, in den Wogen der Aufklärung sich lieber still verhaltender alter Mann: Benedikt XIV., Oberhirte der Christenheit. Voltaire wird den sensationellen wie schamlosen Einfall haben, ihm, ausgerechnet dem Papst, ein Stück gegen den Glaubenseifer zu widmen, die Tragödie *Mahomet.* Im Herbst 1739 sind jedoch erst zwei Akte der Untersuchung des Präzedenzfalls in Sachen Glaubensfanatismus, zwei Akte *Mohammed* fertig:

42. Friedrich an Voltaire

Remusberg, 10. Oktober 1739

Mein lieber Freund, wie jeder meinte ich, man hätte Ihnen in Paris den schönsten Empfang der Welt bereitet, man hätte sich danach gedrängt, Ihnen seine Aufwartung zu machen, Sie mit Freundlichkeiten zu überhäufen, Ihr Aufenthalt in dieser gewaltigen Stadt würde ohne eine Spur von Bitternis verlaufen. Es ärgert mich, daß ich mich in etwas heiß Ersehntem getäuscht sehe; und es will mir scheinen, als wäre Ihr Los das der meisten bedeutenden Menschen, im Leben verfolgt, nach dem Tod wie Gottheiten angebetet zu werden. In Wahrheit gibt es nur einige wenige kostbare Augenblicke, in denen Ihnen diese Zukunft ausgemalt wird, und es sind dies die einzigen, die Sie wie ein in Unannehmlichkeiten verstecktes Geschenk genießen dürfen. Aber eben diese Augenblicke sind es, in denen man sich jene Seelenfestigkeit aneignen muß, die einen wappnet, um der Furcht und allen nur denkbaren Ärgernissen zu widerstehen, die kommen werden. Die Sekte der Stoiker gedieh niemals besser als unter der Tyrannei übler Kaiser. Warum? Weil es dann nötig war, Schmerz und Tod verachten zu lernen, um ungestört leben zu können.

Möge Ihnen Ihr Stoizismus, mein teurer Voltaire, zumindest beständige Seelenruhe verschaffen. Sagen Sie mit Horaz: Ich hülle mich in meine Tugend. Ah! wenn ich Sie doch bei mir empfangen könnte; mein Haus wäre für Sie ein Asyl vor allen Schicksalsschlägen, und ich würde es mir zur Aufgabe machen, das Glück eines Mannes zu sichern, dessen Werke so viel Annehmlichkeit in mein Leben gebracht haben.

Ich habe die beiden neuen *Zopire*-Akte bekommen. Ich habe sie nur einmal gelesen; aber ich kann Sie ihres Erfolgs bei mir versichern. Als ich las, dachte ich, weinen zu müssen; die Szene mit Zopire und Séide, die mit Séide und Palmire, als Séide sich zum Vatermord anschickt, dann die Szene, in der Mohammed mit Omar spricht und vorgibt, daß er Séides Tat verdamme, sind exquisite Stellen. Um die Wahrheit zu sagen, mir schien es, als hätte Zopire nur deswegen auf offener Bühne gebeichtet, um dann kunstgerecht zu verscheiden, als wäre der Wechsel des Schauplatzes ein bißchen mechanisch; aber ich werde erst nach der zweiten Lektüre darüber urteilen können. Die Charaktere, die Veranschaulichung von Sitten, die Kunst, Leidenschaften zu wecken, zeigen die Handschrift des großen, des hervorragenden Meisters, der dieses Stück verfaßt hat; und auch wenn Zopire keinen sonderlich natürlichen Auftritt bekommen sollte, glaube ich doch, daß in Anbetracht einer vollkommenen Schönheit dieser Makel nicht ins Gewicht fiele und daß er nur von ein paar Greisen vermerkt würde, die durchs Lorgnon prüfen, was mit Ergriffenheit und Begeisterung empfunden werden sollte.

Die Pariser Feste haben nur Ihr Auge befriedigt; ich meinerseits bin nur für Festlichkeiten, von denen der Geist und alle unsere Sinne profitieren können. Mir scheint, daß sowohl in den Wissenschaften wie bei Zerstreuungen die Pedanterie regiert; sich für unsere Bildung nur einen einzigen

Bereich, bei unseren Vergnügungen nur eine einzige Vorliebe zu erwählen, heißt, die Befähigung einzuengen, mit der der Schöpfer den Menschen begabt hat und die mehr als nur eine Fähigkeit umfaßt, heißt, das Werk eines Gottes überflüssig zu machen, der epikureisch zu sein scheint und der soviel Sorge trug, die Menschen mit Sinnlichkeit zu begaben.

> J'aime le luxe, et même la mollesse,
> Et les plaisirs de toute espèce;
> Tout honnête homme a de tels sentiments.
>
> (Ich liebe den Luxus und den Überfluß sogar,
> Und die Freuden jeglicher Art;
> Jeder Weltmann teilt dieses Empfinden.)

Das hat aller Wahrscheinlichkeit nach Moses gesagt. Wenn nicht er, dann auf jeden Fall ein Mann, der ein besserer Gesetzesgeber wäre als dieser jüdische Hochstapler, einer, den ich tausendmal mehr schätze als diese ganze abergläubische, schwache und grausame Nation.

Wir hatten Mylord Baltimore und Monsieur Algarotti hier, die wieder nach England gehen. Dieser Mylord ist ein sehr gescheiter Mann, der vieles weiß und der, gleich uns, daran glaubt, daß wissenschaftliches Tun für Menschen von Adel keine Verirrung ist und auch jemanden von hohem Rang keineswegs erniedrigt.

Das Genie dieses Engländers habe ich anfangs bestaunt wie ein schönes Antlitz hinter einem Schleier. Französisch spricht er sehr schlecht, aber man hört trotzdem gerne zu; und das Englische spricht er so schnell, daß es keine Möglichkeit gibt, ihm zu folgen. Den Russen nennt er ein mechanisches Tier; er sagt, Petersburg sei das Auge Rußlands, mit dem es nach den zivilisierten Ländern lugt; nähme man ihm dieses Auge, würde es unfehlbar in die Barbarei, die es kaum hinter sich hat, zurücksinken. Er ist großer Verfechter der Sonne, und ich glaube, daß er gegenüber den Lehren Zarathustras, die diesen Planeten betreffen, recht aufgeschlossen ist. Er traf hier auf Menschen, mit denen er sich zwanglos austauschen konnte, was mich zu der hier beigefügten Epistel inspirierte, die ich Sie unerbittlich zu korrigieren bitte.

Der junge Algarotti, den Sie kennen, gefiel mir über die Maßen. Er hat mir versprochen, sobald als möglich wiederzukommen. Wir haben viel über Sie gesprochen, über Geometrie, Dichtung, alle Wissenschaften, also über Gott und die Welt geplaudert. Er ist sehr feurig, lebhaft und empfindsam, und nichts könnte mir besser zusagen. Er hat eine Kantate geschrieben, die wir sofort in Musik gesetzt haben, und er war damit höchst zufrieden. Wir trennten uns mit Bedauern, und ich fürchte, ich werde lange Zeit in diesen Gefilden keinen so liebenswürdigen Menschen mehr sehen. In dieser Woche erwarten wir den Marquis de La Chétardie, von dem alsbald wieder trauriger Abschied zu nehmen ist. Wer und wie dieser Monsieur Valory ist, weiß ich nicht, aber ich habe sagen hören, daß er kein angenehmer Zeitgenosse ist. Der Kardinal hätte darauf verzichten können, uns einen solchen Mann zu schicken und La Chétardie wegzunehmen, der in jeder Beziehung ein sehr liebenswerter Bursche ist.

Seien Sie versichert, daß wir hier in Rheinsberg uns so wenig mit Krieg befassen, wie wenn es gar keinen gäbe. Ich arbeite derzeit am Machiavell, werde bisweilen von lästigen Besuchern aufgestört, die trotz Molières Bannstrahl nicht von der Erde getilgt sind. Kapitel um Kapitel widerlege ich Machiavell; einige sind abgeschlossen, doch warte ich, bis alle fertig sind, um sodann zu korrigieren; Sie werden der erste sein, der das Werk zu Gesicht bekommt, und bevor das Feuer Ihres Genies es nicht gereinigt hat, werde ich es nicht aus den Händen geben.

Ich warte auf Ihre Korrekturen des Vorworts zur *Henriade,* um abzuändern, was Ihnen auffiel; hernach wird die *Henriade* sich unter die Druckerpresse schwingen.

Ich habe einen Turm bauen lassen, in dem ich oben ein Observatorium einrichten werde. Das Erdgeschoß wird eine Grotte; die erste Etage ein Saal für physikalische Instrumente; in die zweite kommt eine kleine Druckerei. Dieser Turm ist durch einen Kolonnadengang mit meiner Bibliothek verbunden, dessen Überdachung eine Terrasse abgibt. Bis das

Rathaus und die Pariser Märkte fertig sind, schicke ich Ihnen zu Ihrer Unterhaltung den Bauplan.

Mit großer Ungeduld warte ich auf Nachricht von Ihnen, und ich bitte Sie, in mir Ihren denkbar besten Freund zu sehen.

Federic.

Caesarion verschmäht mich als Dolmetscher; er zieht es vor, Ihnen selbst zu schreiben.

Versichern Sie bitte Madame la Marquise meiner Hochachtung. Ich wäre auf dem Gipfel meiner Wünsche, wenn ich mich im Gefolge meines bewunderungswürdigen Meisters zu eben der Zeit, in der Madame du Châtelet, der Prinz von Nassau und Sie, Monsieur, den Ort verschönern, nach Paris versetzen könnte. Aber, Monsieur, urteilen Sie über mich, bitte, wie über sich selbst: wären Sie bereit, Madame la Marquise zu verlassen, um uns in Remusberg zu besuchen?

Zopire: früher Titel der Mohammed-Tragödie.
Mylord Baltimore: Lord Baltimore, nicht zu verwechseln mit den Brüdern Lord-Marshall George und Feldmarschall James Keith, einem Schottenpaar, das für Preußen Dienst tat und Friedrichs Tafelrunde bereicherte.
Monsieur Algarotti: Der schriftstellernde Francesco Graf Algarotti blieb von 1740–1753 in Potsdam.
Marquis de La Chétardie und Monsieur Valory: Gesandte im Dienste des Kardinals Hercule de Fleury.

Eine neue Dekade. 1740 ist Ludwig XV. dreißig Jahre alt und seit siebzehn Jahren regierender König von Frankreich und Navarra. 1740 stirbt in Wien Kaiser Karl VI., der durch zugeständnisreiche Verhandlungen mit den europäischen Mächten, durch das Vertragswerk der Pragmatischen Sanktion die Erbfolge seiner Tochter Maria Theresia zu sichern versuchte. 1740 steht das Haus Hannover seit vierundzwanzig Jahren der britischen Monarchie vor, und nach Georg I. hat England in Georg II., ›by the grace of God, King of England und France, defender of the faith, Lord of Ireland and in earth supreme head under Christ of the Church of England‹, nun einen Herrscher, der auch der Landessprache mächtig ist. In London schreibt Händel an seiner Oper *Deidamia,* in Leipzig arbeitet Bach am zweiten Teil seines *Wohltemperierten Klaviers.* Der zu dieser Zeit erfolgreichste Komponist ist der sächsische Hofkapellmeister Johann Adolf Hasse. – In Rußland regiert Zarin Anna Leopoldowna ein Jahr lang für das Kind Iwan VI., das 1741 für immer im Kerker verschwindet, das Opfer des Staatsstreichs von Elisabeth I. Petrowna wird. 1742 tritt Voltaire in einen dreijährigen Briefwechsel mit Papst Benedikt XIV., dem er die Mohammed-Tragödie zueignet. Doch nicht einmal ein Grußwort aus dem Vatikan – »Es bleibt Uns nur noch übrig, Ihnen Unseren Apostolischen Segen zu erteilen.« – hilft Voltaire gegen das Verbot der Tragödie als eines blasphemischen Werks 1742 in Paris. – Zu Beginn des Jahrzehnts ist Schlesien noch eine angestammte Provinz des Habsburger-Reiches. Gegen Ende des Jahrzehnts werden sich, wegen Schlesien, dann schon das dritte Mal die Kriegsbündnisse neu formieren und wird es in Wien aus höchstem Munde heißen: »Da der Friede Europas nicht gesichert werden kann, wenn dem König von Preußen nicht die Mittel genommen werden, ihn zu stören, werden Ihre kaiserlichen Majestäten jede Anstrengung unternehmen, der Menschheit diesen Dienst zu erweisen.«

Aber soweit ist es im Januar 1740 noch nicht.

43. Friedrich an Voltaire

Berlin, 6. Januar 1740

Mein lieber Voltaire, wenn ich es aufschob, Ihnen zu schreiben, so einfach deshalb, weil ich nicht mit leeren Händen vor Ihnen erscheinen wollte. Mit dieser Post schicke ich Ihnen fünf Kapitel des *Antimachiavell,* dazu eine *Ode sur la Flatterie,* die in Stunden der Muße entstand. Wäre ich in Remusberg gewesen, so hätten Sie schon längst das Werk in seiner Gänze; aber bei den Zerstreuungen Berlins gibt es kein schnelles Fortkommen.

Der *Antimachiavell* verdient es nicht, unter meinem Namen dem König von Frankreich angekündigt zu werden. Dieser Fürst hat so viele gute und herrliche Eigenschaften, daß mein armseliges Geschreibsel überflüssig wäre, um sie im einzelnen darzustellen. Zudem schreibe ich über Frankreich ebenso freimütig wie über Preußen, England, Holland und alle europäischen Mächte. Es ist gut, wenn der Name eines Verfassers, der aus Wahrheitsliebe schreibt, seinen Gedanken folglich keine Fesseln anlegt, unbekannt bleibt. Wenn Sie den Schluß des Werks sehen, werden Sie mir zustimmen, daß es kluge Vorsicht ist, wenn wir den Namen des Autors in der Diskretion der Freundschaft begraben.

Ich will nicht Partei ergreifen; und wenn ich der Allgemeinheit dienen kann, werde ich ohne Gedanken an Lohn und Lob arbeiten, ganz wie diese namenlosen Glieder der Gesellschaft, die in dem Maße im Dunkel bleiben, wie sie nützlich sind.

Nach meinem höfischen Semester kommt mein Semester der Studien an die Reihe. Ich gedenke, in zwei Wochen das besonnene und friedliche Leben, das Ihr Entzücken ist, wiederaufzunehmen, und ich nehme mir vor, meinem Werk den letzten Schliff zu geben und es der Jahrhunderte, die nach uns kommen werden, würdig zu machen. Die Mühen der Arbeit zählen nicht, denn nur einmal schreibt man; doch das Werk, das ich verfasse, bedeutet mir einiges, denn es soll mich überleben. Glücklich die Schriftsteller, denen eine schöne Phantasie zur Seite steht, die stets Einsicht leitet und die der Unsterblichkeit würdige Werke erschaffen! Sie gereichen Ihrem Jahrhundert mehr zur Ehre als Phidias, Praxiteles und Zeuxis einst den ihrigen. Der Eifer des Geistes ist ein dem mechanischen Eifer von Künstlern auf seine Weise vorzuziehendes Gut. Ein einziger Voltaire wird Frankreich mehr Ehre machen als tausend Stubengelehrte, tausend vorgebliche Schöngeister und tausend große Herren minderbemittelten Zuschnitts.

Ich kann so wenig umhin, Ihnen Wahrheiten zu schreiben, wie Sie nicht umhin können, sich zu den Prinzipien von Schwerkraft und Erdanziehung zu bekennen. Die eine Wahrheit ist so gut wie die andere, und beide verdienen es, ausgesprochen zu werden.

Hierzulande entfesseln die Frömmler ein neues, furchtbares Gewitter gegen all jene, die sie Ungläubige schimpfen. Diese Narretei von heuchlerischem Eifer gibt es in aller Herren Länder; ich bin überzeugt, daß sie, so sie einmal einen Weg gefunden hat, sich einzunisten, die vernünftigsten Gehirne verdreht. Komisch ist, daß niemand neutral bleiben darf, wenn sich dieser Taumel einer ganzen Gesellschaft bemächtigt; jeder soll Stellung beziehen und wird unter den Bannern des Fanatismus angemustert. Was mich angeht, so gestehe ich, daß ich nichts dergleichen tun und mich damit begnügen werde, einige Psalmen in Musik zu setzen, womit meine Rechtgläubigkeit bewiesen wäre. Opfern auch Sie ein paar Momente, mein lieber Voltaire, und pfropfen auch Sie ein bißchen heiligen Nonsens auf den Wohlklang einiger Ihrer melodiösen Reime. Sokrates brachte seinen Penaten Weihrauch dar; Cicero war nicht gläubig, aber tat so. Man muß sich auf die Wahnvorstellungen eines charakterlosen Pöbels einlassen, um Verfolgung und Beschimpfung zu entgehen, die fast unumgänglich jeden heimsuchen, dessen Glauben zu wenig Karat zu haben scheint, und summa summarum ist es das Wünschenswerteste der Welt, in Frieden zu leben. Was soll's, spielen wir also ein bißchen mit, um in heiß ersehntem Frieden leben zu können.

Man verkündet immer lauter, daß die Bernards und Gressets Großartiges geschrieben hätten; Gedichte werden angekündigt, die nicht erscheinen, Theaterstücke, die, meines Erachtens, incognito sterben müssen, noch ehe sie das Licht dieser Welt erblicken. Diese jungen Dichter sind für ihr Alter zu faul; sie wollen Lorbeer pflücken, ohne ihn zu suchen, und die kleinste Ruhmesernte reicht hin, um sie zu sättigen. Welch ein Unterschied zwischen ihrer Verweichlichung und Ihrem tätigen Leben! Ich behaupte fest, daß zwei Jahre Ihres Lebens soviel wert sind wie bei den Gressets und Bernards sechzig. Ich gehe sogar noch weiter und behaupte, daß zwölf denkende und tüchtig denkende Wesen während einer festgelegten Frist nicht mit Ihnen gleichzuziehen vermöchten. Diese Gaben der Vorsehung sind den großen Genies vorbehalten. Möge die Vorsehung Sie mit ihren Segnungen überhäufen, das heißt, Ihre Gesundheit festigen, damit das Universum sich lange Ihrer Talente und Ihrer Schöpfungen erfreuen kann! Niemand, mein lieber Voltaire, will das mehr als Ihr Freund, der das immer mit aller Wertschätzung, die man Ihnen schlichtweg nicht verweigern kann, bleiben wird, Ihr treu verbundener Freund Federic.

Meine Komplimente an die Marquise du Châtelet und, falls Sie ihn in Brüssel sehen, an den Herzog von Aremberg. Die unerbittliche und grausame Gicht plagt weiter den armen Caesarion, der Sie herzlich grüßen läßt.

Ode sur la Flatterie: Ode über die Schmeichelei.
Heiliger Nonsens: Auch im Original: *Nonsens sacré.*
Bernard: Pierre Joseph Bernard, 1708–1775, genannt *Le Gentil Bernard;* Verfasser einer *Liebeskunst* und Librettist der Rameau-Oper *Castor und Pollux.*
Gresset: Jean-Baptiste Louis Gresset, 1709–1777, Autor vornehmlich von satirischen Werken.

44. Voltaire an Friedrich

Brüssel, 26. Januar 1740

Monseigneur, ich habe Ihre Kapitel des *Antimachiavell* und die *Ode sur la Flatterie* erhalten, dazu Ihren Brief in Vers und Prosa, den Ihnen sicherlich der Abbé de Chaulieu oder der Comte Hamilton in die Feder diktiert haben. Ein Fürst, der etwas wider das Schmeicheln zu Papier bringt, ist so seltsam wie ein Papst es wäre, der etwas wider die Unfehlbarkeit verfaßte. Ludwig XIV. hätte niemals eine solche Ode an Despréaux gesandt, und ich bezweifle, daß Despréaux so viel davon Ludwig XIV. geschickt hätte. Ich bitte Ew. Kgl. Hoheit jetzt um nichts weiter, als daß Sie mein Lob nicht für Schmeichelei halten. Bei mir entspringt alles dem Herzen, der Beifall für Ihre Werke, der Dank für Ihre Gunstbeweise; ich kann es nicht hindern, man muß es mir nachsehen.

Ich bin nicht, wie kolportiert wird, vollständig exiliert.

Ce vieux madré de cardinal,
Qui vous escroqua la Lorraine,
N'a point de son pays natal
Exclu ma muse un peu hautaine:
Mais son cœur me veut quelque mal:
J'ai berné la pourpre romaine;
Du théâtre pontifical
J'ai raillé la comique scène;
C'est un crime bien capital,
Qui longue pénitence entraîne.

(Der alte Pfiffikus von Kardinal,
Der Lothringen Euch weggeschnappt,
Hat aus seiner Heimat nicht verbannt
Meine etwas arrogante Muse:

Doch ist sein Herz mir gram:
Foppte ich Roms Purpur doch;
Verspottet habe ich das komische Gehabe
Des päpstlichen Theaters;
Ein Kapitalverbrechen heißt man das,
Das lange Strafe nach sich zieht.)

In Wirklichkeit hat natürlich niemand mit mehr Schonung über Rom gesprochen. Augenscheinlich darf man überhaupt nichts mehr sagen. All diese Nachstellungen sind ein Exzeß an Lächerlichkeit und Gefasel, weshalb ich nicht klage, sondern lache.

Wenn ich einerseits die Schmach vor Danzig sehe, tausend wackelige Winkelzüge, einen zufällig erfolgreichen Krieg, den man nicht führen wollte, in den uns die Königin von Spanien trieb, eine in zehn Jahren verluderte Marine, entgegen allen Versprechungen plötzlich gestrichene Leibrenten, und wenn ich dann andererseits den Salon d'Hercule betrachte, den der gute Mann für seine Apotheose hält, dann schreie ich auf:

Le bon Hercule de Fleury,
Petit prêtre nonagénaire,
En Hercule s'est fait portraire,
De quoi chacun est ébahi;
Car on sait que le fils d'Alcmène
Près de sa maîtresse fila,
Mais jamais il ne radota
Que sur les rives de la Seine.

(Der wackere Hercule de Fleury,
Priesterlein von neunzig Jahren,
Läßt als Herkules sich malen,
Was jedermann verblüfft;
Denn weiß man doch, daß Alkmenens Sohn
Zwar Garn spann bei der Liebsten,
Doch brabbelte er niemals nur darüber,
Was auf den Seine-Ufern sich so tut.)

Ich weiß wohl, daß man in jedem Lande auf ähnliche und sogar schlimmere Zustände trifft; ich weiß wohl, daß man sich im eigenen Lande am besten ruhig verhält und die Generale, die ihr Bestes gaben, die Unterhändler, die befehlsgemäß einen unumgänglichen Waffenstillstand unterzeichneten, im Gefängnis verschwinden läßt; ich weiß wohl, sage ich, daß es nirgendwo besser bestellt ist. *Tutto 'l mondo è fatto come la nostra famiglia.* Da die ganze Welt nach dieser Methode regiert wird, schließe ich, daß der *Antimachiavell* erscheinen muß; in Pestzeiten braucht es einen Hippokrates. Ich habe Kapitel XIII; Kapitel XII habe ich noch nicht, und Kapitel XIV haben Ew. Kgl. Hoheit offensichtlich noch nicht geschrieben. Ich weiß nicht, ob Sie sich zu dem Plan des *Cacciare i barbari d'Italia* äußern werden; ich meine, daß sich in Italien derzeit so viele anständige Ausländer aufhalten, daß es etwas unfein wäre, sie verjagen zu wollen. Kardinal Alberoni hatte einen schönen Plan: Beinahe nach dem Vorbild der deutschen Staaten wollte er eine italienische Staatengemeinschaft zustande bringen. Doch wenn man derlei ins Auge faßt, sollte man nicht der einzige Verfechter dieser Idee sein, oder man steht da wie der Abbé de Saint-Pierre.

Ew. Kgl. Hoheit sind ganz im Recht, die Gressets und Bernards für Faulpelze zu halten; ich möchte ihnen mit den Worten eines anderen – *Vade, piger, ad formicam* – leicht abgewandelt zurufen: *Vade, piger, ad Federicum.* Indes, Gresset ist von sich selbst ruhmestrunken und er läßt eine Tragödie spielen, von der man sich Wunderdinge zuraunt; Bernard rezitierte mir in Paris einen Gesang seiner *Art d'aimer,* galanter als die des Ovid, wie mir schien.

Ich meinerseits, Monseigneur, wage nicht, Ihnen den fünften Akt des *Mahomet* zu schicken, so unzufrieden bin ich damit; aber wenn es Ihnen Spaß macht, werde ich Ihnen die Komödie *La Dévote* zukommen lassen, dann bitte ich Ew. Kgl. Hoheit dringlich, zur Abwechslung einen Blick in die *Métaphysique de Newton* zu werfen, die ich einer neuen, geplanten Ausgabe meiner *Éléments* voranzustellen gedenke.

Noch nie ward mir der Trost zuteil, meine Werke korrekt gedruckt zu sehen; ich könnte meinen Aufenthalt in Brüssel auch für eine neue Ausgabe nutzen; doch in Brüssel haust die Ignoranz. Es gibt nicht einen guten Verleger, keine Kupferstecher, keine Literaten; und wäre nicht Madame du Châtelet, so könnte ich hier über Literatur nicht sprechen. Im übrigen ist dies Land ein Land des Gehorsams; ein päpstlicher Nuntius ist da, ein Friedrich nicht.

Madame du Châtelet läßt Sie grüßen. Erlauben Sie mir, Monseigneur, daß ich mich Ihren hübschen Versen zur Gicht von Monsieur de Keyserlingk mit meinen Beileidsbezeugungen anschließe. Mir geht es kaum besser als ihm, aber die Aussicht, Ew. Kgl. Hoheit eines Tages zu sehen, hält mich am Leben. Ich verbleibe etc.

Abbé de Chaulieu, Comte Hamilton: Guillaume Aphyse, Abbé de Chaulieu, 1639–1720, feierte in seiner Lyrik den Wein und die Freuden; Antoine Graf Hamilton 1646–1720, Zaubermärchen-Erzähler.
Der alte Pfiffikus von Kardinal: Schußlos, nur durch Diplomatie, gewann der alte Fleury 1735 vom deutschen Reich Lothringen für Frankreich.
Die Schmach vor Danzig: 1734 kapitulierten im polnischen Erbfolgekrieg vor Danzig Franzosen vor Russen, siehe auch Bachs diesbezügliche Fest-Kantate *Preise Dein Glücke, Gesegnetes Sachsen:* »Wird nicht der Ostsee schon/Durch der besiegten Weichsel Mund/Augustus' Reich/Zugleich/Mit seinen Waffen kund?«
Tutto 'l mondo è fatto come la nostra famiglia: »Die ganze Welt ist so beschaffen wie unsere Familie.«
Cacciare i barbari d'Italia: »Jagt die Barbaren aus Italien.«
Abbé de Saint-Pierre: Der Abbé de Saint-Pierre warb in Europa für den Plan einer abendländischen Friedensgemeinschaft, hatte mit der Idee aber keinen durchschlagenden Erfolg.
Vade, piger, ad formicam: Sprüche Salomos: »Geh hin zur Ameise, Fauler, (sieh an ihr Tun und lerne von ihr!)«
Und er läßt eine Tragödie spielen: Eine beraunte Tragödie eines anderen – das mußte Voltaire beunruhigen: Gressets *Édouard III.*
Keine Literaten: Erzrivale Rousseau lebte im Exil in Brüssel, aber der durfte hier nicht zählen. Die geistige Ruhe in Flandern-Wallonien, im Gegensatz zu den nördlichen Niederlanden, wird übrigens oft als Effekt der Wiederherstellung spanischer Oberherrschaft angesehen.

45. Friedrich an Voltaire

Berlin, 3. Februar 1740

Mein teurer Freund, ich hätte Ihnen früher geantwortet, wenn die ärgerliche Lage, in der ich mich befinde, es zugelassen hätte. Trotz der wenigen Zeit, die ich für mich habe, fand ich Möglichkeiten, das Werk über Machiavell, dessen Anfang Sie bekommen haben, zu beenden. Mit dieser Post bekommen Sie die Hefe meines Tuns, und ich bitte Sie, mich Ihre Kritik wissen zu lassen. Ich bin entschlossen, ohne Eigenliebe alles durchzusehen und zu korrigieren, was Sie für nicht veröffentlichungswürdig erachten. Ich spreche zu freimütig über alle bedeutenden Fürsten, um gestatten zu können, daß der *Antimachiavell* unter meinem Namen erscheint. So habe ich mich entschlossen, ihn nach der Korrektur als das Werk eines Anonymus drucken zu lassen. Legen Sie also Hand an alle Beleidigungen, die Sie für überflüssig halten, und lassen Sie keine Verstöße gegen die Reinheit der Sprache durchgehen.

Ungeduldig warte ich auf die abgeschlossene und überarbeitete *Mahomet*-Tragödie. Ich sah ihren Sonnenaufgang; wie wird sie sich erst im Mittagslicht ausnehmen! Sie sind also wieder bei Ihrer Physik und die Marquise bei ihren Prozessen. Mein lieber Voltaire, im Grunde sind Sie damit beide auf dem falschen Posten. Wir haben tausend Physikusse in Europa, aber wir haben keinen Dichter und keinen Historiker, der an Sie heranreicht, und es prozessieren in der Normandie hundert Marquisen, doch keine widmet sich der Philosophie. Kehren Sie, ich bitte Sie, zu Ihrer *Histoire de Louis XIV* zurück und lassen Sie sich aus Cirey Ihre Folianten und Manuskripte kommen, daß nichts Sie aufhalte. Valory bemerkte, Frankreich hätte Sie als Verwirrer des katholischen Glaubens ausgewiesen, und ich habe gesagt, daß er löge. Mir wäre es recht, wenn der greise, in Roms Purpur gewickelte Machiavellist Ihnen Berlin als Exil zuwiese.

Mein Sehnen zieht gen Remusberg, wie Ihres gen Cirey. Ich schmachte danach, dort meine Schutzgötter zu grüßen. Der arme Caesarion ist immer noch krank; er könnte Ihnen nicht antworten.

Presque trois mois de maladie
Valent un siècle de tourments:
Par les maux son âme engourdie
Ne voit, ne connaît plus que la douleur des sens.

Les charmants accords de ta lyre,
Mélodieux, forts et touchants,
Ont sur ses esprits plus d'empire
Qu'Hippocrate, Galien, et leurs médicaments.
Mais, quel dieu qui nous inspire,
Tout est en vain sans la santé;
Lorsque le corps souffre martyre,
L'esprit ne peut non plus écrire,
Que l'aigle veut voler, privé de liberté.

(Fast drei Monate der Krankheit
Wiegen wie ein Jahrhundert der Qual:
Seine Seele, von Leiden betäubt,
Sieht, kennt nur die Schmerzen der Sinne noch.
Deiner Leier zauberische Akkorde,
Melodisch, stark und rührend,
Haben über seine Geister mehr Macht
Als Hippokrates, Galen und ihre Arzneien.
Doch gleich welcher Gott uns beseelt,
Ohne Gesundheit ist alles umsonst;
Wenn der Körper Martyrium leidet,
Kann der Geist nicht mehr schreiben,
Daß, der Freiheit beraubt, der Adler fliegen will.)

Trösten Sie mich, mein lieber Voltaire, mit Ihren bezaubernden Werken. Sie werden mich anklagen, unersättlich zu sein, aber mit mir ist es wie mit jenen Leuten, die häufiger Nahrung brauchen als andere, weil sie in ihrem Magen zuviel Säure haben.

Es tut mir wohl, daß Algarotti sich weiterhin Remusbergs entsinnt. Hier werden Menschen mit Geist niemals vergessen, und ich lasse die Hoffnung nicht fahren, Sie hier zu sehen. Wir hatten hier einen kleinen Bären mit Rüschen: eine russische Prinzessin, bei der sich das Menschliche im Putz zeigt; es ist die Tochter des Fürsten Cantemir.

Übergeben Sie bitte meinen Brief der Marquise und seien Sie versichert, daß die Hochachtung, die ich für Sie hege, ohne Ende ist. Federic.

Die ärgerliche Lage: Wohl eine lästige Rapport-Reise nach Berlin.
Fürst Cantemir: Der Kronprinz wußte sicherlich nicht, daß Voltaire auch mit Antiochus Cantemir, Übersetzer französischer Literatur, Briefe wechselte.

Aus den österreichischen Niederlanden:

46. Voltaire an Friedrich

23. Februar 1740

Monseigneur, erst am 20. erhielt ich Ihr Paket vom 3., in dem ich endlich das Gesims von einem Bauwerk fand, zu welchem jeder Souverän mit Freuden einen Stein beisteuern sollte.

Sie gestatten mir, Sie befehlen mir sogar, freimütig zu Ihnen zu sprechen, und Sie gehören nicht zu den Fürsten, die über Gehorsam erbost sind, nachdem sie befohlen haben, freimütig zu ihnen zu reden. Vielmehr fürchte ich, daß sich Ihre Wahrheitsliebe von nun an ein wenig mit Eigenliebe vermengen wird.

Ich liebe und ich bewundere den Gehalt des ganzen Werks, und das gibt mir den Mut, Ew. Kgl. Hoheit zu sagen, daß mir einige Kapitel zu lang erscheinen; *transverso calamo signum* wird rasch Abhilfe schaffen, und dies Blattgold wird, etwas massierter aufgetragen, mehr Gewicht und Glanz bekommen.

Die meisten Kapitel beginnen Sie mit der Widerlegung dessen, was Machiavell in seinem Kapitel behauptet; doch falls Ew. Kgl. Hoheit die Absicht hegen, Machiavell und seine Widerlegung nebeneinander zu drucken, könnte man dann nicht die erwähnten Einleitungen weglassen, die natürlich absolut notwendig wären, wollte man Ihr Werk für sich alleine drucken? Zudem kommt es mir so vor, als verschanze Machiavell sich zuweilen auf einem Terrain, und Ew. Kgl. Hoheit rängen ihn auf einem anderen nieder; er sagt zum Beispiel im dritten Kapitel diese widerwärtigen Sätze: *»Si ha a notare, che gli uomini se debbono o vezzegiare o spegnere, perchè si vendicano delle leggieri offene; delle gravi non possono.«*

Ew. Kgl. Hoheit machen sich daran, zu zeigen, wie hassenswert alles ist, was sich aus diesem Satansorakel ableiten läßt. Aber der verfluchte Florentiner spricht bloß vom Nützlichen. Gestatten Sie, daß ich zu diesem Kapitel noch ein Wörtchen verliere, um zu erweisen, daß Machiavell aufgrund der Geschehnisse seine Drohungen selber für gerechtfertigt halten mußte. Denn zu seiner Zeit wurde ein Sforza, Usurpator, in Mailand ermordet; ein weiterer Usurpator dieses Namens befand sich zu Loches, und zwar in einem Eisenkäfig; ein dritter Usurpator, unser Karl VIII., mußte das eroberte Italien fluchtartig wieder verlassen; der Tyrann Alexander VI. starb, vergiftet vom eigenen Gift; Cesare Borgia wurde ermordet. Machiavell war umgeben von finsteren Exempeln der Schurkerei. Darüber sprechen Ew. Kgl. Hoheit an anderer Stelle; wäre dies denn nicht die passende? Ist nicht hier der rechte Platz dafür? Ihrem luziden Geist gebe ich das zu bedenken.

Nur Herkules vermag zu sagen, wie man Antäus erwürgen kann. Ich überreiche meinem Prinzen diesen kleinen, gerade skizzierten Versuch zu einem Vorwort. Wenn er ihm zusagt, werde ich ihn ausarbeiten; und nach den letzten Anordnungen, die ich erhalten werde, will ich alles für den Druck des Buchs vorbereiten, das zum Glück der Menschheit beitragen soll.

Monsieur de Valory erweist mir zuviel der Ehre, wenn er glaubt, daß man mich gleich Sokrates und Aristoteles verfolgt und daß man mich verfolgt, weil ich die Wahrheit gegen den Aberglauben verteidige. Ich bin bemüht, mich so zu verhalten, daß ich nicht zum Märtyrer jener Wahrheiten werde, derer die meisten Menschen ausgesprochen unwürdig sind. Es hieße, Eseln, die nach mir ausschlagen, zur Belohnung dafür Flügel schenken zu wollen.

Ich lasse *Mahomet,* um den Ew. Kgl. Hoheit mich bitten, abschreiben. Ich weiß nicht, ob dieses Stück je aufgeführt wird; doch was liegt mir daran? Geschrieben wurde es für die, die denken wie Sie, und nicht für unsere Gaffer, die bloß Liebeskabalen kennen, die auf den Namen Tragödie getauft werden.

Ich glaube, Ew. Kgl. Hoheit werden alsbald die von Gresset in die Hände bekommen; es heißt, es gäbe sehr schöne Verse darin.

Madame la Marquise läßt Sie herzlichst grüßen. Sie kürzt den ganzen Wolffius; das nennt man das Universum handlich machen.

Mir wäre es lieber, die Welt befände sich in einer Kugel von zwei Fuß Durchmesser, als uns diese langen Reisen von Paris nach Quito und Peking abzufordern.

Mein schlechter Gesundheitszustand hat mir noch nicht erlaubt, den Abriß der Newtonschen Metaphysik und die neuen *Éléments,* an denen ich arbeite, abzuschließen. Drei Viertel des Tages leide ich, während des restlichen Viertels bringe ich nicht viel zuwege. Sobald die Metaphysik erledigt ist und meine Leiden mir eine Pause gönnen, seien Sie versichert, Monseigneur, daß ich Ihren Befehlen gehorchen und *Le Siècle de Louis XIV* vollenden werde; es gefällt mir, daß in jenem Jahrhundert ein wenig die Luft wehte wie in dem, das Sie heraufführen werden. Das Jahrhundert des Kardinals, von dem lasse ich die Finger. Es reicht, daß er ein ganzes Jahrhundert lang lebt. Es ist nicht lange her, daß ein Neffe Chauvelins jenem ehrgeizigen Einsiedler schrieb, daß unser Kardinal dahinsieche und daß er Rouge auflege, um die Leichenblässe seines Teints zu kaschieren. Der Kardinal, als er dies erfuhr, ließ sich von diesem Neffen die Wangen streicheln und führte ihm vor, daß das Rouge die Röte des prallen Lebens war.

Läßt die unselige Gicht nicht ab von Monsieur de Keyserlingk? Ich verbleibe etc.

Transverso calamo signum: Horaz: »Den schrägen Federstrich setzen ...«
Si ha a notare ...: »Man muß sich daher merken: die Menschen sind entweder liebenswürdig zu behandeln oder unschädlich zu machen; denn wegen geringfügigen Unrechts rächen sie sich, und werden sie von schwerem betroffen, so können sie es nicht; (man muß also die Menschen dann schon so verletzen, daß man ihre Rache nicht fürchten muß.)«
Jenem ehrgeizigen Einsiedler: Gemeint ist der verbannte Großsiegelbewahrer Germain Louis de Grosbois de Chauvelin, Gegner Fleurys.

47. Friedrich an Voltaire

Berlin, 26. Februar 1740

Mein teurer Voltaire, nur mit zwei Worten kann ich auf den geistreichsten Brief der Welt, den Sie mir geschrieben haben, antworten. Die Lage, in der ich mich befinde, engt den Geist so sehr ein, daß ich fast die Fähigkeit zum Denken verliere.

Aux portes de la mort, un père à l'agonie,
    Assailli de cruels tourments,
Me présente Atropos prête à trancher sa vie.
Cet aspect douloureux est plus fort sur mes sens
    Que toute ma philosophie.

Tel que d'un chêne énorme un faible rejeton
Languit, manquant de sève et de sa nourriture,
Quand des vents furieux l'arbre souffrant l'injure
    Sèche du sommet jusqu'au tronc:

Ainsi je sens en moi la voix de la nature
Plus éloquente encor que mon ambition;
Et, dans le triste cours de mon affliction,
De mon père expirant je crois voir l'ombre obscure;
    Je ne vois que sa sépulture,
Et le funeste instant de sa destruction.
    Oui, j'apprends, en devenant maître,
    La fragilité de mon être;
Recevant les grandeurs, j'en vois la vanité.

Heureux, si j'eus vécu sans être transplanté
    De ce climat doux et tranquille
    Où prospérait ma liberté
Dans ce terrain scabreux, raboteux, difficile,
    De machiavélisme infecté;
Loin des folles grandeurs de la cour, de la ville,
    De l'éblouissante clarté
    Du trône et de la majesté,
    Loin de tout cet éclat fragile,
Je leur eus préféré mon studieux asile,
Mon aimable repos et mon obscurité.

(Vor den Todespforten einen sterbenden Vater,
Bestürmt von grausamen Qualen,
Zeigt Atropos mir, bereit, seinen Lebensfaden zu schneiden.
Mehr Macht über mich hat dieses schmerzliche Bild
Als all mein Philosophieren.

So vergeht einer mächtigen Eiche schwächlicher Sproß,
Der des Saftes und der Nahrung entbehrt,
Wenn der wütende Winde erduldende Baum
Verdörrt vom Wipfel zum Stamme:

So höre die Stimme der Natur ich in mir
Beredter noch, als mein Ehrgeiz es kann;
Und, traurig von meinem Kummer erfaßt, mein' ich,
Meines aushauchenden Vaters dunklen Schatten zu sehen;
Seine Grabstatt sehe ich nur
Und den düsteren Moment, da er sich auflöst.
Ja, gerad' indem zum Herrn ich werde,
Erkenn' meines Wesens Zerbrechlichkeit ich;
Die Würden empfang' ich und seh' ihren Wahn.

Glückliches Leben, wäre ich nicht verpflanzt
Aus diesen milden und ruhigen Breiten,
Wo meine Freiheit gedieh,
In diesen schlüpfrigen, unebenen, schwierigen Boden,
Vom Machiavellismus verseucht;
Weit vom närrischen Glanze des Hofes, der Stadt,
Vom blendenden Lichtschein
Des Throns und der Majestät,
Fern dieser zerbrechlichen Pracht,
Hätte ich vorgezogen mir mein gelehrtes Asyl,
Meine süße Ruhe und meine Namenlosigkeit.)

An diesen Versen erkennen Sie, wes das Herz voll ist, des geht auch der Mund über; ich bin mir gewiß, daß Sie an meiner Situation Anteil nehmen, aufrichtigen Herzens Anteil nehmen. Schicken Sie mir, ich bitte Sie, Ihre *Dévote,* Ihren *Mahomet* und überhaupt alles, wovon Sie meinen, daß es mich zerstreuen könnte. Versichern Sie die Marquise meiner Wertschätzung, und seien Sie überzeugt, daß Sie, ganz gleich auf welchen Platz das Schicksal mich stellen wird, an mir keine andere Veränderung erfahren werden, als größere Tatkräftigkeit, verbunden mit der Wertschätzung und Freundschaft, die ich stets für Sie empfinden werde. *Vale.* Federic.

Tausendmal denke ich an jene Stelle der *Henriade,* wo es um die Höflinge der Valois geht: »Tränen vergoß sein Gefolge« etc.

In Kürze schicke ich die *Henriade* nach England, um sie drucken zu lassen. Alles ist für diesen Zweck fertig und geregelt.

Falscher Alarm; Atropos und ihre Parzenschere ließen sich Zeit, den Lebensfaden des Soldatenkönigs in zwei Stücke zu teilen – fern von Preußen wußte man noch nichts Genaues:

48. Voltaire an Friedrich

Brüssel, 10. März 1740

Quoi! tout prêt à tenir les rênes d'un empire,
Vous seul vous redoutez ce comble des grandeurs
Que tout l'univers désire!
Vous ne voyez qu'un père, et vous versez des pleurs!
Grand Dieu! qu'avec amour L'Europe vous contemple,
Vous qui du seul devoir avez rempli les lois,
Vous si digne du trône, et peut-être d'un temple,
Aux fils des souverains vous immortel exemple,
Vous qui serez un jour l'exemple des bons rois!
Hélas! si votre père, en ces moments funestes,
Pouvait lire dans votre cœur,
Dieu! qu'il remercîrait les puissances célestes!
A ses derniers moments quel serait son bonheur!
Qu'il périrait content de vous avoir fait naître!
Qu'en vous laissant au monde, il laisse de bienfaits!
Qu'il se repentirait – mais j'en dis trop peut-être;
Je vous admire, et je me tais.

(Was! Ganz nahe daran, die Zügel eines Reiches zu fassen,
Fürchten Sie allein diesen Gipfel der Würden!
Was die ganze Welt sich ersehnt!
Einen Vater sehen Sie nur, und vergießen Tränen!
Großer Gott! wie doch mit Liebe Europa Sie sieht,
Sie, der allein aus Pflicht die Gesetze erfüllt,
Sie, so würdig des Throns, und eines Tempels vielleicht,
Den Söhnen von Herrschern ein unsterbliches Muster,
Werden das Muster einst der guten Könige sein!
Ach! Könnte Ihr Vater doch, in diesen finsteren Stunden,
Lesen in Ihrem Herzen,
Gott! wie er den himmlischen Mächten dann dankte!
In diesen letzten Momenten, welch Glück wär's für ihn!
Wie zufrieden er stürbe, da Sie ihm entsprungen!
Wie er Segen zurückläßt, indem er Sie läßt auf der Welt!
Wie es ihn reuen könnte – doch sage ich dazu besser nicht mehr;
Ich bewundere Sie, und ich schweige still.)

Monseigneur, auf den Brief vom 26. Februar, den ich am 9. März erhielt, war ich nicht gefaßt; dieser hier geht Montag, den 14., ab, weil das der Posttag in Amsterdam ist.

Ich weiß nichts Genaues über Ihre derzeitige Situation, aber niemals habe ich Sie so geliebt und so bewundert. Wenn Sie König sind, werden Sie viele Menschen glücklich machen; falls Sie Kronprinz bleiben, werden Sie sie erziehen. Wenn ich maßgeblich wäre, wünschte ich aus Eigennutz, daß Ihnen Ihre glückliche Muße erhalten bleibt und daß Sie sich weiterhin damit befassen können, Bezauberndes, das mich entzückt und aufklärt, zu Papier zu bringen. Als König werden Sie ausschließlich damit beschäftigt sein, in Ihren Staaten die Künste erblühen zu lassen, weise und vorteilhafte Bündnisse zu schließen, Manufakturen einzurichten, sich Unsterblichkeit zu verdienen. Ich werde nur noch von Ihren

Taten und Ihrem Ruhm hören; aber wahrscheinlich werde ich keine hübschen Verse mehr bekommen, nichts mehr an kräftiger und sublimer Prosa, die Ihnen eine andere Unsterblichkeit verleihen würde, so Sie das wollten. Für einen König hat der Tag nur vierundzwanzig Stunden; die sehe ich dem Glück der Menschen geweiht, und ich sehe nicht, daß eine Minute für den literarischen Austausch übrigbleibt, mit dem Ew. Kgl. Hoheit mich voller Güte beehrt haben. Gleichwie, ich wünsche Ihnen einen Thron, da ich Anstand genug besitze, die Glückseligkeit etlicher Millionen der Befriedigung nur meiner Person vorzuziehen.

Ich erwarte noch immer Ihre letzten Anweisungen bezüglich des *Machiavell;* ich rechne damit, daß Sie mir befehlen werden, die Übersetzung von La Houssaye neben Ihre Widerlegung drucken zu lassen. Je mehr Sie durch Ihr Leben Machiavell widerlegen, desto größer ist meine Hoffnung, daß Sie erlauben, das Gegenmittel, zubereitet von Ihrer Feder, mit Ihrem Einverständnis in Druck zu geben.

Ich habe die Ehre, Ew. Kgl. Hoheit *Mahomet* zu schicken. Die *Dévote* wird eben abgeschrieben; kommt sie beizeiten, um Ew. Kgl. Hoheit zu zerstreuen, so wird sie höchst beglückt sein, wenn nicht, wird sie einen Moment der Muße abwarten, um dann Ihres Blickes gewürdigt zu werden.

Ich habe eine eigentümliche Bitte an Ew. Kgl. Hoheit: die lautet, ganz freiheraus, mich in dem Vorwort, das Sie zur *Henriade* zu verfassen geruhten, etwas weniger zu loben. Sie werden es sehr dreist finden, daß ich Sie Ihre Gunst zu mäßigen bitte, und es wäre amüsant, wollte Voltaire von seinem Prinzen nicht gelobt sein. Das möchte ich, ohne Zweifel, diese Eitelkeit ist mir in höchstem Maße zu eigen; doch bitte ich Sie inniglich, mich dies und jenes, von dem ich spüre, daß ich es kaum verdiene, streichen zu lassen. Ich ähnle einem maßvollen Höfling (so Sie einen solchen finden), der zu Ihnen sagt: Verleihen Sie mir ein bißchen Größe, doch nicht zuviel, damit mir nicht schwindelt.

Ich danke Ew. Kgl. Hoheit aus tiefstem Herzen, daß Sie die Idee mit den Kupferstichen gegen den Plan eines schönen Drucks vertauscht haben: das wird besser sein, und ich werde die unermeßliche Ehre, die Sie mir zuteil werden lassen, viel zeitiger genießen. Ich kann nicht zusagen, daß mein Leben so lange währen wird, wie die Unternehmung einer Illustration der *Henriade* dauern könnte. Die Zeit, die die Natur mir noch läßt, werde ich alsbald zur Beendigung des *Siècle de Louis XIV* verwenden.

Bevor ich Ihren Brief vom 26. erhielt, hat Madame du Châtelet an Ew. Kgl. Hoheit geschrieben; sie ist vollends leibnizisch geworden; was mich angeht, so ordne ich die Akten des Streitfalls Newton versus Leibniz; und ich entwerfe dazu einen kleinen Abriß, der, wie ich glaube, ohne Verrenkung des Gehirns gelesen werden kann.

Großer Prinz, zu einer Zeit, in der Sie in höchstem Maße beschäftigt sein müssen, bitte ich wegen meiner Geschwätzigkeit tausendmal um Verzeihung. Ob König oder Prinz, Sie sind immer mein König, nur ist der Untertan, den Sie haben, eine Plaudertasche. Ich verbleibe etc.

... werden Sie viele Menschen glücklich machen: Nicht durchweg: Allein bei Kunersdorf sollten 1759 17 000 Preußen fallen.

Während der letzten Wochen vor dem Eintritt Friedrichs in die Weltgeschichte oder: Kleinigkeiten beleben die Freundschaft.

49. Voltaire an Friedrich

[März 1740]

Monseigneur, in diesem Augenblick wird eine Schreibgarnitur geliefert, die Madame du Châtelet und meine Wenigkeit Ihnen zum neuen Jahr zu überreichen uns erlauben. Der Gesandte, der Sie häufig, wie Sie köstlich scherzten, für eine Bastion oder einen Festungswall hält, würde Ihnen gewißlich eine Feldschlange oder einen Mörser zum Geschenk machen; doch wir anderen denkenden Wesen, wir überreichen unserem Führer untertänigst jene Gerätschaft, mit der er uns seine Gedanken mitteilen kann. Ich gebe sie nach Antwerpen auf; sie geht heute ab, und von Antwerpen muß sie nach Wesel gelangen, zu Monsieur le Baron de Borcke oder, wenn dieser nicht dort weilt, zum Stadtkommandanten, der sie an Ew. Kgl. Hoheit weiterleiten soll. Was mich ermutigt, mir diese Freiheit zu nehmen, ist der Umstand, daß die kleine Neujahrsgabe Ihres Untertans, die zu Paris gefertigt ist, chinesische Lackarbeit imitiert und übertrifft. Dies ist ein ganz neuer Kunstzweig in Europa, und sämtliche Künste haben Ihnen Tribut zu zollen. Sehen Sie mir also meine allzu große Vermessenheit nach, Monseigneur.

Ich verbleibe mit zärtlichster Dankbarkeit, Wertschätzung und unwandelbarer Verbundenheit und, Monseigneur, mit tiefster Hochachtung für Ew. Kgl. Hoheit, Ihr sehr ergebener etc.

Der Gesandte: Monsieur de Valory, französischer Gesandter in Berlin.

In Frankreich werden Voltaires *Pièces fugitives en vers et en prose* beschlagnahmt. Madame du Châtelet prozessiert in Brüssel weiter um Familienbesitz. Voltaire korrigiert den *Antimachiavell.* In Preußen wiederum verschlechtert sich der Zustand Friedrich Wilhelms I., geb. 1688, zusehends. Das zeitigt Post, die nicht ihresgleichen hat.

50. Voltaire an Friedrich

April 1740

Monseigneur, der Gedanke an Sie erfüllt mich Tag und Nacht. Ich träume von meinem Prinzen, wie man von seiner Geliebten träumt.

Tempus erat, quo prima quies mortalibus aegris
Incipit, et dono divum gratissima serpit.
In somnis, ecce, ante oculos pulcherrimus heros
Visus adesse mihi …

Ich habe Sie auf einem Thron aus massivem Silber gesehen, den nicht Sie in Auftrag gaben und den Sie mit mehr Kummer als mit Freude bestiegen,

Plus frappé de la triste vue
D'un père expirant devant vous
Que de la brillante cohue
Qui s'empressait à vos genoux.

(Betroffener vom traurigen Anblick
Eines vor Euch aushauchenden Vaters
Als von der glänzenden Menge,
Die vor Euren Knien sich drängte.)

Viele Höflinge, die es versäumt hatten, Ew. Kgl. Hoheit in Remusberg aufzusuchen, eilten in Scharen herbei, um Ew. Majestät in Berlin zu begrüßen.

Je remarquais tout l'étalage
Et l'air de ces nouveaux venus;
Ce sont seigneurs de haut lignage,
Car ils descendent de Janus,
Ayant tous un double visage.

(Ich gewahrte das ganze Gepränge
Und die Miene dieser Eingetroffenen,
Herren von altem Stammbaum sind es,
Denn von Janus stammen sie ab
Und haben alle der Gesichter zwei.)

In der weiblichen Linie könnten sie auch vom Propheten Elisa abstammen, der, wie die hochheilige Schrift berichtet, einen zwiefachen Geist besaß, den sowohl etliche Priester wie auch diese Leute geerbt haben.

Plein de douceur et de prudence,
Mon grand prince avec complaisance
Voyait près de son trône admis
Ceux qui, par pure obéissance,
Jadis furent ses ennemis.
Ils éprouvent tous sa clémence;
Mais il distinguait ses amis,
Ils éprouvent sa bienfaisance.

(Voller Milde und Vorsicht
Besah mein großer Fürst freundlich
Jene, vorgelassen zum Throne,
Die ehedem, aus reinem Gehorsam,

Seine Widersacher waren.
Seine Nachsicht verspürten sie alle;
Doch zeichnete seine Freunde er aus,
Die verspürten an sich seine Güte.)

Antonius, Titus, Trajan, Julian, sie stiegen vom Himmel herab, um diesen Triumph zu schauen.

Tous ces héros du nom romain
N'ont plus qu'un mépris souverain
Pour la malheureuse Italie;
Ils s'étonnent que leur génie
Ne se retrouve qu'à Berlin.

(All diese Helden römischen Namens
Kennen tiefste Verachtung nur noch
Fürs unglückliche Italien;
Sie erstaunen, daß ihr Genius
Sich wiederfindet allein in Berlin.)

Diese Helden mußten sich entscheiden, ob sie der Wahl eines Papstes beiwohnen wollten; doch Kardinäle und der Heilige Geist sind nicht nach dem Geschmack eines Titus oder Marc Aurel. Die Wahrheit, die sie lieben, ist nur selten auf einem Konklave anzutreffen; bei jenem Silberthron hielt sie sich auf.

Mon héros, d'un air de franchise,
L'y fit asseoir à son côte;
Elle était honteuse et surprise
De se voir tant de liberté.

(Mein Held mit freimütiger Miene
Wies dort einen Platz ihr neben sich zu;
Sie war verschämt und überrascht,
So viel Ungezwungenheit plötzlich zu sehen.)

Aber sie weiß wohl, daß ein Thron sowenig ihr Platz ist wie ein Konklave und daß ihr, der armen Exilantin, nicht mehr soviel Ehre gebührt. Doch Friedrich beruhigte sie wie jemanden, den er seit langem kennt.

Le Florentin Machiavel,
Voyant cette fille du ciel,
S'en retourna tout au plus vite
Au fond du manoir infernal,
Accompagné d'un cardinal,
D'un ministre et d'un vieux jésuite.

(Der Florentiner Machiavell
Erblickte diese Tochter des Himmels
Und kehrte, so schnell er vermochte,
Tief ins Höllenschloß zurück,
In Begleitung eines Kardinals,
Eines Ministers und alten Jesuiten.)

Aber Friedrich wollte nicht dulden, daß Machiavell vor ihm zu erscheinen wagte, ohne der Menschheit, in der Person ihres Beschützers, Abbitte zu leisten. Er ließ ihn auf die Knie zwingen.

Et l'Italien confondu
Fit sa pénitence publique,
En avouant que la vertu
Est la meilleure politique.

(Und der verwirrte Italiener
Tat Buße öffentlich,
Und gestand auch ein,
daß Tugend sei die bessere Politik.)

Alle Tugenden begannen, den Bezwinger Machiavells zu liebkosen.

La sage Libéralité,
Qui récompense avec justice,
Enchaînait avec fermeté
La folle Prodigalité
Et la méprisable Avarice.

Le Devoir, le Travail sévère,
Semblaient régner dans ce séjour;
Mais les Jeux, l'Amour et sa mère
N'étaient point bannis de la cour.
Pour tous également affable,
Il les embrassait tour à tour;
Il savait maîtriser l'Amour,
Et rendre le Travail aimable.

(Die weise Großzügigkeit,
Die mit Gerechtigkeit entlohnt,
Legte Ketten an entschlossen
Der närrischen Verschwendungssucht
Und dem verachtenswerten Geiz.
Die Pflicht, die harte Arbeit,
Schienen Herren an diesem Ort;
Doch Spiele, Amor, seine Mutter auch
Waren keineswegs vom Hof verbannt.
Für alle gleich empfänglich,
Umarmte alle er der Reihe nach;
Die Liebe wußte er zu zügeln
Und die Arbeit zu machen liebenswert.)

Unterdessen entrollten Mars und die Politik die Karte von Berg und Jülich, und mein Held zog seinen Degen, bereit, ihn für das Glück seiner Untertanen und der Welt wieder in die Scheide zu stecken; von allen Seiten traten die Künste heran, um ihrem Beschützer zu huldigen; vor seinen Augen machten sich die Musik, die Malerei, die Beredsamkeit, die Historiographie, die Physik ans Werk; er saß allem vor und schien für alle Künste geboren zu sein, auch für die des Regierens und der Anmut. Wie von selbst entstand ein Theater, eine Akademie trat zusammen, keine nach dem Geschmack französischer Falschspieler.

Ces gens doctement ridicules,
Parlant de rien, nourris de vent,
Et qui pèsent si gravement
Des mots, des points et des virgules.

(Diese gelehrsam lächerlichen Leute
Sagen nichts, sind nur gebläht,
Und höchst gewichtig wiegen sie
Wörter, Punkte und Kommata.)

Es war eine Akademie nach der Art der Académie des Sciences und der Royal Society in London. Schließlich hatte sich alles, was gut, schön, wahr, gerecht, liebenswert ist, auf diesem Thron versammelt. Ich habe meinen Traum nicht vergessen, wie in der Heiligen Schrift dieser Verrückte, der seine Ratgeber töten lassen wollte, wenn sie seinen Traum, den er vergessen hatte, nicht deuten könnten. Meine Erinnerung an ihn ist frisch, ich brauche weder Daniel noch Joseph zum Deuten.

Non, non, ce n'est point un mensonge
Qui trompa mon cœur enchanté;
Chez tous les autres rois mon rêve est un vain songe;
Chez vous, mon rêve est vérité.

(Nein, nein, ein Wahnbild ist es nicht,
Das mein entzücktes Herz betrog;
Bei allen anderen Königen ist mein Traum ein leerer Trug;
Wahrheit ist mein Traum, betrifft er Sie.)

Bereits in meinem vorigen Brief hatte ich meinem Gebieter vorgehalten, *médiocrité* auf vier Silben gestutzt zu haben; *Mittelmäßigkeit* hat deren fünf, und mein Fürst hat vier daraus gemacht; gewaltiger Fehler und einer der größten, die ihm je passieren können.

Tempus erat ...: Virgil: »Es war die Zeit, wo dem ermüdeten Sterblichen erster Schlummer sich naht und als Göttergeschenk willkommen sich einschleicht. Siehe, da erschien im Traume der rühmlichste Held [Hektor] mir/Vor meinen Augen zu stehn [und Ströme der Tränen zu weinen.]«
Eines Ministers und alten Jesuiten: Mit dem Kardinalminister Fleury arrangierte Voltaire sich nie.

Soweit das teils gereimte preußische Erziehungsprogramm eines französischen Schöngeistes auf der Flucht.

51. Friedrich an Voltaire

Berlin, 26. April 1740

Mein teurer Voltaire, die Galeonen von Brüssel, die mir unermeßliche Schätze gebracht haben, sind angekommen. Ich staune über die sagenhafte Fruchtbarkeit Ihres Peru, das unerschöpflich zu sein scheint. Die bittersten Augenblicke des Lebens versüßen Sie mir. Daß ich doch gleichermaßen zu Ihrem Glück beitragen könnte! In der Ungewißheit, in der ich lebe, finde ich weder Zeit noch die Ruhe des Geistes, um den Machiavell zu korrigieren. Ich überantworte Ihnen mein Werk, überzeugt davon, daß es sich unter Ihren Händen verschönern wird; es braucht Ihren Schmelztiegel, um das Gold vom unreinen Metall zu sondern.

Ich schicke Ihnen eine Epistel über die Notwendigkeit, die Künste zu pflegen; Sie selbst teilen diese Auffassung, doch viele denken darüber anders. Adieu, mein teurer Voltaire, ungeduldig warte ich auf Nachrichten von Ihnen; solche über Ihr Wohlbefinden interessieren mich ebenso wie solche, die Ihr Denken betreffen. Versichern Sie die Marquise meiner Hochachtung und seien Sie gewiß, daß man kein treuerer Freund zu sein vermag als Ihr Federic.

Die Galeonen von Brüssel: Brüssel hat eigentlich keinen Hafen.

Am 31. Mai 1740 führte Atropos die Schere an den Lebensfaden des Soldatenkönigs und schnitt ab. Siebenundzwanzig Jahre lang hatte Friedrich Wilhelm I. an seinen vom Rhein bis zur Memel verstreuten Provinzen gearbeitet, hatte er saniert, kolonialisiert, kaserniert, aus Haus und Staat jeden Luxus und jeden Ansatz von Luxus verbannt, war er unter kaiserlicher Oberhoheit Reichsfürst unter Reichsfürsten gewesen, 1740 war es eine seiner Untertaninnen, Sophie Auguste Friederike von Anhalt-Zerbst, die später, als Katharina die Große, festhielt: »Im Mai dieses Jahres starb auch König Friedrich Wilhelm von Preußen. Ich glaube, niemals hat ein Volk mehr Freude bezeugt als bei dieser Nachricht das seine. Auf den Straßen umarmten und beglückwünschten sich die Vorübergehenden zum Tode des Königs, dem sie allerhand Beinamen anhängten; kurz, er war gehaßt und verabscheut von klein und groß. Er war streng, roh, geizig und leidenschaftlich; trotzdem besaß er sicherlich große Eigenschaften als König, aber ich glaube, er hatte nichts Liebenswürdiges, weder in seinem öffentlichen noch in seinem privaten Leben.« – Am 31. Mai 1740 besteigt Friedrich II. den Thron, schafft noch an diesem Tag für Preußen – ausgenommen bei Hochverratsprozessen – die Folter ab.

52. Friedrich an Voltaire

Charlottenburg, 6. Juni 1740

Mein werter Freund, mein Los ist ein anderes geworden, und ich habe den letzten Augenblicken eines Königs, seiner Agonie, seinem Tode beigewohnt. Auf dem Weg zum Königtum war diese Lektion gewiß nicht nötig, um mich Eitelkeit und menschliches Gepränge verachten zu lehren.

Ich hatte ein kleines Werk zur Metaphysik geplant; unter meinen Händen hat es sich in ein politisches Werk verwandelt. Ich glaubte, mit meinem liebenswerten Voltaire eine Lanze brechen zu können, nun habe ich mit dem greisen Bischofsmützen-Machiavell zu fechten. Letztendlich, mein lieber Voltaire, sind wir eben doch nicht Meister unseres Schicksals. Der Wirbel der Geschehnisse reißt uns fort, und wir müssen uns fortreißen lassen. Ich bitte Sie, sehen Sie in mir nichts als einen fleißigen Bürger, einen leicht skeptischen Philosophen, doch einen wahrhaft treuen Freund. In Gottes Namen, schreiben Sie mir einfach als Mensch und verpönen Sie bei mir Titel, Namen und äußerlichen Glanz.

Bis jetzt blieb mir noch kaum Zeit, wieder zu mir zu kommen; ich habe unendlich viel zu tun und bürde mir noch mehr auf; doch trotz all dieser Arbeit habe ich immer noch genug Zeit, Ihre Werke zu bewundern und aus ihnen Belehrung und Entspannung zu schöpfen.

Versichern Sie die Marquise meiner Hochachtung, und daß ich ihre Person so bewundere, wie es ihren großen Kenntnissen und ihrer seltenen Geisteskraft zukommt.

Adieu, mein werter Voltaire, werde ich am Leben sein, so

werde ich Sie sehen, und das noch in diesem Jahr. Lieben Sie mich auf immer und seien Sie stets wahrhaftig mit Ihrem Freund Federic.

Der greise Bischofsmützen-Machiavell: Es wäre nachzuforschen, im einzelnen, ob der siebenundachtzigjährige Kardinal de Fleury, ein Mann des Friedens und Abwartens, wirklich eine derartige Geißel Europas war.

Es ist wahrscheinlich, daß vor oder nach 1740 in Brüssel weit umfangreichere Oden verfaßt wurden. Aber ob von einem katholischen Franzosen für einen preußischen Freimaurer?

53. Voltaire an Friedrich

Au roi de Prusse sur son avènement au trône

Enfin voici le jour le plus beau de ma vie,
Que le monde attendait et que vous seul craignez,
Le grand jour où la terre est par vous embellie
  Le jour où vous régnez.
Fuyez, disparaissez, révérends fanatiques,
Sous le nom de dévots lâches persécuteurs,
Séducteurs insolens, dont les mains frénétiques
  Ont tramé tant d'horreurs.
J'entends, je vois trembler la sombre hypocrisie;
C'est toi, monstre inhumain, c'est toi qui poursuivis
Et Descartes et Bayle, et ce puissant génie
  Successeur de Leibniz.
Tu prenais sur l'autel un glaive qu'on révère,
Pour frapper saintement les plus sages humains.
Mon roi va te percer du fer que le vulgaire
  Adorait dans tes mains.
Il te frappe, tu meurs; il venge notre injure;
La vérité renaît, l'erreur s'évanouit,
La terre élève au ciel une voix libre et pure;
  Et le ciel applaudit.
Et vous, de Borgia détestables maximes,
Science d'être injuste à la faveur des lois,
Art d'opprimer la terre, art malheureux des crimes,

Vous faisiez l'art des rois.
Politique imprudente autant que tyrannique,
De votre faux éclat cachez le jour affreux;
Redoutez un héros de qui la politique
Est d'être vertueux.
Ouvrons du monde entier les annales fidèles,
Voyons-y les tyrans, ils sont tous malheureux;
Les foudres qu'ils portaient en leurs mains criminelles
Sont retombés sur eux.
Ils sont morts dans l'opprobre, ils sont morts dans la rage;
Mais Antonin, Trajan, Marc Aurèle et Titus
Ont eu des jours sereins, sans nuit et sans orage,
Purs, comme leurs vertus.
Il renaissent en vous, ces vrais héros de Rome;
A les remplacer tous vous êtes destiné:
Régnez, vivez heureux; que le plus honnête homme
Soit le plus fortuné.
Un philosophe règne: ah! le siècle où nous sommes
Le désirait sans doute, et n'osait l'espérer;
Mon prince a mérité de gouverner les hommes:
Il sait les éclairer.
Laissons tant d'autres rois croupir dans l'ignorance,
Idoles sans vertus, sans oreilles, sans yeux,
Que sur l'autel du vice un flatteur les encense,
Images des faux dieux.
Quelle est du Dieu vivant la véritable image?
Vous, des talents, des arts et des vertus l'appui,
Vous, Salomon du Nord, plus savant et plus sage,
Et moins faible que lui.

(Dem König von Preußen anläßlich seiner Thronbesteigung

Dies ist endlich meines Lebens schönster Tag,
Den die Welt erwartete, den Sie alleine fürchteten,
Der große Tag, an dem die Erde sich durch Sie verschönt,
Der Tag, an dem Sie herrschen.

Flieht, entweicht, Fanatiker in hohen Würden,
Feige Verfolger, die fromm Ihr Euch nennt,
Freche Verführer, deren rasende Hand
So viel Schrecken gestiftet.
Ich höre, ich sehe das finstere Heucheln erzittern;
Du bist's, unmenschliches Monstrum, welches verfolgte
Sowohl Descartes wie auch Bayle, und dies große Genie,
Den Nachfolger Leibniz'.
Du nahmst vom Altar ein angebetetes Schwert,
Um heilig die weisesten der Menschen zu schlagen.
Durchbohren wird mein König Dich mit dem Eisen, das der Pöbel
In Deinen Händen verehrte.
Er trifft Dich, Du stirbst; er rächt unseren Schimpf,
Die Wahrheit wird wiedergeboren, der falsche Glaube vergeht,
Die Erde erhebt gen Himmel eine Stimme, frei und rein;
Und der Himmel begrüßt's.
Und Ihr, der Borgia scheußliche Maximen,
Wissenschaft, von Gesetzen bemäntelt Unrecht zu tun,
Kunst, zu knechten die Erde, der Frevel Unheilskunst,
Der Könige Kunst wart Ihr.
Politik, so unbedacht wie tyrannisch,
Verbirg Deines falschen Glanzes scheußliches Licht,
Vor einem Helden nimm Dich in acht, dessen Politik
Tugendhaftigkeit ist.
Öffnen wir der gesamten Welt getreue Annalen,
Sehen wir dort die Tyrannen, unglücklich sie alle;
Die Blitze, die sie trugen in ihren frevelnden Händen,
Entluden sich am Ende auf sie.
Sie starben in Schande, in Raserei starben sie;
Antonius aber, Trajan, Marc Aurel und Titus
Hatten heitere Tage, ohne Nacht und ohne Gewitter,
Rein, wie ihre Tugenden.
Sie erstehen in Ihnen, diese wahren Heroen von Rom;
Sie zu ersetzen alle, ist Ihnen bestimmt:

Herrschen, leben Sie glücklich, daß der ehrbarste Mann
Der beglückteste sei.
Ein Philosoph regiert: ah! das Jahrhundert, in welchem wir sind,
Ersehnte es wahrlich und wagte nicht, es zu hoffen;
Mein Fürst hat es verdient, zu lenken die Menschen:
Sie aufzuklären, versteht er.
Lassen die anderen Könige wir in Unwissenheit modern,
Abgötter sein ohne Tugenden, ohne Ohren noch Augen,
Daß ein Schmeichler sie beweihräuchere auf dem Altare des Lasters.
Von falschen Göttern das Abbild.
Welches ist des lebendigen Gottes wirkliches Abbild?
Sie, der Begabungen, Künste und Tugenden Halt,
Sie, Salomon des Nordens, gelehrter und weiser
Und nicht so schwächlich wie er.)

Den Nachfolger Leibniz': Christian Wolff, der 1723 des Landes verwiesene Philosoph, wurde von Friedrich aus Marburg nach Halle zurückgerufen und Professor für Natur- und Völkerrecht.

»Will man den Zeitgenossen glauben, die einen J. B. Rousseau mit Orpheus, einen Echouard-Lebrun mit Pindar, einen Bertin mit Properz gleichsetzten, könnte das 18. Jahrhundert für sich beanspruchen, Gestirne poetischer Genies hervorgebracht zu haben. Aber nach dem überwältigenden Blühen romantischer Lyrik scheinen diese Gleichsetzungen weit übertrieben, und man wird feststellen, daß die Aufklärung ganz im Gegenteil in einer wahren Krise der Poesie steckte ...« Lagarde & Michard, *Textes et Littérature* IV

54. Friedrich an Voltaire

Charlottenburg, 12. Juni 1740

Non, ce n'est plus du mont Rémus,
Douce et studieuse retraite
D'où mes vers vous sont parvenus,
Que je date ces vers confus;

Car, dans ce moment, le poëte
Et le maître sont confondus.
Hélas sur la fatale cime
M'élèvent mes tristes destins,
Où la discorde avec le crime
Ont fait placer sur les humains
Un juge exacte et légitime,
Pour soulager tous leurs besoins.
Désormais ce peuple que j'aime
Est l'unique dieu que je sers.
Adieu mes vers et mes concerts,
Tous les plaisirs, Voltaire même;
Mon devoir est mon dieu suprême.
Qu'il entraîne de soins divers!
Quel fardeau que le diadème!
Quand ce dieu sera satisfait,
Alors dans vos bras, cher Voltaire,
Je volerai, plus prompt qu'un trait,
Puiser, dans les leçons de mon ami sincère,
Quel doit être d'un roi le sacré caractère,
Et chercher dans vos traits quel est son vrai portrait.

(Nein, es ist nicht länger Remusberg,
Süßer Unterschlupf der Studien,
Von wo meine Verse Sie bekamen,
Wo ich datiere diese wirren Verse;
Denn in diesem Augenblicke sind
Verwirrt der Dichter und der Herr.
Ach, auf den gefährlichen Gipfel
Erhebt mich mein trauriges Los,
Wo die Zwietracht und der Frevel
Platz nehmen ließen über den Menschen
Einen genauen und rechtmäßigen Richter,
Um all ihre Nöte zu lindern.
Ab jetzt ist das Volk, das ich liebe,
Der einzige Gott, dem ich diene.
Adieu meine Verse und meine Konzerte,
Alle Freuden, sogar Voltaire;
Meine Pflicht ist mein oberster Gott.

Welch Sorgen alle in seinem Gefolge!
Welche Last die Krone doch ist!
Wenn dieser Gott zufriedengestellt,
Dann, teurer Voltaire, werde in Ihre Arme
Ich eilen, flinker noch als ein Pfeil,
Erkunden, in den Lektionen meines ehrlichen Freunds,
Wie zu sein hat eines Königs geheiligtes Wesen,
Und in Ihren Zügen zu suchen, wie sein wahres Ebenbild ist.)

Sie sehen, mein lieber Freund, daß die Schicksalswendung mich nicht völlig von der Metromanie geheilt hat, und vielleicht werde ich nie davon geheilt. Zu sehr schätze ich die Kunst des Horaz und des Voltaire, um von ihr abzulassen; und ich meine, daß alles im Leben seine bestimmte Zeit hat.

Ich hatte eine Epistel über die Exzesse in der Mode und in den Gebräuchen angefangen, als die Sitte der Primogenitur mich zwang, den Thron zu besteigen und meine Epistel für einige Zeit liegenzulassen. Meine Epistel hätte ich gerne zu einer Satire auf diesen Modus von Erbfolge gemacht, hätte ich mich nicht daran erinnert, daß aus dem Mund eines Fürsten das Satirische verbannt gehört.

Schließlich, mein lieber Voltaire, bin ich zwischen zwanzig verschiedenen Tätigkeiten hin- und hergerissen, und ich bedaure nur die Kürze der Tage, die gar keine vierundzwanzig Stunden haben können, so kurz erscheinen sie mir.

Ich gestehe Ihnen, daß das Leben eines Menschen, der nur fürs Nachdenken und für sich selbst lebt, mir unendlich vorzüglicher erscheint als das Leben eines Mannes, dessen einzige Beschäftigung es ist, andere glücklich zu machen.

Ihre Verse sind reizend. Ich sage nichts dazu, und ich lobe sie nicht, denn sie sind zu schmeichelhaft.

Nun denn, mein lieber Voltaire, verweigern Sie sich nicht mehr allzu lange meinem Drang, Sie sehen zu wollen. Richten Sie mir zuliebe alles so ein, wie es Ew. Humanität wohlgefällt. Ende August reise ich nach Wesel und vielleicht noch weiter. Versprechen Sie mir, zu mir zu stoßen, denn weder werde ich glücklich leben noch ruhig sterben können, ohne Sie umarmt zu haben. Adieu. Federic.

Tausend Grüße an die Marquise. Mit beiden Händen bin ich bei der Arbeit, mit der einen für die Armee, mit der zweiten fürs Volk und die schönen Künste.

Es geht weiter:

55. Voltaire an Friedrich

[Brüssel], 18. Juni 1740

Sire, falls Ihr Los sich gewandelt hat, so doch Ihre schöne Seele nicht, aber die meinige. Ich war ein wenig Misanthrop, und das ungerechte Gebaren der Menschen bedrückte mich zu sehr. Wie jeder gebe ich mich jetzt der Freude hin. Durch die Gnade des Himmels haben Ew. Majestät schon fast alle meine Weissagungen erfüllt. Ihre Staaten und Europa lieben Sie bereits. Während des letzten Krieges meinte ein Gesandter des Kaisers zu Kardinal Fleury: »Monseigneur, alle Franzosen sind liebenswert, aber alle sind sie Türken.« Der Gesandte bei Ew. Majestät kann jetzt sagen: Die Franzosen sind allesamt Preußen.

Der Marquis d'Argenson, Staatsrat des Königs von Frankreich, Freund von Monsieur de Valory und wahrhaft ein Mann von Verdienst, mit dem ich mich in Paris häufig über Ew. Majestät unterhielt, schrieb mir am 13., daß Monsieur de Valory sich ihm gegenüber exakt mit diesen Worten erklärte: »So wie er seine Regentschaft beginnt, wird er sie allem Anschein nach fortsetzen; in allem zeigt sich Herzensgüte; Gerechtigkeit, die er dem Verblichenen widerfahren läßt; zärtliche Liebe zu seinen Untertanen.« Ich erwähne diesen Briefauszug nur, weil ich mir sicher bin, daß dies mit demselben Herzensüberschwang geschrieben wurde, wie auch ich ihn fühle. Ich kenne Monsieur de Valory nicht, und Ew. Majestät wissen, daß ich auf sein Wohlwollen nicht zählen sollte; dennoch, da er denkt wie ich und da er Ihnen so viel Gerechtigkeit widerfahren läßt, bin ich beglückt, sie auch ihm widerfahren zu lassen.

Der Minister, der das Land verwaltet, in dem ich weile, sagte zu mir: »Wir werden sehen, ob er die unsinnigen langen Kerls, über die man sich nur das Maul zerriß, nach Haus' schicken wird«; und ich, ich entgegnete: »Er wird nichts überstürzen. Er läßt nicht die Absicht erkennen, die Fehler, die sein Vorgänger vielleicht gemacht hat, zu verdammen; er begnügt sich damit, sie mit der Zeit in Ordnung zu bringen.« Geruhen Sie bitte einzugestehen, großer König, daß ich gut geraten habe.

Ew. Majestät befehlen mir, beim Schreiben weniger an den König als an den Menschen zu denken. Diese Order ist ganz nach meinem Herzen. Ich verstehe mich nicht auf den Umgang mit einem König; doch bei einem wirklichen Menschen, in dessen Kopf und Herzen die Liebe zum Menschengeschlecht lebt, ist mir wohl.

Es gibt da eine Sache, um die ich niemals einen König zu bitten wagte, worum ich aber einen Menschen freimütig bitten würde; es handelt sich darum, ob der vormalige König vor seinem Tod die Vorzüge meines bezaubernden Prinzen wenigstens erkannt und geliebt hat. Ich weiß, daß die Qualitäten des vorigen Königs von den Ihren ganz verschieden waren, so daß es gut sein könnte, daß er all Ihre so ganz anderen Vorzüge nicht gespürt hat; doch falls er gegen sein Ende warmherzig geworden sein sollte, falls er vertrauensvoll wurde, falls er die bewunderungswürdige Liebe, die Sie in Ihren Briefen für ihn bezeugt haben, gerechtfertigt hat, wäre ich ein bißchen zufrieden. Ein Wort von Ihrer anbetungswürdigen Hand wird mich all dies wissen lassen.

Der König fragt mich womöglich, weshalb ich diese Fragen dem Menschen stelle; er wird mir sagen, daß ich recht neugierig und dreist bin. Wissen Sie, was ich dem König darauf antworten werde? Ich werde ihm sagen: Sire, nur weil ich den Menschen von ganzem Herzen liebe.

Ew. Majestät, beziehungsweise Ew. Humanität, ehren mich mit der Mitteilung, daß Sie nunmehr gezwungen sind, der Politik vor der Metaphysik den Vorrang zu lassen, und daß Sie mit unserem braven Kardinal eine Quart ausfechten werden.

Vous paraissez en défiance
De ce saint au ciel attaché
Qui, par esprit de pénitence,
Quitta son petit évêché
Pour être humblement roi de France.
Je pense qu'il va s'occuper,
Avec un zèle catholique,
Du juste soin de vous tromper;
Car vous êtes un hérétique.

(Ihr scheint zu mißtrauen
Diesem Heiligen im Himmelsdienst,
Der, in Büßerlaune,
Sein kleines Bistum fahren ließ,
Um Frankreichs König demutsvoll zu sein.
Ich denke mir, befassen wird er sich
Mit einem Eifer, recht katholisch,
Euch tüchtig hinters Licht zu führen;
Denn ein Ketzer seid Ihr allemal.)

Man fragt sich hier, ob Ew. Majestät sich krönen und salben lassen werden oder nicht. Mir leuchtet nicht ein, daß Sie ein paar Tropfen Öl benötigen, um Ihren Völkern als lieb und achtenswert zu gelten. Ich verehre die heiligen Salbgefäße sehr, vor allem wenn sie für Leute wie Chlodwig direkt vom Himmel gebracht werden: Ich bin Samuel zu Dank verpflichtet, daß er Olivenöl über Sauls Haupt gegossen hat, wuchsen in beider Land doch fast zuviel der Olivenbäume.

Mais, seigneur, après tout, quand vous ne seriez point
Ce que l'Écriture appelle *oint,*
Vous n'en seriez pas moins mon héros et mon maître.
Le grand cœur, les vertus, les talents, font un roi;
Et vous seriez sacré pour la terre et pour moi,
Sans qu'on vît votre front huilé des mains d'un prêtre.

(Doch alles in allem, Sire, wenn Ihr das nicht würdet,
Was die Bibel nennet *gesalbt,*

Würdet Ihr deshalb nicht minder sein mein Held und mein Meister.
Großes Herz, Tugenden, Talente sind eines Königs Eigentum;
Und geheiligt würdet Ihr sein für den Erdkreis und mich,
Ohne daß die von Priesterhand eingeölte Stirn man erblickt.)

Da Ew. menschgewordene Majestät fortfahren, mich mit Ihren Briefen zu beehren, wage ich zu fragen, wie denn Ihr Tag aussieht; ich fürchte nur zu sehr, daß Sie zuviel arbeiten. Zuweilen soupiert man, ohne daß zwischen Arbeit und Mahlzeit eine kleine Pause wäre; tags darauf erhebt man sich mit gestörter Verdauung, arbeitet mit weniger klarem Kopfe; man übernimmt sich und wird krank. Im Namen des Menschengeschlechts, das Sie brauchen wird, geben Sie auf Ihre so kostbare Gesundheit Obacht.

Ich werde Ew. Majestät noch um eine weitere Gnade ersuchen; halten Sie mich bitte auf dem laufenden, so Sie etwas Neues ins Leben rufen, wenn die schönen Künste zur Blüte gebracht sein werden, denn ich wüßte dann, inwiefern ich Ihnen noch mehr verpflichtet sein werde. Im Brief Ew. Majestät steht ein Wort, das mich entzückt hat; Sie lassen mich für dieses Jahr auf Beseligendes hoffen. Ich bin nicht der einzige, der nach diesem Glücke lechzt. Die Königin von Saba will alles in Bewegung setzen, um Salomo in seiner ganzen Glorie zu sehen. Ich habe Monsieur de Keyserlingk diesbezüglich von einem kleinen Plan Mitteilung gemacht, aber ich habe große Angst, daß er nicht zustande kommt.

Falls die holländischen Verleger mich nicht an der Nase herumführen, hoffe ich, Ew. Majestät in sechs oder sieben Wochen das beste und nützlichste Buch aller Zeiten schikken zu können, ein Buch, das Ihrer und Ihrer Regentschaft würdig ist.

Ich verbleibe mit zärtlichster Dankbarkeit, tiefstem Respekt und, unnötig dies zu sagen, mit Gefühlen, Sire, die auszudrücken ich nicht imstande bin, etc.

Alle meine Weissagungen: Gleich im ersten Regierungsjahr liberalisierte Friedrich das Strafrecht, richtete die Berliner Akademie neu ein, berief Maupertuis zu deren Präsidenten etc.
Der Minister, der das Land verwaltet: Graf Lannoy, Gouverneur von Brüssel, einer von Voltaires hochwohlgeborenen Bekannten.
Ich verstehe mich nicht auf den Umgang mit einem König: Vor allem nicht mit Ludwig XV., aber vielleicht, weil der kaum las; schon besser verstand Voltaire sich später mit der *Semiramis des Nordens,* Zarin Katharina der Großen, die den alten Philosophen mit Pelzwerk versorgte, ihm Uhren aus seiner Uhrenmanufaktur abnahm, nach der makabren Verstreuung von Voltaires sterblichen Überresten dessen berühmte Bibliothek aufkaufte.
Point/oint: Im Original ein meisterhaft polemischer Reim.
Von einem kleinen Plan: Seit vier Jahren will man sich umarmen, seit vier Jahren zögert Voltaire, ins Berliner Himmelbett des preußischen Galans zu schlüpfen. Weiß er, daß manche Liebe schwierig wird, wenn man sich täglich sieht und bei der Hand faßt?
Ein Buch: Friedrichs *Antimachiavell.*

56. Friedrich an Voltaire

Charlottenburg, 21. Juni 1740

Mein lieber Freund, der Mann, der Ihnen diesen Brief von mir aushändigen wird, ist der Mann aus meiner letzten Epistel. Anstelle Ihrer unsterblichen Verse wird er Ihnen Ungarwein, anstelle Ihrer herrlichen Philosophie wird er Ihnen meine schlechte Prosa übergeben. Ich bin von Arbeit überhäuft und erdrückt; doch sobald ich etwas Muße habe, werden Sie auf gewohntem Wege dieselben Tributzahlungen wie früher von mir erhalten. Auf mich warten eine Bestattung, eine Erhöhung, viele Reisen, Sorgen, die mir die Pflicht auferlegt. Ich bitte Sie um Vergebung, falls mein Schreiben und das von vor drei Wochen schwerfällig wirken; diese Mühen werden ein Ende nehmen, und dann mag mein Geist seine natürliche Geschmeidigkeit wiedererlangen.

Vous, le seul dieu qui m'inspirez,
Voltaire, en peu vous me verrez,
Libre de soins, d'inquiétudes,
Chanter vos vers et mes plaisirs;
Mais, pour combler tous mes désirs,
Venez charmer nos solitudes.

(Sie, einziger Gott, der mich erleuchtet,
Voltaire, alsbald werden Sie mich sehen,
Frei von Mühen und Sorgen,
Ihre Verse und meine Freuden besingend;
Doch, um zu erfüllen all mein Begehren,
Kommen Sie, zu verzaubern unsere Öde.)

Nur zitternd diktiert mir meine Muse die Schlußzeile; und ich weiß nur zu gut, daß Freundschaft weichen muß vor l' …

Adieu, mein lieber Voltaire; lieben Sie mich immer ein bißchen. Sobald ich Oden und Episteln machen kann, sollen Sie sie als erster lesen. Aber Sie müssen viel Geduld mit mir haben und mir die Zeit lassen, mich auf der Lebensbahn, auf die ich soeben geraten bin, langsam einzuüben. Vergessen Sie mich nicht, und seien Sie versichert, daß, nach der Sorge um mein Land, mir nichts mehr am Herzen liegt, als Sie von der Wertschätzung zu überzeugen, mit welcher ich Ihr treu ergebener Freund bin Federic.

Der Mann aus meiner letzten Epistel: Der preußische Oberst von Camas.

57. Friedrich an Voltaire

Charlottenburg, 27. Juni 1740

Mein lieber Voltaire, Ihre Briefe bereiten mir stets unendliches Vergnügen, nicht wegen der Lobeshymnen, die Sie auf mich singen, sondern wegen der lehrreichen Prosa und der charmanten Verse, die mit dabei sind. Sie wollen, daß ich von mir erzähle, wie der unsterbliche Abbé de Chaulieu es tat. Was soll's? Ich habe Sie zufriedenzustellen.

Hier nun, ganz nach Wunsch, Zeitung aus Berlin.

Ich kam am Freitagabend in Potsdam an, wo ich den verstorbenen König in so traurigem Zustande vorfand, daß ich ahnte, daß sein Ende bevorstünde. Er gab mir tausend Zeichen seiner Freundschaft und sprach mit mir eine gute Stunde lang sowohl über innere als auch auswärtige Angelegenheiten und tat dies in völliger Geistesklarheit und mit denkbar gesündestem Menschenverstand. Auch am Samstag, Sonntag und Montag schien er sehr ruhig, hatte, was ihn selbst betraf, keinerlei Hoffnung mehr und ertrug sein maßloses Leiden mit größter Festigkeit; am Dienstagmorgen um fünf Uhr legte er die Regierung in meine Hände, nahm zärtlich von meinen Brüdern Abschied, von allen verdienstvollen Offizieren und von mir. Die Königin, meine Brüder und ich standen ihm während seiner letzten Stunden bei, wobei er den Stoizismus des bedrängten Cato zeigte. Er starb mit der Neugier eines Physikers, der erfahren will, was im Augenblick seines Todes mit ihm geschieht, und mit dem Heldenmut eines großen Mannes; er ließ uns in aufrichtiger Bekümmernis über seinen Verlust und mit dem Beispiel eines tapferen Sterbens vor Augen zurück.

Die unendliche Arbeit, die mir seit seinem Verscheiden zugefallen ist, hat mir kaum Zeit zu angemessenem Schmerz gelassen. Seit dem Tod meines Vaters bin ich der Ansicht, daß ich vollständig meinem Vaterland gehöre. In diesem Geiste habe ich soviel als möglich gearbeitet, um rascheste Maßnahmen für das öffentliche Wohl einzuleiten.

Ich habe zunächst damit begonnen, die Streitkräfte des Staates um sechzehn Bataillone, fünf Escadrons Husaren und ein Escadron Gardes du Corps zu verstärken. Ich habe den Grundstein zu unserer neuen Akademie gelegt. Ich habe Wolff gewonnen, Maupertuis, Vaucanson, Algarotti. Ich warte auf Antwort von s'Gravesande und Euler. Ich habe ein neues Departement für Commercien- und Manufakturen-Sachen geschaffen, ich engagiere Maler und Bildhauer; und ich breche nach Preußen auf, um ohne heiliges Salbgefäß und ohne die unnützen, lachhaften Zeremonien, welche die Unwissenheit erfunden und die Gewohnheit befestigt hat, die Huldigung entgegenzunehmen.

Zur Zeit verläuft mein Leben recht unregelmäßig, denn die Ärzteschaft hat es für gut befunden, mir zu befehlen, *ex officio* Pyrmonter Wasser zu trinken. Ich stehe um vier Uhr auf, ich trinke bis acht Brunnen, ich schreibe bis zehn, ich inspiziere bis Mittag die Truppen, ich schreibe bis fünf, und des Abends erhole ich mich in angenehmer Gesellschaft. Nach den Reisen wird mein Leben ruhiger und gleichförmiger verlaufen; doch noch ist vieles zu erledigen, und dazu kommen die neuen Einrichtungen und verbunden damit viel überflüssiges Loben und die Anordnungen, die ich zu erlassen habe.

Was mich am meisten kostet, ist die Einrichtung von Magazinen in sämtlichen Provinzen, die groß genug sind, daß überall im Lande ein Kornvorrat für anderthalb Jahre vorhanden ist.

Lassé de parler de moi-même,
Souffrez du moins, ami charmant,
Que je vous apprenne gaîment
La joie et le plaisir extrême
Que nos premiers embrassements
Déjà font sentir à mes sens.
Orphée approchant Eurydice,
Au fond de l'infernal manoir,
Sentit, je crois, moins de délice
Que m'en pourra donner le plaisir de vous voir,
Mais je crains moins Pluton que je crains Émilie;
Ses attraits pour jamais enchaînent votre vie.
L'amour sur votre cœur a bien plus de pouvoir
Que le Styx n'en pouvait avoir
Sur Eurydice et sa sortie.

(Müde, zu erzählen von mir selbst,
Gestatten Sie zumindest, liebwerter Freund,
Daß ich heiter Ihnen verkünde,
Welche Freude und höchstes Vergnügen
Unsere ersten Umarmungen
Jetzt schon meinen Sinnen machen.
Als Orpheus der Eurydike sich nahte,
Tief unten in dem Höllenschloß,
Empfand er, glaub' ich, weniger Entzücken,
Als unser freudiges Begegnen mich empfinden lassen kann,
Doch fürcht' ich Pluto weniger als Émilie ich fürchte;
Ihre Liebreize legen in Fesseln Ihr Leben für alle Zeit.
Die Liebe hat über Ihr Herz sehr viel mehr Macht,
Als der Styx haben konnte
Über Eurydike und deren Weg hinauf.)

Nichts für ungut, Madame du Châtelet; es ist mir gestattet, Ihnen eines der Güter zu neiden, das Sie besitzen und das ich vielen Gütern, die mir zugefallen sind, vorzöge.

Doch zurück zu Ihnen, mein lieber Voltaire; Sie werden zwischen der Marquise und mir Frieden stiften; Sie behalten ihr den ersten Platz in Ihrem Herzen vor, und sie wird erlauben, daß ich in Ihrem Geist den zweiten einnehme.

Ich denke, mein Epistelmann hat meinen Brief und den Ungarwein schon überreicht. Sehr materialistisch zahle ich für all den Esprit, den Sie an mich verschwenden; mein lieber Voltaire, trösten Sie sich, denn im ganzen Universum werden Sie gewißlich niemanden finden, der es mit Ihrem Esprit aufnehmen wollte. Wo es um Freundschaft geht, bin ich nicht zu überbieten, und ich versichere Ihnen, daß Sie von niemandem mehr geliebt noch geschätzt werden können als von mir. Adieu.

Um Himmels willen, kaufen Sie die ganze Ausgabe des *Antimachiavell* auf.

Euler: Leonhard Euler, Mathematiker.
Kaufen Sie die ganze Ausgabe des Antimachiavell *auf:* Der junge König bekam Angst vor einigen offenherzigen Gedanken des Kronprinzen, der in seinem Buch Republiken wie Holland beispielsweise keine Dauer zugestand, Frankreich der Einmischungspolitik verdächtigte. Der *Antimachiavell* konnte gleich nach der Thronbesteigung Feinde schaffen.

»... den hier mus ein jeder nach seiner Fasson selich werden ...«, aus einem Erlaß Friedrichs II. vom 22. Juni 1740. – Des weiteren wird der *Antimachiavell,* ohne Angabe des Verfassers, herausgegeben von Voltaire, dennoch erscheinen, 1741 in Den Haag. Doch vorerst bahnt sich die erste Zusammenkunft in Kleve an.

58. Voltaire an Friedrich

[Brüssel, Juli 1740]

Sire,

Hier vinrent, pour mon bonheur
Deux bons tonneaux de Germanie;
L'un contient du vin de Hongrie,
L'autre est la panse rebondie
De monsieur votre ambassadeur.

(Gestern trafen, mir zum Heil,
Zwo Fässer aus Germanien ein;
Eins enthält den Ungarwein,
Das andere ist der pralle Wanst
Von Ihrem Herrn Gesandten.)

Falls die Könige Abbilder der Götter sind und die Gesandten Abbilder ihrer Könige, dann, Sire, folgt daraus, nach dem vierten Wolffschen Lehrsatz, daß die Götter Pausbacken und eine höchst angenehme Physiognomie haben. Gepriesen sei Monsieur de Camas, nicht etwa, weil er Ew. Majestät gleicht, sondern weil er Sie wiedersehen wird!

Gestern abend eilte ich zu diesem reizenden Monsieur de Camas, von seinem König geschickt und besungen; aus dem wenigen, was er mir berichtete, erfuhr ich, daß Ew. Majestät, die ich fürderhin Ew. Humanität nennen werde, mehr denn je ein Mensch sind und nach pausenlosen Königspflichten während drei Vierteln des Tages am Abend die Freuden der Freundschaft genießen, die die des Königseins übertreffen.

In einer halben Stunde begeben wir uns gemeinsam zum Diner bei der Marquise du Châtelet; Sie mögen urteilen, Sire, wie groß ihre und meine Freude sein wird. Seit dem Erscheinen von Monsieur de Keyserlingk erlebten wir keinen so schönen Tag.

Cependant vous courez sur les bords du Prégel,
Lieux où glace est fréquente, et très-rare est dégel.
   Puisse un diadème éternel

Orner cet aimable visage!
Appollon l'a déjà couvert de ses lauriers;
Mars y joindra les siens, si jamais l'héritage
De ce beau pays de Juliers
Dependait des combats et de votre courage.

(Derweil eilen Sie an des Pregels Ufern hin,
Wo es oft friert und es höchst selten taut.
Möge ein ewiges Diadem
Zieren dies holde Gesicht!
Apoll hat es schon mit seinen Lorbeern gekrönt;
Mars wird geben die seinen dazu, falls je das Erbe
Dieses schönen Jülicher Landes
Abhängen sollte von Kämpfen und von Ihrem Mut.)

Ew. Majestät wissen, daß Apoll, der Gott der Dichtkunst, die Schlange Python und die Aloaden tötete; gelegentlich schlug sich der Gott der Künste wie der Teufel.

Ce dieu vous a donné son carquois et sa lyre;
Si l'on doit vous chérir, on doit vous redouter.
Ce n'est point des exploits que ce grand cœur désire;
Mais vous savez les faire, et les savez chanter.

(Dieser Gott hat Ihnen gegeben seinen Köcher und seine Leier;
Doch falls man Sie lieben soll, muß man Sie fürchten auch.
Es sind nicht Kriegestaten, die ersehnt dies hehre Herz;
Doch Sie verstehen, sie zu fechten und zu besingen auch.)

Beides auf einmal wäre etwas zuviel verlangt, Sire; aber es ist Ihr Schicksal, daß das, was Sie angreifen, gelingt, denn aus sicherer Quelle weiß ich, daß Sie im Besitze jener Seelenstärke sind, welche der Grundstock großer Tugenden ist. Übrigens wird Gott die Regierung Ew. Humanität zweifelsohne segnen, denn wenn Sie recht müde davon sind, den langen Tag lang für anderer Menschen Wohlergehen König gewesen zu sein, dann ist noch genug Güte übrig, für mich Kümmerling einen Brief zu schmücken.

D'un des plus aimables sixains
Qu'écrive une plume légère.
Vers doux et sentiments humains,
De telle espèce il m'en est guère
Chez nosseigneurs les souverains,
Ni chez le bel esprit vulgaire.

(Mit einem der entzückendsten Sechszeiler,
Den eine leichte Feder schreiben kann.
Sanfte Verse und menschliches Gefühl
Von solcher Art, wie es das kaum bei
Unsern Herren Herrschern üblich ist,
Noch beim Schöngeist, dem gewöhnlichen.)

Für die Art und Weise, wie Sie Ihrem Untertan die Reise nach Kleve ankündigen, gebührt Ew. Humanität Bewunderung.

Vous faites trop d'honneur à ma persévérance;
Connaissez les vrais nœuds dont mon cœur est lié.
Je ne suis plus, hélas! dans l'âge où l'on balance
   Entre l'amour et l'amitié.

(Sie erweisen zu viel der Ehre meiner Beständigkeit;
Kennen die wahren Schlingen, die fesseln mein Herz.
Ich bin, leider, in dem Alter nicht mehr, in dem
   zwischen Liebe und Freundschaft man schwankt.)

Angesichts der beseligenden Kleve-Vision wiege ich mich in den schmeichelhaftesten Hoffnungen. Falls der König von Frankreich jenen Mann, den ich mir dafür wünsche, aussendet, um Ihnen seine Grüße zu übermitteln, werde also ich es sein, der zu Ihnen aufbricht; falls dies sich zerschlägt, werde ich Ihnen nichtsdestotrotz meine Aufwartung machen. Wird es denn Ew. Majestät genehm sein, daß man ihr nur als

Privatmann, ganz unzeremoniös, huldigt? So oder so, *Siméon verra son salut.*

Das Werk Marc Aurels wird in Kürze gedruckt sein. In fünf Schreiben habe ich Ew. Majestät darüber auf dem laufenden gehalten; ich habe mit ausdrücklicher Genehmigung Ew. Majestät gehandelt, und nun kommt Monsieur de Camas und sagt mir, daß es ein oder zwei Stellen gäbe, die gewissen Mächten mißfallen könnten. Doch ich, ich habe mir herausgenommen, beide Stellen abzumildern, und ich wage zu entgegnen, daß dies Buch, ganz gleich, in welcher Form es erscheint, seinem Verfasser zur Ehre gereichen und für das Menschengeschlecht von Nutzen sein wird. Dennoch, falls Ew. Majestät unter Gewissensbissen leiden, wäre es vonnöten, daß Sie sich gütigst sputen wollen, um mir Anweisungen zu geben, denn in einem Lande wie Holland läßt sich die gierige Geschäftigkeit eines Buchhändlers, so er Reichtum unter seiner Presse riecht, nicht bremsen.

Sire, wenn Sie wüßten, wie weit Ihr Werk über dem Machiavells steht, selbst stilistisch, würden Sie nicht so grausam sein, es zu unterdrücken. Zu einer Akademie, die unter Ihrem Protektorat alsbald blühen wird, hätte ich Ew. Majestät noch einiges mitzuteilen; ist es mir gestattet, Ihnen meine Gedanken darzulegen, sie Ihrem Geistesleuchten zu unterbreiten?

Ich verbleibe mit immerwährender, hochachtungsvollster und zärtlichster Ergebenheit etc.

Jülicher Land: Wegen der Oberhoheit über die Herzogtümer Berg und Jülich lagen sich Wien und Berlin schon länger in den Haaren, und stets drohte der Waffengang.
Aloaden: Die zwei Aloaden, die Giganten Otos und Ephialtes, wollten durch das Auftürmen von Bergen den Olymp erstürmen und wurden von Apoll tödlich daran gehindert.
Jenen Mann: Voltaire selbst hatte sich in Versailles als Sonderbotschafter angedient, aber erst später agierte er in Potsdam als (sofort durchschauter) französischer Spion, der nichts herausbrachte. Eines der glanzloseren Kapitel im Leben des Voltaire.
Siméon verra son salut: »Simeon wird sein Heil sehen«; siehe Lukas 2, 25–35.

Wenige Wochen vor dem Zusammentreffen:

59. Voltaire an Friedrich

Den Haag, 20. Juli 1740

Tandis que Votre Majesté
Allait en poste au pôle arctique,
Pour faire la félicité
De son peuple lithuanique,
Ma très-chétive infirmité
Allait d'un air mélancolique,
Dans un chariot détesté,
Par Satan sans doute inventé,
Dans ce pesant climat belgique.
Cette voiture est spécifique
Pour trémousser et secouer
Un bourguemestre apoplectique;
Mais certe il fut fait pour rouer
Un petit Français très-étique,
Tel que je suis, sans me louer.

(Während Euer Majestät
Mit der Post zum Nordpol reiste,
Glückseligkeit zu spenden Seinem Volk von Litauen,
War meine zerbrechliche Gebrechlichkeit
Mit wehmutsvollem Blicke
In einem üblen Karren unterwegs,
Gewiß von Satan selbst erdacht,
In Belgiens bleiern Klima.
Dieser Wagen ist dazu gemacht,
Durchzurütteln und zu schütteln
Einen Schultheiß, seinem Schlagfluß nah.
Ersonnen ward er ganz gewiß,
Zu rädern ein Französlein, äußerst dürr,
Wie ich denn eines bin, ohne mich zu brüsten.)

Nachdem ich meine liebe Not hatte, überhaupt abreisen zu dürfen, kam ich also gestern im Haag an.

Mais le devoir parlait, il faut suivre ses lois:
Je vous immolerais ma vie;
Et ce n'est que pour vous, digne exemple des rois,
Que je peux quitter Émilie.

(Doch rief die Pflicht, dem Geheiße muß ich folgen;
Für Sie geb' ich mein Leben hin;
Und allein für Sie, Sie Beispiel aller Könige,
Darf Émilie ich verlassen.)

Ihre Befehle schienen mir eindeutig; die freundliche und bewegende Art, mit der Ew. Humanität sie mir erteilten, heiligten die Order noch mehr. Ich habe also keinen Augenblick verloren. Ich habe beweint, nicht in Ihrem Gefolge zu reisen; doch war ich getröstet, tat ich doch etwas, was Ew. Majestät in Holland zu tun mir aufgetragen.

Un peuple libre et mercenaire,
Végétant dans ce coin de terre,
Et vivant toujours en bateau,
Vend aux voyageurs l'air et l'eau,
Quoique tous deux n'y valent guère.
Là, plus d'un fripon de libraire
Débite ce qu'il n'entend pas,
Comme fait un prêcheur en chaire;
Vend de l'esprit de tous états,
Et fait passer en Germanie
Une cargaison de romans
Et d'insipides sentiments,
Que toujours la France a fournie.

(Ein freies, handeltreibendes Volk,
Das in diesem Eck der Erde haust,
Und stets auf Schiffen wohnt, verhökert
Luft und Wasser Reisenden,
Wiewohl hier beides kaum von Wert.
Mehr als ein Buchhändlerfuchs verscherbelt
Dort, was der eigene Geist nicht faßt,
So wie ein Prediger auf seiner Kanzel;

Verhökert Geist aus allen Ländern
Und schmuggelt nach Germanien
Romane wagenweise
Und Gefühlchen, schale,
Die Frankreich stets geliefert hat.)

Das erste, was ich gestern abend nach meiner Ankunft unternahm, war ein Besuch beim ausgekochtesten und mutigsten Verleger dieses Landes, der sich der betreffenden Angelegenheit angenommen hat. Ich wiederhole Ew. Majestät abermals, daß ich im Manuskript nicht ein Wort stehengelassen hatte, worüber gleich wer in Europa sich hätte beklagen können. Da es nichtsdestotrotz Ew. Majestät am Herzen liegt, die Ausgabe einzuziehen, hatte auch ich keinen anderen Willen, keinen anderen Wunsch. Ich hatte bei diesem ausgemachten Schurken, diesem Jan van Duren, schon anklopfen lassen, ich hatte bereits einen Mann losgeschickt, der vorsorglich wenigstens ein paar der Blätter des noch nicht zur Hälfte gedruckten Manuskripts an sich bringen sollte; denn ich wußte sehr gut, daß mein Holländer auf Bitten und Betteln nicht hören würde. Und ich bin nun tatsächlich gerade noch rechtzeitig eingetroffen; der Schurke hatte sich schon geweigert, auch nur eine Manuskriptseite herauszurücken. Ich ließ ihn rufen, ich spionierte ihn aus, ich ließ ihn sich winden; er gab mir zu verstehen, daß er, als Herr über das Manuskript, es für nichts in der Welt hergäbe, daß er mit dem Drucken begonnen hätte, daß er zu Ende drucken werde.

Als ich erkannte, daß ich es mit einem Holländer zu schaffen hatte, der die Freiheiten seines Landes mißbrauchte, mit einem Verleger, der es mit seinem Recht, Autoren zu schikanieren, zu weit trieb, als ich erkannte, daß ich mein Geheimnis hier niemandem anvertrauen noch um Amtshilfe nachsuchen konnte, da entsann ich mich, daß Ew. Majestät in einem Kapitel des *Antimachiavell* äußern, daß man bei Verhandlungen durchaus zu irgendeiner nicht ehrrührigen Finte Zuflucht nehmen dürfe. Ich sagte also zu Jan van Duren, ich sei gekommen, um etliche Manuskriptseiten zu korrigieren. »Sehr gerne, Monsieur«, sagte er, »wenn Sie mich zu Hause aufsuchen wollen, vertraue ich Ihnen gerne Blatt um Blatt an; eingesperrt in meine Kammer, in Anwesenheit meiner Familie und meiner Lehrburschen, verbessern Sie, was immer Sie verbessern wollen.«

Dieses großmütige Angebot nahm ich an; ich ging zu ihm, und tatsächlich korrigierte ich etliche Blätter, die er, Blatt für Blatt, wieder an sich nahm und die er überflog, um zu prüfen, ob ich ihn nicht hinters Licht führen wollte. Dadurch minderte ich etwas sein Mißtrauen, und heute kehrte ich in dasselbe Gefängnis zurück, wo er mich wiederum einsperrte, wo ich sodann, als ich zum Überprüfen auf einen Schlag sechs Kapitel bekam, so darin herumstrich, ein so furchtbares Kauderwelsch zwischen die Zeilen schmierte, so haarsträubende Gedankensprünge hinzufügte, daß von einem Werk nun nicht mehr die Rede sein kann. Das nenne ich, das Schiff in die Luft jagen, auf daß der Feind es nicht entere. Ich war völlig verzweifelt, ein so schönes Werk zu opfern; aber schließlich gehorchte ich dem König, den ich anbete, und ich darf Ihnen sagen, daß ich mich wacker schlug. Wer ist jetzt der Stockverdatterte und halb Irre? Mein Schurke hier. Ich hoffe, morgen mit ihm einen ehrlichen Handel abzuschließen und ihn zu zwingen, mir alles herauszugeben, Handschrift und Gedrucktes; ich werde Ew. Majestät auf dem laufenden halten.

Glückseligkeit zu spenden Seinem Volk von Litauen: Friedrichs Reise nach Königsberg, um die Huldigung der Stände entgegenzunehmen.
Beim ausgekochtesten und mutigsten Verleger dieses Landes: Es handelte sich um den Haager Verleger Jan van Duren, der den *Antimachiavell* in Angriff genommen hatte.

60. Friedrich an Voltaire

Berlin, 2. August 1740

Mein lieber Voltaire, an einem Tag der Aufregungen, Zeremonien und Sorgen habe ich drei Briefe von Ihnen bekommen. Ich bin Ihnen unendlich verpflichtet. Alles, was ich im Moment sagen kann, ist, daß ich den *Machiavell* Ihnen überlasse, und ich zweifle nicht, daß Sie so damit verfahren, daß ich das in Sie gesetzte Vertrauen nicht bereuen muß.

Lassen Sie drucken oder nicht, ich verlasse mich voll und ganz auf meinen lieben Herausgeber.

Betreffs Ihrer Wünsche werde ich an Madame du Châtelet schreiben. Um ganz offen von Ihren Reiseabsichten zu sprechen, es geht um Voltaire, um Sie, um meinen Freund, den ich zu sehen wünsche; und die göttliche Émilie, bei all ihrer Göttlichkeit, ist doch nur ein Accessoire des newtonisierten Apoll.

Ich kann nicht mit Gewißheit sagen, ob ich reisen werde oder ob ich nicht reisen werde. Sie sehen, mein lieber Voltaire, daß der König von Preußen eine Wetterfahne der Politik ist; ich brauche den Schub gewisser günstiger Winde, um zu reisen und mein Reiseziel vorherzusagen. Nunmehr sehe ich meine Vorahnung bestätigt, daß ein König tausendfach unglücklicher ist als ein Privatmann. Ich bin Sklave der Launen so vieler anderer Mächte, und was meine Person angeht, kann ich nie, wie ich will. Indes, mag geschehen, was wolle, ich bin überzeugt, daß ich Sie sehen werde. Könnten Sie doch für immer einer der Meinigen werden!

Adieu, lieber Freund, erhabener Geist, Erstgeborener unter den Denkenden. Lieben Sie mich stets aufrichtig, und seien Sie überzeugt, daß niemand Sie mehr liebt und wertschätzt als ich. *Vale* Federic.

An einem Tag der Aufregungen, Zeremonien und Sorgen: Die Huldigung der märkischen Stände.
Doch nur ein Accessoire: Die Marquise hatte gemutmaßt, beim geplanten Treffen am Rhein dabeisein zu können. Diese erste Abfuhr aus Berlin ließ für das Paar Voltaire/Châtelet an Eindeutigkeit nichts zu wünschen übrig.

Die Briefe eines resoluten Königs werden kürzer.

61. Friedrich an Voltaire

Remusberg, 8. August 1740

Mein lieber Voltaire, ich glaube, van Duren macht Ihnen mehr zu schaffen als Heinrich IV. Bei der Versifizierung eines Heldenlebens schrieben Sie den Ablauf Ihrer Gedanken nieder; aber beim Sturmangriff auf einen Schurken fechten Sie mit einem Feind, der Ihrer nicht würdig ist. Für den

Eifer, den Sie meinetwegen an den Tag legen, bin ich Ihnen daher um so mehr verbunden, und ich kann Ihnen nur meine Dankbarkeit ausdrücken. Lassen Sie denn, so's nicht aufzuhalten ist, die Presse pressen, auf daß die Schurkerei eines Elenden sich räche. Streichen Sie aus, ändern Sie ab, bessern Sie aus und schreiben Sie in den *Machiavell*, was Sie wollen. Ich überlasse alles Ihrem Dafürhalten.

In acht Tagen breche ich nach Bayreuth auf und gedenke, am 22. in Frankfurt am Main zu sein. Für den Fall, daß Sie, gleich wie, meiner Reiseroute nahe sind, rechne ich damit, Sie zu begrüßen. *Quod non,* halte ich es für ausgemacht, Sie in Kleve oder in Holland in die Arme zu schließen.

Maupertuis steht so gut wie in unseren Diensten; doch ich brauche noch manch andere Untertanen, die ich Sie mir zu empfehlen bitte.

Adieu, charmanter Voltaire; ich muß den liebenswertesten aller Menschen verlassen, um allen möglichen van Durens der Politik Terrain streitig zu machen, van Durens, die zu allem Unglück keine Karmeliter als Beichtväter haben. Lieben Sie mich stets, und seien Sie meiner unauslöschlichen Wertschätzung gewiß. Federic.

Die keine Karmeliter als Beichtväter haben: Ludwig XV. und Fleury hatten Jesuiten als Beichtväter.

Nach einem Besuch bei der Schwester Wilhelmine in Bayreuth, nach einer Stippvisite in Frankfurt, nach einem Aufenthalt in Straßburg unter dem Namen eines *Grafen Dufour,* erreicht Friedrich II. Anfang September seine rheinischen Provinzen.

62. Friedrich an Voltaire

Wesel, 6. September 1740

Mein lieber Voltaire, ich kann nichts daran ändern, ich habe das Quartanfieber, das hartnäckiger ist als ein Jansenist; egal, wie große Lust ich hatte, nach Antwerpen oder Brüssel zu reisen, ich befinde mich nicht in dem Zustand, eine solche Reise gefahrlos zu unternehmen. Falls Ihnen der Weg von Brüssel nach Kleve nicht zu lang erscheint, habe ich denn vorzuschlagen, daß Sie mich aufsuchen; es ist dies die einzige

Möglichkeit, die mir bleibt, Sie zu sehen. Gestehen Sie, daß ich vom Unglück verfolgt bin; denn jetzt, da ich über meine Person verfügen kann, da nichts mich daran hindern könnte, Sie zu sehen, mischt sich das Fieber ein und scheint die Absicht zu haben, mir diese Befriedigung streitig zu machen.

Schlagen wir dem Fieber ein Schnippchen, mein lieber Voltaire, so daß ich doch wenigstens in den Genuß komme, Sie in die Arme zu schließen. Entschuldigen Sie mich bei der Marquise, daß ich nicht das Vergnügen haben werde, sie in Brüssel zu sehen. Jeder, der mir nahesteht, wußte um meinen Plan; und nur das Quartanfieber vermochte es, alles über den Haufen zu werfen.

Am Sonntag werde ich mich unweit Kleve in einem kleinen Ort aufhalten, wo Sie zu meiner Freude ganz der Meinige sein könnten. Falls Ihr Anblick mich nicht heilt, gehe ich auf der Stelle beichten. Adieu, Sie kennen meine Gefühle und mein Herz. Federic.

Quartanfieber: Auch: ›Viertagefieber‹, weil es nach drei Tagen wiederkommt.

Selbstverständlich setzt die Korrespondenz aus, wenn man sich sieht und miteinander spricht. Dies geschah im Leben von König und Philosoph fünfmal; das erste Mal auf Schloß Moyland bei Kleve, am 11. September 1740. »Ich habe diesen Voltaire gesehen, den kennenzulernen ich so begierig war; doch hatte ich Fieber und einen so ermatteten Geist wie geschwächten Körper. Nun, bei Leuten diesen Schlags hat man keineswegs krank zu sein. Er hat die Eloquenz des Cicero, das Einschmeichelnde des Plinius, dazu die Weisheit Agrippas; [...] Sein Geist arbeitet ohne Unterlaß; jeder Tintentropfen ist ein Geschoß von Esprit aus seiner Feder. Er hat uns *Mahomet I.* deklamiert, eine seiner bewunderungswürdigen Tragödien; wir waren außer uns vor Entzücken, und ich konnte ihn nur bewundern und schweigen. Die du Châtelet darf sich glücklich preisen, ihn zu haben ...«

Friedrich an Charles Jordan

»Wäre der König von Preußen nach Paris gekommen, so hätte er das Bezaubernde, das Sie in seinen Briefen, die Sie zu Gesicht bekamen, bemerkten, nicht Lügen gestraft. Er redet, wie er schreibt.

Noch weiß ich nicht genau, ob es je größere Könige gab, liebenswertere Menschen jedenfalls kaum. Es ist ein Naturwunder, daß der Sohn eines gekrönten Menschenfressers, groß geworden bei den Viechern, inmitten von Wüste, zu dieser Feinheit und dieser natürlichen Anmut fand, die das Eigentum einer kleinen Anzahl von Leuten in Paris sind und welche nichtsdestoweniger den Ruhm von Paris ausmachen.«

Voltaire an den Gerichtspräsidenten Hénault

Nach diesem 11. September mußten der neunundzwanzigjährige ›Abkömmling eines Menschenfressers‹ und ein um achtzehn Jahre älterer Pariser, der in sich ›Cicero, Plinius und Agrippa‹ vereinte – und womöglich übertraf! –, vor Gott und der Welt abermals ihre Federn in die Tintenfässer tunken.

63. Voltaire an Friedrich

[Den Haag], 7. Oktober 1740

Sire, ich vergaß, meinem letzten Paket an Ew. Majestät das Schreiben des Sieurs Beck beizufügen, weshalb ich abermals nach Den Haag mußte. Ich bin höchst beschämt, daß ich Ew. Majestät mit einer Angelegenheit, die sich eigentlich von selbst regeln müßte, lästig falle. Ich habe einen sehr klugen, geistvollen, belesenen, wohlerzogenen jungen Mann kennengelernt. Es handelt sich um den Sohn des unglücklichen Luiscius. Sein Vater hatte, meine ich, nur diesen einzigen Fehler, daß er ein Leben, das er dem Dienst seines Gebieters geweiht hatte, selbst nicht genug wertschätzte. Sein Sohn steht mir bei meinem kleinen Handel mit größter Umsicht und Diskretion zur Seite. Ich nehme mir die Freiheit, Ew. Majestät zu versichern, daß Sie mit diesem Untertan in höchstem Maße zufrieden wären, so Sie diesen jungen Mann als Sekretär, falls Sie einen benötigen, in Ihren Dienst nehmen wollen oder ihn in anderer Weise zu beschäftigen oder zu Staatsgeschäften auszubilden geruhen. Ich bin Ihnen, Sire, allzusehr verbunden, als daß ich so von jemandem spräche, der dies nicht verdiente; trotz seiner Jugend kennt er sich in der Politik schon aus; er arbeitete unter seinem Vater, und mehr als ein Staatsgeheimnis ist ihm bekannt. Je länger ich ihn beschäftige, desto offenkundiger werden seine Umsicht und seine Diskretion. Es wird Ew. Majestät niemals gereuen, den Baron von Schmettau in Ihre Dienste genommen zu haben, und ich denke, mit dem jungen Luiscius werden Sie in ganz anderer Weise mindestens ebenso zufrieden sein. Ich gleiche jenen Frommen, die nichts anderes im Sinn haben, als Gott Seelen zuzuführen. Ich warte, bis ich hier alles geordnet habe, um sodann das Kampffeld zu verlassen und mich nach Brüssel zu meinem anderen Souverän zu begeben.

Derweil wohne ich in Ihrem Palais, wo mir Monsieur de Raesfeld, ganz im Sinne Ew. Majestät, ein Appartement zugewiesen hat. Ihr Haager Palais ist das Abbild menschlichen Ruhms.

Sur des planchers pourris, sous des toits délabrés,
Sont des appartements dignes de notre maître;
  Mais malheur aux lambris dorés
  Qui n'ont ni porte ni fenêtre!
Je vois dans un grenier les armures antiques,
  Les rondaches et les brassards,
  Et les charnières des cuissards
Que portaient aux combats vos aïeux héroïques.
Leurs sabres tout rouillés sont rangés dans ces lieux,
Et les bois vermoulus de leurs lances gothiques,
Sur la terre couchés sont en poudre comme eux.

(Über angefaulten Bohlen, unter Dächern, die nicht dicht,
Liegen die Gemächer, die unseres Gebieters würdig sind;
  Doch weh der goldenen Pracht,
  Die weder Tür noch Fenster hat!
Auf einem Boden sehe ich die Rüstungen aus alter Zeit,
  Die Morgensterne, Eisenarme
  Und der Harnische Scharniere,
Die beim Kämpfen Ihre Heldenahnen trugen.
Ihre Säbel, ganz verrostet, liegen dort verstaut,
Und das wurmzerfressene Lanzenholz aus der Gotik
Liegt herum, ist Staub wie sie.)

Ich entdeckte auch Bücher, die seit fünfzig Jahren nur von Ratten gelesen werden und die von Europas gewaltigsten

Spinnweben überzogen sind, auf daß kein Ignorant an sie herankomme.

Wenn die Penaten dieses Palais reden könnten, so würden sie Ihnen sicherlich zurufen:

Se peut-il que ce roi que tout le monde admire
Nous abandonne pour jamais,
Et qu'il néglige son palais,
Quand il rétablit son empire?

(Ist's möglich, daß dieser König, den alle Welt bewundert,
Uns auf immer preisgibt,
Und sein Palais verfaulen läßt,
Wo er sein Reich erneuert?)

Ich verbleibe etc.

Sieur Beck: Sekretär an der preußischen Gesandtschaft; es ging abermals um die Drucklegung des *Antimachiavell.*
Luiscius: Abraham Georg Luiscius, preußischer Geschäftsträger, der einen Selbstmordversuch begangen hatte und hernach seines Amts enthoben wurde.

Europas Herrscher manövrieren sich und ihre Länder in neue, große Kriege. Voltaire seinerseits ist es leid, im eigenen Land wie ein Verfolgter zu leben, und erwägt einen großen Schritt.

64. Friedrich an Voltaire

Remusberg, 26. Oktober 1740

Mein werter Voltaire, das unvorhergesehenste Ereignis der Welt hindert mich für dieses Mal, meine Seele wie gewöhnlich der Ihrigen zu öffnen und so zu plaudern, wie ich es möchte. Der Kaiser ist tot.

Ce prince, né particulier,
Fut roi, puis empereur; Eugène fut sa gloire;
Mais, par malheur pour son histoire,
Il est mort en banqueroutier.

(Dieser Fürst, als Privatier geboren,
Wurde König, Kaiser dann; Eugenius war sein Ruhm;

Doch, sehr zum Pech für seine Fama,
Verblich er nun als Bankrotteur.)

Dieser Tod durchkreuzt all meine Friedensgedanken, und ich glaube, ab Juni wird es eher um Schießpulver, Soldaten, Schützengräben als um Actricen, Ballett und Theater gehen; ich sehe mich daher genötigt, den Handel, den wir vereinbart hatten, aufzuschieben. Meine Lütticher Angelegenheit ist rundum zu Ende gebracht; ab jetzt wird es für Europa um wesentlich Folgenreicheres gehen; es geht nunmehr um die totale Veränderung des alten politischen Systems; dies ist nun der lose Felsbrocken, der auf die vier Metalle, die Nebukadnezar erblickt, zurollt und sie allesamt zermalmt. Für die Drucklegung des vollendeten *Machiavell* bin ich Ihnen zu tausendfachem Dank verpflichtet; ich könnte jetzt nicht daran arbeiten, ich bin von Geschäften überhäuft. Ich werde meinem Fieber den Laufpaß geben, denn ich brauche meine Maschine, und ich muß jetzt alle erdenklichen Kräfte aus ihr zwingen.

Ich schicke Ihnen eine Ode als Replik auf die von Gresset. Adieu, teurer Freund; vergessen Sie mich nie, und seien Sie überzeugt von der zärtlichen Wertschätzung, mit der ich als Ihr treuester Freund verbleibe.

Dieser Fürst ...: Kaiser Karl VI. starb am 20. Oktober und hinterließ seine vierundzwanzigjährige Tochter Maria Theresia als Erbin des Habsburgerreichs; Karl war Erzherzog von Österreich, dann, als Karl III., bis 1714 König von Spanien gewesen; 1711 wurde er deutscher Kaiser. Was er dem Prinzen Eugen an Erfolgen verdankte, ging später wieder verloren.
Meine Lütticher Angelegenheit: Die kleine Vorkriegsaffaire Herstal: Aus dem Erbe der verwandten Oranier war den Hohenzollern 1732 die Herrschaft Herstal an der Maas zugefallen. Der Fürstbischof von Lüttich verweigerte die Herausgabe des Gebiets. 1740 bereinigte der Einmarsch der Preußen den Fall. Am 20. Oktober zahlte der Fürstbischof eine Auslösesumme, und zumindest zogen sich die Truppen zurück. Voltaire (!) hatte ein Memorandum zu den Rechtsansprüchen Preußens auf Herstal verfaßt: »In dieser Angelegenheit schlug ich mich mehr schlecht als recht.« Neben Voltaires heiklem Drang, Kollege von Königen zu sein, offenbarte die ›Affaire Herstal‹ den Höfen Europas eine neue, unberechenbare Dynamik in der Politik der Mittelmacht Preußen.

Zum ersten Mal reist Voltaire kurz vor den Schlesischen Kriegen nach Berlin, läßt die Marquise zurück, bringt aber gleich noch andere Geistesgrößen mit in den Osten:

65. *Voltaire an Friedrich*

Herford, 11. November 1740

Dans un chemin creux et glissant,
Comblé de neiges et de boues,
La main d'un démon malfaisant
De mon char a brisé les roues.
J'avais toujours imprudemment
Bravé celle de la Fortune;
Mais je change de sentiment;
Je la fuyais, je l'importune,
Je lui dit d'une faible voix:
O toi qui gouverne les rois,
Excepté le héros que j'aime!
O toi qui n'auras sous tes lois
Ni son cœur, ni son diadème!
Je vais trouver mon seul appui.
Qu'enfin ta faveur me seconde;
Souffre qu'en paix j'aille vers lui;
Va troubler le reste du monde.

(Auf einem Wege, leer und holprig,
Zugedeckt von Schnee und Schlamm,
Zerbrach eines bösen Dämons Hand
Die Räder meines Wagens.
Unvorsichtig hatte ich schon immer
Getrotzt dem Zugriff von Fortuna;
Doch bin ich anderer Meinung nun;
Ich floh vor ihr, ich bin ihr lästig,
Mit schwacher Stimme sag' ich ihr:
O die Du die Könige regierst,
Nur den Helden, den ich liebe, nicht!
O die keine Macht Du haben wirst
Über sein Herz noch sein Diadem!
Bald find' ich meinen letzten Halt.
Steh mir endlich wohlgesonnen bei;
Erlaub, daß ich erreiche friedlich ihn;
Den Rest der Welt bring durcheinander.)

Fortuna, Sire, ist auf mein Eintreffen bei Ew. Majestät allzu eifersüchtig geworden; sie ist weit davon entfernt, mein Flehen zu erhören; soeben hat sie sich auf dem Weg nach Herford diese Kutsche vorgenommen, die mich dem Gelobten Land entgegenfuhr. Du Molard, der Orientalist, den ich auf Geheiß Ew. Majestät in Ihre Staaten führe, behauptet, Sire, daß in Arabien keinem Wallfahrer gen Mekka Schlimmeres zugestoßen sei und daß die Juden in der Wüste nicht beklagenswerter waren.

Ein Diener schwirrt aus, um die Westfalen, die meinen, daß wir etwas zum Saufen wollen, um Hilfe zu bitten; ein anderer läuft umher und weiß nicht, wohin. Du Molard, der fest vorhat, auf arabisch und auf syrisch eine Beschreibung unserer Reise zu verfassen, ist indessen so rege, wie wenn er gar kein Gelehrter wäre. Halb zu Fuß, halb in einer Bauernkarre, befindet er sich jetzt auf Entdeckungsreise, und ich, ich besteige in Samthosen, Seidenstrümpfen und Pantoffeln einen widerborstigen Gaul.

Hélas, grand roi, qu'eussiez-vous cru,
En voyant ma faible figure
Chevauchant tristement à cru
Un coursier de mon encolure?
C'est ainsi qu'on vit autrefois
Ce héros vanté par Cervante,
Son écuyer et Rossinante,
Égaré au milieu des bois.
Ils ont fait de brillants exploits,
Mais j'aime mieux ma destinée;
Ils ne servaient que Dulcinée,
Et je sers le meilleur des rois.

(Ach, großer König, was dächtest Du,
Sähest Du mein dürres Ich,
Wie es, halb abgeworfen schon,
Auf gleichfalls dürrem Gaule trabt?
So erblickte man vor Zeiten,
Den Helden, den Cervantes pries,
Seinen Knappen, Rosinante auch,

Im tiefen Wald verirrt.
Sie vollbrachten große Taten,
Doch ziehe ich mein Los mir vor;
Nur Dulcinea dienten sie,
Dem besten König diene ich.)

Als ich, so beritten, in Herford ankam, fragte die Wache nach meinem Namen; gewissenhaft erklärte ich, daß mein Name Don Quichotte wäre, und damit durfte ich dann hinein. Doch wann werde ich mich mit dem Namen Ihres Untertans, Ihres Bewunderers Ihnen zu Füßen werfen können etc.

Als Amateurpolitiker, als vorerst selbsternannter Sondergesandter Frankreichs am preußischen Hof hatte Voltaire noch aus Den Haag an Kardinal-Minister Fleury, somit an seinen bisherigen Erzfeind geschrieben: »Ich kann den wiederholten Befehlen Seiner Majestät des Königs von Preußen nicht länger Widerstand leisten. Für einige Tage werde ich meine Aufwartung diesem Monarchen machen, der Ihre Denkungsart sich zum Vorbild genommen hat ... Ich bin mir dessen gewiß, daß Ew. Eminenz meinen Eifer gutheißen wird und daß Sie mir mit wenig Briefworten ein Zeichen Ihrer Gunst zukommen lassen werden.«

Kardinal Fleury dankte seinem Landsmann für den Eifer, Versailles mit Neuigkeiten aus Berlin versorgen zu wollen ... und nahm ihn nicht als Gesandten oder Agenten in seinen Dienst. Der Dichter des *Mahomet,* der Freund des Königs von Preußen, der verschmähte Sonderminister der Franzosen, das Genie der Unruhe, Voltaire, traf am 19. November in Preußen ein und blieb vier Wochen. – Der sächsische Gesandte Graf Manteuffel schrieb am 22. November 1740 an seinen Premierminister Graf Brühl nach Dresden: »Ich vergaß mitzuteilen, daß am 19. der berühmte Voltaire endlich in Rheinsberg ankam und dort wie ein kleiner Messias empfangen wurde ... Hierzulande ist man der Ansicht, daß dieser Mann, mindestens für eine gewisse Zeit, viel Zuneigung und Vertrauen des Fürsten-Helden genießen wird.« – Graf Manteuffel aus Berlin an den Grafen Brühl am 9. Dezember: »Betreffs des Voltaire heißt es, daß das große Vertrauen, das Seine Preußische Majestät am Anfang ihm bezeugt hätte, sich plötzlich in Nichts aufgelöst hätte, da dieser gelehrte Kopf sich mit mehr Freiheit und Offenheit, als Seine Majestät es üblicherweise gestattet, in alle Dinge und Fragen eingemischt hätte.«

Voltaire hielt sich in Rheinsberg auf, manchmal in Berlin; der König manchmal in Berlin und zuweilen in Potsdam, so daß man ums Korrespondieren nicht ganz herumkam.

66. Voltaire an Friedrich

Berlin, 28. November 1740

Da Ew. Humanität das spontan Geschriebene schätzen:

O champs westphaliens, faut-il vous traverser?
  Destin, où m'allez-vous réduire?
Je quitte un demi-dieu que je dois encenser,
Le modèle des rois dans l'art de se conduire,
  Et le mien dans l'art de penser.

J'ai paru devant vous, ô respectable mère!
Vous à qui doit Berlin sa gloire et son appui,
Vous dont tient mon héros son divin caractère,
Vous qu'on aime à la fois et pour vous, et pour lui.

Les sœurs de Marc-Aurèle, Henri, son digne frère,
  Tour à tour enchantent mes yeux;
  Je crois voir dans leur sanctuaire
Les dieux encore enfants, et Cybèle avec eux.

Ce superbe arsenal, où la main de la guerre
Tient la destruction des plus fermes remparts,
Me paraît à la fois le monument des arts,
Le séjour de la mort, de Mars et du tonnerre.

  Mais d'où partent ces doux concerts?
C'est Achille qui chante, Apollon qui l'inspire;
Il porte entre ses mains et l'épée, et la lyre;
  Il fait le destin de l'Empire;
  Il fait plus, il fait de beaux vers.

(O Westfalens Äcker, muß ich denn durch Euch hindurch?
  Schicksal, was verhängst Du über mich?

Ich verlasse einen Halbgott, dem ich Weihrauch spenden muß,
Das Modell der Könige in der Kunst, den rechten, Pfad zu gehen,
Und meines in der Kunst des Denkens.

Vor Dich bin ich getreten, o ehrgebietend' Mutter;
Vor Dich, der Berlin seinen Ruhm und seinen Halt verdankt,
Vor Dich, von dem mein Held den göttlichen Charakter hat,
Vor Dich, die man Dich Deinetwegen liebt, und wegen ihm.

Die Schwestern Marc Aurels, Heinrich, sein ehrenwerter Bruder,
Bezauberten meinen Blick der Reihe nach;
In ihrem Wohnbezirk vermeinte ich zu sehen
Die Götter, noch als Kinder, und Kybele dabei.

Dies schöne Arsenal, in dem die Hand des Krieges
Bereithält die Zerstörung stärkster Wälle,
Scheint mir das Monument der Künste und zugleich
Der Aufenthalt des Tods, von Mars und der des Donners.

Wo jedoch entspringen diese sanften Harmonien?
Achilles ist's, der singt, Apoll, der ihn begeistert;
In seinen Händen hält das Schwert er und die Lyra auch;
Des Reiches Schicksal schafft er;
Mehr noch macht er, schöne Verse erschafft er.)

Sire, in diesem Augenblick erhalte ich ein Schreiben Ew. Majestät, das Monsieur de Raesfeld mir nachschickt.

Es ärgert mich sehr, daß ich es nicht früher erhalten habe, ich wäre getröstet gewesen. Ew. Majestät lassen mich wissen, daß Sie die eine wie die andere Ausgabe verwerfen und daß Sie, sobald Sie die Muße finden, in Berlin eine verbesserte drucken lassen wollen. Das genügte, um Ihnen Ruhm zu sichern, falls in den beiden anderen Ausgaben etwas steht, das Ew. Majestät mißfällt. Das Werk ist allgemein bereits so gut aufgenommen worden, daß Ew. Majestät natürlich nur noch höher geachtet werden können, wenn Sie verbessern, was ich verdarb, und stärker herausstellen, was ich abmilderte. Ich müßte schurkisch wie ein Jesuit, almosenbedürftig wie ein Alchimist, dumm wie ein Kapuziner sein, wenn ich je etwas anderes als Ihren Ruhm im Auge gehabt hätte! Sire, ich habe Ihnen in meinem Herzen einen Altar errichtet; Ihre Reputation ist mir ebenso wichtig wie Ihnen. Ich nähre mich vom Weihrauch, den Kenner des Werks Ihnen spenden. Meine Eigenliebe ist nur noch auf Sie gerichtet.

Sire, lesen Sie dieses Schreiben, das ich von Monsieur le Cardinal de Fleury bekomme. Gut dreißig Leute, die ich kenne, äußern sich in gleicher Weise; Europa hallt wider von Ihrem Lob. Ich schwöre, Ew. Majestät, mit Ausnahme des unseligen Verfassers lächerlicher Nichtigkeiten gibt es niemanden, der nicht wüßte, daß ich eines derartigen politischen Buches gar nicht fähig bin, der nicht wüßte, was nur Ihr besonderes Ingenium vermag.

Indes, Sire, wie groß ein Genie auch sei, weder in Vers noch in Prosa vermöchte man zu schreiben, zöge man nicht einen Menschen zu Rate, der einen liebt.

Im übrigen soll Sie das Schreiben von Monsieur le Cardinal de Fleury nicht verwundern, Sire; er hat mir stets mit einiger Freundlichkeit geschrieben. Wenn ich mit ihm auf schlechtem Fuße stand, so deshalb, weil ich meinte, einen Grund zur Unzufriedenheit mit ihm zu haben, und weil ich mich nicht darauf verstand, ihm zu Gefallen meine Wesensart umzukrempeln. Stets ist das Herz allein meine Richtschnur.

Ew. Majestät werden aus seinem Originalschreiben ersehen, daß ich Sorge trug, Ew. Majestät als den Verfasser des *Antimachiavell* zu benennen, als ich dieses bewundernswerte Buch dem Minister, wie so vielen anderen, vorlegte.

Ich flehe Sie an, Sire, mein Verhalten in dieser Affaire danach zu beurteilen, ob ich nicht skrupulösest darauf achtete, niemals eine Abschrift von Versen, mit denen Ew. Majestät mich beehrten, in fremde Hände gelangen zu lassen; ich wage zu behaupten, daß ich in dieser Hinsicht eine große Ausnahme bin.

Ich werde morgen aufbrechen. Madame du Châtelet geht es sehr schlecht. Ich bin mir sicher, daß ich noch das Glück haben werde, die Zeit zu finden, um Ew. Majestät in Potsdam meiner zärtlichen Verbundenheit, meiner Bewunderung und Hochachtung zu versichern, mit welcher ich, Sire, mein Lebtag lang Ihr sehr ergebener und sehr beflissener Diener bin Voltaire

O ehrgebietend' Mutter: Eines der ganz besonderen Berlin-Gedichte: Friedrichs Mutter Sophie Dorothea, eine so gut wie nie besungene Frau, wird hier in der Folge zu Kybele, der griechischen Göttin, die Leben und Fruchtbarkeit spendet.
Ein Schreiben Ew. Majestät: In seinem Brief, der noch nach Den Haag abgegangen war, hatte Friedrich beide von Voltaire beaufsichtigten *Antimachiavell*-Ausgaben bemängelt.
Das Schreiben von Monsieur le Cardinal de Fleury: Dank der *Fleury-Affaire* lernten sich beide Freunde besser kennen: Voltaire hatte den ansonsten beschimpften Kardinal um ein schriftliches Lob des *Antimachiavell* gebeten und auch etwas in der Art erhalten. Friedrich erkannte die Finten seines Gastes, und Voltaire erkannte, daß sein Gastgeber durch Pariser Gewährsleute längst über den geheimen Austausch mit dem Versailler Hof auf dem laufenden war. Derartige Peinlichkeiten sahen sich die Freunde hin und wieder – aber nicht durchweg – nach.

Es knistert zart.

67. Voltaire an Friedrich

[November 1740]

Non, malgré vos vertus, non malgré vos appas,
Mon âme n'est point satisfaite,
Non, vous n'êtes qu'une coquette
Qui subjuguez les cœurs, et ne vous donnez pas.

(Nein, Ihren Tugenden, nein, Ihren Lockungen zum Trotz,
Findet meine Seele nicht Zufriedenheit,
Nein, eine Kokotte sind Sie nur,
Die sich die Herzen unterjocht, und sich hingibt nicht.)

68. *Friedrich an Voltaire*

[November 1740]

Corrector souvent incommode,
Mais toujours utile et sensé,
Mon Pégase par toi pressé,
Fournit à la fougue de l'ode;
J'ai pris la lime et le rabot,
Et j'ai changé ce qui l'exige.
Hélas! faillir est notre lot;
La vanité suffit au sot,
Mais le sage seul se corrige.

(Oft lästiger Verbesserer,
Doch stets von Nutzen und bedacht,
Mein Pegasus, von Dir gescheucht,
Schnaubt Feuer auf die Ode;
Die Feile nahm ich und den Hobel
Und hab' geändert, was verlangt.
Ach! Unser Teil ist's Irren;
Dem Narren reicht das Selbstlob aus,
Der Weise nur verbessert sich.)

Réponse à l'épigramme de ce matin.

Mon âme sent le prix de vos divins appas;
Mais ne présumer pas qu'elle soit satisfaite.
Traître, vous me quittez pour suivre une coquette,
Moi, je ne vous quitterais pas.

(Antwort auf das Epigramm dieses Morgens.

Es verspürt meine Seele den Glanz Ihrer göttlichen Reize;
Doch folgern Sie nicht, daß sie deshalb zufrieden wär'.
Verräter, um hinterdreinzulaufen einer Eitlen, verlassen Sie mich,
Ich, ich verließe Sie sicherlich nicht.)

Voltaire hatte sich definitiv zu freizügig und offenbar ohne Rücksicht auf Anwesende über Religion und Atheismus geäußert. Er hatte sich in preußische Staatsfragen und Bündnispläne eingemischt. Er hatte als Gesandter Fleurys erscheinen wollen ... und schließlich ging Friedrich zu seinem Gast auf Distanz. Zwei Wochen hatte der dürre Dichter bei seinem berühmten deutschen Fürsten zugebracht.

69. Voltaire an Friedrich

[Berlin], Donnerstag,
[1. Dezember 1740]

Adieu grand homme, adieu coquette,
Esprit sublime et séducteur,
Fait pour l'éclat, pour la grandeur,
Pour les Muses, pour la retraite;
[...]
Vous qui n'avez point de faiblesse,
Pas même celle de blâmer
Ceux qu'on voit un peu trop aimer
Ou leurs erreurs ou leur maîtresse;
Il faut partir! l'amitié* pure
Pourra seul m'en consoler.
Le roi me fait un peu trembler,
Mais le grand homme me rassure.

(Adieu, großer Mann, Kokotte, adieu,
Feiner und verführender Geist,
Geschaffen zum Glanze, zur Größe,
Für die Musen, für die Einsamkeit;
[...]
Sie, der Sie Schwächen nicht haben,
Selbst die nicht, zu schelten jene,
Die ein wenig zu heftig man lieben sieht
Entweder ihre Fehler oder ihre Geliebte;
Auf denn! Die reine Freundschaft*
Kann mich als einziges trösten.
Der König läßt mich ein bißchen erbeben,
Doch baue ich auf den großen Mann.)

* Ew. Humanität mögen mir diesen kühnen Begriff nachsehen.

Während Friedrich berechnet, wie hoch die Aufenthaltsspesen für Voltaire waren, nämlich 7035 Taler – »Der Geizhals säuft noch die Hefe in seinem unersättlichen Drang, sich zu bereichern ... kein Hofnarr hat je von seinem Burgherrn solche Gelder eingestrichen ...« –, während Friedrich bereits entschlossen ist, Schlesien der frisch inthronisierten vierundzwanzigjährigen Maria Theresia wegzunehmen, kommt der abreisende Voltaire mit einer bestimmten Region Deutschlands partout nicht zurecht ... Ein guter Anlaß für den Philosophen, auch noch über Venedig nachzudenken und diese Gedanken den Grafen Algarotti, Friedrichs *anderen,* venezianischen Freund, durch einen Brief an den König wissen zu lassen.

70. Voltaire an Friedrich

Vier Meilen jenseits von Wesel,
ich weiß nicht wo, 6. Dezember 1740.

O détestable Westphalie!
Vous n'avez chez vous ni vin frais,
Ni lits, ni servante jolie;
De couvents vous êtes remplis,
Et vous manquez de cabarets.
Quiconque veut vivre sans boire,
Et sans dormir, et sans manger,
Fera très-bien de voyager
Dans votre chien de territoire.
Monsieur l'evêque de Münster,
Vous tondez donc votre province!
Pour le peuple est l'âge de fer,
Et l'âge d'or est pour le prince.
Je vois bien maintenant pourquoi,
Dans cette maudite contrée,
On donna la paix et la loi
A l'Allemagne déchirée.
Du très-saint empire romain
les sages plénipotentiaires,
Dégoûtés de tant de misères,
Voulurent en partir soudain,
Et se hâtèrent de conclure
Un traité à l'aventure,
Dans la peur de mourir de faim.

Ce n'est pas de même à Berlin;
Les beaux-arts, la magnificence,
La bonne chère, l'abondance,
Y font oublier le destin
De l'Italie et de la France.
De l'Italie! Algarotti,
Comment trouvez-vous ce langage?
Je vous vois, frappé de l'outrage,
Me regarder en ennemi.
Modérez ce bouillant courage,
Et répondez-nous en ami.
Vos Pantalons à robe d'encre,
Vos lagunes à forte odeur,
Où deux galères sont à l'ancre,
(Deux mille putains dont le …
Plus que vos canaux et profond,
Malgré le virus qui l'échancre;)
Un palais sans cour et sans parc,
Où végète un doge inutile;
Un vieux manuscrit d'Évangile,
Griffonné, dit-on, par saint Marc;
Vos nobles, avec prud'homie
Allant du sénat au marché
Chercher pour deux sous d'eau-de-vie;
Un peuple mou, faible, entiché
D'ignorance et de fourberie,
(Le fessier souvent ébréché,
Grâce aux efforts du vieux péché
Que l'on appelle sodomie:)
Voilà le portrait ébauché
De la très-noble seigneurie.
Or cela vaut-il, je vous prie,
Notre adorable Frédéric,
Ses vertus, ses goûts, sa patrie?
J'en fais juge tout le public.

(O abscheuliches Westfalen!
Weder frischen Wein besitzt Du,
Noch Betten oder eine hübsche Magd;

Von Klöstern bist Du voll,
Und was Dir fehlt, das sind Tavernen.
Wer immer ohne Schoppen leben will
Und ohne Schlaf und Essen,
Wird gut dran tun,
In Deinem Hundselend zu reisen.
Herr Bischof von Münster,
Sie rupfen also das eigene Land!
Für das Volk ist es die eiserne Zeit,
Die goldene ist's für den Fürsten.
Jetzt seh' ich sehr wohl, weshalb
In dieser verfluchten Gegend es war,
Wo dem zerrissenen Deutschland
Frieden und Ordnung man gab.
Des hochheiligen Römischen Reiches
Hochwohlweise Friedensverhandler,
Angewidert von solchem Elend zuhauf,
Wollten schleunigst nur fort
Und beeilten sich sehr,
Aufs Geratewohl einen Frieden zu schließen,
Aus Angst, hier Hungers zu sterben.
Da sieht es zu Berlin doch anders aus;
Die schönen Künste, Pracht,
Das gute Tafeln, Überfluß
Lassen vergessen dort das Schicksal
Von Italien und von Frankreich.
Algarotti! Das von Italien!
Was halten Sie von diesem Ton?
Von solcher Schmähung sehr erstaunt,
Seh' ich Sie als Ihren Feind mich sehen.
Doch kühlen Sie die heiße Wut,
Und als Freund sollen Sie uns Antwort stehen.
Inquisitions-Pantalone gibt's bei Ihnen,
Dazu Lagunen von starkem Gestank,
Wo der Kriegsgaleeren ankern zweie,
(Zwotausend Huren auch, bei denen die …
Mehr stinkt und tiefer ist als die Kanäle,
Trotz des Virus, das dort weiter frißt;)
Einen Palazzo gibt es, ohne Hof und Garten,

Wo ein Doge unnütz vegetiert;
Vom Evangelium eine alte Handschrift,
Von Sankt Markus, heißt es, hingeschmiert;
Ihre Adelsherren, richterlich gebläht,
Wandeln vom Senat zum Markt,
Kaufen Branntwein zu zwei Sous;
Ein Volk, verweichlicht, schwach, vernarrt
In Dummheit und in Schurkereien,
(Dabei der Hintern oft zerfleddert
Von den Mühen der alten Sünde,
Die als Sodomie bekannt:)
Voilà, das hingeworfene Bild
Von der hochedlen Signoria.
Ist die denn nun, ich bitte Sie,
Von so viel Wert wie Friedrich,
Den wir bewundern?
Wie seine Tugenden, sein Kunstsinn, Vaterland?
Die ganze Welt ruf' ich zum Richter.)

Ich hoffe, daß man mich beim Rat der Zehn nicht denunziert. Es heißt, die Republik unterhalte einen Apotheker, der die Ehre hat, Ordentlicher Vergifter der Serenissima zu sein, und der den Ungelittenen gleichmäßig dosiert Bilsenkraut, Schierling und Opium verabreicht; aber das glaube ich nicht. Im übrigen, so ich sterben sollte, wird das im Rhein oder in der Mosel geschehen, von denen ich mich hier eingeschlossen sehe und die nach besten Kräften über die Ufer treten. Ich werde mit der Sintflut bestraft, weil ich meinen König verließ; ich werde mich, falls ich es kann, nach Kleve flüchten. Ich hoffe, Ihre Truppen haben bessere Wege ausgekundschaftet. Was Ew. Majestät angeht, so hat sie den Weg zum Ruhm früh gefunden. Ich ahne Großes; so, wie er schreibt, handelt mein König auch. Aber wird er sich auch seines unglücklichen Dieners entsinnen, der hier fast wie ein Blinder umhertappt und keine Ahnung hat, wohin er kommen wird, doch der bis ins Grab hinein mit tiefster und zärtlichster Hochachtung Ew. Majestät tief ergebener und gehorsamster Diener bleibt

Voltaire.

Wo dem zerrissenen Deutschland/Frieden und Ordnung man gab: Der Friedensschluß von Münster und Osnabrück, der Westfälische Frieden von 1648.

71. Friedrich an Voltaire

Im Lager Zu Herrendorf, in Schlesien,
23. Dezember 1740

Mein lieber Voltaire, ich habe zwei Ihrer Briefe erhalten; doch ich konnte nicht früher antworten; ich gleiche Karl XII., dem Schachkönig, der pausenlos marschierte. Seit fünfzehn Tagen sind wir mit Mann und Wagen unterwegs und haben das schönste Wetter.

Ich bin zu erschöpft, um auf Ihre bezaubernden Verse zu antworten, und mich fröstelt zu sehr, um ihren ganzen Zauber einzusaugen; aber das wird wieder anders werden. Verlangen Sie von einem Mann, der zur Zeit als Fuhrmann arbeitet, zuweilen als Fuhrmann, der im Schlamm festsitzt, keine Poesie. Wollen Sie wissen, wie mein Leben aussieht?

Wir marschieren von sieben bis vier Uhr nachmittags. Dann diniere ich; danach arbeite ich, ich empfange lästige Besuche; danach gibt es allerlei fade Geschäfte zu erledigen. Da sind Männer, denen ich gehörig den Kopf waschen muß, Feuerköpfe, die ich bändigen, Saumselige, die ich antreiben, Ungeduldige, die ich fügsam machen, Aasgeier, denen ich die Flügel stutzen, Schwätzer, denen ich lauschen, Stumme, die ich zum Reden bringen muß; mit denen, die Lust zum Trinken haben, muß ich anstoßen, mit den Hungrigen essen; unter Juden muß man Jude sein, unter Heiden Heide.

Das sind meine Beschäftigungen, die ich gerne an jemanden abträte, wenn nur dieses Phantom, genannt Ruhm, nicht so oft vor mir erschiene. In Wahrheit ist dies alles eine große Narretei, aber eine Narretei, von der man sehr schwer wieder loskommt, so man sich einmal in sie vernarrt hat.

Adieu, mein lieber Voltaire; möge der Himmel jenen Mann vor Unheil verschonen, mit dem ich gern soupiere, nachdem er mir morgens die Leviten gelesen hat! Der Schwan von Padua reist, glaube ich, nach Paris und profitiert von meiner Abwesenheit; der Philosoph-Geometer rechnet Kurven zu Geraden, der Philosoph-Literat übersetzt aus dem Griechischen, und der Gelehrteste der Gelehrten tut nichts oder vielmehr etwas, was dem sehr nahekommt.

Adieu, ein weiteres Mal, lieber Voltaire; vergessen Sie nicht die Abwesenden, die Sie lieben. Federic.

Der Schwan von Padua: Algarotti.
Der Philosoph-Geometer: Maupertuis.
Der Philosoph-Literat: Du Molard.
Der Gelehrteste der Gelehrten: Jordan.

Ende 1740 schreibt Friedrich an seinen Außenminister Graf Podewils: »Die Rechtsfrage ist Sache der Minister, also die Ihrige; es ist Zeit, im geheimen daran zu arbeiten, denn die Befehle an die Truppen sind gegeben.« Woran im geheimen gearbeitet werden sollte und um welche Truppenbefehle es sich handelte, kommentiert der britische Historiker G. P. Gooch in seiner Friedrich-Biographie: »Auch wenn man das Vorhandensein alter Rechtsansprüche und die Tatsache, daß sittliche Überlegungen bei allen Herrschern des 18. Jahrhunderts mit Ausnahme Maria Theresias eine geringe Rolle spielten, voll in Rechnung stellt, gehört der Raub Schlesiens zusammen mit der Teilung Polens zu den sensationellsten Verbrechen der Geschichte der Neuzeit.«

Angesichts der verlockend reichen Provinz Schlesien, angesichts deren unerfahrener Regentin in Wien und unter Berufung auf weit zurückliegende Besitzansprüche war Friedrich II. mit seinen Armeen am 16. Dezember 1740 auf österreichisches Territorium vorgedrungen. Insgesamt drei Kriege um Schlesien, von denen der letzte sieben Jahre dauern sollte, werden bis zum Jahr 1763 das europäische Geschehen bestimmen. 1763 dann wird Preußen eine europäische Großmacht sein; 1763 wird Frankreich wegen unglücklicher Feldzüge sein machtpolitisches Prestige verspielt haben; russische Truppen werden dann erstmals bis nach Berlin vorgedrungen sein, und preußische Kanonen werden Dresden zum ersten Mal in eine Ruinenstadt verwandelt haben. 1763 werden die Bruderkriege schließlich die Vorherrschaft des Hauses Habsburg und damit den Bestand des alten Reiches schwer erschüttert haben.

Vom 16. Dezember 1740 an, dem Tag des Ausbruchs des Ersten Schlesischen Kriegs, sprachen Maria Theresia und Friedrich der Große voneinander als »der schlechte Mensch« und »die Königin von Ungarn«. – Zu genau dieser Zeit wählt Voltaire, die von Versen erfüllte Person zwischen den Thronen, den Seeweg, um von Holland aus via Brüssel nach Lothringen zu gelangen.

72. Voltaire an Friedrich

Zu Schiff, vor den Küsten Seelands,
wo ich den Verstand verliere,
diesen letzten Dezembertag 1740

Sire,

Vous en souviendrez-vous, grand homme que vous êtes,
De ce fils d'Apollon qui vint au mont Rémus,
Amateur malheureux de vos belles retraites,
Mais heureux courtisan de vos seules vertus?

Vous en souviendrez-vous aux champs de Silésie,
Tant de projets en tête, et la foudre à la main,
Quand l'Europe en suspens, d'étonnement saisie,
Attend de mon héros les arrêts du destin?

On applaudit, on blâme, on s'alarme, ou espère;
L'Autriche va se perdre, ou se mettre en vos bras;
Le Batave incertain, les Anglais en colère,
Et la France attentive, observant tous vos pas.

Prêt à le raffermir, vous ébranlez l'Empire;
C'est à vous seul ou d'être ou de faire un César.
La gloire et la prudence attellent votre char;
On murmure, on vous craint; mais chacun vous admire.

Vous qui vous étonnez de ce coup imprévu,
Connaissez le héros qui s'arme pour la guerre;
Il accordait sa lyre en lançant le tonnerre;
Il ébranlait le monde, et n'était pas ému.

(Erinnern Sie sich, großer Mann, der Sie sind,
Dieses Sohns Apolls, der sich begab nach Remusberg,
Des unglücklichen Bewunderers Ihrer schönen Ruhewinkel,
Des glücklichen Höflings Ihrer einzigartigen Tugenden?

Erinnern Sie sich dort auf den Fluren Schlesiens,
Den Kopf von Plänen voll, und in der Hand den Blitz,

Jetzt, da Europa, in der Schwebe, von Verwunderung erfaßt,
Von meinem Held erwartet, das Schicksal zu bestimmen?

Man jubelt, schimpft, ist voller Schreck oder Hoffen;
Zugrunde geht bald Österreich, oder Gnade wird's erflehen;
Der Batavers, unentschieden noch, die Engländer mit Wut
Und das wache Frankreich beäugen alles, was Sie tun.

Bereit, es neu zu stärken, erschüttern Sie das Reich;
Einen Caesar zu küren, oder es zu sein, steht bei Ihnen nun allein.
Gespannt vor Ihren Siegeswagen sind der Ruhm und die Bedachtsamkeit;
Man tuschelt, fürchtet Sie; doch bewundert Sie ein jeder.

Sie, der Sie über diesen unverhofften Schlag noch staunen,
Kennen diesen Helden, der sich wappnete zum Krieg;
Er stimmte seine Leier und schleuderte dabei den Donner;
Die Welt ließ er erbeben, und verlor die Ruhe nicht.)

Sire, ich kann in diesem Ton nicht fortfahren; Gegenwinde und Eis lassen die Einbildungskraft Ihres Dieners erstarren; ich habe nicht die Ehre, wie Ew. Majestät zu sein: Sie trotzen den Stürmen auf festem Grund, ich halte ihnen auf keinem Elemente stand. Womöglich bleibe ich noch eine Weile an Amphitritens Brust. Vor meiner Ankunft in Brüssel haben Sie, Sire, noch viel Zeit, das Gesicht Europas zu verändern. Könnte ich doch dort Neues über Ihre Erfolge und vor allem Verse von Ihnen vorfinden! Mit allem Respekt bin ich Friedrich, dem Heroen, verbunden; doch mag ich auch den bezaubernden Mann recht gern, der nach seinem königlichen Tagwerk des Abends zu seiner Zerstreuung die reizendsten Verse der Welt verfaßt. Der Zufall hat mich auf meinem Schiff mit einem Schweizer Rittmeister zusammengeführt, der aus Stockholm, direkt vom schwedischen König, kommt. Der eine wie der andere haben wir unseren König verlassen; aber ich habe mehr verloren als er; er ist vom schwedischen Hof nicht so erbaut wie ich von dem Ew. Majestät. Er hatte die Reise nach Stockholm unternommen, um die Erziehung zweier kleiner Bastarde zu übernehmen, die der König aus Hessen, Senatspräses von Schweden, Madame von Taube gemacht haben will; der Rittmeister schwört, daß die beiden Knaben von einem jungen Offizier namens Mingen stammen, dem sie gleichen wie zwei Wassertropfen. Derweil hat sich der König unter Tränenströmen von Madame von Taube getrennt, also in der Art Heinrichs IV., als er die schöne Gabrielle verstieß; und ganz ohne Tränenströme hat nun der Schweizer Rittmeister den König, Madame von Taube, die Knaben und Mingen, beider Vater, verlassen.

Mit mir ist das nicht so; mitten im Eis und im Königreich der Winde vermisse ich meinen König, der auf festem Boden steht. Der Himmel straft mich sehr, daß ich ihn verlassen habe; doch möge er gerechterweise anerkennen, daß ich es nicht zu meinem Vergnügen getan habe.

Ich verlasse einen großen Monarchen, der eine Kunst pflegt und ehrt, die mir teuer ist, und bald werde ich auf einen Menschen treffen, der nichts anderes als *Christianus Wolffius* verschlingt. Wegen einer Prozeßgeschichte entreiße ich mich dem liebenswürdigsten Hof Europas.

Un ridicule amour n'embrase point mon âme,
 Cythère n'est point mon séjour,
Et je n'ai point quitté votre adorable cour
Pour soupirer en sot aux genoux d'une femme.

(Nicht lachhafte Liebe ist's, die meine Seele durchglüht,
 Kythera ist nicht mein Aufenthalt,
Und keineswegs verließ Ihren bewundernswürdigen Hof ich,
Um zu seufzen wie ein Narr vor den Knien einer Frau.)

Aber, Sire, diese Frau hat für mich alles das aufgegeben, wofür andere Frauen ihre Freunde aufgeben; es gibt keine Verpflichtung, die ich ihr gegenüber nicht hätte. Hauben und der Rock, den Sie anhat, machen die Pflichten der Dankbarkeit nicht minder heilig.

L'amour est souvent ridicule;
Mais l'amitié pure a ses droits,
Plus grands que les ordres des rois.
Voilà ma peine et mon scrupule.

(Die Liebe ist lächerlich oft;
Doch reine Freundschaft hat Rechte,
Größere als die Befehle der Könige.
Das ist mein Kummer und meine Besorgnis.)

Meine wenigen, mit Madame du Châtelets vermengten Besitztümer hemmen nicht den Drang, meine Tage am liebsten in der Nähe Ew. Majestät zuzubringen. Ich schwöre Ihnen, Sire, daß ich keinen Augenblick zögern würde, diese kleinen Interessen dem großen Interesse eines denkenden Wesens zu opfern, das zu Ihren Füßen leben und Ihnen lauschen möchte.

Hélas! que Gresset est heureux!
Mais, grand roi, charmante coquette,
Ne m'abandonnez pas pour un mauvais poëte;
Donnez vos faveurs à tous ceux.

(Ach! wie glücklich preise ich Gresset!
Doch, großer König, berückende Buhle!
Verlassen Sie mich nicht für einen schlechten Poeten;
Seien Sie günstig gesonnen allen.)

Auf dem Schiff habe ich am *Mahomet* gearbeitet, ich habe die Widmungsepistel fertig. Erlauben mir Ew. Majestät, sie Ihnen zu schicken?

Mit zärtlichstem Bedauern und tiefstem Respekt verbleibe ich, Sire, Ew. Humanität Untertan, Bewunderer, Diener, Anbeter Voltaire.

Amphitrite: Meeresgöttin und Gemahlin Poseidons.
Der König aus Hessen: Friedrich I. von Schweden, Landgraf von Hessen.
Ein Mensch, der nichts anderes als Christianus Wolffius verschlingt: Die verlassene Émilie arbeitete an einem Abriß der Wolffschen *Metaphysik* für Frankreich.
Wie glücklich preise ich Gresset!: Friedrich hatte Gresset nach Berlin eingeladen.

»Europas Elite war also um die Mitte des Jahrhunderts die ergebene, und zwar freudig ergebene Untertanin eines Dichters und Philosophen, der der am wenigsten majestätische, aber der interessanteste Mann der Welt war.« Jean Orieux, *Das Leben des Voltaire*

73. Voltaire an Friedrich

[Dezember 1740]

Sire, ich gleiche zur Zeit Mekka-Pilgern, die ihre Augen zu jener Stadt zurückwenden, aus der sie gerade fortgezogen sind; ich wende die meinen Ihrem Hof zu. Mein Herz, das von der Güte Ew. Majestät durchdrungen ist, kennt nur noch den Schmerz, nicht mehr bei Ihnen sein zu können. Ich erlaube mir, Ihnen eine neue Abschrift der Tragödie *Mahomet* zu schicken, die Sie haben wollten, und das schon lange. Es ist dies ein Tribut, den ich dem Liebhaber der Künste, dem aufgeklärten Richter, vor allem dem Philosophen, mehr als dem Herrscher, entrichte.

Ew. Majestät wissen, welcher Geist mich beseelte, als ich dieses Werk verfaßte. Die Liebe zum Menschengeschlecht und das Grauen vor Fanatismus, zwei Tugenden, die immer an Ihrem Thron verweilen sollen, haben meine Feder geführt. Ich war stets der Ansicht, daß die Tragödie kein simples Spektakel sein dürfe, welches das Herz berührt, ohne es zu bilden. Was kümmern Leidenschaften und Unglücke antiker Heroen das Menschengeschlecht, wenn sie nicht zu unserer Bildung dienen? Jeder gesteht, daß die Komödie *Tartuffe*, dieses von keiner Nation erreichte Meisterwerk, den Menschen viel Gutes gebracht hat, weil sie Heuchelei in ihrer ganzen Häßlichkeit zeigte. Sollte man nicht versuchen, mit einer Tragödie jene Anmaßung zu attackieren, die bei den einen zur Heuchelei, bei den anderen zur Raserei führt? Sollte man nicht bis zu den ältesten Verbrechern, den berühmten Urhebern von Aberglauben und Fanatismus, hinabsteigen, die als erste vom Altar das Opfermesser nahmen, um die, die nicht ihre Anhänger sein wollten, hinzuschlachten?

Die, die sagen, die Zeiten solcher Verbrechen seien vorüber, wir würden nun keine Bar Kosibas, Mohammeds, Johanns von Leyden etc. mehr erleben, die Flammen von Religionskriegen seien erloschen, erweisen, so will mir scheinen, der menschlichen Natur zuviel der Ehre. Gleiches Gift brodelt fort, wenngleich auf kleinerer Flamme: Diese Pestilenz, die erstickt zu sein scheint, bringt von Zeit zu Zeit neue Keime hervor, die den Globus infizieren. Haben wir nicht erlebt, wie in den Cevennen Propheten im Namen Gottes Sektenmitglieder, die nicht genügend Gehorsam bezeugten, umbrachten?

Das Geschehen, das ich nachgezeichnet habe, ist gräßlich; und ich weiß nicht, ob auf irgendeinem Theater das Schreckliche je so weit getrieben wurde. Es geht um einen mit Tugend begabten jungen Mann, der, verführt vom eigenen Fanatismus, einen Greis, der ihn liebt, ermordet und sich in dem Wahn, Gott zu dienen, unwissentlich des Vatermords schuldig macht; ein Betrüger befiehlt diesen Mord und verspricht dem Mörder als Lohn einen blutschänderischen Beischlaf.

Ich gebe zu, das heißt, auf der Bühne Schrecken verbreiten; aber Ew. Majestät sind sicherlich der Ansicht, daß eine Tragödie nicht einzig aus einer Liebesbeteuerung, einer Eifersucht und einer Hochzeit bestehen darf.

Unsere Geschichtsschreiber selbst berichten uns von viel schlimmeren Taten als der, die ich ersonnen habe. Séide weiß nicht im mindesten, daß der Ermordete sein Vater ist; und nachdem er zugestochen hat, zeigt er Reue, die so groß ist wie seine Untat. Doch Mézeray berichtet, daß zu Melun ein Vater wegen des Glaubens mit eigener Hand den Sohn tötete und danach keinerlei Reue empfand.

Man kennt die wilde Geschichte der zwei Brüder Diaz, von denen der eine bei Ausbruch der von Luther entfachten Unruhen in Rom war, der andere in Deutschland. Als Bartholomäus Diaz in Rom erfährt, daß sein Bruder in Frankfurt für die Sache Luthers eintrat, bricht er von Rom mit der

Absicht auf, ihn zu töten, kommt an und tötet ihn. Ich habe bei Herrera, dem spanischen Chronisten, gelesen, daß Bartholomäus Diaz mit dieser Tat viel aufs Spiel setzte; aber nichts erschüttert einen Ehrenmann, solange die rechte Gesinnung ihn leitet.

Herrera, der einer heiligen, der Grausamkeit gänzlich abholden Religion anhing, einem Glauben, der das Erdulden und nicht das Rächen lehrt, war also überzeugt, daß Rechtschaffenheit zu Mord und Vatermord führen kann! Und wird man überall gegen solche infernalischen Maximen rebellieren? Solche Maximen sind es, die jenem Monstrum den Dolch reichten, das Frankreich seines großen Heinrich beraubte. Auf diese Weise gelangte das Konterfei des Jacques Clément auf die Altäre und sein Name auf die Liste der Seligen; sie kosteten Wilhelm, Prinz von Oranien, Begründer von Freiheit und Größe der Holländer, das Leben. Zuerst traf Salcède ihn mit einem Pistolenschuß am Kopf; und Strada erzählt (das sind seine eigenen Worte), daß Salcède diese Tat nur wagte, weil er seine Seele zu Füßen eines Dominikaners durch die Beichte gereinigt und durch das himmlische Manna gestärkt hatte. Herrera sagt noch Aberwitzigeres und Entsetzlicheres: *Estando firme con el exemplo de nuestro Salvadore Jesu Christo y de sus Santos.* Balthasar Gérard, der schließlich diesen großen Mann tötete, bediente sich der gleichen Waffe wie Salcède.

Mir fällt auf, daß all jene, die guten Glaubens ähnliche Verbrechen begingen, junge Männer wie Séide waren. Balthasar Gérard war zwanzig. Vier Spanier, die sich mit ihm verschworen hatten, den Prinzen zu töten, waren im selben Alter. Das Monstrum, das Heinrich III. mordete, zählte dreiundzwanzig Jahre. Poltrot, der den großen Herzog von Guise tötete, war fünfundzwanzig; das ist das Alter für Verführung und Raserei.

In England wurde ich beinahe Zeuge, was die Macht des Fanatismus über eine junge und schwache Einbildungskraft vermag. Ein Kind von sechzehn Jahren namens Shepherd hatte es sich zur Pflicht gemacht, König Georg I. zu beseitigen, Ihren Großvater mütterlicherseits. Was war es, das ihn so tollwütig machte? Einzig und allein, daß Shepherd einen anderen Glauben hatte als der König. Man hatte Mitleid mit seiner Jugend, man bot ihm Begnadigung an, man versuchte lange, ihn zur Reue zu bewegen; er beharrte darauf, daß es besser sei, Gott zu gehorchen als den Menschen, und daß er seine Freiheit, falls er freikäme, auf der Stelle dazu nützen würde, seinen Fürsten zu töten. So war man gezwungen, ihn dem Henker zu übergeben, so wie ein Ungeheuer, an dessen Zähmung man verzweifelt.

Ich wage zu behaupten, daß, wer auch immer ein wenig unter Menschen gelebt hat, sehen konnte, wie leicht man bereit ist, das Natürliche dem Aberglauben zu opfern. Wie viele Väter haben ihre Kinder verstoßen und enterbt! wie viele Väter haben wegen solch eines unheilvollen Prinzips ihre Brüder verfolgt! Ich habe in mehr als nur in einer Familie Beispiele dafür gesehen.

Auch wenn der Aberglaube sich nicht immer in Exzessen kundtut, wie sie in den Annalen der Verbrechen verzeichnet sind, so richtet er doch in der Gesellschaft alle möglichen kleinen Übel an, tagtäglich und sonder Zahl. Er entzweit Freunde, er bringt Verwandte auseinander; durch die Hand des Toren, der fanatisiert ist, stellt er dem Weisen nach, der nichts Böses im Sinne hat. Nicht immer reicht er dem Sokrates den Schierlingsbecher; aber er verbannt Descartes aus einer Stadt, die der Hort der Freiheit sein sollte; er verleiht Jurieu, der sich zum Propheten aufschwang, solches Ansehen, daß er Gelehrte und den Philosophen Bayle zu Bettlern machen kann. Er verbannt, er entreißt einer blühenden Jugend, die zu seinen Vorlesungen strömt, den Nachfolger des großen Leibniz, und der Himmel muß einen Philosophenkönig gebären, damit jener wieder zu Amt und Würden gelangt; ein wahres Wunder, wie es sich recht selten zuträgt. Vergebens vervollkommnet sich der menschliche Geist durch die Philosophie, die in Europa so große Fortschritte macht; vergebens, großer Fürst, mühen sich insbesondere Sie, diese so menschenfreundliche Philosophie zu praktizieren und anderen einzuhauchen; in demselben Jahrhundert, in dem auf der einen Seite die Vernunft ihren Thron errichtet, sieht man auf der anderen Seite den absurdesten Fanatismus seine Altäre bauen.

Niemand wird mir vorhalten können, daß ich allzu hitzig war und Mohammed in diesem Stück ein Verbrechen begehen lasse, zu dem er in Wirklichkeit nicht fähig gewesen wäre.

Monsieur le Comte de Boulainvilliers verfaßte vor etlichen Jahren eine Lebensgeschichte dieses Propheten. Er versuchte, ihn als großen Menschen darzustellen, den die Vorsehung dazu ausersehen hatte, die Christen zu strafen und das Gesicht eines Teils der Welt zu verändern.

Monsieur Sale, der uns eine exzellente englische Übersetzung des Korans geschenkt hat, möchte Mohammed als einen Numa und als einen Theseus zeigen. Ich gebe zu, daß wir ihn hochachten müßten, wenn er, als legitimer Herrscher geboren oder mit Zustimmung der Seinen an die Macht gelangt, Gesetze des Friedens erlassen hätte, gleich Numa, oder seine Landsleute geschützt hätte, wie es von Theseus überliefert ist. Doch daß ein Kamelhändler in seinem Nest Aufruhr entfacht, daß er zusammen mit ein paar Koreischiten seine Mitbürger glauben machen will, daß er sich mit dem Erzengel Gabriel unterhielte; daß er sich damit brüstet, in den Himmel entrückt worden zu sein und dort einen Teil jenes unverdaulichen Buches empfangen zu haben, das bei jeder Seite den gesunden Menschenverstand erbeben läßt, daß er, um diesem Werke Respekt zu verschaffen, sein Vaterland mit Feuer und Eisen überzieht, daß er Väter erwürgt, Töchter fortschleift, daß er den Geschlagenen die freie Wahl zwischen Tod und seinem Glauben läßt: Das ist nun mit Sicherheit etwas, das kein Mensch entschuldigen kann, es sei denn, er ist als Türke auf die Welt gekommen, es sei denn, der Aberglaube hat in ihm jedes natürliche Licht erstickt.

Ich weiß, daß Mohammed nicht genau die Art von Verrat begangen hat, welcher Sujet dieser Tragödie ist. Die Geschichte erzählt bloß, daß er die Frau des Séide, eines seiner Anhänger, entführte und daß er Abufotian nachstellte, den ich Zopire nenne; doch wer auch immer Krieg in sein eigenes Land trägt und wagt, dies im Namen Gottes zu tun, ist der nicht zu allem fähig? Ich hatte nicht vor, nur wahres Geschehen auf die Bühne zu bringen, vielmehr wahre Gebräuche, ich wollte Menschen so denken lassen, wie sie unter solchen Voraussetzungen denken, und schließlich darstellen, was Torheit Schlimmstes ersinnen und was Fanatismus Schrecklichstes bewirken kann. Mohammed ist nichts weiter als ein Tartuffe mit dem Säbel in der Hand.

Für meine Mühe wäre ich, so meine ich, reichlich belohnt, wenn nur eine dieser schwachen Seelen, stets bereit, sich den Eindrücken bizarrer Raserei hinzugeben, die im Grunde ihrem Wesen fremd ist, sich durch die Lektüre dieses Werkes wider die dunklen Verführungen stärken könnte; wenn diese Seele, nachdem sie angesichts des unheilvollen Gehorsams des Séide Grauen verspürt hat, zu sich selbst sagen würde: Warum gehorche ich blind Verblendeten, die mir zurufen: Hasset, verfolget, vernichtet den Mann, der dreist genug ist, in obendrein unwichtigen Fragen, die wir nicht begreifen, nicht unserer Ansicht zu sein.

Könnte ich doch dazu auf der Welt sein, den Menschen solche Empfindungen mit der Wurzel auszureißen! Der Geist der Milde zeugt Brüder, jener der Intoleranz aber Ungeheuer.

Ew. Majestät denken ebenso. So wäre es denn mein größter Trost, bei diesem Philosophenkönig zu leben. Meine Anhänglichkeit kommt nur meiner Wehmut gleich; und wenn andere Pflichten mich wegführen, so werden sie doch in meinem Herzen niemals die Gefühle auslöschen, die ich einem Fürsten schuldig bin, der als Mensch denkt und spricht, der die falsche Gravität flieht, hinter welcher sich stets Beschränktheit und Unwissenheit verbergen, der sich freimütig mitteilt, weil er nicht fürchten muß, durchschaut zu werden, der sich stets bilden will und der die Aufgeklärtesten aufzuklären vermag. Mit tiefstem Respekt und lebhaftester Dankbarkeit werde ich, Sire, mein Leben lang Ew. Majestät sehr ergebener und gehorsamer Diener sein. Voltaire.

Bar Kosibas: Simon Bar Kosiba, jüdischer Freiheitskämpfer gegen die Römer.
Johann von Leyden: Oder: Jan Beukelszoon, König von Zion, Anführer der Münsteraner Wiedertäufer, 1536 hingerichtet.
Estando firme ...: Fest bleiben nach dem Beispiel unseres Erlösers Jesus Christus und seiner Heiligen.
Balthasar Gérard: Der erfolgreichere der beiden Attentäter Wilhelms von

Oranien war Dominikaner und wurde nach seiner Hinrichtung als katholischer Märtyrer gefeiert.
Einer Stadt, die der Hort der Freiheit sein sollte: Amsterdam.
Den Nachfolger des großen Leibniz: Der Fall Wolff; dies sind im Grunde erste Worte Voltaires gegen Leibniz' und Wolffs Vorstellung, daß diese Welt die beste aller Welten sei. Angesichts von Unglück und Leid wird 1759 Voltaires Romanheld *Candide* eher die katastrophalste aller Welten durchlaufen und wird – da die göttliche Vorsehung schrecklich entlarvt ist – selbst zum Schmied von ein bißchen Glück werden müssen.
Koreischiten: Stamm des Mohammed.
Doch wer auch immer Krieg in sein eigenes Land trägt ...: Eine vergebliche Zeile, wenn man bedenkt, daß der preußische Freund gerade seine Kanonen von Preußen nach Schlesien, zum Raubkrieg von Reichsgebiet auf Reichsgebiet, fahren ließ.

74. Friedrich an Voltaire

Berlin, 31. Januar 1741

Mein lieber Voltaire, Sie glauben, andere dichteten Verse wie Sie, und eben darin täuschen Sie sich. Die Musen sind selten Freundinnen der Erschöpfung; führt man sie tagsüber zu lange spazieren, dann schlummern sie ein, wenn es Abend wird; nun bemerke ich seit geraumer Zeit, daß sie unerhört faul geworden sind. Während Sie die Ozeane durchschwammen, rotierte ich im Schlamm, und der einzige Unterschied ist der, daß die morastigen Äcker Schlesiens für mich gefahrloser waren als die überschwemmten Sümpfe Hollands für Sie. Adieu! für dieses Mal verabschiede ich mich: Schreiben Sie mir oft, und behalten Sie in Erinnerung, daß mir Ihre Briefe, ganz gleich, was ich gerade tue, stets Freude machen. Federic.

Im Frühjahr war Friedrich wieder zur Armee nach Schlesien aufgebrochen.

75. Friedrich an Voltaire

Ohlau, 16. April 1741

Je connais les douceurs d'un studieux repos;
Disciple d'Épicure, amant de la Mollesse,
Entre ses bras, plein de faiblesse
J'aurais pu sommeiller sous l'ombre des pavots.

Mais un rayon de gloire, animant ma jeunesse,
Me fit voir d'un coup d'œil les faits de cent héros«;
  Et, plein de cette noble ivresse,
Je voulus surpasser leurs plus fameux travaux.

Ce n'est point le plaisir, mais le devoir me guide.
Délivrer l'univers de monstres plus affreux
  Que ceux terrassés par l'Alcide,
C'est l'objet salutaire auquel tendent mes vœux.

Soutenir de mon bras les droits de ma patrie,
Et réprimer l'orgueil des plus fiers des humains,
  Tous fous de la Vierge Marie,
Ce n'est point un ouvrage indigne de mes mains.

Le bonheur, cher ami, cet être imaginaire,
Ce fantôme éclatant qui fuit devant nos pas,
  Habite aussi peu cette sphère
Qu'il établit son règne au sein de mes États.

C'est le repos du cœur qui fait son domicile,
Un esprit agissant, enfreignant dans son cours
  Le compte de l'emploie utile
Des plus légers instants qui composent nos jours.

Aux berceaux de Rheinsberg, aux champs de Silésie,
Méprisant du bonheur le caprice fatal,
  Ami de la philosophie,
Tu me verras toujours aussi ferme qu'égal.

(Ich kenne die Süße eines ruhigen Ortes zum Lernen;
Als Epikurs Jünger, Liebhaber des üppigen Lebens,
  Hätte ich schwächlich in seinen Armen
Dahindämmern können wie im Schatten des Mohns.

Doch ein Strahl von Ruhm, der meine Jugend entflammte,
Ließ die Taten von hundert Heroen auf einmal mich sehn;
  Und, von diesem edlen Rausche erfüllt,
Wollte noch berühmtere Heldentaten ich vollbringen als sie.

Es ist nicht die Lust, sondern die Pflicht, die mich leitet.
Zu befreien die Welt von Ungeheuern, schrecklicher noch
Als jene, die dem Alkiden erlagen,
Dies ist das heilvolle Ziel, wonach mein Wünschen begehrt.

Mit meinem Arme die Rechte meines Vaterlands wahren,
Und den Hochmut zu dämpfen der stolzesten Menschen,
Vernarrt allesamt in die Jungfrau Maria,
Das ist kein meiner Hände unwürdiges Werk.

Das Glück, teurer Freund, dieses Wesen des Wahns,
Dies schillernde Phantom, unseren Schritten entfliehend,
Ist in dieser Sphäre so wenig zu Haus',
Wie es auch tief in meinen Staaten nicht herrscht.

Es ist die Ruhe des Herzens, die Heimstatt ihm gibt,
Ein handelnder Geist ist's, der im Lauf seines Tuns
Die Rechnung aufmacht vom guten Gebrauch
Der flüchtigsten Momente, aus denen unsere Tage bestehen.

An den frühen Wiegen von Rheinsberg, auf Schlesiens Fluren,
Voller Verachtung für die unbestimmte Laune des Glücks,
Freund der Philosophie,
Wirst Du mich immer so fest wie gleichmütig sehen.)

Man glaubt die Österreicher geschlagen, und ich glaube, das stimmt. Sie sehen, daß nach der Keule des Alkiden die Lyra des Horaz an der Reihe ist. Seine Pflicht zu tun, Freuden aufgeschlossen zu sein, mit den Feinden Säbel zu rasseln und Menschlichkeit zu bewahren, in der Ferne zu weilen und dabei seine Freunde nicht zu vergessen, dies alles sind Dinge, die gut zusammengehen, wenn man nur allem seinen ihm gebührenden Platz einräumt. Mißtrauen Sie jedem; doch seien Sie, was meine Wertschätzung für Sie betrifft, kein Pyrrhonist, und glauben Sie, daß ich Sie liebe. Adieu Federic

Ungeheuer: Bewohner der Wiener Hofburg.
Der Alkide: Herkules.
Die Rechte meines Vaterlands wahren: Bis zu seinem Tod blieb Friedrich von der Rechtmäßigkeit seines kriegerischen Handelns überzeugt.

Die blutige Schlacht von Mollwitz am 10. April 1741 war der Anfang vom Ende der österreichischen Herrschaft in Schlesien. Zu Beginn des preußischen Raubkriegs hatte Ludwig XV. noch spontan ausgerufen: »Das ist ein Narr, der Mensch ist verrückt!« Nunmehr, nach Friedrichs Sieg, bezweifelte auch Frankreich das Erbfolgerecht Maria Theresias, schloß mit Preußen den ›Breslauer Vertrag‹, worauf England sich seinerseits für das bedrängte Österreich erklärte.

76. Friedrich an Voltaire

im Lager von Mollwitz, 2. Mai 1741

De cette ville portative
Légère et qu'ébranlent les vents,
D'architecture peu massive,
Dont nous sommes les habitants;
Des glorieux et tristes champs
Où des soldats la fureur vive
Défit la troupe fugitive
De nos ennemis impuissants;
Des lieux oú l'ambition folle
Réunit sous ses étendards
Ceux qu'instruisit en son école
Le fier, le sanguinaire Mars;
En un mot, du centre du trouble,
Je vous cherche au sein de la paix,
Où vous savez jouir au double
De cent plaisirs, de cent succès,
Où vous vivez quand je travaille,
Lorsque de cent peuples divers
Je vois, au fort de la bataille,
Les ombres passer aux enfers.

(Aus dieser tragbaren Stadt,
Leicht und vom Winde geschüttelt,
Nicht sehr massiv gebaut,
Deren Einwohner wir sind;
Von diesen traurigen Ruhmesfeldern,
Wo der Soldaten wilde Wut
Die flüchtenden Scharen unserer
Ohnmächt'gen Feinde zerschlug;
Von Orten, wo närrischer Ehrgeiz
Unter seinen Bannern vereint,
Die in seiner Schule zu Schülern hatte
Der stolze, der blutige Mars;
Kurzum, aus der Mitte des Tobens
Such' in der Mitte des Friedens ich Euch,
Wo doppelt Ihr zu genießen versteht
Hunderterlei Schönes, hundert Erfolge,
Wo Ihr lebt, während ich schaffe,
Und von hundert verschiedenen Völkern
Ich in brennender Schlacht die Schatten
In die Hölle eingehen seh'.)

Das ist alles, was Ihnen meine sehr kriegerische Muse aus einem sehr kalten Feldlager mitteilen kann. Ich werde Sie jetzt nicht mit Details behelligen, denn da ist nichts Verfeinertes an der Methode, mit der wir uns abschlachten; das geschieht stets zu meinem großen Kummer; und wenn ich die gehorsame Wut meiner Truppen dirigiere, so immer nur auf Kosten meiner Humanität, die unter dem notwendig Schlechten, von dem ich mich nicht zu befreien weiß, leidet.

Mit einem Gefolge sehr gescheiter Leute war der Maréchal de Belle-Isle hier. Ich glaube, daß für die restlichen Franzosen nicht mehr viel Verstand übrigbleibt, nachdem er unter diesen Herrn Gesandten so gleichmäßig aufgeteilt worden ist. In Deutschland betrachtet man es als ein höchst eigenartiges Phänomen, daß es Franzosen gibt, die nicht so verrückt sind, Partei ergreifen zu wollen. So ist das mit den wechselseitigen Vorurteilen der Nationen; einige Menschen von Genie vermögen sich davon freizumachen, aber das gemeine Volk modert immer im Schlamm der Vorurteile dahin. Sein Teil ist das Irren. Ihnen, der es bekämpft, gebührt Ehre, Gesundheit, Wohlstand und ewiger Ruhm. So sei es! Adieu. Federic.

Eine Sieges-Depesche kreuzte die andere. Während im Osten die Schatten von Steiermärkern in die »Hölle« hinabstiegen, gerieten im Westen Voltaire und Émilie du Châtelet in einen Begeisterungstaumel über die Stadt Lille. Das Theater der Stadt hatte *Mahomet* uraufgeführt. Der Erfolg war so überwältigend, daß der Tragödiendichter mit Entzücken festhalten konnte: »Die guten Leute von Lille weinten, wie man aus der Nase blutet.« Zwischen Koliken und seiner Bettlägrigkeit jeden zweiten Tag taten diese Triumphe Voltaire immer wieder gründlich wohl.

77. Voltaire an Friedrich

5. Mai 1741

Je croyais autrefois que nous n'avion qu'une âme,
Encore est-ce beaucoup, car les sots n'en ont pas;
Vous en possédez trente, et leur céleste flamme
Pourrait seule animer tous les sots d'ici-bas.
Minerve a dirigé vos desseins politiques;
Vous suivez à la fois Mars, Orphée, Apollon;
Vous dormez en plein champ sur l'affût d'un canon;
Neipperg fuit devant vous aux plaines germaniques.
César, votre patron, par qui tout fut soumis,
Aimait aussi les arts, et sa main triomphale
Cueille encor les lauriers dans ses nobles écrits;
Mais a-t-il fait des vers au grand jour de Pharsale?
A peine ce Neipperg est-il par vous battu,
Que vous prenez la plume, en montrant votre épée;
Mon attente, ô grand roi! n'a point été trompée,
Et non moins que Neipperg mon génie est vaincu.

(Einst glaubte ich, daß nur eine Seele wir hätten,
Was viel schon wär', haben doch die Narren keine;
Ihr habet dreißig Stück, und deren Himmelsfeuer
Vermöcht' allein, des Erdkreis' Simpel alle zu beseelen.
Minerva war's, die Euch bei Eurer Politik gelenkt;

Ihr eifert Mars, dem Orpheus und Apoll gleichzeitig nach;
Auf der Lafette schlummert Ihr auf freiem Feld;
Neipperg flieht vor Euch in Germaniens Ebenen.
Caesar, Euer Beschirmer, der sich alles unterwarf,
Liebte auch die Künste, und seine Siegerhand
Pflückt Lorbeer noch aus seinen edlen Schriften;
Doch schuf er Verse am großen Tag von Pharsalos?
Kaum habet diesen Neipperg Ihr besiegt,
Greift Ihr zur Feder schon, dabei der Degen blank;
Was ich ahnte, o großer König, das ward nicht enttäuscht,
Und nicht weniger besiegt als Neipperg ist mein Ingenium.)

Sire, nach einem Sieg Verse zu dichten, und hübsche Verse, ist etwas Einzigartiges und folglich Ew. Majestät vorbehalten. Sie haben Neipperg und Voltaire besiegt. Ew. Majestät sollten Lorbeerblätter in Ihre Briefe legen, wie die Heerführer im alten Rom. Sie verdienten den Triumphzug des Feldherrn und den für Dichter, und wenigstens zwei Lorbeerblätter stünden Ihnen zu. Ich höre, daß Maupertuis sich in Wien befindet; ich beklage ihn mehr als jeder andere; doch jeden beklage ich, der nicht in der Nähe Ihrer Person weilt. Es heißt, Oberst Camas wäre im Zorn gestorben, weil er nicht vor Ihren Augen getroffen wurde. Die traurige Ehre, vor der Gott Ew. Majestät behüten möge! wurde immerhin dem Major Knobertoff (ich verschreibe mich bei diesem Namen immer) zuteil. Ihrer Glorie, großer König, bin ich mir sicher, Ihres Lebens weniger: Ach, durch welche Gefahren und zu welchen Taten Sie es führen, dieses so schöne Leben. Koalitionen zuvorzukommen oder sie zu entzweien, Alliierte zu finden oder bei der Stange zu halten, Belagerungen, Gemetzel, all diese Unternehmungen, große Taten und kleine Dinge, die einem Helden zu tun obliegen. Alles vermögen Sie, nur nicht, das Glück zu zwingen. Sie könnten einen Kaiser machen oder hindern, daß man einen wählt, oder sich selbst zum Kaiser erheben; tritt letzteres ein, so werden Sie nicht nur dadurch die Heiligste Majestät für mich sein.

Ich bin recht ungeduldig darauf bedacht, dieser anbetungswürdigen Hoheit den *Mahomet* zu widmen. Ich habe ihn zu Lille aufführen lassen, und er wurde besser gegeben, als man es in Paris gekonnt hätte; doch gleich welche Gefühlsstürme er ausgelöst hat, sie reichen nicht an die heran, die mein Herz verspürt, wenn es Ihre Heldentaten sieht.

Neipperg: Wilhelm Reinhard Graf von Neipperg, 1684–1774, kaiserlicher Feldmarschall und Verlierer in der Schlacht von Mollwitz am 10. April 1740.
Ich höre, daß Maupertuis sich in Wien befindet: Aus welchem Grund auch immer: Der Mathematiker und preußische Akademiepräsident Maupertuis hatte sich in der Nähe des Schlachtfelds aufgehalten, wurde von den Österreichern einkassiert, nach Wien verschleppt und dort mit besonderem Pomp empfangen. Selbstredend war Voltaire froh, daß es nun kurzzeitig einen namhaften Franzosen weniger in Berlin gab. Diese Einstellung wiederum wird Friedrich klar gewesen sein, so daß ein Satz des Mitgefühls ohne weiteres als ein Satz der gebremsten Schadenfreude zu lesen war. Derlei Subtilitäten machten derlei Brieflektüren gewiß zu einem besonderen Genuß. Aufrichtigkeit hatte nicht von vornherein den Vorrang vor – STIL. Maupertuis kehrte im Lauf des Jahres nach Berlin zurück.

Am 31. Oktober kapitulierte der österreichische Kommandant der Festungsstadt Neiße. Am 26. November erstürmten Franzosen und Sachsen die österreichische Festung Prag. Der siegreiche König und der freiwillig mitsiegende Philosoph füllten die Kuverts einen Sommer und Herbst lang mit Siegesversmassen. Der Winter jedoch galt seit jeher allen Strategen als Schon-, Ruhe- und Reorganisationszeit.

78. Voltaire an Friedrich

Cirey, 22. Dezember 1741

Toi qui dans ton ellipse à nos yeux éblouis
Sembles parcourir ta carrière;
Toi qui fais briller la lumière
Sur tant d'êtres grossiers, sur tant de lourds esprits.
Qui dardes de si près de tes rayons favoris
Sur les ignorants du grand Caire,
Sur le divan l'Alger et le bay de Tunis;
Toi qui vers les bords de Cadis

D'un éternel printemps prodigues l'influence
A des Espagnols engourdis
Dans leur orgeuilleuse ignorance;
Toi qu'on appelle à tort père de l'univers,
Lorsque le froid attriste un quart de l'hémisphère;
Toi que l'on nomme en vain le père des beaux vers.
Malgré tous les mauvais que chaque jour voit faire:
  Soleil, par quel cruel destin
Faut-il que dans ce mois, où l'an touche à sa fin,
Septante et cinq degrés t'éloignent de Berlin?
C'est là qu'est mon héros, dont le cœur et la tête
Rassemblent tout le feu qui manque à ses États;
Mon héros, qui de Neisse achevait la conquête,
  Quand tu fuyais de nos climats.
Pourquoi vas-tu, dis-moi, vers le pôle antarctique?
Quels charmes ont pour toi les nègres de l'Afrique?
Revole sur tes pas loin de ce triste bord;
Imite mon héros, viens éclairer le Nord.

(Du, die Du vor unseren geblendeten Augen
Elliptisch Deine Bahn zu ziehen scheinst;
Du, die Du Licht erstrahlen läßt
Über Tölpeln, groben Geistern sonder Zahl.
Die Du von so nah mit Deinen besten Strahlen
Auf die Unwissenden vom großen Kairo,
Auf Algiers Diwan und den Bay von Tunis niederbrennst;
Die Du an den Ufergestaden von Cadiz
Eines ewigen Frühlings schöne Geschenke
An die Spanier vergeudest, die in ihrer
Anmaßenden Dummheit erstarrt;
Du, die zu Unrecht Mutter des Universums man heißt,
Wenn Eiseskälte ein Viertel der Hemisphäre betrübt;
Du, die umsonst Mutter der schönen Verse man nennt,
Bei all den schlechten, die bei lichtem Tage entstehen:
  Sonne, durch welche harte Bestimmung
Müssen in diesem Mond, wo das Jahr sein Ende berührt,
Dich trennen fünfundsiebzig Grad von Berlin?

Dort weilet mein Held, dessen Herz, dessen Haupt
Alles Feuer vereinen, das seinen Ländern nun fehlt;
Mein Held, der die Eroberung von Neiße vollbracht,
  Als unsere Breiten Du flohst.
Warum nur, sag' an, ziehst fort Du zum südlichen Pol?
Was ist es, was an Afrikas Mohren Dich reizt?
Kehre zurück von diesem traurigen Rande der Welt;
Meinen Helden ahm nach, dem Norden spend Licht.)

Das, Sire, sagte ich heute früh zur Sonne, Ihrer Schwester, die gleichfalls die Seele eines Teils dieser Welt ist. Betreffs Ew. Majestät würde ich noch ausgiebiger mit ihr plaudern, wenn mir zum Versemachen nur die nötige Leichtigkeit zu Gebote stände; die habe ich nicht mehr, Sie haben sie. Ich habe hier etliche bekommen, die meinem Helden in Neiße so leicht von der Hand gingen wie die Eroberung der Stadt. Jene kleine Denkwürdigkeit, in jene Verse geschmiedet, die Sie mir gleich nach dem Sieg von Mollwitz zu schicken geruhten, ergäbe ganz besondere Memoiren, die eines Tages in die Geschichte unseres Jahrhunderts eingehen könnten.

Ludwig XIV. eroberte im Winter die Franche-Comté; aber dabei lieferte er keineswegs eine Schlacht, und im Quartier vor Dôle oder Besançon verfaßte er keineswegs Gedichte. Daher war ich bereits so frei, Ew. Majestät zu sagen, daß mir die Geschichte Ludwigs XIV. wie ein zu eng beschriebener Kreis vorkam; ich machte die Entdeckung, daß Friedrich die Sphäre meiner Gedanken erweitert. So denke ich denn immer, wenn ich friedlich in der Bibliothek Ihres gelehrten Jordan säße, würde ich im Dunstkreis meines Helden ihm würdigere Dinge schaffen, als wenn ich weiter von Brüssel nach Paris, von Paris nach Cirey haste, von Cirey in die Franche-Comté, von da nach Paris und Brüssel.

Éclairé par votre génie,
Échauffé par vos feux, aidé par vos leçons,
Je mêlerais ma voix aux héroïques sons
De votre éclatante harmonie.

(Von Ihrem Geist erleuchtet,
Erhitzt von Ihren Flammen, sekundiert von Ihrer
Unterweisung,
Stimmte ich ein in die heroischen Klänge
Ihrer schallenden Harmonie.)

Die Verse Ew. Majestät aus Neiße ähneln jenen, die Salomon im Zenit seines Ruhms dichtete und worin er, nachdem er alles ausgekostet hatte, sagt: »Alles ist eitel.« Es trifft zu, daß der Gute dies inmitten dreihundert Weibern und siebenhundert Kebsweibern sagte; alles ohne geschlagene Schlacht, ohne Belagerung. Doch mit Verlaub, Sire, Salomon und Sie oder besser Sie und Salomon hatten nicht vollends recht:

Conquérir cette Silésie,
Revenir couvert de lauriers
Dans les bras de la Poésie;
Donner aux belles, aux guerriers,
Opéra, bal et comédie;
Se voir craint, chéri, respecté,
Et connaître au sein de la gloire
L'esprit de la société,
(Bonheur si rarement goûté
Par les favoris de la Victoire);
Savourer avec volupté,
Dans des moments libres d'affaire,
Ces bons vers de l'antiquité,
Et quelquefois en daigner faire
Dignes de la postérité:
Semblable vie a de quoi plaire;
Elle a de la réalité,
Et le plaisir n'est point chimère.

(Dieses Schlesien erobern,
Heimkehren lorbeerbedeckt
In der Poesie Umarmung;
Schönen Frauen, Kriegern
Oper, Ball und Komödie geben;
Sich gefürchtet sehen, geliebt, geachtet,

Und inmitten des Ruhms
Sich auf den Geist der feinen Welt verstehen,
(Eine Gunst, nur selten genossen
Von Victorias Günstlingen);
Genüßlich genießen,
In Augenblicken ohne Pflicht,
Diese guten Verse der Antike,
Und bisweilen auch geruhen,
Der Nachwelt würdige zu machen:
Solches Leben kann gefallen;
Es ist hier von dieser Welt,
Und Genuß ist nicht Schimäre.)

Ew. Majestät haben in wenig Zeit sehr viel vollbracht. Ich bin überzeugt, daß es auf der Welt niemanden gibt, der beschäftigter und mit mehr Angelegenheiten jedweder Kategorie befaßt ist. Aber trotz dieses alles verschlingenden Ingeniums, das so viel in seine bewegte Sphäre hineinzieht, bewahren Sie jene geistige Überlegenheit, die Sie über all das erhebt, was Sie sind und was Sie tun.

Ich fürchte nur eines, daß Sie die Menschen ein wenig zu sehr verachten könnten. Millionen von Tieren ohne Gefieder, die auf zwei Beinen gehen und die Erde bevölkern, leben wegen ihrer Seelen und ihrem Stande sehr fern von ihnen. Von Milton gibt es dazu einen schönen Vers:

Amongst unequals no society.

Ich sehe noch ein anderes Unglück voraus: Ew. Majestät zeichnen die feinen Ränke der Diplomaten, die eigennützigen Umtriebe von Höflingen so exakt, daß Sie schließlich den Gefühlen aller Menschen mißtrauen, daß Sie glauben werden, es sei moralisch erwiesen, daß man im König niemals den Menschen liebt. Gestatten Sie, Sire, daß ich mir die Freiheit nehme, Ihnen den Gegenbeweis zu liefern. Trifft es denn nicht zu, daß man nicht umhin kann, einen Menschen von überlegenem Geiste um seiner selbst willen zu lieben, einen, der nebst allen sonstigen Gaben auch die besitzt, bezaubern zu können? Also denn, wäre dieses überragende

Genie nun unseligerweise König, muß es deswegen für ihn ärger sein? und wird man ihn weniger lieben, nur weil er eine Krone trägt? Ich bleibe somit bei der Behauptung, daß man Sie trotz der Krone und all Ihrer hübschen Verse nur Ihrer selbst wegen liebt. Ich verbleibe etc.

Cadis: Nur indirekt war Voltaire die Stadt Cadiz geläufig; der in vielen Bereichen, auch in denen des Geldes, rührige Philosoph kassierte zeitweise als Aktionär über 30 Prozent Dividende, die Reedereien der spanischen Hafenstadt abwarfen; diese waren auch in den Sklavenhandel involviert.
Ich habe hier etliche bekommen: Im Brief vom 2. Mai.
Amongst unequals no society: Paradise Lost, 8. Gesang: »Zwischen Ungleichen gibt es keine Gemeinschaft.«
Ich bleibe somit bei der Behauptung, daß ... Lassen sich eigene Schmeichelreden eleganter in ein schönes Licht rücken?

Ein Winter ohne Schlachten war noch lange kein ereignisloser Winter. Am 23. Januar wurde der bayerische Kurfürst Karl Albrecht von der antiösterreichischen Partei zum deutschen Kaiser gewählt. Dieser Karl VII. amtierte bis 1745 auf der Flucht. Am Tag seiner Krönung rückten die Truppen Maria Theresias in München ein ... das geplante Versailles des deutschen Südens, Schloß Schleißheim bei München, blieb, was es heute ist: ein sehr langer Gebäudeflügel mit zwei Kapellen.

79. Friedrich an Voltaire

Berlin, 8. Januar 1742

Mein lieber Voltaire, zu meinem großen Bedauern bin ich Ihnen zwei Briefe schuldig, und ich bin mit so bedeutenden Affairen befaßt, die von Philosophen Hirngespinste genannt werden, daß ich an Erbauliches, das einzig solide Gut im Leben, noch nicht denken kann. Ich stelle mir vor, daß Gott Esel, dorische Säulen und uns Könige erschuf, damit wir die Last der Welt tragen, auf der so viele andere Geschöpfe leben, um ihre Gaben zu genießen.

Derzeit bin ich damit beschäftigt, mich mit ungefähr zwanzig mehr oder minder gefährlichen Machiavells herumzuschlagen. Die liebwerte Poesie wartet vor der Tür, ohne Audienz zu bekommen. Der eine redet mir von Grenzen, der andere von verbrieften Rechten; und noch ein dritter von Entschädigungen; dieser von Hilfstruppen, von Heiratskontrakten, von Schulden, die beglichen, von Schachzügen, die getan werden müssen, von Empfehlungen, von Maßnahmen etc. Da wird publiziert, daß man etwas getan hätte, woran man nicht einmal gedacht hat; da wird vermutet, daß man über etwas erbost wäre, was die reinste Freude war; da wird von Mexiko her geschrieben, daß man alsbald diesen oder jenen angreifen wolle, daß es aber besser wäre, sich zu arrangieren; dann wieder wird man lächerlich gemacht, wird man kritisiert; ein Schmierant schreibt eine Satire über einen; die Nachbarn zerfetzen einen; irgendein anderer wünscht einen zum Teufel, überhäuft einen aber mit Freundschaftsbekundungen. So ist die Welt, das sind en gros die Sachen, die mich beschäftigen.

Haben Sie Lust, die Poesie gegen die Politik einzutauschen? Die einzige Ähnlichkeit, die sich zwischen beiden erkennen läßt, besteht darin, daß die Politiker und Poeten Spielzeug der Öffentlichkeit und Gegenstand des Hohns ihrer Kollegen sind.

Ich reise übermorgen nach Remusberg, um wieder Hirtenstab und Leier zu ergreifen, gebe Gott, daß ich beides nie wieder lasse! Ich werde Ihnen aus süßer Einsamkeit mit ruhigerem Geist schreiben. Vielleicht wird Kalliope mich doch noch inspirieren. Ganz der Ihre Federic.

Es sind Kriegszeiten, und Kalliope, die Muse der Dichtkunst, bleibt auf Distanz.

80. Friedrich an Voltaire

Selowitz, 23. März 1742

Mein lieber Voltaire, ich schrecke davor zurück, Ihnen zu schreiben, denn ich habe Ihnen nur Neuigkeiten jener Art mitzuteilen, die Sie kaum kümmert oder die Sie verabscheuen.

Wenn ich Ihnen beispielsweise sagte, daß Völkerschaften aus zwei verschiedenen Gegenden Deutschlands aus der Tiefe ihrer Behausungen losgezogen sind, um im Verbund mit anderen Völkern, deren Namen sie nicht einmal kennen, sich wechselseitig die Gurgeln durchzuschneiden, und daß sie zu diesem Zwecke in einen sehr fernen Landstrich gezogen sind, warum? weil ihr Herr mit einem anderen Fürsten einen Vertrag geschlossen hat, um im Komplott einen dritten zu erwürgen; Sie würden mir sagen, daß diese Leute verwirrt, idiotisch und toll sind, daß sie sich so den Launen und der Barbarei ihres Herrn beugen. Wenn ich Ihnen sagte, daß wir uns sorgfältig darauf vorbereiten, einige mit großen Aufwendungen errichtete Mauern zu zerstören, daß wir ernten, wo wir nicht gesät haben, und daß die Besitzer und auch niemand sonst stark genug ist, uns zu hindern, dann würden Sie schreien: Ah! Barbaren, ah, Räuber, Unmenschen, die ihr seid! sagen würden Sie: Die Ungerechten werden sich gemäß Matthäus XII, 34, niemals das himmlische Königreich verdienen.

Weil ich also voraussehe, was Sie mir zu solchen Sachen sagen würden, werde ich gar nicht erst davon anfangen. Ich werde mich damit zufriedengeben, Sie wissen zu lassen, daß der König von Preußen, als er erfuhr, daß die Staaten des mit ihm verbündeten Kaisers von der Königin von Ungarn zugrunde gerichtet werden, diesem zu Hilfe eilte, daß er seine Truppe mit denen des Königs von Polen vereinte, um einen Angriff auf Niederösterreich vorzutäuschen, was ihm so vorzüglich gelang, daß er nun darauf wartet, für seinen Verbündeten in Kürze die Hauptstreitmacht der Königin von Ungarn zu schlagen.

Das ist Großmut, werden Sie sagen, das ist heldisch. Dennoch, lieber Voltaire, Akt eins und dieser jetzt sind ein und derselbe. Es dreht sich um dieselbe Frau, die man sich einmal, wenn sie sich alles Reizenden entledigt hat, mit Nachthaube vorstellt, dann wieder mit ihrer Schminke, ihren Zähnen und ihren Kleiderquasten.

Auf wie vielerlei Weise betrachtet man die Dinge! wie sehr weichen doch die Beurteilungen voneinander ab! Die Menschen verdammen des Abends, was sie am Morgen billigten. Die gleiche Sonne, die ihnen bei Sonnenaufgang herrlich erschien, langweilt sie bei Sonnenuntergang. Auf dieselbe Weise entsteht Renommée, geht es verloren, kommt dann doch wieder; und wir sind töricht genug, uns unser gesamtes Leben lang für die Reputation abzumühen! Ist es denn möglich, daß man von derlei Falschgeld, wenn man es als solches erkannt hat, nicht abläßt?

Ich schreibe Ihnen nichts in Versen, da ich keine Zeit habe, Silben zu zählen, Ihnen Verse zu schicken, Ihnen, der Sie göttlich versifizieren, hieße, die Nachtigall mit Eselsgeschrei delektieren zu wollen. Erlauben Sie, daß ich Sie an die *Histoire de Louis XIV* gemahne; ich drohe Ihnen die parnassische Exkommunikation, die Rache der Tisiphone, das Schreckensgekläff des Zerberus und die Torturen Ixions an, so Sie das Werk nicht zu Ende bringen. Ich lese darin ohne Unterlaß, aber stets ist es die Seite 226, die mir Halt gebietet.

Adieu, teurer Voltaire; lieben Sie, ich bitte Sie, ein wenig Apolls Überläufer, der sich von Bellona rekrutieren ließ. Vielleicht kehrt er eines Tages unter die alten Banner zurück. Ich bleibe stets Ihr Bewunderer und Ihr Freund Federic.

Die Ungerechten werden sich … niemals das himmlische Königreich verdienen: Minimale Bibelverwirrung eines Agnostikers und Heidenfreunds; gemeint ist der *1. Korinther-Brief,* 6,9: »Oder wißt ihr nicht, daß die Ungerechten das Reich Gottes nicht erben werden? Laßt euch nicht irreführen! Weder Unzüchtige noch Götzendiener, Ehebrecher, Lustknaben, Knabenschänder, Diebe, Geizige, Trunkenbolde, Lästerer oder Räuber werden das Reich Gottes erben.« Bei *Matthäus* geht es nur um die Schlangenbrut, die lügt.
König von Preußen: Auch in seinen historischen Werken nennt sich Friedrich »der König von Preußen«.
Bellona: Römische Kriegsgöttin.

Voltaire, die Wespe von Lothringen, kann vom Stechen nicht lassen.

81. Voltaire an Friedrich

[März 1742]

Während ich krank daniederlag, haben Ew. Majestät mehr große Taten vollbracht, als ich Fieberanfälle hatte. Auf die letzten Gunstbezeugungen Ew. Majestät konnte ich nicht antworten. Wohin hätte ich meine Briefe schicken sollen? nach Wien? nach Preßburg? nach Temesvar? In jeder dieser Städte hätten Sie sein können; und wenn es denn ein Wesen gibt, das sich an mehreren Orten gleichzeitig aufhält, so wird das wahrscheinlich Ihre Person sein, göttergleich, gleich einem sehr bedachten und höchst aktiven Gott. Nun, Sire, ich habe nicht geschrieben, da ich zu Bette lag, als Sie zu Pferde zwischen Schnee und Erfolgen dahinjagten.

D'Esculape les favoris
Semblaient même me faire accroire
Que j'irais dans le seul pays
Où n'arrive point votre gloire;
Dans ce pays dont par malheur
On ne voit point de voyageur
Venir nous dire des nouvelles;
Dans ce pays où tous les jours
Les âmes lourdes et cruelles
Et des Hongrois, et des pandours,
Vont au diable au son des tambours,
Par votre ordre et pour vos querelles;
Dans ce pays dont tout chrétien,
Tout juif, tout musulman raisonne;
Dont on parle en chaire, en Sorbonne,
Sans jamais en deviner rien;
Ainsi que le Parisien,
Badaud, crédule et satirique,
Fait des romans de politique,
Parle tantôt mal, tantôt bien,
De Belle-Isle et de vous peut-être,
Et, dans son léger entretien,
Vous juge à fond sans vous connaître.

(Die Günstlinge des Aeskulap
Wollten mich gar glauben machen,
Daß ich einginge ins einz'ge Land,
Wo Ihr Ruhm nicht hingelangt;
Jenes Land, von wo unsel'gerweise
Kein Reisender zu uns herüberkommt,
Uns Neues zu erzähl'n von dort;
In jenes Land, wo alle Tage
Die schweren und die rohen Seelen

Sowohl der Ungarn wie Panduren
Unter Trommelton zum Teufel gehen,
Auf Ihr Geheiß, für Ihre Streitigkeiten;
In jenes Land, über das der Christ,
Der Jude, jeder Muselman nachsinnt;
Worüber man doziert in der Sorbonne,
Ohne je das Treffende zu raten;
Ganz in der Art, wie ein Pariser,
Gaffer, Leichtfuß und Bekritteler,
Romane über Politik verfaßt,
Mal gut und manchmal weniger,
Gar von Ihnen spricht und von Belle-Isle
Und, in seinem losen Plauderton,
Sie ergründet, ohne Sie zu kennen.)

Nur mit einem Fuß habe ich das Ufer des Styx touchiert; aber ich bin zutiefst erbost über die Zahl der armen Unglücklichen, die ich über den Fluß hinübersetzen sah. Die einen kamen von Schärding, die anderen von Prag oder aus Iglau. Werden Sie denn niemals aufhören, Sie und Ihre Amtsbrüder, die Könige, diese Erde zu verwüsten, die Sie, sagen Sie, so gerne glücklich machen wollen?

Au lieu de cette horrible guerre
Dont chacun sent les contre-coups,
Que ne vous en rapportez-vous
A ce bon abbé de Saint-Pierre?

(Anstatt so schrecklich Krieg zu führen,
Bei dem ein jeder seine Hiebe abbekommt,
Warum denn halten Sie nicht besser sich
An den Abbé Saint-Pierre, den wack'ren Mann?)

Dieser müßte ebenso leicht Ihren Beifall finden wie die Tatsache, daß Lykurg Spartas Boden gleichmäßig aufteilte und daß Mönche gleiche Essensportionen erhalten. Er würde die fünfzehn Herrschaftsgebiete Heinrichs IV. abstecken. Nun trifft es zwar zu, daß Heinrich IV. niemals ein solches Projekt erwogen hat. Die Berater des Duc de Sully, die seine Memoiren abfaßten, haben das in die Welt gesetzt; doch der Staatsrat Villeroi, Minister fürs Auswärtige, erwähnt diese Idee nicht. Es ist amüsant, daß man Heinrich IV. ein Vorhaben nachsagt, welches dermaßen viele Throne verrückt hätte, wo doch der eigene kaum feststand. Während ich abwarte, Sire, daß der Rat der Reiche oder europäische Rat zusammentritt, um alle Monarchen maßvoll und zufrieden zu machen, befehlen Ew. Majestät mir abzuschikken, was ich derweil weniges am *Siècle de Louis XIV* getan habe. Ich lasse meine Skripte aus Brüssel kommen; um der Order Ew. Majestät nachzukommen, werde ich sie kopieren lassen. Sie werden vielleicht feststellen, daß ich ein zu umfangreiches Gebiet angehe; doch ich arbeite hauptsächlich für Sie, und ich war der Ansicht, daß in diesem Falle nicht einmal der Weltkreis zu umfänglich wäre. Ich werde also, Sire, die Ehre haben, in einem Monat Ew. Majestät ein gewaltiges Paket zu senden, das Sie inmitten irgendeines Gemetzels oder im Schützengraben finden wird. Ich bin mir nicht sicher, ob Sie in all diesem Ruhmesgerassel glücklicher sind, als Sie es in jener süßen Einsamkeit von Remusberg waren.

Cependant, grand roi, je vous aime
Tout autant que je vous aimai
Lorsque vous étiez renfermé
Dans Remusberg et dans vous-même;
Lorsque vous mettiez vos exploits
A combattre avec éloquence
L'erreur, les vices, l'ignorance,
Avant de combattre les rois.

(Dennoch, großer König, lieb' ich Sie,
Ganz wie ich Sie liebte,
Als Sie eingeschlossen lebten
In Remusberg und in sich selbst;
Als Ihre Pläne darauf zielten,
Mit Beredsamkeit den Irrtum,
Die Laster, die Dummheit zu bekämpfen,
Und noch nicht die Könige.)

Empfangen Sie, Sire, in Ihrer gewohnten Güte den tiefsten Respekt aus der nie endenden zärtlichen Verehrung Ihres

de Voltaire.

Gar von Ihnen spricht und von Belle-Isle …: Der preußische Newcomer wurde ein heikler Verbündeter Frankreichs: kurzfristig hatte Friedrich mit Österreich einen Separatfrieden geschlossen und Marschall Belle-Isle nur noch solo gegen Habsburg manövrieren lassen.
Werden Sie denn niemals aufhören … diese Erde zu verwüsten: Schlächtereien des *Siècle des Lumières.* – Der Ton, den Voltaire hier anzuschlagen wagt, ist ganz unerhört. Man sieht, daß Schmeichelreden nicht stets das letzte Wort eines Mannes waren, dessen Leichnam 1791 im Triumphzug ins Paris der Revolution überführt wurde.
Abbé de Saint-Pierre: Siehe Brief 44, Anm. 6.
Duc de Sully: Der Herzog von Sully, berühmter Minister Heinrichs IV., hatte Pläne zu einem ewigen Frieden in Europa erwogen.

82. Voltaire an Friedrich

Paris, 15. Mai 1742

Quand vous aviez un père, et dans ce père un maître,
Vous étiez philosophe, et viviez sous vos lois.
  Aujourd'hui, mis au rang des rois,
  Et plus qu'eux tous digne de l'être,
Vous servez cependant vingt maîtres à la fois.
Ces maîtres sont tyrans. Le premier, c'est la Gloire,
  Tyran dont vous aimez les fers,
  Et qui met au bout de nos vers,
Ainsi qu'en vos exploits, la brillante Victoire.
  La Politique, à son côté,
  Moins éblouissante, aussi forte,
Méditant, rédigeant, ou rompant un traité,
Vient mesurer vos pas, que cette Gloire emporte.
  L'Intérêt, la Fidélité,
Quelquefois s'unissant, et trop souvent contraires,
Des amis dangereux, des secrets adversaires;
Chaque jour des desseins et des dangers nouveaux;
Tout écouter, tout voir, et tout faire à propos;
  Payer les uns en espérance,
Les autres en raisons, quelques-uns en bons mots;
Faire chérir ses lois et craindre sa puissance:

Que d'embarras! que de travaux!
Régner n'est pas un sort aussi doux qu'on le pense;
Qu'il en coûte d'être un héros!

(Als einen Vater Sie hatten und in ihm einen Herrn,
Waren Philosoph Sie und lebten unter eigenem Gesetz.
Heute, erhoben in der Könige Rang,
Und würdiger als alle, einer zu sein,
Dienen zwanzig Heroen Sie trotzdem zugleich.
Tyrannen sind die Herren, der erste heißt Ruhm,
Tyrann, dessen Ketten Sie lieben
Und der ans Ende unserer Verse stellt,
Wie an das Ihrer Taten, die strahlende Victoria.
Die Politik, ihr zur Seite,
Weniger blendend, ebenso stark,
Wägt ab, verändert oder bricht einen Vertrag,
Dämpft Ihren Schritt, vom Ruhme so eilig gemacht.
Der Eigennutz, die Treue,
Bisweilen vereint, und viel zu oft im Widerstreit,
Sind Freunde, die gefährlich, sind Gegner insgeheim;
Jeder Tag gebieret Pläne und Gefahren, die ganz neu;
Erlauschen alles, alles sehen und alles tun zur rechten Zeit;
Jene lohnen mit Hoffnung nur,
Mit guten Gründen andere, manche auch mit guten Worten;
Eigene Gesetze lieben lehren und fürchten lassen eigene Macht:
Verwickelt ist's! Wie mühevoll!
Kein so süßes Los ist das Regieren, wie man es oft vermeint;
Was kostet's doch, ein Held zu sein!)

Sie, Sire, kostet das allerdings nichts; für Sie ist das alles natürlich; große, gescheite Taten vollführen Sie mit derselben Leichtigkeit, mit der Sie komponieren und dichten und mit der Sie die Briefe schreiben, die einem Schöngeist in Frankreich einen Ehrenplatz unter eifersüchtigen Schöngeistern verschaffen würden.

Ich hege einige Hoffnung, daß Ew. Majestät Europa ebenso festigen werden, wie Sie es erschüttert haben, und daß meine Mitbrüder, die Menschen, Sie segnen werden, nachdem sie Sie bewundert haben. Meine Hoffnung gründet sich nicht nur auf das Projekt, das der Abbé de Saint-Pierre Ew. Majestät zugesandt hat. Ich mutmaße, daß Sie die Zustände bereits deutlich vor Augen haben, die der zu wenig erhörte Friedensstifter bloß visionierte, und daß der König-Philosoph genau weiß, was der Philosoph, der kein König ist, vergebens aus der Zukunft zu lesen sucht. Noch viele wohltätige Unternehmungen traue ich Ihnen zu. Doch was mir vollkommene Sicherheit gibt, ist das Dutzend Pirouettendreher und Pirouettendreherinnen, die Ew. Majestät aus Frankreich in seine Staaten holen. Zumeist wird nur im Frieden zum Tanz aufgespielt. Es ist wahr, auch ein paar Nachbarmächte haben Sie hüpfen lassen; das geschah für das Allgemeinwohl und für Ihres gleichermaßen. Sie haben dem Ansehen und den Vorrechten der Kurfürsten wieder Geltung verschafft. Auf einen Schlag sind Sie zum Schiedsrichter Deutschlands geworden, und Sie haben einen Kaiser gemacht; Ihnen selbst fehlt allein der Titel. Überdies haben Sie einhundertzwanzigtausend gestandene Männer, gut bewaffnet, gut bekleidet, gut genährt und Ihnen ergeben; an Ihrer Spitze haben Sie Schlachten gewonnen, Städte genommen; nunmehr dürfen Sie tanzen, Sire. Voiture hätte Ihnen erklärt, daß die Lust zum Tanze in Ihrem Gesicht bereits einen Gavottesprung mache; aber ich bin nicht so wie er mit großen Männern und Königen vertraut, und es steht mir nicht zu, solchen Personen Sprüchlein zu sagen.

Anstelle von zwölf guten Akademiemitgliedern haben Sie nun, Sire, zwölf gute Tänzer. Die finden sich leichter, und viel hübscher ist das auch. Gelehrte, wie man weiß, langweilen einen Heroen oft, Opernleute hingegen ergötzen ihn.

Das Opernhaus, mit dem Ew. Majestät Berlin zieren, hindert Sie nicht daran, an die Literatur zu denken. Die eine Neigung setzt bei Ihnen nicht die andere matt. Es gibt arme Seelen, die bloß eine Sache lieben; Ihre Seele schätzt alles, und wenn Gott das Menschengeschlecht ein wenig liebte, würde er solche Universalität allen Fürsten zuteil werden lassen, auf daß sie Gutes jeglicher Art erkennen und beschützen könnten. Ich stelle mir vor, ursprünglich sind Fürsten genau zu diesem Zweck erschaffen worden.

Ich kenne etliche tragische Mimen, die nicht ohne Talent sind und Ew. Majestät zusagen könnten; denn ich schmeichle mir zu wissen, daß Sie sich nicht allein auf italienisches Wortgeplänkel und französische Hüpfereien kaprizieren. Der Held wird stets das Drama lieben, das Helden vorführt. Mögen Sie alsbald, Sire, alle Vergnügungen genießen, wie Sie sich auch allen Ruhm erworben haben! Dies ist der aufrichtige Wunsch Ihres Bewunderers, der unglücklicherweise nicht in Ihren Staaten zu Hause ist; der Wunsch eines Geistes, der von der Größe des Ihrigen durchdrungen ist, und eines Herzens, dem Ihre Größe so wichtig ist wie Ihnen selbst.

Empfangen Sie, Sire, in Ihrer üblichen Güte meinen tiefsten Respekt etc.

Sie haben dem Ansehen und den Vorrechten der Kurfürsten wieder Geltung verschafft: Anspielung darauf, daß am 24. Januar 1742 das Kurfürstenkolleg, dem auch Friedrich II. angehörte, erstmals seit 1440 keinen habsburgischen Kandidaten (Franz Stephan, den Gemahl Maria Theresias) zum Kaiser wählte, sondern den Wittelsbacher Karl Albrecht.
Voiture: Vincent Voiture, 1598–1648, preziöser Dichter früher Pariser Salons.

83. Friedrich an Voltaire

Im Lager von Kuttenberg,
9. Juni 1742

Man wird Sie nicht vergessen, mein lieber Voltaire; Ihr Geist hat Werke hervorgebracht, die allen Jahrhunderten im Gedächtnis bleiben und alle Zeit gleiches Lob erfahren werden.

Sie bereiten mir ein großes Vergnügen, mir von Ihrer *Histoire de l'esprit humain* zu berichten. Ich fürchte, daß nicht ich der Moses dieses Gelobten Landes sein und nie meinen Fuß auf seinen Boden setzen werde.

Aber was wollen Sie eigentlich? Ich brauchte französische Hupfdohlen, um mich heiter zu stimmen; der Krieg hat mich philosophischer denn je gemacht, und eben wegen dieser Zeitläufte liebe ich jene Menschen noch mehr, die beim Sprunge durch die Luft ihren Schwerpunkt finden und auf dem Boden besser zu schreiten verstehen als die Gelehrtenperücken, die aus dem Himmel zu lesen vermeinen, sich dabei aber manchmal nicht schlecht vergucken. Nach dem Friedensschluß werde ich Komödianten kommen lassen, doch nicht zu einer so unentschiedenen Zeit wie dieser.

Ich unterhalte Sie nicht mit dem, was sich hier zuträgt. Sie wissen, daß Krieg aus zweierlei besteht: Angriff und Verteidigung. Und genau damit befassen wir uns. Ich hier, ich denke oft an den liebenswerten Voltaire, ich lese in seinen Werken, ich bewundere sie, ich verschlinge sie, und darum schätze ich ihren Autor nach Gebühr. Dies bitte ich den Sieur d'Arouet an Monsieur de Voltaire weiterzugeben. *Vale.* Federic.

Histoire de l'esprit humain: Der betreffende Brief scheint nicht mehr zu existieren. Voltaires kühne Geistesgeschichte *Essai de l'histoire générale et sur les mœrs et l'esprit des nations depuis Charlemagne jusqu'à nos jours* erschien 1756.

Am 11. Juni beendete der Frieden von Breslau den Ersten Schlesischen Krieg, aus dem Preußen als Gewinner hervorging. Der Kampf um die Erbländer Maria Theresias, um die von ihr angefochtene Kaiserwürde des Wittelsbachers Karl VII. ging jedoch weiter. Vor allem das pro-habsburgische England und das pro-wittelsbachische Frankreich bekriegten sich zu Wasser und zu Lande rund um den Erdball, wobei die Grande Nation manche schwere Schlappe einstecken mußte, auf den Weltmeeren an Einfluß verlor, Kolonien einbüßte und auch zentraleuropäische Miseren erlebte: Marschall Broglie entkam in Böhmen den Österreichern nur im Nachthemd, die Schlacht von Dettingen 1743 war für Frankreich ein Fiasko, und erst der Sieg von Fontenoy 1745 ließ Versailles wieder einigermaßen zu sich kommen und Fassung gewinnen.

84. Voltaire an Friedrich

Juli 1742

Zu einer Zeit, als wir meinten, daß Ew. Majestät nur nachsännen, wie Sie den Maréchal de Broglie, Ihren alten Freund aus Straßburg, von seinen Sorgen befreien könnten, habe ich, Sire, Verse, wahrhaft hübsche Verse aus der Feder meines wunderbaren Königs erhalten. Ew. Majestät haben in

Ihren Brief das Wort *Frieden* eingeflochten, dies Wort, das in meinem Ohr so wohl tönt; anbei eine Ode, rasch hingekritzelt gegen all euch übrige Monarchen, die ihr wild entschlossen zu sein scheint, meine Brüder, die Menschen, zu verderben. Der Herr Aderlasser der Nationen, Friedrich III., Friedrich der Große, hat mein Flehen erhört; kaum hatte ich meine Ode mehr schlecht denn recht fertig, als ich erfuhr, daß Ew. Majestät einen sehr guten, zweifellos für Sie ausgesprochen guten Vertrag abgeschlossen hätten, zumal Sie Ihren tugendhaften Geist zu einem großen politischen ausgebildet haben. Doch ob dieser Vertrag für uns Franzosen gut sei, daran zweifelt man in Paris; die halbe Welt schreit, daß Sie unsere Männer dem Belieben des Gottes der Waffen überantworten; die andere Hälfte schreit auch, doch ist sie sich noch nicht im klaren, warum; etliche Abbés der Sorte de Saint-Pierre segnen Sie inmitten des Geschreis. Einer dieser Denker bin ich; ich glaube, daß Sie alle Mächte zwingen werden, Frieden zu schließen, und daß der Held des Jahrhunderts der Friedensbringer Deutschlands und Europas wird. Ich schätze, daß Sie

> Ce vieillard vénérable à qui les destinées
> Ont de l'heureux Nestor accordé les années

> (Jenem verehrungswürdigen Greis, dem das Geschick
> Des glücklichen Nestors Alter zugebilligt hat)

zuvorkommen werden.

Achilles ist behender denn Nestor; treffliche Behendigkeit, wenn sie zum Glücke der Welt beiträgt! Nun ist der Augenblick gekommen, in dem Ew. Majestät die große, von so vielen widersprüchlichen Qualitäten durchwirkte Seele ergötzen können! Seien Sie versichert, Sire, daß ich vor Ablauf eines Monats aus Brüssel Skripte, für die Sie ein gewisses Interesse aufzubringen geruhen, höchstselbst heranschaffen oder heranschaffen lassen werde. Es gibt Kleinigkeiten, die ein kleiner Bürger nur mit Mühen bewältigt, während Friedrich der Große so Großes in einem Augenblick vollbringt. Sind Sie nun also nicht länger unser Verbündeter, Sire? Aber Sie werden der des Menschengeschlechts sein; Sie wollen, daß ein jeder in Frieden seine Rechte und sein Erbteil genießt und daß es keinerlei Wirrnisse gibt. Damit hätten wir den Stein der Weisen in der Politik; er muß heraus aus Ihrem Alchimistenfeuer. Sagen Sie: Ich will, daß man glücklich werde, und schon wird man es sein; gründen Sie eine gute Oper und ein gutes Theater. Könnte ich doch, zu Berlin, Zeuge Ihrer Freuden und Ihres Ruhms sein!

Friedrich III.: Ein Zählversehen Voltaires: Friedrich war Friedrich II.; in einer Ausgabe der Briefe wird er an dieser Stelle als *Saigneur,* also etwa: *Aderlasser* bezeichnet; in einer späteren steht *Seigneur,* also nur: *Herr.* Vielleicht hatte Voltaire absichtlich undeutlich geschrieben, um den Herrn der Nationen zugleich deren *Aderlasser* sein zu lassen.
Die andere Hälfte schreit auch: Das Geschrei bezog sich auf preußische Treue beziehungsweise Untreue: Seinen Verbündeten zwecks Inbesitznahme Schlesiens ließ Friedrich nunmehr allein an allen Ecken weiterringen.
Jenem verehrungswürdigen Greis: Fleury starb erst 1743 mit neunzig aus seinem Amt als Erster Minister Frankreichs weg.

Voltaire hat eine Ode verfaßt: auf Maria Theresia! Aber dem neuen, nunmehr dreißigjährigen Herrn über Schlesien verschlägt so schnell nichts mehr die Sprache:

85. Friedrich an Voltaire

Potsdam, 25. Juli 1742

Mein werter Voltaire, ich bezahle Sie nach Art der großen Herren, das heißt, ich gebe Ihnen eine sehr schlechte Ode für die gute, die Sie mir geschickt haben, und überdies verdamme ich Sie dazu, sie zu korrigieren, um sie besser zu machen. Ich glaube, es ist eine der ersten Oden, in der so viel von Politik die Rede ist; aber das haben Sie sich selbst zuzuschreiben; sie haben mich animiert, meine Sache zu verteidigen. Ich habe in der Tat entdeckt, daß die Sprache der Götter die der Gerechtigkeit und der Unschuld ist, und sie ist es, die diesem Stück Poesie allemal einen Wert verleiht, wiewohl die Alexandriner die wünschenswerte Harmonie vermissen lassen.

Die Königin von Ungarn darf sich glücklich preisen, einen Parteigänger gefunden zu haben, der sich auf das verführerische Raffinement des Wortes so gut versteht wie Sie. Ich bin froh, daß unsere kleinen Meinungsverschiedenheiten nicht in Prozessen bereinigt werden, denn wenn ich Ihre Neigung für diese Königin bedenke, dazu Ihre Talente, so würde ich gegen Apoll und Venus nicht bestehen können.

Ganz nach Ihrem Belieben deklamieren Sie gegen jene, die mit der Waffe in der Hand ihr Recht und ihre Ansprüche verteidigen; doch entsinne ich mich einer Zeit, zu der Sie, so Sie im Besitze einer Armee gewesen wären, diese mir Sicherheit gegen die Desfontaines, die Rousseaus, die van Durens etc. etc. etc. hätten marschieren lassen. Solange die platonische Schiedsherrschaft des Abbés de Saint-Pierre nicht stattfindet, wird den Königen zur Beilegung ihrer Streitigkeiten nichts anderes übrigbleiben, als Tatsachen zu schaffen, um von ihren Gegnern die gerechte Satisfikation, die ihnen sonst nicht abzutrotzen ist, zu erzwingen. Unglück und Elend, die daraus rühren, sind gleich Krankheiten des menschlichen Körpers. Der letzte Krieg muß also als kleiner Anfall eines immerwährenden Fiebers betrachtet werden, der Europa fast ebenso rasch wieder verlassen wie geschüttelt hat.

Um das Geschrei in Paris kümmere ich mich herzlich wenig; das sind Hornissen, die immer brummen; ihr Gezeter ist wie Papageiengekreisch, und ihre Lagebewertungen sind so gewichtig wie die metaphysischen Entscheidungen eines Rollaffen. Was wollen Sie, daß ich darauf antworte, daß die Verwandschaft des großen Broglie gegen mich eingenommen ist, weil ich die miserable Armeeführung dieses bedeutenden Mannes nicht wieder wettgemacht habe? Doch ich brüste mich nicht des Donquichottismus; und weit davon entfernt, die Fehler anderer wiedergutmachen zu wollen, beschränke ich mich darauf, meine in Ordnung zu bringen, so ich vermag.

Selbst wenn ganz Frankreich mich verfluchen würde, weil ich Frieden geschlossen habe, so wird sich doch Voltaire, der Philosoph, niemals von der Menge mitreißen lassen. Erstens, es ist allgemeine Regel, daß man zu seinen Verpflichtungen nur so lange steht, wie die Kräfte es gestatten. Wir hatten ein Bündnis geschlossen, so wie man einen Ehevertrag unterzeichnet; das heißt, ich hatte versprochen, Krieg zu führen, so wie der Ehemann sich verpflichtet, die Sinnesgelüste seiner neuen Braut zu befriedigen. Aber wie in der Ehe die Gier der Frau zuweilen die Kräfte des Gatten aufzehrt, so auch im Krieg, wo die Schwäche der Verbündeten die Kriegslast für den einzelnen vermehrt und schließlich unerträglich macht. Und endlich, um das Bild abzurunden, wenn der Ehemann ausreichende Beweise für die Flatterhaftigkeit seiner Frau hat, so hindert ihn nichts an der Scheidung. Ich berufe mich nicht auf diesen letzten Paragraphen; Sie sind Politikus genug, um den Tatbestand zu riechen.

Schicken Sie mir, ich bitte Sie, so bald als möglich Ihren *Louis XIV*, alle hübschen Versbrocken, die Sie während Ihres Pariser Aufenthalts gemacht haben. Ich neide Sie der ganzen Erde und hätte Sie gern am einzigen Ort, an dem Sie nicht sind, um Ihnen zu wiederholen, wie sehr ich Sie schätze. *Vale.* Federic.

Eine sehr schlechte Ode: Ode betreffs der Beurteilung, welche die Öffentlichkeit jenen widerfahren läßt, die schuld am üblen Gebrauche von Politik in der Gesellschaft sind.
Sie sind Politikus genug, um den Tatbestand zu riechen: Anspielung auf die geheime Kontaktnahme zwischen Versailles und Wien, auf den Beginn einer in der Geschichte noch nie dagewesenen französisch-österreichischen Allianz gegen Preußen.

Schwierig ist das Philosophenleben: Briefe ins Ausland werden von Spitzeln geöffnet, abgeändert publiziert, und trifft dann der richtige Brief doch noch beim Adressaten ein, so zeigt auch dieser sich immer eigensinniger. Ende Juli jedenfalls besang die Wespe von Lothringen den preußischen Sieg von Chotusitz in Böhmen und kündigte obendrein in den schönsten Versen ihren Besuch bei der Boa Constricta von Berlin an:

86. Friedrich an Voltaire

Potsdam, 7. August 1742

Mein lieber Voltaire, mit den Mitteln der Poesie sagen Sie mir so schöne Dinge, daß mir schwindelig werden müßte, wenn ich daran glaubte. Ich bitte Sie um Feuerpause betreffs Heroen, Heroismus, betreffs all der gewaltigen Worte, die seit dem Friedensschluß nur noch dazu taugen, mit pompösem Kauderwelsch etliche Romanseiten oder Halbverse von Tragödien zu füllen.

Vos vers légers, mélodieux
Par un élégant badinage
Amuseront et plairont mieux
Que par l'encens et par l'hommage,
Qui, vous soit dit, est un langage
Bon pour faire bâiller les dieux.

(Ihre leichten, melodiösen Verse
Amüsieren und gefallen mehr
Durch eleganten Plauderton
Als durch Weihrauch, Lobgehudel,
Das, Ihnen sei's gesagt,
Am Ende Götter gähnen macht.)

Die schillernden Facetten Ihrer Einbildungskraft sind nie charmanter, als wenn Sie plaudern, und es ist nicht jedem gegeben, den Geist lachen zu machen; es braucht viel natürliche Unbeschwertheit, um anderen dies zu vermitteln.

Kein Gott, kein Dämon, sondern vielmehr ein schurkischer Handlanger des Brüsseler Amts hat Ihren Brief geöffnet und abgeschrieben; er hat ihn nach Paris weitergeleitet und überallhin, und ich glaube, daß der brave alte Nestor an dieser Affaire nicht ganz unbeteiligt war.

Ich bitte Sie, mein lieber Voltaire, dem Dorf Chotusitz zwei Silben zurückzuerstatten, die Sie ihm so unmenschlich geraubt haben: und weil Sie Schlachtfelder benötigen, die sich auf irgend etwas reimen, wage ich zu bemerken, daß Cotuschitz sich recht ordentlich auf Mollwitz reimt. Damit hätte ich in puncto Reim und in puncto klarem Menschenverstand alles gesagt.

Sie empören sich über das, was ich Ihre Inbrunst für die Marquise du Châtelet nenne, und dabei dachte ich, Ihren Dank für das zu verdienen, was ich Ihnen so freundlich unterstellte. Die Marquise ist schön, liebenswert; Sie haben Empfindung, sie hat ein Herz; Sie haben Gefühle, sie ist nicht von Stein, und Eunuch sind Sie auch nicht; Sie beide leben seit zehn Jahren zusammen. Ist es, ohne damit Ihre Männlichkeit zu beleidigen, möglich, darauf beharren zu wollen, daß Sie während dieser ganzen Zeit mit der liebenswürdigsten Frau Frankreichs über Philosophie debattiert haben? Seien Sie mir nicht gram, mein lieber Freund, Sie würden eine recht trübselige Figur abgeben, und ich konnte mir nicht vorstellen, daß der Tempel der Tugend, den sie beide bewohnen, ein Bannkreis der Freuden ist.

Sei's, wie's wolle, Sie haben mir zugesagt, mir einige Ihrer Tage zu opfern; das genügt mir. Je mehr ich weiß, was die Abwesenheit der Marquise Ihnen abverlangt, desto mehr werde ich Ihnen zu Dank verpflichtet sein. Also strengen Sie sich gar nicht erst an, mich zu enttäuschen.

J'entends déja cent jolies choses.
Toutes nouvellement écloses,
Et de bons mots sur tous sujets.
Juvénal lancera vos traits.
L'aimable Anacréon vous ceindera de roses,
Horace fera vos portraits,
Et le naturel La Fontaine
Vous fera tout légèrement
Quelque conte badin, sans peine,
Que nous écouterons voluptueusement.
A ceci le raisonnement
Mêlera ses préceptes graves,
En mettant des sujets entraves
A notre feu trop pétulant.
Pour soutenir notre enjouement,
Et tout l'essor de la saillie,
Le vin d'Aï, nectar charmant,
Pourra nous servir d'ambroisie;
Et dans cette baccique orgie,
L'on fuira tout également
L'assoupissante léthargie,
Et le fougueux emportement.

(Schon höre ich hundert hübsche Histörchen.
Frisch ausgebrütet allesamt,
Und dazu Bonmots zu allem.
Juvenal schießt Ihre Pfeile ab.
Der liebwerte Anakreon wird mit Rosen Sie kränzen,
Horaz läßt Menschen Sie malen,
Und der natürliche La Fontaine
Wird mit Leichtigkeit Ihnen
Einen Schwank eingeben, mühelos,
Den lüstern wir vernehmen wollen.
Dazu mengt hochgescheites Reden
Gewichtige Gedankengänge ein
Und dämpft mit heiklen Themen
Unser allzu heftig züngelnd Feuer.
Um unsere Heiterkeit zu stärken,
Und alles lose Witzversprühen,
Mag der Aï-Wein, Zaubernektar,
Als Ambrosia uns dienlich sein;
Und wenn beim Bacchanal wir sind,
Werden gleichermaßen wir entfliehen
Dumpfer Schläfrigkeit
Und wütender Empörung.)

Adieu, lieber Voltaire; bleiben Sie Ihren Freunden gegenüber rechtschaffen und erinnern Sie sich, daß einzig zu Florenz Freundschaft und Liebe Rivalen sind. Opfern Sie auf den Altären Madame du Châtelets; aber vergessen Sie bei diesem Göttertreiben nicht die Menschen, die Sie schätzen, und schenken Sie ihnen ein paar Ihrer Augenblicke. Federic.

Der brave alte Nestor: Wenn von Nestor, Greis oder Scheintotem die Rede ist, ist für gewöhnlich die Rede von Kardinalminister Fleury, der mit fast legitimer Neugierde über den Austausch zwischen ausländischem König und Freigeist in Cirey informiert sein wollte.
Einzig zu Florenz: Eine Anspielung auf Machiavell?

Voltaire war immer krank, Friedrich oft. Einen leichten Schlaganfall hatte er mit sechsunddreißig Jahren gehabt, Gichtattacken gab es früh, später gesellten sich besonders Zahnleiden und Atembeschwerden hinzu. Ärzte der Zeit empfahlen oft: die Bäder von Aachen.

87. Friedrich an Voltaire

Aachen, 26. August 1742

De la source où la Faculté
Promet à la goutte et colique,
Gravelle, chancre et sciatique,
La bonne humeur et la santé;

(Von dem Quell, wo die Fakultät
Gegen Gicht und die Kolik,
Harngries, Schanker, Hexenschuß,
Gute Laune und das Heil verspricht;)

von diesem Orte, zu dem so viele Menschen strömen, um sich zu amüsieren, von dem sie ebenso krank wieder heimfahren, wo das Brimborium der Ärzte und die amourösen Verwicklungen sich die Waage halten, wo endlich die Bresthaftigkeit und die Kurvergötzung Menschen aus allen Universumsecken zusammenführen, von hierher lade ich Sie als geübten Krüppel ein, auf daß wir uns an einem Platze zusammenfinden, wo Ihnen der Vorrang gebührt, in Ihrer Eigenschaft als Kranker wie als Schöngeist.

Wir sind gestern eingetroffen. Ich vermute Sie in Brüssel, und trotzdem glaube ich, Sie schon übermorgen hier zu haben. Ich bitte Sie, mir *Mahomet* in der Fassung mitzubringen, in der Sie ihn im Theater in Paris haben aufführen lassen, und alles zusammenzusuchen, was Sie am *Siècle de Louis XIV* geschrieben haben, damit ich mich gut unterhalte und mich bilde. Sie werden mit der ganzen Begierde der Ungeduld und mit dem Überschwang meiner Wertschätzung empfangen werden. Adieu. Federic.

Mahomet war am 9. August in Paris aufgeführt worden. Nach drei Vorstellungen zog Voltaire das Stück zurück. Anfeindungen des Klerus, der an seiner Spitze den staatslenkenden Kardinal wußte, ließen den Dichter für seine Freiheit in Frankreich das Schlimmste befürchten. Blieben am Ende wirklich nur Spree und Havel, wo es sich frei denken und sprechen ließ, bei Aï-Wein und Zaubernektar, umringt von Militär?

88. Voltaire an Friedrich

[Brüssel], 29. August [1742]

Après votre belle campagne,
Après ces vers brillants et doux,
Grand Apollon de l'Allemagne,
Dans quel Parnasse habitez-vous?
Vous êtes dans Aix, entre nous,
Comme au pays de Charlemagne,
Et non pas comme au rendez-vous
Des févrieux, des sots et des fous,
Qu'un triste esculape accompagne.

(Nach Ihrem schönen Feldzug,
Nach diesen schillernd-sanften Versen,
Deutschlands großer Apoll,
Welchen Parnaß bewohnen Sie nun?
Zu Aachen sind Sie, ganz unter uns,
Wie im Gefilde von Karl dem Großen,
Nicht aber wie beim Rendezvous
Der Fiebernden, Narren und Idioten,
Die ein trister Aeskulap umsorgt.)

Gestatten Sie, mein Held, mein König, daß eine gräßliche Schwellung, die sich auf dem Wege von Lille nach Brüssel meiner bemächtigt hat, erst ein bißchen abschwillt, ehe ich gen Aachen eile. Diese Schwellung macht mich taub, und das sollte man bei Ew. Majestät nicht sein; das wäre wie Impotenz im Angesicht der Maitresse. Während der drei oder vier Tage, die ich zur Bettruhe verdammt bin, lasse ich den *Mahomet* kopieren, so, wie er gespielt wurde, so, wie er den Philosophen gefallen hat und so, wie er die Frömmler entsetzte; es ist wie die Affaire um den *Tartuffe.* Die Heuchler stellten Molière nach, und gegen mich haben sich die Fanatiker erhoben. Wortlos bin ich dem Sturmwind ausgewichen; hätte Sokrates ebenso gehandelt, dann hätte er nicht den Schierlingsbecher leeren müssen.

Ich gebe zu, ich wüßte nichts, das mein Land mehr entehrt als dieser bösartige Aberglaube, der dazu geschaffen ist, die Natur des Menschen zu erniedrigen. Ich bräuchte den

König von Preußen als Herrn und das englische Volk als Mitbürger. Wir Franzosen sind samt und sonders nichts als große Kinder; trotzdem, davon lasse ich nicht ab, die geringe Zahl denkender Wesen bei uns ist ganz vortrefflich und fleht gleichsam um Gnade für den Rest.

Was mein historiographisches Geschwätz angeht, so ist eine erste Ladung am 20. dieses Monats, adressiert an den getreuen David Girard, aus Paris abgegangen, und die zweite liegt bereit. Ich habe Ew. Majestät bereits um Nachsicht für die Mühen gebeten, die Sie womöglich haben werden, die Handschriften verschiedener Schreiber zu entziffern, die mir in aller Eile das von mir Zusammengestellte abgeschrieben haben.

Ich denke, das Paket ist eben unterwegs, um sodann Ew. Majestät in Aachen zu ennuyieren.

Ich weiß mit Gewißheit (falls dies Wort den Menschen zusteht), daß es kein Kanzlist war, der in Brüssel den Brief geöffnet hat, der für mich zur Büchse der Pandora wurde. Diese ganze feine Heldentat wurde in Paris ausgeheckt, in Zeiten einer Krise, und ein Spion jener von Ew. Majestät verdächtigten Persönlichkeit hatte derartiges Übel angerichtet.

Ew. Majestät haben höchst exakt gemutmaßt; mit den kleinen Dingen kennen Sie sich so gut aus wie mit den großen.

Vor allem kennen Sie die Niedertracht jener Menschen, die über Könige befinden wollen, und Ihre Ode zu diesem ganz neuartigen Thema ist voller Poesie und wahrer und sublimer Gedanken!

Möge es doch dem Himmel gefallen, daß Ew. Majestät in Ihrem vorletzten Brief mit den reizenden Komplimenten bezüglich der Marquise gleichermaßen recht hätten!

Ah! vous m'avez fait, je vous jure,
Et trop de grâce, et trop d'honneur,
Quand vous dites que la nature
M'a fait, pour certaine aventure,
D'autres dons que le don du cœur.
Plût au ciel que je l'eusse encore,

Ce premier des divins présents,
Ce don que toute femme adore,
Et qui passe avec nos beaux ans!
J'approche, hélas! de la nuit sombre
Qui nous engloutit sans retour;
D'un homme je ne suis que l'ombre,
Je n'ai que l'ombre de l'amour.
Adressez donc à des poëtes
Qui soient encor dans leur printemps
Les très-désirables fleurettes
Dont vous honorez mes talents.
Gresset est dans cet heureux temps;
C'est Gresset qui devait se rendre
Dans le Parnasse de Berlin.
Mais, ou trop timide, ou trop tendre,
Il n'osa faire ce chemin;
Il languit dans sa Picardie
Entre les bras de sa câtin
Et sur des vers de tragédie.

(Ah! Sie erwiesen mir, ich schwöre es,
Zuviel der Gnade und der Ehre,
Als Sie meinten, daß die Natur
Für ein gewisses Abenteuer mir
Mehr als das Herz, das liebt, gegeben.
Gefiele es dem Himmel doch, daß ich
Besäße noch der Göttergaben göttlichste,
Geschenk, das jede Frau bewundert,
Und das mit unseren besten Jahren welkt!
Ich nähere mich, weh! finstrer Nacht,
Die ohne Rückweg uns umfängt;
Vom Mann bin ich der Schatten noch.
Der Schatten ist fürs Lieben übrig.
So schicken Sie den Dichtern denn,
Die noch in ihrem Lenze blühen,
Das Süßholz, allzu köstlich gar,
Das Sie meinen Kräften raspeln.
Gresset, der hat das rechte Alter;
Gresset, der sollt' es sein,

Um auf Berlins Parnaß zu eilen.
Nur, allzu schüchtern oder zart,
Wird er nicht wagen solche Fahrt;
In seiner Picardie, dort seufzet er
In den Armen seines Schätzchens
Über Versen von Tragödien auch.)

Ihre Ode: Ode betreffs der Beurteilung ... siehe Brief 85.
Gresset: Jean-Baptiste-Louis Gresset, 1709–1777, ließ sich vom König nicht zum dauerhaften Bleiben in Preußen bewegen.

89. Friedrich an Voltaire

Aachen, 2. September 1742

Mangels Ihrer Person gibt es nichts Besseres als Ihre Briefe. Der letzte, so charmant wie alle, die Sie mir schreiben, hätte mir noch mehr Freude bereitet, wenn Sie ihm auf dem Fuße gefolgt wären; doch nunmehr glaube ich mich des Vergnügens, Sie zu sehen, beraubt, da ich am 7. von hier nach Schlesien reise.

Dies ist hier das dümmste Land, das mir je untergekommen ist, und wo die Ärzte fordern, daß man das Denken fahrenlasse, um als Fremder mit den Einheimischen eine Einheit zu bilden; sie erwarten, daß man den gesunden Menschenverstand aufgebe und daß alles Sonstige der Beschäftigung mit der Gesundheit Platz mache.

Monsieur Chapel und Monsieur Gutzweiler wollen absolut nicht, daß man Verse schmiede; sie sagen, das sei eine kapitale Beleidigung der Ärzteschaft, daß man nicht gleichzeitig von der Hippokrene und von ihren modrigen Brunnen trinken könne. Im engen Reich von Aachen sehe ich mich gezwungen, ihnen zu gehorchen; aber Gott weiß, wie ich mich entschädigen werde, wenn ich wieder zurück sein werde!

Ich habe von Ihnen weder ein kleines noch ein großes Paket bekommen; ich vermute, der vorsichtige David Girard wird bis zu meiner Ankunft in Berlin alles gut hüten. Ich versichere Ihnen, daß ich auf alles, was Sie mir schicken, gut aufpassen werde, und daß Sie mir mit Ihren Werken den solidesten Trost meines Lebens verschaffen.

Ich habe nichts davon gehört, daß Kardinal Tencin zum Minister ernannt worden ist. Seit langem weiß ich, daß er das sein möchte, und da er von überragendem Genie ist, habe ich nie daran gezweifelt, daß er sein Ziel erreichen wird.

Adieu, mein lieber Voltaire; ich bitte Sie, tragen Sie Sorge, stets meinen Geist zu füttern, und senden Sie mir zuweilen von diesen deftigen Speisen, die einen kräftigen, zuweilen aber auch von jenen delikaten Gerichten, deren köstlicher Geschmack den Gaumen kitzelt und belebt.

Seien Sie meiner ganzen Wertschätzung versichert, meiner Freundschaft und aller besonderen Gefühle, die ich für Sie hege.

Federic.

Monsieur Chapel und Monsieur Gutzweiler: Die Aachener Badekurkoriphäen schrieben sich selbst: Capell und Gotzweiler.
Kardinal Tencin: Frankreich hatte in der Tat ein Faible für staatslenkende Geistliche. Auf Kardinal Fleury folgte als Premier von 1742–1751 Pierre Guérin de Tencin, Erzbischof von Lyon. Ihm stand ab 1745 in den Staatsgeschäften Madame de Pompadour zur Seite.

Voltaire und Friedrich trafen sich in Aachen, allerdings nur kurz; für ein paar Stunden vom 6. zum 7. September. Während Friedrich auf Inspektionsreise nach Schlesien aufbrach, trafen in Berlin 143 Kisten mit Antiken ein. Der König hatte die Statuen- und Büstensammlung des Kardinals Polignac erworben. Nur ein Franzose strengte sich an, diesen Kunstexodus aus Frankreich mitzufeiern.

90. Voltaire an Friedrich

Brüssel, 2. [Oktober] 1742

Vous laissez reposer la foudre et les trompettes,
Et, sans plus étaler ces raisons du plus fort,
Dans vos fiers arsenaux, magasins de la Mort,
De vingt mille canons les bouches sont muettes.
J'aime mieux des soupers, des opéras nouveaux,
Des passe-pieds français, des fredons italiques,
Que tous ces bataillons d'assassins héroïques,
Gens sans esprit et fort brutaux.
Quand verrai-je élever par vos mains triomphantes
Du palais des Plaisirs les colonnes brillantes?

Quand verrai-je à Charlottenbourg
Du docte Polignac les marbres respectables,
Des antiques Romains ces monuments durables,
Accourir à votre ordre, embellir votre cour?
Tous ces bustes fameux semblent déjà vous dire:
Que faisions-nous à Rome, au milieu des débris
Et des beaux-arts et de l'empire,
Parmi ces capuchons blancs, noirs, minimes, gris,
Arlequins en soutane et courtisans en mitre,
(D'homme et de citoyens abjurant le vain titre,)
Portant au Capitole, au temple des guerriers,
Pour aigle des agnus, des bourdons pour lauriers?
Ah! loin des monsignors tremblants dans l'Italie,
Restons dans ce palais, le temple du Génie;
Chez un roi vraiment roi fixons-nous aujourd'hui;
Rome n'est que la sainte, et l'autre est avec lui.

(Ausruhen lassen Sie das Pulver, die Trompeten,
Und, wo nicht länger dröhnt das Argument des Stärkeren,
Schweigen still in Ihren stolzen Arsenalen, des Todes Magazin,
Die Schlünde von Kanonen, zwanzigtausend.
Ich schätz' weit mehr Soupers und Opern, neue,
Den Reigentanz aus Frankreich, italisches Geträller
Als diese Bataillone all aus heldenhaften Mördern.
Leute ohne Geist und schändlich roh.
Wann werd' ich sehen, von Ihren Triumphatorhänden
Hingestellt des Lustpalastes helle Säulengänge?
Wann werd' ich in Charlottenburg
Des gelehrten Polignac würdevollen Marmor,
Der alten Römer dauerhafte Monumente,
Auf Ihr Geheiß Ihren Hof verschönern sehen?
All diese Büsten wollen Ihnen sagen schon:
Was taten wir in Rom, inmitten von Ruinen
Der schönen Künste, des Imperiums,
Bei Mönchskapuzen, weißen, schwarzen, kleinen, grauen,
Bei Harlekinen in Soutane, Höflingen, die Mitra auf,

(Die leeren Titel Mensch und Bürger gar nicht
wollend,)
Und hinauf zum Kapitole, zu der Krieger Heiligtum,
Ein Agnus statt des Adlers, Pilgerstab statt Lorbeer
tragend?
Ah, fern der zitternden Monsignores in Italien,
Laßt uns bleiben im Palaste hier, dem Tempel des
Genies;
Bei einem König, der wahrer König ist, sei unser
Aufenthalt;
Rom ist heilig nur, und alles Weitere ist bei ihm.)

Kein Zweifel, Sire, die Statuen des Kardinals Polignac raunen Ihnen solche Dinge zu; doch muß ich heute eine Schönheit reden lassen, die nicht von Marmor ist, aber all Ihren Standbildern an Wert gleichkommt.

Hier je fus en présence
De deux yeux mouillés de pleurs,
Qui m'expliquaient leurs douleurs
Avec beaucoup d'éloquence.
Ces yeux, qui donnent des lois
Aux âmes les plus rebelles,
Font briller leurs étincelles
Sur le plus friand minois
Qui soit aux murs de Bruxelles.

(Ich erlebte gestern
Zwei von Tränen feuchte Augen,
Die mir ihren Schmerz ansagten
Mit Beredsamkeit, sehr großer.
Diese Augen, die Gesetze geben
Noch den ungestümsten Seelen,
Lassen ihre Sterne leuchten
In dem allerliebsten Frätzchen,
Das in Brüssels Mauern lebt.)

Diese Augen, Sire, dieses ganz entzückende Antlitz gehören Madame de Waldstein oder Wallenstein, einer der Großenkelinnen jenes berühmten Herzogs von Waldstein, den Kaiser Ferdinand so urplötzlich von vier ehrbaren Iren beim Sprung aus dem Bett abstechen ließ; das hätte er sicherlich nicht gemacht, wenn er seine Großenkelin hätte sehen können.

Je lui demandai pourquoi
Ses beaux yeux versaient des larmes.
Elle, d'un ton plein de charmes,
Dit: C'est la faute du Roi.

(Ich fragte sie, weshalb
Ihre schönen Augen Tränen weinten.
Sie, mit zauberhafter Stimme,
Sagte: Es ist des Königs Schuld.)

Das ist hin und wieder die Art der Könige, entgegnete ich; oftmals haben sie schöne Augen weinen machen, wobei ich die große Zahl der Augen nicht mitrechne, die nicht so schön sind.

Leur tendresse, leur inconstance,
Leur ambition, leurs fureurs,
Ont fait souvent verser des pleurs
En Allemagne comme en France.

(Ihr Lieben, ihre Unbeständigkeit,
Ihr Ehrgeiz, ihr Wutgelüste
Ließen oft die Tränen rinnen
In Deutschland wie in Frankreich.)

Schließlich erfuhr ich, daß der Graf von Fürstenberg, der auf Befehl Ew. Majestät zur Untätigkeit verdammt für sechs Monate im Weseler Schloß ausharrt, die Ursache ihres Schmerzes ist. Sie fragte mich, wie man ihn dort herausholen könnte. Ich sagte ihr, es gäbe zwei Methoden: die erste wäre, mit einer Armee von hunderttausend Mann Wesel zu belagern; die zweite, bei Ew. Majestät vorstellig zu werden, was das ungleich aussichtsreichere Vorgehen wäre.

Alors j'aperçus dans les airs
Ce premier roi de l'univers,
L'amour, qui de Waldstein vous portait la demande,
Et qui disait ces mots que l'on doit retenir:
Alors qu'une belle commande
Les autres souverains doivent tous obéir.

(Da erkannt' ich in der Miene
Diesen höchsten König in der Welt,
Amor, der Waldsteins Fleh'n Euch überbrachte,
Und diese Worte sprach, die man behalten muß:
Ergeht Befehl von einer Schönen,
Müssen andere Herrscher willig sein.)

Madame de Waldstein: Maria Barbara von Waldstein, Hofdame der Erzherzogin Maria Elisabeth, Regentin der Niederlande; der Ahn des Hoffräuleins, eben Wallenstein, Herzog von Friedland, war als Heerführer des Dreißigjährigen Kriegs so unberechenbar erfolgreich, daß sein Dienstherr Kaiser Ferdinand ihn 1634 in Eger beseitigen ließ. Eine folgenschwere ›Politik‹. – Adolf Julius von Fürstenberg saß wahrscheinlich wegen eines Duells ein. Auf eine Verkürzung der sechsmonatigen Haft gibt es keinen Hinweis.

91. Voltaire an Friedrich

Brüssel, November 1742

Sire, ich bin sehr glücklich, daß der weiseste der Könige mit dem umfassenden Bild, das ich von den Verirrungen der Menschen male, ein wenig zufrieden ist. Ew. Majestät haben ganz recht, daß die Zeit, in der wir leben, gegenüber den Jahrhunderten der Dunkelheiten und Grausamkeiten große Vorzüge hat.

Et qu'il vaut mieux, ô blasphèmes maudits!
Vivre à présent qu'avoir vécu jadis.

(Und besser ist's, o schlimme Gotteslästerung!
Jetzt zu leben, als einst gelebt zu haben.)

Hätten doch in Gottes Namen alle Fürsten so denken können wie mein Held! Religionskriege hätte es nicht gegeben, keine flammenden Scheiterhaufen, um arme Teufel darauf zu verbrennen, die behaupteten, Gott sei in einem Stück Brot auf andere Weise gegenwärtig, als der Heilige Thomas meint. Ich weiß von einem Kasuisten, der nachforscht, ob die Heilige Jungfrau beim willigen Scheinbeischlaf mit dem Heiligen Geist Lust verspürt habe; er behauptet, daß ja, und er führt dafür wahrhaft treffliche Gründe an. Gegen ihn wurde in schönen Folianten argumentiert, doch gab es bei diesem Disput weder verbrannte Menschen noch geschleifte Städte. Hätten die Anhänger Luthers, Zwinglis, Calvins und die des Papstes sich ebenso benommen, so wäre es eine Lust gewesen, bei ihnen zu leben.

Fast nur noch in Frankreich gibt es Kämpfe zwischen Fanatikern. Jansenist und Molinist pflegen eine Zwietracht, aus der leicht etwas Ernstes werden könnte, da man sich mit diesen Wahngebilden ernsthaft befaßt.

Der Herrscher bräuchte darüber nur ein Lächeln zu verlieren, dann würden auch die Völker lächeln; doch Fürsten, die Beichtväter haben, sind selten Philosophen-Könige.

Ich schicke Ew. Majestät eine kleine Ladung humanistischer Unverschämtheiten, die ein neuer Beweis sind für die überragende Größe des Jahrhunderts Friedrichs im Vergleich zu den Jahrhunderten so vieler Kaiser; aber, Sire, all diese Beweise reichen nicht an die heran, die Sie selber liefern.

Ich habe sagen hören, daß Sie eine Armee von einhundertfünfzigtausend Mann besitzen. Ew. Majestät aber lassen in Ihrem Palais friedfertig Theater spielen. Die Truppe, die vor Ihnen gespielt hat, kommt höchstwahrscheinlich nicht Ihren Kriegertruppen gleich; sie ist, glaube ich, nicht die vorzüglichste Europas.

Ich denke, daß ich einen jungen Mann von Esprit und Verdienst ausfindig gemacht habe, der außergewöhnlich hübsch dichtet und der befähigt wäre, einiges für die Vergnügungen meines Helden zu tun, Schauspieler anzuleiten und demjenigen Amüsement zu verschaffen, der zwischen den Fürsten dieser Welt die Waage zu halten versteht. Ich rechne damit, in vierzehn Tagen in Paris zu sein, und werde sodann Ew. Majestät Näheres mitteilen können.

Ich hoffe zudem, Ihnen noch zwei oder drei Jahrhunderte mehr zu schicken; doch dazu benötige ich so viele Bücher wie Sie Soldaten, und wohl nur in Paris werde ich all diese gewaltigen Kompendien finden, aus denen ich ein paar Tropfen Elixir pressen kann.

Es behagt mir, daß Ew. Majestät sich nunmehr an der schönen Sammlung des Kardinals Polignac erfreuen.

Roi très-sage, voilà donc comme
Vous avez pour vingt mille écus
Tout le salon de Marius!
Mais pour ces antiques vertus
Qu'on ne rapporte plus de Rome,
Le dôn de penser toujours bien,
D'agir en prince et vivre en homme,
Tout cela ne vous coûte rien.

(Hochweiser König, so haben Sie denn
Für zwanzigtausend Taler
Das ganze Vestibül des Marius!
Doch für die Tugenden der Antike,
Die man nicht mehr aus Rom bezieht,
Heißt der Preis: Stets alles bedenken,
Handeln als Fürst und leben als Mensch,
Was gar nichts Sie kostet.)

Ich habe soeben Hannoveraner und Hessen in Schlachtordnung gesehen; schöne Truppen sind es, aber sie reichen doch nicht an die Ew. Majestät heran, und an ihrer Spitze steht nicht mein Held. Man glaubt nicht, daß sie in diesem Winter ihre Garnisonen verlassen. Zuerst hieß es, sie würden gen Dünkirchen marschieren; der Weg ist ein wenig morastig, wiewohl links und rechts von einigem Reiz.

Sire, mögen Ew. Majestät Ihrem ewigen Bewunderer Ihre Gunst bewahren.

Das umfassende Bild von den Verirrungen der Menschen: In dem Gedicht *La Défense du Mondain.*
Jansenist und Molinist: Die Anhänger des Yperner Bischofs Jansenius glaub-

ten unter anderem, daß der Mensch darüber im dunkeln tappe, ob er vor Gott Gnade findet oder nicht; die Anhänger des Jesuiten Molina glaubten unter anderem, der Mensch könne auch nach dem Sündigen zu seiner Seelenrettung beitragen; nie entwirrter, bedeutungsmächtiger Tendenzstreit zwischen fatalistischer und optimistischer Lebenshaltung, der mindestens bis in den Existentialismus von Einfluß blieb.
Fürsten, die Beichtväter haben: Ludwig XV. Einer jener Sätze, derentwegen Voltaire stets die Bastille drohte.
Einen jungen Mann von Esprit und Verdienst: Monsieur La Bruère, Opern-Librettist.
Noch zwei oder drei Jahrhunderte mehr: Wahrscheinlich: *Essai sur les mœurs et l'esprit des nations.*
Hannoveraner und Hessen in Schlachtordnung: Diese Truppenkontingente stießen zur englischen Armee in Flandern.

92. Friedrich an Voltaire

Potsdam, 15. November 1742

J'ai vu ce monument durable
Qu'au genre humain vous érigez:
J'ai lu cette histoire admirable
De fous, de saints et d'enragés,
Des successeurs de Saint Pierre,
De vos bons mots assaisonnés,
De chevaliers infortunés
Guerroyant pour un cimetière,
Que je suis heureux, cher Voltaire,
D'être né ton contemporain!
Ah! si j'avais vécu naguère,
Quelque trait mordant et sévère
M'eût déjà frappé de ta main.

(Ich hab' dies dauerhafte Monument gesehen,
Das Sie der Menschheit bauen:
Ich las die herrliche Geschichte
Der Narren, Heiligen und Rasenden,
Von Sankt Petrus' Amtsnachfolgern,
Gewürzt mit Ihrem scharfen Witz,
Der Ritter ohne Glück,
Die Kriege fochten um eine Grabesstatt,
Teurer Voltaire, wie bin ich froh,

Als Dein Zeitgenosse auf der Welt zu sein!
Ah! hätte damals ich gelebt,
So hätt' ein scharf ätzendes Geschoß
Mich aus Deiner Hand getroffen schon.)

Setzen Sie dies bewundernswerte Werk aus Liebe zur Wahrheit fort, setzen Sie es fort zum Heile der Menschen. Ein König ermahnt Sie, die Torheiten der Könige aufzuschreiben.

Sie haben mich so kräftig auf den Geschmack an Arbeit gebracht, daß ich eine Versepistel, eine Komödie und höchst aufschlußreiche Memoiren geschrieben habe. Sobald die zwei ersten Sachen zu meiner Zufriedenheit korrigiert sind, werde ich sie Ihnen schicken. Von der dritten kann ich Ihnen nur Fragmente zukommen lassen; aber seiner Art entsprechend ist das Werk als Ganzes nicht für die Öffentlichkeit gedacht. Dennoch bin ich überzeugt, daß Sie etliche passable Stellen darin finden werden. Ich habe in meinem Leben nichts Besseres gemacht. Ich arbeite noch daran, und ich glaube, es vorm nächsten Jahr zu beenden.

Ich sehe, daß Sie eine recht zutreffende Vorstellung von unseren Komödianten haben; eigentlich sind es Tänzer, wobei die Familie Cochois sich auch der Komödie widmet. Recht anständig gibt sie einige italienische Stücke und Molière; aber ich habe ihnen untersagt, den Kothurn anzuschnallen, denn dessen halte ich sie nicht für würdig.

Die Antikensammlung des Kardinals de Polignac ist im sicheren Port angelangt, ohne daß die Statuen den geringsten Schaden genommen hätten.

Pourquoi remuer à grands frais
Les décombres de Rome entière,
Ce marbre et cette antique pierre?
Et pourquoi chercher les portraits
De Virgile, Horace, et d'Homère?
Leur esprit et leur caractère,
Plus estimables que leurs traits,
Se retrouvent tous dans Voltaire.

(Warum für teures Geld
Roms ganzen Schutt umwühlen,
Marmor und antiken Mauerstein?
Und warum Bilder suchen,
Von Virgil, Horaz, Homer?
Ihr Geist und ihre Wesensart,
Ehrwürdiger als ihre Mienen,
Sind neu versammelt in Voltaire.)

Kardinal Polignac, der Sie in seinen Dienst nehmen durfte, hat sich also vertan, als er all diese Büsten an sich brachte; aber ich, der ich solcher Ehren nicht teilhaftig bin, ich benötige für meine Bibliothek Ihre Schriften und für meine Galerien diese Antiken.

Ich hoffe, daß die Herren Engländer sich in diesem Winter in Flandern ebensogut unterhalten, wie ich es mir für meinen Karneval in Berlin vorgenommen habe. Ich habe Europa mit dem epidemischen Kriegsbazillus infiziert wie eine Kokotte ihre Galane mit gewissen schmerzhaften Beweisen ihrer Gunst. Ich selbst bin glücklicherweise geheilt, und ich schaue derzeit nur zu, was für Pillen die anderen drehen, um zu genesen. Mit dem armen Kaiser und der Königin von Ungarn treibt Fortuna tüchtig Schabernack; ich bin der Ansicht, daß die Standhaftigkeit oder Schwäche Frankreichs die Entscheidung bringt.

Behalten zumindest Sie in Erinnerung, daß ich mir über Sie eine gewisse Autorität verschafft habe, dank derer ich Sie mir gegenüber für Ihre Jahrhunderte, die *Histoire universelle,* so haftbar mache, wie es Christenmenschen für ihre Lebensfrist ihrem süßen Erlöser gegenüber sind. So sieht der Handel mit Königen aus, mein lieber Voltaire; sie beschneiden die Rechte eines jeden, und sie maßen sich Vorrechte an, die ihnen mitnichten zustehen. Kein Wort mehr, Sie werden mir Ihre Historie schicken und nur zu glücklich sein, *in persona* davonzukommen; denn wenn ich es mir recht überlege, so hätte ich längst per Dekret kundtun sollen, daß Sie beweisbar mir gehören und daß ich berechtigt bin, Sie einzufordern oder Sie gefangenzunehmen, wo immer ich Ihrer habhaft werden kann.

Adieu, lassen Sie es sich wohlergehen, vergessen Sie mich nicht, und schlagen Sie vor allem in Paris keine Wurzeln; dann wäre ich verloren. Federic.

Dies dauerhafte Monument: Siehe Brief 91, Anmerkung 5.
Eine Komödie und höchst aufschlußreiche Memoiren: Die Komödie *Le Singe de la Mode (Der Modeaffe);* die Gegenwartsanalyse: *Histoire de mon temps.*
Kardinal Polignac: Voltaire besang den Kunstsammler in seinem *Le Temple du Goût.*

93. Friedrich an Voltaire

Berlin, 5. Dezember 1742

Anstatt Ihre *Pucelle* und Ihre schöne *Histoire* zu bekommen, schicke ich Ihnen eine kleine Komödie, die aus dem Extrakt aller Narrheiten besteht, die zu sammeln und zu vernähen ich in der Lage war. Ich ließ sie auf der Hochzeit Caesarions aufführen, und sie wurde dort gar nicht gut gespielt. D'Éguilles, der mir Ihren Brief antikischen Datums überbrachte, ist nunmehr hier. Man sagt, er wäre aus anderem Holz geschnitzt als sein Bruder; ich hatte noch keine Gelegenheit, darüber zu urteilen. Von der *Pucelle* habe ich nur das Alpha und das Omega; hätte ich dazu noch die Gesänge IV, V, VI und VII, wäre es ein Schatz, den Sie mir in seiner Gänze übereignet hätten.

Es scheint so, als würden die Damen Gläubigerinnen, genannt die Siebzehn Provinzen, es mit den Zahlungen ebenso eilig haben, wie die Herren Marschälle von Frankreich bei ihren Operationen das Schneckentempo mögen. Was Ihre Gläubiger angeht, so bitte ich Sie, ihnen mitzuteilen, daß ich noch allerlei Gelder mit den Holländern zu verrechnen habe und daß es noch nicht vollends klar ist, wer als Schuldner zurückbleibt.

Falls Paris die Insel der Kythera ist, sind mit Sicherheit Sie der Trabant der Venus, der diesen Planeten umkreist und der Bahn folgt, die dieser Stern von Paris nach Brüssel und von Brüssel nach Cirey beschreibt. Berlin besitzt nichts, das Sie anziehen könnte, es sei denn, die Astronomen unserer Akademie mit ihren langen Fernrohren könnten Sie von

Ihrer Bahn ablenken. Wir Völker des Nordens sind nicht so verweichlicht wie die Völker des Westens; die Männer bei uns sind weniger weibisch und infolgedessen männlicher, zu mehr Arbeit und Ausdauer fähig und, um die Wahrheit zu sagen, weniger umgänglich. Und es ist exakt dieses Leben von Genußmenschen, das man in Paris führt und das Sie so hochloben, was der Reputation Ihrer Armeen und Ihrer Generale zum Verhängnis wurde, in Linz, in Frauenberg, in Eger, in Amberg etc.

Surtout, en écoutant ces tristes aventures,
Pardonnez, cher Voltaire, à des vérités dures
Qu'un autre aurait pu taire ou saurait mieux voiler,
Mais que ma bouche enfin ne peut dissimuler.

(Vor allem, wo von diesen Mißgeschicken Sie nun hör'n,
Bitt' ich Sie, bester Voltaire, um Nachsicht für das harte Wahre,
Das andere verschweigen, besser auch verkleiden könnten,
Doch das mein Mund am Ende nicht vertuschen kann.)

Adieu, teurer Voltaire; schreiben Sie mir oft, und schicken Sie mir vor allem Ihre Werke und die *Pucelle.* Ich habe so viel zu tun, daß mein Briefstil augenblicklich etwas lakonisch ist. Der Brief wird Sie weniger langweilen, wenn ich jetzt nicht noch mehr sage. Federic.

D'Éguilles: Jean Baptiste d'Éguilles war der Bruder des in Berlin weilenden Marquis d'Argens.
Die Siebzehn Provinzen: Für Kriege borgte man sich für gewöhnlich in Holland, bei den Vereinigten Provinzen, Geld.
Wer als Schuldner zurückbleibt: Am 4. November hatte Voltaire den König gebeten, Geldforderungen eines befreundeten Hauptmanns, der Rekruten angeworben hatte, bei den Generalstaaten geltend zu machen. Friedrich ließ sich auf den Privathandel nicht ein.
In Linz, in Frauenberg, in Eger, in Amberg etc.: Orte französischer Schmach von 1742: Rückzugsgefechte, Vorstöße in die falsche Richtung, Kapitulationen.

1743 stirbt Antonio Vivaldi, wird Madame du Barry geboren, ist in Deutschland Christian Fürchtegott Gellert ziemlich unumstritten der beliebteste Poet, der von Leipzig aus sein Publikum mit freundlicher Moral unterhält: »Bei Gütern, die wir stets genießen, / Wird das Vergnügen endlich matt; / Und würden sie uns nicht entrissen, / Wo fänd' ein neu Vergnügen statt?« – Indes ist der Briefverkehr zwischen Paris / Cirey und Berlin / Potsdam in diesem Winter spärlich. Der König von Preußen kümmert sich unter anderem um seinen Karneval, reist ins 1742 eroberte Schlesien; Voltaire hingegen erlebt die triumphale Aufführung seiner neuen Tragödie *Mérope,* wird von Quentin de la Tour porträtiert – und, wegen des Votums der geistlichen Mitglieder, *nicht* zum Mitglied der Académie Française gewählt.

94. Friedrich an Voltaire

Potsdam, 6. April 1743

Mein werter Voltaire, Sie überhäufen mich mit Wohltaten, während ich mich Ihnen gegenüber in tiefstes Schweigen hülle; ich erhalte die kostbaren Früchte Ihrer Freundschaft, Ihrer durchwachten Nächte, Ihrer Studien, während ich von Provinz zu Provinz eile, ohne meinen Irrstern fixieren und mein ehemaliges Leben wieder aufnehmen zu können.

Nachdem ich mehr als nötig politisiert, finanziert und auch martialisiert habe, bin ich endlich aus Breslau zurück. Ich hoffe, nun ein wenig der Ruhe zu genießen und meine Geschäfte mit den Musen neu beleben zu können. In Kürze werde ich Ihnen das Vorwort zu meinen *Memoiren* schicken. Ich kann Ihnen nicht das ganze Werk zukommen lassen, denn es darf erst nach meinem und dem Tod meiner Zeitgenossen erscheinen, und zwar eben deswegen, weil ich mich bei jeder Einzelheit nicht von der Wahrhaftigkeit entfernt habe, mit der ein Historiker zu schreiben hat. Ihre *Histoire universelle* ist bewundernswert; doch wie beschämend ist sie für das Menschengeschlecht und selbst für die Vorsehung, falls wirklich sie es ist, die jene Menschen erkürt, bestimmt, welche die Welt regieren sollen und als Triebfeder für jene Veränderungen dienen, denen die Erde ausgesetzt ist!

Ich bin höchst ergrimmt zu erfahren, daß die Grippe Sie heftig gepackt hat. Optimistisch gehe ich davon aus, daß der Geist dem Körper helfen wird, so, wie Öl die Flamme der Lampe brennen läßt.

D'Argens hat seine Komödie aufführen lassen, die uns allesamt gähnen machte. Er wollte sie in Paris spielen lassen; doch habe ich ihn davon abgebracht, da er mit Gewißheit ausgepfiffen worden wäre. Sie sind einzigartig: Mit neunzehn Jahren haben Sie eine Tragödie geschrieben und mit zwanzig ein Epos, doch nicht jeder heißt Voltaire.

Die lachhaften Umtriebe der Pariser Frömmler sind nun sogar bis in den Norden gedrungen. Ich war mir sicher, daß Voltaire verdammt würde, sobald er vor dem Areopag der Midasse mit Mitramützen erschiene. Bringen Sie es über sich, eine Nation zu verachten, welche die Verdienste der Belle-Isles und der Voltaires verkennt, und kommen Sie in ein Land, wo man weiß, was Sie wert sind, wo man Sie liebt, wo man nicht bigott ist. Adieu. Federic.

Die *Jungfrau!* la *Pucelle!* die *Jungfrau!* la *Pucelle!* und noch einmal die *Jungfrau!* In Gottes Namen, oder besser noch in Ihrem, schicken Sie sie mir.

D'Argens hat seine Komödie aufführen lassen: In seiner nicht goutierten Komödie *L'embarras de la cour (Die Hofverwirrung)* hatte Jean-Baptiste de Boyer, Marquis d'Argens, sein Zerwürfnis und seine Versöhnung mit seiner zeitweiligen Liebschaft, der Herzoginwitwe von Württemberg, bearbeitet.
Areopag der Midasse mit Mitramützen: Midas, sagenhafter König von Phrygien; alles von ihm Berührte wurde zu Gold – Anspielung auf die pfründereichen schriftstellernden Bischöfe unter den *Vierzig Unsterblichen,* also unter den Mitgliedern der Académie Française.

95. Friedrich an Voltaire

Magdeburg, 27. Juni 1743

Oui, votre mérite, proscrit
Et persécuté par l'envie,
Dans Berlin, qui vous applaudit,
Aura son temple et sa patrie.

(Ja, Ihr Verdienst, geächtet
Und verfolgt von Eifersucht,
Wird in Berlin, das Sie bejubelt,
Seinen Tempel haben und sein Vaterland.)

Ich irre zur Zeit mehr durch die Lande als der Jude, welchen d'Argens schreiben und umherreisen läßt. Als neuer Sisyphos rolle ich das Rad, das zu rollen ich verdammt bin; und bald in dieser, bald in jener Provinz gebe ich meinem kleinen Staat Antrieb, sichere im Schatten des Friedens, was ich aus den Armen des Krieges gewonnen habe, ändere alte Mißbräuche ab, schaffe Platz für neue, korrigiere Fehler und mache dabei ganz ähnliche. Dies aufreibende Leben kann bis August andauern, wenn nicht der Kobold, der mich spazierenführt, sich entschließt, mich noch länger zu schikanieren. Ich glaube, dann werde ich mich genötigt sehen, eine Reise nach Aachen zu unternehmen, um die irreparablen Sprungfedern in meinem Unterleib, die Ihren Freund zuweilen Höllenqualen leiden lassen, zu reparieren. Falls ich also dann das Vergnügen hätte, Sie zu sehen, wäre mir das sehr angenehm; denn ich glaube, daß für jedweden besorgten Kranken

> A l'œil jaune, à l'air hypochondre,
> Éxilé par la Faculté
> Pour se baigner et se morfondre,
> Et se tuer pour la santé,
> Que Voltaire est un grand remède;
> Que deux mots et son air malin
> Savent dissiper le chagrin,
> Et que son pouvoir ne le cède
> A Hippocrate ni Galien.

> (Mit gelbem Aug' und Hypochonderblick,
> Von Ärzten ins Exil geschickt,
> Um zu baden sich und auszuharren
> Und für sein Wohl zu töten sich,
> Voltaire ein gutes Mittel ist;
> Zwo Worte nur und sein schlauer Blick
> Wissen Kummer zu vertreiben,
> Und seine Macht steht nicht zurück
> Hinter der Hippokrates' und Galens.)

Also, so Sie sich in diesen Gefilden aufhalten mögen, verspreche ich Ihnen eine Unterkunft, mit der Sie zufrieden sein sollen, und vor allem eine Zeit jenseits von Querelen und Nachstellungen der Frömmler. Sie haben in Frankreich zuviel Schmach erduldet, als daß Sie dort in Ehre bleiben könnten; Sie müssen ein Land verlassen, wo man Ihren Ruf tagtäglich erdolcht und wo die Midasse bei allem das erste Wort haben. Adieu, lieber Voltaire; halten Sie mich bitte über Ihre Gefühle auf dem laufenden und seien Sie sich der meinen gewiß. Federic.

Der Jude, welchen d'Argens schreiben und umherreisen läßt: In den *Lettres Juives* des Marquis d'Argens von 1742 schreibt ein durchs Abendland reisender Jude Briefe an den Rabbiner von Konstantinopel. Diese, europäische Zustände bespöttelnden Briefe begeisterten Friedrich schließlich zu einer lebenslangen Freundschaft mit dem Marquis. Viel später, 1771, verweigerten die Geistlichen von Toulon die Aufstellung eines Epitaphs, den der Alte Fritz diesem französischen Freund zum Angedenken stiften wollte. Ecclesia triumphans?

Hielt Voltaire den großen Friedrich über alle Gefühle auf dem laufenden? Eher nur teilweise. Voltaire plante eine zweite Reise nach Berlin ein. Aber es ging nicht nur um den Fluchtausflug eines verfolgten Poeten. Voltaire bot erneut in Versailles seine Kundschafterdienste an, und diesmal lehnte Versailles nicht ab. In geheimer Mission sollte der geächtete Dichter den König der Preußen aushorchen. Zur perfekten Einfädelung dieser hochkarätigen Schurkerei wurde in Paris Voltaires Drama *La Mort de César* verboten. Der teils wirklich verbotene Dichter wirkte nunmehr für den – leider hellsichtigen – Friedrich nun noch verbotener. Versailles kam Voltaires Geldvermehrungsdrang mit 8000 Francs Geheimentlöhnung entgegen. Seltsam nur, daß trotz dieser Geheimstufe I in Sachen ›Voltaire spioniert Berlin aus‹ Madame de Tencin schon am 18. Juni 1743 an Voltaires alten Freund, den Herzog von Richelieu, schreiben konnte: »Madame du Châtelet ist überzeugt, daß Voltaire verloren ist, wenn durch sein Mißgeschick irgend etwas zutage träte. Diese Geheimnistuerei hat einen Hauch von Komödie ...« Friedrichs Agenten in Paris konnten in den Cafés bald dieses oder jenes Detail über den Spionageauftrag des Herzensfreundes notieren. Nur einer hielt sich bei diesem trostlosen Komplott für den Star zwischen den Fronten: Monsieur de Voltaire selbst, gerade – insbesondere auf Betreiben des Bischofs von Mirepoix – nicht in die Académie aufgenommen. Der dramatische Spion wählt den Weg über Holland, wo immer wieder mal die eigenen Werke nachgedruckt werden. Das Wohnquartier, die Preußische Gesandtschaft in Den Haag, kennt man schon:

96. Voltaire an Friedrich

Den Haag, 28. Juni 1743

Sous vos magnifiques lambris,
Très-dorés autrefois, maintenant très-pourris,
Emblème et monument des grandeurs de ce monde,
O mon maître! je vous écris,
Navré d'une douleur profonde.
Je suis dans votre Vieille-Cour,
Mais je veux une cour nouvelle,
Une cour où les arts ont fixé leur séjour,
Une cour où mon roi les suit et les appelle,
Et les protège tour à tour.
Envoyez-moi Pégase, et je pars dès ce jour.

(Unter Ihren herrlichen Paneelen,
Einstmals sehr vergoldet, nunmehr sehr verfault,
Bild und Mahnmal aller Größe dieser Welt,
O mein Herr! schreib' ich an Sie,
Von tiefem Schmerze übermannt.
An Ihrem Alten Hofe bin ich,
Doch will ich einen neuen Hof,
Einen, wo die Künste ihren Aufenthalt genommen,
Einen, wo mein König ihnen folgt und sie auch ruft
Und einer jeden Schutz gewährt.
So schicken Sie mir Pegasus, und ich reis' heute ab.)

Hat mein Held meine Briefe aus Paris erhalten, worin ich ihm mitteile, daß ich mich davongestohlen habe, um ihm meine Aufwartung zu machen? Ich sandte sie an David Girard, und als Adresse schrieb ich Monsieur Frédérics-Hof. Nun ist David Girard gewiß nicht so begriffsstutzig, um nicht zu merken, daß dieser Monsieur Frédérics-Hof der größte König ist, den wir haben, der bedeutendste Mann, dem mein Herz gehört, der, dessen Gegenwart mich einige Tage lang zu einem glücklichen Menschen machte.

Ich warte also im Haag, bei Monsieur de Podewils, auf die Befehle Ew. Humanität und auf den *Vorspann* Ew. Majestät.

Gut, daß ich noch einmal den großen Friedrich sehe und nicht dieses Schulmeisterlein de Boyer, diesen Ex-Bischof von Mirepoix, der mir viel besser gefiele, wenn er seit mindestens zwanzig Jahren noch mehr ex wäre.

Pour vous, grand roi, si votre diable
Vous promène au son du tambour
Dans Stettin ou dans Magdebourg,
Mon bon ange, plus favorable,
Va me conduire à votre cour,
Au son de votre lyre aimable.

(Doch falls, großer König, Ihr Teufel
Sie führt unterm Klange der Trommel
Nach Stettin oder Magdeburg hin,
Wird mich mein Engel, gnädiger,
Zu Ihrer Hofstatt leiten,
Unter Ihrer lieben Lyra Klang.)

Ich wohne hier bei Ihrem würdigen und liebenswürdigen Gesandten, der untröstlich ist, der nicht ißt noch trinkt, weil die Holländer die Ländereien eines großen Königs unter Wert haben wollen. Man muß sich eben daran gewöhnen, daß die Holländer Geld so sehr lieben, wie ich Sie liebe.

Quand quitterais-je, hélas! cette humide province
  Pour voir mon héros et mon prince?

(Wann, ach, werde ich dies nasse Land verlassen,
  Um meinen Held und Fürsten zu erspähen?)

Ich warte auf den Vorspann Ew. Majestät: Auch im Original steht: *Vorspann;* gemeint sind Wagenpferde.

Stettin oder Magdeburg: Berlin, Magdeburg, Stettin, Mollwitz, Chotusitz – kein Dichter versuchte je, mehr deutsche Ortsnamen zu poetisieren. Der Urfranzose Voltaire wurde im Laufe seines Lebens ohnehin immer germanophiler. Er liebte Gotha, Bayreuth, viele dieser kleinen, recht unbeschwerten, immer regen Höfe, wo viel Miniaturkultur, Anbetung und Gesprächsfreiheit zu finden war.

Die Ländereien eines großen Königs: Es gab preußische Domänen in Holland, Erbgut aus der Oranierheirat des Großen Kurfürsten, die losgeschlagen werden sollten.

97. Friedrich an Voltaire

Rheinsberg, 3. Juli 1743

In höchster Eile sende ich Ihnen die Pässe für Ihre Rosse. Nicht Bucephalosse, auch keine Pegasusse werden Sie ziehen, doch das wäre mir lieb, denn sie brächten Apoll nach Berlin.

Man wird Sie hier mit offenen Armen empfangen, und ich werde mein möglichstes tun, damit Sie sich wohl fühlen.

Ich breche gerade nach Stettin auf, und von dort geht es nach Schlesien; aber ich werde dennoch die Zeit finden, Sie zu sehen und Ihnen zu versichern, wie sehr ich Sie schätze.

Adieu. Federic.

Ihr Franzosen laßt euch wie die Hunde verprügeln, ich erkenne diese Nation nicht wieder; die Wollust hat sie verweichlicht, sie steht da wie Hannibal nach der Schlacht von Capua.

Ihr Franzosen laßt euch wie die Hunde verprügeln: Am 27. Juni besiegten die Österreicher und Engländer die Franzosen bei Dettingen. Das mit Abstand erfreulichste Resultat dieses Ringens war Händels *Dettinger Tedeum,* aufgeführt in London 1743.

98. Voltaire an Friedrich

Den Haag, in Ihrem weitläufigen,
zerfallenen Palast, 13. Juli 1743

Mein König, ich habe nicht die Ehre, zu jenen Helden zu zählen, die mit einem Quartanfieber auf Reisen gehen; ich werde zum Manichäer, ich bekenne mich zu zwei Prinzipien in der Welt. Das gute Prinzip ist die Menschlichkeit meines Helden, das zweite ist das physische Leiden, und dieses verhindert den Genuß des ersteren.

Gestatten Sie denn, mein anbetungswürdiger Monarch,

daß die Seele, die sich in diesem schwächlichen Leibe so wenig wohl fühlt, sich nicht in der Ungewißheit, ob sie Ew. Majestät antreffen wird, auf den Weg macht. Wenn Sie in ein paar Wochen in Berlin sind, werde ich dorthin eilen; falls Sie fürderhin reisen und falls Sie sich aus den Tiefen Schlesiens nach Aachen begeben, werde ich Sie dort in einem heißen Bad erwarten, allerdings weniger heiß als Ihre Einbildungskraft.

Ich habe die Ehre, Ihnen eine Dosis Opium mit auf den Weg zu geben; ein Paket mit akademischen Sentenzen. Ew. Majestät werden den *Discours* von Maupertuis, dazu einige Anmerkungen von Madame du Châtelet lesen können. Wollte Gott, daß die Franzosen nur solche Fehler machten, wie Madame du Châtelet sie angestrichen hat! Der Kaiser bekäme Böhmen und würde zumindest in München soupieren, anstatt in Frankfurt zu verhungern.

Aber, Sire, trotz der ehrenvollen Rückzüge Ihres Straßburger Freundes und trotz des Fauxpas bei Dettingen scheint es, als ob es den Franzosen nicht an Mut gemangelt hätte; allein die Musketiere, nicht mehr als zweihundertfünfzig an der Zahl, haben fünf englische Linien ins Wanken gebracht und nur sterbend das Feld geräumt; die große Zahl unserer getöteten oder verwundeten Adeligen zeugt von unleugbarer Tapferkeit. Was würde diese Nation nicht vollbringen, würde Sie von einem Fürsten wie Sie kommandiert.

Wo sie Mut besitzt, besitzt das Ministerium Zähigkeit; und eine neue Mosel-Armee wird die Vereinigten Provinzen bald an den Verhandlungstisch bringen.

Ich glaube, der Vertrag zwischen Sardinien und Spanien ist bald unter Dach und Fach; eine neue Theaterszene; und was in Schweden passiert, könnte das Gesicht des Nordens ändern.

Dans ce choc orageux de cent peuples divers,
Mon héros triomphant tient la foudre et la lyre.
Ses yeux toujours perçants, ses yeux toujours ouverts,
Regardent les erreurs du chétif univers;
Il voit trembler Stockholm, il voit périr l'Empire;
Il voit les fiers Anglais, ces souverains des mers,

Faux désintéressés qu'un faux espoir attire,
S'enivrant sur le Main de succès fort légers,
Traîner sous leurs drapeaux, ou plutôt dans leurs fers,
Ces Bataves pesants dont la moitié soupire;
  Il voit Broglio qui se retire,
Agissant, raisonnant et parlant de travers;
  Il voit tout, et n'en fait que rire,
Et je veux avec lui rire à mon tour en vers.

(Bei diesem Donnerknall aus hundert Völkern
Hält mein Held siegreich Blitz und Lyra fest.
Seine immer scharfen, immer offenen Augen,
Sehen sich die Fehler des verzagten Universums an;
Wanken sieht er Stockholm, untergehen das Reich;
Die stolzen Engelländer sieht er, Herren der Meere,
Nur scheinbar ohne Eigennutz, von einem Wahn verlockt
Und wie berauscht von etwas Sieg am Main,
Mit sich schleifend unter ihren Bannern, in ihren Ketten eher,
Diese feisten und zur Hälfte stöhnenden Bataver;
  Broglio beim Rückzug sieht er,
Wie er widersinnig handelt, denkt und spricht;
  Alles sieht er, und er lacht nur,
Und lachen will ich mit ihm, nach meiner Art im Vers.)

Ich befürchte, dies hier entspringt lediglich einer fiebrigen Wallung; aber meine größte Wallung ist, Ew. Majestät ansichtig zu werden. Wo werde ich Sie erblicken? wo werde ich glücklich sein? Wird es in Berlin sein? Wird es Aachen sein?

Ich liege Ihnen zu Füßen, bezaubernder Monarch, einzigartiger Mensch, und ich erwarte Ihre Befehle, um meine Marschroute festzulegen.

Straßburger Freund: Der französische Marschall de Broglie, mit dem Friedrich 1740 in Straßburg zusammengetroffen war.
Ich glaube, der Vertrag ...: Die Niederlande waren im 18. Jahrhundert ins Schlepptau Englands geraten; um die europäische Schlachtplatte noch reicher zu garnieren, erklärte sich das Königreich Sardinien am 13. September

für Maria Theresia und gegen den gejagten Kaiser Karl VII. aus Bayern. Im Norden zwangen die Russen die Schweden, Adolf Friedrich von Holstein-Gottorp, verwandt mit dem Zarenhaus, zum schwedischen Thronfolger zu wählen.

Anfang August war Voltaire auf dem Weg nach Potsdam. Während nun auch schon beispielsweise eine Kölner Zeitung Voltaires Reisemotive diskutierte, glaubte nur noch der Reisende und eifrig mit Versailles Korrespondierende selbst, daß er Preußen, durch eine Bestechung des preußischen Außenministers Graf Podewils, gegen England mobilisieren könnte. Mit der linken Hand bereitete indessen Friedrich schon eine andere Überraschung für den windigen Freund vor. Am 17. August teilte er seinem Vertrauten Graf Rothenburg mit: »Hier haben Sie ein Stück eines Briefes von Voltaire, den ich Sie, ohne daß Wir dabei in Erscheinung treten, auf einem Umweg dem Bischof von Mirepoix in die Hände zu spielen bitte. Es ist meine Absicht, Voltaire mit Frankreich so restlos zu entzweien, daß ihm nichts anderes übrigbleiben wird, als bei mir zu bleiben.« Und was bekam der mächtige Jean-François de Boyer, Bischof von Mirepoix, zu lesen? Natürlich: »Gut, daß ich noch einmal den großen Friedrich sehe und nicht dieses Schulmeisterlein de Boyer, diesen Ex-Bischof von Mirepoix, der mir viel besser gefiele, wenn er seit mindestens zwanzig Jahren noch mehr ex wäre.« Man kämpfte mit harten Bandagen in diesem Ruhmes-Match: Während Voltaire, noch in Diplomatenpose, wieder einmal Westfalen hinter sich ließ, hatte Friedrich bereits einen Punkt für sich gemacht. Der anrollende Spion und Schöngeist wurde vom Monarchen schon erwartet.

99. Friedrich an Voltaire

Potsdam, 20. August 1743

Ich bin erst seit zwei Tagen zurück und habe hier drei Ihrer Briefe vorgefunden.

Le dieu de la raison et le dieu des beaux vers
Président tous les deux dans vos brillants concerts;
Vous déridant le front en voulant nous instruire,
Vos vers de Juvénal empruntent la satire.
Contre vous le bigot n'aura pas jeu gagné,
De l'hysope jusqu'au cèdre il n'est rien d'epargné.

Malheur à Mirepoix, si son panégyrique
Se prononce jamais en style académique!
Les Arts, qu'il offensa, pour venger leurs chagrins,
Bouleverseront sa tombe avec leurs propres mains;
Et la fade oraison que lui fera Neuville
Aura même en sa bouche un air de vaudeville.

(Der Gott der Vernunft und der schönen Verse Gott
Sitzen alle beide Ihren glänzenden Konzerten vor;
Sie heitern Ihre Stirne auf, wenn Sie uns bilden wollen,
Von Juvenal entleihen Ihre Verse sich den Biß.
Gegen Sie wird der Frömmler nimmermehr obsiegen,
Zwerg nicht noch Giganten, nichts verschonen Sie.
Mirepoix hat Pech, wenn sein Lobessänger
Ihn nicht lobt, wie er es akademisch soll!
Die Künste, die er beleidigte, werden rächen sich,
Umstoßen seinen Sarkophag mit ihren eigenen Händen;
Und die fade Totenrede, die ihm Neuville dann hält,
Gerät in seinem Munde mehr zum Schwank.)

Ich bedaure jene, die das Pech haben, Sie zu beleidigen, denn mit vier Halbversen machen Sie sie lächerlich *ad saecula saeculorum.* Ich gehe nicht, wie ich es mir vorgenommen hatte, nach Aachen. Sie wissen, daß ich die Ehre habe, ein politisches Atom zu sein, und in dieser Eigenschaft muß sich mein Magen nach den jeweiligen Konstellationen der europäischen Angelegenheiten richten; das tut ihm nicht immer gut.

Mir scheint, mein lieber Voltaire, daß Sie ein wenig nach der Art der Wetterfahne auf dem Parnaß sind und sich für keine Partei entschieden haben. Weiter sage ich Ihnen dazu nichts, denn alles, was ich vorbringen könnte, müßte Ihnen suspekt vorkommen. Das Bild, das Sie mir von Frankreich malen, ist in schönsten Farben gehalten, aber Sie mögen mir sagen, was immer Sie wollen, eine Armee, die sich drei Jahre lang auf der Flucht befindet und die geschlagen wird, wo immer sie sich zeigt, besteht gewißlich nicht aus einer Anhäufung von Caesars und Alexandern, und Ihre bei Dettingen getöteten Franzosen, die Sie dermaßen glorifizieren, wurden allesamt von hinten getroffen, was offenbar wurde, als man die Gefallenen auf dem Schlachtfeld untersuchte.

> Ces aimables poltrons, plus femmes que soldats,
> Sont faits pour le théâtre et non pour les combats.
>
> (Diese liebenswerten Memmen, mehr Frauen als Soldat,
> Sind für die Bühne gut geeignet und weniger zum Kampf.)

Bezaubernde Nation, heiter und verrückt, unterhalte Europa, doch trachte nicht danach, gefürchtet zu sein, Du, die Du vor der allernichtswürdigsten Völkerschaft Ungarns davonläufst und vor einer Handvoll Männer, die bloß die Überreste einer von Türken und Preußen vernichteten Armee sind, das Weite suchst.

Ich werde Ihnen ausführlicher schreiben, sobald ich weiß, ob Sie vielleicht hierherkommen und wessen Partei Sie ergreifen.

Ich werde nicht gemalt, ich lasse mich nicht mehr malen; so kann ich Ihnen nur meine Gedenkmünzen geben. *Vale.*

Federic.

Neuville: Der Jesuit Anne Joseph Claude Frey de Neuville war am 25. Mai Leichenredner des Kardinals Fleury gewesen.
Ad saecula saeculorum: »In alle Ewigkeit« – eine tückische Feststellung, wenn man bedenkt, welche vernichtenden Zeilen Voltaires Friedrich gerade dem Bischof von Mirepoix zukommen ließ.

100. Friedrich an Voltaire

Potsdam, 24. August 1743

> Tous ces complots, tous ces fracas,
> Projets, avortons politiques,
> Dont le sage fait peu de cas
> Mais qui de nous autres laïques
> Dirigent trop souvent les pas,

Ont sur mon estomac, Voltaire,
Des droits que je ne savais pas;
Le tourbillon de ma sphère
Dirige ma barque légère
Loin de Spa dans d'autres états.

(All diese Komplotte, all dies Getöse,
Pläne, Mißgeburten der Politik,
Um welche der Weise sich kaum schert,
Doch die bei uns Bürgern der Welt
Nur allzu oft lenken den Schritt,
Haben über meinen Magen, Voltaire,
Eine Macht, die ich nicht kannte;
Der wirbelnde Wind meiner Sphäre
Treibt meine leichtgebaute Barke
Fort von Spa in andere Staaten.)

So werde ich also in Berlin die Freude haben, den französischen Apoll meinetwegen von seinem Parnaß herabsteigen und ein wenig mit der prosaischen Kanaille sich verbrüdern zu sehen! Ich bitte Sie, mein lieber Voltaire, bringen Sie einen ordentlichen Vorrat an Nachsicht mit, und vor allen Dingen soll kein Grammatikus mit seiner Elle unser überbordendes Reden bemessen oder uns wegen eines Wortschnitzers strafen. Sie werden eine Schauspieltruppe vorfinden, die sich gerade zusammenrauft, eine noch neue Akademie, doch in erster Linie Menschen, die Sie lieben und die Sie bewundern.

Des suffrages germains receuillissez les fruits
Sa trompette à la main la *Henriade* vole
Des enfants du Soleil jusqu'aux Lapons du pole;
De votre fameux nom ces peuples sont instruits.

(Nehmen Sie die Früchte teutscher Zuneigung an.
Die *Henriade* fliegt mit der Trompete in ihrer Hand
Von den Kindern der Sonne bis zu den Lappen am Pol;
Ihren ruhmreichen Namen kennen diese Völker.)

Einen hochwohleseligen Bischof von Mirepoix haben wir hier nicht. Wir können mit einem Kardinal und ein paar Bischöfen aufwarten, von denen die einen die Liebe von vorn, die übrigen von hinten betreiben, die eher in der Theologie des Epikur als in der des heiligen Paulus bewandert sind, kurz gesagt, mit braven Leuten, die niemanden mit Verfolgung plagen und die ausschließlich Küster- und Kantoreiämter vergeben, auf die Sie es wohl kaum abgesehen haben.

Apportez au moins, en venant,
Cette vierge si découplée
Qui brillait plus dans la mêlée
Que tous vos héros d'à présent; –
Que ce Broglio, toujours fuyant,
Reduisant sa troupe en fumée; –
Que Maillebois toujours errant,
Menant promener son armée; –
Que Ségur, le capituleur,
Et que Conti, transis de peur.

(Bringen Sie zumindest, wenn Sie kommen,
Die so gut gebaute Jungfrau mit,
Die im Kriegstanz mehr brillierte
Als alle Ihre Helden jetzt; –
Als Broglio, immer auf der Flucht,
Der sein Heer zu Rauch auflöst; –
Als Maillebois, auf dem Irrpfad stets,
Der sein Heer spazierenführt; –
Als Ségur, der weißen Fahne Amateur,
Als Conti auch, von Angst durchbebt.)

Von meinen *Memoiren* werde ich Ihnen zeigen, was ich glaube, Ihnen zeigen zu können. Alles darin entspricht der Wahrheit und ist folglich von der Art, daß es erst im kommenden Jahrhundert erscheinen darf.

Adieu, lieber Voltaire; bis zum Wiedersehen. Federic.

Eine noch neue Akademie: Friedrich hatte gerade die *Nouvelle société littéraire* ins Leben gerufen.
Einen *hochwohleseligen Bischof von Mirepoix:* Das Wortspiel lautet im Französischen etwas anders: Mirepoix, nebenbei auch Erzieher des Dauphins, signierte mit *anc. évêque de Mirepoix* (= *ancien* = ehemaliger Bischof von Mirepoix); daraus hatte Voltaire gemacht: *âne de Mirepoix,* also Esel von Mirepoix.

Voltaire kam am 30. August 1743 in Berlin an. Er stieg im Hôtel de Montgobert ab, dem seinerzeit besten Hause der Stadt. Am 31. siedelte er ins Schloß Montbijou über, wo die Königinmutter residierte: »Gestern abend soupierte Monsieur de Voltaire bei mir, er war heiterster Stimmung, er ließ sich zu etlichen Gedichten aus dem Stand hinreißen.« Am 1. September begab sich Friedrich von Potsdam nach Charlottenburg, um am 2. September in Montbijou mit dem Gast aus Frankreich zusammenzutreffen. Sodann gingen Billetts mit wechselseitigen Kurzhuldigungen zwischen Charlottenburg und Montbijou hin und her. Nur wenige Tage vergingen, bis Voltaire den Entschluß faßte, nun gestalterisch in die Politik einzugreifen. Der einzige ›Doppelbrief‹ entstand. Ein antiösterreichisch-englisch-niederländisch-sardisches Bündnis zwischen dem abgekämpften Frankreich und Friedrich II. (in ›Sachen deutsche Kaiserkrone‹) kam am Ende nicht zustande. Vor der Lektüre des ›Doppelbriefs‹ sind vielleicht ein paar Namen zu erläutern: *Jan de la Bassecour* – Ratspensionär und Generalschatzmeister von Amsterdam (*Basse-cour* – im Französischen: Hühnerhof); *Wilhelm Graf Bentinck, Franz Fagel, (Johann Heinrich Graf v. Wassenaar) Freiherr v. Obdam* – Wortführer holländischer Politik, die das antifranzösische Bündnis mit England betrieb; *der Großherzog* – Franz III. von Toskana, Gemahl Maria Theresias und ab 1745 als Franz I. König und *(römischer)* Kaiser des Heiligen Römischen Reiches Deutscher Nation; *Wilhelmine von Preußen,* Friedrichs Lieblingsschwester, war 1731 an den Markgrafen von Bayreuth verheiratet worden.

101. Voltaire an Friedrich, mit Randbemerkungen des Königs

Würden Ew. Majestät die große Güte haben, Ihre Überlegungen und Befehle am Rande zu vermerken?

1. Ew. Majestät wissen wahrscheinlich, daß der Sieur de Bassecour, Erster Bürgermeister von Amsterdam, bei Monsieur de la Ville, Gesandtem Frankreichs, vorstellig geworden ist, um Vorschläge für einen Friedensschluß zu unterbreiten. La Ville erklärte, daß, wenn die Holländer Angebote zu machen hätten, sein Herr, der König, sie möglicherweise prüft.

1. Dieser Bassecour ist offensichtlich derjenige, der sich darum kümmert, für die Generalstaaten die Kapaune und Hähne Indiens zu nudeln.

2. Ist es nicht augenscheinlich, daß in Holland die Friedenspartei die Oberhand gewinnt, wenn Bassecour, einer der größten Kriegstreiber, von Frieden zu sprechen beginnt? Ist es nicht augenscheinlich, daß Frankreich Stärke und Umsicht zeigt?

2. Ich bewundere Frankreichs Umsicht; aber Gott bewahre mich davor, jemals diese Umsicht nachzuahmen!

3. Wenn Ew. Majestät unter diesen Umständen ein Machtwort sprächen, wenn Sie durch das Aufstellen einer neutralen Armee den übrigen Reichsfürsten ein Beispiel gäben, würden Sie damit nicht den Engländern das Zepter Europas entreißen, die triumphieren und sich über Sie mit ebenso empörender Arroganz äußern wie die Partei der Bentincks, Fagels, Obdams? Ich habe sie selbst sprechen hören, und ich sage Ihnen nichts als die lautere Wahrheit.

3. All dies nähme sich in einer Ode viel reizender aus als in der Wirklichkeit. Um das, was Engländer und Holländer reden, schere ich mich herzlich wenig, zumal ich dieser Dialekte nicht mächtig bin.

4. Würden Sie sich nicht mit unsterblichem Ruhm bedecken, wenn Sie sich zum Protektor des Reichs erklärten? und ist es nicht Ihr vitalstes Interesse, die Engländer daran zu hindern, Ihren Feind, den Großherzog, zum römischen König zu machen?

4. Frankreich hat mehr Interesse als Preußen, dies zu verhindern; hier sind Sie schlecht informiert, mein lieber Voltaire; denn ohne einstimmige Zustimmung des Reichs läßt sich kein römischer König wählen; so haben Sie ganz recht, daß dies letztendlich von mir abhängt.

5. Wer auch immer nur eine Viertelstunde lang sich mit dem Herzog von Aremberg, dem Grafen Harrach, Lord Stair und allen Parteigängern Österreichs unterhalten hat, wird herausgehört haben, wie sehr man darauf brennt, Schlesien zurückzuerobern. Haben Sie in solchem Falle, Sire, einen anderen Verbündeten als Frankreich? und, ganz gleich, wie stark Sie sind, ist ein Alliierter für Sie denn ohne Nutzen? Sie wissen, welche Mittel dem Hause Österreich zur Verfügung stehen und wie sehr die Fürsten ihm verbunden sind. Doch würden die standhalten, wenn Ihre Macht mit der des Hauses Bourbon vereint dastände?

5. Wir werden Sie in Schlesien empfangen, Biribi,
Nach der Art der Barbari, mein Freund.

6. Würden Sie nicht allein dadurch, daß Sie Truppen nach Kleve in Marsch setzen, Schrecken und Respekt genug verbreiten, ohne indes fürchten zu müssen, daß man Ihnen den Krieg zu erklären wagte? Ist dies nicht, ganz im Gegenteil, das einzige Mittel, die Holländer dafür zu gewinnen, auf Ihr Geheiß zur Befriedung des Reichs und zur Wiedereinsetzung des Kaisers beizutragen, der dann zweimal Ihnen seinen Thron verdanken und dem Ihren zu Glanz verhelfen würde?

6. Sie wollen also, daß ich als wahrhafter Deus ex machina den Knoten auflöse?
Ich soll den Engländern, den Panduren, diesem unverschämten Völkchen Disziplin beibringen!
Prüfen Sie doch bitte meinen Gesichtsausdruck besser:
Dafür bin ich nicht boshaft genug.

7. Werden Ew. Majestät, gleichgültig, wessen Partei sie ergreift, sich mir wie einem Diener anvertrauen, wie jemandem, der sein Leben an Ihrem Hof zu verbringen begehrt? Möchten Sie mir die Ehre zuteil werden lassen, Sie nach Bayreuth zu begleiten, und würden Sie mich das beizeiten wissen lassen, damit ich mich, falls mir diese Gunst widerfährt, auf die Reise vorbereiten kann? Wenn Sie diesbezüglich etwas Positives anmerken würden, wäre das hinreichend, um das seit sechs Jahren ersehnte Glück, bei Ihnen zu leben, Wahrheit werden zu lassen.

7. So Sie nach Bayreuth reisen wollen, werden Sie mir dort sehr willkommen sein, nur darf die Reise nicht Ihre Gesundheit angreifen. Es hängt also von Ihnen ab, was Sie zu unternehmen gedenken.

8. Falls Ew. Majestät mich während der kurzen Zeit, welche ich in diesem Herbst an der Seite Ew. Majestät verbringen soll, zum Überbringer einer meinem Hofe angenehmen Nachricht machen könnten, so würde ich herzlich um die Ehre eines solchen Auftrags bitten.

8. Ich liebäugele mitnichten mit Frankreich; ich fürchte es nicht, und ich habe nichts von ihm zu erhoffen. Wenn Sie wollen, schreibe ich einen Hymnus auf Ludwig XV., in dem kein wahres Wort stehen würde; was jedoch die Politik angeht, so gibt es zur Zeit nichts, was uns verbindet; des weiteren ist es nicht an mir, das erste Wort zu sagen. Fragt man bei mir an, wird sich eine Antwort finden, doch Sie, der Sie so vernunftbegabt sind, bemerken wohl, wie lächerlich es wäre, wollte ich Frankreich grundlos politische Vorschläge unterbreiten, obendrein handschriftliche.

9. Handeln Sie ganz nach Ihrem Gutdünken; ich werde Ew. Majestät stets von ganzem Herzen lieben.

9. Ich liebe Sie von ganzem Herzen, ich schätze Sie; ich werde alles tun, um Sie zu besitzen, mit Ausnahme von Narreteien und Dingen, die mich auf alle Zeit in Europa lächerlich machen würden und die meinen Interessen und meinem Ruhm gründlich zuwiderlaufen. Der einzige Auftrag, den ich Ihnen bezüglich Frankreich geben könnte, bestünde in dem Ratschlag, daß man sich dort klüger verhalten sollte, als man es bisher getan hat.
Der Leib dieser Monarchie ist wahrhaft stark, ihre Seele jedoch ohne Kraft.

Voltaires französische Nerven werden weiter strapaziert:

102. Friedrich an Voltaire

Potsdam, 7. September 1743

Sie erzählen mir so viel Gutes über Frankreich und seinen König, daß zu wünschen wäre, alle Souveräne hätten solche Untertanen und alle Republiken solche Bürger. In der Tat entspringt die Kraft von Staaten daraus, daß ein gleicher Eifer alle Einzelglieder beseelt und daß das allgemeine Interesse zum eigenen Interesse wird.

Es wäre zu wünschen gewesen, daß Frankreich und Schweden Militärs gehabt hätten, die so dachten, doch es steht fest, daß, was auch immer Sie einwenden mögen, die Schwäche der Generäle und die Furchtsamkeit der Räte beider Nationen Ruf fast zugrunde gerichtet haben, wo doch vor nicht einmal hundert Jahren allein ihr Name Europa in Schrecken versetzt hat.

Wenn wir einmal Frankreich betrachten, wie hat es sich gegenüber seinen Verbündeten verhalten? Was für ein Exempel für Europa ist dieser geheime Friede, den der Kardinal de Fleury ohne Wissen Spaniens und des Königs von Sardinien geschlossen hat! Dadurch wurde der Schwiegervater des Königs preisgegeben und Lothringen einkassiert. Ein unerhörtes Exempel ist die Art und Weise, wie Frankreich den Kaiser im Stich läßt, Bayern opfert und dessen so achtenswerten Fürsten dem äußersten Elend ausliefert, und ich meine damit nicht die grausamen Lebensumstände für einen Fürsten, sondern eben die schrecklichste Lage, in die ein Mensch überhaupt geraten kann! Und welche Ränke des Kardinals mit Rußland zu einer Zeit, als wir Verbündete waren! Welche Offerten wurden in Mainz gemacht, um den Weg zum Frieden zu bahnen oder, genauer gesagt, gleich den nächsten Krieg zu entfachen! Wie schwätzen doch die Franzosen, wo Festigkeit zu wünschen wäre! Und selbst wenn es aus ihren Reden zuweilen blitzt, wie wenig entspricht dem das militärische Vorgehen!

Dennoch ist es die bezauberndste Nation Europas, und wenn man sie schon nicht fürchtet, so verdient sie doch, daß man sie liebt. Ein dieser Nation würdiger König, der sie weise regiert und der sich die Hochachtung ganz Europas erwirbt, könnte ihr den einstigen Glanz zurückgeben, welchen die Broglios und so viele andere, noch Unfähigere, stumpf werden ließen.

Wiederherzustellen, was andere verdorben haben, wäre ein eines Fürsten mit so guten Anlagen würdiges Werk; und niemals kann ein Souverän mehr Ruhm erringen, als wenn er seine Völker gegen rasende Feinde verteidigt, und so er diese mißliche Lage ändert, wird er am Ende das Mittel finden, seine Gegner so weit zu bringen, daß sie ihn demütig um Frieden bitten.

Ich werde alles bewundern, was dieser große Mann vollbringen wird, und kein Herrscher Europas wird auf seine Erfolge weniger eifersüchtig sein als ich.

Aber ich gedenke nicht, mit Ihnen über Politik zu parlieren; das hieße, seiner Geliebten eine Tasse Kräutertee reichen. Ich meine, es wäre schicklicher, mit Ihnen über Poesie zu plaudern; aber erst einmal können; denn wenn ich von Ihnen Verse bekomme und darauf antworten soll, kommen Sie mir vor wie ein Mundschenk, der sich mit allen Tränken auskennt und der einem Männlein, das allerhöchstens Wasser verträgt, überschäumende Pokale kredenzt.

Adieu, teurer Voltaire; möge Gott Sie vor Schlaflosigkeit, Fieber und erbosten Menschen bewahren! Federic.

Dadurch wurde der Schwiegervater des Königs preisgegeben und Lothringen einkassiert: Im Polnischen Erbfolgekrieg mußte Frankreichs Kandidat, König Stanislaus Leszczynski, Schwiegervater Ludwigs XV., 1736 August II. von Sachsen-Polen weichen, der von Österreich unterstützt wurde. – Im Austausch für die anfängliche Anerkennung der Erbfolge Maria Theresias hatte Frankreich 1737 von Kaiser Karl VI. Lothringen zugesprochen bekommen.

Der Kaiser: Der wittelsbachische Kontrahent Habsburgs betreffs der Kaiserwürde, nämlich Kaiser Karl VII., 1740–1745, darbte in Frankfurt, da die Österreicher seine bayerischen Erblande besetzt hatten. Nach seinem Tod 1745 konnte Habsburg wieder die Kaiserkrone erlangen.

... als wir Verbündete waren: im 1. Schlesischen Krieg.

103. Voltaire an Friedrich

Berlin, Oktober 1743

C'est vous qui savez captiver
Mon cœur aux autres rois rebelle;
C'est vous en qui je dois trouver
Une douceur toujours nouvelle.
C'est chez vous qu'il faut achever
Ma vieille *Histoire universelle,*
Dépuceler, enjoliver,
Dans vingt chants, Jeanne la *Pucelle,*
Et surtout à jamais braver
Des dévots l'infâme séquelle.

(Sie sind's, der einzufangen weiß
Mein Herz, das gegen Könige sonst aufbegehrt;
Sie sind's, bei dem ich finden muß
Angenehmes, unaufhörlich neu.
Sie sind's, bei welchem ich vollenden muß
Meine alte *Weltgeschichte,*
Zu entjungfern und herauszuputzen hab'
In zwanzig Gesängen Johanna, die *Jungfrau,*
Und wo vor allem ich für alle Zeit besiegen muß
Der Frömmelnden infame Nachhut.)

Ich werde also abreisen, mein wunderbarer Herr, um wiederzukommen, sobald ich Ordnung in meine Angelegenheiten gebracht habe. Ich spreche zu Ihnen mit gewohnter Offenheit. Ich meinte bereits zu erkennen, Ihnen weniger willkommen zu sein, wenn ich mit anderen Personen zu Ihnen zurückkehre, und ich gestehe, daß auch ich erleichtert sein werde, allein Ew. Majestät zu gehören.

Ich bin ganz und gar nicht darauf erpicht, mit Staatsangelegenheiten beauftragt zu werden, so wie Destouches und Prior, zwei Dichter, die Frieden zwischen Frankreich und England stifteten. Sie werden mit allen Königen der Welt so verfahren, wie es Ihnen beliebt, ohne daß ich mich einmische; aber ich bitte Sie inständig, mir ein Wort, das ich dem König von Frankreich vorlegen könnte, aufzuschreiben.

Sie werfen ihm in dem Brief, den Sie mir aus Potsdam zu schreiben geruhten, vor, daß er den Kaiser dem Elend überantwortet und in Mainz gegen Ihre Interessen intrigiert hätte. Nach Abfassung dieses Briefs haben Ew. Majestät erfahren, daß Frankreichs König dem Kaiser Hilfsgelder zahlt, daß dieser Hatzel, der in Mainz verhandelt oder vielmehr entzweit hat, bloß ein Tollkopf war, der bestraft wird, sofern Sie es verlangen. Seien Sie also ein wenig zufrieden, und geruhen Sie, ich beschwöre Sie, mir einige ganz allgemein gehaltene Zeilen zu übermitteln.

Um nichts weiter bitte ich Sie, als daß Sie für heute mit dem Verhalten Frankreichs zufrieden sind; Sie könnten also schreiben, daß niemand Ihnen je ein so vorteilhaftes Bild seines Königs gezeichnet hat; daß Sie mir um so mehr vertrauen, als ich Sie niemals getäuscht habe; und daß Sie fest entschlossen sind, sich mit einem so umsichtigen und beständigen Fürsten, wie er es ist, zu verbinden.

Diese vagen Worte verpflichteten Sie zu nichts, und ich wage zu behaupten, daß sie eine treffliche Wirkung zeitigen werden; denn wenn man Ihnen vom König von Frankreich wenig vorteilhafte Bilder gemalt hat, darf ich Ihnen doch versichern, daß er angeschwärzt wurde und daß weder ihm noch Ihnen Gerechtigkeit widerfuhr. Gestatten Sie denn, daß ich von dieser so natürlichen Gelegenheit Gebrauch mache, um zwei so teure und schätzenswerte Monarchen einander näherzubringen; überdies werden Sie beide damit mein Lebensglück schaffen. Ihren Brief werde ich dem König zeigen; und auf diese Weise könnte ich die Rückerstattung eines Teils meines Vermögens, das der gute Kardinal mir weggenommen hat, erreichen; um das Vermögen, das ich Ihnen verdanken werde, auszugeben, werde ich zu Ihnen zurückkehren.

Seien Sie von der guten Wirkung überzeugt, die all dies haben wird; ich werde unverdächtig sein, und mein zweitglücklichster Tag wird es sein, an dem ich meinem König berichten kann, was ich über Ihre Person denke. Mein schönster Tag wird es sein, wenn ich es mir zu Ihren Füßen bequem machen darf und wenn ich ein neues Leben beginne, das nur noch Ihnen geweiht sein soll.

... wenn ich mit anderen Personen: Die in Preußen nicht erwünschte Marquise du Châtelet.

Voltaire erhielt kein Schreiben aus königlich-preußischer Hand, um es dem französischen König zu präsentieren. Friedrich hatte seinen Dichter und Philosophen beim mächtigen Bischof von Mirepoix unmöglich gemacht, wohingegen Voltaire nun Madame du Châtelet zur Disposition gestellt hatte: Inmitten all dieser Verräterei reiste der allmählich immer heimatloser werdende Poet nicht gleich in den Westen zurück. Ohne den König suchte er Bayreuth auf. Émilie du Châtelet schreibt am 22. Oktober an den Marquis d'Argental: »Weder aus seinen Briefen noch aus dem, was er tut, erkenne ich den Menschen wieder, von dem mein Glück und Unglück abhängen. Er ist vollends trunken. Vom preußischen Gesandten im Haag habe ich endlich erfahren, daß er am 12. von Berlin aufgebrochen ist, er reist über Braunschweig, denn er ist ganz verrückt nach Höfen und nach Deutschland ... drei ganze Wochen hat er mir nicht geschrieben.«

Erst am 1. November 1743 fand das Paar in Brüssel wieder zusammen. Während der Schöngeist Voltaire am 3. des Monats in die Royal Society von London gewählt wurde, konnte der Diplomat Voltaire nur Dürftigkeiten über Preußens Politik nach Versailles melden: »Ich stelle fest, daß der König von Preußen in hohem Maße über den König von England irritiert und mehr denn je bereit ist, wie er mir sagte, den Kaiser zu unterstützen, doch sei er sich noch nicht im klaren über die Art und Weise.« Auf Grund derartiger Erkenntnisse Voltaires kam es weder in Versailles noch sonstwo auf der Welt zu politischen Umwälzungen.

Friedrich in Preußen hatte derweil eine geheimnisvolle historische Rarität erworben, nämlich die legendäre Kampftrommel des Hussiten-Führers Jan Ziska. Diese makabre Erwerbung ist für Voltaire Anlaß genug, um als fast schon erledigter Politikus nun auch noch die Träume französischer Königstöchter ins Feld zu führen, damit das französisch-preußische Bündnis zustande kommt:

104. Voltaire an Friedrich

Lille, 16. November 1743

Est-il vrai que dans votre cour
Vous avez placé, cet automne
Dans les meubles de la couronne
La peau de ce fameux tambour
Que Zisca fit de sa personne?

La peau d'un grand homme enterré
D'ordinaire est bien peu de chose;
Et, malgré son apothéose,
Par les vers il est dévoré.

Le seul Zisca fut préservé
Du destin de la tombe noire;
Grâce à son tambour conservé,
Sa peau dure autant que sa gloire.

C'est un sort assez singulier.
Ah! chétifs mortels que nous sommes!
Pour sauver la peau des grands hommes,
Il faut la faire corroyer.

O mon roi! conservez la vôtre;
Car le bon Dieu, qui vous la fit,
Ne saurait vous en faire une autre
Dans laquelle il mit tant d'esprit.

(Ist es denn wahr, daß Ihr,
In diesem Herbst, an Eurem Hof
Gesellt habt zu der Krone Mobiliar
Dieser weitbekannten Trommel Haut,
Die Ziska aus sich selber schnitt?

Eines begrabenen, großen Mannes Haut,
Ist für gewöhnlich nichts Besonderes;
Und, seiner Vergöttlichung zum Trotz,
Wird von Würmern er verschlungen.

Einzig Ziska ward verschont
Vom Los des schwarzen Grabes;
Dank seiner unversehrten Trommel,
Lebt seine Haut so lange wie sein Ruhm.

Dies Schicksal ist recht eigenartig.
Ah! Schwache Sterbliche, wie wir!
Um der großen Männer Haut zu retten,
Hat gegerbt sie denn zu werden.

O mein König! Schützt die Eure;
Denn der liebe Gott, der sie Euch schuf,
Wüßte keine zweite Euch zu geben,
In die er füllte so viel Geist.)

Es zeugt nicht von unermeßlichem Respekt, einen großen König mit Fragen zu bestürmen; aber eben dies widerfuhr Salomon, und, Sire, der Salomon des Nordens muß sich daran gewöhnen, seine Welt aufzuklären.

Ew. Majestät werden mir also gestatten, daß ich nachzufragen wage, was für ein Bogen dort bei Glatz entdeckt wurde. Ew. Majestät werden mir vielleicht antworten, daß ich mich an Jordan wenden soll; aber dieser Jordan, Sire, ist, so liebenswert er sein mag, ein Faulpelz; und ehe er mir einen Brief geschrieben hat, hätten Sie vier oder fünf Provinzen in Ordnung gebracht und zweihundert Verse gedichtet und viertausend Sechszehntelnoten komponiert.

Ich bin jetzt in Lille eingetroffen, einer Stadt ganz nach Art Berlins, wo ich aber weder eine Oper noch eine Tituskopf-Kopie zu Gesicht bekommen werde. Ew. Majestät und die Königinmutter und Madame la Princesse Ulrike lassen sich nicht ersetzen. Auch habe ich keine Armee von dreihunderttausend Mann, mit der ich diese Prinzessin entführen könnte, aber dafür hat der König von Frankreich um so mehr. Seine Armee wird zur Zeit auf dreihundertfünfundzwanzigtausend Mann veranschlagt, die Invaliden inbegriffen; das sind dreihunderttausend Jagdhunde, die sich kaum bändigen lassen; sie hecheln, sie kläffen, sie drängen und sie zerreißen ihre Leinen, um auf die Engländer und deren fette Helfershelfer, die Holländer, loszugehen. Die gesamte Nation ist in der Tat von wahrem Feuereifer erfaßt. Glücklicherweise scheint Ihr Straßburger Freund nach wie vor nicht geneigt zu sein, eine Armee zu befehligen, und der Kaiser, von Ew. Majestät wie von Frankreich gestützt, wird bald zu München Opern spielen lassen können.

Da ich es schon wagte, Ew. Majestät mit Fragen zu behelligen, will ich nun auch, für den Fall, daß Sie es noch nicht wissen, von einem kleinen Geschehnis berichten.

Vor einigen Monaten erhob sich mitten in der Nacht

Madame Adelaïde, die dritte Tochter meines Königs und Herrn, und kleidete sich ganz allein an; sie hatte in ihren Taschen dreizehn Louisdor und verließ so ihr Schlafgemach. Ihre Gouvernante wurde wach, fragte, wohin sie eile. In aller Lauterkeit gestand sie, daß sie einem der Reitknechte befohlen hätte, zwei Pferde bereitzuhalten, damit sie die Armee kommandieren und dem Kaiser zu Hilfe eilen könne; würde sie jedoch erfahren, daß Ew. Majestät sich dieser Angelegenheit annehmen, würde sie hinfort ruhig schlafen.

In diesem Augenblick, in dem ich die Ehre habe, an Ew. Majestät zu schreiben, sind unsere Truppen unterwegs, um Breisach zu nehmen. Was nun Schauspieltruppen angeht, kommt mir hier in Lille eine sonderbare Begebenheit zu Ohren; während Lille vom Herzog von Marlborough belagert wurde, hat man hier täglich Theater gespielt, und die Komödianten machten einen Gewinn von zehntausend Francs. Geben Sie zu, Sire, dies ist eine Nation, die zum Genuß wie zum Krieg geboren ist.

Titus bittet Ew. Majestät weiterhin um Gnade für den armen Courtils, der, ohne Nase, in Spandau einsitzt.

Für alle Zeit zu Füßen Ew. Humanität etc.

Der bei Glatz entdeckte Bogen: Neben der mit Ziskas Haut überzogenen Ziska-Trommel war ein Zaubergerät der heidnischen Fürstin Valasca bei Glatz gefunden und nach Berlin gebracht worden.
Ihr Straßburger Freund: der Marschall de Broglie, siehe Brief 98, Anm. 1.
Für den armen Courtils: Voltaires Gnadengesuch für einen Landsmann ist wahrscheinlich nicht mehr näher aufzuschlüsseln.

Was ist plötzlich passiert? Es ist nicht mehr zu rekonstruieren. Hatte Friedrich vielleicht mit einer schnellen, immerwährenden Rückkehr Voltaires nach Berlin gerechnet? Aber bisweilen sind ganze Briefe und auch Briefseiten verlorengegangen:

105. Friedrich an Voltaire

[...] Sie gegen die Preußen hegen, die Barbaren aus einer anderen Weltgegend sind; das war dennoch übel gehandelt, die ganze Zeit habe ich mich als Bewunderer des französischen Virgil erwiesen. Ich war Ihr größter Befürworter, und für Sie wäre ich gegen jedermann, der Ihr Genie zu entweihen gewagt hätte, in die Schranken getreten. Aber Sie sind ein Undankbarer, die Wände des Kaukasus haben Sie gezeugt, eine Tigerin hat Sie gesäugt, Ihr Herz ist härter als der Alpenfels und der Marmor von Paros; für Sie gibt es nur Gnade, wenn Sie hierher zurückkommen, anständig Abbitte leisten, mir die Werke mitbringen, von denen ich finde, daß sie mir als Pfand zustehen. Dies sind die Bedingungen, unter denen ich bereit bin, die Einwilligung zu unserer Versöhnung zu erwägen.

Federic.

Zwischen Berlin und Lothringen werden nicht mehr wöchentlich Briefe gewechselt. Viel Unvorhergesehenes tritt auf den Plan. Voltaire findet trotz des ergrimmten Bischofs von Mirepoix und trotz seiner substanzlosen Geheimdiplomatie in Preußen wieder mehr Geschmack an seiner französischen Heimat. Der Hof von Versailles bestellt bei ihm für die Vermählung des Dauphins mit der Infantin Maria Theresia ein Festdrama. Voltaires Stück, *Die Prinzessin von Navarra,* wird durch Ballettmusiken von Jean-Philippe Rameau noch festlicher gemacht. Voltaire wird nun sogar zum offiziellen Historiographen des Königs von Frankreich und zu dessen Kammerherrn ernannt. In dieser neuen Eigenschaft besingt der rehabilitierte Freigeist in untertänigst-heroischer Manier den Sieg des in Frankreich dienenden Marschalls Moritz von Sachsen über die Engländer, 1745 bei Fontenoy. Danach entsteht in Cirey *Der Tempel des Ruhms.* Dies Werk vertont Rameau zu einer geschlossenen Oper. Voltaire geht am Hof Stanislaus Leszczynskis in Nancy ein und aus, nennt sich dabei mit einundfünfzig Jahren nur noch einen ›Greis‹.

Preußen wiederum vergrößert sich zu dieser Zeit friedlich. Im Mai 1744 fällt ihm als Erbe das Herzogtum Ostfriesland zu. Friedrich beginnt in diesem Jahr mit der Planung seines Sommerhauses Sanssouci und gewahrt zudem, daß Österreich sich auf die Rückeroberung Schlesiens vorbereitet.

Was Voltaire nicht erreicht hatte, erreichen nun die Berufsdiplomaten: Preußen und Frankreich verbünden sich. Im August 1744 kommt Friedrich den Rückeroberungsplänen Maria Theresias zuvor und fällt in Böhmen ein. Der Zweite Schlesische Krieg hat begonnen. Die Preußen besiegen die Österreicher bei Soor. Sie besiegen bei Kesselsdorf die Sachsen. 1745 kommt es zum Frieden von Dresden: Preußen bleibt im Besitz Schlesiens, aber es erkennt im

Gegenzug Franz I., den Gatten Maria Theresias, als deutschen Kaiser an. Die Bezeichnung ›Friedrich der Große‹ wird jetzt in Europa geläufig. – Sanssouci wird gebaut, und bis 1756 werden dort kein weiteres Mal die Landkarten von Sachsen oder Böhmen ausgerollt, um einen Einmarsch vorzubereiten. Statt dessen wird in Potsdam verwaltet, reformiert, das Spionagenetz perfektioniert, gebaut, allabendlich konzertiert und die Orgelkunst des kurzfristig anwesenden namhaften Thomaskantors Bach aus Leipzig in der Garnisonskirche bewundert.

106. Voltaire an Friedrich

Paris, 22. September 1746

Sire, Ihre Person ist mir stets so lieb und wert, wie Ihr Name selbst von Ihren Gegnern geachtet und in der Nachwelt ruhmreich sein wird. Sieur Thiériot teilte mir vor etlichen Monaten mit, daß Sie im Getümmel einer Ihrer Siege den Anfang der *Histoire de Louis XIV*, den ich Ihnen überreichen durfte, eingebüßt haben. Ich habe ein paar Tage später nach Cirey geschickt, damit man das Originalmanuskript hole, von dem ich eine neue Abschrift habe anfertigen lassen. Monsieur de Maupertuis ist aus Paris abgereist, ehe die Abschrift, die ich ihm mitgegeben hätte, fertig war; er nannte mir den eigenartigen Grund, weshalb besagter Thiériot die Postsendung nicht selbst erledigen will, wobei Sieur Thiériot sich auf Ew. Majestät höchstselbst berief. Das bewog mich, die Kopisten anzutreiben und sie jedes andere Werk liegenzulassen. Ich habe also die *Histoire de Louis XIV* dem Korrespondenten von Monsieur Jordan übergeben, und Ew. Majestät werden sie wahrscheinlich zusammen mit diesem Brief erhalten.

Hätten Sie geruht, Sire, sich an mich selbst zu wenden, so wären Ihre Befehle in der Tat früher ausgeführt worden, zumal es Zeit kostete, nach Cirey zu schicken; zudem hätten Sie mir einen Beweis von Vertrauen und Gunst gegeben, den ich zu Recht erwartete. Denn wenngleich das Schicksal mich gezwungen hat, weit weg von Ihrem Hof zu leben, so vermochte dies gewiß nicht, die Gefühle zu schmälern, die mich bis zu meinem letzten Tag an Sie binden werden.

Ich sende Ihnen, Sire, nicht allein die *Histoire,* sondern ich lasse Ihnen überdies die Tragödie *Sémiramis* zukommen, vetfaßt für die uns geraubte Dauphine. Die *Pucelle* konnte ich Ihnen nicht geben; zu diesem Zweck hätte ich Gewalt anwenden müssen, und Gewalt paßt nur zu Panduren und Husaren. Es geschieht gegen meinen Willen, daß ich Ihnen nicht alles überreiche, was ich je zu Papier gebracht; es wäre nur gerecht, daß der Mensch, der am besten darüber urteilen könnte, Eigentümer all dessen sein sollte. Ich glaube nicht, daß meine Gesundheit mir noch erlauben wird, viel zu arbeiten; mir geht es nunmehr so schlecht, daß es meines Erachtens keine Hilfe mehr gibt. Geduldig erwarte ich den Tod; und falls Ew. Majestät es gestatten, werde ich Sorge tragen, daß alle meine Manuskripte nach meinem Verscheiden Ihnen ausgehändigt werden, und dann mögen Ew. Majestät nach Gutdünken darüber verfügen. Für mich ist es bereits eine tröstliche Vorstellung, zu denken, daß alles, was mich während meines Lebens beschäftigt hat, ausschließlich in die Hände des großen Friedrich gelangen wird.

Ich weiß, daß Ew. Majestät Sieur Thiériot angewiesen haben, ihm alle auftreibbaren Ausgaben zu senden; doch die sind samt und sonders so mangelhaft und so voller Fehler, daß ich mich zu keiner bekennen könnte. Die von Ledet ist eine der übelsten; und vor allem deren sechster Band wäre ein Kasus für Gerichte, so man in Holland sich darauf verstünde, die Dreistigkeit der Verleger zu bestrafen.

Ew. Majestät wird es vielleicht nicht verdrießen zu hören, daß die Waffen meines Herrn und Königs und seine Erfolge in Flandern einigen neuen Unverschämtheiten der holländischen Buchhändler zuvorgekommen sind. Ein Sekretär, den Madame du Châtelet unglücklicherweise selbst in meine Dienste gestellt hat, hatte sich in Brüssel die Mühe gemacht, mehrere meiner Briefe, Briefe von Madame du Châtelet, sogar etliche von Ew. Majestät, abzuschreiben und bei einer Brüsseler Kaufmannsfrau, die Desvignes heißt, die beim Gasthof zum *Ruban-bleu* wohnt, in Verwahrung zu geben. Dieses Weib hatte einen Teil davon an Ledet verhökert, der diese Briefe in seinem sechsten Band abdruckte; mit dem Rest war sie bereits auf Käuferfang, als mein Herr und König Brüssel besetzte. Wir wandten uns auf der Stelle an Monsieur de Séchelles, der zum Intendanten der eroberten Gebiete ernannt worden war. Er stattete der Desvignes einen Besuch ab, bemächtigte sich der Papiere und schickte sie zurück an Madame du Châtelet.

Ansonsten, Sire, sind Madame du Châtelet und ich unablässig von der unwandelbaren Bewunderung für Ew. Majestät durchdrungen, und ohne Umschweife räumt sie Ihnen den Vorzug vor sämtlichen Monaden Leibniz' ein. Alles soll an Sie erinnern: Ihr Porträt, das in ihrem Schlafgemach aufgehängt ist, rechts neben dem von Ludwig XIV.; Ihre Gedenkmünzen, die sich zwischen denen Newtons und Marlboroughs befinden; Ihr Gedeck, von dem sie häufig speist; zu guter Letzt Ihr Name, der immer und überall gegenwärtig ist.

Was mich angeht, Sire, bedauere ich in dieser Welt nichts weiter, als daß ich den großen Mann, der ihre Zierde ist, nicht mehr sehen werde. Friedlich beschließe ich meine Bahn und gelange an ihr Ende, indem ich Ihnen beteure, daß ich immer mit der aufrichtigsten Verbundenheit und dem tiefsten Respekt fortgelebt hätte, Sire, Ihr tief ergebener und gehorsamster Diener Voltaire.

Wobei Sieur Thiériot sich auf Ew. Majestät höchstselbst berief: Ein unklarer Sachverhalt.
Verfaßt für die uns geraubte Dauphine: Die Dauphine Maria Theresia starb am 22. Juli 1746.
Es geschieht gegen meinen Willen: Wahrscheinlich wünschte die Marquise nicht, daß Voltaire die brisant-blasphemische *Pucelle*-Dichtung aus den Händen gab.

Der nächste Brief Voltaires ist nicht erhalten.

Im Gefolge von Voltaires altem Freund, dem Herzog von Richelieu, der in Dresden um eine neue Braut für den französischen Thronfolger wirbt (die dann übrigens die Mutter Ludwigs XVI. wird), befindet sich der Sohn des französischen Außenministers d'Argenson. Dieser unternimmt von den Dresdner Festivitäten einen Abstecher nach Berlin.

107. Friedrich an Voltaire

Berlin, 18. Dezember 1746

Der Marquis de Paulmi wird empfangen werden als Sohn eines französischen Ministers, den ich schätze, und wie ein Zögling des Parnaß', den Apoll selbst akkreditiert hat. Es ärgert mich sehr, daß die Reise des Duc de Richelieu diesen nicht selbst nach Berlin führt; er steht in dem Ruf, mehr als jeder andere Franzose Geistesgaben und Bildung mit bezauberndem Auftreten und Ritterlichkeit zu vereinen. Es ist der für die französische Nation vorteilhafteste Typus, den sein Herr für diese Gesandtschaft auswählen konnte, ein Mann, der überall zu Hause ist, ein Weltbürger, der in allen Jahrhunderten dasselbe Lob erfahren würde, das ihm heute Paris, Frankreich und ganz Europa spenden.

Ich habe mich daran gewöhnt, auf viele schöne Dinge des Lebens zu verzichten. So werde ich leichter die gute Gesellschaft missen können, deren Ankunft die Gazetten uns verheißen hatten.

Solange Sie ausschließlich metaphorisch sterben, lasse ich Sie gewähren. Lassen Sie sich Ihre Physiognomie mit heiligen Ölen einfetten, beichten Sie, empfangen Sie auf einen Schlag alle sieben Sakramente, egal, machen Sie's, wie Sie's wollen; dennoch, bezüglich Ihrer sogenannten Agonie würde ich mich nicht in solchen Gefühlen von Gewißheit wiegen, wie die Holländer es im Falle des Marschalls von Sachsen taten. Ihr Franzosen seid doch erstaunlich. Den Tod auf den Lippen, gewinnen eure Helden Schlachten, im Verlöschen schreibt ihr Poeten unsterbliche Werke. Was würdet ihr erst fertigbringen, wenn es der Natur aus einer ihrer Launen heraus einfiele, euch gesund und robust zu machen!

Die Merkwürdigkeiten aus dem Privatleben Ludwigs XV. haben mir großes Vergnügen bereitet, wenngleich ich darin nichts Neues entdecken konnte. Mir wäre es lieber, wenn Sie nicht über den Feldzug von '41 schrieben, sondern letzte Hand ans *Siècle de Louis XIV* legten. Zeitgenössischen Schriftstellern wurde in allen Jahrhunderten vorgehalten, in säuerliche Satire oder in leeres Lobgehudel zu verfallen. Gibt es ein Mittel, Sie ein schlechtes Werk schreiben zu lassen, so besteht es darin, Sie zu zwingen, mit dem in Angriff genommenen fortzufahren. Es obliegt den Menschen der Gegenwart, das Große zu tun, und der unparteiischen Nachwelt, über sie und ihr Tun das Urteil zu fällen.

Glauben Sie mir, beenden Sie die *Pucelle.* Es taugt mehr, das Antlitz ehrenhafter Menschen aufzuheitern, als Eintagsfliegen für die Gasse zu verfassen. Ein von zu vielen Ketten gefesselter und beengter Herkules muß unweigerlich seine Kraft einbüßen und lascher werden als der feige Paris.

Es hat den Anschein, daß der Dauphin sich allein deshalb vermählt, um Ihr Ingenium auszukosten. *Sémiramis* erregt in Deutschland soviel Aufsehen wie in Frankreich die neue Dauphine. Versetzen Sie mich also in die Lage, die eine oder die andere bewerten zu können und meine Glückwünsche mit denen ganz Versailles' zu vereinen.

Maupertuis erholt sich von seiner Krankheit. Die ganze Stadt nimmt an seinem Los Anteil; er ist unser Schutzgott und die schönste Eroberung meines Lebens. Was Sie betrifft, der Sie nichts als eine Wetterfahne sind, ein Undankbarer, ein Treuloser, ein ... was würde ich Ihnen nicht noch alles zurufen, wenn ich nicht Ihnen, allen Franzosen, dem vielgeliebten Ludwig XV. gegenüber Gnade walten ließe!

Adieu; man läutet zur Vesper der Komödianten. Barbarini, Cochois, Hauteville rufen mich; ich werde sie anhimmeln gehen. Ich liebe Perfektion in allen Professionen, in allen Künsten; daher werde ich dem Verfasser der *Henriade* meine Wertschätzung nicht verweigern können. Federic.

Im Falle des Marschalls von Sachsen: Wider Erwarten siegte Frankreichs herausragender Heerführer Moritz von Sachsen (und seine Armee) über die Engländer und die verbündeten Holländer bei Fontenoy.
Daß der Dauphin sich allein deshalb vermählt: Schon zur ersten Hochzeit des Dauphins hatte Voltaire das Festspiel *La Princesse de Navarre* geschrieben.

108. Voltaire an Friedrich

Paris, 9. Februar 1747

Also denn, Sire! Sie werden die *Sémiramis* bekommen: sie ist nicht mit Rosenwasser parfümiert; ich überlasse sie daher nicht unserem Volk von Sybariten, sondern einem

König, der so denkt, wie man im Frankreich des großen Corneille und des großen Condé dachte, und der verlangt, daß eine Tragödie tragisch und eine Komödie komisch sein soll.

Verhüte Gott, Sire, daß ich die *Histoire de la guerre de 1741* drucken lasse! Sie ist eine von jenen Früchten, die allein die Zeit reifen läßt; sicherlich habe ich weder einen Lobgesang noch eine Satire verfaßt; doch je mehr ich die Wahrheit liebe, desto haushälterischer gehe ich damit um. Ich habe die Memoiren und die Briefe hoher Offiziere und Minister ausgewertet. Es sind Materialien für die Nachwelt; denn auf welchen Fundamenten sollte man die Geschichtsschreibung aufbauen, wenn Zeitgenossen nichts zum Errichten dieses Gebäudes zurückließen? Cäsar schrieb seine *Kommentare,* und Sie schreiben die Ihren; doch wo sind die Darsteller, die in gleicher Weise Rechenschaft über die große Rolle, die sie gespielt haben, ablegen könnten? Ist der Maréchal de Broglie für *Kommentare* geboren? Im übrigen bin ich, Sire, weit davon entfernt, mich auf diese schrecklichen und langweiligen Tagebuchnotizen zu Belagerungen, Märschen, Gegenmärschen, ausgehobenen Laufgräben einzulassen, was eben den Erzählstoff eines alten Hauptmanns ausmacht oder eines Obristen, der sich in seine Provinz zurückgezogen hat. Krieg muß als solcher von vornherein etwas höchst Widerwärtiges sein, denn seine Details sind ausgesprochen ärgerlich. Ich habe versucht, diesen menschlichen Irrsinn ein wenig als Philosoph zu sehen. Ich habe Spanien und England vorgeführt, wie beide für einen Krieg gegeneinander hundert Millionen ausgeben, bei dem es am Ende um fünfundneunzigtausend Livres geht; wechselseitig verheeren die Nationen ihren Handel, für den sie kämpfen; der Krieg um die Pragmatische Sanktion ist zu einer Krankheit geworden, die drei- oder viermal ihr Gesicht ändert, wo aus Fieber Lähmung und aus Lähmung Zuckungen werden; Rom, das den Segen spendet und im Verlauf eines Tages seine Tore den Vorhuten zweier verfeindeter Armeen öffnet; ein Chaos unterschiedlichster Interessen, die sich unablässig überkreuzen; was im Frühjahr richtig war, ist im Herbst unannehmbar; alle Welt schreit: Frieden! Frieden! und führt

Krieg bis zum Exzeß; sämtliche Geißeln prasseln auf diese erbärmliche Menschenrasse nieder; und inmitten all dessen ein Philosophenfürst, der sich seine Zeit einteilt, um Schlachten zu liefern und Opern zu geben, der sich auf den Krieg, den Frieden und auf Dichtung und Musik versteht, der Mißbräuche in der Justiz beseitigt und zu alledem der herausragendste Schöngeist Europas ist. All das, Sire, unterhält mich, wenn ich einmal nicht sterbe, bestens; aber sehr häufig liege ich im Sterben, und ich leide weit mehr als jene, die in diesem unheilvollen Krieg schwere Schußwunden abbekommen haben.

Ich habe den Duc de Richelieu getroffen, der verzweifelt ist, daß er dem bedeutendsten Manne unserer Zeit nicht seine Aufwartung machen konnte. Er wird untröstlich bleiben, und ich, ich erflehe von der Natur einen oder zwei Monate Gesundheit, nur um noch einmal diesen großen Mann zu erblicken, bevor ich in die Gefilde eingehe, wo Achill und Thersites, Corneille und Danchet alle gleich sind.

Ich bleibe Ew. Majestät bis zu jenem schönen Moment verbunden, in dem ich exakt erfahren werde, was die Seele ist, das Unendliche, die Materie und das Wesen der Dinge; und solange ich am Leben bin, bewundere und liebe ich in Ihnen die Ehre und das Vorbild für diese arme Gattung Mensch. V.

Histoire de la guerre de 1741: Voltaires Werk über den Ersten Schlesischen Krieg erschien 1755 im Raubdruck.
Cäsar schrieb seine Kommentare: *De bello Gallico* und *De bello civili.*
Der Krieg um die Pragmatische Sanktion: Eben die Kämpfe um die Erbrechte Maria Theresias.
Die Mißbräuche in der Justiz beseitigt: Eine grundlegende Justizreform für Preußen leitete Friedrich 1746 ein.
Danchet: Antoine Danchet, 1671–1748, bald vergessener Dramatiker.

109. Friedrich an Voltaire

Potsdam, 22. Februar 1747

Sie haben also Ihre *Sémiramis* nicht für Paris geschrieben? Aber man macht sich doch nicht die Mühe, mit aller Sorgfalt eine Tragödie zu schreiben, um sie dann in einer Mappe vergilben zu lassen. Ich durchschaue Sie: Gestehen Sie, daß dieses Stück für unser Theater hier in Berlin verfaßt wurde. Fürwahr, das nenn' ich einen Gunstbeweis, und Ihre Diskretion oder Ihre Bescheidenheit halten Sie davon ab, mit der Wahrheit herauszurücken. Ich danke Ihnen ausdrücklichst, und ich erwarte das Stück, um ihm Beifall zu klatschen, denn man kann schon vorher klatschen, wenn es sich um eines Ihrer Werke handelt. Nur äußerste Ungerechtigkeit seitens des Publikums oder vielmehr Intrigen und Kabale vermögen Sie um das Lob zu bringen, das Sie verdienen.

Hat Ihr Geschmack sich also nun für die Geschichtsschreibung entschieden? folgen Sie, wenn es denn sein muß, diesem wunderlichen Impuls; ich habe nichts dagegen einzuwenden. Das Werk, an dem ich arbeite, gehört nicht zur Gattung der Memoiren, auch nicht zu den Kommentaren; Persönliches kommt darin nicht vor. Es entspringt der Selbstgefälligkeit eines jeden Menschen, sich selber für ein recht bemerkenswertes Geschöpf zu halten, für eine recht rare Kreatur, so daß das gesamte Universum detailliert über alles, was dieses Individuum betrifft, informiert werden muß. In großen Linien habe ich die Erschütterungen Europas nachgezeichnet; ich habe Wert darauf gelegt, die Lächerlichkeiten und Widersprüchlichkeiten zu skizzieren, die sich im Verhalten der in Europa Regierenden feststellen lassen. Ich habe eine genaue Übersicht der wichtigsten Verhandlungen, der nennenswertesten Kriegsereignisse zusammengestellt; diese Berichte habe ich mit Reflexionen über die Ursachen der Vorkommnisse und über die diversen Auswirkungen gewürzt, welche ein und dasselbe Ereignis hervorruft, wenn es zu verschiedenen Zeitpunkten oder bei verschiedenen Nationen eintritt. Die Details des Kriegs, die Sie verabscheuen, sind zweifelsohne die ausführlichen Schilderungen, die langatmig hundert Präzisierungen und hundert Nebensächlichkeiten aufzählen; und Sie haben recht. Dennoch muß man die Materie von der Unfähigkeit derjenigen unterscheiden, die sich zumeist damit befassen. Läse man eine Beschreibung von Paris, bei der sich der Verfasser darin gefiele, die genaue Größe aller Häuser dieser gewaltigen Stadt wiederzugeben, und nicht einmal den Grundriß der verrufensten Spielhöhle beiseite ließe, so würde man Buch und Autor auslachen, doch würde man deswegen noch lange nicht behaupten, daß Paris eine langweilige Stadt sei. Ich bin der Ansicht, daß die großen Kriegstaten, bündig und wahrhaftig beschrieben, wobei man sich vor allem darum bemühen würde, die Beweggründe eines Heerführers herauszustellen und was die Seele seines Handelns war, daß, sage ich, solche Schriften jedem dienlich sind, der das Waffenhandwerk betreibt. Es gleicht den Lektionen, die ein Anatom dem Bildhauer erteilt, wodurch dieser erfährt, welche Muskelkontraktionen die Glieder des menschlichen Körpers bewegen. Alle Künste kennen Mustergültiges und Vorschriften: Warum sollte der Krieg, der das Vaterland verteidigt und die Völker vor sicherem Verderben schützt, nicht auch solche besitzen!

So Sie fortfahren, über die letzten Kriege zu schreiben, ist es an mir, das Feld zu räumen; überdies ist mein Werk nicht für die Öffentlichkeit gedacht.

Ich dachte ernstlich, ich müßte ins Totenreich eingehen, da ich einen fast tödlichen Schlagfluß erlitten habe; mein Temperament und mein Alter haben mich ins Leben zurückgerufen. Falls ich nach dort unten hinabgestiegen wäre, hätte ich mich so lange an Lukrez und Virgil gehängt, bis ich schließlich Sie hätte ankommen sehen, denn im Elysium können Sie keinen anderen Platz zugewiesen bekommen als zwischen diesen beiden Herren. Ich ziehe es dennoch vor, Sie in dieser Welt zu drangsalieren: Meine Neugierde auf das Unendliche und die Prinzipien der Dinge ist nicht groß genug, um mich zu dieser weiten Reise anzuspornen. Sie lassen mich auf Ihre Anwesenheit hoffen, ich werde mich jedoch erst dann darüber freuen, wenn ich Sie wirklich sehe, denn allzu großes Vertrauen setze ich nicht in Ihr Reiseprojekt. Nun, Sie dürfen damit rechnen, nichtsdestoweniger herzlich willkommen geheißen zu werden,

> Car je t'aime toujours, tout ingrat et vaurien,
> Et ma facilité fait grâce à ta faiblesse;
> Je te pardonne tout avec un cœur chrétien.

(Denn ich lieb' Dich stets, ganz undankbarer
Taugenichts,
Und mein leichter Sinn begnadigt Deine Schwäche;
Mit Christenherz verzeih' ich alles Dir.)

Der Duc de Richelieu hat Bräute für Dauphins, Feste, Zeremonien und die Dresdner Gecken inspiziert: das sind die Bürden eines Gesandten. Ich meinerseits habe den jungen Paulmi gesehen, der so sanft wie liebenswert und geistvoll ist. En Passant haben unsere Schöngeister ihn ausgeplündert, und er war gezwungen, uns eine entzückende Komödie zu überlassen, deren Aufführung ein großer Erfolg wurde. Er ist nun wohl wieder in Paris. Ich bitte Sie, ihm meine Grüße auszurichten und ihm zu sagen, daß die Erinnerung an ihn nicht vergehen, daß sie, zusammen mit der an andere liebenswerte Menschen, immer fortleben wird.

Sie haben Ihre *Jungfrau* der Herzogin von Württemberg geliehen: Sie sollen wissen, daß sie das Werk über Nacht hat kopieren lassen. Das sind die Leute, denen Sie sich anvertrauen; die einzigen, die Ihr Vertrauen verdienen oder denen Sie sich sogar vollständig ausliefern sollten, denen trauen Sie nicht über den Weg. Adieu; gebe die Natur Ihnen Kraft genug, um in diese Gefilde zu gelangen, möge sie Ihnen, der Sie die Zierde der Literatur und die Ehre des Menschengeistes sind, noch viele Jahre vorbehalten!

Federic.

Das Werk, an dem ich arbeite: Mémoires pour servir à l'histoire de la maison de Brandenbourg.
Ein fast tödlicher Schlagfluß: Den Schlaganfall erlitt Friedrich am 13. Februar. Der Zustand war so ernst, daß der Bruder August Wilhelm auf die Thronfolge vorbereitet wurde.
Die Herzogin von Württemberg: Voltaire hatte die Herzogin auf seiner Reise nach Bayreuth kennengelernt.
Der Duc de Richelieu: Über diesen Gesandten hielt Madame de Pompadour in einem Brief fest: »Er hat einen schönen Kopf, aber es ist nichts darin.«

Von Grabesrand zu Grabesrand:

110. *Voltaire an Friedrich*

Versailles, 9. März 1747

Les fileuses des destinées,
Les Parques, ayant mille fois
Entendu des âmes damnées
Parler là-bas de vos exploits,
De vos rimes si bien tournées;
De vos victoires, de vos lois,
Et de tant de belles journées,
Vous crurent le plus vieux des rois.
Alors, des rives du Cocyte,
A Berlin vous rendant visite,
La Mort s'en vint, avec le Temps,
Croyant trouver des cheveux blancs,
Front ridé, face décrépite,
Et discours de quatre-vingts ans.
Que l'inhumaine fut trompée!
Elle aperçut de blonds cheveux,
Un teint fleuri, de grands yeux bleus,
Et votre flûte et votre épée;
Elle se souvint par bonheur,
Qu'Orphée autrefois par sa lyre,
Et qu'Alcide par sa valeur,
La bravèrent dans son empire.
Dans vous, dans mon prince elle vit
Le seul homme qui réunit
Les dons d'Orphée et ceux d'Alcide;
Doublement elle vous craignit,
Et, laissant son dard homicide,
S'enfuit au plus vite, et partit
Pour aller saisir la personne
De quelque pesant cardinal,
Ou pour achever, dans Lisbonne,
Le prêtre-roi de Portugal.

(Die Schicksalsspinnerinnen,
Die Parzen, die tausendmal
Dort unten die Seelen der Verdammten
Von Ihren Taten reden hörten,

Von Ihren wohlgefügten Reimen;
Von Ihren Siegen und Gesetzen
Und von so vielen heit'ren Tagen,
Wähnten Sie den greisesten der Könige.
So, von den Ufern des Kokytos her,
Eilten zum Besuche in Berlin
Der Tod, mit ihm die Zeit,
Glaubten, weißes Haar zu finden,
Runzelstirn, verfallenes Gesicht,
Und Gerede eines Achtzigjährigen.
Wie ward der Menschenraffer da getäuscht!
Er erblickte blondes Haar,
Blütenteint, große, blaue Augen,
Und Ihre Flöte und den Degen;
Er entsann zufällig sich,
Daß Orpheus einst durch seine Lyra
Und der Alkide durch seine Tapferkeit
Ihn in seinem eig'nen Reich bezwangen.
In Ihnen, meinem Fürsten erkannte er
Den einzigen, der in sich vereint
Des Orpheus' und des Alkiden Gaben;
Doppelt fürchtete er Sie nun,
Und, die Menschensichel sinken lassend,
Stob in größter Hast er fort,
Um nunmehr zu ergreifen die Person
Irgendeines fetten Kardinals,
Oder zu erledigen, in Lissabon,
Den Priester-König Portugals.)

Wahrlich, Sire, ich würde diese gereimten Bagatellen nicht von mir geben und wäre weit davon entfernt zu scherzen, wenn Ihr Brief, der mich beruhigte, mich nicht froh gestimmt hätte. Die Fama, die hundert Münder hat, um über Könige zu reden, und die tausend öffnet, wenn es um Sie geht, hatte verbreitet, daß Ew. Majestät im Sterben lägen und daß nur geringe Hoffnung bestünde. Die böse Nachricht, Sire, hätte Ihnen viel Vergnügen bereitet, wenn Sie erlebt hätten, wie sie aufgenommen wurde. Seien Sie gewiß, daß man zutiefst betroffen war und daß man in Ihren Staaten nicht heftiger um Sie getrauert hätte. Sie hätten Ihren ganzen Ruhm genießen, Sie hätten die Wirkung beobachten können, die ein einzigartiges Verdienst bei einem empfindenden Volk hervorzubringen vermag; Sie hätten all die süßen Gefühle auskosten können, verehrt zu werden von einer Nation, die, bei all ihren Fehlern, vielleicht die einzige der Welt ist, die Ruhm auszuteilen versteht. Engländer rühmen bloß Engländer; die Italiener sind nichts; die Spanier haben kaum noch Helden und nicht einen Schriftsteller; die Monaden von Leibniz in Deutschland und die prästabilierte Harmonie können keinem großen Menschen die Unsterblichkeit verleihen. Sie wissen, Sire, daß ich für mein Vaterland keine Voreingenommenheit hege; doch wage ich zu behaupten, daß es das einzige Vaterland ist, das großen Menschen, die nicht in seiner Mitte geboren sind, Ehrenmale errichtet.

Was mich betrifft, Sire, so machte die Gefahr mich zittern, in der Sie schwebten, und kostete mich reichlich Tränen. Es war Monsieur de Paulmi, der mir berichtete, daß Sie sich wohler befänden, und der mir damit die Freude wiedergab.

Ich bin geneigt zu glauben, daß die Pillen Stahls dem König von Preußen zuträglich sein werden; sie sind in Berlin erfunden worden, sie haben mein Leben beinahe im letzten Moment gerettet. Wenn sie schon mich Wrack ein bißchen seetüchtig gemacht haben, welch eine Wirkung werden sie dann erst bei einem Heldentemperament zeitigen!

Wenn sie mich eines Tages wieder einigermaßen gestärkt haben werden, werde ich Sie gewiß um die Erlaubnis bitten, Sie noch einmal bewundern zu kommen; womöglich wäre es Ew. Majestät nicht allzu lästig, mich mit dem Wissen zu erleuchten, was Ihr Tun bestimmt hat und was Sie Großes denken. Ich schwöre Ihnen, daß Sie sich nicht darüber beklagen müssen, ich hätte der Herzogin von Württemberg etwas gegeben, was ich dem großen Friedrich nicht gab. Sie hat vielleicht eine oder zwei Seiten von dem abgeschrieben, was in Ihrem Besitz ist; aber es ist ausgeschlossen, daß sie etwas hat, das Sie nicht haben; abermals schwöre ich Ihnen, daß sich alles übrige in Cirey befindet und noch nicht so weit gediehen ist, um in Paris publik zu werden.

Die Herrin von Cirey, die ebenso wie ich alarmiert war, bittet um die Erlaubnis, Ihnen ihre Freude bezeugen zu dürfen und ihre ehrerbietige Verbundenheit.

Leben Sie, Sire, leben Sie, großer Mann, und möge auch ich am Leben bleiben, um noch einmal diese siegreiche Hand zu küssen, die vollbracht und geschrieben hat, was noch in die entfernteste Nachwelt dringen wird! Leben Sie, Sire, der Sie der bedeutendste Mann Europas sind, den ich bis zu meinem letzten Atemzug zärtlich zu lieben wage, den ich, trotz des tiefen Respekts, der dem, wie es heißt, im Wege steht, liebe. V.

Kokytos: Im Gewässersystem der Unterwelt die Verbindung zwischen Styx und Acheron.
Die Pillen Stahls: Arznei des preußischen Hofrats Georg Ernst Stahl, 1660–1734.

In Paris hatte Friedrich II. einen Beauftragten, der sich eigens um das literarische Geschehen kümmerte und darüber nach Berlin Bericht erstattete. Mit diesem Monsieur d'Arnaud stand wiederum auch Voltaire in Verbindung. Diesen Agenten und damit indirekt den König ließ Voltaire bezüglich einer langen Schreibpause 1748 wissen: »Es trifft zu, daß ich dem König von Preußen kaum schreibe. Ich warte auf den Moment, in dem ich die *Sémiramis* so weit fertig habe, daß sie würdig ist, ihm geschickt zu werden; in Lunéville habe ich zweihundert Verse beendet. Es ist schon einige Jahre her, daß ich Seiner Majestät einen Entwurf des Stücks sandte; ich bin beschämt und sehr erbost über mich selbst. Er ist nicht der Mann, dem man Unreifes präsentieren darf, er ist ein Richter, der mich zittern läßt. Kein Mensch auf Erden hat mehr Esprit und Geschmack als er, und hauptsächlich für ihn schaffe ich. Ich glaube nicht, daß ich mein Leben bei einem anderen König als bei ihm zubringen kann, doch meine jämmerliche Gesundheit bedarf nun sogar noch mehr der Bäder von Plombières und des Hofs von Lunéville.«

Der Briefaustausch wird wieder reger. Das Jahr 1749 wird zum Einschnitt in Voltaires Leben. Insgesamt neunzehn Jahre hat der nunmehr Fünfundfünfzigjährige das bunte, inspirierende, fabelhaft exzentrische und luxuriöse Leben an der Seite der Amateurphysikerin Madame Marquise du Châtelet genossen. Beide gaben ein Traumpaar des Jahrhunderts ab, brillierten daheim, brillierten am heiteren Hof des exilierten Polenkönigs Stanislaus Leszczynski in Nancy und Lunéville. Dort jedoch gab es einen jungen Gardeoffizier, der obendrein dichterisch begabt war, nämlich Jean François de Saint-Lambert. Mit ihm betrog Madame ein Jahr lang den Schöngeist. Im Oktober 1748 überraschte Voltaire das schöne Liebespaar im Schloß von Commercy – im Bett. Der rasende Philosoph forderte den zweiundzwanzig Jahre jüngeren Offizier zum Duell, was schließlich so endete, daß man wohl oder übel von nun an zu dritt beim Marquis du Châtelet logierte und zu dritt mit dem Hof von Lothringen durch die diversen Schlösser reiste. Voltaire war 1749 nervlich und gesundheitlich am Ende, und auch Émilie du Châtelet sollte 1749 grausam für ihr freies Gefühlsleben bezahlen.

111. Voltaire an Friedrich

Paris, 17. Februar 1749

Sire, König zu sein und ein großer Mann in einem Dutzend Bereichen ist nicht alles; Sie müssen auch den Unglücklichen helfen, die Ihnen verbunden sind. Gelähmt bin ich in Paris angekommen und liege weiterhin zu Bett. Vespasian kurierte einen Blinden; Sie sind mehr als er. Warum heilen Sie mich nicht? Ich habe noch nichts entdeckt, das mir besser hilft als die echten Stahl-Pillen, und in Paris haben wir nur schlecht imitierte. Ich sehe wohl, daß mein Heil in Berlin liegt. Ew. Majestät werden vielleicht entgegnen, daß König Stanislaus mein Doktor sei, und werden mich an ihn verweisen. Nun denn! Sire, ich nehme König Stanislaus als Arzt und den König von Preußen als meinen Erlöser.

Ich flehe Ew. Majestät an, mir ein Pfund echte Stahl-Pillen zu schicken. Sie können anordnen, daß man es mir unter der Anschrift von Monsieur de la Reynière, Generalpostpächter von Frankreich, mit der Post zukommen läßt, oder aber Sie ziehen es vor, mir dies kleine Kräftigungsmittel wie früher via die Messieurs Mettra zukommen zu lassen.

Versetzen Sie mich, Sire, in einen Zustand, daß ich Ihnen Anfang dieses Sommers meine Aufwartung machen kann. Diese Reise würde mir etliche zusätzliche Lebensjahre schenken. Nahe meiner Sonne würde sich das Feuer meiner Seele, das am Erlöschen ist, neu entfachen.

Le flambeau du fils de Japet
Et la fontaine de Jouvence
Feraient sur moi bien moins d'effet
Que deux jours de votre présence.

(Die Fackel von Jafets Sohn
Und der Brunnen ewiger Jugend
Hülfen weitaus weniger mir
Als zwei Tage, in denen Sie nah.)

Empfangen Sie, Sire, in Ihrer gewohnten Güte, Gefühle der Verbundenheit, des tiefen Respekts, die Bewunderung Ihres alten Dieners, Ihres alten Schützlings, desjenigen, dessen Seele immer zu Füßen der Ihren lag. V.

Vespasian: Titus Flavius Vespasianus, 9–79 n. Chr., römischer Kaiser. Der Glaube an Heilungskräfte von Herrschern lebte vor allem in Frankreich fort, wo die Könige bis 1774 nach ihrer Krönung in Reims vor der Kathedrale Kranke berührten und einmal im Jahr in Versailles Siechen die Hand auflegten.
Jafet: Dritter Sohn Noahs und somit einer der Stammväter der Menschheit.

112. Friedrich an Voltaire

Potsdam, 5. März 1749

Sie bekommen so viele von den angeforderten Pillen, um damit ganz Frankreich purgieren und Ihren drei Akademien den Garaus machen zu können. Glauben Sie nur nicht, daß diese Pillen bloße Dragées wären; Sie könnten sich darin sehr täuschen. Ich habe Darget angewiesen, Ihnen diese Pillen zuzuschicken, die in Frankreich einen so guten Ruf genießen und die der verstorbene Stahl von seinem Kutscher herstellen ließ. Hier werden sie nur von schwangeren Frauen genommen. Es ist in der Tat recht eigentümlich, von mir Arzneien zu erbitten, von mir, der ich doch, was die epidaurische Gottheit betrifft, schon immer ein Atheist war.

Quoi! vous avez l'esprit crédule
Vis à vis de vos médecins,
Qui, pour vous dorer la pilule,

N'en sont pas moins des assassins!
Vous n'avez plus qu'un pas à faire,
Et je vois mon dévot Voltaire
Nasiller chez les capucins.

(Was! gläubigen Geistes sind Sie,
Bei den Ärzten, die Sie umsorgen,
Die, wiewohl sie die Pille vergolden,
Um nichts weniger Totschläger sind!
Nur ein Schritt noch bleibt Ihnen zu tun,
Und ich erblick' meinen frommen Voltaire
Gebete näseln bei den Kapuzinern.)

Tun Sie, was in Ihrer Macht steht, um wieder gesund zu werden: das einzig wahre Gut auf Erden ist die Gesundheit. Mögen nun Pillen, Sennesblatt oder Klistiere Ihnen wieder aufhelfen, egal; die Mittel zählen nicht, wenn ich nur in den Genuß komme, Sie zu hören, denn Sie mit den Augen zu gewahren, wird nicht mehr möglich sein, derzeit sind Sie gewißlich zum nicht mehr Sichtbaren geronnen.

Malgré la Sorbonne plénière,
J'avais fermement dans l'esprit
Que l'homme n'est qu'une matière
Qui naît, végète, et se détruit.
De cette opinion qu'on blâme
Je reconnais enfin les torts;
Car j'admire votre belle âme,
Et je ne vous crois plus de corps.

(Trotz der versammelten Sorbonne
War ich mir immer ganz gewiß,
Daß der Mensch nichts als Materie ist,
Geboren, sich fristend und zerstörend.
Die Fehler solcher Meinung,
Die man schilt, gewahr' ich nun;
Denn ich bewundre Ihre schöne Seele,
An Ihren Leib glaub' ich nicht mehr.)

Ich schicke Ihnen eine weitere Epistel, die eine Apologie jener armen Könige beinhaltet, die von aller Welt bekrittelt werden, wofür nur hundertfacher Neid auf angebliches Glück der Grund ist. Ich habe noch mehr Werke, die ich Ihnen nach und nach schicken werde; Verse zu machen dient mir zur Entspannung. Sofern ich gegen die rechte Diktion verstoße, finden Sie in meinen Episteln doch wenigstens etwas Handfestes, keine schalen Paralogismen, keinen Schlagrahm, der nur mit prätentiösen Worten und Gedankenstrichen protzt. Allein euch, den französischen Virgils und Horaz' ist es erlaubt, »die glückliche Wahl wohlklingender Wörter zu treffen«, die Wendungen zu variieren, in natürlicher Weise vom erhabenen Stil in den heiteren überzuwechseln und die Blumen der Beredsamkeit mit den Früchten des gesunden Menschenverstands zu vereinen.

Wir Ausländer, die wir unsererseits nicht auf Vernunft verzichten, wir verspüren wohl, daß wir niemals die Eleganz und die Reinheit erreichen können, die die strengen Regeln der französischen Poesie fordern. Solche Übung verlangt den ganzen Mann. Tausend Pflichten, tausend Geschäfte lenken mich ab. Ich bin ein ans Staatsschiff geketteter Galeerensklave oder gleiche einem Steuermann, der sich, aus Angst, das Los des unseligen Palinurus zu erleiden, weder getraut, das Ruder loszulassen, noch einzuschlummern. Die Musen verlangen nach Zurückgezogenheit und nach vollkommener Ausgeglichenheit der Seele, deren ich mich fast nie erfreuen kann. Oft stört man mich nach nur drei Versen auf; meine Muse zeigt mir die kalte Schulter, und meinem Geist fällt es schwer, sich wieder emporzuschwingen. Es gibt gewisse privilegierte Seelen, die sowohl im Tumult der Höfe wie in der Ruhe Cireys, in den Kasematten der Bastille wie auf dem Reisestrohsack dichten können. Meine hat nicht die Ehre, zu diesen zu zählen; sie ist eine Ananasstaude, die nur im Treibhaus Früchte trägt und die eingeht im freien Wind.

Adieu; probieren Sie so viele Arzneien, wie Sie wollen, aber enttäuschen Sie vor allem nicht meine Hoffnungen und kommen Sie zu mir. Ich verspreche Ihnen eine frische Krone von unserem schönsten Lorbeer, eine jungfräuliche Magd zu Ihrer Bequemlichkeit und obendrein Verse Ihnen zu Ehren. Fr.

Darget: Claude Étienne Darget, 1712–1778, seit 1746 *secrétaire des commandements* des Königs.
Die epidaurische Gottheit: Asklepios, Aeskulap – Gott der Heilkunst mit Hauptheiligtum in Epidauros.
Eine weitere Epistel: Épître à Darget. Apologie des rois.
»Die glückliche Wahl wohlklingender Wörter zu treffen«: Boileau, *Art poétique,* 1. Gesang.
Palinurus: Steuermann in Virgils *Aeneis.*
In den Kasematten der Bastille: Voltaire war 1717 und 1726 im Pariser Stadtgefängnis inhaftiert gewesen.

Voltaire wird von Émilie du Châtelet und dem Offizier-Dichter Saint-Lambert betrogen; Friedrich wünscht keine Besuche seiner Gemahlin Elisabeth Christine in Potsdam; und Prosper Jolyot, Sieur de Crais-Billon, genannt Crébillon, dank der Marquise de Pompadour oberster Zensor für Literatur und Historiographie in Frankreich, überdies ein vielgespielter Dramatiker, hat ein neues Stück geschrieben. *Catilina,* Tragödie in fünf Akten um den römischen Verschwörer Catilina, wurde in Paris ein großer Bühnenerfolg. Der König von Preußen urteilte hingegen: »Mit einem Wort, dieses Stück scheint mir ein göttlich gereimter Dialog zu sein. Doch bedenken Sie, wie einfach Kritik und wie schwer die Kunst ist.«

113. Voltaire an Friedrich

Paris, 17. März 1749

Sire, der ewige Kranke antwortet mit einem auf zwei Briefe Ew. Majestät. In Ihrem ersten beurteilen Sie das Verhalten Catilinas mit demselben Scharfblick, mit welchem Sie ein weites Königreich regieren, und Sie sprechen wie ein Mann, der die Menschen, die vorzeiten die Welt beherrschten und die Crébillon entstellt hat, von Grund auf kennt. Sie lieben seinen *Rhadamiste* und seine *Électre.* Ich teile Ihre Leidenschaft, Sire; ich erachte diese beiden Stücke für wahrhaft tragisch, trotz ihrer Mängel, trotz der Liebesbeziehung zwischen Itys und Iphianasse, die eines der schönsten Sujets der Antike verdirbt und eisig macht, trotz der Liebe Arsames', trotz etlicher Verse, die gegen die Sprache und Poesie sündigen. Das Tragische und Erhabene tragen über alle diese Fehler den Sieg davon, und wer das Herz zu rühren versteht, siegt. Mit Crébillons *Sémiramis* verhält es sich anders. Offensichtlich haben Ew. Majestät sie nicht gelesen. Dies Stück ist absolut durchgefallen; es ist eine Totgeburt, die nie zum Leben erweckt werden kann; es ist schlecht geschrieben, schlecht gebaut und fesselt nicht. Es steht mir nicht gut an, so zu reden, und ich wäre nicht so freimütig, wenn es zweierlei Meinung über dieses in Acht und Bann getane Stück gäbe. Gerade weil diese *Sémiramis* zu einer von allen Verlassenen wurde, habe ich es gewagt, selber eine zu verfassen. Ich würde mich hüten, einen *Rhadamiste* oder eine *Électre* zu machen.

Ich werde in Kürze die Ehre haben, Ew. Majestät meine *Sémiramis* zu schicken, die derzeit mit soviel Erfolg gespielt wird, daß ich wahrhaft zufrieden sein kann. Sie werden sie sehr verschieden von dem Entwurf finden, den ich vor einigen Jahren an Sie zu schicken die Ehre hatte. Ich habe versucht, alle Schrecken des Theaters der Griechen zu verströmen und die Franzosen zu Athenern zu machen. Ich habe, wiewohl unter Mühen, diese Metamorphose bewerkstelligt. Selten habe ich erlebt, daß Furcht und Mitleid, begleitet von prächtigem Spektakel, größeren Effekt erzielt hätten. Ohne Furcht und Mitleid keine Tragödie. Ebendeshalb, Sire, lassen *Zaïre* und *Alzire* stets die Tränen fließen und werden immer wieder verlangt. Religion, die von Leidenschaften besiegt wird, ist der Stoff, den ich benutzt habe, und er ist einer der besten, um die Herzen der Menschen zu rühren. Auf hundert Menschen kommt kaum ein Philosoph, und selbst dessen Philosophie unterliegt dem Zauberischen und dem angestammten Empfinden, das er auf dem Papiere bekämpft. Glauben Sie mir, Sire, sämtliche politischen Reden, sämtliche tiefen Gedankengänge, Ruhmesempfindungen, Entschlossenheit geben auf der Bühne wenig her; nur das, was uns selbst bewegt, zählt, ohne das geht nichts. Ohne Furcht und Mitleid kein Erfolg bei der Aufführung des Stücks; doch auch kein Erfolg beim Lesen, ohne die stets korrekte, stets harmonische, von poetischer Expression getragene Versifikation. Gestatten Sie mir zu sagen, Sire, daß diese Reinheit und Eleganz *Catilina* absolut fehlen. Es finden sich in diesem Stück nur ein paar ausdrucksvolle Verse; aber es gibt nie zehn aufeinanderfolgende, in denen sich kein

Vergehen an der Sprache fände oder wo besagte Eleganz nicht preisgegeben würde.

Gewiß lebt auf Erden kein König, der den Wert dieser harmonischen Eleganz höher schätzt als Friedrich der Große. Er erinnere sich nur an Verse, in denen er gelegentlich einer *Épître morale* über Alexander, seinen Ahn, spricht, und er vergleiche diese Verse mit denen Catilinas, und er wird sehen, ob er bei dem französischen Autor die gleiche Rhythmik und die gleiche Kadenz entdeckt, die den Versen eines Königs des Nordens innewohnen und die mich in Erstaunen versetzen. Wenn ich sage, daß es keinen König gibt, der dafür soviel Gefühl hat wie Ew. Majestät, so füge ich noch an, daß es selbst in Paris nur wenige Kenner gibt, die mehr Geschmack besäßen, und keinen Dichter von größerer Einbildungskraft.

Ihre *Apologie des rois* hat außer der Einbildungskraft noch einen weiteren Vorzug; ihr ist Tiefe, Wahrheitssinn und Neuartigkeit zu eigen.

Ich war gerade dabei, eine alte *Épître sur l'égalité des conditions* zu korrigieren, und schrieb noch einige Verse genau zu diesem Thema, als ich Ihre *Épître à Darget* erhielt. Ich selbst behandelte nur en passant, was von Ihnen vertieft wurde.

Ew. Majestät haben völlig recht, wenn Sie sagen, daß ich in diesem Werk weder Flittergold noch Sahne entdecken würde. Es ist ein Meisterwerk der Vernunft. Es ist voller wahrheitsgetreuer Bilder, und sie sind gut gemalt. Sagen Sie mir nicht, Sire, daß ich wie ein Höfling zu Ihnen spreche; wo es sich um Verse handelt, achte ich nicht der Person. Ich verehre, wie es sich gehört, Friedrich den Großen, der sein Königreich von Advokaten gesäubert und der Welt den Frieden von Dresden geschenkt hat; aber hier spreche ich mit meinem Bruder in Apoll.

Was Reime angeht, bin ich nicht streng, doch den Reim aus *ennuis* (Ärger) und *soucis* (Sorgen) kann ich nicht durchgehen lassen.

Man bedient sich des Wortes *desservir* (betreuen) nur in bezug auf eine Kapelle, auf eine Pfründe. Schon bei der Messe wird es nicht verwandt; denn es heißt, eine Messe lesen *(servir)* und nicht betreuen *(desservir),* also ist

... Les différents emplois
Qui desservent la cour, les finances, les lois,

(... all das diverse Tun
Das den Hof betreut, Finanzen, das Gesetz,)

eine gewagte Wendung; doch ist sie leicht zu verbessern.

Et lorsque dans les fers on pense l'enchaîner,
Il s'échappe, et revient hardiment vous braver.

(Und wenn man glaubt, mit Ketten in Eisen ihn zu legen,
Entwischt er, kehrt kühn zurück, Euch zu trotzen.)

Braver und *enchaîner* reimen sich nicht. Es bräuchte *captiver* (fangen). *Enchaîner dans les fers* ist ein Pleonasmus; enchaîner allein ist bereits genug.

Man sagt nicht *faire l'or* (das Gold machen); man sagt *faire de l'or* (Gold machen), so wie man auch sagt *cuire du pain* (Brot backen), *faire du velours* (Samt weben), *bâtir des maisons* (Häuser bauen) und nicht *cuire le pain* (das Brot backen), *faire le velours* (den Samt weben), *bâtir les maisons* (die Häuser bauen), zumindest dann, wenn dieses *les* sich nicht auf etwas Vorausgegangenes oder Nachfolgendes bezieht. Im übrigen ist es bei Versen stets verdienstvoller, eher auf etwas anzuspielen, als es zu benennen. Anstatt eine seiner Gestalten sagen zu lassen: »Sie machen Gold ganz offenkundig«, läßt zum Beispiel Molière sie in recht schlichtem Tone sagen:

Vous avez donc trouvé cette bénite pierre
Qui peut seule enrichir tous les rois de la terre.

(So haben Sie gefunden diesen segensreichen Stein,
Der allein alle Könige der Erde lässet reicher sein.)

An einer der schönsten Stellen der vortrefflichen Epistel sagen Sie, *la haine embrasée* (der entzündete Haß). Dies Wort ist fehl am Platze. Der Haß vermag Städte und sogar

Herzen zu entzünden, doch der Haß, als eine Person dargestellt, kann nicht angezündet werden. Er ist glühend, funkelnd, unerbittlich, unheilvoll etc.

Privilégiés hat fünf Silben und nicht vier; und es ist ein Wort, dessen taube und dürre Silben dem Ohr mißfallen. Es gehört nicht in die Poesie hinein.

Tout trafic est rompu (aller Handel ist gebrochen). Einen Vertrag bricht man. Man unterbricht, storniert, ruiniert den Handel, läßt ihn versiegen. Übrigens bezeichnet der Ausdruck *le trafic d'honneur et de droiture* (Handel mit Ehre und Rechtschaffenheit) im Grunde Treulosigkeit. Ihre Absicht ist es zu sagen: Es gibt keinen ehrlichen Handel mehr; nun, *trafic* ist ein Terminus, der besagt, daß man seine Ehre verkauft; das ist genau das Gegenteil von dem, was Sie sagen wollen. Wenn Sie aber sagen würden:

> Tout commerce est détruit d'honneur et de droiture
>
> (Zunichte ist aller Handel in Ehr' und Rechtschaffenheit)

oder etwas Ähnliches, wäre dieser Fehler aus der Welt.

> Un monarque insensible et presque inanimé
> D'un marbre dur et blanc doit bien être estimé.
>
> (Ein Monarch, der fühllos und fast unbeseelt,
> Von Marmor, hart und weiß, gehört wohl wertgeschätzt.)

Durch diese Konstruktion will es scheinen, als ob der Monarch von hartem und weißem Marmor verehrt werden müsse. Auch dieser Fehler läßt sich geschwind ausmerzen.

Sie sehen, daß ich gar nicht so sehr Höfling bin und Ihnen die Wahrheit sage, da Sie derer würdig sind. Mit derselben Aufrichtigkeit sage ich Ihnen, wie sehr ich Ihre Epistel bewundere, die Weisheit, die in ihr regiert; alle Wendungen sind leicht und angenehm, die Verse sind rhythmisch exakt, die Übergänge gelungen, alles entspringt der Kunst eines beredten Menschen und alles der Feinsinnigkeit eines Mannes von überlegenem Geist. Sie sind der einzige Mensch auf der Welt, der sein bißchen Muße so auszufüllen vermag. Achill bläst die Flöte, nachdem er die Trojaner geschlagen hat. Die Österreicher sind mehr zu fürchten als die Truppen Trojas, und Ihre Lyra rangiert weit über der Flöte des Achill.

Das ist nun ein reichlich langer Brief dafür, daß er an einen König adressiert und von einem Siechen geschrieben ist. Doch Sie beleben mich ein wenig. Ihr Genie und Ihre Güte zeitigen bei mir bessere Wirkung als die Stahl-Pillen.

Ich war so frei, Ew. Majestät um diese Pillen zu bitten, da sie mir gutgetan haben; ich glaube nur mäßig an die Ärzte, aber ich glaube an Mittel, die mir geholfen haben. In Lunéville gab mir König Stanislaus vorzügliche Pillen, die aus Ihrem Königreich stammten. Es ist womöglich recht dreist, zwei Könige zu seinen Apothekern zu machen, aber beide werden so huldvoll sein, Nachsicht zu üben.

Sire, falls die Natur meinen Körper in diesem Sommer ebenso traktiert wie im Winter, besteht wenig Wahrscheinlichkeit, daß ich den Trost haben werde, mich dem unsterblichen und universalen Friedrich dem Großen zu Füßen zu werfen. Doch bleibt mir auch nur ein Hauch Leben, so werde ich ihn darauf verwenden, ihm meine Aufwartung zu machen. Ich will noch einmal diesen großen Mann sehen. Ich habe Sie zärtlich geliebt, ich war über Sie erbost, ich habe Ihnen verziehen, und derzeit liebe ich Sie närrisch. Nie existierte ein schwächerer Leib als der meinige, nie eine empfindsamere Seele. Nunmehr wage ich es, Sie ebenso zu lieben, wie ich Sie bewundere.

Kammerjungfrau oder Kammerfrau! Das fehlte mir wahrlich noch! Was ich in diesem Sommer brauche, sind Pelze und nicht Jungfern. Ich brauche ein anständiges Bett, aber für mich allein, ein Klistier und den König von Preußen.

Mir geht es zu elend, um Ew. Majestät Verse zu senden; doch anbei welche, die besser sind als meine. Sie stammen von einem Gardehauptmann des Königs Stanislaus; sie sind dem Prinzen von Beauvau zugeeignet. Der Verfasser, ein gewisser Saint-Lambert, ahmt ein wenig meinen Ton nach und verschönert ihn. Er gleicht Ihnen, Sire, er schreibt ganz nach meinem Geschmack. Sie sind beide meine Schüler in der Poesie; doch die Schüler stehen, was Geist angeht, weit über ihrem armen alten Dichtermeister.

Bedenken Sie, wie sehr Sie mir, als mein Schüler in der Poesie und als mein Meister in der Kunst des Denkens, verpflichtet sind. V.

Zaïre und *Alzire:* Frühere Stücke Voltaires.
Frieden von Dresden: 1745 nach dem Zweiten Schlesischen Krieg.
Vous avez donc trouvé ...: Les Fâcheux (Die Plagegeister), 3. Akt.
Saint-Lambert: Eben jener Saint-Lambert, den Voltaire als Liebhaber seiner Lebensgefährtin hinzunehmen hatte.

114. Friedrich an Voltaire

[Potsdam], 16. Mai 1749

Das nenne ich schreiben. Ich liebe Ihren Freimut; ja, Ihre Kritik hat mich in zwei Zeilen mehr gelehrt, als zwanzig Seiten Lobgesänge es vermöchten. Die Verse, die Sie für passabel halten, sind die, die mich am wenigsten Mühe gekostet haben. Aber wenn Gedanke, Zäsur und Reim nicht zusammenfinden wollen, mache ich einen schlechten Vers, und beim Zurechtrücken habe ich keine glückliche Hand. Sie haben keine Ahnung von den Schwierigkeiten, die ich überwinden muß, um ein paar passable Strophen zuwege zu bringen. Eine glückhafte Gabe der Natur, leichtes und fruchtbares Ingenium haben Sie zum Dichter gemacht, ohne daß Sie das etwas gekostet hätte; der Unterlegenheit meines Talents lasse ich Gerechtigkeit widerfahren; mit Schwimmreif und Schweinsblase unter den Achseln kämpfe ich im poetischen Ozean. Ich denke besser, als ich spreche; meine Gedanken sind oftmals stärker als meine Ausdrücke, und in solcher Bedrängnis versuche ich so wenig schlecht zu sein, wie ich kann.

Zur Zeit studiere ich Ihre Kritik und Ihre Korrekturen; sie können mich davor bewahren, erneut denselben Fehlern zu verfallen; doch bleiben noch dermaßen viele zu vermeiden, daß nur Sie mich vor diesen Klippen retten könnten.

Opfern Sie mir, ich bitte Sie, die mir zugesagten zwei Monate. Erlahmen Sie nicht, mich zu bilden; sofern der

Lohn für Ihre Mühe meine große Lust am Lernen und mein Verlangen sein kann, mich auf einem Wissensgebiet zu vervollkommnen, das stets meine Leidenschaft war, werden Sie wohl Ursache zur Zufriedenheit haben.

Aus demselben Grund, den Cicero nennt, liebe ich die Künste. Ich erhebe mich nicht bis zu den Wissenschaften, weil die schöne Literatur allezeit nützlich ist, und mit aller Algebra der Welt ist man oft bloß ein Dummkopf, wenn das Wissen sich nicht auch noch auf etwas anderes erstreckt. Vielleicht wird die menschliche Gesellschaft in zehntausend Jahren irgendeinen Nutzen aus jenen Kurven ziehen, die dank der Wahnvorstellungen der Algebraiker zu Quadraten zurechtgestutzt sein werden. Ich gratuliere der Nachwelt schon jetzt; aber, um die Wahrheit zu sagen, in all diesen Kalkülen kann ich nicht mehr sehen als wissenschaftliche Extravaganz. Alles, was weder nutzvoll noch wohlgefällig ist, ist zu gar nichts gut. Was das Nützliche angeht, so ist bereits alles erfunden; beim Angenehmen hingegen erhoffe ich vom guten Geschmack, daß er der Algebra kein Mitspracherecht einräumt.

Ich werde Ihnen ab jetzt weder Prosa noch Verse schikken. Ich erwarte Sie hier Anfang Juli, und für dann habe ich einen regelrechten poetischen Wust, den Sie im Hinblick auf seinen allgemeinen Nutzen sezieren können. Das bringt mehr, als Crébillon zu kritisieren oder einen anderen, bei dem Sie sicherlich nicht derartig grobe Fehler und noch dazu in solcher Fülle entdecken werden wie in meinen Hervorbringungen. An den Ufern der Newa lassen sich nur Disteln und kein Lorbeer pflücken. Sie müssen nicht meinen, daß ich dorthin aufbräche, um mein Glück zu machen; Sie werden mich hier antreffen, als friedfertigen Bürger von Sans-Souci, der das Leben eines Privatphilosophen führt.

Falls Sie Tumult, Lärmen und Skandale lieben, so rate ich Ihnen, sich nicht nach hierher aufzumachen; doch falls ein geruhsames und einförmiges Leben Ihnen nicht mißbehagt, kommen Sie und lösen Sie Ihr Versprechen ein. Teilen Sie den Tag Ihrer Abreise genau mit; und will die Marquise du Châtelet mit Ihnen wuchern, so denke ich, mich bezüglich des Preises mit ihr zu einigen und einen ihr genehmen Tageszins zu zahlen für ihren Dichter, für dessen schönen Geist, für dessen …

Adieu; ich erwarte Ihre Antwort. Federic.

An den Ufern der Newa: Es stand kurz zu befürchten, daß Rußland Schweden angreifen würde und daß das mit Schweden verbündete Preußen seiner Bündnispflicht nachkommen müßte.

Voltaire reiste noch nicht zu seinen Potsdamer Jahren ab, hatte noch lothringische Schonzeit. Doch ein Unheil nahm seinen Lauf: Émilie du Châtelet war schwanger vom potenten Rivalen, vom Gardedichter Saint-Lambert – der übrigens erst 1803, zur Zeit Napoleons, sterben sollte.

115. Voltaire an Friedrich

Lunéville, 28. Juli [1749]

Sire, Ew. Majestät haben mich wieder der Poesie zugeführt. Es ist unmöglich, einer Kunst abzuschwören, derer Sie pflegen. Erlauben Sie, daß ich Ew. Majestät eine etwas lang geratene Epistel schicke, die ich vor meiner Abreise nach Paris für eine meiner Nichten verfaßt habe, die gleichfalls dem Dämon der Poesie verfallen ist. Sie werden darin, Sire, das Pariser Leben ziemlich seiner Natur entsprechend nachgezeichnet finden. Das, welches man in Potsdam, bei Ew. Majestät führt, ist ein wenig anders, und ich warte auf Ihre Befehle, um noch einmal in den Genuß der mir erwiesenen Ehre zu kommen. Wohlauf oder siech, ich komme; ich habe Ihnen versprochen, daß ich abreise, sobald Madame du Châtelet das Wochenbett hinter sich hat, was wahrscheinlich Mitte oder spätestens gegen Ende September der Fall sein wird. Um meinen Augustus zu schauen, werde ich also bald eine Reise wagen, die etwas länger ausfällt als die Virgils zu seinem. Bis vor Ihre Füße werde ich tragen, was ich geschaffen habe, und Sie werden geruhen, mich an Ihren Werken teilhaben zu lassen. Hernach werde ich zufrieden sterben, und Sie werden mich gleich in Ihrer katholischen Kirche beisetzen können. Ein Engländer ließ auf seinem Grab vermerken: *Hier ruht der Freund des Ritters Sidney.* Auf meines werde ich schreiben lassen: *Hier ruht der Bewunderer Friedrichs des Großen.*

Es ist noch nicht lange her, daß ein Fürst, der eine neue, kürzlich gedruckte Ausgabe Ihres *Antimachiavell* las, verärgert über das, was Sie zu Karl XII. sagen, zornig ausrief: »Vergebene Müh', auslöschen wird er ihn nicht.« Da entgegnete man ihm: »Karl XII. war der hervorragendste aller Grenadiere, und der König von Preußen ist der erste unter den Königen.« Glauben Sie mir, Sire, meine Begeisterung für Sie war unaufhörlich die nämliche, und wären Sie König von Indien, so machte ich mich auf den Weg gen Lahore und Delhi. Glauben Sie mir, daß nichts vergleichbar ist mit der tiefen Hochachtung und der ewiglichen Verbundenheit Ihres V.

Eine etwas lang geratene Epistel ... für eine meiner Nichten: Épître à Madame Denis: la vie de Paris et de Versailles; diese Nichte Denis sollte noch größte Bedeutung für Voltaire gewinnen. Sie wurde sein Faktotum. Ab 1754 führt sie im Schweizer Exil Voltaires Haushalt, wird zum unersetzlichen Hausdrachen, den Gäste fürchten und den Voltaire selbst dann und wann nur mit dem Befehl: »Raus, du dicke Sau« bändigen kann. Paris sagte dennoch dem alten Dichter eine eher unwahrscheinliche Liebesbeziehung mit seiner Nichte nach. Madame Denis wird 1778 zur Haupterbin des gewaltigen Voltaire-Vermögens und zieht reich nach Paris, wo sie sich wieder verheiratet. Über diese Zeit und die Aura der Nichte berichtet eine Anekdote: Voltaires Verwandte litt unter heftigem Haarwuchs zwischen Lippe und Nase. Als sie morgens an der Seite ihres Gatten, eines ehemaligen Dragoners, noch im Bett lag, wurde ein Bauer gemeldet und ins Schlafgemach vorgelassen, um im Hause Duvivier-Denis den Pachtzins abzuliefern. Der Mann vom Land trat vor das Bett, verharrte angesichts des empfangenden Ehepaars, verharrte weiter und brachte schließlich heraus: »Pardon, wer von den beiden Herren ist Madame?«
In Ihrer katholischen Kirche: In Berlin war die Hedwigs-Kirche im Bau.
Ein Fürst: König Stanislaus von Polen, Herzog von Lothringen.

116. Friedrich an Voltaire

Sans-Souci, 15. August 1749

Falls meine Verse zu der Epistel, die ich soeben erhalten habe, beigetragen haben, so erachte ich sie für mein gelungenstes Werk. Jemand, der dabei war, als ich diese Epistel vorlas, rief voller Begeisterung aus: »Voltaire und der Marschall von Sachsen haben dasselbe Schicksal; in der Agonie entfalten sie mehr Kräfte als andere Leute bei voller Gesundheit!«

Bewundern Sie dennoch den Unterschied, der zwischen uns beiden besteht; Sie versichern mir, daß meine Verse Ihnen Schwung verliehen hätten; Ihre haben mich mit dem Gedanken spielen lassen, die Poesie aufzugeben. In Ihrer Muttersprache empfinde ich mich als so unwissend und, was die Imagination angeht, als so trocken, daß ich geschworen habe, niemals mehr zu schreiben. Aber unseligerweise ist Ihnen bekannt, was die Schwüre von Poeten wert sind: die Zephire tragen sie auf ihren Schwingen fort, und unser Gedächtnis entfleucht gleich mit.

Man muß Franzose sein und Ihre Gaben besitzen, um Ihre Lyra schlagen zu können. Ich korrigiere, ich streiche aus, ich feile an meinen schlechten Werken, um sie von der Masse an Fehlern, die sich darin findet, zu reinigen. Es heißt, daß Lautenspieler die eine Hälfte ihres Lebens ihr Instrument stimmen und während der zweiten darauf spielen. Meines bringe ich damit zu, zu formulieren und, vor allem, auszustreichen. Seit ich einige Gewißheit über Ihre Reise habe, verdoppele ich meine Strenge gegen mich selbst.

Seien Sie gewiß, daß ich Sie ungeduldig erwarte, beglückt, einen Virgil zu bekommen, der mir auch trefflich als Quintilian dienen kann. Lucina ist meines Erachtens recht faul; ich wünschte, Madame du Châtelet würde sich beeilen und Sie sich auch. Glauben Sie denn nicht, daß Sie es mit einem Sprunge von der Taufe in Cirey zur Messe in unserer neuen Kirche schaffen? Die Mildtätigkeit ist in den Christenherzen erloschen, die Kollekten haben nicht genug eingebracht, um dieser Kirche ein Dach zu verpassen, und so man die Messe nicht im Sturmwind feiern will, wird man sie überhaupt nicht feiern können.

Nennen Sie mir, ich bitte Sie, die Route, die Sie nehmen werden, und wann Sie an meinen Grenzen eintreffen, auf daß Sie Pferde vorfinden. Ich weiß wohl, daß Pegasus Sie trägt, doch ist dem nur der Weg in die Unsterblichkeit bekannt. Den wünsche ich Ihnen so spät wie möglich, und ich versichere Ihnen, daß Sie mit nicht weniger Beflissenheit empfangen, als mit Ungeduld erwartet werden. Federic.

Quintilian: Marcus Flavius Quintilianus, 1. nachchristliches Jahrhundert, bedeutendster römischer Rhetoriker.
Lucina: ›die Leuchtende‹, Beiname der Juno oder der Diana, hier von Madame du Châtelet, die zügig entbinden soll.

117. Voltaire an Friedrich

Lunéville in Lothringen,
31. August 1749

Sire, mir widerfährt das Glück, Ihren Brief zu erhalten, datiert in Ihrem Tusculum von Sans-Souci, dem Linternum des Scipio. Ich bin vollends getröstet, daß meine Agonie Sie amüsiert. Dies hier ist der Schwanengesang; ich raffe mich ein letztes Mal auf. Ich habe einen vollständigen *Catilina*-Entwurf beendet, er entspricht den Anfängen des ersten Akts, den Ew. Majestät gesehen haben. Seither habe ich die Tragödie *Électre* in Angriff genommen, die ich in Sans-Souci gerne so schnell wie möglich abzuschließen wünsche. Zudem wälze ich in meinem Kopf kleine Vorhaben, um unserer Sprache mehr Kraft und Energie zu geben, und ich meine, daß wir der französischen Sprache, diesem hochmütig grinsenden Bettelweib, das sich aus ihrer Dürftigkeit ein Vergnügen macht, ein Almosen zukommen lassen könnten, gesetzt den Fall, Ew. Majestät sekundieren mir dabei. Ew. Majestät wissen, daß ich bei der letzten Sitzung der Académie, wo ich mich anläßlich der Wahl des Maréchal de Belle-Isle einfand, die kleine Frage aufwarf: Läßt sich bezüglich eines Menschen sagen, so wie bei einem Ereignis, daß der Mensch in seinen Empfindungen, in seinen Entscheidungen, in seiner Wut *plötzlich* sei? »Nein«, wurde mir entgegnet; »denn *plötzlich* gehört ausschließlich zu den unbelebten Dingen.« – Was denn, Messieurs! Besteht denn die Redekunst nicht eben daraus, Wörter aus einem Bereich in einen anderen zu überführen? Ist es denn nicht ihre Pflicht, alles zu beseelen? Messieurs, für den beredten Menschen gibt es nichts Unbelebtes. Vergebne Liebesmüh', Sire, Fontenelle, der Kardinal de Rohan, mein Freund, der Ex-Bischof de Mirepoix, alle, bis hin zum Abbé d'Olivet waren gegen mich. Ich bekam für mein *plötzlich* nur zwei Ja-Stimmen.

Meint man denn, Sire, daß, wenn Monsieur Bestuschew oder Bartenstein über Ew. Majestät sagen würden:

Profond dans ses desseins, soudain dans ses efforts,
De notre politique il rompt tous les ressorts;

(Bedacht in seinen Plänen, in seinem Handeln plötzlich,
Zerbricht das Uhrwerk er von unserer Politik;)

daß sich also, sage ich, Bartenstein oder Bestuschew unkorrekt ausdrückten? Ließe man die Académie walten, würde sie!! unsere Sprache verarmen lassen, ich aber schlage Ew. Majestät vor, sie zu bereichern. Nur das Genie, das reich genug ist, vermag solche Unternehmungen anzugehen. Purismus ist immer armselig.

Madame du Châtelet ist noch nicht niedergekommen; es macht ihr mehr zu schaffen, ein Kind auf die Welt zu bringen als ein Buch. Sire, bei uns anderen Dichtern sind alle Niederkünfte um so heikler, je besser unsere Hervorbringungen dastehen sollen. Vor allem Lehrgedichte sind sehr viel schwieriger zu bewerkstelligen als andere. Wenn ich zu Ihren Füßen liegen werde, wird dies ein schönes Thema zum Disputieren sein!

Aber hier nun ein anderer Fall; hier geht es um Prosa.

Ew. Majestät entsinnen sich eines gewissen *Antimachiavell,* von dem gute zwanzig Ausgaben gedruckt wurden. Eine dieser Ausgaben ist in die Hände desjenigen Königs gefallen, von dessen Hof diese Niederkunft ihren Ausgang nahm. Es gibt zwei Stellen, wo mit dem König von Schweden etwas hart ins Gericht gegangen wird und wo der Monarch, von dem zu sprechen ich hier die Ehre habe, ein wenig abschätzig behandelt wird. In diesem Punkte ist er unendlich sensibel, und das um so mehr, als er durchaus fühlt, daß der Schlag von allzu respektabler Hand geführt wird, einer Hand, die gemacht ist, die Menschen zu wägen. Sie werden sich, Sire, ganz nach Gutdünken aus der Affaire ziehen, denn Helden haben stets leichtes Spiel. Aber ich, ich bin bloß ein armer Teufel, ich habe das ganze Gewitter auszustehen; und dies Gewitter ist ausgesprochen heftig gewesen.

Etwas anderes. Es hat meinem werten Isaak, dem sehr liebenswerten Kammerherrn Ew. Majestät, den ich von ganzem Herzen liebe, gefallen, drucken zu lassen, daß ich an Ihrem Hofe nicht wohlgelitten sei. Ich weiß nicht allzu genau, worauf sich das gründet, aber die Neuigkeit ist ausgestreut, und ich verzeihe aus tiefstem Herzen einem Manne, den ich als das allerbeste Menschenkind betrachte. Aber, Sire, wenn der Vorsteher der päpstlichen Kapelle drucken ließe, daß ich beim Papst nicht gern gesehen wäre, dann erbäte ich von Seiner Heiligkeit Agnusse und Segnungen. Ew. Majestät geruhten, mir die Pillen zu geben, die mir so wohlgetan haben; das ist ein schöner Zug; doch wenn Sie geruhen würden, mir eine halbe Elle schwarzen Bandes zu schicken, würde das mehr nützen als jedes Skapulier. Der König, bei dem ich weile, könnte mich dann nicht davon abhalten, Ihnen eilends meinen Dank abzustatten. Niemand würde mich hier halten können. Es geht gewiß nicht darum, daß ich es nötig habe, mich von Ihren Gunstbezeugungen an die Leine legen zu lassen; und ich schwöre, daß ich mich ohne Leine und ohne Ordensband Ew. Majestät zu Füßen werfen werde. Doch ich kann Ew. Majestät versichern, daß der Herrscher von Lunéville solchen Vorwands bedarf, um über meine Abreise nicht zu ergrimmen. Er hat eine Art Handel mit Madame du Châtelet geschlossen, und ich, ich bin eine Klausel in diesem Handel. Ich bin in seinem Hause untergebracht, und bei aller Freiheit, die ein Tier meiner Spezies genießt, hat es doch gewisse Verpflichtungen gegenüber dem Schwiegervater seines Herrn. Dies sind meine Gründe, Sire. Ich will noch anfügen, daß ich Ihnen bereits zärtlich verbunden war, als noch keiner von denen, die Sie inzwischen mit Ihren Wohltaten überhäuft haben, Ew. Majestät bekannt war, und so bitte ich um ein Zeichen, welches Lunéville und die Leute auf meiner Reiseroute nach Berlin lehren könnte, daß Sie mich zu lieben geruhen. Gestatten Sie mir auch noch anzufügen, daß das Amt, das ich bei meinem König und Herrn bekleide, ein alter Krondienst ist, der Vorrechte des ältesten Adels mit sich bringt, und daher mit der Ehre, um die ich hier nachzusuchen wage, nicht bloß bestens vereinbar ist, sondern mich dafür geradezu prädestiniert. Also, es geht um den Orden Pour le Mérite, und gerne will ich meine Meriten Ihrer Gunst verdanken. Im übrigen richte ich mich darauf ein, im Oktober reisefertig zu sein; und ob ich nun Meriten habe oder nicht, ich liege Ihnen zu Füßen. V.

Tusculum; Linternum: Das Spielen mit der schönen Bildung gleich am Briefanfang: Tusculum – Landsitz des Cicero; Linternum – Landsitz des Scipio Africanus.
Die kleine Frage: Die Académie Française regelte, zumindest offiziell, den Gebrauch und die Entwicklung der französischen Sprache. Vor der Debatte um die angemessene Verwendung von *plötzlich* hatte es 1637 beispielsweise auch die Auseinandersetzung um *car,* »denn«, gegeben. Damals hatte der Poet Voiture in einer sublimen Verteidigungsrede das alte *car* gegen das von anderen favorisierte, neue *pour ce que* in Schutz genommen: »Ah, nun wird man keine Hemmungen mehr kennen, ›aber‹ anzugreifen, und ob ›ob‹ sich noch in Sicherheit wiegen kann, vermag ich nicht zu sagen.«
Bestuschew; Bartenstein: Alexej Petrowitsch Graf Bestuschew-Rjumin, russischer Außenminister; Johann Christian Freiherr von Bartenstein, österreichischer Außenminister.
Der Monarch, von dem zu sprechen ich hier die Ehre habe: Friedrich bewertet im *Antimachiavell* Stanislaus Leszczynski als eine Marionette Frankreichs.
Meinem werten Isaak: Spitzname für den engen, wenn nicht gar intimen Freund Friedrichs, Marquis d'Argens.
Eine halbe Elle schwarzen Bandes: Preußens Orden Pour le Mérite.
Skapulier: Brust- und Rücken-Tuchüberwurf bei der Tracht einiger Mönchsorden.
Schwiegervater: König Stanislaus von Polen war der exilierte, machtlose Schwiegervater Ludwigs XV., dessen Kammerherr und Hofhistoriograph Voltaire seit wenigen Jahren war – Ämter ohne viel Inhalt und Gewinn.

118. Friedrich an Voltaire

Potsdam, 4. September 1749

Ich erhalte Ihren *Catilina,* wobei es mir nicht gelingen will, das Weitere zu erraten. Anhand eines einzigen Aktes läßt sich eine Tragödie ebensowenig beurteilen wie ein Gemälde nach einer einzigen Gestalt. Ich warte, bis ich alles gesehen habe, um Ihnen zu sagen, was ich vom Entwurf, der Durchführung, von der Wahrscheinlichkeit, vom hohen Ton und von den Leidenschaften halte. Es stünde mir nicht an, zu Fragen der

Redekunst hier gegenüber einem der vierzig Richter und Kronzeugen der französischen Sprache meine Zweifel zu offenbaren; wenn jedoch mein Bruder in Apoll und mein Landsmann, der Baron von Bar, mir diesen Akt geschickt hätte, dann würde ich bei Ihnen anfragen, ob man sagen kann:

Tyran par la parole, il faut finir ton règne

(Tyrann durch das Wort, Deine Herrschaft gilt es zu enden;
oder: Tyrann, durch das Wort gilt es Deine Herrschaft zu enden)

Besteht hier nicht die Gefahr der Doppeldeutigkeit? Ich meine, man kann sagen: Seine Beredsamkeit hat ihn zum Tyrannen seines Vaterlands gemacht, seiner Herrschaft muß ein Ende gesetzt werden; aber nach dem Satzbau verstehen wir Deutsche, die wir vielleicht nicht alle Feinheiten der Sprache beherrschen, daß nur durch das Wort seiner Herrschaft ein Ende gemacht werden kann.

Es ist kühn von mir, Ihnen meine Bemerkungen mitzuteilen. Wenn ich bei diesem Vers meine Zweifel hatte, so hat mich das doch nicht gehindert, mich mit Freuden der Bewunderung einer Unzahl schöner Stellen hinzugeben, wo man den Pinselstrich des Verfassers von *Brutus,* von *La Mort de César* erkennt.

Ihr Brief ist bezaubernd; nur Sie verstehen es, so zu schreiben. Es scheint, als wäre Frankreich verdammt, die Befähigungen von zehn geistvollen Menschen, die ihm verschiedene Jahrhunderte geboren haben, mit Ihnen zu Grabe zu tragen.

Da Madame du Châtelet Bücher schreibt, glaube ich nicht, daß sie niederkommen wird, einfach weil sie zu geistesabwesend ist. Sagen Sie ihr also, daß sie sich beeilen soll, denn es drängt mich, Sie zu sehen. Ich brauche Sie und die große Stütze, die Sie mir sein können. Die Leidenschaft zum Studieren wird mir mein Lebtag bleiben. Ich denke wie Cicero und so, wie ich es in einer meiner Episteln ausdrücke. Wenn ich mich bemühe, dann kann ich mir alle Kenntnisse aneignen; die der französischen Sprache will ich Ihnen verdanken. Ich verbessere mich selbst, soweit mein Verstand dazu reicht; aber es gibt hier keinen Puristen, der streng genug wäre, mir alle meine Fehler zu weisen. Somit erwarte ich Sie und bereite die Ankunft des gewöhnlichen Edelmanns und des außergewöhnlichen Genies vor.

In Paris erzählt man sich, Sie kämen nicht, und ich sage, doch, Sie kommen, denn ein Betrüger sind Sie nicht; wenn man Sie beschuldigt, indiskret zu sein, würde ich sagen, das mag wohl stimmen; daß Sie sich bestehlen lassen, mag meinethalben angehen; daß Sie eitel sind, sei auch noch hingenommen. Sie gleichen letztlich dem weißen Elefanten, dessentwegen der Kaiser von Persien und der Großmogul sich bekriegen und den sie mit ihren Ehrentiteln überhäufen, sobald sie glücklich seiner habhaft geworden sind. Adieu. Falls Sie hierherkommen, werden Sie den ersten meiner Titel gewahren: *Friedrich, von Gottes Gnaden König von Preußen, Kurfürst von Brandenburg, Eigentümer Voltaires etc. etc. etc.*

Federic.

Einem der vierzig Richter: Voltaire war 1746 eines der vierzig Mitglieder der Académie Française geworden.
Der Baron von Bar: Georg Ludwig Baron von Bar, deutscher Dichter französischer Episteln.
Tyran par la parole ...: Im Deutschen hängt der Sinn ganz von der Setzung des Kommas ab; im Französischen ist der Vers in der Tat doppeldeutig.
Des gewöhnlichen Edelmanns: Gentilhomme ordinaire de la chambre du Roy, Titel eines Königlichen Kammerherrn, den Voltaire verliehen bekam, nachdem er den französischen Sieg bei Fontenoy, 1745, besungen hatte.
Daß Sie sich bestehlen lassen: Um eine komplizierte Affaire kurz wiederzugeben: Voltaire hatte einen Brief Friedrichs mit einer scharfen Kritik am *Catilina* von Crébillon unter die Leute gebracht, einen Brief, der ihm angeblich gestohlen worden war.

Madame du Châtelet bezahlt ihre Liebe zu Jean François de Saint-Lambert mit dem höchsten Preis. Am 10. September 1749 stirbt die Marquise am Kindbettfieber. Nach über zwanzig Jahren des gemeinsamen Lebens gibt es für Voltaire plötzlich keine Venus von Cirey, keine Athene der Physik mehr, keine in Belgien prozessierende Reisegefährtin. Der unerwartete Tod macht Voltaire in den ersten Tagen so kopflos, daß er Treppen hinunterfällt, bei Spaziergängen so stolpert, daß die beiden anderen Witwer, Saint-Lambert und der

Marquis du Châtelet, den Dichter mit blutender Stirn ins Schloß wanken sehen. Voltaire verläßt Lothringen, begibt sich nach Paris, wo sich nunmehr die Nichte Denis des entwurzelten Onkels annehmen kann. Fern in Berlin weilt der andere Freund, der im Herzen Voltaires schon lange ein Rivale der Madame du Châtelet war.

119. Voltaire an Friedrich

Paris, 15. Oktober 1749

Sire, in dem furchtbaren Zustand, in dem ich mich befinde, habe ich alle Kräfte aufgewandt, um an Monsieur d'Argens zu schreiben; ich werde nochmals alle meine Kräfte sammeln, um mich Ew. Majestät zu Füßen zu werfen.

Ich habe nach fünfundzwanzig Jahren einen Freund verloren, einen großartigen Mann, der nur den einen Fehler hatte, eine Frau zu sein, die nun ganz Paris betrauert und ehrt. Im Leben hat man ihr vielleicht keine Gerechtigkeit widerfahren lassen, und vielleicht hätten Sie sie nicht so beurteilt, wie Sie das getan haben, wenn ihr die Ehre zuteil geworden wäre, Ew. Majestät vorgestellt zu werden. Doch eine Frau, die fähig war, Newton und Virgil zu übersetzen, und die alle Tugenden eines Ehrenmannes besaß, wird ohne Zweifel auch von Ihnen betrauert werden.

Der Zustand, in dem ich mich seit einem Monat befinde, läßt mich kaum hoffen, Sie je wiederzusehen; aber ich sage Ihnen kühn, daß Sie, so Sie mein Herz besser kennen würden, auch die Großherzigkeit hätten, einen Mann zu bedauern, der in Ew. Majestät mit Gewißheit ausschließlich den Menschen geliebt hat.

Sie sind König, und daher sind Sie es gewohnt, den Menschen zu mißtrauen. Nach meinem letzten Brief haben Sie vermutet, daß ich entweder Kränkung vortäuschte, um nicht an Ihren Hof zu kommen, oder daß ich nach einem Vorwand suchte, um von Ihnen einen kleinen Gunstbeweis zu erbitten. Abermals: Sie kennen mich nicht. Ich habe Ihnen die Wahrheit gesagt, die in Lunéville allen bekannte Wahrheit. Stanislaus, König von Polen, ist in hohem Maße betrübt, und seinetwegen und in seinem Namen flehe ich Sie an, Sire, eine neue Ausgabe des *Antimachiavell* zu autorisieren, in der abgemildert ist, was Sie über ihn und über Karl XII. sagen; er wird Ihnen sehr verpflichtet sein. Er ist der beste Fürst der Welt; er ist der glühendste Ihrer Bewunderer, und ich wage zu glauben, daß Ew. Majestät Nachsicht mit seiner Empfindlichkeit haben werden, welche extrem ist.

Zudem ist es nur zu wahr, daß ich ihn in einem Augenblick, in dem Sie ihn traurig stimmten und in dem er sich über Sie beklagte, niemals hätte verlassen können, um zu Ihnen zu reisen. Ich erfand jene Möglichkeit, die ich Ew. Majestät vorschlug. Ich glaubte und glaube weiterhin, daß dieses Mittel sehr dezent und sehr passend ist. Ich füge noch hinzu, daß ich hätte abwarten sollen, bis Ew. Majestät geruht hätten, von sich aus von einer Sache zu reden, die anzusprechen ich mir die Freiheit nahm. Dieser Gunstbeweis wäre um so angebrachter, als ich Ihnen nochmals zu wiederholen wage, was ich auch Monsieur d'Argens ins Gesicht sage: Ja, Sire, Monsieur d'Argens hat behauptet, hat das Gerücht verbreitet, daß Sie mir Ihre Gnade entziehen wollen; ja, er hat solcherlei drucken lassen. Ich habe Ihnen die Überlegung zugeschrieben, die er selber hätte vorbringen müssen. Er hätte zu Ihnen sagen müssen: »Sire, nichts ist wahrer, dieses Gerücht lief um; ich habe mich darüber geäußert, hier die Stelle meines Buches, wo ich das erwähne; es wäre der Güte Ew. Majestät nur allzu würdig, dieses Gerücht zu unterbinden, indem Sie einen Mann, der mich liebt und der Sie anbetet, für eine Zeit an Ihren Hof riefen und ihn mit einem Zeichen Ihres Wohlwollens ehrten.« Doch anstatt die Stelle meines Schreibens an Ew. Majestät aufmerksam zu lesen, wo ich ihn zitiere, anstatt die Gelegenheit zu nutzen, mich zu Ihnen zu rufen, verwechselt er alles, so daß man gar nichts mehr versteht; er erwähnt mir gegenüber Schmähschriften, Zwiste von Verfassern; er sagt, ich hätte mich bei Ew. Majestät beklagt, daß er *Schimpfliches* über mich geäußert *hätte;* in einem Wort, er irrt sich und er grollt mir und er ist im Unrecht; denn er weiß sehr wohl, was ich Ihnen in meinem Brief schrieb und daß ich ihn von ganzem Herzen liebe.

Doch Sie, Sire, grollen Sie mir? Sie sind ein sehr großer König. Sie haben den Frieden von Dresden gestiftet. Ihr Name wird in allen Jahrhunderten groß sein; doch all Ihr

Ruhm und all Ihre Macht geben Ihnen nicht das Recht, ein Herz zu bekümmern, das ganz Ihnen gehört. Ginge es mir so gut, wie es mir jetzt elend geht, und befände ich mich nur zehn Meilen vor Ihren Staaten, so würde ich keinen Schritt weitergehen, um an den Hof eines bedeutenden Mannes zu gelangen, der mich nicht mehr liebte und der mich nur als Herrscher empfinge. Doch wenn Sie mich kennten und wenn Sie mir wahrhaft wohlgesonnen wären, würde ich mich noch in Peking zu Ihren Füßen werfen. Ich bin empfindlich, Sire, und nicht nur ich allein. Ich habe vielleicht noch zwei Tage zu leben, und die werde ich damit zubringen, Sie zu bewundern, auch damit, das Unrecht zu beklagen, das Sie einer Seele zufügen, die der Ihren so vollkommen ergeben ist und die Sie stets so liebt, wie Monsieur de Fénélon Gott liebte, nämlich um seiner selbst willen. Gott sollte den nicht zurückweisen, der ihm so seltenen Weihrauch opfert. V.

Glauben Sie mir doch, daß mich nicht nach kleinen Eitelkeiten gelüstet und daß ich immer nur Sie selbst suchte.

Einen kleinen Gunstbeweis: Leider liegen hier einige Briefe nicht mehr vor. Zum einen muß Friedrich ausgesprochen verstimmt gewesen sein, daß Voltaire sich, eitel wie er war, auf eigenen Vorschlag mit dem höchsten Orden Preußens, dem Pour le Mérite schmücken wollte. Der Marquis d'Argens, Schriftsteller und Mitglied der Potsdamer Tafelrunde, hatte zum anderen schon 1744 auf Mißhelligkeiten zwischen Friedrich und Voltaire angespielt, die nicht allzu erstaunlich waren, wenn man Voltaires Berliner Agententreiben in Rechnung stellt.
Monsieur de Fénélon: François de Salignac de La Mothe-Fénélon, 1651–1715, Erzbischof von Cambrai, Prinzenerzieher und Autor des pädagogischen Romans *Die Abenteuer des Telemach.*

Wer ist Voltaire? Der Trauernde oder der Ordenslüstling?

120. Voltaire an Friedrich

Paris, 10. November 1749

Sire, fast auf einen Schlag habe ich drei Briefe Ew. Majestät erhalten; einen vom 10. September, der über Frankfurt ging, von Frankfurt nach Lunéville befördert wurde, nach Paris nachgeschickt wurde, nach Cirey, nach Lunéville und schließlich nach Paris, während ich mich in tiefster Zurückgezogenheit auf dem Lande aufhielt. Die beiden anderen erreichten mich vorgestern, über Monsieur Chambrier, der sich, glaube ich, noch in Fontainebleau aufhält.

Ach! Sire, hätte der erste dieser Briefe mich im Übermaß meines Schmerzes erreicht, als ich ihn hätte erhalten sollen, so hätte ich dies unheilschwangere Lothringen verlassen, um zu Ihnen zu kommen; ich wäre abgereist, mich Ihnen zu Füßen zu werfen; ich hätte mich in irgendeinen kleinen Winkel von Potsdam oder Sans-Souci verkrochen; wiewohl dem Tode nah, hätte ich sicherlich die Reise gewagt; ich wäre wieder zu Kräften gekommen. Ich hätte sogar alle Ursache, wie Sie nachfühlen können, daß ich lieber in Ihren Staaten stürbe als in dem Land, in dem ich geboren bin.

Was ist passiert? Ihr Schweigen ließ mich glauben, daß mein Ansinnen Sie verdrossen hat; daß Sie in Wahrheit keinerlei Wohlwollen für mich empfänden; daß Sie für eine Finte hielten, was ich Ihnen vorschlug, oder für den festen Entschluß, bei König Stanislaus zu bleiben. Sein Hof, wo ich Madame du Châtelet hundertfach grausamer sterben sah, als Sie es sich vorstellen können, ist für mich ein Ort des Schreckens geworden, und zwar trotz meiner zärtlichen Zuneigung zu diesem guten Fürsten, trotz seiner besonderen Gunst. Ich bin also nach Paris zurückgekehrt; ich habe meine Familie um mich versammelt; ich habe ein Haus bezogen, und ich fand mich als Familienoberhaupt ohne Kinder wieder. In meinem Schmerz habe ich mir auf diese Weise eine ehrbare und ruhige Bleibe geschaffen, und den Winter über belasse ich es bei diesem Arrangement und befasse mich mit meinen Privatangelegenheiten, die mit denen jenes Menschen verquickt waren, den der Tod mir nicht hätte nehmen dürfen. Aber da Sie mich doch noch ein wenig zu lieben geruhen, können Ew. Majestät völlig gewiß sein, daß ich mich ihr, so ich am Leben sein werde, im nächsten Sommer zu Füßen werfe. Irgendwelche Vorwände sind nun nicht mehr nötig, ich bedarf nur noch Ihrer fortdauernden Güte. Ich werde eine Woche bei König Stanislaus verbringen, es handelt sich um eine unumgängliche Verpflichtung; die restliche Zeit gehört Ew. Majestät. Ich beschwöre Sie, sich sicher zu sein, daß ich diesen schwarzen Stoffetzen nur deswegen im Sinn hatte, weil König Stanislaus sonst nicht akzeptiert hätte, daß ich ihn verlasse. Ich war der Ansicht, Sie hätten Monsieur de Maupertuis solche Gunst bezeugt. Des weiteren ist es absolut wahr, und ich wiederhole es, ohne aufdringlich sein zu wollen, daß das Gerücht umlief, Sie hätten mir während meines letzten Aufenthalts Ihre Gunst entzogen. Ich habe Ew. Majestät keineswegs geschrieben, daß Monsieur d'Argens etwas gegen mich zu Papier gebracht hätte; ich sagte Ihnen, und ich sage es Ihnen noch einmal, daß er dieses Gerücht, das ich erwähnte, in irgendein moralisches Werk aufgenommen hat, dessen Titel mir entfallen ist und welches mit Charakterbildern angefüllt ist; ich habe ihm in dem Brief, den ich an ihn schrieb, sogar die Stelle zitiert, wo er über mich spricht; er muß sich daran erinnern. Es kommt nach dem Porträt Orcans, den er als einen wegen seiner Zunge gefährlichen Höfling schildert. Mich läßt er unter dem Namen des Euripides auftreten. Er sagt, »daß Euripides am Hof eines großen Königs eintrifft, daß er dort zuerst gut empfangen wird, daß aber der König bald seiner überdrüssig wird; dann macht sich, natürlich, die Kamarilla über ihn her. Was muß geschehen«, fügt er hinzu, »daß der Hof Gutes über Euripides sagt? Er müßte zurückkehren, und der König müßte ihn eines Blickes würdigen.«

Das sind in etwa die Worte in seinem Buch, das er selbst mir sandte; das ist es, was ich ihm kürzlich in Erinnerung rief und was ich Ew. Majestät mitteilte. Ich war weit davon entfernt, zu schreiben oder zu denken, daß er mich beleidigen wollte. Noch einmal, Sire, ich teilte Ihnen mit, daß er das Gerücht, ich wäre bei Ihnen in Ungnade gefallen, publik machte. Hierzu stehe ich weiterhin und gewißlich nicht, um mich über ihn, den ich herzlich liebe, zu beklagen, sondern um Ew. Majestät zu zeigen, daß ich eines sichtbaren Zeichens Ihres Wohlwollens bedurfte, so Sie Verlangen danach verspürten, daß ich an Ihrem Hof erschiene.

Nun, allzu viele Worte. Aber man muß einander begreifen wollen und darf gegenüber einem Menschen, dem man wohlgefallen möchte, nichts beiseite lassen, selbst auf die Gefahr hin, ihm damit lästig zu fallen.

Sie haben ganz recht, Sire, mir zu sagen, daß ich prädestiniert dafür bin, bestohlen zu werden; denn man hat mir *Sémiramis* gestohlen, und obendrein die kleine Komödie *Nanine,* von der Sie gehört haben. Randvoll mit absurden Fehlern und Albernheiten, zu denen nicht einmal ich fähig wäre, hat man beides zu meinem Leidwesen gedruckt. Ich beabsichtige, in vier oder fünf Tagen Ew. Majestät die korrekten Ausgaben zu schicken, die ich selbst in Auftrag gegeben habe.

Ich werde *Catilina* kopieren lassen, oder besser *Rome sauvée;* denn das Ungeheuer Catilina verdient nicht, Held einer Tragödie zu sein; doch Cicero verdient es.

Während ich hier ausharre, sollen Sie Antwort auf Ihren grammatikalischen Einwand bekommen.

Ich erwarte aus Ihrer Feder weitere Gaben, und ich schmeichele mir, daß die Fracht, die Sie in Kürze von mir erhalten werden, Sie zu einer Ladung an mich animieren wird. Ich habe die Ehre, diesen kleinen Winterhandel einzuleiten; und ich glaube, Sire, bei allem Respekt, daß Sie und ich, daß wir die einzigen Händler dieser Art in Europa sind. Sodann werde ich kommen, um unsere Bilanzen zu prüfen, zu theoretisieren, über Grammatik und Poesie zu plaudern; ich werde Ihnen die von Madame du Châtelet bearbeitete Grammatik mitbringen, dazu, was ich von ihrer Übertragung des Virgil auftreiben kann; mit einem Wort, ich komme dann mit vollen Taschen und werde Ihre vollen Mappen vorfinden. Diese Augenblicke erscheinen mir bereits jetzt kostbar; aber alles das nur unter der Bedingung, daß Sie mich ein wenig zu lieben geruhen, sonst sterbe ich in Paris. V.

Daß ich mich Ew. Majestät zu Füßen werfe: Immer wieder eine sehr vehemente Geste für einen Mann, der nach eigenem Bekunden quasi schon tot ist.

Sie hätten Monsieur de Maupertuis solche Gunst bezeugt: Akademiepräsident Maupertuis hatte 1747 den Pour le Mérite erhalten. Hier beginnen die Eifersüchteleien und Querelen, die am Ende zu Voltaires Verhaftung in Frankfurt und zu Maupertuis' gramvollem Verscheiden führen werden. Die geistige Elite Frankreichs bekämpfte sich zuweilen bis aufs Messer, ob nun in Paris oder in Potsdam.

Dieses Gerücht: Stimmt insofern, als Friedrich auch wegen dieses Ordens-

gerangels an den Grafen Algarotti schrieb: »Es ist sehr bedauerlich, daß eine so windige Seele mit einem so schönen Genie einhergeht«.
Doch Cicero verdient es: Cicero hielt die berühmten Senatsreden gegen den Staatsverschwörer Catilina.
Ihren grammatikalischen Einwand: Der von Friedrich monierte Vers (siehe Brief 118) wurde von Voltaire aus *Catilina/Rome sauvée* getilgt.

Potsdam bekommt korrigierte Poeme zurück – und bereinigt Probleme:

121. Friedrich an Voltaire

Potsdam, 25. November 1749

Soweit ich's sehe, treffen mich d'Olivets Donnerkeile. Ich bin tumber, als ich es vermeinte. Ich werde mich tunlichst davor hüten, den Puristen zu spielen, ich werde mich tunlichst davor hüten, von Dingen zu reden, die ich nicht verstehe, und mein Stilleschweigen wird mich vor dem Gedonnere von Leuten jenes Schlages wie d'Olivet und Vaugelas retten. Ich werde mich tunlichst davor hüten, Ihnen meine Werke zu schicken; wenn Sie sich die Ihrigen stehlen lassen, was wird dann mit den meinigen geschehen? Sie schaffen für Ihr Renommée und zur Ehre Ihrer Nation; wenn ich Papier beschmiere, dann einzig zu meinem Amüsement, und man könnte mir das nachsehen, vorausgesetzt ich zerreiße diese Werke, nachdem sie fertig sind. Wenn man auf die Vierzig zugeht, und wenn man Verse schmiedet, nichts von Wert, dann sollte man wie der Misanthrop sagen: Machte ich solch üble Sachen, würf' ich's nicht der Menge in den Rachen.

Wir hatten in Berlin einen russischen Gesandten, der zwanzig Jahre lang Philosophie studierte, ohne am Ende deswegen etwas Nennenswertes davon verstanden zu haben. Graf Keyserlingk, den ich meine, ist gut fünfzig und hat mit seinem dicken Lehrer Berlin verlassen. Er hält sich nun in Dresden auf; er studiert weiter, und er hegt die Hoffnung, in zwanzig oder dreißig Jahren einen passablen Studiosus abzugeben. Ich habe weder seine Geduld, noch rechne ich damit, so lange zu leben. Wer mit zwanzig nicht Dichter ist, wird es niemals. Ich maße mir nicht an, bei mir das Gegenteil anzunehmen, und bin auch nicht so verblendet, mich falsch einzuschätzen. Schicken Sie mir denn großmütig Ihre Werke, und rechnen Sie meinerseits nur mit Beifall; ich will

Imiter de Conrart le silence prudent;

(Nachahmen Conrarts kluges Schweigen;)

doch wird mich das gegenüber den Schönheiten der Poesie nicht unempfindsam machen. Ich werde Ihre Werke um so mehr wertschätzen, als ich festgestellt habe, daß ich nichts Ebenbürtiges leisten kann.

Machen Sie mir keine Scherereien mehr mit Gerüchten. Gerüchte sind die Gazetten der Toren. In diesem Land hat niemand schlecht von Ihnen gesprochen. Ich weiß nicht, in welchem Buch d'Argens über Euripides schwätzt; wer hat Ihnen gesagt, daß damit Sie gemeint sind? Hätte er Sie darstellen wollen, hätte er sich dann nicht eher Virgil als Euripides ausgesucht? An solchem Pinselstrich hätte alle Welt Sie erkannt; und aus dem Passus, den Sie mir zitieren, erkenne ich nicht den geringsten Zusammenhang mit dem Empfang, den man Ihnen hier bereitet hat. Schmieden Sie also keine Ungeheuer, um sie dann zu bekämpfen. Fechten Sie, wenn's denn sein muß, gegen die wirklichen Feinde, die Ihr Verdienst Ihnen in Frankreich geschaffen hat, und bilden Sie sich nicht ein, dort welche aufzuspüren, wo keine sind; oder, so Scherereien Ihnen lieb und wert sind, ziehen Sie niemals mich mit hinein; ich verstehe mich nicht darauf, will mich auch niemals darauf verstehen.

Bei all den Vorkehrungen, die Sie treffen, sehe ich, daß es wenig Hoffnung für mich gibt, Sie wiederzusehen. An Ausreden wird es Ihnen nie mangeln; eine so lebhafte Einbildungskraft wie die Ihre ist unerschöpflich. Einmal wird es eine Tragödie sein, deren Erfolg Sie abwarten wollen, dann sind es häusliche Angelegenheiten; oder auch König Stanislaus oder neue Gerüchte. So glaube ich an diese Reise noch weniger als an die Ankunft des Messias, mit der die Juden immer noch rechnen.

Hier ist eine Elegie in Umlauf; könnte sie von Ihnen stammen? Hier der Anfang:

Un sommeil éternel a donc fermé les yeux.

(So hat denn ein ewiger Schlummer die Augen geschlossen.)

Teilen Sie es mir mit, ich bitte Sie; ich habe meine Zweifel; Sie allein können sie ausräumen.

Ich erwarte die große Sendung, die Sie mir ankündigen, mit Ungeduld, und ich werde Sie bewundern, so undankbar und abwesend Sie auch sein mögen, denn ich kann nicht anders.

Adieu; ich werde mir die schönen Rasereien Rolands und die heroischen Narreteien Coriolans anschauen. Ich wünsche Ihnen Ruhe, Freude und Leben. Federic.

Gedonnere von Leuten jenes Schlages wie d'Olivet und Vaugelas: Bei den Korrekturen von Friedrichs Werken richtete sich auch Voltaire natürlich an den Spitzen-Grammatikern Frankreichs aus, am Zeitgenossen Pierre-Joseph d'Olivet und am Syntax-Klassiker der Richelieu-Ära Claude Favre, Baron de Pérouges, Seigneur de Vaugelas.
Imiter de Conrart: Boileau, 1. Vers-Epistel.
Un sommeil éternel: Stammt wahrscheinlich nicht von Voltaire.
Die schönen Rasereien Rolands und die heroischen Narreteien Coriolans: Die Opern *Angélique et Médor* – nach Ariosts *Orlando Furioso* – und *Coriolan* von Carl Heinrich Graun.

Voltaire hat die Tragödien *Rome savée* und *Sémiramis* zur wohlwollenden Kenntnisnahme nach Potsdam geschickt. Wer Voltaire nicht kennt, der staunt, daß der Freigeist die babylonische Tragödie *Sémiramis* ausgerechnet dem Bibliothekar des Papstes widmet. Wer aber Voltaire kennt und begreift, der versteht, daß der umsichtige Freigeist seinem Agnostizismus nicht jeden Kontakt zum Heiligen Stuhle opfern wollte.

122. Friedrich an Voltaire

Berlin, Dezember 1749

Dans votre prose délicate
Vous avancez très-poliment
Que je ne suis qu'un automate,
Un stoïque sans sentiment.

Mes larmes coulent pour Électre,
Je suis sensible à l'amitié;
Mais le plus héroique spectre
Ne m'inspire que la pitié.

(In Ihrer delikaten Prosa
Tragen Sie sehr höflich vor,
Daß ich ein Automat nur bin,
Ein Stoiker, der gar nichts fühlt.
Meine Tränen rinnen für Elektra,
Für Freundschaft bin empfänglich ich;
Doch selbst das heroischste Gespenst
Flößt mir nur Mitleid ein.)

Ihr Kardinal Quirini ist der Zeiten der Gespenster und Hexereien wahrhaftig würdig. Sie kennen Ihre Welt, und es war ein guter Einfall, an ihn die Worte zu richten, daß jeder Katholik an Wunder zu glauben habe und daß daher das Parterre pflichtschuldigst vor der Schattenerscheinung des Ninus erbeben müsse. Dazu habe ich Ihnen zu sagen, daß der Bibliothekar Seiner Heiligkeit diesen orthodoxen Glaubenssatz in höchstem Maße schätzen wird. Was mich angeht, so bin ich bloß ein verfluchter Ketzer, und Sie gestatten mir, anders zu empfinden und Ihnen unbefangen zu sagen, was ich von Ihrer Tragödie halte. Welchen Haken auch immer Sie schlagen, um den springenden Punkt in der *Sémiramis* zu verbergen, Sie stehen doch immer wieder vor der Schattenerscheinung des Ninus: es ist dieser Schatten, der seiner vatermörderischen Witwe grausamste Reuegefühle einflößt; es ist dieser Schatten, der seiner Witwe galanterweise erlaubt, ein zweites Mal den Brautschleier anzulegen; der Schatten spricht aus der Tiefe seines Grabes mit seufzender Stimme zu seinem Sohne; es kommt noch besser, der Schatten erscheint *in persona*, um die Ratsversammlung der Königin in Angst und Schrecken zu versetzen und Babylon dem Erdboden gleichzumachen; er reicht seinem Sohn den Dolch, mit dem Ninias seine Mutter ermordet. Es steht eindeutig fest, daß der verstorbene Ninus der Angelpunkt Ihrer Tragödie ist, daß sich dies Stück ohne die Träume und verschiedenen Auftritte dieser umherirrenden Seele nicht spielen ließe. Könnte ich mir also in dieser Tragödie eine Rolle auswählen, dann wäre es die des Wiedergängers; er bewerkstelligt alles. Dies sagt Ihnen der Kritiker; der Bewunderer fügt mit derselben Aufrichtigkeit hinzu, daß die Charaktere vorzüglich durchgehalten sind, daß aus Ihren Akteuren die Wahrheit spricht, daß die Verknüpfung der Auftritte von großer Kunst zeugt. Sémiramis flößt Schrecken ein, vermengt mit Mitleid; der ungestüme und durchtriebene Assur bildet als Widerpart des stolzen und großmütigen Ninias einen herrlichen Kontrast; man verabscheut ersteren, und es widerfährt ihm auch nichts Schreckliches, weil das keinerlei Eindruck machen würde; man interessiert sich für Ninias, doch ist man verblüfft über die Art und Weise, wie er seine Mutter mordet; das ist der Augenblick, in dem man seine Phantasie aufs äußerste anstrengen muß; auf Azéma ist man ein bißchen böse, weil sie die Botin spielt und weil ihr Verwirrspiel die Ursache der Katastrophe sein soll. Das ganze Geschehen ist kraftvoll in Verse gesetzt; die Verse schienen mir von schönstem Wohlklang zu sein, würdig des Verfassers der *Henriade*. Ich ziehe es dennoch vor, diese Tragödie eher zu lesen, als sie gespielt zu sehen, weil mir das Gespenst lachhaft vorkommt und weil dies der Pflicht zuwiderliefe, die ich mir selbst auferlegt habe, nämlich bei einer Tragödie zu weinen und zu lachen in der Komödie.

Du temps de Plaute et d'Euripide,
Le parterre morigéné
Suivait ce goût sage et solide;
Par malheur, il est surané.

(Zu Zeiten des Plautus und Euripides
Folgte das vielgescholtene Parterre
Diesem weisen und sicheren Geschmack;
Doch ist er leider aus der Mode.)

Soll ich Ihnen noch ein Wort zu der Tragödie sagen? Die großen Leidenschaften sagen mir auf der Bühne zu; ich empfinde insgeheim Befriedigung, wenn der Autor Mittel und Wege findet, durch die Kraft seiner Worte meine Seele zu bewegen und zu erheben. Aber mein Feingefühl leidet, sobald die heroischen Leidenschaften nicht mehr der Wahrscheinlichkeit entsprechen; Automaten wirken in einem Theaterstück allzu übertrieben; anstatt zu rühren, erscheinen sie kindisch. Müßte ich wählen, so hätte ich in der Tragödie lieber weniger Erhabenheit und mehr Natürlichkeit.

Das übertrieben Erhabene gerät zur Extravaganz. Karl XII. war in diesem Jahrhundert der einzige, der einen theatralischen Charakter hatte; doch sind die Karls die Zwölften, zum Heil der Menschheit, selten. Es gibt eine *Mariane* von Tristan, die mit dem Vers beginnt:

Fantôme injurieux qui troubles mon repos ...

(Ehrlos' Phantom, das meine Ruh' Du störest ...)

So reden wir mit Sicherheit nicht; das ist offenbar die Sprache der Mondmenschen. Was ich über Verse sage, bezieht sich auch auf die Handlung: Damit eine Tragödie mir gefällt, ist es nötig, daß die Figuren nur solche Leidenschaften zeigen, wie wir sie bei hitzigen sowie bei rachsüchtigen Menschen finden; es ist nicht nötig, die Menschen entweder als Dämonen oder als Engel zu zeichnen, denn sie sind weder das eine noch das andere, vielmehr muß man ihre Charakterzüge aus der Natur schöpfen.

Pardon, mein teurer Voltaire, wegen dieser Anmerkungen; ich spreche zu Ihnen wie die Dienstmagd von Molière, ich lege Ihnen Rechenschaft über die Eindrücke ab, die irgendwelche Dinge auf meine unwissende Seele machen.

In dem Buch, das ich erhalten habe, fand ich die Eloge, die Sie zu Ehren der Offiziere verfaßt haben, die in diesem Krieg gefallen sind, was Ihrer völlig würdig ist; ich war überrascht, daß wir uns, ohne es zu wissen, in der Wahl ein und desselben Sujets begegnet sind. Die Trauer, die ich über den Verlust einiger Freunde empfinde, ließ in mir die Idee keimen, ihnen wenigstens nach dem Tod einen schwachen Dankestribut zu zollen; und ich verfaßte dieses kleine Werk, an dem das Herz mehr beteiligt ist als der Verstand. Das Eigentümliche ist nur, daß meines in Versen ist und das

Werk des Dichters in Prosa. Racine triumphierte niemals strahlender als in dem Moment, in welchem er dasselbe Thema wie Pradon behandelte. Ich habe erkannt, wie weit mein Gestümper Ihrer Eloge unterlegen ist; Ihre Prosa lehrt meine Verse, wie sie hätten reden sollen.

Wenngleich ich unter allen Sterblichen derjenige bin, der die Götter am wenigsten mit Gebeten belästigt, so wird dennoch das erste, das ich an sie richten werde, in diese Worte gekleidet sein:

O dieux, qui douez les poëtes
De tant de sublimes faveurs,
Ah! rendez vos grâces parfaites,
Et qu'ils soient un peu moins menteurs.

(O Götter, die Ihr die Dichter begabt
Mit so vielen feinen Geschenken,
Ah! machet vollkommen Eure Gaben,
Und sie weniger zu Lügnern.)

Falls die Götter mich zu erhören geruhen, werde ich Sie im kommenden Jahr in Sans-Souci sehen; und falls Sie in Laune sind, schlechte Verse zu verbessern, wissen Sie, an wen Sie sich zu halten haben. *Vale.*

In diesem Moment erhalte ich Ihre *Nanine.*

Ninus: Assyrischer König und Gemahl der Semiramis.
Mariane: Tragödie von Tristan l'Hermite, 1601–1655.
Und ich verfaßte dieses kleine Werk: Éloge funèbre des officiers qui sont tombés dans la guerre de 1746 und *Épître à Stille.*
Pradon: Jacques Pradon, 1632–1698, Dramatiker; seine Tragödie *Phèdre et Hippolyte* unterlag in der Publikumsgunst am Ende der gleichzeitig entstandenen *Phèdre* von Jean Racine.

123. Voltaire an Friedrich

Paris, 31. Dezember 1749

Vous êtes pis qu'un hérétique;
Car ces gens qu'un bon catholique
Doit pieusement détester,

Pensent qu'on peut ressusciter,
Et que la Bible est véridique;
Mais le héros de Sans-Souci,
En qui tant de lumière abonde,
Fait peu de cas de l'autre monde,
Et se moque de celui-ci.

(Übler als ein Ketzer sind Sie;
Denn solche Leute, die ein guter Katholik
In Frömmigkeit verachten muß,
Glauben, daß man wiederaufersteht
Und die Bibel nur die Wahrheit spricht;
Doch der Held von Sans-Souci,
Der übervoll des Lichtes ist,
Schert um die and're Welt sich kaum
Und verspottet diese.)

Und auch ich, Sire, nehme mir die Freiheit, sie zu verspotten. Aber wenn ich für das Publikum arbeite, spreche ich die Phantasie der Menschen an, ihre Schwächen, ihre Leidenschaften. Zwei Tragödien in der Art der *Sémiramis* würde ich nicht gutheißen; aber es ist gut, daß es eine gibt, und es ist keine Kleinigkeit, das Theater der Griechen nach Paris umgesiedelt und ein frivoles und amüsierfreudiges Volk dahin gebracht zu haben, beim Anblick eines Gespensts zu erbeben. Ew. Majestät wissen sehr wohl, daß ich auf diesen Schatten hätte verzichten können. Nichts wäre leichter gewesen; aber ich wollte zeigen, daß man die Menschen an alles gewöhnen kann und daß es allein von der Methode abhängt. Sie selbst gewöhnen die Menschen an Seltenstes und Heikelstes.

Was mir Ew. Majestät bezüglich der kleinen Erinnerung an unsere armen getöteten und vergessenen Offiziere mitzuteilen geruhten, entzückt mich. Wie! Sie, ein König, hatten dieselbe Idee und haben Sie in Versen ausgeführt! Sie taten, was das Volk von Athen immer getan hat. Sie ganz allein wiegen dieses Volk auf. Es ist nur gerecht, daß ein König, der Menschen töten läßt, diese betrauert und ehrt; doch wo sind die Monarchen, die solches tun? Sie geben sich mit dem Töten zufrieden. Aber Sie sind König und Mensch, beredter Mensch, empfindsamer Mensch. Mehr denn je verdoppeln Sie meine überaus große Lust, Sie zu sehen, bevor meine unselige Maschine sich auflöst und für immer aufhört, Sie zu bewundern und zu lieben. Der Tod stimmt mich traurig. Das Leben ist allzu kurz. Ich glaube, daß die wenige Zeit, die mir verbleibt, um einem Wesen wie Ihnen näherzukommen, mich die Kürze des Lebens nur noch schmerzlicher empfinden läßt.

Ich weiß nicht, was es mit den Versen auf den Tod von Madame du Châtelet auf sich hat, von denen Ew. Majestät mir berichten. Ich habe nichts zu Gesicht bekommen, was unsere frivole Nation für oder gegen sie gedruckt hätte. Ich füge mich drein, in aller Stille einem Manne nachzutrauern, der Röcke trug, seiner zu gedenken und an seine weiblichen Schwächen keinerlei Gedanken zu verschwenden.

Anbei eine kleine Blütenlese von Werken, worunter Sie allerlei verbesserte und abgerundete Verse finden werden. Bei Versen findet man nie ein Ende. Welch ein Metier! Warum muß das Unnützeste von allem das Diffizilste sein?

An diesem Brief, Sire, den ich vor einigen Tagen begonnen habe, schreibe ich nun weiter. Ich war wieder krank. Nun geht es mir ein wenig besser, und ich nehme meinen Brief wieder auf. Ich weise Ew. Majestät darauf hin, daß Sie ein gewisses *Rome Sauvée* nicht so bald bekommen werden. Ich habe mir dieses Werk neuerlich vorgenommen, da es darin um große Männer geht, die Ihnen so geläufig sind, als hätten Sie zusammen mit ihnen gelebt. Wo es darum geht, Friedrich dem Großen Rom zu schildern, ist ein wenig Sorgfalt vonnöten. Unter dem Titel *Oreste* wird in Kürze eine *Électre* aus meiner Feder gespielt. Ich weiß nicht, ob sie soviel taugt wie die von Crébillon, die nicht viel taugt; aber zumindest wird Elektra nicht liebestoll und Orest nicht galant sein. Nach und nach muß man das französische Theater von Liebesschwüren befreien und aufhören,

Peindre Caton galant et Brutus dameret.

(Zu zeichnen Cato galant und Brutus als den Stutzer.)

Ich führe zur Zeit einen Prozeß, bei dem ich Ew. Majestät zum Richter ernenne. Madame la Duchesse d'Aiguillon glaubt, die Handschrift vom *Testament Politique* des Kardinals de Richelieu entdeckt zu haben. Ich halte das für unmöglich, weil ich es für unmöglich halte, daß der Kardinal de Richelieu diesen Wust von Torheiten, Widersprüchen und Ungereimtheiten verfaßt haben soll, von denen es in diesem Testament wimmelt. Das Werk fand Beifall, weil man es einem großen Mann zuschrieb. So wird geurteilt. Ich wage zu glauben, daß es von einem Mann stammt, der über dem Durchschnitt rangiert. Falls dies unglücklicherweise der Kardinal war, was bedeutet dann noch ein großer Name? Der Ihrige, Sire, ist in Sicherheit. Ich wünsche Ew. Majestät genausoviel Lebensjahre wie Ruhm. Für das Jahr 1750 erneuere ich die Bezeugungen meines Respekts, meiner Bewunderung und meiner zärtlichen Ergebenheit V.

Peindre Caton galant ...: Boileau, *Art poétique,* 3. Gesang.
Madame la Duchesse d'Aiguillon: Die Herzogin von Aiguillon war eine Großnichte des Staats- und Kirchenmannes Armand Jean du Plessis, Herzog von Richelieu, 1585–1642.

»Endlich ein Brief, wie ich sie einst aus Cirey empfing; ich empfinde doppelte Lust, Sie wiederzusehen«, schreibt der inzwischen achtunddreißigjährige Friedrich im Januar 1750 an den seinerseits nun sechsundfünfzigjährigen Voltaire. Doch noch ein Frühjahr lang erblickt man in Westfalen keine Kutsche aus Paris, in der sich ein hagerer, in Pelze gewickelter Mann und illustrer Gast des Königs von Preußen nach Osten in Richtung Berlin begibt. Statt dessen gehen von Januar bis Mai weiterhin die gesiegelten Briefe, voll mit neuen Gedichtströmen, über den Rhein. Die Tragödie *Oreste* wird brieflich besprochen; Voltaire kündigt abermals seinen Tod an; der König wiederum schickt Denkschriften der Berliner Akademie.

124. Voltaire an Friedrich

Paris, 8. Mai [1750]

Oui, grand homme, je vous le dis.
Il faut que je me renouvelle.
J'irai dans votre paradis

Du feu qui m'embrasait jadis
Ressusciter quelque étincelle,
Et dans votre flamme immortelle
Tremper mes ressorts engourdis.
Votte bonté, votre éloquence,
Vos vers coulants avec aisance,
De jour en jour plus arrondis,
Sont ma fontaine de Jouvence.

(Ja, großer Mann, ich sag' es Ihnen.
Erneuern muß ich dringend mich.
Kommen werd' ich in Ihr Paradies,
Um von dem Feuer, das einst in mir glühte,
Ein paar Funken aufzuwecken,
Und in Ihre unsterbliche Flamme
Zu tauchen meine schlaffen Kräfte.
Ihre Güte und Beredsamkeit,
Ihrer Verse leichter Fluß,
Von Tag zu Tag vollkommener,
Sind mein Jugendbronn.)

Aber man darf seinen Helden nicht betrügen. Sire, Sie werden einen Siechen, einen Melancholiker erblicken, dem Ew. Majestät viel Freude spenden werden, die er Ihnen kaum vergelten kann; meine Vorstellungskraft wird von der Ihren profitieren. Seien Sie so gütig, damit zu rechnen, alles geben zu müssen und nichts zu empfangen. Ich bin wirklich in einem sehr traurigen Zustand; d'Arnaud hat Ihnen vielleicht schon davon berichtet. Doch Sie wissen ja, daß ich hundertmal lieber in Ihrer Nähe sterbe als anderswo. Doch es gibt noch eine weitere Schwierigkeit; ich spreche jetzt nicht zum König, sondern ich wende mich an den Menschen, der das menschliche Elend genauestens kennt. Ich bin reich, ich bin für einen Mann der Literatur sogar sehr reich. Ich habe in Paris, wie man so sagt, einen Hausstand gegründet, wo ich mit meiner Familie und meinen Freunden ganz als Philosoph lebe. Das ist meine gegenwärtige Lage; dennoch ist es mir derzeit unmöglich, große Ausgaben zu machen; erstens, weil es mich viel gekostet hat, mich hier einigermaßen einzurichten; zweitens, weil die Angelegenheiten von Madame du Châtelet, die auch mein Vermögen betreffen, zusätzliche Ausgaben verursacht haben. Lassen Sie, ich bitte Sie, ganz nach Ihrer philosophischen Gewohnheit die Majestät beiseite und erlauben Sie mir, Ihnen zu sagen, daß ich Ihnen mitnichten lästig fallen möchte. Aber ich kann mir weder einen guten Reisewagen leisten noch eine für einen Kranken unabdingbare Begleitperson, noch kann ich meinen Haushalt während meiner Abwesenheit versorgen etc., wenn ich nicht wenigstens viertausend deutsche Taler aufbringe. Falls Mettra, einer der Berliner Handelsbevollmächtigten, sie mir vorstrecken will, so werde ich ihm eine Schuldverschreibung auf den Teil meines Besitzes ausstellen, der mir eindeutig zusteht und der jetzt gerade verkauft wird. Dieser Vorschlag mag lachhaft erscheinen; aber ich kann Ew. Majestät versichern, daß mir dieses Arrangement keineswegs peinlich ist. In Berlin, Sire, bräuchten Sie dem Korrespondenten Mettras oder dem irgendeines anderen Pariser Bankiers nur ein Wort zukommen zu lassen; nach dem Empfang eines Schreibens wäre alles erledigt, und vier Tage darauf könnte ich mich auf den Weg machen. Mag mein Leib leiden, meine Seele wird ihn eilen lassen; und diese Seele, die Ihnen gehört, wäre beglückt. Nun habe ich ganz zwanglos gesprochen, und ich bitte den Philosophen, dem Herrscher mitzuteilen, daß er nicht erzürnt sein möge. Mit einem Wort, ich bin bereit; und so Sie mich zu lieben geruhen, lasse ich hier alles hinter mir und breche auf; ich möchte aufbrechen, um zu Ihren Füßen mein Dasein zu verbringen.

V.

D'Arnaud: Baculard d'Arnaud, 1718–1805, kurzfristig Heiratskandidat für Voltaires Nichte Marie-Louise Denis, Autor düsterer Dramen, für ein Jahr Gast in Potsdam.
Daß mir dieses Arrangement keineswegs peinlich ist: Kann ein Dichter, der auch ans Geld denken muß, noch entgegenkommender sein?

Die Sage von Danae, Tochter des Königs Akrisios von Argos, welcher Jupiter sich in seiner Lust als Goldregen näherte:

125. *Friedrich an Voltaire*

Potsdam, 24. Mai 1750

Pour une brillante beauté,
Qui tentait son désir lubrique,
Jupiter avec dignité
Sut faire l'amant magnifique.
L'or plut, et son pouvoir magique
De cette amante trop pudique
Fléchit l'austère cruauté.
[...]
Voilà comme le roi des dieux
Vous aurait traité dans les cieux.
Pour moi, qui n'ai point l'honneur d'être
L'image de ce dieu puissant,
Je veux, dans ce séjour champêtre,
Vous en procurer tout autant;
Je veux imiter cette pluie
Que sur Danaé son galant
Répandit très-abondamment;
Car de votre puissant génie
Je me suis déclaré l'amant.

(Für eine strahlende Schöne,
Die sein lüsternes Verlangen lockte,
Verstand es Jupiter mit Würde,
Den herrlichen Verehrer abzugeben.
Gold regnete, und seine Zaubermacht
Bezwang die harte Grausamkeit
Der allzu züchtigen Geliebten.
[...]
So hätte der König der Götter
Sie in den Himmeln beglückt.
Ich, der ich nicht die Ehre hab',
Abbild dieses mächtigen Gottes zu sein,
Ich will, an diesem ländlichen Orte,
Ihnen jedoch ebensoviel bescheren;
Imitieren will ich diesen Regen,
Den ihr Galan über Danae
Höchst üppig ergoß;

Denn zu Ihres mächtigen Genies
Liebhaber hab' ich mich erklärt.)

Da jedoch der Sieur Mettra eine versifizierte Zahlungsanweisung anzweifeln könnte, will ich ihm durch seinen Korrespondenten eine ordentliche zukommen lassen, die mehr wert ist als mein Geschwätz. Sie gleichen Horaz, gerne verbinden Sie das Nützliche mit dem Angenehmen; ich meinerseits denke, daß man für eine Freude niemals genug bezahlen kann, und ich glaube, daß ich mit dem Sieur Mettra einen wahrhaft guten Handel geschlossen habe. Jede Unze Esprit werde ich entsprechend dem jeweiligen Wechselkurs bezahlen; so ist das in der Zivilisation; und es macht mir Vergnügen. Und einen vorteilhafteren Abschluß als in Mettras Laden wird man nirgendwo machen können.

Ich unterrichte Sie davon, daß ich nach Preußen aufbreche und erst am 22. Juni zurück sein werde und daß Sie mir eine große Freude bereiten würden, wenn Sie dann hier wären. Man wird Sie hier als den Virgil unseres Saeculums willkommen heißen, und der Kammerherr Ludwigs XV. wird dem großen Dichter dabei den Vortritt lassen, wenn ich darum bitten darf. Adieu; mögen die Wagenpferde des Achilleus Sie ziehen, mögen sich die krummen Pfade vor Ihnen ebnen! mögen die Herbergen Deutschlands sich für Sie zu Palästen verwandeln! mögen die Äols-Winde in den Schläuchen des Odysseus eingesperrt bleiben, möge der regnerische Orion weichen, und mögen die Nymphen unserer Gemüsegärten zu Göttinnen werden, auf daß Ihre Reise und Ihr Empfang des Verfassers der *Henriade* würdig seien!

Federic.

Gerne verbinden Sie das Nützliche mit dem Angenehmen: Der berühmteste Satz in der Dichtungslehre des Horaz besagt, daß der Dichter in seinen Werken unbedingt das Angenehme mit dem Nützlichen verbinden müsse.
Ich werde bezahlen: Am 29. Mai wies der König über Berliner Bankiers an Mettra in Paris 16 000 Livres für Voltaire an.
Äols-Winde: Auf seinen Irrfahrten hatte Odysseus von König Aiolos, dem Hüter der Winde, einen Lederschlauch mit drei eingesperrten widrigen Winden bekommen. Odysseus' Gefährten öffneten den Schlauch, und aus der Heimreise wurde noch mehr Irrfahrt.

126. *Voltaire an Friedrich*

Paris, 9. Juni 1750

Votre très-vieille Danaé
Va quitter son petit ménage
Pour le beau séjour étoilé
Dont elle est indigne à son âge.
L'or par Jupiter envoyé
N'est pas l'objet de son envie;
Elle aime d'un cœur dévoué
Son Jupiter, et non sa pluie.
Mais c'est en vain que l'on médit
De ces gouttes très-salutaires;
Au siècle de fer où l'on vit,
Les gouttes d'or sont nécessaires.
On peut du fond de son taudis,
Sans argent, l'âme timorée,
Entouré de cierges bénits,
Aller tout droit en paradis,
Mais non pas dans votre Empyrée.

(Ihre hochbetagte Danae
Wird ihr kleines Heim verlassen,
Ins schöne Sterngefilde kommen,
Für das, so alt, sie gar nicht würdig ist.
Das Gold, von Jupiter gesandt,
Ist nicht das Ziel von ihrer Lust;
Mit ergebenem Herzen liebt sie
Ihren Jupiter und nicht sein Schütten.
Doch ist's umsonst, daß man verflucht
Diese allzu segensreichen Tropfen;
In diesem Säkulum des Eisens, wo man lebt,
Sind vonnöten güldene Tropfen.
Aus dem Dunkel seiner Hütte,
Ohne Geld, die Seele bang,
Mit geweihten Kerzen drumherum,
Kann man stracks ins Paradies eingehn,
Doch in Ihren siebten Himmel nicht.)

Ich werde dennoch, Sire, nicht vor den ersten Julitagen in Ihrem Himmel anlangen können. Seien Sie versichert, daß ich alles daran setzen werde, Ende Juni einzutreffen. Aber die alte Danae ist zu weise, als daß sie leichtfertig etwas verspräche; und obgleich ihre Seele höchst lebhaft und höchst ungeduldig ist, haben die Jahre sie doch gelehrt, ihr brennendes Verlangen zu zügeln. Ich habe soeben an Monsieur de Raesfeldt geschrieben, daß ich spätestens in den ersten Tagen des Juli in Ihren klevischen Provinzen eintreffen werde, und ich bitte ihn, an den *Vorspann* zu denken. Sie, Sire, ersuche ich um das nämliche. Halten Sie in Ihren nordischen Königreichen schöne Paraden ab; imponieren Sie dem Kaiserreich der Russen; seien Sie der Schiedsrichter des Friedens und kehren Sie zurück, um Ihrem Parnaß vorzusitzen. Sie sind der richtige Mann für jede Zeit, für jeden Ort, für jede Aufgabe. Empfangen Sie mich im Range eines Ihrer Anbeter; ich habe kein anderes Verdienst, als deren ältester zu sein. Den Titel des Ordensmeisters dieser Kongregation kann man mir nicht streitig machen. Ich bin so frei, Ew. Majestät zu sagen, was in meinem Alter La Fontaine über die Frauen bemerkte: »Ich bereite ihnen nicht viel Vergnügen, doch sie tun's immer reichlich.«

Ah! que mon destin sera doux
Dans votre céleste demeure!
Que d'Arnaud vive à vos genoux,
Et que votre Voltaire y meure!

(Ah! wie süß wird sein mein Los
In Ihrer Himmelsbleibe!
Mag d'Arnaud zu Ihren Knien leben,
Und dort verscheiden Ihr Voltaire!)

Ich werfe mich Ew. Majestät zu Füßen. V.

Monsieur de Raesfeldt: Johann Peter von Räsfeldt, Präsident der Regierung von Kleve.

127. Friedrich an Voltaire

Potsdam, 26. Juni 1750

Vieux palefrois de nos rouliers
Volez, rétives haridelles,
Devenez de fameux coursiers,
De Pégase empruntez les ailes;

Les beaux chevaux du dieu du goût
Vous ont cédé leur ministère;
Vous conduirez le dieu, son frère,
De Versailles à cette cour.

Que Rabican, que Parangon,
Seraient piqués de jalousie,
S'ils voyaient que dans ce canton,
Fringants, à forte réunie,
Vous ménerez de l'Hélicon,
Le dieu du goût et du génie!

Vos destins seront glorieux;
Ce dieu, sentant son âme émue,
Vous délivrant de la charrue,
Daignera vous placer aux cieux.

L'astronome, à quelque heure indue,
De sa lunette à longue vue
Examinant le firmament,
Frappé d'extase en vous voyant,
Pourra penser assurément
Que la lunette a la berlue.

(Alte Klepper unserer Kärrner
Fliegt, verbockte Mähren,
Berühmte Wagenpferde werdet,
Die Flügel leiht vom Pegasus;

Die schönen Pferde der Gottheit des Geschmacks
Haben ihren Dienst Euch überlassen;
Die Gottheit zieht Ihr, ihren Bruder,
Von Versailles an diesen Hof.

Mögen Rabican und Paragon
Von Eifersucht getroffen sein,
So in diesem Land sie gewahren,
Wie munter, mit vereinter Kraft,
Ihr vom Helikon herab die Gottheit
Des Geschmackes und Ingeniums holt!

Euer Los wird ruhmreich sein;
Dieser Gott, die Seele tief bewegt,
Erlöset von der Pflugschar Euch,
Wird an den Himmel huldvoll Euch entrücken.

Der Astronom, zu unstatthafter Stunde,
Der mit dem Glas zum weiten Sehen
Das Sternenzelt durchforschen wird,
Erstarrt perplex, sieht er Euch dort,
Und wird gewißlich denken sich,
Daß Hexerei in seiner Linse ist.)

Dies nun habe ich den Pferden gesagt, die die Ehre haben werden, Sie ziehen zu dürfen. Gemeinhin heißt es, die deutsche Sprache eigne sich dazu, sich Tieren verständlich zu machen, und in meiner Eigenschaft als Dichter in dieser Sprache meinte ich, daß meine Muse eher dafür geschaffen sei, Ihren Reisepferden zuzureden, als sich mit dem ihr eigenen Akzent direkt an Sie zu wenden. Sie sind jetzt mit Koffern und Kasten, Wagen, Paß und allem ausgerüstet, was der Mensch braucht, um sich von Paris nach Berlin zu begeben; ich aber fürchte, daß Sie mit Ihrer Zeit in Paris zu großzügig umgehen und in Berlin mit Ihren Minuten geizen werden. Brechen Sie also sofort auf, und bedenken Sie, daß einem bereitwillig geschenkten Vergnügen doppelter Lohn zuteil wird.

Rabican und Paragon: Der erste Pferdename entstammt dem *Orlando Furioso* von Ariost; der zweite ist wahrscheinlich eine Erfindung des Königs.

Preußen machte das Kommen, das Königreich Frankreich den Abschied leicht. Voltaire brach, laut der *Gazette d'Utrecht,* am 25. Juni in Paris auf. Etwas später hielt der Marquis d'Argenson über die Auswanderung des verhaßten beziehungsweise bewunderten Freigeists und Unruhestifters in seinem Tagebuch fest: »Voltaire hat Frankreich für immer verlassen, er hat dem König sein Amt als Historiograph zur Verfügung gestellt und seiner Nichte, der Madame Denis, aufgetragen, alle seine Wechsel zu verkaufen und ihm nach Preußen nachzukommen. Seine Preußische Majestät zahlt ihm eine bedeutende Apanage und stellt besagter Denis eine ebenso große in Aussicht. Voltaire hat bei Monsieur Puysieulx angefragt, ob er für ihn betreffs Berlin einen Auftrag hätte, und dieser Minister hat geantwortet: keinen. Denselben Vorschlag hat er dem [französischen] König unterbreitet. Seine Majestät kehrte ihm den Rücken, und Monsieur le Dauphin tat dasselbe. Diese Kälte verletzte ihn außerordentlich; Seine Preußische Majestät bat er, dem [französischen] König einen Brief zu schreiben, um anzufragen, ob ersterer Voltaire für immer behalten dürfe, und der [französische] König hat darauf geantwortet, daß er höchst beglückt darüber wäre. Seine Majestät äußerte in Versailles, daß es nun am preußischen Hof einen Narren mehr gäbe und an seinem eigenen einen weniger.«

Am 28. Juni 1750 erreicht Voltaire Compiègne. Danach besichtigt er einige berühmte Schlachtfelder in Flandern und schlägt sodann den Weg gen Deutschland ein. Die Pariser Gesellschaft ist einen gefeierten Dramatiker los und verliert einen universalen Kopf und ihren glänzendsten Plauderer. Klerus und Administration hingegen sehen einen ewiglich dahinsiechenden Mann entschwinden, dessen unberechenbare Spottlust vor keiner althergebrachten Autorität haltmachte, nicht vor dem Papst, dem er eine Tragödie mit dem Titel *Mohammed* gewidmet hatte, nicht vor der heiligen Einrichtung der Ehe, die in Lothringen am Ende zu viert geführt worden war, nicht vor Gottes verbürgt sinnvoller Schöpfung, die Monsieur de Voltaire als ein schreckenerregendes Chaos brandmarkt, in dem man selbst zusehen mußte, wie man ein Stück Glück und Heil für sich rettet. Der »leibhaftig gewordene Satan«, die leibhaftige Zerstörung alles Bestehenden für die einen, der nun sechsundfünfzigjährige Schöngeist, Genußmensch, Befreier von falschen Autoritäten für die anderen, der Liebediener der Mächtigen und der Unterminierer von Macht, der tragische Komödiant, der egozentrische Verfechter des Allgemeinwohls, der Geldraffer und großherzige Spender aller seiner Theatereinnahmen an die Schauspieler, der luxusbedürftigste Wegbereiter der Großen Revolution, also die aufsehenerregendste Mischung, Herr von Voltaire, betritt Anfang Juli am Rhein preußisches Territorium.

128. Voltaire an Friedrich

Kleve, 2. Juli [1750]

Sire, ich hatte ein Schreiben an Ihren klevischen Kanzler geschickt und komme hier gleichzeitig mit diesem an; ich öffne es noch einmal, um Ew. Majestät Dank zu sagen. Mir ging es bei meiner Ankunft sehr schlecht. In Wahrheit reise ich an Ihren Hof wie die Kranken der Antike zum Tempel des Aeskulap.

Ici j'acquiers un double grade;
Je suis de Votre Majesté
Et le sujet, et le malade.
Je fais ma cour à la naïade
De ce beau lieu peu fréquenté;
De son onde je bois rasade.
La nymphe, pleine de bonté,
A mes yeux a daigné paraître;
Elle m'a dit: »Ce lieu champêtre
Pourrait te donner la santé;
Mais vole auprès du Roi mon maître:
Il donne l'immortalité.«

(Hier erwerb' ich einen Doppeltitel;
Ich bin Euer Majestät
Untertan wie auch Ihr Kranker.
Meine Reverenz erweis' ich der Najade
Von diesem schönen, kaum besuchten Ort;
Von ihrer Welle schlürf' ich gläserweise.
Die Nymphe geruhte voller Gunst,
Vor meinen Augen zu erscheinen;
Sie sagte mir: »Dies ländliche Gefilde
Könnte Gesundheit Dir verleihen;
Doch eil' zum König, meinem Herrn:
Der verleiht Unsterblichkeit.«)

Sire, ich eile; ich werde kommen, tot oder lebendig. Am 5. reise ich von hier ab; mein elendiglicher Zustand und noch mehr mein zu Bruch gegangener Wagen halten mich drei Tage lang auf.

Ich flehe Ew. Majestät an, so gütig zu sein, dem Kommandanten von Lippstadt die Order für einen *Vorspann* zu geben und mich ihm zu empfehlen. Für einen kranken Franzosen, der nur französische Bedienstete bei sich hat, ist es schrecklich, mit der Post durch Deutschland zu reisen. Erasmus jammerte schon vor zweihundert Jahren darüber. Haben Sie Mitleid mit einem umherirrenden Kranken.

Ich verschließe meinen Brief wieder und bekunde abermals meinen tiefsten Respekt vor Ew. Majestät und mein leidenschaftliches Verlangen, diesen großen Mann noch einmal zu erblicken. V.

Najade: Zu dem Kreis der Nymphen gehören neben den Dryaden (Baumnymphen) und Oreaden (Bergnymphen) auch die Najaden, die Nymphen der Bäche, Seen, Quellen und: Klevischen Heilbrunnen.

129. Voltaire an Friedrich

[Juli 1750]
Auf einer Hauptstraße des Bistums Hildesheim, eines schönen Lands für einen Priester und würdig, einem ketzerischen König zu gehören.

Beau Sanssouci, daignez attendre
Le plus malingre des humains;
Au paradis je dois me rendre,
Mais le diable en fit les chemins.

(Schönes Sanssouci, geruhe doch,
Den siechsten Menschen abzuwarten;
Begeben darf ich mich ins Paradies,
Doch den Weg dorthin erschuf der Teufel.)

Sire, was für eine hundselendigliche Gegend ist dieses Westfalen und was so um Hannover und Hessen liegt! In zwei Tagen legt man hier drei Meilen zurück. Zwei Wochen war ich in Kleve exiliert; ich habe Fieber, und Ew. Majestät haben vergebens den Pferden zugeredet und gepredigt, wie einst die Helden bei Homer;

Dans des jours à jamais horribles,
Quand il faut battre l'ennemi,
Vous êtes très-bien obéi
Par cent mille bras invincibles;
Mais vos postillons, vos coursiers,
Imitent fort mal vos guerriers.
Ils n'ont pas l'humeur si docile;
Et vous avez beau, comme Achille,
Les encourager en beaux vers;
Ils sont les seuls, dans l'univers,
Qui ne goûtent pas votre style.

(An unvergeßlich schlimmen Tagen,
Wenn es den Feind zu schlagen gilt,
Gehorchen ohne Zaudern Ihnen
Hunderttausend Arme, unbezwinglich;
Doch Ihre Postillone, Ihre Rösser
Ahmen äußerst schlecht die Krieger nach.
So gelehrigen Gemütes sind sie nicht;
Und Sie ermuntern, gleich Achill,
Mit schönen Versen sie umsonst;
Sie sind die einzigen, im Erdenkreis,
Die gar nicht schätzen Ihren Stil.)

Ich weiß nicht, ob dieses kleine Billetdoux vor mir ankommen wird. Aber seiner Geliebten soll man stets schreiben, selbst wenn man den Brief eigenhändig überbringen muß; um wieviel mehr steht Friedrich dem Großen solche Ehre zu. Ich versichere Ew. Majestät meiner lebhaften Sehnsucht und entbiete meinen tiefsten Respekt. V.

Unterzeichnet zu Halberstadt, wo ich des Glückes harre, von hier abreisen zu können.

130. Friedrich an Voltaire

[10. Juli 1750]

An Monsieur de Voltaire anläßlich seines Eintreffens in Potsdam.

Les destins ont sur notre vie
Répandu les talents avec profusion;
Votre prose et vos vers, voilà mon ambroisie:
Voltaire est mon seul Apollon.

(Unser Los goß über unser Leben
Begabung mit Verschwendung aus;
Ihre Prosa und Ihre Verse, mein Ambrosia:
Voltaire ist mein einziger Apoll.)

Am 10. Juli 1750 trifft Voltaire in Berlin ein. Ihm werden Räume unter den königlichen Appartements im Berliner Stadtschloß als Wohnung zugewiesen. Der Bruder des Königs, Prinz Heinrich, teilt dem Literaturästheten und Dichter Professor Gottsched nach Leipzig mit: »Denn er genießt hier bei seinen nun 5000 Reichsthalern jährlichen Gehalts alles Wünschenswerte, des Königs Tafel, Küche, Keller, Kaffee, Schloß, Kutsche, kurz, alles steht zu seinen Diensten.«

Voltaire hatte vor, für immer in Berlin zu bleiben – er bleibt bis 1753. 1750 avanciert er neben seinem königlichen Gastgeber sofort zum zweiten König der Tafelrunde von Sanssouci. Die Bereicherung des geistigen Lebens durch Voltaire konnte Friedrich von Anfang an nur bedingt genießen. Bereits kurz nach dem Eintreffen ihres Onkels in Preußen menetekelte in Paris die Nichte Denis in einem Brief an den Marquis d'Argenson: »Mein Onkel ist nicht danach gemacht, bei Königen zu leben, sein Charakter ist zu lebhaft, zu inkonsequent und zu ungebärdig; schon vor drei Jahren habe ich vorausgesehen, was sich jetzt zuträgt; aber man hat mir keinen Dank dafür gewußt.« – Was geschehen war, war vorläufig eine Winzigkeit: In einem (verschollenen) Brief an seine Nichte hatte Voltaire sich höchstwahrscheinlich darüber beklagt, daß er ab jetzt in Preußen unter Aufsicht stünde. Aber ein Mann, der seine Privatpost selber geschickt in Umlauf brachte, mußte sich nicht wundern, daß auch der befreundete Monarch in mancherlei Privatpost Einsicht nahm.

131. Friedrich an Voltaire

Berlin, 23. August 1750

Ich habe den Brief zu Gesicht bekommen, den Ihre Nichte Ihnen aus Paris geschrieben hat. Die Freundschaft, die sie für Sie empfindet, läßt mich sie wertschätzen. Wäre ich Madame Denis, würde ich ebenso denken; doch da ich so bin, wie ich bin, denke ich anders. Ich wäre verzweifelt, die Ursache des Unglücks meines Feindes zu sein; und wie könnte ich das Ungemach eines Mannes wünschen, den ich schätze, den ich liebe und der mir sein Vaterland und alles, was die Menschheit Kostbares hat, opfert? Nein, mein lieber Voltaire, hätte ich geahnt, daß sich Ihre Übersiedlung auch nur im mindesten zu Ihrem Nachteil auswirken könnte, wäre ich der erste gewesen, Sie davon abzuhalten. Ja, ich zöge Ihr Glück dem außerordentlichen Vergnügen vor, Sie hierzuhaben. Doch Sie sind Philosoph; ich auch. Was gibt es Natürlicheres, Einfacheres und Richtigeres, als daß Philosophen, die dafür geschaffen sind zusammenzuleben, vereint durch das gleiche Interesse, den gleichen Geschmack und eine ähnliche Art des Denkens, sich diese Befriedigung gönnen? Ich achte Sie als meinen Meister in der Redekunst und im Wissen; ich liebe Sie als einen tugendhaften Freund. Welche Versklavung, welches Unglück, welche Veränderung, welche Unbeständigkeit des Glücks steht denn in einem Lande zu befürchten, wo man Sie ebenso wertschätzt wie in Ihrem Vaterland, und in der Nähe eines Freundes, der Dankbarkeit im Herzen hat? Ich lebe nicht in dem törichten Wahn zu glauben, daß Berlin Paris gleichkommt. Wenn Reichtum, Größe und Pracht eine Stadt liebenswert machen, lassen wir Paris den Vortritt. Wenn guter Geschmack sich an einem Ort der Welt zusammenfindet, so weiß ich und gebe ich zu, daß dies Paris ist. Doch Sie, tragen Sie diesen Geschmack nicht überallhin, wo Sie sich aufhalten? Wir besitzen alle nötigen Organe, um Ihnen Beifall zu spenden; und was das Gefühl angeht, so räumen wir keinem Land der Welt den Vorrang ein. Ich habe die Freundschaft respektiert, die Sie an Madame du Châtelet band; doch gleich nach ihr war ich einer Ihrer ältesten Freunde. Was! weil Sie sich in mein Haus zurückziehen, bedeutete das, daß dieses Haus

für Sie zum Gefängnis würde! Was! weil ich Ihr Freund bin, wäre ich Ihr Tyrann! Ich gestehe Ihnen, daß ich derlei Logik nicht verstehe; ich bin fest davon überzeugt, daß Sie hier sehr glücklich sein werden, solange ich am Leben bin, solange Sie als Vater der Literatur und der Menschen von Geschmack betrachtet werden und solange Sie in mir allen Trost finden werden, den sich ein Mann Ihres Verdienstes von jemandem, der ihn wertschätzt, erwarten kann. Bonsoir.
Federic.

Voltaires Qualitäten als offenbar unerreichter Gesellschafter und geistvoller Gesprächspartner sind nicht zu rekonstruieren. Auf alle Fälle fand Voltaire sich eine Zeitlang mit dem Gefühl ab, in Berlin seine Freiheit eingebüßt zu haben. Friedrich verlieh der Zierde seiner Tafelrunde im September 1750 den Orden Pour le Mérite, obendrein die Würde eines Kammerherrn. Doch mit Voltaire war nicht nur mehr Bewegung nach Berlin gekommen, sondern zuweilen auch unbotmäßiger Aufruhr. Voltaire entdeckte, daß neben seinen Dramen auch die Dramen seines Pariser Freundes d'Arnaud bei Hof geschätzt wurden. Das verursachte unter den beiden französischen Favoriten Zwist. Baculard d'Arnaud war bereits im Juni zum Mitglied der Berliner Akademie ernannt worden. Beide Dramatiker waren selbst Mimen aus Leidenschaft, und bei einer Aufführung von Voltaires Tragödie *Rome sauvée* spielte noch im September d'Arnaud den Catilina, Voltaire höchstselbst den Cicero. Diese Vorstellung mit den beiden schauspielernden Dramatikern hätte nur die erste von mehreren Liebhabervorstellungen im kleinen Kreis sein sollen. Sie blieb die einzige.

132. Voltaire an Friedrich

[Potsdam, November 1750]

Sire, ich vertraue mich, ganz selbstverständlich, dem ehrenhaftesten und diskretesten Mann Ihres Königreiches an. Nur seinetwegen bin ich hierhergekommen; ich habe alles aufgegeben, um mich allein an ihn zu binden; er beglückt mich; ich gedenke, die wenigen Tage, die mir verbleiben, zu seinen Füßen zuzubringen. Nichts darf ich ihm verbergen.

Im Gefilde der Ruhe und des Friedens hat d'Arnaud

Zwietracht gesät. Er hat Seiner Hoheit Prinz Heinrich anvertraut, welch üblen Streich er mir in Paris zu spielen gedachte, das Vertrauen, mit dem Seine Königliche Hoheit ihn ehren, hat er mißbraucht, um ihn zu täuschen und sich für das, was er zu tun beabsichtigte, einen Rückhalt und eine Entschuldigung zu verschaffen, wenn die Verleumdung ans Tageslicht käme. Der Respekt vor Ew. Majestät verbietet mir, auf die Details von d'Arnauds Verhalten einzugehen. Doch, Sire, sagen Sie selbst, was ich tun soll. Ich habe getan, was in meinem Alter nicht mehr schicklich ist; vor der königlichen Familie habe ich Theater gespielt; mit Freuden habe ich den geringsten Befehlen, die ich empfangen habe, Folge geleistet. Doch kann ich vor seiner Hoheit Prinz Heinrich in einem Stück zusammen mit d'Arnaud auftreten, der mir mit Undank und Perfidie zusetzt? Das ist mir unmöglich. Doch will ich nicht den geringsten Eklat. Ich glaube, daß ich vor allem tiefstes Schweigen bewahren sollte. Wenn d'Arnaud, der heute in einer Karosse Seiner Hoheit des Prinzen Heinrich nach Berlin fährt, dort bleiben würde, um zu arbeiten, um die Akademie aufzusuchen, mit einem Wort, wenn er unter irgendeinem Vorwand dort bleiben würde, dann, so will es mir scheinen, Sire, wäre ich dadurch aus der außerordentlich mißlichen Situation erlöst, in der ich mich jetzt befinde. Seine Abwesenheit würde den unzähligen Mißhelligkeiten, die den Palast des Ruhmes entehren und den Hort süßester Ruhe aufstören, ein Ende setzen. Ich überantworte mich blind der Umsicht und der Güte Ew. Majestät. Selbst gegenüber Darget werde ich von all dem, was ich Ihnen zu schreiben die Ehre habe, nicht sprechen. Sie können sich dessen sicher sein, daß das Verhalten d'Arnauds angesichts der Menge von Zeitungsschreibern und Schmieranten, die alles erraten wollen, was bei Ew. Majestät vor sich geht, zu einem äußerst ärgerlichen Skandal in Europa führen kann. Im Namen Ihres Ruhms, Sire, bauen Sie dem vor und seien Sie gewiß, daß meine Zuneigung zu Ihrer Person jenes Ungemach, in dem ich mich jetzt sehe, um vieles übersteigt. Welche kleinen Kümmernisse werden nicht ertränkt in dem großen Glück, Friedrich den Großen zu sehen und zu hören! V.

Prinz Heinrich: Der musisch und militärisch hochbegabte zweite Bruder Friedrichs, 1726–1802. Was der Dichter d'Arnaud in Paris gegen Voltaire anstiften wollte, ist unklar. Tatsache ist, daß am 17. August anläßlich eines Besuchs der Markgräfin Wilhelmine von Bayreuth, Friedrichs Lieblingsschwester, eine Komödie d'Arnauds aufgeführt wurde und nicht eine von Voltaire. Friedrich entließ d'Arnaud im November, aber vielleicht nicht wegen Voltaires Gekränktheit, sondern weil d'Arnaud ein ausgiebiger Schuldenmacher war und unbekümmert in jedem Zirkel unter anderem äußerte: »Die Deutschen sind Tiere, die noch vor vierzig Jahren auf allen vieren herumliefen.«

Sachsen war der Intimfeind des preußischen Königs. Im Zweiten Schlesischen Krieg hatte das Kurfürstentum die Partei Österreichs ergriffen und war bei Kesselsdorf besiegt worden. Das reiche Kurfürstentum, durch Personalunion mit Polen verbunden, blieb weiterhin ein Dorn im Auge des ausdehnungsfreudigen nördlichen Nachbarn. Dies lag auch an kulturellen Diskrepanzen. Grundlegend und provokant unterschied sich insbesondere der Hof in Dresden von dem in Berlin. Dresden war seit Jahrzehnten Kulturzentrum, Berlin wurde es erst. Herrschte in Berlin furchtgebietende Ordnung, so in Dresden eher alles Unpreußische: Kurfürst Friedrich August II., als August III. König von Polen, war gläubiger Katholik und im protestantischen Sachsen Oberherr der Protestanten; dieser Souverän sammelte leidenschaftlich Kunstschätze, haßte die Politik, wurde nur auf der Jagd zugänglich und überließ sämtliche wichtigen Staatsämter einem einzigen Mann, dem ehrgeizigen Grafen Brühl, dem der Wettiner oft nur die berühmte Frage stellte: »Habe ich noch Geld, Brühl?« Dieser allmächtige Premierminister besaß Schlösser von Warschau bis Leipzig, hatte in Dresden zwei Säle allein für seine berühmte Garderobe, förderte in der Nachfolge Augusts des Starken die Künste und die Oper so üppig aus den Steuergeldern, daß Sachsens Heer zwar das einzige Heer Europas war, das vollständig mit Perücken ausgestattet war, Sold jedoch nur gelegentlich bekam. Für Preußen war Dresden ein wahres Babylon. Eines seiner Reitpferde taufte Friedrich auf den Namen *Brühl.* Zwischen beiden Staaten herrschte latenter Wirtschaftskrieg, diplomatisches Fechten um mächtige Verbündete, ein Kampf um die Begrenzung der Macht des jeweils anderen. 1748 hatte Friedrich den Preußen per Erlaß verboten, mit sächsischen Steuerscheinen zu handeln.

Kaum ist d'Arnaud außer Landes (auch wegen eines Zerwürfnisses mit dem König), als Voltaire in Berlin die Gelegenheit zu einem guten Geschäft sieht. Im November übergibt der Dichter dem Berliner ›Schutzjuden‹ Hirschel 10 000 Taler. Der illegale Ankauf ausgerechnet von sächsischen Steuerscheinen über den Mittelsmann zerschlägt sich jedoch. Überdies verweigert Hirschel plötzlich Voltaire die Herausgabe der Spekulationsgelder. Bereits ein halbes Jahr nach seiner Ankunft in Preußen strengt Voltaire nun einen Prozeß gegen Hirschel an. Zu diesem Vorgang schreibt Wilhelmine von Bayreuth am 12. Januar 1751 an ihren königlichen Bruder, dessen Stimmung sie einzuschätzen weiß: »Es würde mich grämen, wollte er Sie durch sein schlechtes Benehmen eines Möbels berauben, das so vortrefflich dazu taugt, Sie zu entspannen und zu amüsieren.« – Das amüsante *Möbel,* Voltaire, ist unverhofft zum Landesverräter geworden, der zur Krönung seines Vergehens auch noch einen aufsehenerregenden Prozeß gegen seinen Hehler führt.

133. Voltaire an Friedrich

[Berlin, Februar 1751]

Sire, Ew. Majestät gesellt zu Ihren großen Gaben jene, die Menschen zu kennen. Ich meinerseits aber, ich begreife nicht, wie in einem Unterschlupf (einem in der Tat königlichen, doch noch mehr philosophischen Unterschlupf), in dem man einander nichts mißgönnen sollte und der ein Hort des Friedens sein müßte, wie sogar hier noch der Teufel Zwietracht zu säen vermag. Warum hetzte man d'Arnaud gegen mich auf? warum stiftete man ihn zu solcher Bösartigkeit an? warum bestach man meinen Sekretär? warum schwärzte man mich bei Ihnen mit niedrigsten Behauptungen und übelsten Kleinigkeiten an? warum verbreitete man, ich hätte am 29. November für achtzigtausend Taler *Steuer*-Scheine gekauft, wo ich doch nie einen einzigen mein eigen nannte, und wo ich doch, als ich vom Juden Hirschel in aller Öffentlichkeit gefragt wurde, ob ich nicht wie jeder andere auch einige haben wollte, meine Wechselbriefe, nachdem ich mich bei Monsieur Kircheisen nach dem Charakter dieser Papiere erkundigt hatte, schon am 24. November zurückgefordert und Hirschel verboten hatte, auch nur einen einzigen der fraglichen Scheine für mich zu erwerben? Weshalb diktierte man Hirschel einen verleumderischen Brief an Ew. Majestät in die Feder, in dem alle Punkte bei genauer Beurteilung sofort als Lügen erkannt würden? Warum wagte man, Ew. Majestät zu sagen, daß die unumgängliche Arretierung der Person dieses Juden, eine Arretierung, ohne die ich zehntausend Taler in Wechseln verloren hätte, eine ganz gesetzliche Arretierung also, in Wahrheit ungesetzlich wäre? Pardon, Sire; Ihre Großherzigkeit möge mir gestatten fortzufahren. Warum wird bei Ihnen einem Fremden, einem Kranken, einem einsamen Mann dermaßen zugesetzt, der sich doch nur Ihretwegen hier aufhält, für den Sie alles auf der Welt ersetzen, der, um Ihnen zu lauschen, um Ihnen vorzutragen, auf alles verzichtet hat, den allein sein Herz vor Ihre Füße geführt hat, der nie ein Wort verlauten ließ, das irgendwen hätte verletzen können, und der sich, trotz allem, was ihm selbst widerfahren ist, über niemanden beklagen würde? Ach, warum mußte man mir derlei Nachstellungen prophezeien, Prophezeiungen, die Sie gelesen haben und die Sie mir in Ihrer Güte versprachen, von mir abzuwenden und wirkungslos zu machen? Weshalb hat man d'Argens genötigt, abzureisen? weshalb wurde ich allenthalben so grausam bedrängt? Das ist, ich schwöre es Ihnen, ein Problem, das ich nicht zu lösen vermag.

Diesen Prozeß, den ich führte, den ich in allen Punkten gewonnen habe – habe ich denn nicht alles versucht, ihn nicht führen zu müssen? Man hat mich dazu gezwungen, ihn anzustrengen, weil mir ohne ihn dreizehntausend Taler gestohlen worden wären, während ich seit acht Monaten die Ausgaben für ein großes Haus in Paris bestreite und während ich, wegen der Unordnung, in der ich meine Angelegenheiten zurückgelassen habe, weil ich damit rechnete, nur zwei Monate zu Ihren Füßen zu verbringen, seit nunmehr fünf Monaten, ohne ein Wort darüber zu verlieren, mitansehen muß, wie man sich in Paris all meiner Einkünfte bemächtigt. Desungeachtet hat man mich Ew. Majestät als einen Menschen mit niedrigen Beweggründen hingestellt. Ebendeswegen, Sire, hatte ich Darget gebeten, sich an meiner Stelle Ihnen zu Füßen zu werfen und Sie anzuflehen, meine Pension einzubehalten; gewißlich nicht, um Ihre mich tief bewegenden Wohltaten zurückzuweisen, sondern nur um Ew. Majestät davon zu überzeugen, daß allein Ihre Person für mich zählt. Bin ich denn gekommen, um hier nach Glanz, Größe, Ansehen zu trachten? Ich gedachte, zurückgezogen zu leben und zuweilen Ihre Person und Ihre Werke zu bewundern, zu arbeiten, geduldig die Leiden zu ertragen, zu denen die Natur mich verdammt, und gelassen den Tod zu erwarten. Das begehre ich noch immer. In der Nähe von Potsdam werde ich nicht einsamer sein als in Ihrem Palast in Berlin. Falls Darget Ihnen meine Bitten vorgetragen hat, die ich wegen dieses Arrangements an Sie zu richten wagte, so flehe ich Sie an, Sire, sie zu vergessen, mir die Vorschläge zu verzeihen, zu denen ich mich erkühnt hatte. Mit dem, was Ew. Majestät mir zuzumessen geruhen, werde ich bei Potsdam sehr gut leben. Wenn es Ew. Majestät genehm ist, werde ich dort bis zum Frühjahr bleiben und dann eine Reise nach Paris machen, um meine Angelegenheiten endgültig zu ordnen. Ich wage mir zu schmeicheln, daß die Gewißheit, einem großen Manne, für den allein ich lebe, fühle und denke, nicht zu mißfallen, die Krankheit lindern wird, die mich martert, die Ruhe erheischt und vor allem Seelenruhe, ohne die das Leben eine Qual ist. Erlauben Sie mir denn, Sire, daß ich mich bis zum Frühjahr im Marquisat einrichte; ich will mich in wenigen Tagen, wenn der Kelch des Prozesses geleert ist und das alles ein Ende hat, dorthin begeben. Dies ist die Gnade, die ich Ew. Majestät einem Manne zu gewähren bitte, der die Tage, die ihm noch bleiben, zu Ihren Füßen verbringen möchte.

Dieser Brief, Sire, war eigentlich nur als Entwurf gedacht, den ich dann in eine respektvollere Form bringen wollte; aber meine Leiden erlauben mir nicht, ihn ein zweites Mal zu beginnen, und ich hoffe, daß Ew. Majestät genug Mitgefühl mit meinen Qualen haben, um meinen Brief gütigst so anzunehmen, wie ich ihn darbiete, mit tiefstem Respekt und zärtlichster Verbundenheit. V.

Mein Sekretär: Voltaire behauptete, sein Sekretär Tinos hätte gegen ein Entgelt die unveröffentlichte *Pucelle*-Dichtung heimlich für Prinz Heinrich abgeschrieben. Hirschel hingegen behauptete, Voltaire habe den Sekretär entlassen, damit dieser vor Gericht nicht gegen seinen Brotgeber aussage – was allerdings eine eigenartige Logik wäre.
D'Argens: Der Marquis d'Argens, Dauer-Gast in Sanssouci, hatte um einen Badeurlaub ersucht. Ein Termin für eine Rückkehr war ihm nicht genannt worden, was als Beweis der Ungnade gelten konnte.

All meine Einkünfte: Gläubiger in Paris versuchten, mit zweifelhaften Schuldscheinen an das Vermögen des abwesenden Voltaire heranzukommen.
Darget: Claude Étienne Darget war Sekretär und Vorleser des Königs.
In der Nähe von Potsdam: Als bequeme Wohnmöglichkeit in der Nähe des Königs, bei Potsdam, hatte Voltaire nun das *Marquisat* ins Auge gefaßt, ein zweiflügeliges Lusthaus, das Friedrich für den Marquis d'Argens hatte ausbauen lassen.

134. Friedrich an Voltaire

Potsdam, 24. Februar 1751

Ich habe mich sehr gefreut, Sie bei mir zu empfangen; ich habe Ihren Esprit, Ihre Talente, Ihre Kenntnisse geschätzt; und ich mußte glauben, daß ein Mann Ihres Alters, müde, gegen Skribenten zu fechten und sich Gewittern auszusetzen, hierherkam, um sich wie in einen ruhigen Port zu flüchten. Aber gleich zu Anfang, eigentümlich genug, haben Sie von mir verlangt, Fréron nicht in meine Dienste zu nehmen, um durch ihn Neues zu erfahren; ich war so schwach oder so entgegenkommend, Ihnen zu willfahren, obwohl nicht Sie darüber zu befinden haben, wen ich bestalle. D'Arnaud hat Ihnen gegenüber Fehler begangen; ein großherziger Mensch hätte ihm verziehen; ein rachsüchtiger Mensch verfolgt die, die seinen Haß auf sich ziehen. Nun, d'Arnaud hat mir nichts angetan, Ihretwegen geschah es, daß er von hier abreiste. Sie sind beim russischen Gesandten vorstellig geworden, um mit ihm über Angelegenheiten zu sprechen, in die Sie sich keineswegs einzumischen haben, und man war guten Glaubens, daß Sie in meinem Auftrag kämen. Sie haben sich in die Angelegenheiten von Madame de Bentinck eingemischt, wiewohl das gewiß nicht in Ihre Zuständigkeit fiel. Ihre Affaire mit dem Juden ist die übelste Geschichte der Welt. In der ganzen Stadt haben Sie schrecklichen Lärm geschlagen. Die Affaire mit den sächsischen Scheinen ist in Sachsen so wohlbekannt, daß mir von dort bittere Klagen zu Ohren kommen. Was mich angeht, so herrschte bis zu Ihrem Eintreffen in meinem Hause Frieden; und ich lasse Sie wissen, daß Sie bei mir an die falsche Adresse geraten sind, so Sie eine Leidenschaft zum Intrigieren und Ränkeschmieden haben. Ich liebe sanfte und friedfertige Menschen, die in ihrem Verhalten nicht die heftigen Leidenschaften der Tragödie an den Tag legen. Falls Sie sich entschließen könnten, als Philosoph zu leben, wird es mir sehr genehm sein, Sie zu sehen; aber falls Sie sich allen Stürmen Ihrer Leidenschaften hingeben, aller Welt am Zeuge flicken, so werden Sie mir keine Freude bereiten, wenn Sie hierherkommen, und Sie können dann genausogut in Berlin bleiben. Federic.

Fréron: Anstelle des Schriftstellers Fréron hatte Friedrich auf Voltaires Anraten den Redakteur des *Mercure de France,* Raynal, zu seinem Pariser Literaturagenten ernannt.
Die Angelegenheiten von Madame de Bentinck: Es handelte sich um einen auch politisch bedeutsamen Scheidungsprozess, bei dem Voltaire den Ratgeber seiner Freundin, der Gräfin von Bentinck, abgeben wollte.

135. Voltaire an Friedrich

[Berlin,] Samstag
[27. Februar 1751]

Sire, alles reiflich erwogen, habe ich einen schweren Fehler begangen, gegen einen Juden zu prozessieren, und ich bitte Ew. Majestät, Ihre Weisheit und Ihre Güte um Nachsicht. Ich war erbost, ich war wütend darauf bedacht, zu beweisen, daß ich betrogen worden war. Ich habe dies bewiesen, und nachdem ich diesen unseligen Prozeß gewonnen hatte, habe ich diesem verfluchten Hebräer mehr zukommen lassen, als ich ihm vordem angeboten hatte, damit er seine verfluchten Diamanten, die zu einem Mann der Literatur nicht passen, doch noch zurücknehme. All dies ändert nichts daran, daß ich mein Leben Ihnen geweiht habe. Machen Sie mit mir, was Sie wollen. Ich hatte Ihrer Königlichen Hoheit, der Markgräfin von Bayreuth, mitgeteilt, daß Bruder Voltaire Buße getan hat. Haben Sie Mitleid mit Bruder Voltaire. Er erwartet nur den Augenblick, sich in die Zelle des Marquisats zu verkriechen. Gehen Sie davon aus, Sire, daß Bruder Voltaire eine gute Seele ist, die mit niemandem im Hader liegt und die sich vor allem erdreistet, Ew. Majestät von ganzem Herzen zu lieben. Und wem wollen Sie die Früchte Ihres schönen Genies zeigen, wenn nicht Ihrem ältesten Bewunderer? Er hat keine Geisteskräfte mehr, doch er hat Geschmack, er ist voller lebhafter Empfindung, und Ihre Phantasie ist ganz für seine Seele geschaffen. Er ist voll der Schwächen, doch seine größte sind Sie. Er ist nicht eigennützig, wie Ihnen hinterbracht wurde, und nur Sie selbst sucht er in Ew. Majestät. Er ist sehr krank, doch Ihre Gunst wird ihm vielleicht die Gesundheit zurückgeben; mit einem Wort, sein Leben liegt in Ihren Händen. V.

Ich erfahre soeben, daß Ew. Majestät mir erlauben, mich für dieses Frühjahr im Marquisat einzurichten. Ich danke untertänigst. Sie sind der Trost meines Lebens.

Seine verfluchten Diamanten: Neben dem geplatzten Effektenhandel hatte Voltaire bei Herrn Hirschel noch Diamanten im Wert von 3000 Talern gekauft, die dieser wieder zurücknehmen sollte, sich aber weigerte, da Voltaire sie angeblich gegen schlechte Steine ausgetauscht hätte.

136. Friedrich an Voltaire

Potsdam, 28. Februar 1751

Ob Sie hierherkommen wollen, liegt ganz bei Ihnen. Ich will hier von keinem Prozeß reden hören, nicht einmal von Ihrem. Da Sie ihn gewonnen haben, gratuliere ich Ihnen dazu und bin hocherfreut, daß diese üble Geschichte ein Ende hat. Ich hoffe, daß Sie künftig weder mit dem Alten noch mit dem Neuen Testament einen Strauß ausfechten werden; diese Art von Vergleichen ist schimpflich, und mit allen Gaben des größten Schöngeists Frankreichs werden Sie die Flecken nicht tilgen, die solches Verhalten auf lange Sicht Ihrer Reputation aufdrücken würde. Ein Buchhändler Gosse, ein Operngeiger, ein Edelstein-Jude, das sind in der Tat Leute, deren Namen sich in keiner Affaire, gleich welcher Sorte, neben dem Ihren finden sollten. Diesen Brief schreibe ich mit dem plumpen gesunden Menschenverstand eines Deutschen, der sagt, was er denkt, ohne sich auf Doppeldeutigkeiten und Zuckerworte einzulassen, welche die Wahrheit entstellen; es ist an Ihnen, das zu nutzen. Federic.

Ein Buchhändler Gosse: Gemeint ist entweder der Buchhändler Josse oder der Buchhändler Jore. Beide hatten Werke Voltaires unerlaubt in den Handel gebracht, so daß der Dichter prozessierte.
Ein Operngeiger: Anläßlich der Aufnahme Voltaires in die Académie waren 1746 in Paris Pamphlete gegen ihn erschienen. Der Dichter ließ die Polizei nach den Urhebern fahnden. Sie entdeckte Pamphlete bei dem Violinisten Travenol. Da dieser gerade nicht zu Hause war, wurde kurzerhand sein achtzigjähriger Vater verhaftet. Die Inanspruchnahme der Polizei und der anschließende Prozeß schadeten Voltaires Ruf.

137. Voltaire an Friedrich

[Berlin, 1751]

Sire, nun denn! Eure Majestät haben recht, und zwar so recht, wie man nur recht haben kann; und ich, ich habe in meinem Alter einen fast nicht wiedergutzumachenden Fehler begangen. Niemals habe ich mich des verfluchten Gedankens erwehren können, bei allen Angelegenheiten immer geradeaus zu sein, und wenngleich ich völlig davon überzeugt bin, daß es tausenderlei Fälle gibt, wo man verlieren und schweigen können muß, und wenngleich ich genau diese Erfahrung selbst gemacht habe, war ich trotzdem so besessen, beweisen zu wollen, daß ich einem Manne gegenüber im Recht war, dem gegenüber ich mitnichten im Recht sein darf. Seien Sie gewiß, daß ich verzweifelt bin und daß ich niemals einen solch tiefen und bitteren Schmerz empfunden habe. Ich habe mich aller Heiterkeit des Herzens und des einzigen Gegenstandes beraubt, dessentwegen ich hierherkam; ich habe die Gesprächsrunden verloren, die mich erleuchteten und belebten; dem einzigen Menschen, dem ich gefallen wollte, habe ich mißfallen. Wäre die Königin von Saba bei Salomon in Ungnade gefallen, so hätte sie nicht mehr gelitten als ich jetzt. Heute kann ich Salomon antworten, daß all sein Ingenium es nicht vermag, mich mein Vergehen so tief empfinden zu lassen, wie mein Herz es mich empfinden läßt. Grausame Krankheit foltert mich, doch reicht sie nicht an meine Seelenpein heran; und diese Pein kommt einzig der zärtlichen und hochachtungsvollen Verbundenheit gleich, die erst mit meinem Leben enden wird.

Voltaire bezieht im März 1751 das Marquisat, Lusthaus mit Garten, ganz in der Nähe von Sanssouci. Endlich scheint Ruhe einzukehren. Der Gast arbeitet an seinem *Jahrhundert Ludwigs XIV.* Friedrich II. reist in dieser Zeit nur einmal fort, um im Juni 1751 den Hafen von Emden zu inspizieren. Er hinterläßt Voltaire ein eigenes Geschichtswerk: *Die Geschichte des Hauses Brandenburg.*

138. Voltaire an Friedrich

[1751]

Sire, in der Nacht und heute früh las ich vom Großen Kurfürsten an bis zum Schluß, denn es ist unmöglich, beide Hälften auf einmal zu lesen. Hätten Sie in Ihrem Leben nur dies geschaffen, so wäre Ihnen die größte Reputation gewiß. Doch dieses Werk, einzigartig in seiner Gattung, macht Sie, in Verbindung mit allen weiteren und, ganz nebenbei gesagt, in Verbindung mit fünf Siegen und deren Resultaten, zur seltensten Erscheinung, die es je gab. Ich danke Ew. Majestät tausendfach für das schöne Präsent, das Sie mir zu machen geruhten. Großer Gott! wie klar, elegant, exakt und vor allem philosophisch alles darin ist! Man erkennt das Genie, das stets sein Thema beherrscht. Die Geschichte der Sitten, der Regierungsform und der Religion ist ein Meisterwerk. Wenn ich etwas wünschen und Sie um eine Gnade bitten dürfte, so um die, daß der König von Frankreich insbesondere den Abschnitt zur Religion aufmerksam lesen und ihn an den vormaligen Bischof de Mirepoix weiterleiten sollte.

Sire, Sie sind bewunderungswürdig. Ich werde meine Tage zu Ihren Füßen zubringen. Spielen Sie mir niemals einen Streich. Wenn die Könige von Dänemark, Portugal, Spanien etc. es täten, sei's drum, es würde mich wenig kümmern; das sind nur Könige. Sie aber sind vielleicht der bedeutendste Mann, der jemals geherrscht hat. V.

Und der sechste Gesang, Sire, wann werden wir den haben?

Ich werde meine Tage zu Ihren Füßen zubringen: Zuweilen als Kuckucksei.
Der sechste Gesang: Die Anfrage bezieht sich auf Friedrichs Vers-Epos *L'art de guerre (Die Kriegskunst).*

Voltaire korrigierte Friedrichs Geschichtswerk. Der Druck der Neuausgabe der *Mémoires pour servir à l'histoire de la maison de Brandenbourg* war im Juni abgeschlossen. Danach machte sich Voltaire an die Korrektur von Friedrichs *Kriegskunst* in sechs Gesängen.

139. Voltaire an Friedrich

[1751]

Sire, ich händige Euer Majestät die sechs Gesänge wieder aus, und was *la victoire* angeht, so lasse ich Ihnen freie Hand. Das ganze Werk ist Ihrer würdig, und hätte ich die Reise nur unternommen, um etwas so Bemerkenswertes zu Gesicht zu bekommen, so bräuchte ich meinem Vaterlande nicht nachzutrauern.

In Kürze werde ich Ihre Ode rupfen. Denn, Sire, nicht fortwährend sitzt man auf dem höchsten Gipfel des Parnaß; Krankheiten beherrschen uns; ich habe nicht die Konstitution eines Athleten mitbekommen, und die skorbutische Veranlagung, die meine Gesundheit untergräbt, macht mich zum wahrhaft Kränkesten unter all denen, die krank sind. Von morgens bis abends bin ich allein; mein einziger Trost besteht in dem unvermeidlichen Vergnügen, Luft zu schnappen. Ich will in Ihrem Potsdamer Garten promenieren und dort arbeiten. Ich denke, daß das erlaubt ist; im Traum stelle ich mir vor, daß ich auf höllisch riesige Grenadiere stoße, die mir das Bajonett auf die Brust pflanzen und mich anbrüllen mit *furt* und *sacrament* und *der König!* Und ich laufe davon wie die Österreicher und die Sachsen. Haben Sie jemals irgendwo gelesen, daß man aus den Gärten des Titus und des Marc Aurel einen armen Teufel von Poeten aus Gallien mit Bajonettstößen verjagt hätte, der von den huldvollen Majestäten herbeigerufen worden war? V.

La victoire: Möglicherweise handelte es sich um einen unsauberen Reim in der *Kriegskunst*.
Ihre Ode: Unklar, welche Ode Friedrichs gemeint ist.

140. Voltaire an Friedrich

[1751]

Sire, ich bitte Eure Majestät wegen meiner Aufdringlichkeit um Vergebung; doch es handelt sich um schwerwiegende Dinge. Mir fehlen zwei Verse der *Henriade,* und diese beiden Verse finden sich gewiß in der handschriftlich korrigierten Ausgabe, die bei Ew. Majestät liegt, oder aber in der Pariser Ausgabe. Untertänigst ersuche ich um Nachforschung und bitte Sie, mir die beiden ersten Bände dieser beiden Ausgaben bringen zu lassen.

Könnten Sie mir doch durch Ihren Läufer auch noch ein Gran ihres Ingeniums schicken!

Vous avez répandu tant de bien sur ma vie!
  Achevez ma félicité!
  Eh! de grâce, un peu de génie!
Mais les dieux donnent tout, hors leur divinité.

(Mit so viel Gutem überschütteten Sie mein Leben!
  Vollenden Sie meine Glückseligkeit!
  Also! Gnade, ein Hauch von Genie!
Doch alles geben die Götter, nur ihre Göttlichkeit nicht.)

141. Voltaire an Friedrich

[Potsdam, August 1751]

Sire, ich bin in großer Bedrängnis. Eure Majestät wissen, was fünfzig Verse bedeuten, so sie gut sein sollen, und daß derlei keine Kleinigkeit ist. Ich hatte diese fünfzig Verse für die Aurelia im *Catilina* mühsam zuwege gebracht; dazu schickte ich nach Paris ein wohlerwogenes Memorandum, um zu verhindern, daß sich die Aurelia in eine Madame Cato verwandle und dadurch zur Patriotin und Heroine würde. Dazu wollte ich Ew. Majestät um Rat fragen, aber Sie sind mir, Sire, um die Wahrheit zu sagen, Ihre Ansicht dazu schuldig geblieben, wiewohl ich mir so oft die Freiheit nehme, Ihnen die meine mitzuteilen. Ich gehe in Ihre Vorzimmer hinauf, um jemanden zu finden, durch den ich die Erlaubnis erhalten könnte, Sie zu sprechen. Ich finde niemanden; ich kehre um, und meine Verse gehen ohne Ihre Zustimmung auf Reisen. Doch hiermit erkläre ich Ew. Majestät, daß ich überzeugt bin, Sie auf meiner Seite zu wissen, daß Sie es sehr gut finden, wenn Aurelia sich nicht anschickt, die Stütze Roms zu werden. Für meine ungeduldigen Freunde habe ich noch angemerkt, daß Sie mir die Ehre erweisen, so zu denken wie ich, daß dieses Werk noch nicht an die Öffentlichkeit darf und daß meine Freunde aufs Haupt geschlagen würden, sollten sie gegen die Ansicht eines Generals, wie Sie es sind, ins Feld rücken. Ich hatte Ihnen noch eine Menge anderer Verse zu zeigen. Ich hatte Sie um Ihre Protektion für die Ausgabe des *Siècle de Louis XIV* ersuchen wollen, die ich in Berlin drucken lasse. Doch ich wollte Ew. Majestät noch um eine weitere Gnade bitten. Hier, Sire, mein Ersuchen.

Ich bin krank, ich bin krank zur Welt gekommen. Ich bin gezwungen, fast so viel zu arbeiten wie Ew. Majestät. Ich verbringe den ganzen Tag allein. Wenn Sie mir gestatten wollten, daß ich jenes Appartement gleich neben meinem beziehe, das, in dem Monsieur de Bredow im vergangenen Winter geschlafen hat, dann würde ich dort bequemer arbeiten. Ich hätte dort mehr Sonne, was für mich ein wichtiger Punkt ist. Das Appartement ist so angelegt, daß ich mit meinem Sekretär dort arbeiten könnte. Die beiden Appartements gleichen sich im übrigen, und wenn Ew. Majestät mir erlaubten, Wohnung im anderen zu nehmen, dann würden Sie mir die größte Freude der Welt bereiten. Das ist vielleicht die Phantasterei eines Kranken, doch wenn das der Fall sein sollte, werden Ew. Majestät Mitgefühl haben. Sie haben mir versprochen, mich glücklich zu machen.

V.

Jenes Appartement: Die Umzugspläne beziehen sich auf das Potsdamer Stadtschloß. Vor der Rückkehr des Marquis d'Argens hatte Voltaire das Marquisat wieder zu räumen.

142. *Voltaire an Friedrich*

[Potsdam, September 1751]

Par ma foi, ces Anglais, que j'avais cru si sages,
N'ont plus ni rime ni raison.
Avec Pope, avec Addison,
Le bon goût et les bons ouvrages
Ont passé la barque à Caron.
Le soleil sur leur horizon
N'amène plus que des nuages.
Il faut que chaque nation
Tour à tour ait ses avantages.
Minerve, Thémis, Apollon,
Sont allés sur d'autres rivages,
Assez loin de George second;
Et c'est à Sanssouci, dit-on,
Qu'il faut chercher, dans ses voyages,
Ce qu'on perdit dans Albion.

(Meiner Seel', diese Engländer, die ich so weise glaubte,
Haben kein' Reim mehr noch Verstand.
Mit ihrem Pope, mit Addison,
Sind der Geschmack und gute Werke
Hinweg in Charons Barke.
Die Sonne über ihrem Horizont
Bringt bloß noch Wolken an.
Jegliche Nation muß haben
Vorteilhaftes zu bestimmter Zeit.
Minerva, Themis und Apoll
Sind weg zu anderen Gestaden,
Vom zweiten Georg recht weit fort;
Zu Sanssouci, so heißt's,
Muß suchen, wer auf Reisen,
Was man in Albion verlor.)

Sire, die Sache ist die, daß ein galliger Engländer soeben meine Galle in Wallung versetzte. In einer pedantischen Schrift wirft dieser Mensch dem Verfasser der *Mémoires de Brandenbourg* vor, daß er widersprüchlich sei, und sein Beweis beruht darauf, daß der illustre Verfasser *die näm-*

lichen Personen sowohl lobe als auch tadle und daß er vermeine, die Reformation sei *für die Kirche nötig* gewesen, dann jedoch *Fehler der Reformierten* eingestehe, etc. ... Wollte ich nun den Verfasser dieser *Mémoires* loben, dann würde ich mich derselben Gründe bedienen, die dieser Engländer als Kritik beibringt. Man muß schon einen von Parteigeist und Systemdenken benebelten Kopf haben, um zu fordern, daß ein Historiker ohne Einschränkung lobe oder verdamme. Ist es möglich, daß dieser Kritikaster nicht gespürt hat, wie würdig es eines Philosophen und Menschen ist, der andere Menschen überragt, Gutes und Schlechtes abzuwägen; an Ludwig XIV. das Großartige zu schätzen und zu zeigen, was seine Schwächen waren; die Reformation gutzuheißen und Charaktermängel der Reformatoren herauszustellen? Aber ein Engländer will, daß man immer Partei ergreife, gänzlich Whig oder Tory sei, und die Vernunft, die unparteiisch ist, will ihm nicht behagen. Ich habe nicht übel Lust, gegen dieses Großmaul zu fechten und ihn zu verspotten; er verdient es, aber er lohnt die Mühe nicht.

Ew. Majestät exerzieren zur Zeit Bataillone und harren nur darauf, Strophen und Szenen in Reih und Glied zu bringen. In Potsdam erwarten Sie Ihre Oden, so Sie mir nicht noch eine aus Schlesien zuschicken wollen.

Chaque chose, à la fin, dans sa place est remise,
Isaac, après mille détours,
Vient fixer ses pas, son caprice et ses jours
Auprès de Sanssouci, dans sa terre promise.
Moi, je vais fixer mon destin
Dans la chambre où Jordan, de savante mémoire,
Commentait à la fois saint Paul et l'Arétin,
Sans savoir des deux à qui croire.

Unir les opposés est un secret bien doux;
Il tient l'âme en haleine, il exerce le sage.
Je connais un héros dont l'âme a tous les goûts,
Tous les talents, tout l'art de les mettre en usage,
Et je ne sais encor s'il est connu de vous.

(Seinen Platz bekommt jedwedes Ding, am Schluß, zurück,
Nach tausend Umwegen hat Isaak
Seiner Gänge Pfade, seine Launigkeit und seine Tage
An Sanssouci geheftet jetzt, dies sein Gelobtes Land.
Ich richte mir mein Schicksal ein
Im Zimmer, wo Jordan einst, gelehrten Angedenkens,
Kommentierte Paulus und den Aretin zur gleichen Zeit,
Ohne zu erfahren von den zweien, woran zu glauben sei.

Ein zartes Geheimnis ist's, das Gegensätzliche zu binden;
Die Seele hält's am Atmen, den Weisen fordert es.
Einen Helden kenne ich, dessen Seele Nerv für alles hat,
Alle Geistesgaben auch und alle Kunst, sie zu gebrauchen,
Und noch weiß ich nicht ganz, ob Ihr ihn kennt.)

Ich lege mich Eurer Majestät zu Füßen V.

Pope: Alexander Pope, 1688–1744, Dramatiker, Übersetzer, Satiriker.
Addison: Joseph Addison, 1672–1719, Essayist, Diplomat, Miterfinder der ersten nennenswerten Zeitung: *The Spectator.*
Charon: Fährmann der Toten und Unterweltschatten über den Styx.
Galle: Seltener Fall, daß sich das deutsche *galliger/Galle* noch besser fügt als das französische *atrabilaire/bile.*
Bataillone: Der König hielt sich zu Truppenschauen in Schlesien auf.
Seinen Platz bekommt: Nach längerem Reisen durch Europa kehrte der Marquis d'Argens, *Isaak,* nach Potsdam zurück, so daß Voltaire dessen Haus *Marquisat* zu räumen hatte und Schloßappartements bezog, in denen bis 1745 der verstorbene Étienne Jordan – einst Pfarrer, dann Friedrichs dezenter Gelehrtenfreund – gelebt und unter anderem Paulus-Briefe und Werke des höchst freisinnigen Italieners Pietro Aretino, 1492–1556, glossiert hatte.

Der Marquis d'Argens kehrt zurück. Voltaire räumt das *Marquisat,* siedelt nun ins Potsdamer Stadtschloß über, und Friedrich II. ist vom 25. August bis zum 15. September auf Heerschau in Schlesien.

143. Friedrich an Voltaire

Neiße, 8. [September 1751]

Esclave de la poésie
Je perdais le sommeil à tourner un couplet;
Revenu de ma frénésie,
J'ai vu que ce beau feu n'était qu'un feu follet.
La sévère raison pour mon malheur m'éclaire,
Son œil perçant, son front austère,
Du crédule amour-propre a confondu l'erreur;
J'abandonne au brillant Voltaire
L'empire d'Apollon et le sceptre d'Homère;
Content d'être son auditeur,
Je veux l'écouter et me taire.

(Ich Sklave der Poesie
Verlor den Schlummer beim Schmieden von einem Vers;
Aus meinem Wahne erwacht,
Gewahrte ich, daß dies schöne Feuer ein Irrlicht nur war.
Die strenge Vernunft klärt zu meinem Unglück mich auf,
Ihr scharfes Aug', die ernste Stirn
Entlarvten den Irrtum der Eitelkeit, die leichtgläubig ist;
Dem strahlenden Voltaire überlaß ich
Das Reich des Apoll und das Szepter Homers;
Zufrieden, sein Zuhörer zu sein,
Will ich ihm lauschen und schweigen.)

Das ist mein Entschluß. Staatsgeschäfte und Verse sind Dinge höchst unterschiedlicher Natur; die einen zügeln die Einbildungskraft, die anderen wollen ihr mehr Raum geben. Zwischen beiden stehe ich gleich dem Esel Buridans. Ich habe ein paar Strophen einer alten Ode ausgebessert, aber es ist nicht der Mühe wert, sie Ihnen zu schicken. Der teure Isaak ist so hurtig gereist wie eine fußlahme Schildkröte. Ich glaube, Ihr beleibter Duc de Chevreuse, der gewiß nicht die Statur eines Rennläufers hat, hätte den Weg von Paris nach Berlin geschwinder zurückgelegt als Monsieur Isaak mit sechs Rossen. Aber das zählt nicht; ich bin glücklich, ihn wiederzusehen; man muß die Menschen nehmen, wie sie sind. Der Himmel wollte d'Argens so, wie er ihn gemacht hat; es liegt nicht in seiner Macht, sich selbst umzuschmelzen.

Ich berichte Ihnen nicht von meinen Obliegenheiten, da es Dinge sind, um die Sie sich wenig scheren. Feldlager, Soldaten, Festungen, Geldangelegenheiten, Prozesse sind allerorten zu Hause; alle Gazetten sind voll von derlei Plagen. Ich rechne damit, Sie am 16. wiederzusehen, und wünsche Ihnen Gesundheit, Ruhe und Zufriedenheit. Adieu.

Gleich dem Esel Buridans: Gegner des mittelalterlichen Scholastikers Jean Buridan und dessen Willenslehre erfanden das Spottsymbol des Esels, der sich zwischen zwei Heubündeln nicht entscheiden kann und verhungert.
Isaak: Siehe Brief 117, Anm. 5.
Duc de Chevreuse: Michel Ferdinand d'Albert d'Ailly, Duc de Pequiny, Duc de Chevreuse war eine Weile Voltaires Briefpartner gewesen.

Friedrich übergibt Voltaire weiterhin seine Poesie zur fachgerechten Korrektur. In der *Épître au Comte Glotter,* der *Epistel auf den Grafen Glotter,* unterscheidet der König nicht zwischen dem Begriff *le grain,* dem Begriff für das *Saatkorn* aller Getreidearten, und dem Begriff *le blé, Weizen,* der erst für den gereiften Weizen gilt und eben noch nicht für das Saatgut. Hier muß das Mitglied der Académie Française eingreifen.

144. Voltaire an Friedrich

[1751]

Sire, trotz ihres reizenden Renommées, die Wahrheit nicht hören zu wollen, muß man den Königen die Wahrheit sagen. Als Mann von Ehre schwöre ich Ihnen, daß das, was wir Franzosen *Weizen* nennen, nicht zweimal im Jahr ausgesät wird. Dem Saatkorn, das im März auf die Felder kommt, geben wir noch nicht den Namen *Weizen.* Denken Sie daran, daß Sie vom Weizen sprechen, aus dem das Brot des Grafen Glotter gebacken wird, und daß dieser Weizen mit Sicherheit nur einmal gesät wird. Sie versäumen die Gelegenheit zu einem schönen Vers, um etwas auszudrücken, was in unserer Sprache nicht geht, möglicherweise aber in jenen Sprachen, in denen man einen Allgemeinbegriff hat, etwa *Korn,* welches *Weizen,* Hafer und Roggen bezeichnet. Doch abermals, in unserer Sprache ist des *Weizens,* was des *Weizens* ist. Ich sage Ihnen das nur, um mein Gewissen zu erleichtern. Ich müßte mir Vorwürfe machen, wenn man für den Herrn Grafen zweimal im Jahr das aussäte, was wir *Weizen* nennen. Säen Sie drei- oder viermal pro Jahr Lorbeer aus, jede Sorte von Lorbeer; Ew. Majestät sind dazu befähigt; aber was den Weizen angeht, so verbiete ich's, bei allem tiefen Respekt. V.

Am 11. November 1751 stirbt ein berühmtes Mitglied der Tafelgesellschaft von Sanssouci. Es ist Jules Offroy de la Mettrie, Philosoph, Arzt, Verfasser des in Frankreich verbrannten Buchs *Der Mensch als Maschine,* zudem ein Freund guten und üppigen Tafelns. Der Tod La Mettries war die Folge des Genusses einer Unmenge von Trüffelpastete.

1751/52 arbeitet Friedrich an seinem ersten *Politischen Testament.* Hierin erwägt er die Angliederung Sachsens an Preußen, den Erwerb westlicher Teile von Polen, die Annektion der schwedischen Gebiete in Pommern.

Zu dieser Zeit scheint sich auch der berühmteste der Franzosen von Berlin dort eingelebt zu haben. Ende 1751 schreibt Friedrich an seinen Bruder Prinz Heinrich: »Beim Souper brachte uns Voltaire zum Lachen, er ist origineller denn je.«

Voltaire gibt seine *Histoire de Louis XIV* heraus. Die Drucklegung erweist sich als kompliziert, da Voltaire mit diesem Geschichtswerk zugleich die französische Rechtschreibung reformieren will. Durch die Fürsprache der Marquise de Pompadour wird dem exilierten Verfasser der Verkauf von 2000 Exemplaren in Frankreich gestattet. Durch die breite und annähernd unparteiische Auffächerung der Epoche Ludwigs XIV. revolutioniert Voltaires Buch die bis dahin übliche, enggefaßte, zumeist tendenziöse Geschichtsschreibung.

145. Friedrich an Voltaire

[Potsdam, Februar] 1752

Von Tag zu Tag glaubte ich, Sie würden sich hier einfinden, daher habe ich Ihnen nicht früher für die *Histoire de Louis XIV* gedankt, die ich nun in vier Exemplaren habe.

Um Ihre Kunst besser goutieren zu können, lese ich den ersten Teil parallel mit den Erläuterungen von Quincy, dem Nachschlagewerk für Schlachten und Belagerungen; und ich erwarte Ihr Kommen, um meinen Gefühlen Ausdruck zu verleihen. Meine Ungeduld ließ mich gleichzeitig im zweiten Band lesen; und, um die Wahrheit zu sagen, ich finde ihn gelungener als den ersten, zum einen wegen der Eigenart der darin behandelten Dinge wie auch aufgrund des Stils und der edlen Kühnheit, mit der Sie noch den Königen Wahrheiten sagen. Es ist eine sehr schöne Arbeit, die Ihnen alle Ehre eintragen sollte. Der Tod von Madame Henriette bringt es mit sich, daß Ihr *Rome sauvée* später als geplant gespielt wird. Seit einer Woche leide ich unter einem Druck in der Brust und Blutandrang; aber das Übel ist beinahe vorbei. Ich lese nur, ich schreibe nicht mehr; wenn man ein so schlechtes Gedächtnis hat wie ich, muß man von Zeit zu Zeit Gelesenes neu lesen, um sich zu erinnern und zu vergewissern, ob sich die Mühe lohnt. Des weiteren werde ich damit beginnen, meine Armutszeugnisse zu verbessern. Ihr Feuer gleicht dem der Vestalinnen, es erlischt nie; das bescheidene Feuer, das mir zuteil wurde, will oft geschürt sein, und dennoch will es oft genug unter der Asche ersticken. Adieu. Glauben Sie nur nicht, daß es auf Erden mehr Eichen als Rosenstöcke gibt; Sie werden viele Menschen neben sich vergehen sehen, und durch Ihren Namen, der nie vergehen wird, werden Sie ohnehin alles überleben.

Quincy: Militärische Geschichte der Regierung Ludwigs des Großen von 1726.
Später als geplant: Todesfälle in Herrscherhäusern, hier der Tod einer Tochter Ludwigs XV., erforderten eine fein abgestufte, zumindest kurze Hoftrauer auch andernorts.
Meine Armutszeugnisse: Es handelte sich hierbei wahrscheinlich um die *Œuvres du Philosophe de Sanssouci,* die 1752 erschienen.

Im Sommer 1752 erscheinen in Dresden ausgewählte Werke Voltaires in sieben Bänden. Dazu der König von Preußen:

146. Friedrich an Voltaire

[Juni (?) 1752]

Hätte ich gestern nicht eine grauenhafte Kolik gehabt, begleitet von heftigen Kopfschmerzen, so hätte ich Ihnen auf der Stelle gedankt für die neue Ausgabe Ihrer *Œuvres*, die ich bekommen habe. Die neuen Stücke, die Sie mit aufgenommen haben, habe ich nur überflogen; doch war ich weder mit der Anordnung zufrieden noch mit der äußeren Form der Ausgabe. Man hat den Eindruck, es handle sich um die Kirchenlieder Luthers, und was die Aufteilung angeht, so ist alles Kraut und Rüben. Ich meine, es käme dem Publikum entgegen, wenn man die Anzahl der Bände vermehrte, größere Lettern verwendete und zusammenstellte, was zusammengehört, sonderte, was ohne Zusammenhang ist. Soweit meine Anmerkungen, die ich Ihnen mitteile, denn ich bin fest davon überzeugt, daß wir noch nicht bei der letzten Ausgabe Ihrer *Œuvres* angelangt sind. Mit Ihren Koliken und Zusammenbrüchen werden Sie Ihre Verleger wie auch Ihre Leser noch umbringen, und nach unser aller Tod werden Sie entweder einen Lobgesang oder eine Satire auf all jene verfassen, mit denen Sie jetzt diese Welt bevölkern. Nicht Nostradamus prophezeit Ihnen das, sondern jemand, der sich in Krankheiten recht gut auskennt und dessen Beruf es ist, die Menschen zu kennen. In meinem Unterschlupf arbeite ich an Dingen, die weniger glänzend und nicht so wohlgeraten sind wie das, was Sie beschäftigt, die mich jedoch unterhalten, und das ist mir genug. Ich hoffe, in Kürze zu hören, daß Sie wieder wohlauf und guter Dinge sind. Adieu.

Einen Sommer und noch einen Herbst herrscht schöpferisches Glück in Potsdam. Für Friedrich steht die Annexion Sachsens, des westlichen Polens und von Schwedisch-Pommern noch nicht auf der Tagesordnung. Voltaire verfaßt erste Artikel seines *Dictionnaire Philosophique.* Mit kunstvoller Scheinheiligkeit definiert Voltaire in diesem Wörterbuch beispielsweise *Konzilien:* »Kein Zweifel, alle Konzilien sind unfehlbar; denn sie setzen sich aus Männern zusammen. Es ist also unmöglich, daß in diesen Versammlungen jemals Leidenschaften, Intrigen, Streitsucht, Haß, Eifersucht, Vorurteil, Ignoranz herrschen«; oder den *Luxus:* »Seit zweitausend Jahren hat man, in Vers und Prosa, gegen den Luxus gewettert und hat ihn immer geliebt.« Voltaire rekonstruiert im *Dictionnaire* die Begriffsgeschichte von *Seele* und verweist auf heidnische Wurzeln des christlichen Sakraments der *Taufe:* »Schon in den unterirdischen Gewölben der Tempel Ägyptens standen Bottiche für die Priester und die Eingeweihten bereit. Die Inder reinigten sich bereits vor undenklichen Zeiten im Wasser des Ganges, und auch weiterhin ist diese Zeremonie sehr *en vogue.*«

147. Friedrich an Voltaire

[November 1752]

Wenn Sie mit dieser Geschwindigkeit fortfahren, wird Ihr *Dictionnaire* in Kürze fertig sein. Der Artikel *Seele,* den ich eben bekommen habe, ist sehr gut abgefaßt; der zur *Taufe* ist ihm noch überlegen. Es hat den Anschein, als ließe der Zufall Sie sagen, was dennoch die Folge langen Nachdenkens ist. Ist Ihr *Dictionnaire* erst einmal gedruckt, so rate ich Ihnen davon ab, nach Rom zu reisen; aber wen kümmern Rom, Seine Heiligkeit, die Inquisition und all die kahlgeschorenen Anführer unheiliger Orden, die gegen Sie schreien werden. Das Werk, an dem Sie arbeiten, ist wegen seines Inhalts nützlich, wegen seines Stils angenehm; mehr braucht es nicht. Wenn die Seele Ihres Nervensystems im Zustand der Ruhe verharrt, dann wäre ich entzückt, Sie heute abend zu sehen; wenn nicht, muß ich annehmen, daß Ihre Seele sich an Ihrem Leibe für den Tort rächt, den Ihr Geist ihr antut. Sicher ist, daß ich nicht daran glaube, daß ich oder sonstwer zwiefach vorhanden sein kann. Wenn die Großen der Welt von sich sprechen, sagen sie *Wir;* aber deswegen multiplizieren sie sich noch nicht. Hand aufs Herz und unverblümt gesprochen: Wir werden zugeben müssen, daß Denken und Bewegung, zu denen unser Körper fähig ist, Eigenschaften jener beseelten, ausgestalteten und wohldurchdachten Maschine sind, welche sich Mensch nennt. Adieu.

Aber wen kümmern Rom ...: Dementsprechend hatte der eigentümliche Briefwechsel zwischen Voltaire und Papst Benedict XIV. von 1745 denn auch nur zwei Monate gewährt.

... *daß Ihre Seele sich rächt:* Anspielung auf den Artikel *Seele* und die darin vorgestellten philosophisch-theologischen Verfahren, Leib und Seele platonisch-christlich voneinander zu trennen.

Der Beginn des großen Krachs.

Pierre Louis Moreau de Maupertuis (1698–1759) war 1746 von Friedrich zum Präsidenten der Preußischen Akademie der Wissenschaften berufen worden. Bis zum Eintreffen Voltaires 1750 war der Mathematiker, Nordpolforscher und Philosoph zweifellos der berühmteste Franzose am preußischen Hof. Erste Animositäten zwischen dem Fachgelehrten und dem einherrauschenden Privatgelehrten Voltaire sind schwer zu datieren.

Ein früher, den König noch amüsierender Streit zwischen den beiden hochkarätigen Gästen seiner Tafelrunde entwickelte sich aus der Kontroverse um den im Haag lehrenden deutschen Professor Koenig. Samuel Koenig bezog Stellung gegen Maupertuis' These vom Urprinzip der *kleinst-möglichen Bewegung;* das wenige Richtige daran sei von Leibniz gestohlen. Maupertuis kanzelte den Kollegen derartig ungestüm ab, daß dies für Voltaire eine willkommene Gelegenheit war, Gerüchte über den Größenwahn seines Landsmannes Maupertuis in die Welt zu setzen. In Sanssouci werden Pariser und Bretone zu Rivalen um die jeweils eindrucksvollere Präsenz.

Maupertuis setzte seinerseits Ende 1752 ein übles Gerücht in Umlauf: Als Voltaire wieder einmal Gedichte des Königs zum Korrigieren erhalten habe, soll er ausgerufen haben: »Wird er denn nie müde, mir seine schmutzige Wäsche zum Waschen zu schikken!« Friedrich übergeht diese durchaus nicht unwahrscheinliche Unverschämtheit Voltaires mit Stillschweigen.

Maupertuis knüpfte sich nun allerdings selbst seinen Strick: In einigermaßen bizarren, wahrscheinlich im Fieber geschriebenen, aber dann gedruckten *Lettres* schlug der Akademiepräsident unter anderem vor, die Pyramiden Ägyptens zu sprengen, um zu sehen, was in ihnen sei, und regte an, bei zum Tode Verurteilten vor der Hinrichtung vielversprechende Vivisektionen durchzuführen.

Diese *Lettres* verstand Voltaire für sich zu nutzen. Er verfaßte auf Maupertuis eine Satire mit europäischer Breitenwirkung, die *Diatribe du docteur Akakia, médecin du Pape et du natif de Saint-Malo.* (Maupertuis stammte aus Saint-Malo.) Ein unbekannter Zeitzeuge hielt fest: »Voltaire las seinen *Akakia* dem Könige vor; dieser lachte ... sehr herzlich darüber; da ihm indes daran gelegen sein mußte, daß der von ihm selbst gewählte Präsident seiner Akademie nicht vor ganz Europa lächerlich würde, bat er Voltaire, seine Satire zurückzuhalten.« Voltaire gelobte Gehorsam. Sodann ließ er die Schmähschrift drucken.

Die einzige Schrift, die während der Regierungszeit Friedrichs II. in Preußen öffentlich vom Henker verbrannt wird, ist diese Schrift Voltaires.

148. Voltaire an Friedrich

Potsdam, 27. November 1752

Ich verspreche Ew. Majestät, daß ich, solange Sie mir die Gnade gewähren, mich in Ihrem Schlosse wohnen zu lassen, gegen niemanden etwas verfassen werde, sei es gegen die Regierung Frankreichs, sei es gegen die Minister, gegen sonstige Herrscher oder gegen berühmte Männer der Literatur; ich werde ihnen gegenüber die Rücksicht walten lassen, die ihnen gebührt. Ich werde die Briefe Euer Majestät niemals mißbrauchen, und ich werde mich so verhalten, wie es einem Mann der Literatur ansteht, der die Ehre hat, Kammerherr Ew. Majestät zu sein, und der mit ehrbaren Menschen zusammenlebt.

Ich werde, Sire, alle Befehle Ew. Majestät ausführen, und meinem Herzen wird dieser Gehorsam nicht schwerfallen. Ich bitte Sie, nochmals zu überdenken, ob ich je gegen irgendeine Regierung polemisiert habe, zumal gegen jene, unter der ich geboren wurde und von der ich mich nur getrennt habe, um mein Leben zu Ihren Füßen zu beschließen. Ich war Historiograph von Frankreich, und in dieser Eigenschaft habe ich die Geschichte Ludwigs XIV. und die der Feldzüge Ludwigs XV. geschrieben, die ich Monsieur d'Argenson zugesandt habe. Meine Stimme war wie meine Feder meinem Vaterland geweiht, so wie jetzt Ihrem Geheiß. Ich beschwöre Sie, so gnädig zu sein, genau zu prüfen, was die Ursache des Streits mit Maupertuis war. Ich beschwöre Sie, glauben zu wollen, daß ich diesen Zwist vergesse, da Sie es mir befehlen. Ich unterwerfe mich in allem Ihrem Willen. Falls Ew. Majestät mir befohlen hätten, mich nicht zu verteidigen und mich nicht auf diesen literarischen Streit einzulassen, hätte ich mit gleicher Ergebenheit gehorcht. Ich flehe Sie an, einen von Krankheit und Schmerzen gepeinigten Greis zu schonen und zu glauben, daß ich Ihnen bei meinem Tode ebenso verbunden sein werde wie an dem Tag, an dem ich an Ihren Hof kam. Voltaire.

Ich verspreche Ew. Majestät ...: Ein Ablenkungsmanöver Voltaires, denn nach der unbotmäßigen Veröffentlichung des *Akakia* ging es überhaupt nicht darum, ob Voltaire irgendwann beispielsweise gegen französische Minister polemisiert hatte.
... hätte ich ... gehorcht: Wie hätte Friedrich vor dem Entstehen der Schmähschrift auf Maupertuis befehlen können, daß diese nicht entstehen dürfe?

149. Friedrich an Voltaire

[Dezember 1752]

Ihre Unverfrorenheit setzt mich in Erstaunen. Nach dem, was Sie angerichtet haben und was offen zutage liegt, bleiben Sie halsstarrig, anstatt sich schuldig zu bekennen! Bilden Sie sich nur nicht ein, mir ein X für ein U vormachen zu können; wenn ich nicht alles sehe, dann deshalb, weil ich nicht alles sehen will. Doch wenn Sie diese Affaire auf die Spitze treiben wollen, so werde ich alles drucken lassen, und man wird sehen, daß Ihre Werke es zwar verdienen, daß man Ihnen zu Ehren Statuen aufstellt, Ihr Verhalten es jedoch verdient, daß man Sie in Ketten legt.
P. S. Der Drucker wurde verhört; er hat alles gestanden.

»Ich habe vor, nur in Ehren zu flüchten«, schrieb Voltaire Ende 1752 an seine Nichte in Paris: »Das Problem ist, wie von hier wegkommen; nur in Anbetracht meiner Gesundheit kann ich um Beurlaubung nachsuchen. Ich kann aber kaum vorschieben: ich gehe kuren nach Plombières, mitten im Dezember ... Ich habe übrigens allen Grund zu mutmaßen, daß mein Geschäft mit dem Herzog von Württemberg hier mißfallen hat. Man hat Wind davon bekommen und mich fühlen lassen, daß man informiert sei.«

Zu dem Gezänk um Maupertuis kam noch hinzu, daß Voltaire dem Herzog von Württemberg Geld geliehen hatte. Dieser Handel war an den Tag gekommen; er beinhaltete, daß der *ausländische* Monarch in Stuttgart an Voltaire und seine Nichte eine jährliche Leibrente auszuzahlen hatte. Für Friedrich war damit das Maß der unkontrollierbaren Umtriebigkeit seines Gastes voll: Am 28. Dezember fordert er von Voltaire den Kammerherrnschlüssel und den Orden Pour le Mérite zurück. Angesichts dieser Order fallen Voltaire im ersten Moment nur vier Verse ein.

150. Voltaire an Friedrich

[Berlin, 1. Januar 1753]

Je les reçus avec tendresse
Je vous les rends avec douleur;
C'est ainsi qu'un amant dans son extrême ardeur
Rend le portrait de sa maîtresse.

(Mit Zärtlichkeit empfing ich es,
Mit Schmerzen geb' ich's Ihnen wieder;
So gibt der Liebende in seiner höchsten Liebesglut
Seiner Geliebten das Portrait zurück.)

Bald darauf geht ein Brief vom Potsdamer Stadtschloß hinüber nach Sanssouci.

151. Voltaire an Friedrich

[Berlin, 1. Januar 1753]

Sire, gewißlich nur aus Angst, mich vor Ew. Majestät nicht mehr zeigen zu können, habe ich Ihnen die Auszeichnungen zu Füßen gelegt, die nicht die Bande waren, die mich an Ihre Person fesselten. Bedenken Sie meine schreckliche Lage, die meiner ganzen Familie. Mir bleibt nur noch, mich auf immer zu verbergen und in aller Stille meinen Unstern zu beklagen. Monsieur Fredersdorff, der mich in meinem Zustand der Ungnade trösten kam, läßt mich Hoffnung schöpfen, daß Ew. Majestät geruhen könnten, in meinem Falle auf die Güte Ihres Charakters zu hören, und daß Sie, so überhaupt möglich, durch Ihr Wohlwollen die Schmach, mit der Sie mich überhäuft haben, wiedergutmachen könnten. Ihnen mißfallen zu haben, ist bestimmt nicht das geringste Unglück, das ich erleide. Aber wie stehe ich da? wie weiterleben? Ich weiß es nicht. Ich sollte vor Kummer tot sein. In diesem schauderhaften Zustand obliegt es Ihrer Menschlichkeit, Mitleid mit mir zu zeigen. Was soll aus mir werden, was soll ich tun? Ich weiß es nicht. Ich weiß nur, daß Sie mich sechzehn Jahre an sich zu fesseln vermochten. Verfügen Sie über mein Leben, das ich Ihnen geweiht habe und dessen Ende Sie so bitter machen. Sie haben ein edles Herz, Sie sind nachsichtig; ich bin der unglücklichste Mensch in Ihren Staaten; verfügen Sie über mein Schicksal.

Habe ich Ihnen die Auszeichnungen zu Füßen gelegt: Dies ist das erste Mal nach sechzehn Jahren Bekanntschaft, daß der Homme de lettres nicht seinen siechen Leib dem königlichen Freund zu Füßen legt.

Friedrich antwortet aus Sanssouci.

152. Friedrich an Voltaire

[Berlin, Januar 1753]

Der König hat ein Konsistorium einberufen, und in diesem Konsistorium wurde erwogen, ob Ihr Kasus eine Todsünde darstelle oder eine läßliche Sünde sei. Zu guter Letzt haben sämtliche Doctores auf Grund der Vorfälle und der Rückfälle befunden, daß es sich um eine äußerste Todsünde handelt. Doch in Anbetracht der Gnadenmacht Beelzebubs, die Seiner Majestät anvertraut ist, meint diese, Ihnen die Absolution erteilen zu können, wenn schon nicht die vollständige, so doch die partielle. Derlei ist allerdings nur im Falle eines Aktes der Zerknirschung und unter Auferlegung einer Sühne möglich; doch da man im Reiche Satanas' gegenüber dem Genie große Nachsicht übt, vermeine ich angesichts Ihrer Talente, daß Ihnen die Vergehen nachgesehen werden könnten, die möglicherweise Ihrem Herzen zuwiderliefen. Dies sind die Worte des Oberhirten, die ich mit Sorgfalt vermerkt habe. Sie sind geradezu eine Weissagung.

Trotz dieser Absolution wird es Voltaire unbehaglich. Am 13. Januar schreibt er seiner Nichte: »Ich weiß, wie schwierig es ist, von hier fortzukommen ... Ich will unbedingt fort, ich habe Fredersdorff gesagt, daß meine Gesundheit ein so schädliches Klima nicht länger verträgt.«

153. Friedrich an Voltaire

[16. März 1753]

Es war nicht nötig, ein dringendes Bedürfnis, die Bäder von Plombières aufsuchen zu müssen, vorzuschieben, um Ihren Abschied von mir zu erbitten. Ihren Dienst bei mir können Sie, wann immer Sie es wünschen, aufkündigen; doch lassen Sie mir vor Ihrer Abreise Ihren Kontrakt überbringen, den Schlüssel, das Ordenskreuz, den Gedichtband, den ich Ihnen anvertraut habe. Ich wünschte, meine Werke wären die einzigen, die Ihren und den Angriffen Koenigs ausgesetzt sind. Ich opfere meine Werke guten Muts Menschen, die vermeinen, sich Ruhm zu erwerben, indem sie den anderer schmälern. Ich bin weder so töricht noch so eitel wie gewisse Autoren. Die Kabalen der Schriftsteller sind für mich ein Schandfleck der Literatur. Deswegen achte ich die ehrenhaften Menschen nicht weniger, die ihrer pflegen. Allein die Anstifter der Kabalen sind in meinen Augen besudelt.

Nun bete ich zu Gott, daß er Sie in seinen heiligen und hohen Schutz nehme.

Ihren Kontrakt: Der Kontrakt beinhaltete die Zahlungsabmachungen Friedrichs mit Voltaire, laut Voltaire jedoch nur eine Danksagung des Königs an ihn. Was Kammerherrnschlüssel und Orden angeht, so gibt es bereits Gedichtverse zur Rückgabe der Auszeichnungen (siehe Schreiben 150). Also war die Rückgabe offenbar verschoben worden.
Koenig: Samuel Koenig hatte 1752 eine philosophische These Maupertuis' angegriffen. Während Friedrich mit Maupertuis sympathisierte, hatte Voltaire die Partei Koenigs ergriffen.
Daß er Sie in seinen heiligen und hohen Schutz nehme: Grußformel Heinrichs IV. von Frankreich – nunmehr an den Dichter der *Henriade* gerichtet.

154. Voltaire an Friedrich

[Potsdam,] 23. März 1753

Aus den Händen von Monsieur Fredersdorff habe ich von der Pension, die Seine Majestät mir huldvoll zu gewähren geruhen, dreitausend Taler in Empfang genommen.

Voltaire.

Unter dem Vorwand der absolut unerläßlichen Kur in Plombières am Fuße der Vogesen verabschiedet sich Voltaire von Friedrich II. und reist, wahrscheinlich am 25. März 1753, für immer aus Preußen ab. Der im übrigen wegen einer dem Skorbut ähnlichen Erkrankung zahnlos gewordene Dichter begibt sich jedoch nicht nach Westen. Am 27. März trifft der Exkämmerer des Königs von Frankreich, Exkämmerer des Königs von Preußen im sächsischen Leipzig ein. Ein Zerwürfnis steuert seinem Höhepunkt entgegen.

155. Friedrich an Voltaire

[Potsdam,] 19. April 1753

Als Sie nach Potsdam kamen, war ich davon unterrichtet, daß es Ihr Plan war, nach Leipzig zu reisen, um dort neue Verunglimpfungen des Menschengeschlechts drucken zu lassen; da ich jedoch ein großer Bewunderer Ihrer Gewandtheit bin, wollte ich mir das Schauspiel Ihrer Ränke gönnen, und es amüsierte mich, Sie voller Gravität die Notwendigkeit Ihrer fabulösen Reise zu den Brunnen von Plombières vortragen zu sehen. Ihre Berliner Ärzte wissen in der Tat vorzüglich um die Qualitäten der Plombièreschen Wasser, aber sie haben sich recht spät entschieden, sie ihrem Kranken anzuraten; ich bedauere den Chirurgikus des Königs von Frankreich und Ihre Nichte, die in den hochgerühmten Bädern vergeblich Ihrer harren werden. Ich zweifle nicht daran, daß Sie in Leipzig wieder zu Kräften kommen; es hat den Anschein, als hätten die Drucker dieser Stadt Ihnen das Zuviel an Galle abgezapft.

Möge La Beaumelle der einzige sein, der unter Ihrer Cholerik zu leiden hat! Ich habe keineswegs mit Ihnen ein Bündnis geschlossen, auf daß Sie mich verteidigen müßten, und es kümmert mich herzlich wenig, was dieser La Beaumelle über mich oder über mein Land zu äußern sich hat einfallen lassen. Besser als jeder andere sollten Sie wissen, daß ich für Beleidigungen, die man gegen mich schleudert, nicht Rache nehme. Übles erkenne ich und bedauere jene, die bösartig genug sind, es anzurichten. Ich weiß, daß die *Défense de Maupertuis, l'éloge de Jourdan et de La Mettrie* in Berlin verkauft wurde, obendrein ein Vierzeiler, der meine Verse parodiert; ich weiß, daß ich nicht daran zu zweifeln brauche, daß dieser Pfeil von Ihnen abgeschossen wurde, doch ich lache über Ihre machtlose Wut, und ich versichere Ihnen, daß dies Machwerk hier keineswegs öffentlich verbrannt wurde. Ich weiß nicht, ob Sie Potsdam vermissen oder nicht; wenn ich Schlüsse aus der Ungeduld ziehen soll, mit der Sie Ihre Abreise betrieben, so müßte ich annehmen, daß Sie gute Gründe hatten, sich von hier zu entfernen. Die aber will ich nicht untersuchen, und nur an Ihr Gewissen appelliere ich, sofern Sie eines haben.

Ich habe den Brief gesehen, den Maupertuis an Sie schrieb, und ich gestehe Ihnen, daß ihr Brief mich Ihre Geschicktheit und die Wendigkeit Ihres Geistes bestaunen ließ. O eloquenter Mann! Maupertuis teilt Ihnen mit, daß er Sie aufzuspüren wüßte, so Sie fortfahren, Schandreden gegen ihn zu verfassen, und Sie, Cicero unseres Jahrhunderts, Sie, obgleich weder Konsul noch Vater eines Vaterlandes, beklagen sich bei Gott und der Welt, daß Maupertuis Ihnen den Garaus machen will. Geben Sie zu, daß Sie geboren wurden, um Premierminister des Cesare Borgia zu werden! Den offenkundig von Ihnen zurechtgestutzten Brief lassen Sie in Leipzig den Gerichtsbeamten der Stadt vorlegen: wie Machiavell bei diesem Schachzug gejubelt hätte! Haben Sie dort denn auch die Pamphlete vorgezeigt, die Sie gegen ihn verfaßt haben? Bislang haben Sie mit der Justiz gehadert, aber eine unvergleichliche Findigkeit läßt Sie Mittel und Wege ersinnen, sie sich zunutze zu machen; das nenn' ich, aus Feinden die Handlanger der eigenen Pläne machen.

Ich meinerseits bin nur ein braver Deutscher, und der schämt sich nicht, jenen Freimut zu haben, der dieser Nation eigentümlich ist; ich schreibe Ihnen deswegen auch nicht selber, weil ich nämlich nicht genügend Finesse besitze, um einen Brief zu komponieren, der sich nicht mißbrauchen ließe. Sie werden sich an den Brief erinnern, in dem ich über Crébillons *Catilina* sprach, der zur Hälfte ein Lob des Stückes war, zur anderen Hälfte die Kritik einiger Stellen enthielt, die mir nicht gefielen. Geschickt, wie Sie sind, brachten Sie in Paris jenen Teil des Briefes in Umlauf, der die Kritik beinhaltete, und unterdrückten mein Lob. Sie beherrschen die Kunst, Daten zu ändern und Ereignisse nach

Gutdünken zu verpflanzen; mehr noch, Sie besitzen die Wendigkeit, einen Satz von hier und einen Satz von da aufzugreifen und beides so zusammenzufügen, daß es Ihren Absichten bestens entgegenkommt. All diese bedeutenden Gaben, die mir an Ihnen vertraut sind, erheischen von mir einige Vorsicht, und Sie müssen sich nicht wundern, daß ich Sie durch die Feder meines Sekretärs dem heiligen Schutz Gottes anempfehle, wenn Sie schon von den Menschen verlassen sind.

P. S. Diesen Brief können Sie zusammen mit dem des Papstes, den Briefen der Kardinäle Fleury und Alberoni drukken lassen, aber seien Sie nicht so ungeschickt, dann etwas zu ändern, denn in diesem Lande kennt die Justiz das Urheberrecht.

La Beaumelle: Der Literat Laurent Angliviel de La Beaumelle, 1726–1773, hatte in seiner Schrift *Meine Gedanken, oder was man mir dazu sagen wird* großes Lob über Friedrich II. geäußert. Da Voltaire dabei allerdings als *Narr* und *Zwerg* tituliert wurde, hatte dieser die Schrift von Leipzig aus als eine Rundumverunglimpfung Potsdams bezeichnet.
Défense de Maupertuis: Lob dreier Philosophen, London 1753, mit parodierten Versen Friedrichs auf dem Titelblatt.
Den offenkundig von Ihnen zurechtgestutzten Brief: Voltaire ließ den verkürzten und abgeänderten Brief Maupertuis' drucken und setzte an dessen Schluß das lebensbedrohliche: *Beben Sie!* Dieser Streit mit Voltaire verfolgte den Berliner Akademiepräsidenten bis an sein verbittertes Lebensende.

Ende April reist Voltaire von Leipzig weiter gen Frankreich. In Gotha erkrankt er so schwer, daß er dort einen Monat in der Obhut des herzoglichen Leibarztes zubringt. Am 30. Mai trifft er schließlich in Frankfurt am Main ein, wo – aus Paris ihm entgegeneilend – die Nichte zum Onkel stößt. Zur gleichen Zeit wie Madame Denis kommt in der freien Reichsstadt beim preußischen Residenten Freytag ein folgenschweres Schreiben aus der preußischen Hauptstadt an. In diesem Schreiben läßt der König durch seinen Vertrauten Fredersdorff mitteilen, daß ein gewisser Monsieur de Voltaire insbesondere einen Band mit privaten Gedichten des Königs zurückgeben solle.

Unseligerweise befinden sich diese Gedichte in einer Gepäckladung Voltaires, die über Hamburg nachkommen soll. Freytag, der preußische Bevollmächtigte in Frankfurt, ist überfordert und zeigt sich hilflos, aber zugleich martialisch. Es kommt zu einer

Katastrophe im philosophischen Aufklärungszeitalter: Wegen des Gedichtbandes läßt Freytag den Aufklärer Voltaire in einer souveränen Stadt ohne jedwedes Verfahren gefangennehmen. Voltaires Sekretär Collini und auch der Nichte Marie-Louise Denis widerfährt dasselbe Schicksal.

Mangels präziser Anweisungen aus Berlin (das in Frankfurt im Grunde nichts anzuordnen hat) schlägt der untertänige Freytag Mitte Juni im ›Gasthof zum Bockshorn‹ zu. Bis zur Aushändigung der geforderten Schriften läßt er Onkel, Sekretär und Nichte mehrmals durchsuchen und Tag und Nacht strengstens bewachen. Nach zwei Aufenthalten in der Bastille ist dies Voltaires dritte unerwünschte Begegnung mit Vollzugsorganen der irdischen Macht.

156. Voltaire an Friedrich

Frankfurt, 26. Juni [1753]

Sire, falls meine Briefe nicht bis zu Ew. Majestät gelangt sind, wie ich befürchten muß, so geruhen Sie wenigstens, diesen zu lesen. Geruhen Sie, die schreckliche Lage zur Kenntnis zu nehmen, in die eine ehrbare Frau geraten ist, die sich nichts vorzuwerfen hat und die man mit größter Roheit und Niedertracht behandelt hat. Was für ein finsteres Resultat der fünfzehn Jahre währenden Güte. Sire, falls ich Fehler begangen habe, bitte ich tausendfach um Vergebung. Ich werde Maupertuis für immer vergessen. Aber, im Namen Ihrer Menschlichkeit, geben Sie einer Frau das Leben zurück, die zweihundert Meilen gereist ist, um einen unglücklich Leidenden zu umsorgen, auf daß nicht ein schrecklicher Tod, den dieses Abenteuer zur Folge haben könnte, zum Lohn ihrer guten Taten werde. Verzeihen Sie mir, Sire, ich beschwöre Sie.

Die Lage bleibt tagelang ungeklärt. Voltaire unternimmt einen mustergültigen Fluchtversuch. Vor den Toren Frankfurts fängt Herr Freytag mit Hilfe bewaffneter Mannen den verkleideten Dichter wieder ein.

Als die verlangten Schriften endlich eintreffen, winkt den drei Inhaftierten immer noch nicht die Freiheit. Der preußische Bevollmächtigte ist sich nicht sicher, ob er die *Feinde Preußens* ungeschoren weiterreisen lassen darf. Er läßt sie zur Verwahrung zu einem

Hofrat Schmidt überführen. Der Rat der Stadt Frankfurt rührt keinen Finger. Voltaires Biograph Jean Orieux rekonstruiert das Eintreffen der Gefangenen bei den Schmidts: »Zuerst kommt das Geld dran, sie bestehlen Voltaire und teilen sich vor seinen Augen den Inhalt seiner Kassette; dann nehmen sie sich die Taschen vor, dann den Schmuck. Voltaire fleht, man möge ihm seine Tabaksdose lassen oder wenigstens den Tabak, der ein Heilmittel für ihn ist ... Da saust der kleine, halbtote Mann blitzschnell, wie eine plötzlich aus ihrer Erstarrung gelöste Eidechse davon und verschwindet durch den Türspalt. Die dicke Schmidt ist die schnellste. Sie wirft ihre Fleischmassen der kleinen Eidechse hinterher, sie rollt, stampft, gefolgt von ihren Dienstmägden, und mit kolossalen Schritten holt sie den Flüchtling ein. Armer Voltaire.«

Am 2. Juli erneuert Friedrich einen Freilassungsbefehl vom 25. Juni. Voltaire kann nun legal entweichen. Am 7. Juli wird er im benachbarten Kurfürstentum Mainz als Märtyrer und Held empfangen. Als geschundenes, aber errettetes Opfer der Tyrannei bleibt er drei Wochen in Mainz und setzt die Rechnung auf.

157. Voltaire an Friedrich

In der Nähe von Mainz, 9. Juli 1753

Sire. Der Sieur François de Voltaire, Kammerherr Seiner Allerchristlichsten Majestät, Madame Denis, Witwe eines Edelmanns im Dienste Seiner eben genannten Majestät, Cosimo Colini, Kandidat der Universität zu Florenz, werfen sich alle drei Seiner Preußischen Majestät zu Füßen und legen dar: *Daß* sie am 20. Juni, wiewohl im Besitze von Pässen des Königs von Frankreich, im Namen Seiner Preußischen Majestät ins Gefängnis geworfen wurden; *daß* besagte Madame Denis, trotz ihrer Stellung und ihres Geschlechts, am hellichten Tag von einem gewissen Dorn, einem seines Amtes enthobenen kaiserlichen Notarius, zuweilen Kopist im Dienste des Herrn Freytag, durch eine Pöbelmenge fortgeschleift wurde.

Daß sie auf den Dachboden einer Schänke in der Nähe des Anwesens des Herrn Freytag geschafft wurde, wo besagter Dorn vier Soldaten vor der Tür der Dame postierte, ihr Diener und Kammerzofe wegnahm und die Dreistigkeit besaß, die Nacht allein bei ihr in ihrer Kammer zuzubringen und sich dieser Dame mehrere Male zu nähern.

Daß zur selben Zeit der Sieur de Voltaire zu einem Kaufmanne namens Schmidt geschafft wurde, der sich Rat Seiner Majestät des Königs von Preußen nennt, *daß* selbiger Schmidt, ohne eine Order vorzuweisen und ohne jegliche Formalitäten ihm alles Gold- und Silbergeld, das er bei sich trug, abnahm, ohne eine Empfangsbestätigung auszufertigen, und sich zweier Schatullen mit wertvollen Effekten bemächtigte, ohne irgendein Inventar aufzusetzen.

Daß besagter Schmidt den Sieur de Voltaire unter Bewachung durch vier Soldaten und einen Unteroffizier ins Gefängnis abführen ließ, *daß* man dem Sieur Cosimo Colini ebenso viele Soldaten beigab.

Daß die Herren Freytag und Schmidt am folgenden Tag kamen, um den Messieurs de Voltaire und Cosimo zu bedeuten, daß ihnen der Aufenthalt im Gefängnis mit 128 Talern pro Tag angerechnet werde.

Daß Herr Fichard, Bürgermeister von Frankfurt, bei Herrn Schmidt anfragte, weshalb dieser sich der städtischen Soldaten bediene, um Ausländer arretieren zu lassen, und von Schmidt zur Antwort bekam, daß dies auf Geheiß Seiner Preußischen Majestät geschehe, und zwar wegen einer Angelegenheit, die bedeutsamer wäre als Provinzen; er habe zwar keinen Befehl in Händen, werde jedoch am 22. einen solchen von Seiner Preußischen Majestät erhalten. Am 22., als die Befehle nicht eingetroffen waren, hob man die Bewachung von Madame Denis und Cosimo auf und beließ nur zwei Soldaten im Haus, um den Sieur de Voltaire und die Dame Denis am Verlassen des Hauses zu hindern.

Daß es bis zum 5. Juli dabei blieb, jenem Tag, an dem Madame Denis ein Schreiben Seiner Preußischen Majestät empfing, datiert vom 31. Juni zu Potsdam, unterzeichnet von de Prades, aus welchem hervorging, daß es nie einen Befehl gegeben hatte, die Dame Denis zu arretieren, und daß der Sieur de Voltaire seine Reise frei hätte fortsetzen sollen, wenn dieser dem Herrn Freytag ausgehändigt hätte, was Herr Freytag im Namen des Königs von Preußen, seines Herrn, ausgehändigt haben wollte.

Doch was Herr Freytag im Namen des Königs von Preußen verlangt hatte, war ihm zwischen dem 1. und dem

17. Juni vollständig übergeben worden. Nach dem 17. Juni hatten weder Herr Freytag noch Herr Schmidt irgendeinen Befehl zu derlei Gewaltanwendung erhalten. Der Sieur de Voltaire, die Dame Denis und der Sieur Cosimo werfen sich daher Seiner Majestät zu Füßen, erflehen Barmherzigkeit und Gerechtigkeit und bitten inständig, den Befehl zu erteilen, daß ihnen das Geld, welches Schmidt an sich genommen hat, zurückgegeben und Verluste bei den Effekten wiedergutgemacht werden.

Als der Sieur de Voltaire, der Willkür der Soldaten preisgegeben und dem Tode nah, zwei Nächte ohne Bedienung zubrachte, wurden ihm Wäsche, Gewänder, Ringe, Geld, alles, einschließlich Schere und Schuhspangen, entwendet; ausgeplündert und erpreßt, waren die Dame Denis und er gezwungen, Geld zu borgen, um ihre Reise fortsetzen zu können.

In dieser schmählichen Lage erachten sie es als notwendig, Seine Majestät den König von Preußen wissen zu lassen, wer unschuldige Personen in seinem Namen mißhandelt und das Recht der Menschen mißachtet hat.

In aller Öffentlichkeit wurde Herr Schmidt als der Auswurf seiner Spezies gebrandmarkt; und was Herrn Freytag anlangt, so lege ich Seiner Majestät ein Memorandum vor, das zwei Räte der Stadt Frankfurt beibrachten. Seine Majestät mögen darüber befinden.

Die Bittsteller unterbreiten dieses Memorandum Seiner Majestät allein deshalb, um zu zeigen, daß sie nicht gegen Seine Majestät Beschwerde führen, sie bitten im Gegenteil Seine Majestät um deren Schutz, auf daß ihnen Gerechtigkeit zuteil werde.

Voltaire, in eigenem Namen, dem der Dame Denis und des Sieurs Cosimo. Bei Mainz.

N. B. *Daß* Herr Freytag den Brief, den Seine Majestät von Sieur de Prades an diese Dame schreiben ließ und der an Herrn Freytag adressiert war, Madame Denis nie übergeben hat.

Herr Freytag war schurkisch genug, diesen Brief zu unterschlagen, der Madame Denis offenkundig trösten und sie vor einer so grausamen Verfolgung schützen sollte.

Das von zwei Räten Frankfurts beigebrachte Memorandum betrifft die Prozesse des Herrn Freytag zu Frankfurt mit dem Comte de Vasco um 600 Dukaten.

Mit dem Baron du Fay um 300 Dukaten zu Frankfurt.

Mit Monsieur de Stokum um eine andere Summe zu Frankfurt.

Die Gutachten von Breitenbach, Kaufmann im Dienste des Königs von England.

Des Pfarrers von Humpelein, zwei Meilen vor Frankfurt.

Von Monsieur Falck, Rat zu Braunschweig.

Der Respekt vor Seiner Majestät, welcher Herr Freytag gehört, verbietet es, den Inhalt des Memorandums zu spezifizieren.

... sich dieser Dame mehrere Male zu nähern: Die im allgemeinen als schwer erträglich geschilderte Nichte war 1712 geboren worden und zählte bei den dramatischen Annäherungsversuchen von Herrn Dorn einundvierzig Jahre.
Mit *128 Talern pro Tag ...:* Eine von Voltaires natürlichen Steigerungen des Frankfurter Geschehens: Es waren die Gesamtkosten der Inhaftierung, des Antransports der Schriften aus Leipzig, die Freytag auf 128 Taler bezifferte.
Das Recht der Menschen: Das »Recht der Menschen«, *(le droit des gens)* ist ein Vorbote der revolutionären Menschenrechte *(les droits de l'homme)* von 1791.
N. B.: Nota Bene, »merke wohl«.

Von Mainz reist Voltaire nach Mannheim, dann – wie ohne rechtes Ziel – ins Elsaß. Das Verhältnis zwischen Voltaire und Friedrich II. ist auf seinem Tiefpunkt angelangt.

Auf Voltaires Rufe nach Gerechtigkeit reagiert Friedrich in Potsdam seinem Minister Podewils gegenüber mit heftigen Worten: »Er soll nur nicht antworten, es ist nicht der Mühe wert; es wird sonst des Correspondierens kein Ende sein.«

Voltaires Situation wird düster und immer prekärer. Nach Preußen führt kein Weg zurück, aus Paris läßt man ihn wissen, daß er wegen seines Bruchs mit König Friedrich II. nunmehr eine politische Belastung darstelle und unerwünscht sei.

Nur auf Drängen der mit ihm befreundeten Herzogin von Gotha arbeitet Voltaire auch in elsäßischen Gasthöfen weiter. Nach und nach entstehen hier *Les Annales de l'Empire,* eine Geschichte des Heiligen Römischen Reiches Deutscher Nation.

Ausgerechnet zu diesem Zeitpunkt erscheint auf dem literarischen Markt eine Schrift mit dem Titel *Gedanken zur Person, zur Lebensweise und zum Hof des Königs von Preußen.* Im Elsaß beschuldigt Voltaire Maupertuis, in Berlin beschuldigt Maupertuis Voltaire, diese verfängliche Plauderei über Interna des preußischen Hofs verfaßt zu haben. Voltaire fühlt sich nun seines Lebens nicht mehr sicher: schon einmal hatte Friedrich Voltaire angedroht, daß er ihn gefangennehmen und verschleppen lassen könnte, wo immer er sich aufhalte.

158. Voltaire an Friedrich

[Colmar, 3. März 1754]

In all den Leiden, die mich seit langem plagen und die mir erstaunlich scheinen lassen, daß ich noch lebe, ist alles, was ich mir vor meinem Sterben wünsche, daß Seine Majestät der König von Preußen zur Kenntnis nehme, daß ich bis zu meinem Ende für ihn die hochachtungsvollsten Gefühle bewahrt habe, die mich an ihn fesselten, als er mir soviel Huld entgegenbrachte.

Der grausame Feind, der mich in seinen Augen vernichtete, wird mir meine Art des Denkens nicht rauben. Seit er in Paris weilte, wird dort eine elende Schrift gedruckt, in der sämtliche Albernheiten über die Küche des Königs ausgeschwätzt werden, in der man sich mit der verdammungswürdigsten und strafwürdigsten Indezenz über die königliche Familie ausläßt. Diese unverschämte Schrift war bereits Mitte des Jahres 1752 in Umlauf, zwanzig Personen können das bezeugen, und Monsieur le Marquis de Valory, ehedem Gesandter bei Seiner Majestät, dem König von Preußen, ist bereit, schriftlich zu bezeugen, daß er diese infame Schandschrift schon 1752 gesehen hat.

Mein Feind, der mich verderben will, beschuldigt mich, sie verfaßt zu haben, angeblich, um mich für das zu rächen, was meiner Nichte und mir in Frankfurt widerfahren ist; und in ganz Europa ist er der einzige Mensch, der so tut, als glaube er an seine Verleumdung.

Übrigens ist allgemein bekannt, daß er bei seiner Frankreichreise durch Kassel kam und dort, unter dem Namen Morel, vier Tage blieb; daß er dort vom Buchhändler Étienne ein Pamphlet drucken ließ; daß er dieses Seiner Durchlauchtigsten Hoheit, dem Herzog von Sachsen-Gotha schickte, um mich dessen Protektion zu berauben.

Ich schmeichle mir, daß Seine Majestät, von meiner Unschuld unterrichtet, zumindest meinen Herzensregungen Gerechtigkeit widerfahren lassen wird. Voltaire.

Ich bin mir dessen völlig gewiß, daß weder Ihre Majestäten die Königinnen, noch Ihre Königlichen Hoheiten die Prinzen, noch irgendein Minister einen eher lächerlich als verdammenswert zu nennenden Gesang mir andichten werden.

Der grausame Feind: Maupertuis.
Eine elende Schrift: Wahrscheinlich stammte die anonyme Schrift *Idées de la personne, de la manière de vivre et de la cour du roi de Prusse* tatsächlich von Voltaire.
Daß er ... durch Kassel kam ...: Über einen viertägigen Aufenthalt von Maupertuis in Kassel ist nichts bekannt. Hingegen weiß man von einem solchen Aufenthalt Voltaires dort!
Die Königinnen: Die Königinmutter Sophie Dorothea und Königin Elisabeth Christine.

Ende 1753 ereilt den Philosophen Voltaire die Order Ludwigs XV., Paris nicht wieder zu betreten.

Voltaire bleibt in Colmar. Ein Gerücht über sein Ableben erscheint der Welt so glaubhaft, daß Friedrich in Potsdam nun doch ein Epitaph dichtet. Das geschieht im Januar 1754. Voltaire ist aber gar nicht tot. Im abseits gelegenen Colmar erfährt er von einem Raubdruck seines *Abrisses der Weltgeschichte.* Er besucht die katholische Messe – womöglich aus echter Verzweiflung, womöglich, um Paris von seiner Rechtgläubigkeit zu überzeugen. Jedoch wundert Paris sich eher über den zu früh tot geglaubten Alt-Ketzer.

Es wird März. Im März kommt ein Lebenszeichen von einem Voltaire bekannten Ort.

159. Friedrich an Voltaire

Potsdam, 16. März 1754

Ich danke Ihnen für das Buch, das Sie mir gesandt haben. Es ist schön zu sehen, wie ein Mensch sich mit ausschließlich nützlichen Werken befaßt und dabei sein Genie unter Beweis stellen kann. Bis sie erschien, wußte ich nichts vom Druck des *Abrégé de l'Histoire universelle.* Ich besitze noch das Manuskript, das Sie mir zu diesem Thema überlassen haben. Sie haben sich geirrt, als Sie glaubten, es sei mir entwendet worden. Nur das Manuskript des *Siècle de Louis XIV* habe ich eingebüßt. Sie können beruhigt sein wegen allem, was Sie mir einst anvertraut haben. Ich habe niemals geglaubt, daß Sie der Verfasser der in Umlauf gekommenen Pamphlete wären. Ich bin mit Ihrem Stil und Ihrer Denkweise allzu vertraut, um mich hierin zu täuschen; und wären Sie doch der Verfasser, was ich nicht glaube, so würde ich Ihnen wohlgemut verzeihen. Sie sollten sich daran erinnern, daß ich, als Sie nach Potsdam kamen, um Ihren Abschied zu erbitten, Ihnen versicherte, ich wolle alles Vorgefallene gerne vergessen, sofern Sie mir Ihr Wort gäben, nichts mehr gegen Maupertuis zu unternehmen. Hätten Sie damals Wort gehalten, so hätte ich Sie mit Freuden zurückkehren sehen; Sie hätten bei mir Ihre Tage in Ruhe verbracht, und wenn Sie aufgehört hätten, sich selbst aufzustacheln, wären Sie glücklich geworden. Doch Ihr Aufenthalt in Leipzig hinterließ in meinem Gedächtnis Spuren, die ich nur zu gerne wieder getilgt hätte. Ich fand es übel gehandelt, wie Sie, trotz des mir gegebenen Versprechens, nicht aufhörten, gegen Maupertuis zu schreiben, und daß Sie, damit noch nicht zufrieden, trotz des Schutzes, den ich meiner Akademie angedeihen lasse und ihr angedeihen lassen muß, sie ebenso der Lächerlichkeit preisgeben wollten, wie Sie dies seit langem bei deren Präsidenten zu tun sich bemühten. Das sind die Klagen, die ich gegen Sie vorbringe; denn was meine Person betrifft, so wüßte ich keine. Allzeit werde ich all das mißbilligen, was Sie gegen Maupertuis unternehmen; deshalb würdige ich nicht minder Ihr literarisches Verdienst. Ihre Talente werde ich bewundern, wie ich sie immer bewundert habe. Zu sehr ehren Sie das Menschengeschlecht durch Ihr Genie, als daß ich an Ihrem Los nicht Anteil nähme. Ich wünschte, Sie machten Ihren Geist von diesen Querelen frei, die ihn nie hätten beschäftigen dürfen, und Sie wären, sich selbst wieder zurückgegeben, wie ehedem das Entzücken jeder Gesellschaft, in der Sie sich befinden. So bete ich denn zu Gott, daß er Sie in seinen heiligen und hohen Schutz nehme.

Im Juni werden zwei weitere Bände der *Annalen des Kaiserreichs* fertig, der Geschichte Deutschlands von Voltaire.

160. Voltaire an Friedrich

Colmar, 22. August 1754

Sire, ich nehme mir die Freiheit, Ew. Majestät ein Werk zu überreichen, das Sie, so Sie es mit einem Ihrer Blicke zu würdigen geruhen, erkennen lassen würde, daß mein Leben der Arbeit geweiht ist und der Wahrheit. Dieses Leben, in fortwährender Zurückgezogenheit zugebracht und trotz aller Gebrechen mit Arbeit erfüllt, diese meine Lebensweise und mein Verhalten bis zu meinem Tode werden Ihnen beweisen, daß mein Charakter all der Gunstbezeugungen, mit denen Sie mich fünfzehn Jahre lang geehrt haben, nicht unwürdig ist.

Ich erwarte von Ihrer Seelengröße noch, daß Sie mir meine letzten Tage nicht mit Bitterkeit vergällen wollen.

Ich beschwöre Sie, sich darauf zu besinnen, daß ich meiner Ämter verlustig ging, um der Ehre teilhaftig zu werden, bei Ihnen leben zu können, und daß ich es nicht bedaure; daß ich Ihnen drei Jahre lang meine Zeit und Aufmerksamkeit schenkte; daß ich Ihretwegen auf alles verzichtete und daß ich mir gegen Ihre Person niemals etwas habe zuschulden kommen lassen.

Zumindest meine Nichte, die allein Sie unglücklich gemacht haben und die das gewiß nicht verdient hat, die der Trost meines Alters ist und die bereitwillig meinen kranken Körper umsorgt und sich um die Besitzungen kümmert, die ich bei Colmar habe, sollte Gegenstand Ihrer Güte und Ihres Gerechtigkeitssinns sein.

Noch immer leidet sie unter der schrecklichen Affaire, die in Ihrem Namen über sie hereinbrach. Ich bin nach wie vor davon überzeugt, daß Sie Angelegenheiten, die Ihrer Menschlichkeit und Glorie zuwiderlaufen, durch ein paar huldvolle Worte wettzumachen geruhen. Im Namen der lauteren Hochachtung, die ich für Sie empfinde, beschwöre ich Sie. Geruhen Sie doch, noch mehr Ihrem Charakter zu willfahren als dem Flehen eines Mannes, der in Ihnen stets nur Sie selbst geliebt hat und der nur deshalb unglücklich ist, weil er Sie so sehr liebte, daß er Ihnen sein Vaterland opferte. Nichts tut mir in dieser Welt mehr not als Ihre Huld. Glauben Sie mir, die Nachwelt, die Ihnen am Herzen liegt und deren überschwenglichstes Lob Sie verdienen, würde Ihnen Dank zollen für eine Geste der Menschlichkeit und Gerechtigkeit.

Nun, so Sie betrachten wollen, in welcher Weise ich Ihrer Person so lange verbunden war, dann werden Sie gewahren, wie höchst eigentümlich es ist, daß ausgerechnet Sie mein Unglück heraufbeschworen haben.

Seien Sie gewiß, daß der Mensch, den Sie so unglücklich gemacht haben, bis zu seinem letzten Augenblick ein Leben, würdig, Sie zu erweichen, leben wird.

Besitzungen bei Colmar: Als eine Art Pfand für die Summen, die sich der Herzog von Württemberg von Voltaire geborgt hatte, waren diesem die Grafschaft Horburg und die Herrschaft Reichenweier beziehungsweise Teile von deren Steueraufkommen überlassen worden.
Seien Sie gewiß: Voltaires Schreiben verfolgte offenbar das Ziel, von Friedrich eine Entschuldigung oder eine Entschädigung für die Frankfurter Ereignisse zu erwirken. Jedoch noch zwei Jahre später, 1756, äußerte Friedrich in Potsdam: *Ich habe nicht an Voltaire geschrieben.*

Am 20. November 1754 schrieb Friedrichs Schwester, die Markgräfin von Bayreuth, von einer Reise nach Südfrankreich aus Colmar an ihren Bruder in Berlin: »Man sagte mir, daß Voltaire sich hier aufhielte, daß er seit sechs Monaten kaum das Bett verlasse und gar nicht ausginge. Nachdem andere Leute sich zurückgezogen hatten, erstaunte ich sehr beim Eintreten seiner Person. Ich gestehe Ihnen, daß ich betroffen war, so sehr fand ich ihn verändert, er stützte sich auf zwei Bedienstete, die ihm die Treppe heruntergeholfen hatten. Als er mich sah, weinte er und erzählte mir alles über sich. Er sagte, daß er Sie bewundere, daß er Fehler begangen habe, daß er seine Fehler erkenne, daß er der unglücklichste Mensch der Welt wäre. Sein Zustand wie sein Reden erweckten mein Mitleid. Ich machte ihm einige Vorhaltungen wegen seines Verhaltens, aber ich hatte nicht den Mut, weiter in ihn zu dringen und ihn noch mehr zu bekümmern, als er es schon war. Sein Esprit ist noch immer derselbe. Er arbeitet an seiner *Histoire universelle;* durch einige Nachforschung hat er verloren geglaubte Teile wiedergefunden. Am nächsten Tag, kurz vor meiner Abreise, erschien er zusammen mit Madame Denis. Auch sie hat sich aufs Schreiben geworfen, aber ihren Beteuerungen zufolge will sie nichts drucken lassen.«

Voltaire sucht nach einem Alterssitz. Er faßt Lyon ins Auge. Der Erzbischof von Lyon gibt ihm jedoch zu verstehen, daß er dort nicht erwünscht sei. Voltaire wünscht sich eine französischsprachige Umgebung, dazu in der Nähe einen möglichst guten Arzt. In Genf wohnt der namhafte Doktor Théodore Tronchin. Die Republik Genf gilt als liberaler als die Monarchien der Anrainerstaaten. Nach einigen Verhandlungen gestattet der Rat von Genf, daß die gebrechliche, skandalumwitterte, doch sehr betuchte Berühmtheit sich auf ihrem Gebiet niederläßt. Für 90 000 Francs erwirbt Voltaire 1755 am Genfer See einen Landsitz. *Les Délices,* ›Die Wonnen‹, tauft er den Grundstock seiner künftigen Besitzungen außerhalb des Zugriffs der französischen Zensur. Zügig dehnt sich Voltaire jedoch auch auf französisches Territorium aus. Im Grenzgebiet erwirbt er die Herrschaften Tournay und Ferney. Diese großen Anwesen wiederum bieten Schutz vor den denkbaren Zugriffen der strengen Calvinisten von Genf. Als Schloßbesitzer, Gutsherr und Prinzipal eines eigenen Theaterunternehmens, literarisch nunmehr produktiver denn je, teilt er in der Aufbauphase seines privaten Reichs Freunden in Paris mit: »Ich habe mich zum Maurer, Zimmermann und Gärtner entwickelt. In meinem Hause herrscht Konfusion. Madame Denis und ich, wir sind dabei, für unsere Freunde und für unsere Hühner Behausungen zu schaffen. Wir pflanzen Orangenbäume und Zwiebeln, Tulpen und Karotten. An allen Ecken und Enden fehlt etwas. Es gilt, Karthago neu zu gründen.«

Die Tragödie *Die Waise aus China* hatte der nun 61jährige bereits 1753 geschrieben.

161. Voltaire an Friedrich

Aux Délices, in der Nähe von Genf,
4. August 1755

Sire, falls die Literatur, die Eurer Majestät zwischen allen Mühen stets zur Erholung gedient hat, Sie noch immer erfreut, so gestatten Sie mir, daß ich Ihnen diese Tragödie, die ich vor meinem unglücklichen Abschied begann, zu Füßen lege und Ihrer Protektion anheimstelle; gerne hätte ich sie, ebenso wie mein Leben, in Ihrem Palais in Potsdam beendet. Die Schönheiten des Genfer Sees und der Unterschlupf, den ich mir zu meinem Grabe erwählt habe, sind weit davon entfernt, mich über das Unglück, nicht mehr bei Eurer Majestät zu weilen, hinwegzutrösten.

Meinen Gram vermag ich nur zu lindern, indem ich auch die geringsten Gelegenheiten nutze, Ihnen neuerlich meine Empfindungen zu bezeugen; sie sind dieselben wie zu der Zeit, als Sie mich zu lieben geruhten, und ich erkühne mich zu glauben, daß Sie nicht unempfindlich gegenüber der aufrichtigsten Bewunderung eines Mannes sind, der Ihnen nahestand und dessen tiefer Schmerz von der Erinnerung an Ihre ersten Zeichen der Huld gedämpft wird.

Da ich nicht den Trost habe, mich selbst Ew. Majestät zu Füßen zu werfen, will ich wenigstens den haben, mich über Sie mit Mylord Marischal zu unterhalten. Ich lebe nicht weit von ihm entfernt; und falls Ew. Majestät es mir gestatten, falls meine traurige Gesundheit mir die Kraft dafür läßt, werde ich ihm sagen, was ich Ihnen nicht sage, nämlich wie weit Sie über den übrigen Menschen stehen und in welchem Maße ich die Kühnheit und Schwäche besaß, Sie von ganzem Herzen zu lieben. Aber zu Ew. Majestät darf ich höchstens von meinem tiefen Respekt sprechen. V.

Mylord Marischal: Der *Lord-Marschall George Keith* war seit einem Jahr Statthalter der preußischen Enklave Neufchâtel.

Ende 1755 dichtet Friedrich Voltaires Tragödie *Mérope* von 1737 zu einem Opernlibretto um.

Der Briefaustausch stagniert. Billetts, wenige Schreiben, die 1756 über die Markgräfin von Bayreuth gewechselt werden, sind verlorengegangen.

Während Voltaire als Privatmajestät am Genfer See residiert, insbesondere durch seine Theateraufführungen, die gewaltigen Zulauf finden, die puritanischen Autoritäten Genfs gegen sich aufbringt, zum Mitarbeiter an Diderots und d'Alemberts *Encyclopédie* wird, zieht Sturm auf über Europa.

Durch einen Spion in der Kanzlei des sächsischen Premiers Graf Brühl erfährt Friedrich II. von konkreten Vorbereitungen Österreichs, Rußlands, Schwedens, Sachsens, nun auch des ehedem mit ihm verbündeten Frankreichs, ihm Schlesien wieder abzunehmen und ihn zum Markgrafen von Brandenburg zu degradieren. Friedrich gelingt es im Gegenzug, mit England/Hannover im Januar

1756 den *Westminstervertrag* zu schließen. Damit sind die Fronten für einen großen Krieg geklärt.

Ehe es zum Einmarsch einer erdrückenden Übermacht kommen kann, entscheidet sich Friedrich für einen neuerlichen Rechtsbruch in Friedenszeiten. Am 29. August 1756 fallen preußische Truppen in Sachsen ein. Der Siebenjährige Krieg beginnt. Die Preußen nehmen Leipzig, Dresden, bemächtigen sich dort des Geheimarchivs, in dem sie die gegnerischen Angriffspläne zu finden hoffen, nehmen bei Pirna die sächsische Armee gefangen und gliedern sie der eigenen ein.

Das Verhältnis der Bevölkerungsstärke zwischen den kriegführenden Parteien beläuft sich 1756 auf 80 Millionen gegen 4 Millionen Preußen, das der Truppenstärke von 300 000 Mann gegen 150 000 preußische Soldaten. Im Oktober schlägt Friedrich die Österreicher beim böhmischen Ort Lobositz, im Mai 1757 bei Prag. Im Juni wiederum siegen die Österreicher über die Preußen in der Schlacht von Kolin. Im September 1757 fallen russische Truppen in Ostpreußen ein, schwedische in Pommern.

162. Friedrich an Voltaire

[Naumburg,] 9. [September] 1757

[...] bis jetzt lebe ich hier so seelenruhig, wie Sie mich einst in Sanssouci kannten, ich las dem Abbé *Zadic* vor, und ich glaube, daß die bizarre Verknüpfung von sekundären Ursachen den Geist eines Menschen, der mit Entschlossenheit denkt, nicht beirren sollte.

> Je suis homme, il suffit et né pour la souffrance
> Aux rigueurs du destin j'oppose ma constance.
>
> (Mensch bin ich, das genügt, und geboren, um zu leiden
> Schicksalsschlägen setz' Standhaftigkeit ich entgegen.)

Aber trotz all dieser Empfindungen bin ich weit davon entfernt, Cato oder Kaiser Otho zu verdammen, wobei für den letzteren der schönste Moment seines Lebens der Tod war; wenn man kann, muß man für sein Vaterland kämpfen und dafür sterben, so man dies nicht kann, ist es eine Schande, es zu überleben.

Meine Lage gleicht der eines ehrbaren Bürgers, gegen den sich die Brinvilliers', Cartouches und der König der Finsternis verschworen haben: falls es an Gift fehlt, muß das Schwert mich besiegen.

So das Glück mir den Rücken kehrt und man mich, gemäß dem Lieblingsbegriff der Politiker von heute, *erdrückt,* wird mein Sturz Ihnen nicht nur ein gutes Sujet zu einer Tragödie liefern; dies düstere Ereignis wird insbesondere dazu dienen, die Liste der Bösartigkeiten und Treuebrüche einer gewissen Gattung Mann oder Frau zu vermehren, von Personen, welche Europas zivilisierte Völker in einem Jahrhundert regieren, in dem ein kleiner Privatmensch für nur ein Fünftel jenes Bösen, das die Minister des Erdballs ungestraft tun, lebendigen Leibes gerädert würde.

Ich würde zuviel offenbaren, wenn ich fortführe zu schreiben. Adieu; bald werden Sie von mir gute oder schlimme Nachricht haben. Federic.

Quand on a tout perdu, quand on n'a plus d'espoir,
La vie est un opprobre et la mort un devoir.

(Hat man alles verloren, hat man keine Hoffnung mehr,
Ist das Leben eine Schande und der Tod eine Pflicht.)

Sie werden mir zugeben, daß es ein reizender Grund fürs Weiterleben ist, wenn man damit den dreizehn Kantonen eine Freude bereitet.

Der Duc de Richelieu schickt sich an, im Bremischen Gebiet den Herzog von Cumberland so zu traktieren, wie es vor Zeiten ganz in der Nähe Steinbock widerfahren ist.

[. . .]: Die Eingangszeilen wurden mit Tinte unleserlich gemacht.
Dem Abbé: Der Abbé de Prades war Friedrich von Voltaire in Potsdamer Zeiten als eine Art Sekretär vermittelt worden.
Je suis homme . . .: Aus Voltaires Roman *Zadig,* von 1747.
Die Brinvilliers', Cartouches: Marquise de Brinvilliers, die legendäre Giftmischerin aus der Zeit Ludwigs XIV.; Cartouche, berühmt-berüchtigter Bandit der Zeit Ludwigs XV.; ein Giftanschlag auf Friedrich war 1757 fehlgeschlagen; beschuldigt wurde der *sächsische Widerstandskreis* um die Gräfin Brühl, Friedrichs Kammerdiener Glasow zum Vergiften einer Trinkschokolade angestiftet zu haben.

Quand on a tout perdu ...: Aus Voltaires *Mérope.*
Den dreizehn Kantonen: Anspielung auf die pro-preußische Stimmung in der Schweiz.
Steinbock: Der schwedische Feldmarschall Stenbock hatte sich im Nordischen Krieg 1713 den dänisch-russisch-sächsischen Truppen ergeben.
Rettet Voltaire Friedrich das Leben?

163. Voltaire an Friedrich

Aux Délices [September 1757]

Sire, erschrecken Sie nicht vor einem langen Brief, denn etwas anderes kann Sie gar nicht erschrecken.

Ich bin bei Ew. Majestät mit Wohltaten ohne Zahl empfangen worden; ich habe Ihnen gehört; mein Herz wird allzeit Ihnen gehören. In allem, was Sie betrifft, läßt mein Alter mir meine ganze Lebhaftigkeit, dämpft sie hingegen in allen anderen Dingen. Noch weiß ich in meiner friedvollen Abgeschiedenheit nicht, ob Ew. Majestät auf das Armeekorps des Monsieur de Soubise gestoßen sind und ob Sie sich durch neue Erfolge hervorgetan haben. Ich bin über den derzeitigen Stand der Dinge nicht ganz auf dem laufenden; ich sehe nur, daß Sie mit der Tapferkeit Karls - XII., doch mit einem weitaus umsichtigeren Geist als er, weit mehr Feinde zu schlagen haben als er beim Rückzug nach Stralsund. Eines aber ist gewiß, daß Ihr Nachruhm nämlich größer sein wird als der seinige, weil Sie ebenso viele Siege, aber über stärkere Gegner, davongetragen haben wie er und weil Sie, durch die Wiederbelebung der Künste, die Gründung von Kolonien, die Verschönerung der Städte Ihren Untertanen all das Gute getan haben, das jener nicht tat. Beiseite lasse ich all Ihre sonstigen so herausragenden wie seltenen Fähigkeiten, die genügt hätten, Ihnen Unsterblichkeit zu verleihen. Ihre ärgsten Feinde vermöchten Ihnen keines dieser Verdienste zu rauben; Ihr Ruhm ist somit vollends unantastbar. Womöglich ist dieser Ruhm durch etliche Siege gerade eben noch größer geworden; doch auch kein Unglück könnte Ihnen diesen rauben. Verlieren Sie, ich beschwöre Sie, diesen Gedanken nie aus den Augen.

Im Augenblick kommt es auf Ihr Glück an; ich werde

heute nicht von den dreizehn Kantonen schwätzen. Ich wollte mich nur der Freude hingeben, Ew. Majestät mitzuteilen, wie sehr Sie in diesem Lande geliebt werden, in dem ich lebe; ich weiß jedoch, daß Sie selbst in Frankreich viele Parteigänger haben. Ich weiß mit der größten Zuverlässigkeit, daß es viele Menschen dort gibt, die jenem Gleichgewicht, das Ihre Siege herbeigeführt haben, Dauerhaftigkeit wünschen. Ich beschränke mich darauf, Ihnen die schlichten Wahrheiten zu sagen, ohne mich auf irgendeine Weise in die Politik einzumischen; das steht mir nicht zu. Gestatten Sie mir nur zu denken, daß Sie in Frankreich, dem Garanten so vieler Verträge, eine Stütze fänden, sofern das Glück sich gänzlich gegen Sie stellen sollte; daß Ihre Klugheit und Ihr Geist Ihnen diesen Beistand verschaffen würden; daß Ihnen immer noch genug Staaten verbleiben würden, um in Europa eine höchst beachtliche Stellung einzunehmen; daß der Große Kurfürst, Ihr Ahnherr, nicht weniger geachtet wurde, nur weil er einige seiner Eroberungen wieder herausgegeben hatte. Gestatten Sie mir weiterhin, dergleichen Dinge zu erwägen und Ihnen meine Gedanken darzulegen. Die Catos und Othos, deren Tod Ew. Majestät schön finden, hatten kaum die Wahl zwischen Unterjochung und dem Tod; im übrigen war Otho sich nicht sicher, ob man ihn am Leben lassen würde; durch seinen freiwilligen Tod kam er dem zuvor, den man ihm bereitet hätte. Unsere Gebräuche und Ihre Lage sind weit davon entfernt, derartige Entscheidungen zu verlangen; mit einem Wort, Ihr Leben wird sehr gebraucht. Sie fühlen, wie teuer dasselbe einer vielköpfigen Familie ist und allen, denen die Ehre zuteil wird, sich Ihnen nähern zu dürfen. Sie wissen, daß die europäischen Angelegenheiten niemals lange auf der Stelle treten und daß ein Mann wie Sie die Pflicht hat, für das Kommende bereit zu sein. Ich wage noch weiterzugehen; glauben Sie mir, daß Ihr Mut keinerlei Anerkennung fände, so er Sie zum äußersten Heldentum triebe; Ihre Freunde würden die Tat verfluchen, Ihre Feinde würden jubeln. Denken Sie an den Schimpf, mit dem die fanatische Nation der Frömmler Ihr Andenken verunglimpfen würde. Dies ist der Preis, den Ihr Name für einen freiwilligen Tod zu zahlen hätte; und diesen feigen Feinden des Menschengeschlechts sollte man wahrlich nicht die Freude gönnen, einen so achtenswerten Namen zu besudeln.

Fühlen Sie sich nicht durch den Freimut beleidigt, mit dem sich ein Greis an Sie wendet, der Sie stets verehrt und geliebt hat und der aufgrund langer Erfahrung glaubt, daß sich aus Unglück viel Gewinn ziehen läßt. Doch glücklicherweise sind wir weit davon entfernt, daß Sie zu so unheilvollem Äußersten gezwungen wären, und ich erwarte alles von Ihrem Mut und Ihrem Geist, mit Ausnahme jener unseligen Entscheidung, die ich genau wegen dieses Mutes fürchte. Wenn ich aus dem Leben scheide, wird es mir ein Trost sein, auf Erden einen Philosophen-König zurückzulassen.

Im Augenblick kommt es auf Ihr Glück an: Als Voltaire diesen Brief schrieb, rückten bereits österreichische Truppen in Brandenburg ein. Voltaire formulierte mit größter Vorsicht. Briefe an den Kriegsgegner Frankreichs mußten für die Geheimdienste der französischen Krone ein Leckerbissen sein.

Ein Jahr nachdem Friedrich aus strategischen Erwägungen heraus den Krieg begonnen hat, sind der preußische Staat und sein Herrscher umzingelt und stehen vor dem Zusammenbruch. Aus Erfurt schickt der nun siebenundvierzigjährige König seiner Schwester Wilhelmine von Bayreuth einen Brief und eine Versepistel mit der Bitte, eine Abschrift davon Voltaire zukommen zu lassen. Am Rand dieser schwermütigen *Épître au Marquis d' Argens,* einer Art Abschiedsrede, vermerkt Voltaire: *Testament in Versen des Königs von Preußen, als er 1757, einige Monate vor* (der Schlacht von) *Roßbach, sterben wollte.*

Voltaire teilt am 20. Oktober dem Bankier Tronchin in Lyon mit: »Es ist höchst erstaunlich, daß der König von Preußen an mich schreibt und daß ich womöglich der einzige Mensch bin, den er in eine Lage bringt, mit ihm so zu sprechen, wie man keineswegs mit Königen redet.« Gleichfalls im Oktober schreibt Voltaire ins Kriegsgebiet:

164. Voltaire an Friedrich

[Oktober 1757]

Sire, Ihr Brief aus Erfurt ist voller bewunderungswürdiger und bewegender Stellen. Immer haftet allem, was Sie tun und was Sie schreiben, etwas Schönes an. Erlauben Sie mir,

Ihnen zu sagen, was ich auch immer Ihrer Königlichen Hoheit, Ihrer würdigen Schwester sagte, daß nämlich diese Epistel stets an jenen Stellen die Tränen fließen lassen wird, an denen Sie nicht von Ihren eigenen sprechen. Aber es geht hier nicht darum, mit Ew. Majestät darüber zu debattieren, wie solch ein Denkmal einer großen Seele und eines großen Ingeniums vervollkommnet werden kann; es geht um Sie und darum, wie der ganze gesund empfindende Teil des Menschengeschlechts und die Philosophie an Ihrem Ruhm und Ihrem Weiterleben Anteil nehmen.

Sie wollen sterben. Ich sage Ihnen hier nichts von dem schmerzvollen Grauen, das dieser Plan einflößt; ich beschwöre Sie, wenigstens zu bedenken, daß Sie, angesichts des hohen Rangs, den Sie einnehmen, kaum einzuschätzen vermögen, was die Menschen denken, wie der Geist dieser Zeit empfindet. Das wird Ihnen als dem König nicht gesagt; als Philosoph und bedeutender Mensch haben Sie ausschließlich die Beispiele großer Männer der Antike vor Augen. Sie lieben den Ruhm, setzen ihn heute darein, auf eine Weise zu sterben, die andere Menschen selten in Erwägung ziehen und die kein Herrscher Europas seit dem Fall des Römischen Reiches je erwog. Aber ach! Sire, da Sie den Ruhm lieben, wie können Sie sich da auf eine Tat versteifen, durch die sie ihn verlieren werden? Ich habe Ihnen bereits den Kummer Ihrer Freunde geschildert, das Triumphieren Ihrer Feinde sowie die Schmähungen einer gewissen Sorte Mensch, die feige ihre Pflicht darin sehen wird, eine hehre Tat in den Schmutz zu ziehen.

Ich füge hinzu, denn nunmehr ist es an der Zeit, alles zu sagen, daß niemand Sie als den Märtyrer der Freiheit betrachten wird. Man muß sich selbst Gerechtigkeit widerfahren lassen; Sie wissen, an wie vielen Höfen man Ihren Einfall in Sachsen hartnäckig als Bruch des Völkerrechtes ansieht. Was wird man an diesen Höfen sagen? Daß Sie diese Invasion an sich selbst gerächt hätten, daß der Kummer, gegen das Recht verstoßen zu haben, Sie übermannt hätte. Voreiliger Verzweiflung wird man Sie zeihen, wenn ruchbar wird, daß Sie in Erfurt, als Sie noch Herr über Schlesien und Sachsen waren, diese unheilvolle Entscheidung gefällt haben. Man wird Ihre Erfurter Epistel kommentieren, und man wird sie einer ungerechten Kritik aussetzen; man wird Ihnen nicht gerecht werden, doch Ihr Name wird leiden.

Alles, was ich Ew. Majestät vortrage, ist die Wahrheit selbst. Der, den ich den Salomon des Nordens nannte, wird sich in seinem Herzensgrund noch genauere Rechenschaft darüber ablegen.

An mir war es zu sterben, als ich mein Vaterland Ihretwegen verlor und meine Nichte auf Ihr Geheiß durch die Gassen Frankfurts geschleift und vier Soldaten vierundzwanzig Stunden lang das Bajonett auf ihren Leib pflanzen sah. Er spürt sehr wohl, daß er bei seinem finsteren Entschluß auf eine Ehre spekuliert, die ihm dennoch nicht zuteil wird. Er fühlt, daß er nicht von persönlichen Feinden erniedrigt werden möchte; er fällt also diese Entscheidung aus verzweifelter Eigenliebe. Folgen Sie trotz solcher Empfindungen Ihrer überlegenen Vernunft; sie sagt Ihnen, daß Sie nicht erniedrigt sind und daß Sie es nie sein können; sie sagt Ihnen, daß Ihnen als einem Menschen wie jedem anderen in jedem Fall, geschehe was wolle, das bleiben wird, was andere Menschen glücklich machen kann: Wohlstand, Ämter und Würden, Freunde. Ein Mensch, der nichts denn König ist, darf sich für sehr unglücklich halten, wenn er seine Staaten verliert; doch ein Philosoph kann auf Staaten verzichten. Aber ich kann, ohne mich irgendwie in die Politik einzumischen, immer noch nicht glauben, daß Ihnen nicht genug bleiben wird, um weiterhin ein Herrscher zu sein, mit dem man zu rechnen hat. So Sie es jedoch vorziehen, alle irdische Größe zu verachten, gleich Karl V., Königin Christine, König Kasimir und vielen anderen, würde solche Rolle besser zu Ihnen passen als zu all diesen; dies würde für Sie eine neue Art von Größe bedeuten. Alle Entscheidungen können letztendlich als schicklich gelten, bis auf die abscheuliche und beklagenswerte Entscheidung, die Sie treffen wollen. Lohnt es sich denn, Philosoph zu sein, wenn Sie nicht auch als Privatmann zu leben verstünden oder wenn Sie, fürderhin Souverän, keine Gegnerschaft ertrügen?

Zu allem, was ich vorbringe, bewegen mich einzig das

öffentliche Wohl und Ihr eigenes. Ich bin bald fünfundsechzig Jahre alt; ich bin siech geboren; ich habe nur noch einen Augenblick zu leben; ich war sehr unglücklich, Sie wissen das; doch ich würde heiter sterben, wenn ich Sie auf Erden zurückließe und wenn Sie praktizierten, was Sie so oft geschrieben haben.

Karl V., Königin Christine, König Kasimir: Königin Christine von Schweden zog sich nach ihrer Abdankung nach Rom zurück, Kaiser Karl V. nach seiner Abdankung ins Kloster San Yuste, Johann II. Kasimir von Polen nach Nevers.

Am 5. November besiegen die Preußen bei Roßbach das französische Heer und die Reichsarmee. Am 5. Dezember folgt der preußische Sieg über die Österreicher bei Leuthen.

165. Voltaire an Friedrich

13. November 1757

Sire, Ihre Epistel auf d'Argens ließ mich beben; die, mit der Ew. Majestät mich nun ehren, macht mich ruhig. Sie schienen in aller Form ein trauriges Lebewohl sagen und rasch Ihrem Leben ein Ende setzen zu wollen. Nicht nur dieser Entschluß ließ ein Herz wie das meine verzweifeln, das sich Ihnen nie genug enthüllt hat und das Ihrer Person immer verbunden gewesen ist, was auch geschehen mochte; doch mein Schmerz war noch bitterer angesichts der Ungerechtigkeiten, mit denen zahlreiche Menschen Ihr Andenken bedacht hätten.

Ich halte mich an die drei letzten Ihrer Verse, die ihres Sinnes wegen ebenso bewunderungswürdig sind wie wegen der Umstände, unter denen sie entstanden:

Pour moi, menacé du naufrage,
Je dois, en affrontant l'orage,
Penser, vivre et mourir en roi.

(Ich nun, vom Schiffbruch bedroht,
Muß, dem Sturm die Stirne bietend,
Denken, leben und sterben als König.)

Diese Empfindungen sind Ihrer Seele würdig, und etwas anderes will ich gar nicht hören aus solchen Versen, es sei denn, daß Sie sich mit Ihrem gewohnten Mut bis zum Äußersten verteidigen wollen. Eine der schönsten Proben dieses über den Geschehnissen stehenden Mutes ist es, wenn schöne Verse in einer Krise geschaffen werden, in der jeder andere kaum einen Krümel Prosa zustande brächte. Urteilen Sie selbst, ob dieser neuerliche Beweis der Überlegenheit Ihrer Seele es nicht wünschenswert macht, daß Sie am Leben bleiben. Angesichts der Lage, in der ich Sie sehe, habe ich jedenfalls nicht den Mut, Ew. Majestät in Versen zu schreiben; doch gestatten Sie mir, Ihnen alles, was ich denke, zu offenbaren.

Seien Sie sich erstens dessen ganz sicher, daß Sie ruhmreicher denn je sind. Sämtliche Militärs schreiben von allüberall, daß Sie am 18. eine Schlacht geliefert hätten wie der Prince de Condé bei Seneff und im übrigen gehandelt hätten wie Turenne. Grotius sagte: »Verunglimpfungen und Elend kann ich ertragen, mit Verunglimpfungen, Elend und zugleich Schande kann ich nicht leben.« Sie sind über und über mit Ruhm bedeckt; große Staaten bleiben Ihnen: der Winter bricht herein; alles kann sich wenden. Ew. Majestät wissen, daß mehr als nur ein urteilsfähiger Mensch glaubt, daß ein Gleichgewicht der Kräfte erforderlich ist und daß die Politik, die dem zuwiderläuft, eine verabscheuungswürdige Politik ist; das sind deren eigene Worte.

Abermals wage ich anzufügen, daß Karl XII., der Ihren Mut besaß, dabei jedoch unendlich weniger Geist und Mitgefühl für seine Völker, Frieden mit dem Zaren schloß, ohne sich dadurch zu erniedrigen. Es steht mir nicht zu, mehr zu sagen, und Ihr überlegenes Denken wird Ihnen dazu hundertmal mehr mitteilen.

Ich muß mich darauf beschränken, Ew. Majestät darzulegen, wie sehr Ihre Familie Ihr Leben braucht, wie sehr die Staaten, die Ihnen verbleiben, es brauchen, die Philosophen, die es erleuchten und fördern kann und die, glauben Sie mir, einige Mühe hätten, einen Freitod, den alle Vorurteile verunglimpfen würden, vor der Öffentlichkeit zu rechtfertigen. Ich muß hinzufügen, daß Ihre Person, ganz gleich, was sie tut, immer groß sein wird.

In meiner tiefen Zurückgezogenheit nehme ich an Ihrem Schicksal mehr Anteil als in Potsdam oder Sans-Souci. Diese Zurückgezogenheit wäre heiter, und mein gebrechliches Alter wäre getröstet, wenn ich mir Ihres Lebens, das mir durch Ihre neuerliche Zuneigung noch kostbarer geworden ist, gewiß sein könnte.

Ich höre, daß der Prinz von Preußen schwer erkrankt ist; das ist ein zusätzlicher Kummer und ein weiterer Grund für Sie, Ihr Leben zu bewahren. Ich stimme zu, eine großartige Sache ist es nicht, inmitten von Trübsal für einen Augenblick zwischen zwei Ewigkeiten, die uns verschlingen, zu existieren; doch es obliegt der Größe Ihres Muts, die Last des Lebens zu tragen, und es bedeutet, wirklich König sein, wenn man die Fährnisse als großer Mann erträgt.

Die Epistel, mit der Ew. Majestät mich nun ehren: Am 8. Oktober hatte Friedrich Voltaire eine weitere Epistel geschickt, in der von der unerfüllbaren Sehnsucht nach einem Leben in Zurückgezogenheit die Rede war.
Condé; Turenne: Feldherren Ludwigs XIV.
Grotius: Hugo Grotius, 1583–1645, niederländischer Staatsmann und Rechtsgelehrter, der unter anderem den Grundsatz von der Freiheit der Meere formulierte.
Wenn man die Fährnisse als großer Mann erträgt: Als er diesen Brief schrieb, hatte Voltaire noch keine Nachricht vom Sieg der Preußen (und der vernichtenden Niederlage des Marschalls de Soubise) bei Roßbach, sondern bezog sich noch auf das Gemetzel von Kolin.

Die Kunde von Roßbach (eine Art Waterloo für die anti-friderizianische Politik der Marquise de Pompadour) hat den exilierten Franzosen in Genf erreicht.

166. Voltaire an Friedrich

[22. November 1757]

Vous devez, dites-vous, vivre et mourir en roi;
Je vois qu'en roi vous savez vivre.
Quand partout on croit vous poursuivre,
Partout vous répandez l'effroi.
A revenir vers vous vous forcez la victoire;
Général et soldat, génie universel,
Si vous viviez autant que votre gloire.
Vous seriez immortel.

(Sie haben, sagen Sie, als König zu leben und zu sterben;
Ich sehe, daß als König Sie zu leben wissen.
Während überall man meint, zu jagen Sie,
Verbreiten überall Sie Schrecken.
Wo Sie finden zu sich selbst, erzwingen Sie den Sieg;
Feldherr und Soldat, weltumspannendes Genie,
Falls Sie lebten solange wie Ihr Ruhm,
Würden Sie unsterblich sein.)

Sire, ich muß gleichzeitig den Pflichten eines Bürgers und denen eines Ew. Majestät stets verbundenen Herzens nachkommen, muß über den Unstern der Franzosen erzürnt sein und Ihren herrlichen Taten applaudieren, die Besiegten beklagen und Ihnen gratulieren.

Ich flehe Ew. Majestät an, mir genaueren Bericht zukommen zu lassen. Sie wissen, seit zwanzig Jahren sind alle Facetten Ihres Ruhmes meine Passion. Ihre großen Taten haben mir recht gegeben. Wollen Sie mich bitte über die Details unterrichten. Gewähren Sie diese Gnade einem Mann, der an Ihren Erfolgen ebenso Anteil nahm wie an Ihren Niederlagen, der keinen Augenblick aufgehört hat, Ihnen verbunden zu sein, trotz all der Ungetüme, deren Schädel man zerlegen, und trotz des Schwefelpechs, mit dem man die Kranken begießen soll.

Ich weiß nicht, ob eine erregte Seele die Zukunft weissagt. Aber ich weissage, daß Sie glücklich sein werden, da Sie es in der Tat verdienen.

Trotz all der Ungetüme: Anspielung auf die *Lettres* von Maupertuis, in denen dieser unter anderem die Vivisektion von Hinrichtungskandidaten und eigentümlichste Heilverfahren erwogen hatte.

In Schlesien, bei Leuthen, siegt Friedrich am 5. Dezember über die Österreicher.

167. Friedrich an Voltaire

Breslau, 16. Januar 1758

Ich habe Ihre Briefe, den vom 22. November und den vom 2. Januar, gleichzeitig erhalten. Ich habe kaum Zeit, Prosa zu schreiben, viel weniger noch Verse. Ich danke Ihnen für die Anteilnahme an den glückhaften Zufällen, die mir am Ende eines Feldzugs, der vollends verloren schien, zu Hilfe kamen. Leben Sie heiter und ruhig in Genf; nur das hat Wert auf der Welt; und beten Sie, daß Europa bald vom hitzigen Heldenfieber genese, auf daß das Triumvirat zerfalle und die Tyrannen des Universums die Welt nicht in die Ketten legen können, die sie zu diesem Behufe schmieden. Federic.

An Leib und Geist bin ich noch nicht krank, aber ich ruhe mich in meinem Zimmer aus. Das war Anlaß für die Gerüchte, die meine Feinde ausstreuten. Aber ich kann ihnen, wie Demosthenes den Athenern, ins Gesicht sagen: »Nun, wäre Philipp tot, was wäre dann? O Athener, Ihr schüfet euch bald einen neuen Philipp.«

O Österreicher! Euer Ehrgeiz, euer Verlangen, alles zu beherrschen, würde euch alsbald andere Feinde machen; und den deutschen Freiheiten und denen Europas wird es nie an Verteidigern mangeln.

Das Triumvirat: Der anti-preußische Dreierrat setzte sich aus drei höchst unterschiedlichen alliierten Damen zusammen: Maria Theresia, Jeanne Antoinette de Pompadour, Zarin Elisabeth I. Petrowna, drei Erzfeindinnen des Schlesien-Räubers.
Gerüchte, die meine Feinde ausstreuten: Es ging um neuerliche Vergiftungsgerüchte.
Demosthenes: Der attische Volksredner, der Athens Unterwerfung unter den Mazedonen-König Philipp geißelte, den Vater Alexanders des Großen, der 336 v. Chr. ermordet wurde.

Nach dem Appell an Friedrich, weiterzuleben, scheint Voltaire in Briefen, die durch Kriegsgebiete transportiert werden mußten und die nicht überliefert sind, in seine alte Neigung zum Lobsingen zurückgefallen zu sein. Wenigstens hält man sich aber gegenseitig wieder aus erster Hand auf dem laufenden.

168. Friedrich an Voltaire

[Grüssau, April 1758]

Ich habe Ihren Brief vom 22., aus Lausanne, erhalten. Im Grunde kommen mir Lobeshymnen, die zu Lebzeiten der Fürsten gesungen werden, ebenso verdächtig vor wie Votivbilder, die Götzen geopfert werden, die keine Wunder mehr tun; und, vor allem, wer sind denn die, die auf einen großen Namen erpicht sind? Oft sind die Fehler unserer Feinde unser einziges Verdienst. Ich weiß nicht, ob ein gewisser Turretin in Berlin zu unseren Gefangenen zählt. Sollte dies der Fall sein, so kann er in sein Vaterland heimkehren, ohne daß deswegen unser Staat ins Wanken gerät. Es heißt, daß Sie die Schweizer für das Theaterspielen gewinnen; da fehlt ja nur noch, daß Sie den Holländern das Tanzen beibringen. So Sie einen weiteren *Akakia* verfassen wollen, fänden Sie den besten Stoff, wenn Sie die Narreteien sammelten, die sich in unserem wackeren Europa zutragen. Diese Leute verdienen, durchgewalkt zu werden, doch nicht mein armer Präsident, der möglicherweise tatsächlich ein Buch geschrieben haben könnte, ohne ausreichend mit sich zu Rate gegangen zu sein; dieses Buch aber richtet auf dieser Welt nie und nimmer soviel Unheil an wie die heldischen Tollheiten der Politiker. Falls Ihnen noch ein Zahn geblieben ist, so sollten Sie in diese Richtung beißen; das hieße, den Zahn trefflich gebrauchen. Hier regnet es miserable Verse; doch Ihre großen theatralischen Unternehmungen sind zu bedeutend, als daß ich Sie mit derlei Albernheiten ablenken möchte. Adieu. Ich halte mich hier in einem Kloster auf, wo der Abt für Sie, für Ihre Seele und für Ihre Komödianten Messen lesen wird.

Akakia: Voltaires Schmähschrift auf Maupertuis von 1752, siehe S. 414.
Der Abt: Friedrich hielt sich in der herrlichen Zisterzienserabtei Grüssau auf; er selbst galt im übrigen als der ›Abt von Sans-Souci‹. – Schauspieler wurden zu dieser Zeit noch immer exkommuniziert. Voltaire selbst hatte 1730 nach dem Tod seiner Freundin Adrienne Lecouvreur mit einer Schrift vergebens um deren ehrenvolles Begräbnis gekämpft: *Wider die grausamen Mörder, die derjenigen das Begräbnis verweigerten, der man in Griechenland Altäre errichtet hätte.*

Im Sommer 1758 endet das Gemetzel von Zorndorf bei Küstrin mit einem preußischen Sieg über die russische Armee. Am 14. Oktober werden die Österreicher bei Hochkirch einen ungenutzten, folgenlosen Sieg über die Preußen erfechten.

In der Schweiz verbietet der streng calvinistische Rat von Genf seinem Neubürger das Aufführen von zumeist eigenen Dramen und damit auch das Mitspielen darin. Voltaire informiert darüber Paris: »Ich korrumpiere die gesamte Jugend der schulmeisterlichen Stadt Genf, ich kreiere Vergnügungen, die Prediger rasen.«

169. Friedrich an Voltaire

Rammenau, 2. Oktober 1758

Für die Anteilnahme an den Abenteuern des Don Quichotte des Nordens bin ich dem Einsiedler von Les Délices zu großem Dank verpflichtet. Dieser Don Quichotte führt das Leben eines Wanderkomödianten, spielt bald auf diesem Theater, bald auf jenem, wird manchmal ausgepfiffen, erntet manchmal Applaus. Das letzte Stück, in dem er gespielt hat, war die *Thébaïde;* kaum der Kerzenauslöscher blieb am Leben. Ich weiß nicht, wo das enden soll; aber ich teile die Meinung unserer braven Epikureer, daß die Leute auf den Rängen besser dran sind als die auf den Brettern. Wenngleich ich kreuz und quer durch die Gegenden eile, kommt mir doch hin und wieder zu Ohren, was sich in der literarischen Republik zuträgt; doch dies Geplapper aus hundert Mäulern offenbart mir nicht, was Sie treiben. Ich hätte nicht übel Lust, Ihnen ins Ohr zu brüllen: »Du schläfst, Brutus!« Drei Jahre sind ins Land gegangen, ohne daß eine neue Ausgabe Ihrer Werke erschienen wäre; was machen Sie denn? Für den Fall, daß Sie etwas Neues zuwege gebracht haben, bitte ich Sie, es mir zu schicken. Im übrigen wünsche ich Ihnen all die Ruhe und den Frieden, derer zu erfreuen mir nicht vergönnt ist. Federic.

Thébaïde: Tragödie von Jean Racine, dem Lieblingsdramatiker Friedrichs, in der sämtliche Hauptpersonen sterben.
Du schläfst, Brutus!: Voltaire, *La Mort de Jules César.*

1758 stirbt Friedrichs ältester Bruder und möglicher Nachfolger, August Wilhelm, im Alter von sechsunddreißig Jahren. Im selben Jahr fallen seine Freunde, die Marschälle Schwerin, Winterfeldt und James Keith. Im Spätsommer des Jahres erhält Friedrich ein Schreiben von dem ihm wohl wichtigsten Menschen, von der Autorin, Komponistin, ingeniösen Bauherrin, von seiner Schwester, der Markgräfin Wilhelmine von Bayreuth: »Seit sechs Monaten liege ich zu Bett. Ich leide an einem heftigen trockenen Husten, meine

Beine, Hände und das Gesicht sind geschwollen. Ich habe mich in mein Schicksal ergeben; ich werde zufrieden leben oder sterben, wenn nur Du glücklich bist. Mein Herz sagt mir, daß der Himmel noch Wunder für Dich tun wird. Deine Feinde sind dem Untergang nahe; wenn sie einen kleinen Erfolg erringen, dann macht ihr Dünkel sie anmaßend und verführt sie zu den größten Torheiten. Meine Brust ist so schwach, daß ich kaum sprechen kann.«

Dieser letzte Brief aus Bayreuth war nur noch diktiert. Wilhelmine stirbt am 14. Oktober, am Tag der preußischen Niederlage bei Hochkirch. Am 17. Oktober hält Henri de Catt, Vorleser und Sekretär Friedrichs II., intimster Gesprächspartner während der Kriegs- und Feldlagerzeiten, in seinem Tagebuch fest: »Die herzzerreißende Lage, in der ich Seine Majestät vorfand, drang tief in meine Seele. Ich sagte dem König alles, was man in solchen Augenblicken sagen kann, um den Schmerz zu lindern, indem ich einging auf das Leid, das ihn heimgesucht hatte, und auf die Gründe, die er hatte, betrübt zu sein und eine so zärtliche Schwester zu betrauern. Ich wies ihn auf seine Philosophie hin, deren Hilfe er mir in so mancher Lebenslage gerühmt hatte, obgleich er mir bei anderen Gelegenheiten wieder von deren völliger Unzulänglichkeit gesprochen hatte. Ich berief mich auf jene Beharrlichkeit, die ich an ihm kannte und bewunderte, aber der König, ganz vom Schmerz übermannt und fortwährend in Tränen, antwortete mir nur ganz einsilbig und bat den Himmel, mit ihm und seiner Lage Mitleid zu haben.«

Die militärischen Niederlagen, die Serie von Toden unter den engsten Vertrauten prägen Friedrichs weiteres Leben nachdrücklich. Mehr und mehr wird er seit dem Jahr 1758 zum nihilistisch gestimmten Erfüller seiner sich selbst auferlegten Pflichten. Kommende Niederlagen werden den Gedanken an den Freitod wiederkehren lassen. Bis zum Ende des Siebenjährigen Krieges wird er stets eine tödliche Dosis Opium bei sich tragen.

170. Friedrich an Voltaire

Dresden, 6. Dezember 1758

Es wird für Sie nicht schwer gewesen sein, den Schmerz zu ermessen, den mir der erlittene Verlust bereitet hat. Es gibt Unglücksfälle, die durch Standhaftigkeit und ein wenig Mut wettzumachen sind; doch es gibt andere, gegen die alle Festigkeit, mit der man sich wappnen will, und alles Reden der Philosophen nichts als vergebliche und unnütze Hilfe sind; diese sind es, mit denen mein unseliger Stern mich in den bedrängtesten und ausgefülltesten Augenblicken meines Lebens überhäuft.

Ich war nicht krank, wie Ihnen zugetragen wurde; meine Leiden bestehen nur aus Hämorrhoidenkrämpfen und Nierenkoliken. Wäre es von mir abhängig gewesen, hätte ich mich freiwillig dem Tod, zu dem derartige Leiden ohnehin kurz über lang führen, überantwortet, um damit die Tage derjenigen zu retten oder zu verlängern, die nun das Licht nicht mehr sieht. Verlieren Sie sie nie aus dem Gedächtnis und sammeln Sie, ich bitte Sie, all Ihre Kräfte, um ihr zu Ehren ein Denkmal zu errichten. Sie brauchen ihr bloß Gerechtigkeit widerfahren zu lassen; und ohne sich von der Wahrheit zu entfernen, werden Sie das schönste und unerschöpflichste Thema finden. Ich wünsche Ihnen mehr Glück und Frieden, als ich habe. Federic.

Im Winterquartier in Dresden trifft Voltaires Antwort ein, das erwünschte *Denkmal,* ein Trauergesang auf Wilhelmine von Bayreuth, die auch Voltaires Korrespondentin war.

171. Voltaire an Friedrich

[Dezember 1758]

Ombre illustre, ombre chère, âme héroïque et pure.
Toi que mes tristes yeux ne cessent de pleurer,
Quand la fatale loi de toute la nature
  Te conduit dans la sépulture,
  Faut-il te plaindre ou t'admirer?

Les vertus, les talents ont été ton partage,
  Tu vécus, tu mourus en sage;
Et, voyant à pas lents avancer le trépas,
  Tu montras le même courage
Qui fait voler ton frère au milieu des combats.

Femme sans préjugés, sans vice et sans mollesse,
Tu bannis loin de toi la Superstition,
Fille de l'imposture et de l'Ambition,
  Qui tyrannise la Faiblesse.

Les Langueurs, les Tourments, ministres de la Mort
  T'avaient déclaré la guerre;
  Tu les bravas sans effort,
  Tu plaignis ceux de la terre.

Hélas! si tes conseils avaient pu l'emporter
Sur le faux intérêt d'une aveugle vengeance,
Que de torrents de sang on eût vus s'arrêter!
  Quel bonheur t'aurait dû la France!

Ton cher frère aujourd'hui, dans un noble repos,
Recueillerait son âme à soi-même rendue;
  Le philosophe, le héros,
Ne serait affligé que de t'avoir perdue.
[...]
Sa voix célébrerait ton amitié fidèle,
Les échos de Berlin répondraient à ses chants;
Ah! j'impose silence à mes tristes accents,
Il n'appartient qu'à lui de te rendue immortelle.

(Erlauchter Schatten, teurer Schatten, Seele, heroisch und rein.
Du, die meine traurigen Augen zu beweinen nicht ablassen werden,
Nun, da das schreckliche Gesetz aller Natur
  Dich hinabführt ins Grab,
  Muß ich Dich beklagen oder bewundern?

Die Tugenden, die Talente, sie waren Dein Teil,
  Du lebtest, Du starbest als Weise;
Und erkennend, wie langsamen Schritts das Ende Dir nahte,
  Zeigtest denselben Mut Du,
Der Deinen Bruder inmitten der Kämpfe beflügelt.

Frau ohne Vorurteil, ohne Laster und Weichlichkeit,
Den Aberglauben verbanntest Du weit von Dir fort,
Den Sohn der Heuchelei und der Vermessenheit,
  Der das Schwache tyrannisiert.

Das Versiegen der Kräfte, die Qualen, Minister des Todes,
Hatten den Krieg Dir erklärt;
Ohne Mühe bezwangest Du sie,
Du beklagtest jene der Welt.

Ach! hätten doch Deine Ratschläge obsiegt
Über üblen Eigennutz einer blindwütigen Rachgier,
Welche Ströme von Blut hätte die Welt versiegen gesehn!
Welch Glück hätte Dir Frankreich verdankt!

Dein teurer Bruder, in edler Ruhe,
Empfinge heute seine ihm selbst wiedergegebene Seele;
Der Philosoph, der Held,
Wäre bekümmert einzig und allein über Deinen Verlust.

[...]

Seine Stimme feierte Deine treue Freundschaft,
Die Echos Berlins antworteten auf seine Gesänge;
Ah! das Verstummen erlege ich meinen traurigen Tönen auf,
Allein ihm steht es zu, Dich unsterblich zu machen.)

Hier ist, Sire, was mir mein Schmerz nach der ersten Erschütterung, die mich bei der Nachricht vom Tod meiner Beschützerin überwältigte, in die Feder diktierte. Weil Sie es befehlen, schicke ich Ew. Majestät die Verse. Ich bin alt; Sie werden es erkennen. Doch das Herz, welches auf immer Ihnen und der bewunderungswürdigen Schwester, die Sie beweinen, gehört, wird nie altern. Ich konnte nicht umhin, mit diesen schwachen Versen der Bemühungen zu gedenken, die diese würdige Fürstin unternahm, um Europa den Frieden zurückzugeben. Alle ihre Briefe liefen (wie Sie zweifelsohne wissen) über mich. Der Minister, der ganz genau so dachte wie sie, ist vor Gram gestorben, weil er ihr nur mit einem Brief antworten konnte, den man ihm diktierte. In meinem von Krankheit heimgesuchten Alter sehe ich schmerzerfüllt, was sich zuträgt; und ich tröste mich, indem ich hoffe, daß Sie so glücklich sein werden, wie Sie es verdienen. Doktor Tronchin meint, daß Ihre Hämorrhoidenkolik ungefährlich ist; doch er befürchtet, daß all die Mühsal Ihr Blut angreifen wird. Dieser Mann ist mit Sicherheit der hervorragendste Arzt Europas, der einzige, der die Natur kennt. Er hatte mir sechs Monate vor dem Tod Ihrer erhabenen Schwester versichert, daß es ein Mittel gegen ihre Krankheit gäbe. Ich tat, was ich konnte, um Ihre Königliche Hoheit zu bewegen, sich den Händen Tronchins anzuvertrauen; sie vertraute starrköpfigen Ignoranten, und zwei Monate vor dem schrecklichen Augenblick prophezeite Tronchin mir ihren Tod. Nie habe ich rasendere Verzweiflung empfunden. Sie starb als Opfer ihres Vertrauens in die Menschen, die sie behandelt haben. Bewahren Sie sich, Sire, denn die Menschen brauchen Sie.

Um Europa den Frieden zurückzugeben: Wilhelmine von Bayreuth hatte über Les Délices mit dem Ex-Minister und Erzbischof von Lyon, Kardinal Tencin, Möglichkeiten für einen Separatfrieden zwischen Frankreich und Preußen erörtert. Tencin war im März des Kriegsjahres 1758 verstorben. So fanden die diskreten Friedensbemühungen ihr Ende.

172. Friedrich an Voltaire

Breslau, 3. Januar 1759

Ich habe die Verse, die Sie gemacht haben, bekommen; offenkundig habe ich mich nicht deutlich genug ausgedrückt. Ich wünsche mir etwas Glanzvolleres und Repräsentatives. Ganz Europa soll mit mir eine viel zuwenig bekannte Tugend beweinen. Es ist gar nicht nötig, daß mein Name in dieser Eloge vorkommt; alle Welt soll wissen, daß sie der Unsterblichkeit würdig ist; und es ist an Ihnen, Ihr dort einen Platz zu verschaffen.

Es heißt, Apelles sei als einziger würdig gewesen, Alexander zu malen; und ich glaube, daß Ihre Feder die einzige würdige ist, um derjenigen einen Dienst zu erweisen, die immer Ursache meiner Tränen sein wird.

Ich sende Ihnen Verse, die in einem Feldlager entstanden sind und die ich ihr einen Monat vor der grausamen Katastrophe sandte, die uns auf immer ihrer beraubte. Diese

Verse sind ihrer sicher nicht würdig, doch waren sie zumindest der wahre Ausdruck meiner Gefühle. Mit einem Wort, ich werde erst dann zufrieden sterben, wenn Sie sich bei dieser traurigen Aufgabe, die ich Ihnen auferlege, selbst übertreffen.

Beten Sie um Frieden; doch selbst wenn der Sieg sie mir zurückbrächte, würden weder dieser Frieden und Sieg noch irgend etwas sonst im Universum den Schmerz besänftigen, der mich verzehrt.

Leben Sie glücklich in Lausanne und erweisen Sie sich würdig, daß ich Vergangenes vollends vergesse. Federic.

Verse: Épître à ma sœur de Bareith sur sa maladie.

173. Voltaire an Friedrich

Aux Délices in der Nähe von Genf,
[9.] Februar 1759

Seit langem beteuere ich Ihnen, daß Sie der außergewöhnlichste Mensch sind, der je gelebt hat. Europa am Hals zu haben und solche Verse zu verfassen, wie Ew. Majestät sie mir schicken, das ist gewißlich einzigartig. Ich, was soll ich danach noch dichten! Sie machen sich lustig über einen armen Greis. Nur ein Bruder und Held ist solch eines Werkes fähig; ich bin weder das eine noch das andere. Sie wissen zuviel, um nicht zu wissen, daß jede Empfindelei, verglichen mit dem natürlichen Feuer, schal ist. Der Rang, den man in der Welt einnimmt, trägt viel zum erhabenen Ton bei, und wenn bei einem Manne Ihres Ranges das Herz spricht, müßte man verrückt sein, um nach ihm noch den Mund aufzutun. Beleidigen Sie, ich bitte Sie, nicht das Elend gelähmter Einbildungskraft eines fünfundsechzigjährigen Mannes, der, umringt von den Schneemassen der Alpen, noch kälter geworden ist als diese. Um das Menschengeschlecht zu erbauen, würde es genügen, die zärtlichen und erhabenen Verse zu drucken, die für alle Zeit das schönste Mausoleum sein werden, das Sie Ihrer edlen Schwester errichten konnten; aber ich werde mich hüten, auch nur eine einzige Abschrift ohne ausdrückliche Erlaubnis Ew. Majestät aus den Händen zu geben. Ihre Siege,

Ihre Behendigkeit, die jener Caesars gleicht, Ihre Geistesgegenwart in Zeiten des Unsterns werden Ihnen ohne Zweifel einen unsterblichen Namen schaffen; doch seien Sie sich dessen gewiß, daß dieses Werk des Herzens, diese bewundernswerten Verse, die niemand sonst zu schreiben vermöchte, zu Ihrem Ruhm mindestens ebensoviel beitragen werden wie eine Schlacht. Falls Ew. Majestät sagen: Ich befehle es, so werde ich gehorchen; doch ich werde dagegen protestieren, mich der Lächerlichkeit preiszugeben. Ein Wort noch, Sire, zu diesem Thema. In meiner vermaledeiten Sprache sind für eine den Regeln gemäße Ode drei Monate harten Arbeitens nötig, auf daß sie passabel gerate. Was das von mir erwähnte Brimborium angeht, so hätte ich es vor allem dann von Ihnen erbeten, wenn es vier- oder fünfhunderttausend Mann gelänge, Sie zu überwinden, wenn Ihnen nichts weiter bliebe als nur Ihr Mut und Ihre geistige Überlegenheit; doch wenn Sie weiterhin der Schrecken von drei oder vier Nationen bleiben, in zwei Monaten drei oder vier Provinzen von Feinden säubern, aus eigener Kraft der mächtigste Fürst Europas sind, dann wäre es an Ew. Majestät, mir das besagte Brimborium anzutragen. Zwischen Alpen und Jura habe ich mir ein Grabgelege bereitet; ich besitze hier zwei beträchtliche Herrschaften, die in den Augen eines Königs Maulwurfshügel sind. Ich verspüre nicht das mindeste Verlangen, vor den Augen meiner Bauern zu glänzen; allein mein Herz verlangte nach diesen Zeichen Ihres Gedenkens und würde sie verdienen. Ich sehe in Ihnen, Sire, den größten Mann Europas; auch allein die Erinnerung an diesen großen Mann wird mir genügen, der mich, alles in allem, meinem Vaterland, meiner Familie, meinen Beschäftigungen, meinen Ämtern, meinem Hab und Gut entrissen und mich hierher verpflanzt hat.

Milde gestimmt harre ich des Todes. Maltraitieren Sie, Sire, fürderhin tüchtig Ihr illustres und glorioses und unglückliches Leben, auf daß Sie schließlich den Frieden genießen können, der aller Menschen einziges Begehren ist und der von einem Philosophen wie Sie besser genutzt sein wird als von allen, die nur glauben, einer zu sein!

Auf meine Hochachtung kommt es Ew. Majestät kaum an; doch sie ist grenzenlos. V.

Das von mir erwähnte Brimborium: Wahrscheinlich handelt es sich um das nicht überlieferte Ersuchen Voltaires, ihm den Orden Pour le Mérite und den Kammerherrnschlüssel zurückzugeben.

Voltaire bemüht sich um eine neue, »glanzvollere und repräsentative« Ode. Diese neue *Ode sur la mort de Son Altesse Sérénissme Madame la princesse de Bareith* übermittelt er auch gleich noch der Königin von Schweden, also Friedrichs Schwester Ulrike, und der befreundeten Herzogin von Gotha. Im Domizil bei Genf ist unterdessen Voltaires am bekanntesten gebliebenes Werk entstanden: *Candide.* Dieser Roman wird im Januar 1759 publiziert. Sein Autor fordert am Ende der Irrwege, Illusionen und Desillusionierungen seines Helden Candide, am Ende der Romanhandlung aus Schrecknissen, Ausweglosigkeiten und Lügen trotzig und rigoros: »Wir müssen unseren Garten bestellen.« Dieser Roman-Schlußsatz Voltaires beinhaltet die behutsamste und offenste und zerbrechlichste Utopie des 18. Jahrhunderts. Während Voltaire so über das praktikable Glück nachsinnt und es einfordert, ist *Luc* – so lautet Friedrichs Spitzname in Frankreich – in andere Realitäten und Hoffnungen verstrickt.

174. Friedrich an Voltaire

Breslau, 21. März 1759

Sie haben sich ganz und gar nicht getäuscht, daß ich sehr bald vollauf beschäftigt sein und ins Feld ziehen werde. Obgleich es sich nur um Belagerungen handelt, geht es doch auch darum, meinen Verfolgern Widerstand zu leisten.

Ich war entzückt davon, wie Sie Ihre Ode verändert und erweitert haben. Nichts macht mir mehr Freude als das, was dieses Thema berührt. Die neuen Strophen sind sehr schön, und ich wünschte mir, daß alles bereits gedruckt wäre. Ganz nach Ihrem Gutdünken können Sie einen Brief hinzufügen; und obwohl es mir höchst gleichgültig ist, was man in Frankreich oder andernorts über mich redet, bereitet es mir keinerlei Verdruß, wenn man meine *Histoire de Brandenbourg* Ihnen zuschreibt. Das bedeutet, sie für sehr gut geschrieben zu erachten, es ist eher ein Lob denn Schande für mich.

Bei den großen Unternehmungen, die vor mir liegen, werde ich nicht die Zeit haben zu erfahren, ob Europa Pamphlete gegen mich schreibt, ob man mich in der Luft zerreißt. Was ich stets wissen und wovon ich Zeuge sein werde, sind die Anstrengungen meiner Feinde, mich zu zerschmettern. Ich weiß nicht, ob ich solcher Mühe wert bin. Ich wünsche Ihnen Ruhe und Frieden, derer ich nicht genieße, solange es Europa so verbissen auf mich abgesehen hat. Adieu.

N. B. Sie haben mir soviel von Doktor Tronchin gesprochen, daß ich Sie bitte, ihn wegen der Gesundheit meines Bruders Ferdinand zu konsultieren, dem es sehr schlecht geht. Im Verlauf des vergangenen Jahres hatte er zweimal hitziges Fieber, wovon eines ihn sehr geschwächt hat. Dazu kommen die Symptome Nachtschweiß und Husten mit Auswurf. Bislang glauben die Ärzte, daß es sich um ein Lungenödem handelt: Ich, der ich so häufig ähnliche, für die davon Heimgesuchten tödliche Erkrankungen gesehen habe, fürchte sehr um sein Leben, nicht wegen etwaiger Anzeichen eines nahen Todes, sondern weil eine Verschlechterung seines Zustands ihn bis zum Fallen des Herbstlaubs ins Grab führen wird. Ich glaube, daß ich kein Mittel, das die menschliche Findigkeit weiß, unversucht lassen darf, wiewohl ich zu allen Ärzten herzlich wenig Vertrauen habe. Ich bitte Sie, Ihren Tronchin zu befragen, um in Erfahrung zu bringen, was er davon hält und ob er meint, ihn retten zu können. Für den Arzt füge ich hier an, daß der Urin stark blutig und sehr verfärbt ist, daß der Auswurf übel riecht, daß die Schwäche groß, die Mattigkeit beträchtlich ist, daß sich alle Symptome eines schleichenden Fiebers zeigen, das, bei schwachem Puls, gleichwohl nicht ausbrechen will. Ich hoffe, daß er mehr Hoffnung hat als ich. Federic.

Die langen Postwege durchs sieben Jahre lang kriegführende Europa bedingten Verschiebungen zwischen Worten und ihrem Echo.

175. Voltaire an Friedrich

Aux Délices, 27. März 1759

Sire, ich erhalte den Brief, mit dem Ew. Majestät mich ehren, geschrieben am 2. März, von der Hand Ihres Sekretärs, meines Schweizer Landsmannes, gezeichnet mit *Federic.* Es scheint, als hätten Ew. Majestät noch nicht das erbetene kleine Denkmal erhalten, das ich mit meinen schwachen Händen Ihrer anbetungswürdigen Schwester errichten sollte. Anbei daher eine Abschrift, die mit diesem Paket zu Ihnen gelangen mag; ich überantworte es Gott, den Husaren und den Wißbegierigen, die Briefe öffnen. Ihr Paket, das ich mit Ihrem Brief bekam, enthielt Ihre *Ode au prince Henri,* Ihre *Épître à mylord Marischal* und Ihre *Ode au prince Ferdinand.* In dieser Ode gibt es eine bestimmte Stelle, für die allein Sie als Verfasser in Frage kommen. Um so zu schreiben, reicht es nicht, Genie zu haben, man muß überdies an der Spitze von hundertfünfzigtausend Mann stehen. Ew. Majestät teilen mir in Ihrem Brief mit, es scheine so, als wolle ich nur den Tand, den Sie mir gegenüber zu erwähnen geruhten. Es ist wahr, es hätte in Ihrer Macht gestanden, mir nach zwanzig Jahren der Verbundenheit diese Zeichen der Anerkennung, deren Wert für mich allein bei dem Gebenden liegt, nicht vorzuenthalten. Während des Kriegs könnte ich diese Zeichen meiner vormaligen Ergebenheit für Sie hier nicht einmal tragen; meine Ländereien befinden sich in Frankreich. Es stimmt, daß sie an der Schweizer Grenze liegen; es stimmt auch, daß sie gänzlich unabhängig sind und daß ich nichts an Frankreich zahle; aber sie liegen nun einmal genau hier. In Frankreich beziehe ich eine Rente von sechzigtausend Livres; mein Souverän hat mir durch ein Patent meine Stellung als sein Kammerherr bestätigt. So seien Sie denn fest davon überzeugt, daß die Zeichen der Gunst und Gerechtigkeit, die Sie mir verleihen wollen, mich nur deswegen rühren würden, weil ich Sie stets als einen großen Mann betrachtet habe. Sie haben mich niemals wirklich gekannt.

Ich erflehe keineswegs diese Nichtigkeiten, von denen Sie meinen, daß ich sie heiß begehre; ich will sie gar nicht; ich wollte nur Ihre Huld. Ich sagte Ihnen immer die Wahrheit, als ich Ihnen beteuerte, in Ihrer Nähe sterben zu wollen.

Ew. Majestät traktieren mich wie die ganze Welt; es klingt nach Spott, wenn Sie mir mitteilen, daß der Präsident im Sterben liegt. In Basel führte der Präsident gerade einen Prozeß gegen ein junges Mädchen, das für das Kind Geld forderte, das er ihr gemacht hat. Gebe Gott, daß ich einen solchen

Prozeß am Hals haben könnte! Dazu reicht es nicht mehr ganz; ich war sehr krank und ich bin sehr alt. Ich gestehe, sehr reich zu sein, sehr unabhängig, sehr glücklich; doch Sie fehlen mir zu meinem Glück, und bald werde ich sterben, ohne Sie gesehen zu haben; das kümmert Sie kaum, und ich bemühe mich, daß es mich nicht bekümmere. Ich liebe Ihre Verse, Ihre Prosa, Ihren Esprit, Ihr kühnes und festes Denken. Ich konnte nicht ohne Sie leben, aber auch nicht mit Ihnen. Ich spreche nicht zum König, zum Helden, das sollen die Herrscher tun; ich spreche zu dem, der mich verhext hat, den ich geliebt habe und über den ich mich unablässig ärgere.

Tand: Orden und Ehrenschlüssel.
Daß der Präsident im Sterben liegt: Akademiepräsident Maupertuis, mit dem Voltaire erstmals – und sicherlich auch für den König überraschend – Mitgefühl zeigt, hauchte im Juli 1759 in Basel sein Leben aus.
Ich liebe Ihre Verse ...: Dies war schon einmal von einem anderen so ähnlich gesagt worden – vom vormaligen Kronprinzen Friedrich von Preußen, der ein Vierteljahrhundert zuvor, am 8. August 1736 in Remusberg, an den berühmten Herrn de Voltaire einen Brief zu schreiben unternahm: *»... wenngleich ich nicht die Genugtuung habe, Sie persönlich zu kennen, so sind Sie mir doch durch Ihre Werke sehr wohl bekannt. Es sind, wenn ich mich so ausdrücken darf, Schätze des Esprits und Werke, die mit soviel Geschmack, Delikatesse und Kunst gearbeitet sind, daß ihre Schönheiten bei jedem Wiederlesen ganz neu erscheinen ...«* (siehe Brief 1).

Henri de Catt, Friedrichs Sekretär, notiert zum Kriegsalltag: »Der König marschierte wirklich am folgenden Tage sehr zeitig nach Schweidnitz ab, und am 28. begab er sich über Reichenbach, Nimptsch, Münsterberg nach Neiße. Am 3. Mai rückte er mit einem Teile seines Heeres gegen die österreichischen Grenzen bis nach Zuckmantel vor, und als er sah, daß er dort wenig ausrichten konnte, kam er am 12. auf dem gleichen Wege wie beim Hinmarsch nach Landshut zurück. Das Heer lagerte in der Umgebung; sein Hauptquartier schlug er in Reichhennersdorf auf.«

176. Friedrich an Voltaire

Landshut, 28. April 1759

Ich bin Ihnen sehr verpflichtet für die Bekanntschaft mit Monsieur Candide, die Sie vermittelt haben; er ist ein modern gewandeter Hiob. Das muß man zugeben: Monsieur Pangloß wird seine hehren Prinzipien nicht beweisen können, und die *beste der möglichen Welten* ist sehr böse und sehr unglücklich. Dies ist nun die einzige Art von Roman, die man lesen mag; er ist lehrreich und hat mehr Beweiskraft als Argumentationen *in barbara, in celarent* etc.

Gleichzeitig erhalte ich die traurige Ode, die gut verbessert und sehr viel schöner geworden ist; aber es ist nur ein Mahnmal, und das gibt nicht zurück, was verloren ist und was verdient, ewiglich beklagt zu werden.

Nein, meine Verse taugen nicht dazu, veröffentlicht zu werden, ich bin nur so töricht, Ihnen zuweilen welche zu schicken; ich weiß, daß die Natur mir die Begabung und das nötige Feuer vorenthalten hat, welche dies schwierige Metier erfordert, in dem im Laufe so vieler Jahrhunderte nur so wenige Dichter Berühmtheit erlangt haben. Ich gestehe Ihnen, daß ich mehr an mein Vergnügen als daran denke, was man darüber sagt, und weil ich nur für mich schreibe, ist es so wie mit Mißgeburten, die ihre Mutter noch vor der Niederkunft beseitigt.

Ich hoffe, daß Sie bald Gelegenheit bekommen werden, für den Frieden zu arbeiten, und ich verspreche Ihnen, daß ich jedes Werk, das zu diesem Zwecke geschrieben wird, vorzüglich finden werde. Es hat ganz den Anschein, als würden wir ohne Schlächterei diesen glücklichen Tag nicht erleben. Sie glauben, daß Mut nur aus dem Ehrgefühl erwächst, ich wage Ihnen zu antworten, daß es mehr als nur eine Art von Mut gibt: den, der vom Temperament kommt, was beim gemeinen Soldaten bewundernswert ist; den, der aus dem Denken rührt, was für den Offizier angemessen ist; den, welchen die Liebe zum Vaterland einflößt und welchen jeder gute Bürger haben sollte; schließlich jenen, der seinen Ursprung in der Ruhmessucht hat und den man an Alexander, Caesar, an Karl XII. und am Großen Condé bewunderte. Dies sind die unterschiedlichen Instinkte, die den Menschen in Gefahr bringen. Die Gefahr als solche hat weder etwas Anziehendes noch Angenehmes; doch an das Risiko denkt man kaum, wenn man sich erst einmal darauf eingelassen hat.

Ich habe Julius Caesar nicht gekannt; trotzdem bin ich mir dessen vollkommen sicher, daß er sich, ob bei Nacht oder Tag, niemals versteckt hätte; er war zu großherzig, als daß er von seinen Gefährten verlangt hätte, sich einer Gefahr auszusetzen, ohne sie mit ihnen zu teilen. Man kennt sogar Beispiele, daß Generäle sich aus Verzweiflung darüber, eine Schlacht verloren zu sehen, absichtlich töten ließen, um ihre Schande nicht zu überleben.

Das ist, was meine Erinnerung mir bezüglich dieses Muts eingibt, den Sie bespötteln. Ich versichere Ihnen sogar, daß ich im Verlauf von Schlachten, in denen man keineswegs so unbarmherzig ist, wie Sie vermeinen, Beispiele großer Tugenden erlebt habe. Ich könnte Ihnen tausend Exempel nennen; ich beschränke mich auf eines.

Ein verwundeter, liegengebliebener französischer Offizier schrie in der Schlacht von Roßbach aus Leibeskräften, daß man ihm ein Klistier verabreichen solle; wollen Sie bitte glauben, daß hundert Angehörige der Armee sich bemühten, es ihm zu verschaffen? Ein harmloses Klistier, eingespritzt auf dem Schlachtfeld, in Gegenwart einer Armee, das ist gewißlich einmalig; doch es ist wahr, und jeder hat davon gehört. In der Tragikomödie, die wir spielen, passieren oft verrückte Dinge, die unvergleichlich sind und die ein tausendjähriger Frieden niemals hervorbrächte; aber man muß zugeben, daß sie einen grausam hohen Preis haben.

Ich danke Ihnen für die Konsultation des Arztes Tronchin. Ich habe zuerst meinen Bruder, der sich in Schwedt, bei meiner Schwester, aufhält, darüber informiert; ich habe ihm empfohlen, sich peinlichst genau an die ihm verordnete Diät zu halten. Ich bitte Sie, Tronchin zu fragen, was er für sein Kommen verlangen würde; ich will nichts versäumen, was zur Heilung dieses teuren Bruders beitragen könnte; und wiewohl ich in die Doktoren der Medizin sowenig Glauben setze wie in die der Theologie, will ich meinen Unglauben doch nicht so weit treiben, daß ich die heilsame Wirkung anzweifle, die eine Diät zeitigen kann. Ich selbst verspüre sie; nie hätte ich die schrecklichen Mattigkeiten, unter denen ich litt, ertragen, wenn ich mich nicht auf eine Diät gesetzt hätte, die allen, die Zutritt zu mir haben, martialisch vorkommt. Bleibt zu überlegen, ob das Leben die Mühe lohnt, so sorgsam bewahrt zu werden, und ob nicht jene Menschen die weisesten und glücklichsten sind, die es flugs aufbrauchen. Darüber sollten Monsieur Martin und Meister Pangloß debattieren, mir obliegt es, mich zu schlagen, solange man sich schlägt.

Sie, der Sie Zuschauer des bluttriefenden Stückes sind, das man spielt, Sie dürfen uns samt und sonders auspfeifen. Damit täten Sie etwas Gutes! Seien Sie versichert, daß ich Ihnen Ihr Glück neide und daß ich der festen Überzeugung bin, daß man es so lange nicht genießen kann, wie man sich mit der Feder oder mit dem Degen auf dem Kriegspfad befindet. *Vale.* Federic.

Pangloß: In *Candide ou l'Optimisme* versucht Meister Pangloß, Weggefährte des Lebensschülers Candide, durch alle sich überschlagenden Katastrophen hindurch Leibniz' These zu retten, daß nämlich diese Welt die beste aller vorstellbaren Welten sei.
Argumentationen in barbara, in celarent: Zwei Formen der Beweisführung nach der klassischen und scholastischen Logik, siehe dazu: Johann Heinrich Lambert, *Neuer Organon oder Gedanken über die Erforschung und Bezeichnung des Wahren und dessen Unterscheidung vom Irrtum und Schein,* Leipzig 1764.
Mißgeburten: Konnte man schon 1759 Mißbildungen vor der Geburt diagnostizieren? Statt *Leibesfrucht, Fötus* schreibt Friedrich aber tatsächlich ›Mißgeburt‹, ›Krüppel‹, *avorton.*
Der Große Condé: Louis II. Prince de Condé, gen. der Große Condé, französischer Feldherr des 17. Jahrhunderts.
Die Konsultation des Arztes Tronchin: Die Mitteilung Voltaires ist nicht überliefert.

Voltaire konsultiert Dr. Theodore Tronchin, der jedoch 1762 erklärt, nie von Voltaire konsultiert worden zu sein.

Voltaires Nichte vernichtet, verbrennt eine anti-französische Ode Friedrichs, die in Wirklichkeit jedoch der Onkel nach Versailles weiterleitet, um für diese patriotische Tat die Steuerfreiheit seiner französischen Besitzungen bestätigt zu bekommen.

177. Voltaire an Friedrich

19. Mai [1759]

Sire, Sie sind ein ebenso guter Bruder wie General; doch es ist nicht möglich, daß Tronchin nach Schwedt zum Prinzen, Ihrem Bruder, reist; sieben oder acht Personen aus Paris, die von den Ärzten aufgegeben wurden, haben sich nach Genf oder Umgebung bringen lassen und glauben, nur noch so lange atmen zu können, wie Tronchin sie nicht verläßt. Ew. Majestät wissen wohl, daß ich zu diesen Personen nicht meine arme Nichte rechne, die seit zehn Jahren leidend ist. Übrigens, Tronchin beaufsichtigt die Gesundheit der königlichen Prinzen und Prinzessinnen und schickt zweimal in der Woche von Genf aus seine Anweisungen; davon kann er sich nicht suspendieren; er meint, daß die Erkrankung des Prinzen Ferdinand langwierig sein wird. Vielleicht wäre es zweckmäßig, wenn der Kranke selbst die Reise unternimmt, was zudem seiner Gesundheit zuträglich wäre, da er aus einem recht kalten Klima in mildere Luft käme. Falls er sich nicht dazu durchringen kann, so wäre es das Vorteilhafteste, Tronchin einmal in der Woche von seinem Befinden unterrichten zu lassen.

Wie konnten Sie glauben, daß ich jemals eine Kopie Ihres Schreibens an den Prinzen von Braunschweig anfertigen ließ? Es enthält mit Sicherheit sehr schöne Dinge; doch sind diese nicht dazu geeignet, meiner Nation gezeigt zu werden. Sie würde sich nicht geschmeichelt fühlen, der König von Frankreich noch viel weniger; und Sie wie ihn respektiere ich zu sehr, als daß ich je etwas durchsickern ließe, was nur dazu taugte, Sie beide zu unversöhnlichen Feinden zu machen. Ich habe immer nur um Frieden gebetet. Ich besitze noch einen Großteil der Korrespondenz der Markgräfin von Bayreuth mit dem Kardinal Tencin, so daß ich mich daranmachen könnte, ein so notwendiges Gut einem großen Teil Europas zugänglich zu machen. Ich war Treuhänder all der unternommenen Initiativen, die zu einem so sehr ersehnten Ziel führen sollten; ich habe keinen Mißbrauch mit den Briefen getrieben, und ich werde Ihr Vertrauen bezüglich eines Schriftstücks, das dem genau entgegengesetzten Ziele dient, auch nicht mißbrauchen. Seien Sie in diesem Punkt völlig beruhigt. Meine unglückselige Nichte, welche dieses Schreiben beben machte, hat es verbrannt, übrig ist mir davon nur wenig im Gedächtnis geblieben, das drei wahrhaft schöne Strophen behalten hat.

Ich falle aus allen Wolken, wenn Sie mir schreiben, daß ich mit Ihnen zu hart ins Gericht gegangen bin. Sie sind zwanzig Jahre ohne Unterlaß mein Abgott gewesen;

Je l'ai dit à la terre, au ciel, à Gusman même.

(Ich sagte es der Erde, dem Himmel, Gusman selbst.)

Aber Ihr Metier als Held und Ihr Rang als König lassen das Herz nicht gerade empfindsam werden; das ist schade, denn dieses Herz war danach gemacht, menschlich zu sein, und ohne Heroismus und Thron wären Sie zum liebenswertesten Menschen der Gesellschaft geworden.

Genug davon, so Sie jetzt gerade Feinde vor sich haben, nicht genug davon, so Sie mit sich selbst etwas philosophischer wären, was immer noch wertvoller ist als Ruhm.

Zählen Sie darauf, daß ich stets dumm genug sein werde, Sie zu lieben, gerecht genug, Sie zu bewundern; seien Sie dankbar für die Offenheit, und empfangen Sie huldvoll den tiefsten Respekt des Schweizers. V.

Kopie Ihres Schreibens an den Prinzen von Braunschweig: Es handelte sich um die patriotisch-martialische Ode Friedrichs an den Herzog von Braunschweig, mit abschätzigen Versen über Ludwig XV. Voltaire leitete sie an den Minister Choiseul weiter, der jedoch – offenbar etwas angewidert von dieser Anbiederung – das Werk Friedrichs Ludwig XV. nicht vorlegte.
Der Korrespondenz der Markgräfin von Bayreuth: Jener Briefwechsel, der Möglichkeiten für einen Friedensschluß betraf.
Je l'ai dit ...: Aus Voltaires Drama *Alzire.*

178. Friedrich an Voltaire

Reich-Hennersdorf, 10. Juni 1759

Hören Sie, falls besagte Person nicht mindestens als Wundertäter auf Erden erschienen ist, wird mein Bruder keinen Schritt tun, um irgendwen aufzusuchen. Noch ist er, Gott sei's gedankt, Grandseigneur genug, um schweizerische Doktoren antanzen zu lassen und zu entlöhnen; und Sie wissen, daß die Friedriche, was Ärzte, Poeten und manchmal sogar auch Philosophen angeht, die, mit fruchtlosen Spekulationen befaßt, kaum über die moralische Seite ihrer Wissenschaft nachsinnen, viel öfter über die Ludwige triumphieren als umgekehrt. Ihre Nichte hat aus Liebe zu ihrer Nation den prächtigsten Eifer an den Tag gelegt; sie hat mich verbrannt, wie ich Sie in

Berlin habe verbrennen lassen und wie Sie in Frankreich ins Feuer gewandert sind. Ihre Franzosen verlieren allesamt den Verstand, wenn es um den Vorrang ihres Königreiches geht; sie sind entzückt, wenn sie Ihnen ein *der König, mein Herr* entlocken, wenn sie die Finten greiser, vorgestriger Gesandter nachäffen und die Partei von Königen ergreifen können, welche mitnichten geruhen, sie wahrzunehmen. Es ist fürwahr ein Jammer, daß sich Ihre Nichte nicht mit Monsieur Prior vermählt hat; daraus wäre eine hübsche Politikerbrut hervorgegangen. Ich meinerseits verschone niemanden, der mich in Wut bringt, ich beiße zurück, so gut ich kann. Wir werden uns allem Anschein nach in wenigen Tagen schlagen, und sollte das Glück auf meiner Seite sein, dann werden die Unterhändler Ihrer Kaiserlichen Majestäten und der Mann mit der geweihten Kappe bestens gestriegelt; welch ein Trost, danach über sie alle zu lachen! Sie, der Sie sich nicht schlagen, haben sich, Gott mit Ihnen! über niemanden lustig zu machen; Sie sollten nichts denn zufrieden und glücklich sein, denn Sie haben keine Verfolger; so genießen Sie denn beruhigt die Ruhe, die Ihnen zuteil wurde, nachdem Sie ihr sechzig Jahre lang hinterdreingejagt sind. Adieu; ich wünsche Ihnen Heil und Frieden. So sei es! Federic.

P. S. Doch sind Sie mit sechzig weise? Lernen Sie, in Ihrem Alter, welcher Stil Ihnen zukommt, wenn Sie mir schreiben. Begreifen Sie, daß es für Literaten und Schöngeister erlaubte Freiheiten und unerlaubte Unverschämtheiten gibt. Werden Sie endlich Philosoph, das meint: vernünftig. Möge der Himmel, der Ihnen soviel Esprit verliehen hat, Ihnen ebensoviel Urteilsvermögen zuteil werden lassen! Falls dies geschähe, wären Sie der erste Mann des Jahrhunderts und vielleicht der erste dieser Art, den die Welt je gesehen hat; das ist es, was ich Ihnen wünsche. So sei es!

Philosophen, die … kaum über die moralische Seite ihrer Wissenschaft nachsinnen: Anspielung auf Voltaires opportunistischen Umgang mit der *Ode an den Herzog von Braunschweig.*
Monsieur Prior: Mathias Prior, Dichter und englischer Unterhändler bei den Verhandlungen des Friedens von Utrecht 1713/14.

Der Mann mit der geweihten Kappe: Nach seinem Sieg über die Preußen bei Kolin hatte der österreichische Feldherr Daun vom Papst einen geweihten Hut und Degen verliehen bekommen.

179. Friedrich an Voltaire

Düringsvorwerk, 18. Juli 1759

Sie sind in der Tat ein eigenartiges Geschöpf; wenn mich zuweilen die Lust überkommt, Ihnen zu grollen, sagen Sie mir zwei Worte, und jeder Vorwurf erstirbt in der Spitze meiner Feder.

Avec l'heureux talent de plaire,
Tant d'art, de grâce et d'esprit,
Lorsque sa malice m'aigrit,
Je pardonne tout à Voltaire,
Et sens que de mon cœur contrit
Il a désarmé la colère.

(Dank glücklichen Talents zu gefallen,
Großen Geschickes, Grazie und Esprit,
Wenn seine Ränke mich erbittern,
Verzeihe alles ich Voltaire,
Und fühle, daß mein reuig Herz er
Von aller Wut entwaffnet hat.)

So traktieren Sie mich. Ob hingegen Ihre Nichte mich verbrennt oder mich röstet, ist mir einerlei. Und glauben Sie auch nicht, daß ich dermaßen empfindlich wäre, wie es Ihnen Ihre Bischöfe mit allerlei lateinischem Geplapper weismachen wollen. Ich teile das Los aller Komödianten, die vor Publikum agieren: von manchen werden sie bejubelt, von anderen geschmäht. Man muß auf Satiren, Verleumdungen und eine Unzahl von Lügen gefaßt sein, die man auf unsere Kosten zu Markte trägt; aber meinen Seelenfrieden ficht das mitnichten an. Ich gehe meinen Weg; ich unternehme nichts gegen die innere Stimme meines Gewissens; und ich sorge mich herzlich wenig darum, welchen Eindruck meine Taten in Gehirnen von zuweilen kaum denkenden, ungefiederten Zweibeinern hinterlassen.

Da Sie ein wackerer Preuße sind (wozu ich mich beglückwünsche), muß ich Ihnen Mitteilung darüber machen, was sich hier zuträgt.

Der Mann mit dem päpstlichen Hut und Degen hat an den Grenzen Sachsens und Böhmens Stellung bezogen. Vis-à-vis von ihm habe ich mich rundum vorteilhaft plaziert. Wir sind nun bei jenen Schachzügen, welche die Partie einleiten. Sie, der Sie dies Spiel so vorzüglich beherrschen, wissen, daß es darauf ankommt, wie man es eröffnet hat. Ich wüßte Ihnen noch nicht zu sagen, worauf es hinauslaufen wird. Die Russen hängen an der Angel. Dohna sprach nicht wie, Gott hab ihn selig, Josua: *Sta, sol,* sondern: *Sta, ursus*, und der Bär blieb stehen.

Das reicht für Ihren militärischen Unterricht. Ich komme nun zum Schluß Ihres Briefes.

Ich weiß wohl, daß ich Sie so lange anbetete, wie ich Sie nicht für einen Quälgeist und Bösewicht hielt; Sie aber haben mir so viele üble Streiche aller Art gespielt ... Sprechen wir nicht mehr davon; aus christlichem Herzen habe ich Ihnen alles vergeben. Alles in allem haben Sie mir mehr Freude als Kummer bereitet. Ich erfreue mich mehr an Ihren Werken, als daß ich die Kratzer spüre. Wenn Sie keinerlei Fehler hätten, würden Sie die menschliche Gattung allzu schlecht dastehen lassen, und das Universum hätte guten Grund, auf Ihre Qualitäten eifersüchtig und neidisch zu sein. Jetzt sagt man: *Voltaire ist das schönste Genie aller Jahrhunderte; doch ich bin wenigstens sanftmütiger, gelassener und umgänglicher als er.* Und dies tröstet den gemeinen Mann über Ihre Erhöhung hinweg.

Zumindest rede ich mit Ihnen so, wie Ihr Beichtvater es täte. Zürnen Sie nicht deswegen, und versuchen Sie, alle Ihre Vorzüge um jene Nuancen von Perfektion zu bereichern, die ich von ganzem Herzen bei Ihnen bewundern möchte.

Es heißt, Sie würden aus Sokrates eine Tragödie machen; ich kann das kaum glauben. Wie Frauen in dies Stück einführen? Liebe könnte hier lediglich eine kalte Episode werden; das Sujet bietet nur einen schönen fünften Akt, Platons *Phaidon* eine schöne Szene; aber damit hat es sich. Ich habe ein paar Vorurteile überwunden, und ich gestehe Ihnen, daß ich Liebe in der Tragödie keineswegs für deplaziert halte, also so wie in der *Conte de Foix*, in *Zaïre*, in *Alzire;* und egal, was man darüber redet, ich lese *Bérénice* niemals, ohne Tränen zu vergießen. Sagen Sie ruhig, daß ich dabei grundlos weine, denken Sie darüber, wie Sie wollen; aber niemals wird man mich davon überzeugen können, daß ein Stück schlecht ist, das mich bewegt und rührt.

Mir kommt plötzlich eine Menge Arbeit dazwischen. Leben Sie in Frieden; und so Sie nichts weiter beunruhigt als mein Grollen, können Sie nun diesbezüglich Ihrem Geiste Ruhe gönnen. *Vale.* Federic.

Jeder Vorwurf: Es ist kein Brief Voltaires erhalten, der die Affaire Dr. Tronchin und die um die Ode an den Herzog von Braunschweig betrifft.
Sta, sol – Sta, ursus: »Sonne, steh still« – »Bär, steh still«: eine Operation des preußischen Befehlshabers Dohna ließ die Russen an der Warthe glauben, daß ihnen der Nachschub abgeschnitten worden sei. – Buch Josua 10, 12: *Sonne, steh still zu Gibeon, und Mond, im Tal Ajalon!;* von Gott erfüllte Zauberformel Josuas, um die Israeliten kampfeslüstern zu stimmen.

Am 19. August 1759 schreibt Voltaire an den Duc d'Argental in Paris: »Ich mag Luc nicht, wozu ich einigen Grund habe; niemals verzeihe ich ihm weder sein infames Verhalten gegenüber meiner Nichte noch seine Kühnheit, mir zweimal im Monat schmeichelhafte Dinge zu schreiben, ohne je sein Unrecht wiedergutgemacht zu haben. Ich ersehne eine tiefe Erniedrigung, die Bestrafung des Sünders; ich bin mir aber nicht sicher, ob ich seine ewige Verdammnis ersehne.«

Bei dieser komplizierten Einstellung seinem seelenverwandten Freund gegenüber mag Voltaire eine desparate Genugtuung empfunden haben, als am 12. August 1759 die Schlacht von Kunersdorf zur grauenhaften Katastrophe für die preußische Armee wurde. Von 48 000 preußischen Soldaten überleben 3000. Friedrich II. selbst verliert unter russischem Beschuß zweimal das Reitpferd und kommt nur zufällig mit dem Leben davon.

Weil die Österreicher und Russen nach gewonnener Schlacht das Nachrücken versäumen, ereignet sich jedoch das sogenannte *Wunder des Hauses Brandenburg.* Einmal mehr besiegt Friedrich II. seine Gedanken an Freitod und sammelt und requiriert, was an marschfähigen Menschen und an Kriegsmitteln noch aufzutreiben ist.

Voltaire hatte schon mehrmals den Diplomaten gespielt. Nun besitzt er unleugbar einflußreiche Bekannte in Versailles, insbesondere den mächtigen Minister Choiseul. Der Dichter versucht – in einem verlorengegangenen Brief – sich als Friedensstifter einzuschalten.

180. Friedrich an Voltaire

[Eckersdorf, in der Nähe von Sagan,]
22. September 1759

Die Herzogin von Sachsen-Gotha übermittelt mir Ihren Brief etc. Da das Schicksal mich kürzlich in rechte Wechselbäder getaucht hat, waren alle Korrespondenzen unterbrochen. Ihr Paket vom 29. habe ich nicht bekommen, und nur mit Mühe kann ich Ihnen diesen Brief zukommen lassen, falls er überhaupt das Glück hat durchzukommen.

Meine Lage ist nicht so verzweifelt, wie meine Feinde es ausstreuen. Ich werde meinen Feldzug einigermaßen gut zu Ende bringen; ich bin nicht entmutigt; vielmehr sehe ich, daß Frieden im Anzug ist. Alles, was ich Ihnen zu diesem Punkt Bestimmtes mitteilen kann, ist, daß ich Ehrgefühl für zehn habe und daß ich mich, ganz gleich, was mir zustößt, unfähig fühle, auch nur das mindeste zu unternehmen, was diesen so empfindlichen und so delikaten Punkt eines Mannes berührt, der als tapferer Ritter denkt und der bei diesen infamen Politikern, die wie Händler denken, so wenig gilt.

Ich weiß nichts von dem, was ich Ihrer Meinung nach wissen sollte; doch um Frieden zu schließen, gibt es zwei Bedingungen, von denen ich nicht abweichen werde: 1. ihn nur zusammen mit meinen treuen Verbündeten schließen; 2. daß er ehrenhaft und ruhmvoll sei. Sie sehen, allein die Ehre bleibt mir; ich werde sie wahren, und koste es mein Blut.

Will man Frieden, so möge man mir nichts vorschlagen, was der Empfindlichkeit meiner Gefühle zuwiderläuft. Ich befinde mich in den Zuckungen militärischer Operationen; ich gleiche einem vom Pech verfolgten Spieler, der halsstarrig dem Schicksal trotzt. Mehr als einmal habe ich das Glück wie eine flatterhafte Geliebte an meine Seite zurückgezwungen. Ich habe so dumme Menschen gegen mich, daß ich am Schluß notwendigerweise im Vorteil sein werde; doch mag auch geschehen, was immer Seiner Heiligen Majestät dem Zufall beliebt, ich werde mich nicht beirren lassen. Bis jetzt habe ich ein klares Bewußtsein von den Unglücksfällen, die mir widerfahren sind. Die Schlacht von Minden, die von Cadiz und der Verlust Kanadas sind geeignete Argumente, den Franzosen den Verstand zurückzugeben, den ihnen die österreichische Nieswurz verwirrt hatte. Ich verlange nichts weiter als Frieden, aber er darf nicht schimpflich sein. Nachdem ich mich erfolgreich mit ganz Europa geschlagen habe, wäre es eine Schmach, durch einen Federstrich all das zu verlieren, was ich mit dem Schwert behauptet habe.

So denke ich. Sie werden mich nicht honigsüß gestimmt finden; aber Heinrich IV., Ludwig XIV., selbst meine Feinde, die ich zitieren kann, waren es nicht mehr als ich. Wäre ich als Privatmann geboren, so stünde alles andere hinter meiner Friedensliebe zurück; doch man muß sich seines Standes bewußt sein. Das ist alles, was ich Ihnen bis jetzt mitteilen kann. In drei oder vier Wochen wird das Korrespondieren ungezwungener vonstatten gehen etc.

Ihren Brief: Der Friedensvermittlungsbrief (?) ist nicht erhalten.
Was ich Ihrer Meinung nach wissen sollte: Wahrscheinlich hatte es sich um Hinweise Voltaires auf die Friedenswünsche des leitenden französischen Ministers Choiseul gehandelt. Étienne-François, Duc de Stainville, Duc de Choiseul, 1719–1785, fungierte seit 1758 als Außenminister, wurde 1761 zudem Kriegsminister, galt als Sympathisant der Aufklärung und wurde erst 1770 auf Betreiben der Madame du Barry gestürzt.
Die Schlacht von Minden ...: Die Niederlage von Minden trug sich am 1. August 1759 zu. 1758/59 erzielten auch die Briten auf den außereuropäischen Kriegsschauplätzen derartig viele Erfolge über die Franzosen, daß es hieß: *Englands Glocken werden dünn vom Siegesläuten.* Das französische Quebec fiel 1759.

Voltaire leitet den stolzen Friedenswink weiter. Hier wird nun kurz eine junge Dame wichtig: die *kleine, zierliche Französin* ist die Prinzessin von Montmorency-Robecq ... eine Freundin des Ministers Choiseul.

181. Voltaire an Friedrich

[Oktober 1759]

Egal, in welchem Zustand Sie sich befinden, fest steht, daß Sie ein großer Mann sind. Ich schreibe Ihnen das nicht, um Sie zu langweilen, sondern um zu beichten, vorausgesetzt, Sie erteilen mir Absolution. Ich habe Sie verraten; hier der Tatbestand. Sie haben mir einen Brief geschrieben, halb in der Art des Marc Aurel, Ihres Schutzpatrons, halb in der Art Martials und Juvenals, Ihrer anderen Schutzheiligen. Ich zeigte ihn zuerst einer kleinen, zierlichen Französin, die am Hof von Frankreich lebt und die wie alle anderen auch nach Genf kam, zum Tempel des Aeskulap, um sich vom großen Tronchin kurieren zu lassen, der in der Tat sehr groß ist, mißt er doch gut und gerne seine sechs Fuß; und wenn Seine Hoheit Prinz Ferdinand, Ihr Bruder, ein Weib wäre, würde er auch, wie die anderen, hierherkommen, um sich heilen zu lassen. Diese zierliche Dame ist, wie ich meiner Erinnerung nach Ew. Majestät einmal gesagt habe, die gute Freundin eines gewissen Herzogs, eines gewissen Ministers; sie hat viel Esprit und ihr Freund gleichfalls. Sie war entzückt, sie küßte Ihren Brief, und mit Ihnen wäre sie noch viel ungestümer umgesprungen, wenn Sie anwesend gewesen wären. »Schicken Sie das sofort meinem Freund«, sagte sie; »er liebt Sie von Kind auf, er bewundert den König von Preußen, in nichts denkt er wie die anderen, er sieht klar, ihm ist wahre Ritterlichkeit zu eigen, in der sich Geist und Waffen vereinen.« Die Dame schwärmte so sehr, daß ich Ihren Brief abschrieb, indem ich höchst anständig den ganzen Martial und den ganzen Juvenal wegkürzte und getreulich den ganzen Marc Aurel übrigließ, das heißt all Ihre Prosa, in der Ihr Marc Aurel uns dennoch kräftige Tatzenhiebe verabreicht und behauptet, daß wir ein ehrsüchtiges Volk sind. Je nun! Sire, wir sind ein zu amüsantes Volk, um ehrsüchtig zu sein. Nun kann ich nicht umhin, Ihnen die Antwort zu schicken, die man mir aufgesetzt hat. Ich kann wohl, nachdem ich einen König verraten habe, einen Herzog und Pair verraten; doch, ich beschwöre Sie, ahmen Sie mich nicht nach. Versuchen Sie, Sire, seine Handschrift zu entziffern. Man kann sehr viel Esprit haben und höchst anständige Gefühle und doch wie eine Katze schreiben.

Sire, es gab einmal einen Löwen und eine Ratte; die Ratte verliebte sich in den Löwen und machte sich auf, ihm den Hof zu machen. Der Löwe versetzte ihr einen kleinen Tatzenhieb. Die Ratte verschwand in ihrem Rattenloch, doch liebte sie den Löwen immer noch; als sie eines Tages ein aufgespanntes Netz sah, um darin den Löwen zu fangen und ihn zu töten, biß sie eine Masche durch. Sire, die Ratte küßt in untertänigster Untertänigkeit Ihre reizenden Klauen; sie wird niemals zwischen zwei Kapuzinern sterben, wie es, in Basel, eine Bulldogge aus Saint-Malo getan hat. Gern wäre sie bei ihrem Löwen gestorben. Sie können glauben, daß die Ratte Ihnen verbundener war als die Bulldogge.

Martial: Marcus Valerius Martialis, 40–ca. 100, römischer Meister scharfzüngiger Epigramme.
Mit Ihnen wäre sie noch viel ungestümer umgesprungen: Die ganze heimlich-glitschige Vorgehensweise bei Voltaires vielleicht lauteren Friedensbemühungen, die Aktionen über Ministerfreundinnen auf Kur, mußten für Friedrich das beste Zeugnis für die leicht sumpfigen Verhältnisse am französischen Hof sein.
Bulldogge: Die Bulldogge ist natürlich der aus Saint-Malo gebürtige französische Maupertuis, der im Juli 1759 in Basel gestorben war.

Auch ohne Voltaires Vermittlung streift Europa den Frieden. Im November überreichen die Vertreter Englands und Preußens in Rijswijk bei Den Haag den Vertretern von Österreich, Frankreich, Rußland und der Niederlande eine Deklaration, in der sie ihre Bereitschaft zur Beendigung der Kriegshandlungen bekunden.

182. Friedrich an Voltaire

Wilsdruf, 19. November 1759

Ich erhielt den Brief von der Ratte beziehungsweise den vom Aspik, vom 6. November, als der Feldzug eben zu Ende ging. Die Österreicher ziehen nach Böhmen ab, wo ich zwei ihrer großen Magazine in Flammen aufgehen ließ, um ihnen die Brandschatzungen in meinen eigenen Ländern heimzuzahlen. So weit wie möglich erschwere ich den Rückzug des gebenedeiten Helden, und ich hoffe, daß ihm innerhalb der nächsten Tage einige böse Abenteuer widerfahren werden. An der Haager Deklaration mögen Sie erkennen, ob der König von England und ich friedliebend sind. Dieser unerhörte Schritt wird der Öffentlichkeit die Augen öffnen und sie zwischen Europas Feuerköpfen und denen unterscheiden lehren, die Menschlichkeit, Ruhe und den Frieden lieben. Die Tür ist aufgeschlossen, nun soll, wer mag, in den Empfangsraum treten. Frankreich ist Meisterin darin, sich zu erklären. Es ist an den Franzosen, die von Natur aus Eloquenz besitzen, das Gespräch zu eröffnen; an uns ist es, ihnen voller Bewunderung zuzuhören, und ihnen, so gut wir es vermögen, in schlechtem Kauderwelsch zu antworten. Es kommt auf die Aufrichtigkeit an, die jeder in die Verhandlungen mitbringen wird. Ich bin überzeugt, daß sich Temperamente finden werden, die einen Vergleich erzielen könnten. An der Spitze der englischen Staatsgeschäfte steht ein maßvoller und umsichtiger Minister. Alle Seiten müssen übertriebene Pläne verbannen und eher die Vernunft denn die Einbildungskraft zu Rate ziehen. Ich für mein Teil folge dem Beispiel des sanftmütigen Erlösers, der, als er das erste Mal in den Tempel ging, sich damit zufriedengab, den Pharisäern und Schriftgelehrten zu lauschen. Denken Sie nur nicht, daß die Engländer mir all ihre Geheimnisse anvertrauen; sie haben keine Eile, sich zu arrangieren; ihr Handel leidet nicht, ihre Geschäfte blühen, und dem Staat mangelt es weder an Hilfsgütern noch an Kredit. Aufgrund der Vielzahl von Feinden, die mich angreifen und deren Druck gewaltig ist, führe ich einen weit härteren Krieg als sie. Dennoch, ich bürge für den Ausgang des Feldzuges; es ist nicht möglich, dies bei allen Ereignissen zu tun. Ich bin gerade dabei, mich mit den Russen zu verständigen; so bleiben für das kommende Jahr nur noch die Königin von Ungarn, die Erzhalunken des Heiligen Reiches und die Räuberhorden Lapplands übrig. Unsere Demarche wurde uns vom Herzen diktiert, von einem Gefühl für Humanität, das die Blutstrudel, die fast unsere gesamte Erdkugel überschwemmen, versiegen lassen möchte, das den Massakern, den Barbareien, den Brandschatzungen ein Ende bereiten möchte, all den Ungeheuerlichkeiten, die von Menschen begangen werden, deren unheilvolle Gewohnheit, sich in Blut zu baden, sie von Tag zu Tag immer wilder werden läßt. Zieht sich dieser Krieg nur noch ein wenig in die Länge, so wird unser Europa zurück in die Nebel der Unwissenheit sinken, und unsere Zeitgenossen werden wilden Tieren ähnlich werden. Es ist an der Zeit, diesen Greueln ein Ende zu setzen. All diese Katastrophen sind eine Folge österreichischen und französischen Ehrgeizes. Mögen beide ihren weit ausgreifenden Plänen Grenzen stecken; mögen, wenn nicht die Vernunft, so doch ihre erschöpften Finanzen und ihre üble Lage sie klüger machen, und möge Röte ihnen ins Gesicht steigen, wenn sie erkennen, daß der Himmel, welcher den Schwachen gegen die Anstrengungen der Mächtigen beigestanden hat, ersteren so viel Mäßigung zuteil werden ließ, daß diese ihren Vorteil nicht mißbrauchen und diesen Frieden anbieten. Das ist alles, was ein müder, gejagter, zerkratzter, zerbissener, hinkender und erschöpfter armer Löwe Ihnen sagen kann. Ich habe noch viel Arbeit vor mir, und erst nach meinem Eintreffen in Dresden werde ich Ihnen mit ausgeruhtem Kopf schreiben können. Das Friedensprojekt ist dazu angetan, Menschen, die an das Absolute gewöhnt und halsstarrig sind, zur Vernunft zu bringen. Nun mögen Sie denn erfolgreich sein; ich werde Ihnen zu Ihren Erfolgen gratulieren und mir selber noch mehr. Ein Lebewohl der Ratte, die so schöne Träume träumt, daß man sie für göttliche Eingebungen halten könnte; möge sie in ihrem Loche die Behaglichkeit, die Ruhe und den Frieden genießen, die sie besitzt und die wir begehren. So sei es!

Federic.

N. B. Sie wissen, daß die Übersetzer und Kommentatoren der Heiligen Schrift über den Sinn etlicher Passagen unterschiedlicher Auffassung waren. Dem ehrwürdigen Vater Dionysus Hortella zufolge muß der Kaiser natürlich selbst ein Jude sein, da er der König der Juden ist, und wenn er Herzog von Lothringen ist, haben die Türken und Franzosen dem Kaiser zu geben, was des Kaisers ist. Er meint, ein solches Exempel für Rückerstattung würde alle kleinen Mächte Europas ermutigen, dem nachzueifern. Was halten Sie davon? dieser weise Kirchenvater sinniert gar nicht übel.

Aspik: Es scheint noch einen weiteren, nicht erhaltenen Brief Voltaires mit einem Aspik-Exkurs gegeben zu haben.
Des gebenedeiten Helden: Feldmarschall Leopold Graf Daun.
... die Menschlichkeit, Ruhe und den Frieden lieben: Ein recht kühnes Argumentieren für den Invasoren von 1756. Natürlich wußte Friedrich, daß auch die deutsche Öffentlichkeit keineswegs unisono ›fritzisch‹ gesinnt war: zwar hatte Österreich Angriffspläne gegen den ›Schlesien-Räuber‹ gehabt, doch war es eben Preußen gewesen, das den Krieg vom Zaun gebrochen hatte.
Ein maßvoller und umsichtiger Minister: William Pitt der Ältere, 1708–1778, seit 1756 leitender Minister unter Georg II.
Die Königin von Ungarn, die Erzhalunken des Heiligen Reiches und die Räuberhorden Lapplands: Gemeint sind: Maria Theresia, ihre alliierten Reichsfürsten mit der Reichsarmee und Schweden.
Herzog von Lothringen: Kaiser Franz I., Ehegemahl Maria Theresias, war Herzog von Lothringen gewesen, trug als Kaiser auch den Titel eines *Königs von Jerusalem:* Der scharfe Witz will wohl besagen, daß Franz I. sich mit einem Machtgebilde aus Lothringen und Jerusalem bescheiden sollte.

Während in Europa, in Kanada und Indien sowie auf den Meeren weiterhin Blut fließt und der preußische General von Finck am 20. November 1759 vor den Österreichern kapituliert – beim sogenannten *Finckenfang von Maxen* –, während Reste der französischen Flotte vor der Bretagne von den Engländern versenkt werden, unternimmt Voltaire letzte Versuche, in Genf als verfrühtes Rotes Kreuz zu agieren. Er möchte den Minister Choiseul von Frankreich und Friedrich II. von Preußen zu Partnern machen.

183. Voltaire an Friedrich

[Februar 1760]

Gewißlich hängt es nur von Ew. Majestät ab, den Friedensschluß zu beschleunigen, und ich hoffe, daß Sie es tun werden. Der König von England hat ein zu großes Interesse daran, Ihre Macht gefestigt zu sehen, als daß er so großen Plänen nicht Guadeloupe und Fischland opferte, und falls man sich über dieses und jenes verständigt und kleine Opfer bringt, wird Frankreich gewiß und zu Recht an die Adresse Österreichs sagen: Wir können uns nicht länger in einem Krieg erschöpfen, der keinen Grund mehr hat. Merke: »Falls der Frieden mit England nicht bis zum Juni zustande kommt, wird er nur noch durch die Vernichtung dreier großer Reiche oder jener des Königs von Preußen erreicht werden können.« Diese heiligen Worte entstammen einer an mich, den gebrechlichen Dienstboten adressierten Depesche; ich schreibe sie ins reine, ich lege sie Ew. Majestät vor. Sie werden diese Worte profan finden, aber sie sind nur zu wahr, und die Vorstellung ist schrecklich.

Fischland: Kanada.
Falls man sich über dieses und jenes verständigt: Voltaire spekuliert hier mit den diversen Projekten der Kabinettspolitik: Würde das ziemlich ruinierte Frankreich nicht länger das mit Preußen verbündete England bekriegen, dann würde ihrerseits die englische Regierung Frankreich Guadeloupe und Quebec überlassen. Das so zufriedengestellte Frankreich könnte sodann die Wiener Hofburg im Kampf allein lassen oder an den Verhandlungstisch zwingen. – Bei diesem Planspiel wäre allerdings die russische Regierung außer acht gelassen worden und man hätte nicht berücksichtigt, daß die englische Regierung (das Volk wurde für sein Verbluten nicht sonderlich zu Rate gezogen) nur wegen eines erstarkten Preußens keineswegs Kanada wieder an Versailles herausrücken mußte. Zudem gab es noch das kriegführende Schweden, die kriegführenden Reichsfürsten, den Kurfürsten von Sachsen, dessen Land seit August 1756 Preußens Goldgrube war, und es gab Maria Theresia, die eben auch noch nach zwanzig Jahren ihr Erbe Schlesien strikt zurückforderte ... die Ursache des Sterbens von Quebec bis Ostpreußen.

184. Friedrich an Voltaire

Meißen, 12. Mai 1760

Ich weiß wohl, daß ich Mängel habe, große Mängel sogar. Ich versichere Ihnen, daß ich mit mir nicht milde verfahre und daß ich mir nichts nachsehe, wenn ich mit mir selber spreche. Doch ich gebe zu, daß solches Tun wohl fruchtbarer wäre, wenn ich mich in einer Lage befände, in der meine Seele nicht so heftige Erschütterungen und so gewaltsame Erlebnisse zu erdulden hätte, wie es seit einiger Zeit der Fall ist und wohl weiterhin der Fall sein wird.

Der Frieden ist mit den Schmetterlingen entfleucht; es ist überhaupt nicht mehr die Rede davon. Auf allen Seiten werden neue Anstrengungen unternommen, und wir werden uns *in saecula saeculorum* bekriegen.

Ich werde mich nicht an die Untersuchung von Vergangenem machen. Zweifelsohne haben Sie sich mir gegenüber ins größte Unrecht gesetzt. Ihr Benehmen wäre von keinem Philosophen toleriert worden. Ich habe Ihnen alles vergeben und will sogar alles vergessen. Allein, hätten Sie es nicht mit einem Menschen zu tun gehabt, der wie ein Narr Ihr schönes Ingenium liebt, so wären Sie nicht so ungeschoren davongekommen. Lassen Sie sich das gesagt sein, und auch, daß ich nichts mehr von Ihrer Nichte hören will, die mich langweilt und die nicht so viele Verdienste hat wie ihr Onkel, der damit seine Fehler bemänteln kann. Man spricht von Molières Dienstmagd, doch Voltaires Nichte wird niemand erwähnen. Was meine Verse angeht, so brauche ich derzeit keinen Gedanken daran zu verschwenden; es gibt hier eine Menge anderes zu tun, und bis ruhigere Zeiten anbrechen, habe ich mich von den Musen scheiden lassen.

Im Juni wird der Feldzug beginnen. Es wird nichts zu lachen geben; eher zum Weinen. Erinnern Sie sich daran, daß Phihihu auf Reisen ist. Falls ein gewisser kleiner Herzog, von hundert Legionen österreichischer Dämonen besessen, sich nicht schleunigst exorzieren läßt, so sollte er diesen Reisenden fürchten, der eigentümliche Sachen an seinen erhabenen Kaiser schreiben könnte.

Mit allen Mitteln werde ich meine Feinde bekriegen. Sie können mich nicht in die Bastille werfen lassen. Nach soviel schlechtem Willen, den sie mir beweisen, ist es nur eine recht harmlose Rache, sie dem Gespött preiszugeben.

Es heißt, daß sich über dem Grab des Abbé Pâris neue Kapriolen zutrügen. Es heißt, in Paris würden sämtliche guten Bücher verbrannt; daß man sich dort närrischer aufführe denn je, daß es sich nicht um eine reizende Narretei handele, sondern um einen finsteren, im verborgenen webenden Irrsinn. Ihre Nation ist die inkonsequenteste von ganz Europa; sie besitzt viel Esprit, doch keinerlei Begabung dafür, folgerichtig zu denken. So erscheint sie im Verlauf ihrer ganzen Geschichte.

Es muß sich um einen unauslöschlichen Wesenszug handeln, der ihr eingeprägt ist. Eine Ausnahme in der langen Abfolge von Regentschaften bilden einzig einige Jahre unter Ludwig XIV. Die Herrschaft Heinrichs IV. war weder ruhig genug noch währte sie lange genug, um viel Aufhebens davon zu machen. In der Amtszeit Richelieus läßt sich ein Zusammenhang zwischen Projekten und ihrer entschiedenen Durchführung feststellen; doch sind das im Grunde kurze Epochen der Umsicht im Vergleich zu einer so langen Geschichte von Torheiten.

Frankreich vermochte Des Cartes und Malebranche hervorzubringen, aber weder Leibniz noch Locke, noch Newton. Dafür überflügelt ihr in Fragen des guten Geschmacks alle übrigen Nationen, und ich marschiere unter euren Bannern, wo es um feines Differenzieren geht, um kluges und sorgfältiges Trennen wirklicher von nur scheinbarer Schönheit. Das ist ein großer Vorteil für die Literatur, aber es ist nicht alles.

Ich habe viele neue Bücher gelesen, die jetzt publiziert werden, und mich reut die Zeit, die ich ihnen gewidmet habe. Für gut befand ich einzig ein neues Werk d'Alemberts, vor allem seine *Éléments de philosophie* und seinen *Discours encyclopédique.* Die übrigen Bücher, die mir zwischen die Finger gekommen sind, sind es nicht einmal wert, verbrannt zu werden.

Adieu; leben Sie friedvoll in Ihrem Unterschlupf und schwatzen Sie nicht vom Sterben. Sie sind zweiundsechzig Jahre alt, und in Ihrer Seele lodern noch jene Flammen, die den Leib beleben und erhalten. Sie werden mich begraben, mich und die halbe Zeitgenossenschaft. Sie werden das Vergnügen haben, für meinen Grabstein ein boshaftes Couplet zu verfassen, und ich werde Ihnen deswegen nicht zürnen; schon vorab erteile ich Ihnen Absolution. Es wäre nicht schlecht, wenn Sie den Stoff schon jetzt arrangierten; Sie können womöglich früher, als Sie glauben, zu Werke gehen. Ich, ich werde dort unten Virgil aufsuchen, um ihm mitzuteilen, daß es einen Franzosen gibt, der ihn in seiner Kunst übertroffen hat. Sophokles und Euripides werde ich das nämliche sagen; Thukydides werde ich von Ihrer *Histoire* erzählen, Quintus Curtius von Ihrem *Charles XII;* und womöglich werden diese Verblichenen mich steinigen, da sie eifersüchtig auf einen Mann sind, der ihre unterschiedlichen Verdienste in sich vereint hat. Doch um ihnen Trost zu spenden, wird in einer Ecke Maupertuis dem Zoilos aus *Akakia* vorlesen lassen.

In Briefe, die man an unzuverlässige Menschen schickt,

sollte man einen vergifteten Widerhaken hineintun; er ist das einzige Mittel, sie daran zu hindern, an Straßenecken und auf dem Marktplatz alles auszuposaunen. Federic.

Phihihu: Relation de Phihihu, émissaire de l'empereur de la Chine en Europe (Bericht des Phihihu, Gesandter des Kaisers von China in Europa); die fiktiven kurzen Reisebriefe Friedrichs – nach Art der *Lettres Persanes* von Montesquieu – waren 1760 erschienen.
Ein gewisser kleiner Herzog: eine Androhung, daß auch der Duc de Choiseul in den Berichten des Phihihu in ihm unangenehmer Weise auftauchen könnte.
Über dem Grab des Abbé Pâris: Auf dem Grab des 1727 verstorbenen Jansenisten Pâris in Paris hatten angeblich Wundererscheinungen stattgefunden, so daß der Friedhof St. Médard wegen des Zulaufs geschlossen werden mußte.
Malebranche: Nicole Malebranche, 1638–1711, Philosoph der Frühaufklärung;
Thukydides: athenischer Historiograph des Peloponnesischen Kriegs.
Quintus Curtius: römischer Historiograph des Lebens und der Taten Alexanders des Großen.
Zoilos: griechischer Rhetor, der wegen einer (verfehlten) Kritik an der *Ilias* und *Odyssee* auch »Die Geißel Homers« genannt wurde und sich nun in der Unterwelt Voltaires Anti-Maupertuis-Schrift *Akakia* anhören soll.

185. Voltaire an Friedrich

3. Juni 1760

Sire, der alte Schweizer Schwätzer meldet sich womöglich zu ungelegener Zeit; doch weiß er, daß Ew. Majestät auch im Schlachtengetümmel Briefe lesen und sie beantworten kann.

Zuerst wußte ich nicht, was es mit der kleinen, von Ihrer Hand geschriebenen Anmerkung auf sich hatte, worin *Menschen* angesprochen wurden, *die auf allen Gassen und Märkten Briefe verläsen.*

1. Ich spaziere nie durch die Gassen, ich komme nie nach Genf.

2. In Genf leben nur Menschen, die sich für Ew. Majestät in Stücke hauen lassen würden. Wir haben einen Schuster, der auf sein Weib einschlägt, wenn Ihnen etwas mißlingt; und mein Schlosser, der Deutscher ist, sagt, daß er für Ihr Wohlergehen seiner Frau und seinen drei Kindern den Hals

umdrehen würde. Man müsse, sagte er, schon sehr wenig *Rellischion* haben, um anders zu denken.

3. Hier gibt es weder Schuster noch Schlosser, noch Priester, noch irgendwen, dem ich je eine Zeile von Ew. Majestät vorgelesen hätte.

4. Es mag sein, daß ich einige Ihrer Bonmots für Ihre Anbeter wiederholt habe und daß falscher Eifer sie dieselben wiederholen ließ und daß irgendein Ochse sie vollends verdreht weitersagte. So wird es dann zum Gerücht. Gewinnen Sie eine Schlacht und lassen Sie Ihre Bonmots kursieren; doch seien Sie dessen sicher, daß Ew. Majestät nie die geringste Treulosigkeit von meiner Seite zu befürchten haben.

5. Ich werde bis zu meinem Tode dazu stehen, daß – lassen wir einmal den *Akakia* beiseite, der, alles in allem, längst nicht so spaßig war wie Ihre Späße über die latinische Stadt, die mir von Ew. Majestät geschickt und von Monsieur de Marwitz hinterbracht wurden – ich Ihnen gegenüber niemals gefehlt habe.

6. Ob Sie den Rang eines berühmten Wohltäters oder den eines berühmten Unholds bekleiden, ist mir einerlei; meine Meinung über Sie wird sich nicht ändern; stets die nämliche Bewunderung, die nämlichen Gefühle.

7. Trotz der fünfhunderttausend Mann mit aufgepflanzten Bajonetten, die in Deutschland stehen, sage ich, ich Schweizer, ich Ratte, daß Sie Frieden bekommen, daß Sie nichts einbüßen werden, sofern Ihnen nicht irgendein schreckliches Unglück zustößt, das man nicht vorhersehen kann.

8. Gestatten Sie noch, daß ich anmerke, daß Ew. Majestät niemals mittels jenes Mannes zum Erfolg gelangen werden, den Sie mit einem Gesandten des … sprechen ließen. Ew. Majestät sehen, daß ich unterrichtet bin.

9. Gestatten Sie überdies noch, darauf hinzuweisen, daß viel zu viele Personen in all dies involviert wurden. Ich sage das nicht so dahin. Man kann sich über seine Kollegen, die Poeten, lustig machen; doch wehe bei Beleidigungen von König zu König. Ich hörte Sie vorzeiten sagen, daß es stets sanfter Worte und entschlossener Taten bedürfe. Herrlich haben Sie die eine Hälfte dieses schönen Sinnspruches erfüllt.

10. Seien Sie, ich beschwöre Sie, fest davon überzeugt, daß ich mich nicht in den Vordergrund drängen will, doch daß ich durch ein bizarres Geschick vollends darüber auf dem laufenden bin, was man denkt. Ich bitte um nichts, noch kann ich den Hof von Frankreich um etwas bitten, aber ich will auch gar nichts. Jedoch, allein im Dienste der Sache sollen Ew. Majestät nach allen Regeln der Kunst bedient werden, so Sie jemals, ohne sich dabei selbst zu kompromittieren, Fakten oder Gedanken kundtun, Vorschläge unterbreiten wollen. Ja, ich begehre nach heimlicher Ehre und nach dem heimlichen Trost, Ihnen zu dienen, und ich wiederhole, daß es nicht Mönch noch Ratte auf Erden gibt, der mehr daran liegt als mir, Ihren Befehlen zu willfahren, ohne Sie dabei im mindesten bloßzustellen. Es macht mich lachen, daß dem so ist. Ich finde das komisch. Doch zählen Sie darauf, daß der Eifer der Ratte ebenso wirklich ist wie ihr tiefer Respekt und ihre Bewunderung. V.

67 und nicht 62.

Späße über die latinische Stadt: Es handelt sich um eine Schrift des von Maupertuis attackierten Gelehrten Koenig, *Reise in die latinische Stadt,* die von Attacken auf Maupertuis und dessen *Lettres* lebt, worin dieser ein Utopia der nur Latein Sprechenden entworfen hatte.
Mittels jenes Mannes: In Friedrichs Auftrag hatte ein Baron von Edelsheim 1760 in Paris Kontakte zum in Versailles und in Wien einflußreichen Malteserorden geknüpft.
... daß ich ... auf dem laufenden bin: Voltaire besaß recht gute Kontakte zum aufklärerisch gesinnten Minister Choiseul.
67 und nicht 62: Friedrich hatte Voltaire am 12. Mai zum 62. Geburtstag gratuliert.

»Itzt avancierten wir bis unter die Kanonen. Potz Himmel! Wie sausten da die Eisenbrocken ob unsern Köpfen hinweg – fuhren bald vor, bald hinter uns in die Erde –, bald mitten ein und spickten uns die Leute weg, als wenn's Strohhalme wären. Unsere Vordertruppen litten stark, allein die hintern drangen nach, bis zuletzt alle die Höhe gewonnen hatten. Da mußten wir über Hügel von Toten und Verwundeten hinstolpern. Preußen und Panduren lagen überall durcheinander; und wo sich einer von diesen letzten noch regte, wurde er mit der Kolbe vor den Kopf geschlagen, oder ihm ein

Bajonett durch den Leib gestoßen. Und nun ging in der Ebene das Gefecht von neuem an. Aber wer wird das beschreiben wollen; wo es krachte und donnerte, als ob Himmel und Erde hätten zergehen wollen; wo das Rumpeln vieler hundert Trommeln, das Rufen so vieler Kommandeurs und das Brüllen der Adjudanten, das Zeter- und Mordiogeheul so vieler tausend elenden, zerquetschten, halbtoten Opfer dieses Tages alle Sinne betäubte!« – So erlebte ein Zwangsrekrut im preußischen Heer, der Schweizer Ulrich Bräker, die Schlacht von Lobositz.

1760 geht der Siebenjährige Krieg in seine zweite Hälfte. In diesem Kriegsjahr kommt es bei Liegnitz und bei Torgau zu zwei preußischen Siegen. Trotzdem dringen Russen und Österreicher bis nach Berlin vor und besetzen es für kurze Zeit. 1761 scheidet England aus dem kontinentalen Krieg aus und stellt seine Hilfszahlungen an Preußen ein. 1762 zieht sich Rußland nach dem Tod von Elisabeth II. Petrowna, Friedrichs Erz-Antipodin, nach der kurzen Regentschaft von Zar Peter III. und nach Machtübernahme Katharinas II. aus dem Kampf um Schlesien und die Vormacht in Mitteleuropa zurück.

Österreich und Preußen liefern sich 1762 die letzten Schlachten, im Juli bei Burkersdorf, im Oktober bei Freiberg im verwüsteten Sachsen.

Nach sieben Jahren des Kämpfens bestätigt am 15. Februar 1763 der Friedensschluß von Hubertusburg die Besitzverhältnisse von vor dem Krieg. Schlesien bleibt preußisches Territorium.

Die Rückkehr Friedrichs nach Berlin fällt weniger triumphal aus, als es die Stadtbehörden planten. Der König des erschöpften und ausgebluteten preußischen Staats erscheint nicht zu den Festakten. Selbst die Königin begrüßt er nach siebenjähriger Abwesenheit nur mit jenem knappen Satz: »Madame sind korpulenter geworden.« Friedrich II. ist ergraut, so krumm geworden, daß für den einsilbigen, kaum mehr zugänglichen Mann alsbald die Bezeichnung *Der Alte Fritz* aufkommt. Kriegsdisziplin, die er den Menschen und sich abforderte, wird nun zur eingeforderten Wiederaufbaudisziplin. Legendär werden Friedrichs Siege über viel stärkere Feinde, legendär werden auch seine geliebten Windhunde, mit denen er sich in Sanssouci umgibt.

Derweil hat Voltaire mit achtundsechzig Jahren seinen vielleicht wichtigsten Kampf eröffnet.

1762 wurde in Toulouse der Kaufmann Jean Calas, ein Hugenotte, beschuldigt, seinen eigenen Sohn getötet zu haben, weil dieser zum katholischen Glauben hatte übertreten wollen. Aufgrund eines mangelhaften medizinischen Gutachtens über die Todesursache, vor allem aber wegen der prokatholischen Stimmung in der Stadt Toulouse, sprach sich das eindeutig befangene Gericht der Stadt für die Folterung und anschließende Hinrichtung des Hugenotten Jean Calas aus. Die Möglichkeit eines Selbstmords des Sohnes wurde angesichts der fanatisierten Massen gar nicht überprüft.

Voltaire in Genf ist der über dieses Verfahren empörteste Geist der Aufklärung. Mit eigenen Rechtssachverständigen und auf eigene Kosten geht Voltaire dem mutmaßlichen Justizmord nach. Drei Jahre dauern Voltaires unermüdliche Bemühungen um die Rehabilitierung des hingerichteten Jean Calas. Erst nach einem aufsehenerregenden Prozeß in Paris wird das Urteil von Toulouse für unrechtmäßig erklärt. Es ist dies Voltaires erster, gewichtiger Sieg über die noch immer mittelalterliche Justiz und eine der nachhaltigsten Auflehnungen gegen Amtsmißbrauch, gegen willkürliche Autorität vor der Revolution von 1789.

Im Fall der verfolgten Hugenottenfamilie Sirven und dann im Fall des Chevalier de La Barre wird Voltaire von seinen Besitzungen aus wieder alles in Bewegung setzen, um eine neue Rechtsstaatlichkeit gegen *den Fanatismus* durchzusetzen.

In den Jahren zwischen 1761 und 1764 waren Friedrich II. und Voltaire einander offenbar überdrüssig. Sie hatten sich offenbar nichts Entscheidendes, nichts Nennenswertes mehr mitzuteilen und korrespondierten nicht mehr miteinander. Erst im Dezember 1764 schickt Voltaire ein (leider verlorengegangenes) Schreiben nach Deutschland: der Monarch und langjährige Geistespartner ist, zweiundfünfzigjährig, erkrankt, doch er antwortet.

186. Friedrich an Voltaire

Berlin, 1. Januar 1765

Ich glaubte Sie so tüchtig damit beschäftigt, *l'infâme* zu zerquetschen, daß ich nicht annahm, Sie könnten auch noch an anderes denken. Die Schläge, die Sie ihr versetzt haben, hätten sie längst niedergestreckt, wenn diese Hydra nicht immer wieder aus dem Boden des weltweiten Aberglaubens neu erstünde. Ich, der ich schon längst nicht mehr an die Scharlatanerien glaube, die die Menschen in die Irre führen, ich reihe den Theologen, den Astrologen, den Goldmacher und den Arzt in ein und dieselbe Kategorie ein.

Ich bin gebrechlich und krank; ich heile mich selbst durch Diät und Geduld. Die Natur hat es so gewollt, daß unsere

Spezies dem Tod einen zweieinhalbprozentigen Tribut zollt. Das ist ein unwandelbares Gesetz, gegen das die medizinische Fakultät vergebens ankämpfen wird; und wenngleich ich eine hohe Meinung von den Befähigungen des Herrn Tronchin habe, so wird er trotz allem nicht abstreiten können, daß es wenige spezifische Heilmittel gibt und daß Kräuter und Mineralien in Pillenform die von der Zeit verbrauchten und halb zerstörten Kräfte summa summarum weder erneuern noch wiederherstellen können.

Die geschicktesten Ärzte stopfen den Kranken mit Arzneien voll, um seine Einbildungskraft zu beruhigen, und mittels Diät heilen sie ihn; und da ich glaube, daß mir Tränke und Säfte nicht den mindesten Trost spenden, erlege ich mir, sobald ich kränkle, eine rigorose Diät auf und bin bisher damit recht gut gefahren.

Sie können daher Europa über den schweren Verlust hinwegtrösten, den es mit meiner Person zu erleben glaubte (obgleich ich finde, daß dies durchaus kein großer Verlust wäre), denn wiewohl ich mich weder einer sehr stabilen noch sehr glänzenden Gesundheit erfreue, lebe ich doch, und ich habe nicht das Gefühl, daß unsere Existenz es wert wäre, daß man sich die Mühe macht, sie zu verlängern, selbst wenn man das könnte.

Im übrigen bin ich Ihnen für die Anteilnahme, die Sie für mein Wohlbefinden bezeugen, und für die reizenden Dinge, die Sie mir sagen, sehr verbunden, und ich bedauere, daß Ihr Alter Anlaß zu berechtigten Ängsten gibt, mit Ihnen diese Pflanzstätte großer Männer und schöner Genies verdorren zu sehen, die vom Jahrhundert Ludwigs XIV. kündeten. Und so bitte ich Gott, daß er Sie in seinen heiligen und hohen Schutz nehme. Federic.

L'infâme: die Schändliche, die Bösartige, die Niederträchtige; Friedrich benutzt hier Voltaires bald berühmtes Codewort für Kirche im weitesten Sinne.

Einen zweieinhalbprozentigen Tribut: ... un tribut de deux et demi pour cent – eigentlich eine recht niedrige Tributzahlung; womöglich sollte es heißen: deux et demi cents pour cent, also eine 250prozentige Tributzahlung, die der Mensch an den Tod leisten muß.

Fast ein Jahr vergeht, ehe Friedrich Neues aus Genf hört, in einem ebenfalls verlorengegangenen Brief.
Unterdessen hatte Voltaire die Rehabilitierung des 1762 hingerichteten Hugenotten Jean Calas durchgesetzt. Zudem hatte er neben einer *Geschichte der Philosophie* auch etwas Kleineres veröffentlicht, die *Fragen zu Wundern.* In Potsdam dagegen war mit dem Bau des Neuen Palais begonnen worden. Die eher kolossalische als harmonische Schloßanlage, unweit von Sanssouci, sollte vornehmlich dem Zweck dienen, der Welt vorzuführen, daß die sieben Jahre eines erschöpfenden Krieges die Kräfte und Finanzen Preußens keineswegs erschöpft hatten.

187. Friedrich an Voltaire

Berlin, 8. Januar 1766

Nein, es gibt keinen amüsanteren Greis als Sie. Sie haben sich die ganze Heiterkeit und Leichtigkeit Ihrer Jugend bewahrt. Ihr Brief *Sur les miracles* ließ mich lauthals lachen. Ich war nicht darauf gefaßt, mich darin wiederzuentdecken, und ich staunte nicht schlecht, mich dort zwischen den Österreichern und den Schweinen plaziert zu finden. Ihr Esprit ist noch jugendlich, und solange er dies bleibt, ist für den Leib nichts zu befürchten. Der Überfluß des Saftes, der in den Nerven zirkuliert und der das Hirn stimuliert, beweist, daß Sie noch reichlich Lebenskraft besitzen.

Wenn Sie mir vor zehn Jahren gesagt hätten, was Sie mir am Ende Ihres Briefes sagen, so lebten Sie noch hier. Ohne Zweifel haben die Menschen ihre Schwächen, ohne Zweifel ist Vollkommenheit nicht ihr Teil; ich selbst empfinde das und bin überzeugt, daß es ungerecht ist, von anderen etwas zu fordern, was man selbst nicht erfüllen und was man selbst nie erreichen könnte. So hätten Sie anfangen sollen; alles wäre damit gesagt gewesen, und ich hätte Sie mitsamt Ihren Fehlern geliebt, weil Sie große Gaben besitzen, so daß Sie auch ein paar Schwächen zeigen dürfen. Allein die Geistesgaben unterscheiden die großen Menschen vom Pöbel. Man vermag sich selbst daran zu hindern, Verbrechen zu begehen; doch ein Temperament, das gewisse Charakterfehler zeitigt, läßt sich mitnichten korrigieren, ähnlich wie die fruchtbarste Erdscholle, die, wenn sie Weizen trägt, Unkraut mitsprießen läßt. *L'infâme* läßt nur Giftkraut schießen. Es ist Ihnen vorbehalten, es mit Ihrer gefürchteten Keule auszumerzen, mit dem Spott, den Sie darüber gießen und der wirksamer ist als alles Argumentieren. Wenige Menschen verstehen sich aufs Nachdenken, das Gelächter fürchten sie allesamt.

Es steht fest, daß diejenigen, die Leute von Welt genannt werden, in allen Ländern mit dem Denken anfangen. Im abergläubischen Böhmen, in Österreich, ehedem die Bastion des Fanatismus, beginnen weltoffene Menschen die Augen zu öffnen. Heiligenbildern wird nicht länger jene Verehrung zuteil, die sie einst genossen. Gleichgültig, welche Barrieren der Hof gegen den Einzug guter Bücher errichtet, die Wahrheit bricht sich Bahn, ungeachtet all dieser strengen Maßnahmen. Wenngleich sich Fortschritte nicht rasch einstellen, so ist es doch ein gewaltiger Schritt nach vorn, wenn man sieht, wie bestimmte Menschen sich die Binde des Aberglaubens von den Augen reißen.

In unseren protestantischen Ländern geht es schneller voran; und womöglich müssen nicht mehr als hundert Jahre vergehen, bis die Feindseligkeiten vollends erloschen sein werden, die aus der Parteinahme für und wider *sub utraque, et sub una* entstanden sind. Von diesem weiten Reich des Fanatismus bleiben kaum mehr als Polen, Portugal, Spanien und Bayern übrig, wo die schiere Ignoranz und der Winterschlaf des Geistes den Aberglauben noch am Leben erhalten.

Was Ihre Genfer angeht, so sind sie, seitdem Sie dort weilen, nicht bloß ungläubig, sondern obendrein alle zu Schöngeistern geworden. Ihre Plaudereien bestehen nur noch aus Antithesen und Sinnsprüchen. Das ist ein von Ihnen bewerkstelligtes Wunder. Was heißt es denn schon, einen Toten zum Leben zu erwecken, im Vergleich dazu, denjenigen zu Phantasie zu verhelfen, denen die Natur sie vorenthielt? In Frankreich gibt es keine Geschichte über Tölpelhaftigkeit, in der nicht ein Schweizer die Hauptfigur abgäbe; wenngleich wir Deutsche nicht gerade als die Gewitztesten gelten, so amüsiert uns doch die helvetische Nation. Sie haben alles umgestülpt. Sie kreieren sich Geschöpfe, wo immer Sie residieren; Sie sind der Genfer Prometheus. Wären Sie hiergeblieben, so würden wir heute etwas darstellen in dieser Welt. Ein unausweichliches Schicksal, das den Lauf der Dinge bestimmt, wollte nicht, daß wir in den Genuß so vieler Vorzüge kommen. Kaum waren Sie in Ihr Vaterland aufgebrochen, als hier die Literatur dahinzusiechen begann; und ich fürchte, daß in diesem Lande die Geometrie die spärliche Saat erstickt, aus der die schönen Künste neu erblühen könnten. In Rom wurde der gute Geschmack in den Gräbern des Virgil, Ovid und Horaz mitbeerdigt; ich fürchte, daß Frankreich durch Ihren Verlust das Los der Römer ereilen wird.

Was auch immer geschehe, ich bin Ihr Zeitgenosse gewesen. Solange ich lebe, werden Sie gegenwärtig bleiben; und ich bekümmere mich wenig um den Geschmack, die Unfruchtbarkeit oder Gesegnetheit der Welt nach uns.
Adieu; *cultivez votre jardin,* denn das ist fürwahr das Weiseste. Federic.

Zwischen den Österreichern und den Schweinen: In den *Fragen zu Wundern* heißt es: »... seine Gegner zum Frieden zwingen; als Philosoph seinen Ruhm genießen; das nenn' ich ein wirkliches Wunder! und wenn er obendrein noch zweitausend Schweine durch ein einziges Wort ersäufte, so würde es mir einige Mühe bereiten, ihn deswegen noch mehr zu schätzen.
Beginnen weltoffene Menschen die Augen zu öffnen: Nach dem Tod von Maria Theresias Mann Franz I. hatte 1765 ihr reformfreudiger Sohn Joseph II. die Mitregentschaft angetreten.
Sub utraque, et sub una: Sub utraque specie/sub una specie – »in beiderlei/in einer Gestalt«: Theologische Formel bezüglich des Streits, ob Laien das Abendmahl in Form von Brot und Wein oder nur in Gestalt des Brots erhalten dürften.
»Cultivez votre jardin«: Anspielung auf *Candide:* »Das ist gut gesagt«, antwortete Candide, »doch wir müssen unseren Garten bestellen.«

Wo Briefe des zweiundsiebzigjährigen Voltaire verlorengegangen sind, müssen Anmerkungen weiterhelfen:

Am 9. August 1765 wird in der nordfranzösischen Stadt Abbeville auf der Brücke Pont-neuf ein beschädigtes Kruzifix entdeckt. Drei junge Männer, die in der Nacht gezecht hatten, werden als Übeltäter ausgemacht. Überdies werden sie nunmehr beschuldigt, einen Prozessionszug nicht mit dem Kreuzzeichen gegrüßt zu haben. Während sich der beschuldigte Gaillard d'Étallonde unter dem Namen Morival noch vor einem Prozeß in preußische Dienste retten kann, fällt das Gericht von Amiens das Todesurteil über den zwanzigjährigen Chevalier de La Barre. Am 28. Februar 1766 wird der junge Mann wegen zweifacher schwerer Gotteslästerung enthauptet, die Leiche sodann verbrannt.

Von den entsetzten Aufklärern ist Voltaire der entsetzteste: beim abgeurteilten La Barre sind zwei seiner Werke entdeckt worden. Voltaire muß erwägen, sich möglichen Zugriffen von Justiz, Klerus und Administration zu entziehen. Notgedrungen faßt der Zweiundsiebzigjährige ein neues Exil ins Auge, das sichere Kleve im preußischen Rheinland. Dort, so nun Voltaires Plan, soll eine Philosophen-Kolonie ins Leben gerufen werden. Das Projekt dieser Gelehrtenrepublik zerschlägt sich. Weder d'Alembert noch Diderot bekunden Lust, von Paris nach Kleve überzusiedeln. Auch Voltaire selbst nimmt nach einiger Zeit wieder Abschied von der Utopie einer Idealgemeinde unter dem Schutz Friedrichs. Um so intensiver aber widmet sich Voltaire fortan seinen schweizerisch-französischen Besitzungen, der hauseigenen Uhrenmanufaktur, Reformgehöften, den Gästen aus aller Welt und der nie endenden Aufgabe einer Verbesserung der hinter der Philosophie zurückgebliebenen Welt.

188. Friedrich an Voltaire

Potsdam, 13. August 1766

Ich denke, daß Sie meine Antwort auf Ihren vorletzten Brief schon erhalten haben. Ich kann die Exekution in Amiens nicht so schrecklich finden wie die ungerechte Hinrichtung von Calas. Calas war unschuldig; der Fanatismus bringt sich selbst dieses Opfer dar, und nichts kann die Richter für dieses abscheuliche Tun entschuldigen. Sie halten sich nicht einmal an die Formalitäten des Verfahrens, und sie fällen ein Todesurteil, ohne Beweise zu haben, Geständnisse oder Zeugen.

Was sich jetzt in Amiens zugetragen hat, ist ganz anderer Natur. Sie werden nicht bestreiten, daß sich jeder Bürger den Gesetzen seines Landes anzupassen hat; also haben die Gesetzgeber Strafen für diejenigen ersonnen, die gegen die von der Nation übernommene Religionsausübung verstoßen. Zurückhaltung, Anstand, insbesondere der Respekt, den jeder Bürger den Gesetzen schuldig ist, verpflichten also dazu, den überkommenen Kult nicht zu beleidigen und Skandal und Provokation zu vermeiden. Es handelt sich um

Blutgesetze, die man reformieren müßte, indem man die Strafe der Verfehlung angleicht; doch solange diese strengen Gesetze bestehen, können die Magistrate nicht umhin, in Übereinstimmung damit ihr Urteil zu fällen.

In Frankreich schimpfen die Frömmler auf die Philosophen und beschuldigen sie, die Urheber allen Übels zu sein, das geschieht. Im letzten Krieg gab es Verrückte, die behaupteten, die *Encyclopédie* wäre die Ursache der Mißgeschicke gewesen, die der französischen Armee widerfuhren. Während es solcherart gärt, passiert es, daß das Ministerium in Versailles Geld braucht und deswegen der Geistlichkeit, die welches verspricht, die Philosophen opfert, die keines haben, also keines geben können. Ich, der ich weder um Geld noch um Segen bitte, biete den Philosophen Asyl an, vorausgesetzt, sie bleiben so friedfertig, wie es der schöne Titel, mit dem sie sich schmücken, verheißt; denn alle Wahrheiten zusammen, die sie verkünden, wiegen nicht die Seelenruhe auf, das einzige Gut, dessen sich die Menschen auf dem Atom, das sie bewohnen, erfreuen können. Ich, der ich kein feuriger Raisonneur bin, würde mir wünschen, daß die Menschen vernünftig und vor allem ruhig wären.

Wir wissen um die Verbrechen, zu denen der religiöse Fanatismus Menschen getrieben hat. Hüten wir uns, diesen Fanatismus in die Philosophie Eingang finden zu lassen; ihr Merkmal muß Milde sein und Mäßigung. Sie muß das tragische Ende eines jungen Mannes beklagen, der unbedacht gehandelt hat; sie muß die übertriebene Härte eines Gesetzes bloßlegen, das aus grobschlächtiger und unaufgeklärter Zeit stammt; doch darf die Philosophie weder zu ähnlichen Taten ermutigen, noch gegen Richter rebellieren, die nicht anders Recht sprechen konnten, als sie es taten.

Sokrates betete nicht zu den *deos majores et minores gentium;* dennoch nahm er an den öffentlichen Opferfesten teil. Gassendi ging zur Messe, und Newton hörte sich die Predigt an.

Die Toleranz muß in einer Gesellschaft jedermann die Freiheit zusichern, zu glauben, was er glauben will; aber diese Toleranz darf nicht so weit gehen, die Dreistigkeit und Zügellosigkeit von unbesonnenen jungen Leuten gutzuheißen, die beleidigen, was das Volk verehrt. So sind meine Empfindungen, die mit allem, was die Freiheit und die öffentliche Sicherheit garantiert, dem Hauptgegenstand aller Gesetzgebung also, übereinstimmen.

Ich wette, wenn Sie dies lesen, denken Sie: Das ist so recht deutsch, das riecht nach dem Phlegma einer Nation, die keine ungestümen Leidenschaften kennt. Wir sind, das ist wohl wahr, im Vergleich zu den Franzosen, eine Art von Pflanzen; weder haben wir ein *Befreites Jerusalem* noch eine *Henriade* hervorgebracht. Seitdem Kaiser Karl der Große sich entschloß, uns zu Christen zu machen, indem er uns die Gurgel zudrückte, sind wir, wie wir sind; vielleicht haben unser stets wolkenverhangener Himmel und die Eisnebel unserer langen Winter das ihre dazu beigetragen.

Nun, nehmen Sie uns so, wie wir sind. Ovid gewöhnte sich recht rasch an die Gebräuche der Leute von Tomis; ich neige genug zu eitlem Ruhm, um mich selbst glauben zu machen, daß die Provinz Kleve mehr taugt als der Ort, an dem die Donau sich aus sieben Mündern ins Schwarze Meer ergießt. Und so bitte ich Gott, daß er Sie in seinen hohen und heiligen Schutz nehme. Federic.

Die Exekution in Amiens: Die allgemein erwartete Annullierung des Urteils von Amiens durch das Parlament von Paris war ausgeblieben.
Deos majores et minores gentium: Die Haupt- und Nebengötter.
Gassendi: Pierre Gassend oder Gassendi, 1592–1655, Philosoph und Naturforscher, der in Widerspruch zu kirchlichen Lehrmeinungen geriet.
Die Toleranz ...: Vielleicht war es die hier gut zutage tretende friderizianische Mischung aus ›Freisinn in geordneten Bahnen‹, was Pariser Aufklärer von der Übersiedlung ins Klevische abhielt. 1769 jedenfalls schreibt Lessing an Friedrich Nicolai: »Lassen Sie doch einmal einen in Berlin versuchen, über andere Dinge so frei zu schreiben, als Sonnenfels in Wien geschrieben hat; lassen Sie es ihn versuchen, dem vornehmen Hofpöbel so die Wahrheit zu sagen, als dieser Sie ihm gesagt hat, lassen Sie einen in Berlin auftreten, der für die Rechte der Untertanen, der gegen Aussaugung und Despotismus seine Stimme erheben wollte ... und Sie werden bald die Erfahrung haben, welches Land bis auf den heutigen Tag das sklavischste Land von Europa ist.«
Befreites Jerusalem: Gerusalemme liberata, Hauptwerk von Torquato Tasso von 1581.
Tomis: Ovid wurde von Kaiser Augustus nach Tomis verbannt, an den Saum der antiken, zivilisierten Welt.

189. Friedrich an Voltaire

Sans-Souci, 24. Oktober [1766]

Wenn ich auch nicht die Kunst beherrsche, Sie jünger zu machen, so habe ich nichtsdestoweniger den Wunsch, Sie noch lange als Schmuckstück und Leuchte unseres Jahrhunderts leben zu sehen. Was würde aus der Literatur, wenn sie Sie verlöre? Sie haben keine Nachfolger. Leben Sie also so lange, wie es nur irgend geht.

Ich sehe, daß Ihnen die Gründung der kleinen Kolonie, von der Sie mir erzählt haben, am Herzen liegt. Auf einige der von Ihnen erwähnten Punkte einzugehen, fällt mir nicht leicht. Dieses Haus Moyland bei Kleve, von dem Sie mir erzählen, wurde von den Franzosen verwüstet; und soweit ich mich erinnere, wurde es irgendwem übereignet, der sich darangemacht hat, es wieder seinem alten Zwecke zuzuführen. Die Güter, die ich in der dortigen Gegend besitze, sind verpachtet, und einen Kontrakt mit einem Nachfolgepächter könnte ich erst nach Ablauf der bestehenden Pacht abschließen.

Das wird bei der Einrichtung Ihrer Kolonie kein Hindernis sein; und ich meine, das Einfachste wäre es, wenn diese Kolonisten irgendwen nach Kleve schickten, um zu sehen, was ihnen dort zusagen würde und was ich dort für sie ausrichten könnte. Dies wäre das tauglichste Mittel, um alle Mißverständlichkeiten abzukürzen, die sich aus den Entfernungen und der Unkenntnis der Örtlichkeiten ergeben könnten.

Ich beglückwünsche Sie zu der hohen Meinung, die Sie von der Menschheit haben. Ich, der ich aufgrund der Verpflichtungen meinem Staat gegenüber viele Exemplare der Gattung der ungefiederten Zweifüßler kenne, prophezeie Ihnen, daß weder Sie noch alle Philosophen der Welt die menschliche Gattung vom Aberglauben heilen werden, an dem sie festhält. Die Natur hat bei der Mischung dieser Spezies dieses Gewürz dazugetan; Furcht ist es, Schwachheit, Leichtgläubigkeit, ein überstürztes Urteilen, was die Menschen, aus einer gewöhnlichen Neigung heraus, zum System des Wunderbaren verführt.

Rar sind die philosophischen Seelen, die genügend Stärke

besitzen, um tief in sich die Wurzeln zu zerstören, welche die durch die Erziehung eingepflanzten Vorurteile in ihnen geschlagen haben. Man weiß von Menschen, deren von allgemeinen Irrtümern befreiter gesunder Menschenverstand gegen Absurditäten rebelliert und die beim Nahen des Todes aus Furcht wieder abergläubisch werden und als Kapuziner sterben; man weiß von anderen Menschen, deren Denkungsart von ihrer guten oder schlechten Verdauung abhängt.

Nach meinem Empfinden reicht es nicht aus, die Menschen von ihren Irrtümern zu befreien; man müßte ihnen geistigen Mut einflößen können, oder das Erschaudern und Erschrecken vor dem Tod werden über das festeste und methodischste Denken den Sieg davontragen.

Sie meinen, weil die Quäker und Sozianer eine schlichte Religion begründet haben, könnte man, indem man diese noch ein wenig mehr vereinfacht, darauf einen neuen Glauben gründen. Ich aber komme auf das zurück, was ich bereits gesagt habe, und ich bin fest davon überzeugt, daß bei einem beachtlichen Anwachsen dieser Herde diese alsbald einen neuen Aberglauben gebären würde, falls man nicht Seelen auswählte, die frei von Furcht und Schwäche sind. Solche Seelen finden sich gemeinhin nicht. Dennoch glaube ich, daß die Stimme der Vernunft, so sie sich gegen den Fanatismus erhebt, die kommenden Generationen toleranter machen wird, als es die jetzige ist; und damit ist viel gewonnen.

Man wird Ihnen zu Dank verpflichtet sein, daß Sie die Menschen vom grausamsten, vom barbarischsten Wahn, von dem sie je besessen waren und dessen Folgen Schrecken einflößen, kuriert haben.

Fanatismus und rasender Ehrgeiz haben blühende Gefilde meines Landes verwüstet. Falls Sie wissen wollen, wieviel insgesamt zerstört wurde, so sollen Sie hören, daß ich achttausend Häuser in Schlesien wiederaufbauen ließ; in Pommern und in der Neumark sechstausendfünfhundert; das macht, nach Newton und d'Alembert, vierzehntausendfünfhundert Behausungen.

Der größte Teil wurde von den Russen niedergebrannt. Wir selbst haben keinen so abscheulichen Krieg geführt; und die Verwüstungen durch uns betreffen nur etliche Gebäude in jenen Städten, die wir belagerten; deren Zahl reicht gewiß nicht an tausend heran. Das schlechte Beispiel hat uns nicht verführt; und was dies betrifft, spricht mein Gewissen mich von jedem Vorwurf frei.

Nunmehr ist alles ruhig und wiederhergestellt, vor allem Philosophen werden bei mir, wo immer sie wollen, Zuflucht finden; dies gilt vorzüglich für den Feind des Baal oder jenes Kultes, der in dem Land, in welchem Sie leben, als die Hure Babylon bezeichnet wird.

Ich empfehle Sie dem Schutz Epikurs, Aristippos', Lokkes, Gassendis, Bayles und all dieser von Vorurteilen gereinigten Seelen an, deren unsterbliches Ingenium sie zu Cherubimen machte, die den Triumphbogen der Wahrheit schmücken.
Federic.

So Sie uns einige Bücher, die Sie erwähnten, zukommen lassen wollen, so würden Sie all denen eine Freude bereiten, die Hoffnung in den Mann setzen, der sein Volk vom Joch der Betrüger befreien wird.

Sozianer: Auch Unitarier genannt, lehnten unter anderem die Dreifaltigkeitslehre und die Erbsünde als vernunftwidrig ab; die auf Ratio und Caritas ausgerichtete Glaubensgemeinschaft hatte sich im 17. Jahrhundert in Polen entwickelt.

1765 gründet Friedrich II. die Preußische Staatsbank, 1766 wird das preußische Steuerwesen reformiert.

Im Vergleich zum halbmilitärischen Lebensstil in Sanssouci ist Voltaires Residenz Ferney ein Taubenschlag. Dort ist 1766 ein echter Amerikaner zu Gast, dort wird die Intelligenz von Paris bewirtet, der russische Botschafter in Frankreich, deutsche Fürsten steigen im berühmten Haushalt Voltaire/Denis ab. Ein durchreisender Engländer wagt es, in Gegenwart Voltaires Shakespeare vor Racine zu loben. Voltaires Zornesausbruch über die Deklassierung der französischen Klassik läßt den Todkranken wieder zu seinen gewohnten Kräften finden. Bis zu seinem Lebensende wird Voltaire keinen Hehl aus seiner Abscheu vor der »unordentlichen«, regellosen, »nur eigenbrödlerischen« Dramatik Shakespeares und seiner Nachahmer machen. Der Hausherr selbst verfaßt *Die Skythen,* Drama in fünf Akten, und spielt mit seiner Nichte bei der Hausaufführung selbst mit. In Paris war dies Bühnenwerk kurz zuvor ausgepfiffen worden, doch der Dichter konterte: »Niemand versteht etwas davon, die Tragödie ist wunderbar.«

Um 1765 beginnt Voltaire zu »katharinisieren«. Mit diesem Begriff bezeichnet er die Stunden, die er seinem neuesten Briefwechsel widmet, dem mit Katharina II. von Rußland.

1767 sind die Musterplantage und die Musterhöfe, die eigene Uhrenmanufaktur, das Herrenhaus und die fragwürdige Kirche von Ferney plötzlich von zigtausend französischen Soldaten umstellt. Sie plündern in Voltaires Gärten, aber nach kurzer Zeit bessern sie für den Eigentümer des Ganzen sogar die Wege aus. Die französischen Truppen waren angerückt, um durch eine Blockade und durch ihre Präsenz politische Unruhen in Genf zu ersticken. Kurz erwägt Voltaire seine Flucht nach Lyon – von Kleve ist nicht mehr die Rede –, bleibt aber dann im belagerten Genf-Ferney, wo seit geraumer Zeit ein Jesuitenpater einen speziellen Dienst versieht. Pater Adam liest für die Bauern bisweilen die Messe, in der Hauptsache aber obliegt es ihm, mit Voltaire Schach zu spielen und nach Möglichkeit dabei geschickt zu verlieren, denn Voltaires impulsives Werfen mit Schachfiguren war bei jedem Gegner gefürchtet.

Im Sommer 1767 ist der 73jährige Dichter wieder einmal todkrank.

190. Friedrich an Voltaire

Potsdam, 31. Juli 1767

Wie alle Welt glaubte auch ich, Sie hätten sich eine neue Heimstatt erwählt. Briefe aus Paris bestärkten mich in der Annahme, daß Sie nach Lyon gehen würden, und Ihr langes Schweigen schrieb ich Ihrem Umzug dorthin zu; die Ursache, die Sie angeben, ist weitaus ärger.

Das Gedicht über die Genfer habe ich durch Thiériot erhalten. Ich besitze davon jedoch nur zwei Gesänge; machen Sie mir die Freude, mir das ganze Werk zu schicken. Beim Lesen bewunderte ich die feurige Einbildungskraft, welche die eisigen Nebel der Schweiz und der Kältehauch des Alters nicht zum Verlöschen bringen konnten; und da dies Werk mit soviel Heiterkeit wie Wärme verfaßt ist, glaubte ich Sie lebendiger denn je. Nun sind Sie dieser neuerlichen Gefahr entronnen, und zweifelsohne werden Sie uns mit ein paar Gedichten über den Styx, über Charon, über Zerberus etc. unterhalten, über alle diese von Ihnen aus nächster Nähe betrachteten Dinge. Einen Bericht über diese Reise der Unterwelt entgegen sind Sie uns schuldig; die Arbeit wird Sie vergnügen, angeregt vom Beispiel so vieler Reisender, die sich nicht schämten, uns etwas vorzuerzählen, was sie selbst in wirklichen Ländern nie erblickten. Ihr Terrain bietet Ihnen Mythologisches, Theologisches und Metaphysisches. Welch ein Projekt für die Einbildungskraft! Doch zurück zu dieser Welt.

Hier altert man mit Macht, mein teurer Voltaire; seit jener Zeit, derer Sie sich entsinnen, ist alles sehr anders geworden. Mein Magen, der beinahe nicht mehr verdaut, zwingt mich, auf Soupers zu verzichten. Des Abends lese ich oder ich plaudere. Mein Haar ist weiß geworden, meine Zähne fallen aus, meine Beine sind krumm von Gicht. Ich vegetiere noch, jeden Tag bemerke ich, wie die Zeit einen merklichen Unterschied zwischen vierzig und sechsundfünfzig Jahren macht. Lassen Sie auch nicht außer acht, daß ich seit dem Frieden mit Arbeit so überhäuft bin, daß meinem Kopf nur noch wenig gesunder Menschenverstand geblieben ist, allerdings eine auflebende Leidenschaft für die Wissenschaften und die schönen Künste. Das beides ist mein Trost und meine Freude.

Ihr Geist ist jünger als der meinige; Sie haben ohne Zweifel vom Jungbrunnen getrunken, oder Sie haben irgendein Geheimnis entdeckt, das großen Männern, die vor Ihnen gelebt haben, unbekannt geblieben ist.

Sie wollen das *Siècle de Louis XIV* überarbeiten; ist es nicht gefährlich, Fakten hinzuzufügen, die mit unserer Zeit zu tun haben? Es ist wie mit der Bundeslade des Herrn, man darf nicht daran rühren. Dies gibt mir Gelegenheit, Ihnen eine Frage vorzutragen, die ich Sie zu beantworten bitte. Man spricht vom *Jahrhundert des Augustus*, vom *Jahrhundert Ludwigs XIV.:* bis wann soll sich dieses Jahrhundert erstrecken? wann vor der Geburt des Namensspenders beginnt, wann nach seinem Tod endet es? Ihre Antwort wird über einen kleinen literarischen Disput entscheiden, der sich gelegentlich dieser Frage hier entzündet hat.

Ich neide Lentulus das Vergnügen, Sie gesehen zu haben.

Da Sie ihn erwähnen, nehme ich an, daß er in Ferney war. Er hat Sie *facie ad faciem* gesehen, so wie der Große Condé, der im Sterben Gott zu erblicken hoffte. Ich, ich sehe nichts als meinen Garten. Wir haben Hochzeit gefeiert, dann Verlobung. Ich schaffe Ordnung in meiner Familie. Ich habe mehr Neffen und Nichten als Sie. Wir führen allesamt ein friedliches und philosophisches Leben. Von Aufrührern und dem, was sie wollen, spricht man hier sowenig wie von den Genfern und den Helden, die sie umzingeln. Doch habe ich zu meiner Freude vernommen, daß man sie in Ruhe läßt. Wenn die Genfer weise sind, so werden sie sich schleunigst miteinander aussöhnen und niemals um den Schiedsspruch von Nachbarn nachsuchen, die mächtiger sind als sie.

So leben Sie denn fort zu Ehren der Literatur; möge sich Ihr Leib verjüngen wie Ihr Geist, und wenn ich Ihnen schon nicht zuhören kann, kann ich Sie doch lesen, Sie bewundern und beten für den Patriarchen von Ferney. Federic.

Das Gedicht über die Genfer: Voltaires Epos *Der Bürgerkrieg von Genf.*
Lentulus: Robert Scipio Freiherr von Lentulus, preußischer Generalleutnant.
Facie ad faciem: »Von Angesicht zu Angesicht«.
Wir haben Hochzeit gefeiert, dann Verlobung: Vermählung von Louise Henriette Wilhelmine von Brandenburg-Schwedt mit dem Fürsten Leopold Friedrich Franz von Dessau am 25. Juli; Verlobung von Prinzessin Friederike Sophie Wilhelmine, Tochter von Prinz August Wilhelm von Preußen, mit dem niederländischen Erbstatthalter Wilhelm V. von Oranien am 27. Juli.
Von den Genfern und den Helden, die sie umzingeln: Bei den Genfer Regierungsunruhen ging es um jahrelange Meinungsverschiedenheiten, um die Wahl oder Ablehnung von Kandidaten zur Besetzung der höchsten Behörde der Republik, dem Rat der *Vier Syndices.* 1765/66/67 blieben diese Posten vakant. Gegen diese *Anarchie* griff Frankreich als eine der *Garantiemächte* der Republik Genf ein. Dabei stand natürlich die Selbständigkeit des kleinen Staats plötzlich mit auf dem Spiel.

Voltaire ist nun fünfundsiebzig:

191. Voltaire an Friedrich

[Oktober] 1769

Sire, ein Böhme von viel Esprit und philosophischen Geists namens Grimm hat mir erzählt, daß Sie den Kaiser in unsere heiligen Mysterien eingeweiht hätten und daß Sie nicht eben erfreut wären, daß ich fast zwei Jahre hingebracht hätte, ohne Ihnen zu schreiben.

Ich danke Ew. Majestät untertänigst für diesen kleinen Vorwurf; ich gebe zu, ich war über den geringen Erfolg der Übersiedlung nach Kleve so verärgert und so beschämt, daß ich Ew. Majestät seither mit keiner meiner Ideen mehr nahezutreten wagte. Wenn ich bedenke, daß ein Verrückter und Taugenichts wie Ignatius ein Dutzend Proselyten fand, die ihm nachfolgten, und daß ich keine drei Philosophen auftreiben vermochte, dann war ich oft versucht zu glauben, daß Vernunft zu rein gar nichts nutze ist; übrigens, was auch immer Sie sagen mögen, ich bin tüchtig gealtert, und trotz meines Kokettierens mit der Kaiserin von Rußland ist es ein Faktum, daß ich schon lange sterbenskrank bin und dahinsieche.

Aber ich feiere Auferstehung und finde zu all meinen Gefühlen für Ew. Majestät zurück, genauso wie zu meiner ganzen Philosophie, um Ihnen heute betreffs einer kleinen engelländischen Ausgeburt zu schreiben, die Ihre Person betrifft. Sie ahnen wohl, daß diese englische Narretei nicht lustig ist; viele weise Leute leben in England; doch leben dort ebenso viele finstere Fanatiker. Einer dieser Tollhäusler, der womöglich noch gute Absichten hegt, hat sich in den Kopf gesetzt, in der Hofgazette, welche *The Whitehall Evening-Post* genannt wird, am 7. Oktober einen angeblichen Brief von mir an Ew. Majestät abdrucken zu lassen, worin ich Sie ermahne, die Nation, die Sie regieren, nicht länger ins Verderben zu führen. Hier die getreulich übersetzten Worte: »Nennt sich das Gottesfurcht, wenn Ihre umfassenden Kenntnisse, Ihre Talente und Tugenden Ihnen einzig dazu dienten, diese Himmelsgaben zu verkehren, um Elend und Betrübnis über das Menschengeschlecht zu bringen! Sie haben, Sire, auf dieser Welt nichts weiter zu begehren als den erhabenen Titel eines christlichen Helden.«

Ich bin überzeugt davon, daß dieser Fanatiker bald einen Brief von mir an den Großtürken Mustapha drucken wird, worin ich Seine Erhabenheit ermahne, ein mohammedanischer Held zu sein; doch da Mustapha keine Veranlagung zum Helden erkennen läßt und weil meine wahre Heldin, die Kaiserin von Rußland, dort unten Ordnung geschaffen hat, glaube ich nicht, daß ich diese türkische Bekehrung ins Visier nehme. Ich halte mich an die Fürsten und Fürstinnen des Nordens, die mir erleuchteter scheinen als das gesamte Serail von Konstantinopel.

Ich antworte dem Autor, der mir diesen reizenden Brief an Ew. Majestät unterstellt, nur mit diesen vier Zeilen:

»In der Whitehall Evening-Post vom 7. Oktober 1769, Nr. 3668, habe ich einen angeblichen Brief von mir an Seine Majestät den König von Preußen entdeckt. Dieser Brief ist außergewöhnlich dumm; ich habe ihn jedoch nicht geschrieben. Gegeben zu Ferney, den 29. Oktober 1769. Voltaire.«

Überall, Sire, gibt es diese gleichermaßen absurden wie bösartigen Geister, die glauben oder die glauben machen wollen, daß man keine Religion habe, wenn man nicht zu ihrer Sekte gehört. Diese abergläubischen Schelme gleichen der Philaminte in den *Femmes savantes* von Molière; sie sagen:

Nul ne doit plaire à Dieu que nous et nos amis.

(Keiner soll Gott gefallen bis auf uns und unsere Freunde.)

An irgendeiner Stelle habe ich gesagt, daß La Motte le Vayer, der Erzieher des Bruders von Ludwig XIV., eines schönen Tages einem dieser Wirrköpfe entgegenhielt: »Mein Freund, ich habe so viel Religion, daß Du Deine behalten kannst.«

Sie wissen nicht, diese armen Tröpfe, daß der wahre Gottesdienst, die wahre Frömmigkeit, die wahre Weisheit darin bestehen, Gott als den einen Vater aller Menschen anzubeten, ohne jeden Unterschied, und gute Werke zu tun.

Sie wissen nicht, daß die Religion nicht aus den Träumereien braver Quäker besteht, noch aus denen guter Wiedertäufer oder Pietisten, noch aus der Leibwerdung von Brot und der Blutwerdung von Wein, noch aus einer Pilgerfahrt gen Notre-Dame de Lorette, Notre-Dame des Neiges oder Notre-Dame der Sieben Schmerzen; sondern vielmehr aus dem Wissen um das Höchste Wesen, das die ganze Natur erfüllt, und aus Tugend.

Ich kann nicht glauben, daß erleuchtete Gottesfurcht den polnischen Dissidenten die durch ihre Geburt erworbenen Rechte verweigerte und die Janitscharen unseres Heiligen Vaters des Großtürken zur Errettung der guten römischen Katholiken von Sarmatien zu Hilfe rief. Es war womöglich nicht gerade der Heilige Geist, der bei dieser Angelegenheit waltete, es sei denn, es war ein heiliger Geist des ehrwürdigen Paters Malagrida oder des ehrwürdigen Paters Guignard oder des ehrwürdigen Paters Jacques Clément.

Ich will hier nicht näher auf jene Politik eingehen, welche immer die Sache Gottes unterstützt hat, seit dem großen Konstantin, dem Mörder seiner ganzen Familie, bis hin zur Ermordung Karls I., den man, das Evangelium in Händen, vom Henker um einen Kopf kürzer machen ließ. Politik ist meine Sache nicht; ich habe mich stets darauf beschränkt, meine eigenen geringen Anstrengungen zu unternehmen, um die Menschen weniger dumm, dafür ehrenhafter werden zu lassen. Aus diesem Gedanken heraus, ohne die Ziele einiger Souveräne zu erforschen (Ziele, die mir höchst unbekannt sind), beschränkt sich mein leidenschaftliches Wünschen darauf, die barbarischen Türken unverzüglich aus dem Lande des Xenophon, Sokrates, Platon, Sophokles und Euripides verjagt zu sehen. Wenn man das nur wollte, wäre es alsbald getan; vorzeiten hat man sieben Kreuzzüge des Aberglaubens unternommen; aber für die Ehre wird man niemals einen Kreuzzug führen; die ganze Last bürdet man Katharina auf.

Ansonsten, Sire, liege ich seit einem Jahr zu Bette; ich wollte, mein Bett stünde in Kleve.

Ich erfahre, daß Ew. Majestät, die Sie fürs Bett nicht geschaffen sind, sich wohler befinden denn je, daß Sie korpulenter geworden sind, ja, daß Sie frisch aussehen. Möge das große Wesen, welches das Universum erfüllt, Sie bewahren! Seien Sie fürderhin Beschützer der Menschen, die denken, und die Geißel der Schelme.

Empfangen Sie den tiefsten Respekt Ihres vormaligen Dieners, der niemals seine Gesinnung geändert hat, ganz gleich, was man redet.

Daß Sie den Kaiser ...: Im August war es in Neiße zu einem Treffen zwischen Friedrich und Maria Theresias Sohn Joseph II. gekommen.
Ignatius: von Loyola, Gründer des Jesuitenordens.
Weil meine wahre Heldin ... dort unten Ordnung geschaffen hat: Ein russisch-türkischer Krieg war 1768 ausgebrochen und währte bis 1774.
Ich kann nicht glauben ...: Zerstrittene polnische Adelsparteien hatten die Türken beziehungsweise Rußland um Hilfe ersucht, was zum russisch-türkischen Krieg Anlaß gab, dann auch zu den drei Teilungen Polens.
Malagrida ... Guignard ... Clément: Drei aus Voltaires umfangreicher Liste katholischer Königsmörder; Gabriel Malagrida, Jesuit und Verschwörer gegen die Aufklärung in Portugal, 1761 hingerichtet; Jean Guignard, Jesuit und in Folge eines Attentats auf Heinrich IV. 1595 hingerichtet; Jacques Clément, Dominikaner, 1589 sogleich getöteter Mörder Heinrichs III.
Dem großen Konstantin: Flavius Valerius Constantinus, Konstantin der Große, erkannte als erster römischer Kaiser das Christentum an, ließ sich selbst aber wohl erst auf dem Sterbebett taufen.
Ermordung Karls I: von England wurde 1649 enthauptet. Auf sein absolutistisch-katholisches Regiment folgte das puritanische Regime Cromwells.

192. Friedrich an Voltaire

Potsdam, 25. November 1769

Sie sind allzu bescheiden, wenn Sie glauben konnten, daß ein Schweigen, wie Sie es während zweier Jahre wahrten, mit Geduld ertragen werden könnte. Nein, das gewiß nicht. Jeder, der Geschriebenes liebt, hat ein Interesse daran, sich mit Ihnen zu unterhalten, und ist erfreut, wenn Sie höchstselbst ihm Neuigkeiten zukommen lassen. Ob die Schweizer sich in Kleve einrichten oder ob sie in Genf bleiben, ist mir einerlei; aber es ist gut zu wissen, was der Held der Vernunft so treibt, dieser Prometheus unserer Tage, der das himmlische Licht bringt, um die Blinden sehend zu machen und sie ihre Vorurteile und ihre Irrtümer erkennen zu lassen.

Es freut mich sehr, daß englische Dummheiten Sie haben auferstehen lassen; ich könnte die Narren lieben, die dergleichen Wunder vollbringen. Das hindert mich nicht daran, den englischen Verfasser für einen alten Pikten zu halten, der nichts von Europa versteht. Man muß schon ein rechter Frischling in der Welt sein, um Sie zu einem Kirchenvater umzumünzen, der aus Sorge um meine Seele an meiner Bekehrung werkelt. Es wäre zu wünschen, daß Ihre französischen Bischöfe eine ähnliche Meinung hinsichtlich Ihrer Rechtgläubigkeit hätten; um so ruhiger würden Sie dann leben.

Was den Großtürken angeht, so hält man ihn für höchst rechtgläubig, sowohl in Rom als auch in Versailles. Nach dem Dafürhalten dieser Herrschaften kämpft er für den apostolischen, katholischen wie auch römischen Glauben. Der Halbmond sei es, der das Kreuz verteidigt, der die Bischöfe und die Konföderierten in Polen gegen diese verdammten, gleichermaßen griechisch-orthodoxen wie dissidentischen Ketzer unterstützt, der sich zur höchsten Glorie des Heiligen Vaters in den Kampf stürzt. Wenn ich nicht die Geschichte der Kreuzzüge in Ihren Werken gelesen hätte, hätte ich vielleicht dem Wahn verfallen können, Palästina erobern, Zion befreien und von den Palmen Idumäas pflücken zu wollen; doch die Torheiten so vieler Könige und Paladine, die in diesen fernen Gefilden mit dem Eisen gerasselt haben, hielten mich von der Nachahmung ab, und mit Sicherheit weiß das die Kaiserin von Rußland ebenso. Ich beschränke meine Mühen darauf, die Herren Konföderierten zur Eintracht und zum Frieden zu ermahnen und sie darauf hinzuweisen, daß es zweierlei ist, ob man ihre Religion verfolgt oder ob man von ihnen verlangt, die anderen nicht zu verfolgen; ich möchte nichts weiter, als daß Europa Frieden hat und jedermann zufrieden ist. Ich vermute, daß ich diese Empfindungen vom verstorbenen Abbé Saint-Pierre geerbt habe; und wie ihm könnte es auch mir passieren, der einzige meiner Sekte zu bleiben.

Doch gehen wir zu etwas eher Heiterem über; ich schicke Ihnen einen Theaterprolog, den ich in aller Eile zur Unterhaltung der Kurfürstin von Sachsen verfaßt habe, die mir einen Besuch abgestattet hat. Sie ist eine Fürstin von großem Verdienst und eine, die es verdient hätte, von einem besseren Poeten besungen zu werden. Sie sehen, ich bewahre mir meine alten Schwächen; ich liebe die Literatur wie ein Besessener; nur sie verzaubert unsere Mußestunden und spendet wahre Freude. Die Philosophie würde ich gleichermaßen lieben, vermöchte nur unsere schwache Vernunft die unseren Augen verborgenen Wahrheiten zu entdecken, nach denen unsere eitle Wißbegier so eifrig sucht; aber wissen lernen heißt zweifeln lernen. So meide ich denn dieses an Klippen des Aberwitzes so reiche Meer, überzeugt davon, daß das Wissen um alle diese abstrakten Gegenstände unserer Spekulationen, die außerhalb unseres Denkvermögens liegen, völlig nutzlos für uns wäre, sofern wir überhaupt bis dorthin vorzudringen vermöchten.

Mit dieser Art zu denken bringe ich in Ruhe mein Alter zu; ich versuche, mir alle Schriften des Neffen vom Abbé Bazin zu beschaffen: seine Werke sind die einzigen, die man lesen kann.

Ich wünsche ihm ein langes Leben, Gesundheit und Zufriedenheit, und, was auch immer gesagt wurde, ich liebe ihn immer noch.

Federic.

Pikten: Ureinwohner Nordschottlands.
Ich möchte nichts weiter, als daß Europa Frieden hat . . .: Der 25. November muß ein äußerst milder Herbsttag gewesen sein: denn nach drei nicht ganz unfreiwillig entfachten Kriegen sollte der schwerbewaffnete Friedensfürst von Preußen schließlich auch noch zum unnachgiebigen Initiator der ersten raffgierigen Teilung Polens werden.
Der Kurfürstin von Sachsen: Die verwitwete Maria Antonia von Sachsen, musisch und preußenfreundlich, war die Nachfolgerin Josephas, jener Kurfürstin von Sachsen und Königin von Polen, die sich bei der preußischen Invasion 1756 in eigener Person vor die Dresdner Geheimarchive gestellt und sich von Friedrichs Worten »Zwei Grenadiere sollen die Königin pakken« nie mehr erholt hatte.
Des Neffen vom Abbé Bazin: Eine Verteidigungsschrift seines *Essais über die Sitten* hatte Voltaire unter dem Pseudonym ›Neffe des Abbé Bazin‹ publiziert.

Im Jahr 1770 werden kulturhistorische Gestalten geboren, die das nächste Jahrhundert mitprägen: Beethoven, Hegel. 1770 gibt im Versailles des Ancien Régime Madame du Barry den Ton an. 1770 arbeitet Voltaire, mittlerweile sechsundsiebzigjährig, an den *Questions sur l'Encyclopédie,* verfaßt er erstmals den Text zu einer komischen Oper, beginnt er seinen Feldzug gegen Relikte von Leibeigenschaft im französischen Jura. Verehrer des hochbetagten Philosophen sammeln für eine Statue Voltaires in ganz Europa Geld. Der Bildhauer Jean-Baptiste Pigalle wird sie ausführen.

Nach dem Verbot des für seine politischen Machenschaften berüchtigten Jesuitenordens in den meisten Ländern Europas bietet im Norden nun Friedrich II. der vertriebenen ›Gesellschaft Jesu‹ Asyl an.

Voltaire gelangt in diesem Jahr zu seiner vielleicht sonderbarsten Auszeichnung. Da der Grundherr von Ferney, Verfasser von fast durchweg verbotenen philosophischen Schriften, dem benachbarten Kloster von Gex immer wieder nachbarschaftliche Gefälligkeiten erweist, ernennt der General der Kapuziner in Rom das noch immer lebende Vorbild der Pigalle-Statue, Voltaire, zum Ehrenmitglied des Ordens.

193. Voltaire an Friedrich

Ferney, 27. April 1770

Sire, als Sie krank waren, war ich es selbstverständlich auch, und gleich Ihnen versuchte ich mich trotzdem in Prosa und Vers, wiewohl bei meinen Versen und bei meiner Prosa nichts Sonderliches herauskam; ich kam daher zu dem Schluß, daß ich dazu geschaffen war, bei Ihnen zu leben und zu sterben, und daß es ein Mißverständnis war, wenn das nicht so gekommen ist.

Ich bin jetzt Kapuziner, Sie sind Jesuit; das ist nur ein weiterer Grund, der mich in Berlin hätte halten sollen. Unterdessen geht das Gerücht, daß Bruder Ganganelli meine Werke indiziert hätte, zumindest jene, die von den Buchhändlern unter meinem Namen verkauft werden.

Ich werde Seiner Heiligkeit schreiben, daß ich ein wakkerer Katholik bin und daß Ew. Majestät dafür bürgen.

Auf meinen Heiligenschein werde ich keineswegs verzichten; und da ich in Bälde einer Lungenentzündung erliegen werde, bitte ich Sie, mich, so schnell es geht, heiligsprechen zu lassen. Das kostet Sie nur hunderttausend Taler, das ist beinah umsonst.

Was Sie angeht, Sire, so wird man sich bezüglich Ihrer Heiligsprechung an Marc Aurel zu wenden haben. Ihre *Dialogues* entsprechen ganz seinem Gusto und seinen Lebensmaximen; Nutzbringenderes ist mir nicht untergekommen. Sie haben das Mysterium erschlossen, zugleich Verteidiger, Gesetzgeber, Historiograph und Erzieher Ihres Königreiches zu sein; das ist nur allzu wahr; ich bezweifle, daß nämliches sich von Mustapha behaupten läßt. Sie sollten sich die Gelegenheit nicht entgehen lassen, ein paar Überbleibsel dieses fetten Schweines zu erhaschen; das hieße, der Menschheit einen Dienst erweisen.

Während das russische Reich und das ottomanische Reich mit einer Wucht aufeinanderprallen, daß es an beiden Weltenden nur so dröhnt, steht die kleine Republik Genf noch immer unter Waffen; mein Haus ist voll von Emigranten, die sich hierhergeflüchtet haben. Die Stadt Jean Calvins ist derzeit nicht erbaulich.

Ich habe niemals soviel Schnee und soviel Blödheit erblickt. Bald werde ich alles nicht mehr wahrnehmen, denn ich vergehe.

Empfangen Sie gnädig den Segen des Bruders François und senden Sie mir den des heiligen Ignatius.

Bleiben Sie auf Erden ein Heros, und behalten Sie, ich bitte Sie inständig, einen Mann im Gedächtnis, dessen Seele stets zu Füßen der Ihrigen gelegen hat.

Bruder Ganganelli: Lorenzo Ganganelli nannte sich nach seiner Wahl Papst Clemens XIV. Er löste 1773 den Jesuitenorden auf.

194. Voltaire an Friedrich

Ferney, 4. Mai 1770

Sire, ich bin überzeugt, Sie sind wieder wohlauf; ich erlebte einst, wie Sie gleich nach einem Gichtanfall so tüchtig zur Ader gelassen wurden, daß Sie sich kaum mehr auf den Beinen halten konnten, und tags darauf saßen Sie hoch zu Roß; heutigentags vollbringen Sie noch mehr; Ihre *Dialogues* im Stile Marc Aurels stehen weit über einem Ausritt oder einer Parade.

Ich bin mir nicht sicher, ob Ew. Majestät an der Malerei noch immer genausoviel Gefallen finden wie an der Moral. Die Kaiserin von Rußland läßt derzeit allerorten aufkaufen; in Genf wurden Gemälde im Werte von hunderttausend Francs an sie verkauft; da liegt es nahe anzunehmen, daß sie noch genügend Geld besitzt, um Mustapha aufs Haupt zu schlagen. Gern sähe ich es, wenn auch Sie sich zu Ihrem eigenen Vergnügen mit Mustapha schlügen und mit ihr halbe-halbe machten; beauftragt bin ich allerdings nur, Ew. Majestät ein Gemälde anzutragen und keineswegs den Krieg gegen die Türken. Monsieur Hennin, französischer Resident zu Genf, besitzt dieses Gemälde mit den drei Grazien, sechs Fuß hoch, gerahmt ist es auch, von Vanloo. Für elftausend Francs will er es verkaufen; mehr weiß ich darüber nicht. Es war für den inzwischen verblichenen König von Polen reserviert. Wenn es in Ihr neues Palais paßt, brauchen Sie nur anzuordnen, daß man es Ihnen zusende; hiermit habe ich mich meines Auftrags entledigt.

Da ich inmitten der Schneemassen des Jura meine Sehkraft fast gänzlich eingebüßt habe, kann es meine Sache nicht sein, Gemälde zu beschreiben. In meinem Zustand kann ich auch kaum noch ein Wort zur Verskunst sagen; denn während Ew. Majestät die Gicht plagte, erliegt Ihr alter Diener nun einem Brustleiden. Im Frühling haben wir in unseren Alpen Winter. Ich weiß nicht, ob die Natur die Sandfelder Berlins freundlicher behandelt, aber ich erinnere mich, daß in der Nähe Ew. Majestät immer das schönste Wetter war. Ich bitte Sie, mir Ihre Gunst zu bewahren und keine Gichtanfälle zu haben. Ich bin dem Paradies näher als Sie, denn während Sie nur der Beschützer der Jesuiten sind, bin ich ein wirklicher Kapuziner; ich bin im Besitze des Ordenspatents mit dem Porträt des heiligen Franz, ganz nach dem Original gemalt.

Ich werfe mich Ihnen zu Füßen, meine göttlichen Ehren hintanstellend. Bruder François Voltaire.

195. Friedrich an Voltaire

Charlottenburg, 24. Mai 1770

Da Sie danach gelüstet, halte ich Sie für sehr kapuzinisch und bin mir sogar Ihrer Kanonisierung gewiß; unter allen Heiligen der Kirche ist mir keiner bekannt, der Ihnen vergleichbar wäre, und ich hebe an mit dem Gruße: *Sancte Voltere, ora pro nobis.*

In der Zwischenzeit hat Sie der Heilige Vater in Rom ins Feuer werfen lassen. Glauben Sie nur ja nicht, daß Sie der einzige sind, der in den Genuß dieser Aufmerksamkeit kommt: den *Abrégé de Fleury* hat ein ähnliches Los ereilt.

Ich weiß nicht genau, aber es gibt da irgendeine verblüffende Verwandtschaft zwischen uns beiden. Ich bin der Beschirmer der Jesuiten, Sie jener der Kapuziner; Ihre Werke brannten in Rom, meine auch. Doch Sie sind ein Heiliger, und ich lasse Ihnen den Vortritt.

Wie sehr Sie sich doch darüber wundern, Herr Heiliger, daß es in Europa einen Krieg gibt, bei dem nicht ich mit von der Partie bin! Das ist nicht über die Maßen heilig. So sollen Sie denn wissen, daß mich die Philosophen friedfertig gestimmt haben mit ihren nicht enden wollenden Deklamationen gegen jene, die sie als gewinnsüchtige Briganten bezeichnen. Die Kaiserin von Rußland mag ganz nach Gutdünken scharmützeln; von Diderot hat sie gegen Heller und Pfennig Dispens erhalten, die Russen und die Türken sich schlagen zu lassen. Ich meinerseits, der ich die philosophischen Verdikte fürchte und der ich Angst habe, mich der Philosophenbeleidigung schuldig zu machen und die Enzyklopädistenexkommunikation auf mein Haupt zu ziehen, ich verhalte mich still. Und weil kein einziges Buch wider die Hilfsgelder erschienen ist, habe ich gemeint, daß es mir nach dem Naturrecht gestattet sei, solche pflichtschuldig an meinen Bundesgenossen zu zahlen; und ich bin quitt mit diesen Erziehern des Menschengeschlechts, die sich anmaßen, Fürsten, Könige und Kaiser zu walken, wenn diese ihren Befehlen nicht gehorchen.

Durch die Lektüre eines Werkes mit dem Titel *Essai sur les préjugés* habe ich mich gewandelt. Ich schicke Ihnen ein paar Anmerkungen, die einer meiner einzelgängerischen Freunde zu diesem Buche verfaßt hat. Ich kann mir vorstellen, daß dieser Einzelgänger recht gut Ihre Art des Denkens getroffen hat und obendrein den maßvollen Ton, den Sie in jenen Schriften, die Sie als die Ihrigen anerkennen, niemals vermissen lassen. Im übrigen sinne ich nicht weiter über meine Leiden nach; es ist Sache meiner Beine, sich, so gut es geht, mit der Gicht zu arrangieren. Ich habe anderes zu tun; ob humpelnd oder hinkend, ich gehe meinen Weg und schere mich nicht um diese Bagatellen. Als ich krank war und Ihren Brief erhielt, half mir ein Gedanke an Panaetius wieder auf. Ich entsann mich der Antwort, die dieser Philosoph dem Pompejus gab, der seinen Reden lauschen wollte; und ich sagte mir, daß ich mich schämen müßte, wenn mich die Gicht davon abhielte, Ihnen zu schreiben.

Sie erzählen mir von Schweizer Gemälden, aber seitdem ich Hilfsgelder zahle, kaufe ich nichts mehr. Man muß seinen Vorlieben wie seinen Leidenschaften Grenzen zu stekken wissen.

Im übrigen bete ich aufrichtig für Kraft und Stärkung Ihrer Brust. Ich glaube nach wie vor, daß sie Ihnen nicht so schnell ein Schnippchen schlagen wird. Geben Sie sich mit den Wundern zufrieden, die Sie in diesem Leben bewirken, und haben Sie es nicht so eilig, nach Ihrem Hingang damit fortfahren zu wollen. Der ersteren sind Sie gewiß, an den zweiten könnten die Philosophen ihre Zweifel anmelden. In diesem Sinne bitte ich den heiligen Johannes aus der Wüste, den heiligen Antonius, den heiligen Franz von Assisi und den heiligen Cucufinus, daß sie allesamt Sie in ihren hohen und heiligen Schutz nehmen. Federic.

Sancte Voltere, ora pro nobis: »Heiliger Volterus, bitt für uns.«
Abrégé de Fleury: Friedrich II., *Vorwort zum Abriß der Kirchengeschichte von Fleury.*
Von Diderot hat sie ... Dispens erhalten: Die anfänglich liberale, dann zunehmend despotische Katharina II. hatte für eine halbe Million Livres die Bibliothek Diderots aufgekauft, sie aber ihrem Briefpartner Diderot auf Lebenszeit belassen.
Ein paar Anmerkungen: Die Entgegnung auf Voltaires Werk stammte von Friedrich selbst.
Panaetius: Gemeint ist der Stoiker Posidonius, der Schüler des Philosophen Panaetius von Rhodos war.
Der Antwort, die dieser Philosoph dem Pompejus gab: »O Schmerz, du hast über meine Seele keine Macht; so heftig du auch sein magst, niemals werde ich zugeben, daß du ein Übel bist.«
Den heiligen Cucufinus: Von Voltaire selbst, in *Canonisation de Saint Cucufin,* kreierter Heiliger, dessen Signum es war, Eigelb im Bart zu haben, und der Gläubige zum Arbeiten und nicht zum Besuch der Messe anhielt.

196. Voltaire an Friedrich

27. Juli 1770

Sire, Sie und der König von China sind gegenwärtig die einzigen Souveräne, die Philosophen und Poeten sind. Ich las gerade einen Auszug aus zwei Gedichten des Kaisers

Kien-Long, als ich Prosa und Verse Friedrichs des Großen erhielt. Ich komme zuerst auf Ihre Prosa, deren Thema alle Menschen wie auch alle sonstigen Herrscher der Welt angeht. Sie gleichen hier Marc Aurel, der mit seinen moralischen Betrachtungen das System des Lukrez bekämpfte.

Eine kleine Widerlegung des *Système de la nature,* von einem meiner Freunde, war mir bereits unter die Augen gekommen. Mehr als einmal traf er sich glücklich mit den Ansichten Ew. Majestät. Es ist ein gutes Zeichen, wenn ein König und ein einfacher Mann dasselbe denken; beider Interessen sind oft so grundverschieden, daß sie notwendigerweise recht haben müssen, wenn sie in ihren Ideen übereinstimmen.

Ich meine, daß Ihre Anmerkungen gedruckt werden sollten; es sind Lektionen für das Menschengeschlecht. Mit einem Arm verteidigen Sie die Sache Gottes, mit dem anderen zermalmen Sie den Aberglauben. Fraglos wäre es eines Helden würdig, unverhohlen Gott zu verehren und demjenigen, der sich seinen Stellvertreter nennt, einen Nasenstüber zu versetzen. Wenn Sie Ihre Anmerkungen nicht in Ihrer Hauptstadt drucken lassen wollen, so wie Kien-Long jetzt seine Dichtungen in Peking drucken ließ, so geruhen Sie doch bitte, mich damit zu beauftragen, und ich werde sie auf der Stelle veröffentlichen.

Atheismus kann niemals etwas Gutes bewirken, und der Aberglaube hat endlose Leiden hervorgerufen; retten Sie uns vor diesen zwei Abgründen. Wenn irgendwer der Welt diesen Dienst erweisen kann, dann sind Sie es.

Sie widerlegen nicht nur den Verfasser, Sie lehren ihn auch, wie er sich verhalten müßte, um ein nützlicher Mensch zu sein.

Im übrigen klopfen Sie Bruder Ganganelli und den Seinigen tüchtig auf die Finger; auf diese Weise lassen Sie in Ihrem Werk aller Welt Gerechtigkeit widerfahren. Bruder Ganganelli und seine Harlekine sowie der Rest Europas sollten im Grunde wissen, von wem die schöne *Préface de l'Abrégé de Fleury* stammt. Deren aberwitzige Frechheit ist unverzeihlich. Die Kanonen Ew. Majestät könnten sich Roms bemächtigen, doch möchten Sie da und dort zuviel

Schaden anrichten, auch Ihnen selbst damit schaden, und vorbei sind ja die Zeiten der Eruler und Lombarden, leben wir doch in denen der Kien-Longs und Friedrichs. Ein Wort aus Ihrer Feder, und Ganganelli wird hart genug bestraft sein; Ihren Degen behalten sich Ew. Majestät für schönere Gelegenheiten vor.

Erlauben Sie mir, Ihnen eine kleine Darstellung vom Einvernehmen zwischen Königen und Priestern zu geben, das der Verfasser des *Système* den gekrönten Stirnen und den tonsurierten Stirnen zum Vorwurf macht. Sie haben ganz recht, wenn Sie behaupten, daß es ein derartiges Einvernehmen nicht gibt und daß unser gottloser Philosoph vom heutigen Lauf der Welt nichts versteht. Aber, meine erlauchten Herrschaften, das war einst anders; anders sah es in euren Anfängen damit aus; denn genau so und nicht anders haben die Albuins, Theoderichs, Chlodwigs und deren frühe Nachfolger mit den Päpsten paktiert: laß uns gemeinsam den Rahm abschöpfen; nimm den Zehnten und laß mir, was übrigbleibt; segne meine Eroberung, und ich werde mich hinter deine Amtsanmaßung stellen; laß uns unsere Säckel füllen, verkünde im Namen Gottes, daß man mir zu gehorchen hat, und ich werde dir die Füße küssen. Dieser Kontrakt wurde von Eroberern und Priestern mit dem Blut der Völker unterzeichnet. Das nennt man die Lehre von den *beiden Gewalten.*

Dann zerstritten sich die beiden Gewalten, und Sie wissen, was das Deutschland und Italien gekostet hat. In unseren Tagen hat sich schließlich alles geändert. Zum Teufel damit, ob es in den Staaten Ew. Majestät oder im weiten Reiche Katharinas II. zwo Gewalten gibt! Was unsere Zeit anbelangt, so sind Sie im Recht; und der atheistische Philosoph hat recht, was die Vergangenheit angeht.

Wie dem auch sei, Ihr Werk gehört publiziert. Stellen Sie Ihr Licht nicht unter den Scheffel, heißt es andernorts.

Les peuples sont encor dans une nuit profonde;
Nos sages à tâtons sont prêts à s'égarer.
Mille rois comme vous ont désolé le monde;
C'est à vous seul de l'éclairer.

(Die Völker leben noch in einer tiefen Nacht;
Tappend könnten unsere Weisen sich verirren.
Tausend Könige wie Sie ließen diese Welt verzweifeln;
Allein an Ihnen ist's, sie aufzuklären.)

Was Sie im Versmaß über meine Heldin Katharina II. sagen, ist entzückend und verdiente es, daß ich eine Indiskretion begehe.

Ich weiß nicht, ob es sich um den Erbprinzen von Braunschweig handelt oder um einen anderen Sproß des Hauses, der in ihre Dienste treten will; das nenne ich Heroismus wie zu Kreuzzugszeiten.

Ich gestehe, daß ich nicht klug daraus werde, weshalb der Kaiser die gegenwärtige Lage nicht nutzt, um sich Bosniens und Serbiens zu bemächtigen; es wäre nur ein Spaziergang. Man versäumt den rechten Augenblick, um den Türken aus Europa zu jagen; er wird vielleicht nie wiederkehren; es wird mich trösten, wenn Ew. Majestät bei diesem Elendsspektakel sein Preußen arrondiert.

Lauschen Sie unterdessen den Regungen Ihres empfindsamen Herzens; Sie sind ein Mensch, wenn Sie nicht gerade König sind; Ihre Verse an Prinzessin Amalie entspringen einer Seele, der ich seit dreißig Jahren verbunden bin, der ich das bis zu meinem letzten Atemzug bleiben werde, und dies trotz des Leids, das Ihr Königtum mir zugefügt hat und dessen Nachwirkungen ich noch an den Grenzpfosten meines eigenartigen Vaterlandes zu verspüren bekomme.

Kaiser Kien-Long: Kaiser Ch'ien long, (›Himmlische Fülle‹), regierte und dichtete von 1736 bis 1796.

Prosa und Verse Friedrichs: Friedrich hatte seine *Kritische Überprüfung des ›Systems der Natur‹* geschickt, also seine Einwände gegen das Hauptwerk des Barons d'Holbach, der hierin Moral auf rein materialistische Beweggründe zurückführt. Dieses den Nihilismus streifende, atheistische Werk war ein Lieblingsbuch des Marquis de Sade.

Sie gleichen hier Marc Aurel: Marc Aurels stoizistische Haltung stand im Widerspruch zum Epikureertum des Lukrez.

Eine kleine Widerlegung: Von Voltaire selbst: *Réponse au Système de la nature.*

Ganganelli und seine Harlekine: »Unter Clemens sank das Ansehen des

Papsttums auf seinen niedrigsten Stand seit Jahrhunderten.« *Lexikon der Päpste,* Stuttgart 1988.
Stellen Sie Ihr Licht nicht unter den Scheffel: Nach Matthäus, 5, 15.
Eine Indiskretion: »... Und eine gewisse Kaiserin,/Die ganz allein aufwiegt so viele Kaiser ...«; die Indiskretion meint die Mitteilung dieser Potsdamer Verse nach Petersburg.
Den Erbprinzen von Braunschweig: Prinz Wilhelm Adolph von Braunschweig, geb. 1745, trat in die russische Armee ein, verschied daselbst aber bereits 1770 an einer Krankheit.
Ihre Verse an Prinzessin Amalie: Es handelte sich um die *Elegie an meine Schwester Amalie zum Trost über den Tode von Mademoiselle von Hertefeldt.*
An den Grenzpfosten: Unklar, auf welche Grenzfährnisse Voltaire hier Bezug nimmt. Vielleicht auf das Frankfurter Zerwürfnis mit Friedrich, das ihn seinerzeit auch für Versailles zur *persona non grata* gemacht hatte, so daß ihn 1753 in Colmar der Befehl ereilt hatte, sich Paris nicht zu nähern?

197. Friedrich an Voltaire

Potsdam, 18. August 1770

Stellen Sie Ihr Licht nicht unter den Scheffel. Dieses Wort haben Sie zweifelsohne an sich selbst gerichtet; Ihr Genie ist eine Fackel, welche die Welt erleuchten muß. Ich bin nur eine schwache Kerze, die kaum ausreicht, mir selbst den Weg zu leuchten, und deren blasser Schein vor dem Glanze Ihrer Strahlen verschwindet. Ich schreibe, um mich zu bilden und um mich zu unterhalten; das genügt mir.

Als ich meine Schrift gegen den Atheisten vollendet hatte, kam mir meine Überlegung sehr rechtgläubig vor; ich las sie von neuem und fand sie recht weit entfernt davon. Es gibt darin Stellen, die bei einer Veröffentlichung scheue Menschen erschrecken und Frömmler schockieren müßten. Über die Ewigkeit der Welt ist mir ein Wort entschlüpft, das, wenn ich Privatmann wäre und es hätte drucken lassen, mir in Ihrem Vaterlande die Steinigung eintragen würde. Ich spüre, daß ich weder über eine Theologenseele noch über Theologenstil verfüge. So gebe ich mich damit zufrieden, in Freiheit an meiner Meinung festzuhalten, ohne sie auf fremdem Terrain zu verbreiten und auszusäen.

Mit den Versen über die Kaiserin von Rußland ist das etwas anderes; über die können Sie frei verfügen: ihre Truppen geben mir unterdessen durch eine lange Reihe von Erfolgen und Großtaten recht. Sie werden sehen, in Kürze wird der Sultan Katharina um Frieden bitten, und sie wird durch ihr kluges Maßhalten ihre Siege um ein weiteres Glanzlicht vermehren.

Ich weiß nicht, weshalb der Kaiser sich nicht in diesen Krieg einmischt. Ich bin nicht sein Verbündeter. Doch seine Geheimnisse müssen Monsieur de Choiseul bekannt sein, der sie Ihnen erläutern kann.

Der Franziskaner von Sankt Peter hat meine Schriften verbrannt, aber mich zur Osterzeit nicht exkommuniziert, wie das bei seinen Vorgängern der Brauch war. Dies Verhalten hat mich mit ihm ausgesöhnt, denn ich habe eine gute Seele, und Sie wissen, wie gerne ich einem Abendmahl zuspreche. Nun, besäße ich zwei Kapellen wie die Ihren in Ferney, so käme ich gewißlich in den Genuß dieses wundersamen Imbisses ...

Ich breche nach Schlesien auf und werde mit dem Kaiser zusammentreffen, der mich in sein mährisches Feldlager eingeladen hat, und zwar nicht, um uns wie vorzeiten zu schlagen, sondern auf daß wir als gute Nachbarn leben. Dieser Fürst ist liebenswert und wahrhaft verdienstvoll. Er schätzt Ihre Werke und liest darin, sooft er kann; er ist nicht im geringsten abergläubisch. Er ist somit ein Kaiser, wie wir ihn in Deutschland seit langem nicht hatten. Weder er noch ich mögen Ignoranten und Barbaren; doch ist das kein Grund, sie auszurotten; falls man sie vernichten müßte, so wären die Türken nicht die einzigen. Wie viele Nationen sind aus Mangel an Aufklärung dem Stumpfsinn verfallen und bäurisch geworden!

Aber leben und leben lassen. Mögen vor allem Sie noch lange leben und nicht vergessen, daß es im Norden Deutschlands Menschen gibt, die nicht aufhören, Ihrem schönen Ingenium Gerechtigkeit widerfahren zu lassen!

Adieu; nach meiner Rückkehr aus Mähren schreibe ich Ihnen ausführlicher.

Der Prinz von Braunschweig, der sich bei der russischen Armee befindet, ist der dritte Prinz des Hauses; er steht in meinen Diensten, und ich habe ihn zu diesem Feldzug geschickt.

Federic.

Es gibt darin Stellen ...: »Der Verfasser [d'Holbach] versucht vergebens, sich neue Bilder [von der Natur] zu machen; die Wahrheit, die stärker ist als er, zwingt ihn zu der Aussage, die Natur sammele in ihrem riesigen Laboratorium Baustoffe, um neue Gebilde zu formen; sie setzt sich also ein Ziel und ist folglich intelligent; ... selbst die aus dem physischen und moralischen Schlechten bezogenen Einwände können sie [diese Wahrheit] nicht umstoßen: die Ewigkeit der Welt löst dieses Problem. Die Natur ist also unbestritten intelligent ...« Friedrichs Einwände gegen die als stumpfsinnig gedachte Natur bei d'Holbach waren weit entfernt von der Schöpfungslehre der Kirchen.
Der Kaiser: Kaiser Joseph II.; der reformeifrige Monarch hob durch etwa 6000 Erlasse während seiner Regierungszeit ungefähr die Hälfte aller Klöster im Habsburger-Reich auf, verbot Prozessionen und Wallfahrten, gewährte 1781 Protestanten und Orthodoxen alle Bürgerrechte in seinen Staaten. Die restaurative Annullierung vieler dieser Maßnahmen kam jedoch bald nach Josephs frühem Tod, 1790, in Gang.

198. Voltaire an Friedrich

Ferney, 12. Oktober 1770

Sire, wir waren vierzehn Tage lang glücklich, d'Alembert und ich; wir haben fortwährend von Ew. Majestät gesprochen; alle denkenden Wesen tun das; und falls es davon welche in Rom geben sollte, werden die sich jedenfalls nicht über Ganganelli unterhalten. Ich weiß nicht, ob d'Alemberts Gesundheit ihm erlaubt, nach Italien zu reisen; für diesen Winter könnte er sich durchaus mit der Sonne der Provence zufriedengeben und mit seinem Redefluß über unseren Philosophen-Helden vor den Nachfahren unserer Troubadoure glänzen. Ich meinerseits werfe das Netz meiner Stimme nach den Schweizern und den Echoklängen des Genfer Sees aus.

Ich war von Ihrem letzten Brief um so gerührter, als ich es letztlich wagte, Ew. Majestät zum Vorbild zu nehmen. Dieser Ausdruck mag zunächst ein bißchen lachhaft anmuten; denn wie könnte ein greiser Schmierant versuchen, den Helden von Nordland zu imitieren? Aber Ihnen ist bekannt, daß Philosophen von Marc Aurel Lebensmaximen erbaten, als dieser sich in jenes Moravien aufmachte, aus dem Ew. Majestät nun zurückgekehrt sind.

Gerne würde ich Sie in Ihrer Eloquenz und in der Art, wie Sie das Bild des Kaisers zeichnen, nachahmen. An Ihrem

Pinselstrich erkenne ich, daß hier der Meister seinen Gesellen abkonterfeit hat.

Das Nacheifern, das ich mir angelegen sein ließ, sah dann wie folgt aus: Ich wollte etliche Genfer, die den Gewehrsalven ihrer Landsleute entkommen waren, in den Hütten meines Dorfes beherbergen, hatte ich doch in Erfahrung gebracht, daß Ew. Majestät Genfern in Berlin Schutz zu gewähren geruhen.

Ich sagte mir: Die ersten der Menschen vermögen den geringsten beizubringen, Gutes zu tun. Vor einigen Jahren hätte ich allzu gerne eine völlig andersgeartete Kolonie in Kleve ins Leben gerufen, und ich bin mir sicher, daß sie durch die Protektion Ew. Majestät nur noch blühender und würdiger geraten wäre; nie werde ich mich darüber hinwegtrösten, diesen Plan nicht ausgeführt zu haben; dort hätte ich meine Jahre beschließen sollen. Ihre Lebensbahn möge ebenso lang sein, wie sie der Welt nützlich ist und Ihrer Person zum Ruhm gereicht!

Ich habe erfahren, daß der Prinz von Braunschweig, der von Ihnen zur siegreichen Armee der Russen abkommandiert wurde, ebenda einer Krankheit erlag. Die Welt hat einen Helden weniger, und doppelt habe ich Ew. Majestät mein Beileid zu bekunden. Leben wie Ruhm hat er nur flüchtig gesehen; doch sehen denn jene, die hundert werden, summa summarum mehr? Von Friedrich dem Großen habe ich einzig einen Augenblick erhascht; ich bewundere ihn, ich bin ihm verbunden, ich danke ihm, für den Augenblick, der mir noch bleibt, bin ich durchdrungen von seinem Großmut: dessen bin ich mir für diese beiden Augenblicke sicher.

Was allerdings die Ewigkeit betrifft, so ist da doch alles etwas zwielichtiger; alles um uns herum gehört dem Reich des Zweifels an, und zweifeln ist ein unangenehmer Zustand. Gibt es denn einen Gott, der so ist, wie von ihm erzählt wird, eine Seele, wie man sie sich vorstellt, Verbindungen zwischen beiden, wie man sie in Gedanken knüpft? Läßt sich nach dem Augenblick des Lebens noch auf etwas anderes hoffen? Hatte Gelimer recht, einfach aufzulachen, als man ihn, all seiner Staaten beraubt, dem Justinian vorführte? und war es vernünftig von Cato, sich selbst zu töten, aus Furcht, Caesar zu erblicken? Ist der Ruhm nicht nur Illusion? Muß es denn so sein, daß Mustapha, zwischen dikken Kissen seines Harems alle möglichen Dummheiten begehend, ignorant, hochfahrend und zudem geschlagen, nur dank seiner guten Verdauung glücklicher ist als ein Philosophen-Held, der möglicherweise eine nicht so gute Verdauung hat?

Sind alle Geschöpfe gleich vor dem großen Wesen, das die Natur beseelt? In diesem Falle gäbe es keinen Unterschied zwischen der Seele Ravaillacs und der Heinrichs IV.; oder weder der eine noch der andere hätten eine Seele gehabt. Möge der Philosphen-Held all dies entwirren, denn ich meinerseits kenne mich hier nicht aus.

Aus dem Abgrund meines Chaos verbleibe ich, durchdrungen von Hochachtung, Dankbarkeit, Verbundenheit mit Ihrer Person und vom Nichts fast alles übrigen.

D'Alembert: Ein Briefwechsel zwischen Friedrich und Jean le Rond D'Alembert währte im übrigen über Voltaires Tod hinaus bis zum Tod d'Alemberts, 1783, also zwei Jahrzehnte.
Moravien: Mähren; Kaiser Marc Aurel war dorthin zu einem Grenzkrieg aufgebrochen, Friedrich II. zum Treffen mit Joseph II.
Daß Ew. Majestät Genfern in Berlin Schutz zu gewähren geruhen: Wegen der Unruhen in Genf waren achtzehn der dort ansässigen Uhrmacherfamilien nach Preußen ausgewandert.
Gelimer: Der Vandalenkönig Gelimer war 534 von den Truppen des oströmischen Kaisers Justinian besiegt worden.
... der Seele Ravaillacs und der Heinrichs IV.: Der Mörder und sein königliches Opfer von 1610.

Während 1759 Voltaire noch als *Ratte* Frieden in Europa stiften wollte, ist elf Jahre später und nach vierunddreißig Jahren brieflichen Austauschs der Sieger von Roßbach, der König von Preußen und Kurfürst von Brandenburg ... *eine Motte:*

199. Friedrich an Voltaire

Potsdam, 30. Oktober 1770

Eine Motte, die im Norden Deutschlands ihr Leben fristet, ist ein unergiebiger Gegenstand für den Austausch unter Philosophen, die in großen wie in kleinen Zusammenhängen die diversen Welten debattieren, welche durch den Raum der Unendlichkeit treiben, den Ursprung von Bewegung und Leben, Zeit und Ewigkeit, Geist und Materie, die möglichen Dinge und jene, die es nicht sind. Ich hege ernstlich die Befürchtung, daß besagte Motte diese zwei großen Philosophen davon abhält, sich mit bedeutenderen und würdigeren Gegenständen zu befassen. Die Kaiser wie die Könige verschwinden in dem gewaltigen Gemälde, das die Natur den Augen von Spekulierern darbietet. Sie, der Sie in allem reüssieren, Sie steigen bisweilen vom Empyreum hernieder; einmal als Anaxagoras, dann als Triptolemeos verlassen Sie die Philosophenhalle, um sich der Landwirtschaft zu widmen und Unglücklichen Ihre Ländereien als Zuflucht anzubieten. Die Kolonien von Ferney, deren Gesetzesgeber Voltaire ist, ziehe ich denen der Quäker von Philadelphia vor, denen Locke die Gesetze gab. Wir haben hier Flüchtlinge anderer Art: Polen, die auf meinem Boden Asyl gesucht haben, da sie von seiten ihrer Landsleute Plünderung, Brandschatzung und Übergriffe befürchteten. Mehr als hundertzwanzig Familien des Adels haben das Land verlassen, um ruhigere Zeiten abzuwarten, die ihnen erlauben, wieder in ihr Heimatland zurückzukehren. Immer deutlicher führt mir dies vor Augen, daß sich die Menschen von einem Ende unseres Globus bis zum anderen ähneln, daß sie sich gegenseitig so lange verfolgen und schikanieren werden, wie sie sich Glück davon versprechen; ihr einziger Halt sind ein paar gute Seelen, die sie bei sich aufnehmen und die sie über ihre Mißgeschicke hinwegtrösten.

So nehmen Sie also Anteil an dem Verlust meines Neffen von Braunschweig, der bei der russischen Armee war; sein Leben währte nicht lange genug, um ihn erkennen zu lassen, was er hätte wissen können und was er hätte ignorieren sollen. Dennoch, um uns einige Spuren seiner Existenz zu hinterlassen, hat er ein episches Gedicht entworfen: es behandelt die Eroberung Mexikos durch Fernando Cortez. Das Werk umfaßt zwölf Gesänge; aber ihm war nicht Lebenszeit genug beschert, um es besser zu gestalten. Falls nach diesem Leben noch etwas kommt, so ist gewiß, daß er in diesem Augenblick mehr weiß als wir alle zusammen.

Doch hat es ganz den Anschein, als ob er gar nichts wisse. Ein mir bekannter Philosoph, ein Mann von ausgesprochen klaren Empfindungen, glaubt, daß der Grad von Wahrscheinlichkeit groß genug ist, um uns die Gewißheit zu geben, daß *post mortem nihil est.*

Er behauptet, daß der Mensch kein zwiefaches Wesen sei, daß wir nichts als aus der Bewegung heraus belebte Materie seien und daß die Maschine sich selbst zerstöre und ihre Teile sich auflösten, sobald die verbrauchten Triebfedern sich ihrem Zusammenspiel verweigerten. Dieser Philosoph sagt, daß über Gott zu sprechen viel schwieriger sei als über den Menschen, da wir uns seiner Existenz lediglich über Mutmaßungen nähern könnten, und daß alles, was unsere Vernunft uns zu diesem Thema am wenigsten Törichtes vermitteln könne, darin bestünde, ihn für die denkende Ursache der Bewegung und all dessen zu halten, was die Natur belebt. Mein Philosoph ist strikt der Ansicht, daß diese Intelligenz sich um Mustapha keinen Deut mehr kümmere als um den Allerchristlichsten und daß alles, was mit den Menschen geschieht, ihn so wenig sorge wie das, was mit einem Ameisenhaufen passiert, wenn der Fuß eines Laufboten ihn blindlings zertritt.

Mein Philosoph betrachtet die tierische Spezies als einen Naturzwischenfall, so wie etwa Sand, der von Wagenrädern aufgewühlt wird, wiewohl doch solche Räder nur dazu gebaut sind, einen Wagen rasch vorwärts zu bringen. Dieser eigenwillige Mann sagt, daß zwischen den Tieren und der höchsten Intelligenz keinerlei Beziehung bestünde, da die schwachen Kreaturen ihr weder Schaden zufügen noch ihr dienlich sein könnten; daß unsere Laster und Tugenden von der jeweiligen Gesellschaft abhingen; daß die dazugehörigen Strafen oder Belohnungen für uns hinreichten.

Gäbe es hier ein Heiliges Offizium, so wäre ich versucht gewesen, zur Erbauung meiner Mitmenschen meinen Philosophen rösten zu lassen; aber wir Hugenotten hier entbehren dieses süßen Trostmittels; und überdies hätte das Feuer bis an meinen Rock züngeln können. Von seinen Darlegungen wurde mir das Herz schwer, also entschloß ich mich, ihn zurechtzuweisen. Sie sind nicht rechtgläubig, mein

Freund, habe ich ihm gesagt; die Generalkonzilien verdammen Sie einmütig; und Gottvater, der, so wie Doktor Tamponnet die *Summa* des Heiligen Thomas, stets die Konzilien in seinen Rocktaschen trägt, um sie bei Bedarf zu befragen, wird sich ihrer bedienen, um mit Ihnen streng ins Gericht zu gehen. Anstatt auf so harte Verweise zu hören, entgegnete mir mein Raisonneur, daß er mich dazu beglückwünsche, wie trefflich ich die Pfade zum Paradies und zur Hölle kenne, daß er mich ermuntern wolle, eine Wegkarte zu zeichnen und eine Reisebeschreibung abzufassen, auf daß alles für die Nachtlager der Reisenden geregelt wäre, sie vor allem über die besseren Herbergen Bescheid wüßten.

Das hat man nun davon, wenn man die Ungläubigen bekehren will. Sie sollen nur ihrer Wege gehen; es läßt sich nichts weiter dazu sagen als: *Sauve qui peut!* Was uns zwei angeht, so verheißt uns unser Glaube, daß wir geradewegs ins Paradies eingehen. Doch eilen Sie sich nur nicht zu sehr mit dieser Reise: ein Du-Hast in dieser Welt ist allemal mehr wert als ein Du-Wirst-Haben bezüglich jener. Seien Sie der Gesetzgeber Ihrer Kolonie von Genf, arbeiten Sie zu Ehren des Parnaß, erleuchten Sie das Universum, schicken Sie mir Ihre Widerlegung des *Système de la nature* und empfangen Sie mit meinen herzlichen Grüßen zugleich die sämtlicher Einwohner Nordlands und der Gefilde hier. Federic.

Anaxagoras: Vorsokratischer Philosoph, der neben der menschlichen Vernunft auch eine kosmische Vernunft annahm.
Triptolemeos: Mythologischer Kulturbringer, der im Auftrag Demeters die Menschen den Ackerbau lehrte.
Locke: Die bürgerlich-liberalen Staatstheorien von John Locke, 1632–1704, fanden einen frühen Niederschlag in den auf Egalität (und Friedfertigkeit) ausgerichteten Gemeinden der *Society of Friends,* oder mit Spottnamen: *Quäker,* Gemeinden, deren demokratische Rechtsstrukturen wiederum für die amerikanische Verfassung maßgeblich wurden.
Post mortem nihil est: Seneca: »... daß nach dem Tode nichts ist«.
Den Allerchristlichsten: ›Allerchristlichster König‹, Titelattribut der Könige von Frankreich und Navarra.
Die Summa: Summa Theologiae, Hauptwerk des Thomas von Aquin.
Sauve qui peut!: »Rette sich, wer kann!«

200. Voltaire an Friedrich

Ferney, 21. November 1770

Sire, Eure Majestät mögen im Vergleich zum ewigen Architekten der Welten, ja sogar im Vergleich zu den niedrigeren Gottheiten, die möglicherweise von ihm ihre Posten erhielten und deren Nichtvorhandensein sich nicht beweisen läßt, Made oder Motte sein; doch im Vergleich zu uns sonstigen Schwächlingen waren Sie oftmals Adler, Löwe und Schwan. Auch heute sind Sie nicht die Ratte, die sich in einem holländischen Käse verkrochen hat und vor anderen armen Ratten die Tür verriegelt; armen verfolgten Familien aus Polen gewähren Sie Gastfreundschaft, mehr als jede Motte des Universums verstehen Sie sich auf jede Art von Ruhm; aber der, mit dem Sie sich nun bedecken, wiegt einen anderen gewißlich auf.

Es ist nur allzu wahr, daß der Großteil der Menschen sich gleicht, wenn auch nicht in den Begabungen, so doch wenigstens in den Untugenden, mag es auch unterm Strich noch einen großen Unterschied geben zwischen Pythagoras und einem von schlechtem Wein trunkenen Schweizer aus einem der kleinen Kantone. Was die polnischen Zustände angeht, so sieht man nirgendwo Vergleichbares.

Der Prinz von Braunschweig war also auch einer der Ihrigen; gleich Ihnen und dem König von China dichtete er also. Ew. Majestät mögen ermessen, wie sehr ich ihn betrauere.

Ich habe genauso viel Angst wie Sie, daß er, tot wie er ist, über das große Mysterium der Natur nichts weiß. Ihr abscheulicher Mann, der sich so sicher ist, daß alles mit uns stirbt, könnte damit genauso recht haben wie der Verfasser des dem Salomon zugeschriebenen Buches des Predigers, der solche Meinung an zwanzig Stellen predigt, wie auch Caesar und Cicero, die vor versammeltem Senat dasselbe vorbrachten, wie auch die *Troades,* die es vor vierzig- oder fünfzigtausend Römern auf dem Theater aussprach, wie es heutzutage unzählige üble Menschen glauben, so, wie man es ja auch an sich selbst zu beweisen scheint, wenn man einen tiefen Schlaf schläft oder in Lethargie versinkt.

Ich habe keine Ahnung, was Mustapha darüber denkt; ich denke, daß er nicht denkt und daß er so dahinlebt wie etliche andere Mustaphas seiner Art. Was die Kaiserin von Rußland und die Königin von Schweden, Ihre Schwester, was den König von Polen, den Prinzen Gustav etc. betrifft, so denke ich, weiß ich, was sie denken. Im übrigen haben Sie mir damit geschmeichelt, daß auch der Kaiser auf dem Pfade der Verdammnis wandelt; da haben wir der Philosophie einen guten Rekruten angeworben. Schade nur, daß es bald nicht mehr Hölle noch Paradies geben wird: sie waren ein interessanter Gegenstand; bald wird man sich damit begnügen müssen, Gott um seiner selbst willen zu lieben, ohne Zagen und ohne Hoffen, ganz so, wie man eine mathematische Wahrheit liebt; doch solcherlei Liebe ist nicht die leidenschaftlichste: kühlen Herzens liebt man die Wahrheit.

Ihr abscheulicher Mann hat überdies keinerlei Beweis, er hantiert nur mit den größten Wahrscheinlichkeiten; wir sollten Ganganellis Rat einholen; es heißt, er sei ein guter Theologe. Falls dem so ist, erweckt er dennoch nicht den Anschein, ein perfekter Christ zu sein; aber der Pfiffikus wird sein Geheimnis nicht preisgeben; er kocht sein eigenes Süppchen, wie es einst der Marquis d'Argenson von einem der Könige Europas sagte.

Falls es Bewiesenes nur in der Mathematik gibt, mögen Sie, Sire, davon überzeugt sein, daß es die gewisseste aller Wahrscheinlichkeiten ist, daß Ihr Ruhm der Unsterblichkeit entgegengeht und daß meine hochachtungsvolle Verbundenheit erst dann zur Neige gehen wird, wenn mein armes und schwächliches Wesen sich jenem Gesetz beugen muß, das sowohl für die größten Könige wie für die geringsten Finsterlinge gilt.

Troades: Tragödie von Seneca.
Finsterlinge: Velches = Bezeichnung der Aufklärer für rückständige Geister.

Angesichts Voltaires Abneigung gegen das Reich der Türken mag man kaum glauben, daß Erzeugnisse der Ferneyschen Uhrenmanufaktur im Winter 1770/71 zum Verkauf nach Konstantinopel verschickt werden. Die gleitenden Metamorphosen von Paulus zu Saulus und wieder zurück bleiben eine Spezialität auch des dahinsiechenden Siebenundsiebzigjährigen.

Derweil geben die polnischen Bürgerkriegswirren Anlaß, daß man sich in Potsdam an höchster Stelle schon genauere Gedanken über das Zerlegen, die Aufteilung des wehrunfähigen großen Landes im Osten macht: »Was die Polen angeht, so werden sie, wenn wir unsere Anteile besetzen, zweifellos laute Schreie der Entrüstung ausstoßen, wie es dieses eitle und unverschämte Volk immer tut; aber die [russische] Armee an der Weichsel wird sie bald zum Schweigen bringen und nach dem Friedensschluß mit der Türkei daran gehen, Polen zu befrieden.« An Polens erster Teilung werden sich auch Katharina II. und Maria Theresia mit ihrem Sohn Joseph beteiligen, so daß 1772 Horace Walpole, der dichtende Sohn des ersten britischen Premierministers Robert Walpole, bemerken kann: »Das ist der unverschämteste Verein von Räubern, den es je gegeben hat.« – Schon eine Reise des Prinzen Heinrich nach Petersburg, 1771, dient den preußischen Teilungsabsprachen mit der verbündeten Zarin.

201. Friedrich an Voltaire

Potsdam, 16. März 1771

Ich hätte Ihnen längst geantwortet, wenn mich die Rückkehr meines Bruders Heinrich aus Rußland und das viele Bewunderungswürdige, das er gesehen hat, nicht fortwährend beschäftigt hätten; er hat Ihre Herrscherin erblickt; er konnte nicht anders, als ihren Vorzügen, die sie ihres Thrones so würdig machen, und ihrer Verbindlichkeit, die so selten mit dem Hochmut und der Größe von Herrschern Hand in Hand geht, Beifall zu zollen.

Aus Neugierde ist mein Bruder bis nach Moskau vorgedrungen; und allerorten sah er die Anzeichen der großen Veränderungen, in denen sich das segensreiche Ingenium der Kaiserin offenbart. Ich gehe nicht auf Details ein, die endlos wären und derer es einer geübteren Feder als der meinen bedürfte. Dies zur Entschuldigung meiner Saumseligkeit. Ich komme nun zu Ihren Briefen.

Bedenken Sie den Unterschied, der zwischen uns besteht: ich, ein philosophischer Kümmerling, produziere, wenn mein Geist etwas ausdünstet, nur Träumereien; Sie, Hohepriester Apolls, sind von diesem Gott selbst erfüllt, und er flößt Ihnen die göttliche Begeisterung ein, die uns bezaubert und entzückt. Aus Furcht, das Schicksal eines gewissen

Israel zu erleiden, der sich gegen einen Engel auflehnte und dabei eine ausgerenkte Hüfte davontrug, hüte ich mich davor, mich mit Ihnen zu messen.

Ich komme zu Ihren *Questions encyclopédiques* und gestehe, daß ein Autor, der für die Öffentlichkeit schreibt, diesem Werk, selbst in seinen Schwächen, gar nicht genug Aufmerksamkeit schenken kann. Den Verfasser der *Préface* zum *Fleuryschen Abriß* schätze ich nicht, wo er sich allzu kühn ausdrückt und Gedanken äußert, die fromme Gemüter schockieren könnten; das ist nicht gut. Allein durch Reflexion und Nachdenken läßt Irrtum sich ausfiltern und von der Wahrheit sondern; wenige Menschen widmen ihre Zeit einer so sorgsamen Untersuchung, die eine unablässige Achtsamkeit erfordert. Ganz gleich, wie deutlich man den Menschen ihre Irrtümer vorführt, sie glauben nur, man wolle sie verführen, und aus Abscheu vor den aufgezeigten Wahrheiten verabscheuen sie den Autor, der sie ihnen offenbart.

Ich schätze daher die Methode sehr, *l'infâme* Nasenstüber zu versetzen, indem man sie mit Höflichkeiten überhäuft.

Doch hier eine Historie, mit welcher der Beschützer der Kapuziner seine heilige, stinkende Herde unterhalten kann.

Die Russen planten, die kleine Festung Tschenstochau zu belagern, die von den Konföderierten gehalten wurde; dort wird, wie Sie wissen, ein Bild der heiligen und unbefleckten Himmelskönigin aufbewahrt. An sie wandten sich in ihrer Verzweiflung die Konföderierten, um ihren göttlichen Beistand zu erflehen; die Jungfrau neigte ihr Haupt und gab ihnen zu verstehen, sie sollten sich nur auf sie verlassen. Schon bereiteten sich die Russen zum Sturm vor; sie hatten lange Leitern dabei, mit denen sie nachts vorrückten, um dieses Trutzkaff zu erklimmen. Die Jungfrau erblickt sie, ruft ihren Sohn herbei und sagt zu ihm: »Mein Kind, besinne dich auf deinen ursprünglichen Beruf; es ist höchste Zeit, sich dieser Fertigkeiten zu bedienen, um die rechtgläubigen Konföderierten zu retten.«

Der kleine Jesus bewaffnet sich mit einer Säge, macht sich zusammen mit seiner Mutter auf; und während die Russen vorrücken, sägt er ihnen hurtig von den Leitern Sprossen ab; und frohlockend versetzt er sich und seine Mutter durch die

Lüfte wieder nach Tschenstochau hinein und kehrt mit ihr in die Mauernische zurück.

Währenddessen legen die Russen ihre Leitern an die Bastionen; mit keiner vermögen sie hinaufzukommen, so sehr waren sie alle gestutzt worden. Die Irrgläubigen mußten sich zurückziehen. Die Rechtgläubigen stimmten ein *Te Deum* an; und seit diesem Wunder vergrößern sich der Hausstand und das Raritätenkabinett unserer Heiligen Mutter durch die Kostbarkeiten, mit denen sie überhäuft wird und die der Eifer frommer Seelen üppig spendet, so üppig, daß man dem Berg beim Wachsen zuschauen kann.

Ich hoffe inniglichst, daß Ihre Kapuziner beim Vernehmen dieses schönen Wunders ein Fest feiern und daß sie nicht versäumen werden, die Fama ihrer Wundertaten, die schon lange nicht mehr so guten Nachschub bekommen hat, zu bereichern.

Hier ist ein *Testament politique* im Umlauf, das Ihnen zugeschrieben wird; ich habe es gelesen, doch ließ ich mich nicht täuschen wie andere, und ich behaupte, daß es das Werk von ich weiß nicht wem ist, einem Quidam, der Sie belauscht hat und dem es gefiel, mit einer recht passablen Nachahmung Ihres Stils das Publikum zu umgarnen; ich bitte Sie um ein kurzes klärendes Wort zu dieser Schrift.

Der arme Isaak hat sich zu seinem Vater Abraham ins Paradies aufgemacht; sein Bruder d'Éguille, der ein Frömmler ist, hatte ihn für die Reise ausgerüstet: und *l'infâme* errichtet Siegeszeichen.

Möge man Ihnen noch lange keine bauen; Ihr Leib mag alt sein, doch Ihr Geist ist noch jung, und dieser Geist hält den Rest in Gang. Ich wünsche dies dem Parnaß der Vernunft und auch mir selbst zuliebe. So bitte ich denn den großen Gott der Ärztekunst, Ihren Beschützer, den göttlichen Apoll, daß er Sie in seinen hohen und heiligen Schutz nehme. Federic.

Das viele Bewunderungswürdige: Friedrich mußte natürlich damit rechnen, daß Voltaire auch Katharina II. allerlei mitteilte, beispielsweise wer wie über sie dachte.

Israel: Jakob, auch Israel genannt; also Jakobs Kampf mit dem Engel.

Verfasser der Préface: Der Verfasser des *Vorworts zum Abriß der Kirchengeschichte von Fleury* war Friedrich selbst.

Testament politique: Es handelte sich um eine Fälschung eines Advokaten mit Namen Marchand.
Isaak: Isaäk, Spitzname des Schriftstellers und Direktors der Literaturklasse der Königlich-Preußischen Akademie der Wissenschaften Jean Baptiste de Boyer, Marquis d'Argens.

Voltaire kann nicht ahnen, daß seine geliebte Zarin aller Reussen nach anfänglicher Hingabe an die Ideen der Aufklärung und nach einem großen Plan zur Reform der Gesetze in Rußland später der Verführung der Macht verfallen würde und sich zu einer furchtbaren Diktatorin, zur Feindin aller Machtaufteilung entwickelte. Noch gefällt sich die kriegführende *Imperatrizia* als gekrönte Liberale und gibt höchstselbst eine unterhaltsam-moralische Monatsschrift heraus: *Wsjakaja Wsjatschina (Allerlei oder Von jedem etwas).*

202. Friedrich an Voltaire

Potsdam, 19. März 1771

Quels agréments, quel feu vous possédez encore!
Le couchant de vos jours surpasse leur aurore.
Quand l'âge injurieux mine et glace nos sens,
Nous perdons les plaisirs, les grâces, les talents;
Mais, surchargé d'hivers, Voltaire est, à l'entendre,
Tel qu'on dit le phénix, qui renaît de sa cendre.

(Welche Anmut, welches Feuer Ihnen noch zu eigen ist!
Der Abendschimmer Ihrer Tage übertrifft noch deren Morgenglut.
Sobald das leid'ge Alter unsere Sinne unterhöhlet und erfriert,
Büßen wir die Freuden ein, die Anmut, unsere Fähigkeiten;
Doch, von Wintern überhäuft, ist Voltaire, wie man vernimmt,
Gleich Phönix, der aus seiner Asche neu ersteht.)

Ihnen steht dies kleine Kompliment zu; oder, besser gesagt, es ist ein Mirakel, das ganz Europa verblüfft, daß Voltaire, beladen mit Jahren und Tagen, mehr Feuer, mehr heiteren

Sinn und mehr Genie hat als die Schar junger Poeten, von denen Ihr Vaterland überquillt.

Ihre Imperatrizia wird sich zweifelsohne von der Epistel geschmeichelt fühlen, die Sie ihr gewidmet haben. Sicher ist, daß Sie darin Wahres sagen; aber es ist Ihnen vorbehalten, dies mit soviel Grazie zu tun. Ich war sehr erstaunt, mich in Ihren Versen zitiert zu finden; ich ahnte beileibe nicht, daß ich noch zum erhabenen Dichter avancieren würde. Meine Eigenliebe dankt. Ich werde von meinen Rhapsodien eine hohe Meinung bekommen, wenn ich sie stets in solchen Rahmen finde, die Sie ihnen so trefflich zu verpassen verstehen.

Ich komme zu diesem Mustapha, dem höchstens meine Vernunft etwas abgewinnen kann; ich habe nichts gegen all die Ansprüche, die Sie auf sein Serail anmelden mögen; ja, ich glaube sogar, daß Ihre Imperatrizia so liebenswürdig wäre, im Falle der Eroberung Konstantinopels den Harem von Stambul zu Ihrem persönlichen Nießnutz nach Ferney schaffen zu lassen. Mir will es allerdings scheinen, als stünde es meiner teuren Verbündeten besser an, Europa Frieden zu schenken, als eine allgemeine Feuersbrunst zu entfachen. Kommt es zum Frieden, wird zweifellos Mustapha die Zeche zu zahlen haben; und Griechenland wird zusehen müssen, was aus ihm wird.

Man raunt, Frankreich habe diese Wirren angezettelt. Alle Welt führt diese unbesonnene Rebellion ottomanischer Schildträger auf die Intrigen eines in Ungnade gefallenen französischen Ministers zurück, der ein Mann von Genie, doch ein Wirrkopf ist und der der Meinung war, er könne Frankreich noch eine Weile ruhig halten, indem er Europa spaltet und in Aufruhr versetzt. Sie, der Sie der Freund dieses Ministers sind, werden wissen, was davon zu halten ist.

Es geht das Gerücht, ihr Franzosen wollt dem Vizekönig der Sieben Hügel Avignon zurückgeben; ein derartiger Akt von Großmut findet sich selten bei Souveränen. Ganganelli wird sich ins Fäustchen lachen und insgeheim zu sich sagen: Und die Pforten der Hölle sollen sie nicht überwältigen. Und so etwas geschieht in diesem philosophischen Jahrhundert, in diesem achtzehnten Jahrhundert!

Also denn, meine Herren Philosophen, strengt euch an, bekämpft das Irrdenken, häuft Argumente auf Argumente, um *l'infâme* umzustoßen; niemals werdet ihr verhindern, daß die schwachen Seelen durch ihre Zahl über die starken Seelen siegen; jagt die Vorurteile nur zur Tür hinaus, durchs Fenster werden sie wieder hereinkommen. Ein Frömmler an der Spitze des Staats oder ein ehrsüchtiger Kopf, der sein Interesse mit dem der Kirche verbindet, wird an einem einzigen Tag über den Haufen werfen, was ihr in zwanzig Jahren Arbeit mühsam errichtet habt.

Aber was für ein Gewäsch! Dem jugendlichen Voltaire antworte ich im Stil eines Greises; wo er plaudert, grüble ich; wo er sich amüsiert, doziere ich. Bouhours hatte gewißlich recht: Meine lieben Landsleute und ich, wir haben nur diesen grobschlächtigen Menschenverstand, der durch die Gassen trottet. Meine schwache Geisteskerze verlischt, und der Hauch von Einbildungskraft, von der ich nur eine winzige Dosis abbekommen habe, entschwindet; meine Heiterkeit verläßt mich, und meine Lebhaftigkeit verliert sich; bewahren Sie die Ihrige noch lange; mögen Sie, gleich dem wackeren Saint-Hilaire, noch als Hundertjähriger Verse dichten, und ich sie lesen! Dies bitte ich Appollon, Ihnen zu gewähren.

Die schwedischen Prinzen werden nicht nach Ferney kommen; der ältere ist gerade König geworden und hat es sehr eilig, sich auf den Thron zu setzen, den sein Vater ihm hinterläßt. Was den armen d'Argens angeht, so hat er mit Plaudern, Denken und Schreiben aufgehört. Er ist mein Quartiermeister; er hat sich auf den Weg gemacht, im Lande der Schimären, wo wir uns alle wahrscheinlich wiederfinden werden, eine Unterkunft für mich vorzubereiten.

Federic.

Eines in Ungnade gefallenen französischen Ministers: Es fehlen Beweise, daß der Herzog von Choiseul eine folgenlose Revolte im türkischen Heer angestiftet hatte. Der Sturz Choiseuls als Minister war ein Werk der Madame du Barry und ihres Clans gewesen.
Avignon: Die päpstliche Enklave Avignon fiel erst 1797 endgültig an Frankreich.
Und die Pforten der Hölle ...: Matthäus 16, 18.

Bouhours: Der Jesuit und Literat Dominique Bouhours, 1628–1702, hatte 1671 in fiktiven Dialogen gefragt: Kann ein Deutscher Geist haben?
Saint-Hilaire: Gemeint ist der Marquis de Sainte-Aulaire, der erst spät zum Dichter und Anakreontiker wurde und 1742 neunundneunzigjährig starb. In seinem *Temple du Goût* von 1732 lobte Voltaire ihn als »den anmutigen, den zärtlichen Sainte-Aulaire«.

203. Voltaire an Friedrich

Ferney, 12. April 1771

Sire, es ist weder ehrenhaft noch respektierlich, Ihrem Neffen, dem König von Schweden, zu schreiben und dabei auf seinen königlichen Oheim zu sprechen zu kommen, ohne Ew. Majestät wenigstens in Kenntnis zu setzen, welche Freiheit man sich herausnimmt. Gegenüber der Kaiserin von Rußland habe ich Sie als einen erhabenen Dichter zitiert; in der Epistel an den König von Schweden nenne ich Sie meinen Beschützer. Wer auch immer sich derzeit in Frankreich aufhält, muß Sehnsucht nach Sans-Souci verspüren; hierzulande gibt es nur Gezänk, viel Zwietracht, wenig Ruhmreiches und Geld überhaupt keins. Der Boden dieses Königreichs ist nichtsdestotrotz gut, so gut, daß es noch keiner geschafft hat, ihn zu erschöpfen. Einem Kranken von ungeheurer Vitalität gleicht er, der mehr als dreißig elende Doktoren überlebt hat. Ew. Majestät beweisen, daß nur ein einziger guter vonnöten wäre.

Ich weiß nicht, ob ich richtig vermute, was Ew. Majestät in diesem Jahr tun werden; Gott, der mir die Gabe der Prophetie vorenthalten hat, gestattet mir leider nicht zu erraten, was der Kaiser unternehmen wird. Ich kenne Leute, die, wären sie an seiner Stelle, über Belgrad hinaus vorstoßen würden, die ihren Besitzstand arrondieren würden, da ja in der Philosophie die runde Gestalt als die vollkommenste gilt. Doch ich befürchte, ich rede zu maliziös, und beschränke mich lieber darauf, mich in meinem Grab aus Schnee, in dem ich so blind bin wie Milton, doch nicht so fanatisch wie er, Ew. Majestät zu Füßen zu werfen. Ich finde keinen Geschmack an einem Besessenen, der sich unablässig über den Messias und den Teufel ausläßt; ich, ich führe meinen Helden im Munde.

Da ja in der Philosophie die runde Gestalt als die vollkommenste gilt: Subtile Anspielung, daß Joseph II. wahrscheinlich nicht gegen die Türken vorrücken werde, um Österreich ›abzurunden‹, daß aber ein Philosoph wie Friedrich diesen Vorstoß unternehmen sollte.
Milton: John Milton, 1608–1704, Verfasser unter anderem der großen Epen *Paradise Lost* und *Paradise Regained.*

204. Friedrich an Voltaire

Potsdam, 29. Juni 1771

Ce poëte empereur si puissant qui domine
Sur les Mandchoux et sur la Chine,
Est bien plus avisé que moi.
Si le démon des vers le presse et le lutine,
Des chants dont son conseil juge fait choix
Il restreint sagement la course clandestine
Aux bornes des États qui vivent sous sa loi.
Moi, sans écouter la prudence,
Les esquisses légers de mes faibles crayons,
Je les dépêche tous pour ces heureux cantons
Où le plus bel esprit de France,
Le dieu du goût, le dieu des vers,
Naguère a pris sa résidence.
C'est jeter par extravagance
Une goutte d'eau dans les mers.

(Dieser so mächtige Dichterkaiser, der beherrscht
Die Mandschuren und auch China,
Ist viel klüger doch als unsereins.
Wenn der Verse Dämon ihn bedrängt und neckt,
Grenzt er weise den geheimen Umlauf ein
Der Gesänge, die ausgewählt von seinem Rate sind,
Auf die Grenzen jener Staaten, die botmäßig ihm.
Ich, der nicht auf Vorsicht hört,
Sende simple Proben meiner schwachen Stifte
Samt und sonders fort in diese glücklichen Kantone,
Wo Frankreichs schönster Geist,
Des Geschmackes und der Verse Gott,
Kürzlich seinen Aufenthalt genommen.
Das heißt, aus Übermut zu gießen
Einen Wassertropfen in die Meere.)

Aber dieser Wassertropfen trägt mir Wucherzinsen ein: einen Brief ihrerseits und einen Band der *Questions encyclopédiques.* Wüßte das Volk von diesem literarischen Handel, so müßte es meinen, daß ich mit einem Stückchen Speck nach dem Schinken würfe; und obwohl der Ausdruck trivial wäre, würde er doch stimmen.

Hier hört man fast nichts über den Papst; ich vermute ihn in unablässiger Beratung mit Kardinal de Bernis, um Einvernehmen über das Schicksal der armen Jesuitenpater zu erzielen. Falls Rom so grausam ist, sie zu verbieten, würde der Bankrott ihrer Gebete mich in meiner Eigenschaft als Kompagnon des Ordens in Mitleidenschaft ziehen. Auch von den Türken hört man nichts Neues; man weiß nicht, was Seine Hoheit so treibt; ich möchte wetten, daß es nichts Nennenswertes ist. Im übrigen hat die Pforte Monsieur Obreskoff, den russischen Gesandten, der gegen alles Völkerrecht, von dem diese Barbarenmacht nichts weiß, gefangen saß, nach zahlreichen Beschwerden wieder auf freien Fuß gesetzt. Das ist ein Schritt in Richtung Frieden, der zum größten Vorteil und zum größten Ruhm Ihrer Kaiserin wohl bald geschlossen wird.

Ich beglückwünsche Sie zu dem neuen Minister, den der Allerchristlichste ausgesucht hat. Es heißt, er sei ein Mann von Geist; in diesem Fall hätten Sie einen entschiedenen Beschützer in ihm. Falls dies zutrifft, wird er weder so töricht noch so schwach sein, Avignon dem Papst zurückzugeben. Man kann guter Katholik sein und trotzdem den Stellvertreter Gottes von seinen zeitlichen Besitztümern erlösen, die ihn allzusehr von seinen geistlichen Pflichten ablenken und oftmals sein Seelenheil riskieren lassen.

Mag dieses Jahrhundert auch noch so reich an unverzagten, an rührigen Philosophen sein, die darauf brennen, Wahrheiten zu verbreiten, so darf man sich dennoch nicht über den Aberglauben verwundern, den Sie in der Schweiz beklagen; seine Wurzeln umklammern die ganze Erde; er ist das Kind der Furcht, der Schwäche und der Ignoranz. Diese Trinität herrscht über die gemeinen Seelen so selbstherrlich wie eine andere Trinität über die theologischen Schulen. Welch Widersprüche verbinden sich nicht im Menschengeist! Der alte Fürst von Anhalt-Dessau, den Sie kennengelernt haben, glaubte nicht an Gott; aber ritt er zur Jagd aus, und stieß er dabei zufällig auf drei alte Weiber, so machte er sofort kehrt; das war ein böses Omen. An Montagen unternahm er nichts, weil dies ein Unglückstag war. Fragte man ihn nach dem Grund, so wußte er ihn nicht. Sie wissen, was man sich von Hobbes erzählt: Tagsüber glaubte er an nichts, nachts ging er, aus Angst vor Wiedergängern, nie allein ins Bett.

Nimmt ein Schelm sich vor, Menschen hinters Licht zu führen, so wird es ihm an Kandidaten nicht mangeln. Der Mensch ist fürs Irren geschaffen; wie von selbst hält es in seinen Geist Einzug; und nur mit unermeßlicher Mühe entdeckt der Mensch ein paar Wahrheiten. Sie, der Sie deren Apostel sind, lassen Sie sich aus dem kleinen, vom Rost des Aberglaubens gereinigten Winkel meines Geistes und von meinen in Verruf geratenen Kameraden huldigen. Blinde muß man ins Quinze-Vingt schicken. Erleuchten Sie weiterhin, die erleuchtbar sind; Sie säen auf undankbarem Boden, doch künftige Jahrhunderte werden auf diesen Äckern reiche Ernte halten. Der Philosoph von Sans-Souci grüßt den Eremiten von Ferney. Vale! Federic.

Questions encyclopédiques: Die neun Bände der *Enzyklopädischen Fragen* schloß Voltaire 1772 ab.

Kardinal de Bernis: Der Kardinal war französischer Gesandter in Rom.

Monsieur Obreskoff: Der russische Gesandte war 1768 zum Gefangenen der *Sieben Türme von Stambul* geworden.

Zu dem neuen Minister: Ludwig XV. hatte nach dem Sturz Choiseuls den Duc d'Aiguillon zum Minister des Auswärtigen ernannt.

Hobbes: Thomas Hobbes, 1588–1679, Philosoph und Staatstheoretiker, der sich zu einem mechanistisch-materialistischen Menschenbild bekannte.

Apostel: Über den unverwechselbaren Ferneyschen ›Apostel‹ hielt seinerseits Melchior Grimm nach einem Aufenthalt dort fest: »Nach Geld hungert er, dürstet er ... Kurz, er zwingt sich zur Arbeit, um sich zum Leben zu zwingen. Dabei ist er gemacht, um zu genießen, doch er will Schätze sammeln. So ist dieser Mensch.«

In Verruf geratene Kameraden: Die Jesuiten.

Quinze-Vingt: Das von Ludwig IX. gegründete Blindenhospiz in Paris war für dreihundert, also für *quinze-vingt* Blinde gebaut worden.

Die erste Teilung Polens wird im August 1772 ins Werk gesetzt. Bei dieser preußisch-russisch-österreichischen Kooperation nimmt sich Berlin Westpreußen und das Ermland.

Voltaire, wie fast das ganze übrige Europa, das an den Handel mit Provinzen und deren steuerzahlenden Einwohnern gewöhnt ist, gerät über den polnischen Raub nicht in Wallung. Der briefliche Austausch zwischen ihm und Friedrich II. streift 1771/1772 nur die innerpolnischen Wirren, streift Ereignisse des russisch-türkischen Kriegs und ist ein Streifzug durch die literarischen Vorkommnisse der Saison.

205. Voltaire an Friedrich

13. November [1772]

Sire, in meiner Einsiedelei traf gestern eine königliche Schatulle ein, und schon heute morgen trank ich meinen Café à la crème aus einer Tasse, wie man sie nicht einmal bei meinem Kollegen Kien-Long, dem Kaiser von China, zu fabrizieren weiß; das Gedeck ist von größter Erlesenheit. Ich wußte es ja, daß Friedrich der Große ein besserer Poet ist als der gute Kien-Long, doch ich wußte nicht, daß er sich die Zeit damit vertreibt, in Berlin Porzellan herzustellen, das dem aus Kiangsi wie auch dem aus Dresden und Sèvres weit überlegen ist; so ist nun offenkundig, daß dieser erstaunliche Mann in allem, was er unternimmt, seine Rivalen aussticht. Ich gestehe trotzdem, daß beim Öffnen der Schatulle kritische Stimmen sich erhoben, denen der Lorbeerkranz, der auf dem Deckel des reizendsten Trinknapfes der Welt die Lyra Apolls umkränzt, nicht gefiel; sie sagten: Wie kommt es nur, daß ein so großer Mann, bekannt dafür, Gepränge und falschen Glanz zu verachten, auf den Gedanken verfällt, seine Wappenzeichen auf den Tassendeckel malen zu lassen? Ich entgegnete: Es muß eine Eingebung des Arbeiters der Manufaktur gewesen sein; Könige überlassen alles der Laune der Künstler. Ludwig XIV. befahl keineswegs, am Sockel seiner Statue Sklaven anbringen zu lassen; keineswegs verlangte er, den Maréchal de la Feuillade die berühmte Inschrift applizieren zu lassen: *A l'homme immortel;* und wenn hundertfach mit noch viel mehr Grund zu lesen sein wird: *Frederico immortali,* so wird man sehr wohl wissen, daß nicht Friedrich der Große es war, der diese Devise ersann, sondern daß er die Leute einfach machen ließ.

Ich entdeckte auch einen Amphion, der auf einem Delphin reitet. Ich weiß wohl, daß ein Delphin, der zweifellos die Poesie schätzte, vorzeiten Amphion aus den Fluten errettete, in denen Eifersüchtige ihn ersäufen wollten. Doch ich kann Ew. Majestät versichern, daß die Dauphins von heute weder die Vers- noch die Tonkunst schätzen und allen Amphionen der Welt ungerührt beim Ertrinken zusähen.

So ist es denn der Norden, wo heutzutage alle Künste blühen! dort stellt man die entzückendsten Porzellannäpfe her, dort werden mit einem Federstrich Provinzen zerteilt, dort jagt man innerhalb von zwei Tagen Konföderationen und ganze Senate auseinander, und dort amüsiert man sich königlich über diese Konföderierten und ihre Himmelsdame!

Sire, wir Gallier, wir haben auch unsere Vorzüge: komische Opern, die Molière vergessen lassen, Marionetten, die Racine entthronen, Männer des Finanzwesens, die weiser als Colbert sind, und Generäle, denen die Turennes nicht das Wasser reichen können.

Am meisten ärgert mich, daß Sie neuerliche Verhandlungen zwischen Mustapha und meiner Kaiserin in die Wege geleitet haben; es wäre mir lieber, wenn Sie ihr hülfen, die gräßlichen Türken, diese Feinde der schönen Künste, diese Würger des schönen Griechenland, vom Bosporus zu verjagen. Entschlössen Sie sich noch dazu, so könnten Sie auf diesem Wege zu Ihrer Abrundung noch ein paar Provinzen dazuerwerben. Schließlich braucht der Mensch Unterhaltung; man kann nicht unaufhörlich lesen, philosophieren, Verse und Musik machen.

Mit tiefstem Respekt und der Bewunderung, die Sie einflößen, werfe ich mich Ew. Majestät zu Füßen.

Der alte Kranke von Ferney.

A l'homme immortel – Frederico immortali: »Dem Unsterblichen« – »Dem unsterblichen Friedrich«.

Amphion: Sohn des Zeus und der Antiope, bekam von Hermes eine siebensaitige Lyra geschenkt, zu deren Klängen das siebentorige Theben erbaut wurde.

Delphin – Thronfolger: Auf französisch heißt beides: *Dauphin;* gemeint ist hier der Dauphin Duc de Berry, der spätere Ludwig XVI.; er war mehr für

seine Jagdlust, mehr für seine handwerklichen als für seine musischen Neigungen bekannt.
Turenne: Henri de La Tour d'Auvergne, Vicomte de Turenne, bedeutender Feldherr Ludwigs XIV. (und 1674 Verwüster der Pfalz).

Während Voltaire, der Franzose aus dem Zeitalter Ludwigs XIV., für Paris die Entthronung der erhabenen Dramatik Racines durch neuartige, sentimentalische Stücke bedauert, kommt es in Deutschland zur gleichen Zeit zu Aufführungen ungewohnter Werke selbstbewußter einheimischer Dramatiker. Das Trauerspiel *Emilia Galotti* des Wolfenbütteler Bibliothekars Lessing gleicht einer bürgerlichen Abrechnung mit den Privilegien des Adels; *Götz von Berlichingen mit der eisernen Hand* eines jungen Frankfurters aus sehr gutem Hause sprengt jeden gewohnten Geschmack und alle gängige Form.

Nicht mehr Frankreichs strenge Klassik, Frankreichs aristokratische Bühnenhelden, sondern der individualistische William Shakespeare zählt für eine neue Generation von impulsiven, um freien Ausdruck kämpfenden Autoren. Derartig stürmische Seelenentladungen sind einem Literaten des Jahrgangs 1694 und einem Monarchen des Jahrgangs 1712 fremd, sind für sie wie Gewitterwolken, die sich ihnen durchs Gehirn schieben wollen. Schon der epochale Ruf *Zurück zur Natur* von Jean-Jacques Rousseau war nicht nach dem Geschmack der in Esprit, Wortdelikatesse und in Menschheitserziehung geeinten Schloßbewohner gewesen. Überraschend genug, daß Friedrich II. 1762 den Lordmarschall Keith in Neuchâtel dennoch ersucht, dem berühmten, aber mittellosen Rousseau eine Hilfsleistung zukommen zu lassen: »Ich werde Ihnen hundert Taler schicken mit der Bitte, ihm so viel, wie er benötigt, auszuhändigen. Ich glaube, er würde Unterstützung natürlicherweise lieber in Naturalien annehmen als in barer Münze. Wenn wir nicht Krieg hätten und bankrott wären, würde ich ihm eine Einsiedelei mit einem Garten einrichten, wo er so leben könnte, wie seiner Meinung nach unsere Vorfahren gelebt haben. Ich bekenne, meine Ideen unterscheiden sich von den seinigen so sehr wie die Endlichkeit von der Unendlichkeit. Er könnte mich niemals überreden, Gras zu fressen und auf allen vieren zu laufen.«

206. Friedrich an Voltaire

Potsdam, 4. Dezember 1772

Nachdem ich Ihren Brief erhalten hatte, ließ ich auf der Stelle den Direktor der Porzellanmanufaktur zu mir kommen und fragte ihn, was dieser Amphion, diese Lyra und dieser Lorbeer, womit er einen gewissen, nach Ferney geschickten Napf geschmückt hatte, zu bedeuten hätten. Er antwortete mir, seine Künstler hätten, um diesen Napf seines Empfängers würdig zu machen, unmöglich weniger applizieren können; daß er keineswegs so dumm wäre, nicht zu wissen, daß es sich um jenen Lorbeerkranz handle, der für die Dichterkrönung Tassos auf dem Kapitol bestimmt gewesen sei; daß die Lyra eine Nachempfindung jener sei, zu deren Klängen die *Henriade* gesungen wurde; daß Amphion die Wälle Thebens durch seine Harmonien habe wachsen lassen, daß er von einem Zeitgenossen wisse, der durch eine unerwartete Revolution der Denkungsart in Europa weit mehr vollbracht habe; daß die See, in der Amphion schwimme, eine Allegorie sei und die Zeit bedeute, über die Amphion triumphiere; daß der Delphin als Sinnbild für Liebhaber von Literatur gelte, die großen Menschen in Stürmen beistünden, und daß es den Dauphins zum eigenen Schaden gereichte, wenn sie große Menschen nicht lieben würden.

Ich lege Ihnen dieses Verhör so dar, wie es in Gegenwart zweier Zeugen stattfand, zweier ehrbarer Personen, die nötigenfalls alles beschwören würden. Diese Leute haben eine große, mit Figuren verzierte Schale gefertigt, die ich der Kaiserin von Rußland gesandt habe; genau das hat sie auf den Geschmack an Allegorischem gebracht. Sie geben zu, daß Porzellan allzu zerbrechlich sei, daß man im Grunde zu Marmor und zu Bronze greifen müßte, um künftigen Zeitaltern die Wertschätzung zu übermitteln, die unser Jahrhundert jenen bezeugt, welche ihm zur Ehre gereichen.

Wir rechnen in Kürze mit Nachricht vom Friedensschluß mit den Türken. Wenn sie für dieses Mal nicht aus Europa vertrieben wurden, so liegt dies an den ungünstigen Umständen. Es bleibt ihnen jedoch nur eine Landkrume, und der erstbeste Krieg, den sie anzetteln, wird wahrscheinlich ihren endgültigen Untergang besiegeln.

Indes, Philosophen haben sie keine, denn Sie werden sich der in Versailles geführten Reden entsinnen, als man dort erfuhr, daß die Schlacht von Minden verloren war, mehr will ich dazu nicht sagen.

Ich habe Helvétius' Gedicht über *Le Bonheur* gelesen;

und ich glaube, daß er selbst es vor der Veröffentlichung noch einmal überarbeitet hätte. Es finden sich mangelhaft verknüpfte Gedanken und etliche Verse, die sich meiner Ansicht nach allzusehr der Prosa annähern. Ich bin kein kompetenter Richter; ich drücke meine Empfindung auf gut Glück aus und vergleiche, was ich an Neuem lese, mit den Werken Racines und denen eines gewissen herausragenden Mannes, der durch seine Anwesenheit der Schweiz zur Zierde gereicht. Man kann großer Mathematiker, großer Metaphysiker und, wie der Kardinal de Richelieu, großer Politiker sein, ohne es deshalb zum großen Dichter zu bringen. Die Natur hat ihre Gaben unterschiedlich ausgeteilt; und einzig in Ferney lebt das Exempel dafür, daß sie alle in ein und derselben Person vereint hat.

Genießen Sie noch lange die Wohltaten der Natur, die sie Ihnen verschwenderisch gewährte, und fahren Sie fort, den Thron des Parnaß in Beschlag zu nehmen, der ohne Sie womöglich ewig vakant bleiben wird. Das sind die Wünsche des Philosophen von Sans-Souci für den Patriarchen von Ferney. Federic.

Die Schlacht von Minden: Anspielung auf die Mutmaßungen in Versailles, die freigeistigen Philosophen hätten im Siebenjährigen Krieg, also auch bezüglich der Schlacht von Minden, den französischen Kampfgeist zersetzt. Die Anspielung meint also: Die türkische Kampfkraft ist vielleicht noch nicht ganz zerrüttet, denn die unterminierenden Philosophen fehlen in der Türkei.
Helvetius: Claude Adrien Helvétius, 1715–1771; indizierter Philosoph, der die unaustilgbare Selbstliebe des Menschen in den Mittelpunkt seines Weltbildes stellte. Zum Zeitpunkt der Veröffentlichung von *Das Glück* war dessen Autor bereits tot.
... daß sie alle in ein und derselben Person vereint hat: Nach sechsunddreißig Jahren und allen Versuchen Voltaires, in Diplomatie und großer Politik zu wirken, ist dies eigentlich auch Friedrichs Anerkennung des Hangs des Dichters, bei Staatsaffairen mitzuwirken.

Voltaire vollendet seine keineswegs letzte Tragödie: *Die Gesetze des Minos.* Er widmet sie Katharina der Großen. Die Zarin erlebt eben, wie sich der Kosakenaufstand unter dem Anführer Pugatschow zum Bauernkrieg ausweitet, der den feudalistischen Sklavenhalterstaat in ernstliche Gefahr bringt. Währenddessen wird im russischen Süden weiterhin Krieg gegen Mustapha III. geführt, wird im Norden, am Petersburger Hof, Denis Diderot empfangen.

207. Voltaire an Friedrich

Ferney, 1. Februar 1773

Sire, ich habe Ihnen für Ihr Porzellan gedankt; mein König und Gebieter besitzt kein schöneres; außerdem hat er mir nie welches zukommen lassen. Aber weit mehr bin ich Ihnen zu Dank verpflichtet für das, was Sie mir nahmen, als für das, was Sie mir gegeben haben. In Ihrem letzten Brief knappsen Sie mir kurz und bündig neun Lebensjahre ab; derlei maßlose Streichungen hat unser Generalkontrolleur der Finanzen noch nie gewagt. Ew. Majestät sind so gütig, mir zu meinen siebzig Jahren zu gratulieren. Könige sind ja stets die Getäuschten. Ich bin, wenn Sie gestatten, neunundsiebzig und bald schon achtzig. So werde ich den von mir heißersehnten Untergang der Türken nicht mehr erleben, die Frauen einsperren und nichts für die schönen Künste tun.

Wollen Sie denn für Ihren Kaffeehaushistoriographen Thiériot keinen Nachfolger ernennen? Er erfüllte diese Pflicht mit Vollendung; auswendig kannte er sämtliche guten und sämtliche miserablen Verse, die in Paris geschmiedet wurden; der Mann war eine Säule des Staats.

Vous n'avez donc plus dans Paris
De courtier de littérature?
Vous renoncez aux beaux esprits,
A tous les immortels écrits
De l'almanach et du *Mercure*?
L'in-folio ni la brochure
A vos yeux n'ont donc plus de prix?
D'où vous vient tant d'indifférence?
Vous soupçonnez que le bon temps
Est passé pour jamais en France,
Et que notre antique opulence
Aujourd'hui fait place en tout sens
Aux guenilles de l'indigence.
Ah! jugez mieux de nos talents,
Et voyez quelle est notre aisance:
Nous sommes et riches, et grands,
Mais c'est en fait d'extravagance.
J'ai même très-peu d'espérance

Que monsieur l'abbé Savatier,
Malgré sa flatteuse éloquence,
Nous tire jamais du bourbier
Où nous a plongés l'abondance
De nos barbouilleurs de papier.
Le goût s'enfuit, l'ennui nous gêne;
On cherche des plaisirs nouveaux;
Nous étalons pour Melpomène
Quatre ou cinq sortes de tréteaux,
Au lieu du théâtre d'Athène.
On critique, an critiquera,
On imprime, on imprimera
De beaux écrits sur la musique,
Sur la science économique,
Sur la finance et la tactique,
Et sur les filles d'Opéra.

En province, une académie
Enseigne méthodiquement,
Et calcule très-savamment
Les moyens d'avoir du génie.
Un auteur va mettre au grand jour
L'utile et la profonde histoire
Des singes qu'on montre à la foire,
Et de ceux qui vont à la cour.
Peut-être un peu de ridicule
Se joint-il à tant d'agréments;
Mais je connais certaines gens
Qui, vers les bords de la Vistule,
Ne passent pas si bien leur temps.

(So haben Sie denn in Paris
Keinen Makler mehr für Literatur?
Auf die Schöngeister verzichten Sie,
Auf die unsterblichen Schriften alle
Des Almanachs und des *Mercure*?
Der Foliant, die kleine Flugschrift auch
Sind also Ihres Blickes nicht mehr wert?
Woher kommt so große Gleichgültigkeit?
Sie vermuten, daß die gute Zeit

In Frankreich für immer schon vorbei,
Und daß unser altes Überschäumen
Heute Platz gemacht hat ganz und gar
Dem Gelump der Dürftigkeit.
Ah! achten Sie höher unser Können,
Und betrachten Sie unsere Fertigkeit:
Wir sind reich und groß,
Doch vor allem, was das Närrische betrifft.
Und ich habe sogar wenig Hoffnung,
Daß Monsieur Abbé Savatier,
Trotz seiner schmeichelnden Beredsamkeit,
Uns jemals aus dem Sumpfe zieht,
In den uns eingetaucht das Überströmen
Unserer Papierbeschmierer.
Der Geschmack entfleucht, vor Langeweile ekelt uns;
Man sucht nach neuen Freuden;
Wir bauen für Melpomena
Vier oder fünf verschiedene Bretterbühnen,
Anstatt des Theaters der Athener.
Man kritisiert, wird kritisieren,
Man druckt, wird immer drucken
Schöne Schriften zur Musik
Zur Wissenschaft der Ökonomie,
Zu den Finanzen und der Kriegskunst
Und über Mädels von der Oper.

Eine Akademie, in der Provinz,
Lehrt ganz methodisch
Und errechnet klug und weise,
Wie man Genie bekommen kann.
Ein Autor bringt alsbald ans Licht
Die nützliche und erschöpfende Geschichte
Der Affen, die man auf dem Jahrmarkt zeigt,
Und jener, die bei Hof verkehren.
Kann sein, daß etwas Lächerliches
Mit so viel Förderlichem sich verbindet;
Doch weiß ich von gewissen Leuten,
Die, bei den Weichselufern,
Nicht so fein die Zeit verbringen.)

Nachdem der neue Abt von Oliva auf Kosten dieser Herren, und dies trotz ihres *Liberum veto,* herzlich gelacht hat, versteht er sich nunmehr bestens mit der griechischen Kirche und wird auf diese Weise das heilige Werk der Befriedung der Sarmater zu einem Ende bringen. Dieser Tage machte in Paris das Gerücht die Runde, daß in Rußland ein Umsturz stattgefunden hätte; ich rede mir allerdings ein, daß es nur Kaffeehausklatsch ist; zu sehr liebe ich meine Katharina.

Bald werde ich die Ehre haben, Ew. Majestät *Les Lois de Minos* zu schicken. Das Werk wäre besser geraten, wenn ich nur die siebzig Jahre auf dem Buckel hätte, die Sie mir freundlicherweise zubilligen.

Dieser Morival, den zu erwähnen ich schon die Ehre hatte, steht seit sieben oder acht Jahren in Ihren Diensten. Den Namen seines Regiments kenne ich nicht; aber es steht in Wesel.

So ist denn nunmehr Ihre ganze erhabene Familie verheiratet. Es heißt, die Landgräfin sei sehr schön. Der Prinz von Württemberg lebt in unserer Nachbarschaft mit neun Kindern, von denen einige später einmal unter Ihrem Befehl an der Spitze Ihrer Armeen stehen werden.

Bewahren Sie mir, Sire, Ihre Huld, die mein Trost ist und mit der ich wohlgemut in die Gruft hinabfahren werde.

Thiériot: Nicolas-Claude Thiériot, der Pariser Literaturagent Friedrichs, war am 23. November 1772 gestorben.

Abbé Savatier: Der Abbé Sabatier war Verfasser einer französischen Literaturgeschichte seit Franz I.

Abt von Oliva: Wohl Friedrich selbst, der durch die erste Polnische Teilung in den Besitz der Zisterzienserabtei Oliva bei Danzig gekommen war und bisher nur als *Abt von Sanssouci* galt.

Liberum Veto: Stimmrecht polnischer Magnaten im Sejm. Hier genügte eine einzige Gegenstimme, um Beschlüsse des polnischen Reichstags zu Fall zu bringen, so daß fast nie ein Beschluß zustande kam.

Sarmater: Mit den Skythen verwandter Stamm, der bis zum 4. Jahrhundert in Polen seßhaft war. Der Satz spielt wahrscheinlich auf Friedrich und sein Zusammenspiel (bei der Teilung Polens) mit der orthodoxen Katharina und deren polnischen Parteigängern an.

Morival: Gaillard d'Étallonde war 1765 an der Zerstörung des Kruzifixes auf dem Pont-Neuf in Abbeville beteiligt gewesen. Unter dem Namen Morival war er nach Preußen geflohen und in Frankreich *in effigie* hingerichtet worden. Wirklich geköpft und dann verbrannt wurde allein der Mittäter Chevalier de la Barre; siehe S. 488.

Prinz von Württemberg: Der mit der Markgräfin von Schwedt vermählte Prinz Friedrich Eugen war Statthalter der württembergischen Enklave Mömpelgard.

208. Friedrich an Voltaire

Potsdam, 29. Februar 1773

Ich habe Ihren Brief und Ihre charmanten Verse erhalten, die Ihr Alter widerlegen. Nein, Ihr Alter werde ich Ihnen niemals glauben; entweder sind Sie noch jung, oder aber Sie haben der Zeit die Flügel gestutzt.

Man muß schon sehr kühn sein, um Ihnen mit Versen zu antworten, aber Sie wissen ja, daß Leute meiner Spezies sich gerne etwas erlauben, das sie anderen nicht durchgehen lassen würden. Ein gewisser Kotys, König eines äußerst barbarischen Landes, korrespondierte in Versen mit Ovid, als dieser im Exil von Pontos lebte. Es müßte also heutzutage irgendeinem Souverän eines weniger barbarischen Landes gestattet sein, an den Apoll von Ferney zu schreiben, trotz des Abbé d'Olivet und der Puristen seiner Académie.

Non, je ne veux plus à Paris
Avoir de courtier littéraire;
Je n'y vois plus ces beaux esprits
Dont nombre d'immortels écrits,
En m'instruisant, savaient me plaire.
Je ne veux de correspondants
Que sur les confins de la Suisse,
Province qui jadis était très-fort novice
En arts, en esprits, en talents,
Mais qui contient des bons vieux temps
Le seul auteur qui me ravisse.
Les Grecs, vos favoris, cherchèrent en Asie
La science et la vérité;
Platon jusqu'en Égypte avait même tenté
D'éclairer sa philosophie.

Désormais nos cantons, charmés de ses attraits,
Sans chercher pour l'esprit des aliments dans l'Inde,
Trouvent le dieu du goût comme le dieu du Pinde
    Tous deux réunis à Ferney.

    (Nein, in Paris will ich nicht länger
    Haben einen Makler der Literatur;
    Ich sehe dort Schöngeister nicht mehr,
    Deren viele unsterbliche Schriften
    Mich zu bilden und unterhalten verstanden.
    Ich will nur noch Korrespondenten
    Am äußersten Rande der Schweiz,
Land, das einst ein ausgemachter Neuling war
    In Künsten, Esprit und Begabung,
    Doch das den einzigen Autor umfängt
    Aus guter alter Zeit, der mich entzückt.
Die Griechen, Ihre Günstlinge, suchten in Asien
    Nach Wissenschaft und nach Wahrheit;
Selbst in Ägypten hatte Platon versucht,
    Seine Philosophie zu erhellen.
Nunmehr suchen unsere Bezirke, von seinem Reize berückt,
Nahrung für den Geist nicht länger in Indien,
Finden sie doch den Gott des Geschmacks wie des Pindus' Gott
    Beide vereint zu Ferney.)

Vielleicht kommen Sie doch noch in den Genuß, die Muselmänner aus Europa verjagt zu sehen; es ist schon wieder nicht zum Friedensschluß gekommen. Neue Konstellationen sind der Grund für neue Schwierigkeiten. Ihre Finsterlinge sind wahre Brandstifter. Ich, Jünger der Enzyklopädisten, predige als guter Apostel des verblichenen Abbé de Saint-Pierre den Universalfrieden; und womöglich habe ich damit nicht mehr Glück als er. Ich sehe, um wie vieles leichter es den Menschen fällt, Böses zu tun als Gutes, und daß die fatale Verkettung von Beweggründen uns gegen unseren Willen mit sich reißt und mit unseren Vorhaben ihr Spiel treibt, wie stürmischer Wind mit Treibsand.

Das hindert nicht den normalen Gang der Dinge. Bei uns bringen wir Ordnung ins anarchische Chaos, und unsere Bischöfe behalten ihre Einkünfte von vierundzwanzigtausend Talern, die Äbte siebentausend. Die Apostel hatten nicht soviel. Auf diese Weise arrangiert man sich mit ihnen, so daß sie von ihren weltlichen Sorgen erlöst sind und sich ungestört der Eroberung des himmlischen Jerusalem, ihres wahren Vaterlands, widmen können.

Ich bin Ihnen für die Anteilnahme an der Verehelichung meiner Nichte verbunden; sie ist von höchst bemerkenswertem Äußeren, wozu sich ein Auftreten gesellt, das mich hoffen läßt, sie so glücklich zu sehen, wie es unserer Gattung gegeben ist.

Ich werde mich über diesen Kumpan des unseligen La Barre informieren, den zu kennen ich nicht die Ehre habe, und so er sich zu betragen weiß, wird er ohne weiteres unterzubringen sein. Ihre Empfehlung wird ihm nicht zum Schaden gereichen.

Die Nachrichten, die man Ihnen aus Paris zukommen läßt, weichen gründlich von denen ab, die ich aus Petersburg bekomme. Was man Ihnen schreibt, beruht auf Wünschen und nicht auf Wirklichkeit; was man sich als Frucht des eigenen Intrigierens erhofft, was vorzeiten vielleicht denkbar war, damit kann man in keinem Falle in einem Rußland rechnen, das nunmehr von weiser Hand geführt wird.

Nun gut, ich habe Sie um einige Jahre gestutzt, und ich nehme nichts zurück; Ihre Werke atmen zuviel Frische, um von einem Greis zu stammen. Schicken Sie mir Ihren Eintrag ins Taufregister – ich würde auch Ihrem Pfarrer nicht glauben.

On juge mal, on est deçu,
En se fiant à l'apparence;
Je suis très-sûr et convaincu
Que Voltaire en secret a bu
De la fontaine de Jouvence.
Jamais aucun héros n'approcha de son sort:
Immortel par sa vie, ainsi qu'après sa mort.

(Man urteilt schlecht und wird enttäuscht,
Vertrauet man der äußeren Erscheinung;
Ich bin ganz sicher und völlig überzeugt,
Daß Voltaire insgeheim getrunken hat
Vom Brunnen ew'ger Jugend.
Kein Held wird je ein Schicksal haben wie das seine:
Unsterblich durch sein Leben, so auch nach seinem Tod.)

Erstere Unsterblichkeit geht mich am meisten an. Ich bin auf Ihren Erhalt erpicht; die andere ist Ihnen gewiß. Behalten Sie die Maxime des Kaisers Augustus in Erinnerung: *festina lente.* Das wünscht der Philosoph von Sans-Souci dem Patriarchen von Ferney und harrt der *Lois de Minos.*

Federic.

Abbé d'Olivet: Pierre-Joseph Thoulier, Abbé d'Olivet, Historiker, Übersetzer, Dichter, Lehrer Voltaires am Collège Louis-le-Grand und einer der Sprachwächter der Académie Française.
Finsterlinge: Gemeint sind hier wohl Hofkreise in Versailles, die ein Interesse am Fortgang des russisch-türkischen Konflikts hatten.
Unsere Bischöfe behalten ihre Einkünfte: Die Ausgleichszahlung des preußischen Staats anläßlich der Konfiszierung von Kirchenliegenschaften.
Festina lente: »Eile mit Weile«.

209. Voltaire an Friedrich

Ferney, 19. März 1773

Sire, Ihr Brief vom 29. Februar, der offenkundig nach Ihrem alten Ketzerkalender datiert ist, ist mir nichtsdestoweniger kostbar. Ihr Stil ist deswegen nicht weniger bezaubernd; Angenehmstes und Philosophischstes entfließen Ihrer Feder. Der Nachwelt Würdiges zu schreiben geht Ihnen ebenso leicht von der Hand, wie es den Königen des Südens ein Leichtes ist zu schreiben: »Gott nehme Sie, Cousin, in seinen hohen und würdigen Schutz; und Sie, Monsieur le Président, in seinen heiligen Schutz.«

Ich war schon soweit, Ew. Majestät nur noch von den Elysischen Feldern antworten zu können; nach fünfzig Fieberanfällen, begleitet von zwei oder drei Todkrankheiten, habe ich die Ehre, Ihnen diese wenigen Zeilen zu schreiben.

Ich weiß nicht, ob ich mich täusche, doch fürchte ich sehr, daß dies neuerliche Aufflackern des Kriegs zwischen der Pforte Mustaphas und dem Triumphbogen Katharinas II. böse Folgen haben könnte. Ew. Majestät sind immer auf alles vorbereitet und werden, was immer kommen mag, reizende Verse dichten und Schlachten gewinnen.

Ich habe die Ehre, Ihnen *Les Lois de Minos* zu schicken, dazu Anmerkungen, die Ihnen interessant erscheinen könnten; im Laufe des Stücks werden Sie erkennen, daß ich mir ein gewisses Poem über die Konföderierten zunutze gemacht habe. Darüber hinaus wird Ihnen auffallen, daß etwas darin vorkommt, das an den König von Schweden, Ihren Neffen, gemahnt; es heißt, unser Ministerium der Finsterlinge wolle sich dieses Fürsten bemächtigen und Ihren Norden ein wenig in Unruhe bringen. Das sind Geheimnisse, die meine Intelligenz übersteigen; bei allen kommenden Geschehnissen unterwerfe ich mich den Befehlen seiner Heiligen Majestät dem Zufall oder, besser noch, den handfesteren Befehlen Seiner Heiligen Majestät dem Schicksal. Einst wußten Sterbende die Zukunft vorherzusagen; die Welt entartet; und alles, was ich vorherzusagen vermag, ist, daß ich in den wenigen Minuten, die mir fürs Dahinsiechen zwischen Jura und Alpen noch verbleiben, Ihr Bewunderer und Ihr innigst verbundener Schweizer sein werde.

Der alte Kranke von Ferney. V.

Nach Ihrem alten Ketzerkalender: Wahrscheinlich eine Anspielung, daß Friedrich sich wegen seines polnischen Arrangements mit Katharina II. und deren polnischen Parteigängern nunmehr besser des russisch-orthodoxen Kalenders bedienen sollte.
Gott nehme Sie, Cousin . . .: Eine der minutiös differenzierten Grußformeln der Könige von Frankreich.
Die Konföderierten: Katholische polnische Adlige hatten 1768 in Bar eine Konföderation gegründet. Sie sollte den russischen Einfluß am Hof des Königs Stanislaus II. Poniatowski bekämpfen und eine katholisch-nationale Politik betreiben. Der Papst und das Ministerium Choiseul unterstützten anfangs die Konföderation von Bar. Diese unternahm 1771 sogar eine Entführung des polnischen Königs aus Warschau. Erst mit Hilfe russischer Truppen gelang es, dieses Magnatenbündnis aufzubrechen.

Anfang April 1773 schreibt d'Alembert an Friedrich: »Schon diesen Winter ist die arme Philosophie in größte Aufregung geraten. Wir fürchteten, den Patriarchen von Ferney, der ernstlich erkrankt war, zu verlieren, und zu seiner ewigen Verdammnis beteten die frommen Seelen schon die bewegendsten Gebete.«

210. Friedrich an Voltaire

Potsdam, 4. April 1773

Sie wissen, daß alle Fürsten ihre Spione haben; die meinigen arbeiten bis zu den Füßen der Alpen und haben mich in Schrecken versetzt, als sie mir von den Gefahren Meldung machten, die Sie bedrohten. Ich weiß nicht, ob sie mir zutreffend berichtet haben (denn Sie wissen, daß Fürsten immer betrogen werden); doch sie behaupten, Ihr Leiden habe sich zu Gicht verwandelt; das hat mich zwiefach entzückt, weil doch diese Krankheit, in Ihrem Alter, ein langes Leben verheißt, und weil es mir ein Hochgenuß ist, Sie willkommen zu heißen in unserer Bruderschaft der Gichtbrüchigen.

Ich danke Ihnen für Ihre Tragödie, die Sie mir geschickt haben. Sie zeigten sich über die Ereignisse in Polen und angesichts der Umwälzungen in Schweden erstaunt; und das verschaffte Ihnen den Stoff für ein Drama. Ich glaube, daß Sie, so Sie nur wollen, Nachrichten aus Gazetten zu Gegenständen von Tragödien umwandeln könnten.

Diese nun ist ganz gewiß neuartig und ähnelt keinem Sujet, das antike oder moderne Tragödiendichter abgehandelt haben. Ich komme nicht noch einmal auf meine Verwunderung zu sprechen, Sie in einem Alter sich verjüngen zu sehen, in welchem unsere Spezies das Sein sein läßt; doch falls es einem Dilettanten, oder, um die Sache beim Namen zu nennen, einem Ignoranten wie mir gestattet ist, Ihnen meine Zweifel darzulegen, so will mir scheinen, daß der Tod eines Priesters keinen Menschen rühren kann und daß man bewegter und gerührter wäre, wenn Astérie oder aber Teucer durch die Priesterkomplotte zugrunde gingen.

Sie, der Sie im Besitz der Geheimnisse der großen Kunst des Rührens sind, Sie, der Sie sie besser ergründet haben als ein *dilettante,* wie ich es bin, Sie hatten zweifellos Ihre

Gründe, Ihre Lösung derjenigen vorzuziehen, die ich vorschlage.

Erwarten Sie nicht, von mir Werke dieser Art zu bekommen; wir in diesem Lande ziehen es vor, uns ausschließlich komischen Sujets zu widmen; anderes gedieh in früheren Zeitläufen. Doch bei Tragödien schauen wir lieber zu, als selbst darin zu agieren.

Wie betagt Sie auch sein mögen, in diesem Lande lebt der Dienstälteste der Alten; es ist der alte Pöllnitz. Er hat eine schwere Krankheit hinter sich, und ich schicke Ihnen die Geschichte seiner Genesung. Er ist jetzt über fünfundachtzig. Keine Bagatelle, seinen Lebenspfad bis in ein so fortgeschrittenes Alter gegangen zu sein und wie ein Junger die Attacken des Todes pariert zu haben.

Das andere Werk, das mit einer Plauderei anhebt, endet mit einigen moralischen Reflexionen. Ich habe angeordnet, daß man sich um die postalischen Unkosten kümmere, denn es ist nicht gerecht, daß Sie für einen Haufen Platitüden zahlen, die Sie vielleicht langweilen.

Sie erwähnen Ihre Finsterlinge und deren Intrigen; ich weiß über jede Bescheid. Mir entgeht nichts, was sich in Stockholm wie in Konstantinopel ereignet. Doch es heißt abwarten, um zu sehen, wer als letzter lacht.

Ihrer Kaiserin stehen viele Mittel zur Verfügung. Der Norden wird ruhig bleiben, oder aber diejenigen, die ihn in Aufruhr versetzen wollen, werden sich an ihm, so kalt er auch ist, die Finger verbrennen.

Ich gestatte mir, Ihnen dies vorherzusagen, und auch, daß Ihre Finsterlinge, sofern sie sich mit allzu leichtgläubigen Souveränen zusammentun wollen, sich selbst in größeres Unglück stürzen könnten, als sie es bisher kennengelernt haben.

Aber ich weiß nicht, wie ich darauf komme; zu meinem Gesicht passen Weissagungen nicht, und einem Ungläubigen steht es so wenig zu, den Seher zu spielen, wie einem entlaufenen Teutonen, welsche Verse zu machen. Ich ziehe mich aus der Affäre wie Pilatus, der sagte: *Quod scripsi, scripsi.*

Man kann falsch weissagen, man kann schlechte Verse

machen; doch hindert das nicht daran, daß man für das Schicksal großer Menschen empfänglich ist und daß der Philosoph von Sans-Souci lebhaften Anteil am Wohlergehen des Patriarchen von Ferney nimmt, für den er sein Leben lang die größte Bewunderung bewahren wird. Federic.

Astérie oder aber Teucer: In *Die Gesetze der Minos* schafft Teukros, der König von Kreta, Menschenopfer ab, die vom Oberpriester und vom Adel gefordert werden – also von *unaufgeklärten Finsterlingen.* Als die schöne Asteria geopfert werden soll, kommt es zum Kampf und zum Tod des blutdürstigen Oberpriesters.
Der alte Pöllnitz: Karl Ludwig Baron von Pöllnitz, 1690-1775, war Kammerherr und Oberzeremonienmeister am preußischen Hof. Der gesellige, weltgewandte Lebemann hatte überdies *La Saxe Galante (Das Galante Sachsen)* geschrieben, einen ›Bestseller‹ des Jahrhunderts über das Liebesleben Augusts des Starken.
Die Geschichte seiner Genesung: Au Baron de Poellnitz sur sa résurrection.
Das andere Werk: Eine weitere, die *Épître XIII* des Königs.
Quod scripsi, scripsi: »Was ich geschrieben habe, habe ich geschrieben.«

Der Sommer 1773 verläuft ruhig: Voltaire bietet Madame du Barry Uhren aus seinen Werkstätten an; Friedrich absolviert im Juli seine alljährliche Brunnenkur in Eger und entwickelt den nie ausgeführten Plan, über dem Grab von Kopernikus in Frauenburg ein Denkmal errichten zu lassen.

211. Voltaire an Friedrich

Ferney, [4.] September 1773

Sire, wenn Ihr alter Baron im Alter von vierundachtzig Jahren noch getanzt hat, so halte ich dafür, daß Sie nach Verstreichen von hundert Jahren noch besser tanzen werden als er. Es wäre nur gerecht, wenn Sie noch lange zum Klang Ihrer Flöte und Ihrer Leier tanzen würden, nachdem Sie so viele Menschen zum Klange Ihrer Trompeten, ob rhythmisch oder unrhythmisch, haben hüpfen lassen. Es stimmt, bei Menschen Ihrer Gattung ist es nicht Sitte, lange zu leben. Karl XII., der ein vorzüglicher Hauptmann in einem Ihrer Regimenter geworden wäre; Gustav-Adolf, der als einer Ihrer Generäle getaugt hätte; Walstein, dem Sie Ihre Armeen niemals anvertraut hätten; der Große Kurfürst, der eher ein Vorläufer von Großem war; all das hat kein volles Menschenalter gelebt. Sie wissen, was mit Caesar geschah, der soviel Geist besaß wie Sie, mit Alexander, der zum Trinker wurde, als er nichts mehr zu tun hatte; Sie aber werden trotz Ihrer Gichtattacken noch lange leben, weil Sie ein nüchterner Kopf sind und weil Sie das Feuer, das Sie belebt, zu bändigen und daran zu hindern wissen, Sie zu verzehren.

Es ärgert mich, daß Thorn nicht Ew. Majestät gehört, doch tröstet es mich, daß Sie über das Grab des Kopernikus herrschen. Errichten Sie über seiner Asche eine Sonnenuhr, auf daß die Sonne, die durch ihn ihren Platz zurückbekam, ihn, zusammen mit Ihren Strahlen, jeden Tag zur Mittagszeit grüße.

Es berührt mich zutiefst, wie Sie nicht nur die Toten ehren, sondern auch die unglücklichen Lebenden beschützen, die es verdienen. Morival muß in Wesel in irgendeinem Ihrer Regimenter Leutnant sein; sein wirklicher Name ist nicht Morival, vielmehr Talonde, er ist Sohn eines Präsidenten in Abbeville. Kopernikus wäre nur exkommuniziert worden, wenn er das Buch überlebt hätte, in welchem er den Lauf der Planeten und der Erde um die Sonne nachwies; Talonde jedoch wurde, zusammen mit dem Chevalier de La Barre, Sohn eines Obristen unserer Armeen, im Alter von fünfzehn Jahren von den Irokesen von Abbeville zur gewöhnlichen und zur hochnotpeinlichen Tortur, zum Abhacken der Hand und Abschneiden der Zunge, zum langsamen Verbrennen auf dem Scheiterhaufen verurteilt, weil er Kapuziner nicht gegrüßt und ein Lied geträllert hatte; und der oberste Gerichtshof in Paris bestätigte dieses Urteil, auf daß Frankreichs Bischöfe ihm nicht länger vorwürfen, ohne Religion zu sein; diese Herren des Gerichtshofs machten sich zu Mördern, um als Christen dazustehen.

Ich bitte die Irokesen um Verzeihung, daß ich sie mit diesen abscheulichen Richtern verglichen habe, die es verdienten, daß man ihnen auf ihren mit Lilien übersäten Bänken die Haut abzöge und über diese Blumen spannte. Falls Tallonde, in Ihren Truppen unter dem Namen Morival bekannt, ein guter Junge ist, wie man mir versichert, so seien Sie doch so huldvoll, ihm einen Beweis Ihrer Gunst zu geben. Möge er dann eines Tages an der Spitze einer Kompanie in Abbeville einrücken, seine Richter zittern lassen und ihnen vergeben!

Ihr Urteil über das posthume Werk von Helvétius erstaunt mich nicht; ich war darauf gefaßt; Sie lieben nur das Wahrhaftige. Sein Werk könnte in der Philosophie mehr Übles als Gutes anrichten; schmerzerfüllt habe ich gesehen, daß es nur ein Wust ist, ein unverdaulicher Haufen aus trivialen Wahrheiten und längst erkannten Irrtümern. Eine ziemlich triviale Wahrheit ist die Gerechtigkeit, die der Verfasser Ihnen widerfahren läßt; größeres Verdienst hat das Werk jedoch nicht. Davon abgesehen finden sich in diesem Sammelsurium einige wenige hier und da verstreute, leuchtende kleine Diamanten. Die bereiteten mir große Freude und haben mich über die Mängel des Ganzen hinweggetröstet.

Ich weiß nicht, ob ich mich im König von Polen täusche, aber ich finde, er hat gut daran getan, sich Ew. Majestät anzuvertrauen. Er bestätigt das alte Sprichwort der Griechen: Die Hälfte ist mehr wert als das Ganze; es wird ihm noch immer genug bleiben, um glücklich zu sein. Wo kämen wir denn hin in dieser Welt, wenn Glückseligkeit allein denen vorbehalten bliebe, die Land, dreihundert Meilen lang mal breit, ihr eigen nennen? Mustapha hat davon viel zuviel; unablässig sehne ich mich danach, daß man ihn von der Qual erlöse, ein Stück von Europa zu regieren. Man hat gut reden, daß die mohammedanische Religion ein Gegengewicht zur griechischen Religion bilden müsse und die griechische Religion ein Gegengewicht zur päpstlichen. Mir wäre es lieb, wenn Sie das Gegengewicht abgäben. Fortwährend bekümmert es mich, die Füße irgendeines Pascha die Asche des Themistokles und des Alkibiades aufwühlen zu sehen. Diese Vorstellung verursacht mir so viel Übelkeit wie das Bild von Kardinälen, die auf dem Grab des Marc Aurel ihre Täubchen tätscheln.

Allen Ernstes, ich begreife nicht, warum die Kaiserin-Königin nicht ihr Geschirr verkauft und ihrem Sohn, dem Kaiser, Ihrem Freund (so es zwischen Menschen Ihres Rangs Freundschaft gibt) ihren letzten Taler gegeben hat, damit er sich aufmache, um an der Spitze einer Armee in Adrianopel

Katharina II. zu erwarten. Diese Unternehmung kam mir so natürlich vor, so leicht, so richtig, so schön, daß ich nicht zu erkennen vermag, warum sie unterblieb; selbstredend wäre bei diesem Handel ein schöner Krug Weins für Ew. Majestät übriggeblieben. Jeder hat seine Schimäre, dies nun war meine;

Après quoi je rentre en moi-même,
Et suis Gros-Jean comme devant.

(Wonach ich wieder in mich geh',
Und bin Hans Dudeldei wie eh.)

Hans Dudeldei, der in seinem Unterschlupf pflanzt, urbar macht, baut, eine kleine Kolonie einrichtet, werkelt, grübelt, zweifelt, schwätzt, leidet, verscheidet, Ihnen herzlich nachtrauert, wirft sich Ihnen bewundernd zu Füßen.

Walstein: Wallenstein.
Thorn: Geburtsstadt von Nikolaus Kopernikus, 1473–1543.
Das Buch: Kopernikus starb kurz nach der Veröffentlichung von *De revolutionibus orbium coelestium libri VI,* das 1616 auf den Index kam.
Tallonde: Der Name des jungen Mannes wird während des Briefwechsels reich variert: *d'Étallonde, Morival, Talonde* oder *Tallonde* meinen dasselbe Justizopfer in preußischen Diensten.
König von Polen: Stanislaus II. August Poniatowski, 1764–1795. Poniatowski war ein Liebhaber von Katharina II. gewesen. 1764 verschaffte die Zarin ihm, als taktisch geschickte Abfindung, die polnische Krone. Als König von Polen zeigte Poniatowski dann jedoch weniger Willfährigkeit bei der Verkleinerung und schließlich restlosen Aufteilung seines Reiches, als Petersburg, Berlin und Wien es sich erhofft hatten.
Après quoi ...: Aus: Jean de La Fontaine, *La laitière et le pot au lait (Die Milchfrau und die Milchkanne).*

212. Friedrich an Voltaire

Potsdam, 9. Oktober 1773

Mit Betrübnis stelle ich fest, daß es beinahe zwanzig Jahre her ist, daß Sie von hier aufbrachen; Ihr Gedächtnis ruft mich so in Ihre Vorstellung zurück, wie ich damals war; doch wenn Sie mich sähen, fänden Sie anstelle eines jungen Mannes, der gleich tanzen möchte, nur einen hinfälligen, altersgebeugten Greis. Täglich verliere ich ein Stückchen meines Seins, und ich wandle unmerklich jenem Ort entgegen, von dem noch keiner Kunde brachte.

Beobachter meinten zu bemerken, daß die Mehrzahl alter Militärs faselnd endet und daß Männer der Literatur sich besser konservieren. Der Große Condé, Marlborough, der Prinz Eugen mußten es erleben, wie ihr denkender Teil noch vor ihrem Körper ermattete. Ohne ihre Talente besessen zu haben, könnte mir dasselbe Schicksal widerfahren. Man weiß, Homer, Attikus, Varron, Fontenelle und so viele andere haben ein hohes Alter erreicht, ohne derlei Gebrechlichkeiten ertragen zu müssen. Ich wünsche Ihnen, daß Sie sie alle durch die Dauer Ihres Lebens und durch die Werke des Geistes übertreffen, ohne mich um das Los zu bekümmern, das mich erwartet, ein paar Jahre des Existierens mehr oder weniger, die angesichts der Ewigkeit nichts sind. Die katholische Kirche von Berlin wird bald eingeweiht. Der Bischof von Ermland wird sie weihen. Diese für uns fremdartige Zeremonie lockt Neugierige in hellen Scharen an. Das Grab des Kopernikus, über dem ich selbstredend ein Mausoleum errichten will, befindet sich in der Diözese dieses Bischofs. Inmitten der Flut von Irrtümern, die zu seiner Zeit verbreitet wurden, war er der einzige, der einige nützliche Wahrheiten lehrte. Er hatte Glück: er wurde nicht verfolgt. Der junge d'Étallonde, Leutnant in Wesel, wurde es; er verdient es, daß an ihn gedacht wird. Ausgestattet mit Ihrer Fürsprache und mit dem guten Zeugnis, das seine Vorgesetzten ihm ausstellen, wird er nicht verfehlen, seinen Weg zu machen.

Ich komme auf den König von Polen zurück, von dem Sie sprechen. Ich weiß, fast ganz Europa glaubt, die Teilung Polens sei das Ergebnis politischer Machenschaften, welche man mir unterstellt; doch nichts wäre irriger. Nach vergeblichen Vorschlägen, einen Ausgleich zu erzielen, mußte als letztes Mittel, einen allgemeinen Krieg zu vermeiden, diese Teilung ins Werk gesetzt werden. Der äußere Anschein trügt, doch allein danach urteilt die Öffentlichkeit. Was ich Ihnen sage, ist so wahr wie der 48. Satz des Euklid.

Sie sind erstaunt, daß weder der Kaiser noch ich in die orientalischen Wirren eingreifen; für den Kaiser muß Ihnen Fürst Kaunitz antworten; er wird Ihnen die Geheimnisse seiner Politik enthüllen. Was mich angeht, so wirke ich an den Operationen der Russen durch Hilfsgelder, die ich ihnen zahle, schon seit langem mit, und Sie sollten wissen, daß ein Verbündeter nicht gleichzeitig Truppen und Geld zur Verfügung stellt. Nur indirekt bin ich durch meine Verbindung mit der Kaiserin in diese Wirren verstrickt. Was mich persönlich angeht, so verzichte ich auf Krieg, aus Angst, die Exkommunikation der Philosophen auf mich zu ziehen.

Ich habe den Artikel *Krieg* gelesen, und ich habe gebebt. Wie kann ein Fürst, dessen Truppen grobes blaues Tuch tragen, deren Kopfbedeckungen mit weißer Schnur umwunden sind, Truppen, die er nach rechts und links schwenken ließ, wie kann er diese zum Ruhme führen, ohne sich dadurch den Ehrentitel eines Räuberhauptmanns zu verdienen, da er ja doch nur einen Haufen von Taugenichtsen anführt, welche das Schicksal zwang, zu käuflichen Schlächtern zu werden, und die unter seiner Führung nun dem schönen Metier von Wegelagerern frönen? Haben Sie denn vergessen, daß der Krieg eine Geißel ist, die alle möglichen Menschen zusammenwürfelt, überdies noch alle möglichen Verbrechen begünstigt? Sie sehen wohl, daß ein Mann, dem seine Reputation auch nur ein bißchen am Herzen liegt, nach der Lektüre dieser weisen Maximen all die Beiwörter meiden muß, mit denen man nur die übelsten Verbrecher bedenkt.

Sie werden übrigens wissen, daß die Entfernung zwischen meinen Grenzen und denen der Türken bisher jede Zwietracht zwischen den beiden Staaten verhindert hat und daß ein Souverän schon der Todesstrafe verfallen sein müßte (wozu er allerdings Privatmann sein müßte), ehe ein anderer Souverän wirklich das Recht hätte, ihn zu entthronen. Lesen Sie Pufendorf und Grotius, dort werden Sie hübsche Entdeckungen machen.

Nun gibt es nichtsdestotrotz, auch wenn Sie das nicht eingestehen werden, gerechte Kriege; zweifellos gehören die zur eigenen Verteidigung dazu. Ich gebe zu, daß die Türkenherrschaft hart ist und sogar barbarisch; ich bekenne, daß von allen Ländern unter dieser Oberherrschaft vor allem Griechenland das beklagenswerteste ist; aber denken Sie an das ungerechte Urteil, das der Areopag über Sokrates fällte, erinnern Sie sich, wie grausam die Athener mit ihren Admirälen verfuhren, die nach gewonnener Schlacht bei Sturm ihre Toten nicht beisetzen konnten.

Sie selbst werden sich sagen, daß es womöglich die Strafe für all diese Verbrechen ist, wenn sie von Barbaren unterjocht und geknechtet werden. Ist es an mir, sie zu befreien? Weiß ich denn, wann ihre Strafe abgelaufen ist oder wie lange sie dauern muß? Soll ich, der ich nur Asche und Staub bin, mich den Urteilen der Vorsehung entgegenstellen?

Gibt uns denn nicht die Vernunft ein, den Frieden zu wahren, den wir genießen! Man müßte ein Narr sein, wollte man sein Fortdauern gefährden. Wegen des eben Gesagten glauben Sie, daß ich erschöpft wäre; denken Sie das nicht. Ein ebenso triftiger Grund wie der, den ich soeben anführte, besteht nämlich darin, daß man in Rußland der Auffassung ist, es laufe der Würde dieses Kaiserreiches zuwider, fremde Hilfe zu gebrauchen, wo die russischen Kräfte doch ganz allein ausreichen, diesen Krieg glückvoll zu beenden.

Ein leichter Rückschlag, den die Armee Romanzoffs erlitten hat, zählt nichts im Vergleich zu einer ununterbrochenen Reihe von Siegen, durch die sämtliche Feldzüge der Russen sich bisher ausgezeichnet haben. Solange sich diese Armee auf dem linken Donauufer halten wird, steht nichts zu befürchten. Die Schwierigkeit besteht darin, diesen Fluß heil zu überschreiten. Auf dem anderen Ufer gerät sie auf äußerst unzugängliches Gelände, was die Versorgung unendlich erschwert; nur durch eine Wüste und über zerklüftete Gebirge gelangt man nach Adrianopel. Die Schwierigkeit, Magazine anzulegen, sie mit sich zu führen, macht diese Unternehmung zum Wagnis. Doch da für die Kaiserin bislang nichts zu schwierig war, muß man hoffen, daß ihre Generäle eine derartig heikle Expedition zu einem glücklichen Ende bringen.

Das sind militärische Erwägungen, die mir entschlüpfen; ich bitte die Philosophie dafür um Verzeihung. Bis jetzt bin ich nur ein halber Quäker; wenn ich dermaleinst wie William Penn sein werde, werde ich wie andere gegen die privilegierten Mörder, die die Erde verwüsten, Volksreden halten.

Erteilen Sie mir, während ich dem entgegenharre, wegen meiner Kühnheit, in einem Brief an Sie den Begriff *Feldzugplan* erwähnt zu haben, vorab Ihre Absolution. In der Hoffnung, Ihre völlige Lossprechung von Sünden zu erlangen, sichert Ihnen der Philosoph von Sans-Souci zu, daß er nicht nachläßt, für den Patriarchen von Ferney zu beten.
Vale. Federic.

Nichts wäre irriger: Aus eigener Sicht hat Friedrich zeit seines Lebens stets in dem Gefühl der Rechtmäßigkeit seines Tuns gehandelt, 1740, 1756, 1772 ...
Ich habe den Artikel Krieg *gelesen, und ich habe gebebt:* Hier äußert sich Friedrichs verhaltener Zorn über den Absatz *Krieg* in Voltaires *Questions Encyclopédiques.* Die darin erwähnten, als Mordbrenner beschuldigten Truppen in blauer Uniform und mit weißer Schnur am Dreispitz könnten durchaus preußische Truppen meinen.
Pufendorf und Grotius: Samuel von Pufendorf und Hugo Grotius – Völker- und Staatsrechtler des 17. Jahrhunderts.
Feldzugplan: Der Begriff *projet de campagne* fällt erst hier.

213. Friedrich an Voltaire

Potsdam, 24. Oktober 1773

Falls es mir untersagt ist, Sie jemals wiederzusehen, so bin ich doch froh, daß die Herzogin von Württemberg Sie gesehen hat. Unsere Art, über Mittelsleute voneinander zu hören, ersetzt nicht das *facie ad faciem.* Grüße und Briefe ersetzen nicht Voltaire, so man ihn *in persona* besessen hat.

Ich juble über die tugendhaften Tränen, die Sie bei der Erinnerung an meine verstorbene Schwester vergossen haben. Wäre ich bei dieser bewegenden Szene zugegen gewesen, hätte ich gewiß meine mit den Ihrigen vermengt. Ob aus Schwäche, ob aus übertriebener Zuneigung, ich habe für meine Schwester getan, was Cicero für seine Tullia plante. Ich habe ihr einen der Freundschaft geweihten Tempel errichtet; ihre Statue steht im Hintergrund, und an jeder Säule befindet sich ein Medaillon mit dem Brustbild von Heroen der Freundschaft. Ich schicke Ihnen die Skizze. Diesen Tempel habe ich in einem Hain meines Gartens plaziert. Ich begebe mich häufig dorthin, um mich an Verlorenes und an einst genossenes Glück zu erinnern.

Bereits seit über einem Monat bin ich von meinen Reisen zurück. Ich war in Preußen, um die Leibeigenschaft aufzuheben, barbarische Gesetze zu reformieren und vernünftigere zu verkünden, um einen Kanal einzuweihen, der Weichsel, Netze, Warthe, Oder und Elbe verbindet, um seit der Pest von 1709 daniederliegende Städte wiederaufzubauen, zwanzig Meilen Sumpf trockenzulegen, um in einer Gegend, wo sogar der Begriff unbekannt war, ein wenig Verwaltung einzuführen. Von dort habe ich mich nach Schlesien begeben, um meine armen Ignatianer über das harte Vorgehen des römischen Gerichtshofs hinwegzutrösten, ihrem Orden aufzuhelfen, verschiedene Provinzen zu bestimmen, wo ich sie mir erhalten und dem Vaterland nützlich machen möchte, wenn sie dort Schulen zur Bildung der Jugend, der sie sich mit Leib und Seele verschreiben, unterhalten. Darüber hinaus habe ich in Oberschlesien, wo Ödland war, den Bau von sechzig Dörfern in die Wege geleitet; jedes Dorf hat zwanzig Familien. Zur Erleichterung des Handels habe ich breite Bergstraßen anlegen und zwei niedergebrannte Städte wiederaufbauen lassen, die aus Holz waren und die nunmehr mit Ziegeln und sogar mit gehauenem Gebirgsstein gebaut werden. Ihnen gegenüber sage ich nichts von Truppen; diese Materie ist in Ferney zu verpönt, als daß ich sie berühre. Sie merken also, daß ich nicht mit kreuzweise verschränkten Armen dagesessen bin.

Apropos Gekreuztes, weder der Kaiser noch ich werden als Kreuzzügler gegen den Croissant-Mond kreuzen; aus Jerusalem sind keine Reliquien mehr zu holen. Wir hoffen, daß vielleicht noch diesen Winter Frieden geschlossen wird; im übrigen mögen wir das Sprichwort, das da lautet: Leben und leben lassen. Es sind kaum zehn Jahre, die der Frieden dauert; er muß so lange, wie dies ohne Risiko möglich ist, gewahrt bleiben, wobei man nichtsdestoweniger stets so vorbereitet sein muß, daß man nicht unversehens von irgendeinem Räuberhauptmann, Anführer bezahlter Mörderrotten, überrumpelt wird.

Dieses System ist weder das Richelieus noch das Mazarins; doch ist es jenes, das dem Wohle der Völker dient, dem Hauptgegenstand von Amtsinhabern, die sie regieren.

Ich wünsche Ihnen eben diesen Frieden, begleitet von allem denkbaren Wohlstand, und ich hoffe, daß der Patriarch von Ferney den Philosophen von Sans-Souci nicht vergißt, welcher bis zum Erkalten menschlicher Wärme sein Genie bewundert und fürderhin bewundern wird. *Vale.*

Federic.

Einen der Freundschaft geweihten Tempel: Der »Freundschaftstempel« im Garten des Neuen Palais' in Potsdam.
Ignatianer: Die Gefolgsmänner des Ignatius von Loyola, also die Jesuiten.
Croissant-Mond: »... *je n'ai pas été les bras croisés. A propos de croisés, ni l'Empereur ni moi nous ne nous croiserons contre le croissant* ...« Ein delikates, nicht adäquat übersetzbares Wortspiel. *Croissant* meint jedenfalls sowohl *Hörnchen* wie *Mondsichel,* womit hier also ein *Hörnchenmond,* ein *Croissant-Mond,* mithin der türkische Halbmond angesprochen ist; dazu gesellt sich noch die Klangspielerei *croiser – croissant.*

Der französische Obrist Jacques Antoine Hippolyte Comte de Guibert, 1743–1790, war aufgrund eines Empfehlungsschreibens in Sanssouci empfangen worden. Er hatte in Schlesien preußischen Manövern beigewohnt und hatte sodann, auf seiner Rückreise nach Paris, in Ferney beim neunundsiebzigjährigen Meister der Menschlichkeit, der Kapitalanhäufung, des Sterbens und Weiterlebens, der pointierten Gesprächsführung und der klugen bis manischen Kirchenverunglimpfung Station gemacht.

214. Voltaire an Friedrich

Ferney, 28. Oktober 1773

Monsieur Guibert, votre écolier
Dans le grand art de la tactique,
A vu ce bel esprit guerrier
Que tout prince aujourd'hui se pique
D'imiter, sans lui ressembler,
Et que tout héros germanique,
Espagnol, gaulois, britannique,
Vainement voudrait égaler.
Monsieur Guibert est véridique,
Il dit qu'il a lu dans vos yeux
Toute votre histoire héroïque,
Quoique votre bouche s'applique

A la cacher aux curieux.
Vous vous obstinez à vous taire
Sur tant de travaux glorieux;
Et l'Europe fait beaucoup mieux,
Car elle fait tout le contraire.

(Monsieur Guibert, Ihr Schüler
In der hohen Kunst der Taktik,
Sah diesen kriegerischen Schöngeist,
Den heutzutage jeder Fürst
Nachäffen will, ohne ihm zu gleichen,
Dem jeder Held Germaniens,
Spaniens, Galliens, Britanniens
Vergebens gleichzukommen sucht.
Aufrichtig ist Monsieur Guibert,
Er sagt, aus Ihren Augen hätte er
Gelesen Ihre ganze heldische Geschichte,
Wenngleich Ihr Mund befleißigt sich,
Sie zu verbergen vor der Wißbegier.
Sie bestehen darauf, zu schweigen
Von solcher Menge Ruhmestaten;
Und viel besser benimmt Europa sich,
Denn es tut ganz das Gegenteil.)

Dieser Monsieur Guibert, Sire, macht es wie Europa; begeistert spricht er von Ew. Majestät. Er sagt, er habe Sie vorgefunden, wie wenn Sie zu zwanzig Feldzügen ausrücken wollten; Gott behüte uns! Aber stimmen Sie ihm doch bei; er sagt, Ihr Körper sei Ihrer Seele würdig, obwohl Sie vorgeben, daß dem nicht so sei; es stimmt, er betrachtete Sie vornehmlich an Manövertagen; und es könnte gut sein, daß Sie sich an solchen Tagen so wenden und drehen wie eine Schöne vor dem Spiegel.

Zwanzig Feldzüge schlug ich Ihnen zwar nicht vor, Sire, ich trug Ihnen lediglich einen oder zwei an; und das waren überdies solche gegen die Feinde Jesu Christi und aller schönen Künste. Ich sagte mir: Er beschützt die Jesuiten, um so mehr wird er die Jungfrau Maria vor Mohammed beschützen, und zur Belohnung für solch heiliges Tun wird ihm die gute Jungfer gewißlich zwei oder drei hübsche Provinzen seiner Wahl überlassen.

Ich habe soeben noch einmal den Artikel *Krieg* gelesen, über den Ew. pazifistische Majestät mit mir zu reden geruhten; in der Tat ist er wegen seiner exzessiven Humanität ein wenig dreist; doch bitte ich Sie zu erwägen, daß sämtliche Beschimpfungen ausschließlich die Türken betreffen können, die vom östlichen Ufer des Kaspischen Meeres bis nach Neapel vorgestoßen sind und sich unterwegs der heiligen Stätten und sogar der Grabstatt Christi, der nie beerdigt wurde, bemächtigt haben. Mit einem Wort, ich glich aufs Haar diesem närrischen Peter dem Einsiedler, der den Kreuzzug predigte. Der Kaiser der Römer, der Sie liebt und der sich als Ihr Schüler betrachtet, konnte sich nicht über mich beklagen; mit einem Federstrich schenkte ich ihm ein sehr schönes Königreich. Noch ehe zehn Jahre verflossen wären, hätte man zu Konstantinopel eine griechische Oper geben können. Gottes Segen ruhte nicht auf meinen Plänen, so christlich sie auch waren; Sie werden zumindest von den Philosophen dafür gesegnet, dem Kopernikus ein Mausoleum zu einer Zeit zu errichten, in der Ihr Freund Mustapha in Stambul die Philosophie des Aristoteles lehren läßt. Athen mögen Sie nicht neu erbauen, doch der Vernunft und dem Ingenium errichten Sie ein Denkmal.

Als ich Sie anflehte, zum Erneuerer der schönen Künste Griechenlands zu werden, ging mein Flehen nicht so weit, Sie zu beschwören, die attische Demokratie wiedereinzuführen; ich liebe die Pöbelherrschaft keineswegs. Die Regierung Griechenlands hätten Sie in die Hände des Monsieur de Lentulus oder in die irgendeines anderen Generals gelegt, der die neuen Griechen daran gehindert hätte, ebenso viele Dummheiten zu machen wie ihre Ahnen. Aber nun gebe ich all meine Projekte auf. Den Hafen von Danzig ziehen Sie dem von Piräus vor; im Grunde glaube ich, daß Ew. Majestät recht haben und daß beim gegenwärtigen Zustand Europas der Danziger Hafen sehr viel wichtiger ist als der andere.

Ich entsinne mich nicht mehr, welches Königreich ich Kaiserin Katharina II. geben wollte, und offen gestanden, ich glaube, daß Sie in solchen Dingen besser Bescheid wissen als ich und daß ich mich da an Sie halten sollte. Was auch immer kommen mag, unsterblicher Ruhm ist Ihnen stets gewiß. Möge es um die Dauer Ihres Lebens ähnlich bestellt sein!

... wie eine Schöne: Der mit Abstand bedeutendste der Hohenzollern stand gerade in seinem einundsechzigsten Lebensjahr.
Peter dem Einsiedler: Volksprediger im 1. Kreuzzug und Initiator der ersten Pogrome Europas, im Rheinland.
Der Kaiser der Römer: Joseph II., römischer Kaiser deutscher Nation.

Gichtattacken in Ferney und in Potsdam gehören 1774 noch zu den geringeren Vorfällen. Am 10. Mai des Jahres stirbt unvermutet – weil er sich einer neumodischen Impfung nicht hatte unterziehen wollen – der gesegnetste Monarch des 18. Jahrhunderts vierundsechzigjährig an den Pocken, Ludwig XV. von Frankreich und Navarra. Dieses im Grunde introvertierte, von Ratgebern und Frauen abhängige Schoßkind des Glücks hatte Versailles, dessen Glanz, hatte seine unumschränkte Macht von seinem Urgroßvater Ludwig XIV. geerbt und mußte selbst nicht mehr dafür bezahlen, daß der Geist der Epoche sich bereits über die gottgewollte, unantastbare Ordnungsgewalt der Fürsten hinwegzusetzen begann. 1774 gilt es bereits als unzeitgemäß, daß der neue, erst neunzehnjährige König, Ludwig XVI., sich nach mittelalterlichem Ritus und mit einem Kostenaufwand von über sieben Millionen Livres in der Kathedrale von Reims krönen läßt. Neunzehn Jahre danach, im Jahr III der Revolution, wird Ludwig XVI. zur Guillotine gekarrt.

1774 erntet Katharina die Große die Früchte aus den Siegen und Opfern des Kriegs gegen die Türken. Nach ihren früheren Landgewinnen in Polen tritt nun die Türkei im Frieden von Kütschük-Kainardschi die Mündungen von Don, Bug und Dnjepr an das Zarenreich ab und muß Rußland freie Schiffahrt in den türkischen Gewässern einräumen.

Unscheinbarere Ereignisse sind für die davon Betroffenen nicht weniger wichtig: Im Sommer 1774 darf auf Anordnung Friedrichs II. von Preußen Leutnant Morival sein Regiment in Wesel verlassen, um nach Ferney zu reisen, wo Voltaire den Prozeß um die Kruzifixschändung von Abbeville im Jahre 1765 neu aufrollt.

215. Friedrich an Voltaire

Potsdam, 30. Juli 1774

Ich getraue mich noch nicht, über Ludwig XVI. zu urteilen; man braucht Zeit, um ein Ergebnis seines Handelns vor sich zu haben; man muß seine Schritte beobachten, und dies ein paar Jahre lang. Wo man überstürzt und hastig entscheidet, irrt man sich.

Sie mit Ihren Verbindungen nach Frankreich könnten bezüglich des Hofs von Dingen wissen, die mir unbekannt sind. Falls die Partei der *infâme* über die philosophische den Sieg davonträgt, werde ich die armen Gallier bedauern; sie riskieren es, von irgendeiner Schabe in Kutte oder Soutane regiert zu werden, die sie mit einer Hand zur Ordnung rufen und sie mit der anderen, die das Kruzifix hält, züchtigen wird. Sollte es so kommen, dann adieu ihr Künste und hohen Wissenschaften; der Rost des Aberglaubens wird ein ansonsten liebenswürdiges und für die Geselligkeit geborenes Volk endgültig verderben. Doch noch ist es nicht entschieden, ob diese triste Glaubensnarretei ihre Gebetsglöckchen über dem Thron der Kapetinger bimmeln lassen wird.

Stören Sie nicht die Totengeister Ludwigs XV. auf; er hat Sie aus seinem Königreich vertrieben, er hat gegen mich einen ungerechten Krieg geführt; es ist statthaft, wegen angetanen Unrechts empfindlich zu sein, aber man muß verzeihen können. Finstere und gallige Rachegelüste stehen Menschen, die nur einen winzigen Augenblick von Existenz haben, nicht an. Wechselseitig müssen wir unsere Torheiten vergessen und uns darauf beschränken, das Glück, das unsere Natur uns zubilligt, zu genießen.

Gern werde ich, sofern ich es vermag, zum Glück des armen Morival beitragen. Unrecht gutzumachen und Gutes zu tun sind Neigungen, welche sich im Herzen eines jeden Ehrenmannes finden sollten. Veranschlagen Sie meinen Kredit in Frankreich jedoch auf Null; ich kenne dort niemanden. Mit Monsieur de Vergennes bin ich vor zwanzig Jahren zusammengetroffen, als er auf dem Wege nach Polen hier durchkam, und das reicht nicht hin, um sich seiner Unterstützung zu versichern. Nun, Sie werden bei dieser Angelegenheit verfahren, wie Sie es für angemessen erachten.

Ich habe auf unserer Bühne Aufresne spielen sehen. Er spielte die Rollen des Coucy und des Mithridate. Man sagte mir, er wäre in Ferney gewesen; auf der Stelle ließ ich ihn zu mir kommen, um ihn über Sie auszufragen; er sagte mir, daß er Sie bettlägrig vorgefunden hätte und daß Sie Blut urinierten. Diese Worte bestürzten mich; doch fügte er hinzu, daß Sie mit ihm ein paar Rollen deklamiert hätten, und ich war wieder beruhigt.

Solange Sie mit soviel Schwung wider eine Kunst wettern, die Sie als infernalisch bezeichnen, ist Leben in Ihnen; und ich werde Ihr Ende erst dann nahe glauben, wenn Sie keine Beleidigungen mehr gegen die Rächer des Staats, gegen Helden, die ihre Gesundheit, ihre Gliedmaßen und ihr Leben aufs Spiel setzen, um das ihrer Mitbürger zu schützen, ausstoßen werden. Da wir Sie also verlören, wenn Sie Krieger nicht mehr mit diesen Bosheiten überschütten würden, so verleihe ich Ihnen das außerordentliche Privileg, sich auf deren Kosten lustig zu machen. Aber stellen Sie sich nun den Feind vor, der bereitsteht, ins Gebiet von Ferney einzudringen; würden Sie dann nicht denjenigen als Ihren tapferen Erretter erachten, der ihre Besitzungen verteidigt und diesen Feind von Ihren Grenzen vertreibt?

Ich ahne Ihre Replik. Sie würden vorschieben, daß es rechtens sei, sich zu verteidigen, daß man aber niemanden angreifen darf. Machen Sie also einen Unterschied zwischen den Vollstreckern fürstlichen Willens und dem, was Hassenswertes an den Befehlen sein kann, die ihre Souveräne ihnen erteilen. Wenn Turenne und Louvois die Pfalz in Asche legten, wenn der Marschall de Belle-Isle vorzuschlagen wagte, Hessen in eine Wüste zu verwandeln, so sind diese Art Ratschläge die ewige Schande der französischen Nation, die, wiewohl sehr höflich, sich manchmal zu Gräßlichkeiten hinreißen ließ, die der barbarischsten Nationen würdig wären.

Beachten Sie nun aber, daß Ludwig XV. den Vorschlag des Marschalls de Belle-Isle verwarf und sich dadurch Ludwig XIV. überlegen zeigte.

Aber ich weiß nicht, wohin ich mich verirre. Ist es an mir, diesem einsamen Philosophen, der von seinem Schreibkabinett aus ganz Europa mit Reflexionen versorgt, Reflexionen zu unterbreiten? Ich überlasse Sie all den Überlegungen, die Ihr unerschöpflicher Geist Ihnen einflößen wird. Der wird Ihnen zweifellos sagen, daß Reden gegen Schnee und Hagel genausoviel wert sind wie solche gegen den Krieg; daß dies notwendige Übel sind; und daß es eines Philosophen nicht würdig ist, Nutzloses zu erwägen.

Man verlangt von einem Arzt, daß er vom Fieber kuriere, und nicht, daß er eine Schmähschrift dagegen verfasse. Haben Sie Heilmittel, geben Sie sie uns; haben Sie keine, so seien Sie mitfühlend. Halten wir uns an die Worte des Engels Uriel: Wenn auf der Welt nicht alles gut ist, so ist doch alles erträglich; und es ist an uns, uns mit unserem Los zufriedenzugeben.

Unterdessen häufen Ihre russischen Helden an den Ufern der Donau Siege auf Siege, um den Starrsinn des Sultans zu brechen. Sie lesen Ihre Schmähschriften und ziehen in den Kampf. Und Ihre Imperatrizia, wie Sie sie nennen, hat eine neue Flotte ins Mittelmeer geschickt, und während Sie in Ihren Werken eine Kunst verschreien, die Sie infernalisch schimpfen, muntern mich zwanzig Ihrer Briefe auf, mich in die orientalischen Wirren einzumischen. Vereinen Sie, so Sie können, diese Widersprüche und seien Sie so gütig, mir das Resultat zu schicken.

Von einem angeblichen Russen haben wir hier Verse auf *Ninon l'Enclos, Pégase et le Vieillard* zu lesen bekommen und warten auf *Louis XV aux champs Élysées.* All das kommt aus der Manufaktur des Patriarchen von Ferney, dem der Philosoph von Sans-Souci ein langes Leben, Heiterkeit und Zufriedenheit wünscht. *Vale.* Federic.

Monsieur de Vergennes: Charles Gravier, Comte de Vergennes, Außenminister unter Ludwig XVI., entsann sich selbst dieses Treffens nicht, er war vielmehr 1755 als Gesandter nach Konstantinopel gegangen.
Um den Starrsinn des Sultans zu brechen: Der für das Osmanische Reich schmähliche Friede von Kütschük-Kainardschi war neun Tage zuvor, am 21. Juli geschlossen worden.

Im Herbst 1774 stimmen Voltaire und Friedrich ihr Vorgehen im Fall Morival ab. Voltaire hält nichts von einem Gnadengesuch. Er will die völlige Rehabilitierung des in Abwesenheit zum Tode Verurteilten. In Abstimmung mit Ferney läßt Friedrich seinen Gesandten in Frankreich beim Außenminister Vergennes vorsprechen. Dieser stellt in Aussicht, daß der preußische Offizier Morival, ehedem Gaillard d'Étallonde, nicht nur begnadigt, sondern rehabilitiert werde, somit auch das väterliche Erbe antreten und ohne Gefahr für Leib und Leben wieder französischen Boden betreten könne.

Im Spätherbst klagt Voltaire über seinen flachen und unregelmäßigen Puls.

216. Friedrich an Voltaire

Potsdam, 10. Dezember 1774

Nein, so bald werden Sie nicht sterben; Sie halten die Folgen des Alters für Vorläufer des Todes. Der Tod kommt erst am Schluß; doch das göttliche Feuer, das Prometheus den Himmeln stahl und das Sie erfüllt, wird Sie noch lange auf den Beinen halten und Sie uns bewahren.

»Ihre Predigten, Monseigneur, müßten erst leiser werden«, meinte Gil Blas zum Erzbischof von Toledo, »damit sich Ihr Ende voraussagen ließe.« Bis jetzt sind aber Ihre Predigten noch nicht leiser geworden. Deren zwei las ich erst kürzlich, eine an den Bischof von Senez, die andere an den Abbé Sabatier, wobei beide von Lebenskraft und Geistesstärke zeugen. Dieser Geist hängt mit den Nerven und der Feinheit der Säfte zusammen, die für das Gehirn destilliert und zubereitet werden. Solange dieser Prozeß reibungslos abläuft, droht der Maschine das Ende nicht.

Sie werden leben und das Ende des Prozesses Morival erleben. Zweifelsohne hätte ich mich früher seiner annehmen sollen, doch die Vielzahl unterschiedlicher Angelegenheiten hat mich daran gehindert. Ich bin Ihnen verpflichtet, daß Sie mich daran erinnert haben. Vielleicht wird diese zehnjährige Verzögerung unseren Gesuchen nicht schaden; wir werden die Köpfe weniger hitzig, folglich vernünftiger finden. Vielleicht werden wir es mit braven Seelen zu tun haben, die angesichts dieses Exempels von Barbarei im achtzehnten Jahrhundert erröten und versuchen werden, diesen Schandfleck zu tilgen, indem sie davon ablassen, den Kumpan des unglücklichen La Barre weiterhin zu verfolgen.

Urheber dieser guten Tat werden Sie sein. Von ganzem Herzen will ich mich auf die Seite derer schlagen, die mir die

Möglichkeit geben, der Unschuld zu helfen und die Unterdrückten zu befreien. Das ist eine Pflicht, die sich jeder Souverän in seinem Land angelegen sein lassen sollte, und fallweise kann er sie auch auf andere Länder ausdehnen, insbesondere wenn sein Vorgehen sich an die Regeln der Vorsicht hält.

Das Verbrechen, ein Kruzifix zerbrochen und freche Lieder gesungen zu haben, würde bei uns Ketzern das Ansehen eines Offiziers nicht zugrunde richten, so er im übrigen ein Mann von Verdienst wäre. Auch die Urteile des Gerichtshofs vermöchten nicht, ihm zu schaden, denn nur ein wirkliches Verbrechen ist ehrenrührig, aber keinesfalls die Strafe, sofern sie ungerecht ist. Man muß abwarten, ob das alte, wiedereingesetzte Parlament den Einflüsterungen von Monsieur de Vergennes folgen will.

Dieser Minister, der sich lange Zeit in anderen Ländern aufgehalten hat, vernahm den Aufschrei Europas angesichts der Hinschlachtung La Barres; er schämt sich dessen, und er wird versuchen, bei dieser Affaire zu reparieren, was reparabel ist. Aber vielleicht wird das Parlament nicht folgsam sein; so kann ich denn für nichts bürgen.

Geben Sie bei der klirrenden Kälte, die nun einsetzt, Obacht auf Ihre Gesundheit, und seien Sie versichert, daß dem Philosophen von Sans-Souci mehr als jedem anderen am Erhalt des Patriarchen von Ferney gelegen ist. *Vale.* Federic.

Gil de Blas: Von Friedrich frei zitiert aus dem Schelmenroman *Gil Blas de Santillane* von Le Sage, wo es im 7. Kapitel um den Erzbischof von Granada geht.
Parlament: Die *parlaments* von Paris und anderer großer Städte des vorrevolutionären Frankreich waren auch hohe Gerichtshöfe. Dem *parlament* von Paris oblag es zudem, die königlichen Dekrete zu bestätigen. Ludwig XV. hatte das Parlament von Paris wegen dessen Widerstand gegen etliche Erlasse, die dort registriert werden mußten, aufgelöst. Sein neuerliches Zusammentreten galt als Niederlage des absolutistischen Systems.

217. Voltaire an Friedrich

Ferney, 13. Dezember 1774

Sire, während Ihr Offizier die Berge und Festungspläne von Ferney zeichnet, wirft sich der Greis von Ferney Ihnen zu Füßen und sendet Ew. Majestät die Beschuldigungen gegen diesen Offizier, die in diesem so absurden wie widerwärtigen Strafprozeß gegen ihn erhoben wurden.

Dieser Prozeß ist noch viel abscheulicher als jener gegen die Calas' und macht diese Nation noch hassenswerter; denn die infamen Richter der Calas' konnten wenigstens behaupten, daß sie sich geirrt und vermeint hätten, die Natur zu rächen; doch die Affen in Roben, die es wagten, d'Étallonde ohne Anhörung und sogar ohne ordentliches Verfahren zu richten, wollten einzig und allein den dümmsten sämtlicher Aberglauben rächen und haben sich damit sowohl am Gesetz wie am gesunden Menschenverstand vergangen.

Dieser Begriff von *Religion,* dessen man sich bediente, um die Unschuld zur schrecklichsten Strafe zu verdammen, übte auf den Geist des verstorbenen Königs von Frankreich großen Einfluß aus; mit Hilfe dieses einen Begriffs meinte er, den Klerus an sich binden zu können; und selbst beim Tod des Dauphins, seines Sohns, schrieb er eigenhändig oder ließ er einen öffentlichen Brief schreiben, worin er erklärte, seinen Sohn nur deshalb geliebt zu haben, weil dieser viel *Religion* gehabt hätte. Ebensolche Dinge haben den Tod des Chevalier de La Barre und die Verurteilung Ihres Offiziers d'Étallonde herbeigeführt. Er ist auf ewig der Ihre, und seien Sie versichert, daß er würdig ist, Ihnen zu gehören.

Ich zweifele nicht daran, daß Ihr Gesandter in Paris nicht abläßt, sich nach Kräften für ihn einzusetzen, und ich bitte Sie höflichst, wenn Sie an ihn schreiben, seinen Eifer in dieser Affäre anzustacheln. Man achtet Sie, man wird einen Angehörigen Ihrer Armee, dessen König allein Sie sind, schonen.

Ich glaube nicht, daß man Ihnen übermäßig freundlich gesonnen ist, doch läßt sich vermuten, daß man dies eines schönen Tages sein müssen wird, und letztendlich kenne ich kein Land der Welt, wo Ihr Name nicht sehr viel vermöchte. Mir ist er heilig; ihn hauchend werde ich sterben.

Ich wage mir zu schmeicheln, daß Ew. Majestät mir d'Étallonde Morival so lange überlassen werden, bis der Respekt, den man Ihnen schuldet, diese schreckliche Affäre zu einem glücklichen Ende bringen wird.

Die Calas': Im Fall Calas von 1762 war Jean Calas hingerichtet, seine Familie verbannt worden, weil er angeblich den eigenen Sohn wegen dessen Neigung zum Katholizismus ermordet hatte. (Wahrscheinlich war es jedoch ein Selbstmord gewesen.)
Beim Tod des Dauphins: Der Dauphin Louis war 1765 im Alter von sechsunddreißig Jahren gestorben. Ludwig XVI. war ein Enkel Ludwigs XV.
Ihn hauchend werde ich sterben: Einfach schön von Voltaire – doch durfte die Briefpartnerin in Petersburg, Katharina II., von solcher Bevorzugung des Königs von Preußen wahrscheinlich nichts erfahren. Sie hätte den alljährlichen Nachschub an Pelzwerk für den rührigen und immer fröstelnden Denker von Ferney reduzieren können.

218. Friedrich an Voltaire

Berlin, 28. Dezember 1774

Non, vous ne mourrez point; je n'y puis consentir.

(Nein, Ihr sterbet nicht; ich kann's nicht zugestehen.)

Sie werden leben, und Sie werden das Ende des Prozesses Tallonde erleben; ich garantiere aber nicht, daß er nicht doch verurteilt wird. Wenn allerdings dieses vormalige Parlament seine Wiedereinsetzung nicht mit Unehre besudeln will, muß es seine Unschuld erklären, und Tallonde wird Ihnen doppelt verpflichtet sein, daß Sie sein Ansehen wiederhergestellt, ihm sein Vermögen wiederbeschafft und durch Unterweisung ihn dazu befähigt haben, seine Talente zu formen und zu vervollkommnen.

Ich danke Ihnen für die Zeichnungen, die Sie mir geschickt haben, insbesondere für die von Ihrem Garten, so daß ich mir eine Vorstellung von der Stätte machen kann, die Ihr schönes Ingenium berühmt macht und deren Bewohner Sie sind.

Sie sprechen mir von einem jungen Mann, der Page bei mir war, der meinen Dienst verlassen hat, um nach Frankreich zu gehen, wo er, glaube ich, der Protektion wegen eine Anverwandte der Du Barri geehelicht hat. Wäre Ludwig XV. nicht gestorben, so hätte er in diesem Königreich eine kleine Rolle gespielt; aber jetzt hat er viel verloren; jetzt steht er im Regen, und ich bezweifele, daß er sich auf Dauer halten wird. Mit einer ordentlichen Prise Dreistigkeit hat er sich als Mann von Talent hingestellt; zunächst glaubte man ihm aufs Wort. Bis er wirklich erwachsen ist, müßten noch ein Dutzend Lenze ins Land gehen; dann kann es sein, daß aus ihm etwas wird.

Jahrhunderte, in denen die Nationen Menschen wie Turenne, Condé, Colbert, Bossuet, Bayle und Corneille hervorbringen, folgen einander nicht auf dem Fuße: solcherart waren die des Perikles, des Cicero, Ludwigs XIV. Alles mögliche muß die Geister auf dieses Aufwallen einstimmen. Derlei scheint ein Kraftakt der Natur zu sein, die sich ausruht, nachdem sie ihre Fruchtbarkeit und zugleich ihren Überfluß verschwendet hat. Kein Souverän vermag das Heraufziehen einer so strahlenden Ära zu befördern. Die Natur hat Genialität so auszuteilen, daß die, welche ihrer teilhaftig geworden sind, sie an dem Platz anwenden können, den sie in der Welt einnehmen werden. Und häufig sind die ungut plazierten Genies wie erstickte Samen, die nichts hervorbringen. In jedwedem Land, wo dem Kult Plutos größere Bedeutung zukommt als dem der Minerva, muß man damit rechnen, daß man zwar pralle Börsen, aber leere Köpfe vorfindet. Eine ehrenhafte Mittelmäßigkeit ist für alle Staaten das beste; Reichtümer bringen Verweichlichung und Korruption mit sich: nicht daß eine Republik wie Sparta heute zu bestehen vermöchte; doch wenn man das rechte Maß zwischen dem Notwendigen und dem Überflüssigen findet, bewahrt der Nationalcharakter etwas Männlicheres, stimmt er besser zu Fleiß, zu Arbeit und zu allem, was die Seele erhebt. Großer Besitz macht entweder Geizhälse oder Verschwender.

Sie vergleichen mich vielleicht mit dem Fuchs von La Fontaine, der die Trauben, an die er nicht herankam, für zu sauer erklärte. Nein, das ist es nicht, sondern es sind vielmehr Reflexionen, die aus der Kenntnis der Geschichte und aus meiner eigenen Erfahrung herrühren. Sie werden mir entgegenhalten, daß die Engländer üppig leben und daß sie große Männer hervorgebracht haben. Dem pflichte ich bei; aber ganz allgemein haben die Inselbewohner einen anderen Charakter als die unseres Festlands; und die englischen Sitten sind nicht so verzärtelt wie die der übrigen Europäer. Ihre Regierungsform weicht von der unsrigen ab; und all dies bildet, zusammengenommen, andere Konstellationen heraus; ich lasse hierbei außer acht, daß dieses Volk, das aus seiner Lage heraus maritim ist, strengere Sitten und Gebräuche haben muß, als man sie bei uns Tieren der festen Scholle findet.

Seien Sie nicht erstaunt über die Wendung dieses Briefs; das Alter führt zum Nachdenken, und das Metier, das ich ausübe, zwingt mich, so ausholend nachzudenken, wie ich vermag.

Nichtsdestoweniger lenken diese Reflexionen mich dahin zurück, Ihnen alles Gute für Ihr Wohlergehen zu wünschen. Sie sind der letzte Sproß des Jahrhunderts Ludwigs XIV., und wenn wir Sie verlieren, haben wir wirklich nichts Bemerkenswertes mehr in der Literatur ganz Europas. Ich hoffe, daß Sie mich begraben, denn nach Ihrem Tod *nihil est.*

Mit diesen Empfindungen grüßt der Philosoph von Sans-Souci den Patriarchen von Ferney. *Vale.* Federic.

Ich habe die Zeichnungen Tallondes bekommen, und ich habe Ferney mit soviel Aufmerksamkeit examiniert, wie ich Charlottenburg examiniert hätte, und einzig aus dem Grund, weil Sie es bewohnen.

Non, vous ne mourrez point . . .: Racine, *Iphigénie.*
Du Barri: Marie Jeanne, geb. Bécu, Tochter eines Kapuziners und einer Näherin, Modistin, später Gräfin du Barry, und als Fünfzigjährige 1793 hingerichtet.
Nihil est: »Ist nichts«.

219. Voltaire an Friedrich

2. Januar [1775]

Sire, als Neujahrsgabe lege ich Eurer Majestät einen Bauriß einer Zitadelle zu Füßen, den d'Étallonde Morival, der vor seinem Eintreffen hier vom Zeichnen nichts verstand, ersonnen und ausgeführt hat: Seine Fortschritte grenzen ans Wunderbare, und folglich dürfen seine Talente einzig Ihnen zugute kommen; er hat sich exakt jenes Quantum Mathematik angeeignet, um nützlich zu sein. Ein Mehr wäre lächerliche Scharlatanerie, die von Ignoranten bewundert würde; eine Kurve zum Quadrat zu machen taugt zu gar nichts; und die Idee, auf Teufel komm raus Längengrade zu vermessen, um zu erfahren, ob sich die Polkappe über vier oder fünf Meilen erstreckt, ist eine so romaneske Idee, daß alle Messungen in allen Ländern zu anderen Resultaten führen würden. Ein tüchtiger Ingenieur ist mehr wert als alle diese Berechner von kompliziertem Schwachsinn. Ich bin meinem Ende nahe, und ich sage Ihnen die Wahrheit. Leider! Sie wissen nur allzugut, und Europa weiß es, daß er nur ein Schimärengeometer und Verleumder war. Tief bekümmert über das Unglück, das er mir angetan hat, indem er mich Ihnen entfremdete, werde ich verscheiden.

Gestatten Sie zumindest, daß ich getröstet durch die Gunstbezeugungen, die Sie d'Étallonde Morival erweisen und erweisen werden, hinübergehe; er ist ein ehrbarer und umsichtiger Edelmann, der sich nicht schämte, drei Jahre lang gemeiner Soldat zu sein, den Ew. Majestät zum Offizier gemacht haben, der Ihr Werk ist, der Ihnen sein Leben weiht. Er spricht so gut Deutsch, als wäre er in Ihren Staaten geboren; er ist beflissen, diskret, gelehrig; er schreibt sehr gut und flink; er könnte Ihnen als Sekretär dienen, so Sie einen brauchen; gestatten Sie, daß er, bis sich seine Angelegenheit entscheidet, egal, ob ich dann tot oder lebendig bin, in meinem Hause daran arbeitet, des Dienstes bei Ihnen würdig zu werden. Er schreibt einen guten Stil, er ist belesen, er taugt zu allem; weder ich noch Monsieur d'Alembert, noch irgendeiner meiner Freunde ersuchen um Gnade für ihn; eine Begnadigung ist zu ehrenrührig. Haben Sie die Güte, Sire, seinen Urlaub zu verlängern; er wird aufbrechen, sobald Sie es befehlen. Ihre Protektion, Ihre Huld sind die Verdammung seiner Mörder; der große Julian hätte ihn beschützt: die Kyrillos' und Gregors von Nazianz hätten ihn vom Leben zum Tode befördert. Was hätten Sie nicht alles ausführen können, was Julian sich vornahm! Sie hätten es vollendet! Doch seien Sie zumindest der Trost der Unschuld. Ich wünsche Ihnen das Alter der ersten Könige Ägyptens; Ihr Name ist berühmter als deren.

Schimärengeometer und Verleumder: Aus heiterem Himmel ein letzter Hieb Voltaires gegen Maupertuis, der 1736 eine wissenschaftliche Lapplandfahrt unternommen hatte und nun schon seit sechzehn Jahren tot ist.
Kyrillos: Slawenmissionar des 8. Jahrhunderts (und zusammen mit Methodios Schöpfer des slawischen Alphabets).
Gregor von Nazianz: Gregor von Nazianz, griechischer Kirchenvater des 4. Jahrhunderts.

220. Friedrich an Voltaire

Berlin, 5. Januar 1775

Alles, was den Prozeß des d'Étallonde angeht, ist nach Paris abgegangen. Ich hege dennoch Zweifel, ob Ihr wiedereingesetztes Parlament folgsam sein wird, um der Unschuld zu ihrem Recht zu verhelfen. Die Schwerfälligkeit einer großen Versammlung und hundert unnütze Formalitäten werden dazu führen, daß d'Étallonde der Geknechtete bleiben wird; und hielte er sich noch in Frankreich auf, so würde ich nicht beschwören, daß er nicht noch immer langsam geröstet würde.

Wenn Ludwig XV. eine Schwäche für den Klerus hatte, so scheint die Erklärung dafür ganz einfach zu sein. Von Priestern wurde er im dümmsten Aberglauben erzogen, und sein ganzes Leben lang war er von Personen umgeben, die entweder Frömmler oder zu gewitzte Höflinge waren, um ihn in seinen Vorurteilen zu erschüttern. Wie oft wurde ihm gesagt: Sire, Gott hat Sie auf den Thron gesetzt, um die Kirche zu schützen; das Schwert, das er Ihnen in die Hand gab, ist zu ihrer Verteidigung bestimmt. Sie tragen den Titel des Allerchristlichsten nur, weil Sie die Geißel der Häresie und des Unglaubens sein sollen. Die Kirche ist die wahre Stütze des Throns; ihre Priester sind die göttlichen Werkzeuge, die den Völkern die Unterwerfung predigen; in ihren Händen halten sie die Gewissen; durch deren Stimme sind Sie mehr Herr Ihrer Untertanen als durch Ihre Waffen.

Wenn man einem Menschen, der ein Leben der Zerstreuungen lebt und keinen Augenblick darauf verwendet nachzudenken, derlei Reden nur oft genug vorträgt, wird er sie glauben und entsprechend handeln. Ebendies war bei Ludwig XV. der Fall. Ich beklage ihn, doch verdamme ich ihn nicht. Der arme d'Étallonde hat darunter zu leiden, und ich sehe voraus, daß ich seine einzige Zuflucht sein werde.

In der Porzellanmanufaktur hat man eine Büste von Ihnen gefertigt; ich weiß, sie verdiente es, aus weniger zerbrechlichem Material zu sein. An der Eile, die man damit hat, Ihr Abbild zu besitzen, erkennen Sie, wie Ihr Ansehen wächst. Hier nun für Sie eine dieser Büsten, die einst Ihnen glichen und vielleicht noch immer gleichen.

Ich sage es Ihnen abermals, leben Sie, seien Sie vorsichtig mit Ihren späten Tagen; und sollte Ihnen selber das Leben gleichgültig sein, so denken Sie zumindest daran, daß Ihre Existenz es für den Philosophen von Sans-Souci keineswegs ist. *Vale.* Federic.

Ihre Büste folgt mit der Post.

221. Friedrich an Voltaire

Potsdam, 27. Januar 1775

Auf alles war ich vorbereitet, nur darauf nicht, mit Ihrem Brief einen Bauriß zu jener Kunst zu bekommen, die der Kannibalen und Menschenfresser würdig ist. Morival wird als Alexander zu mir zurückkehren: letzterer war Schüler des Aristoteles, ersterer der des Voltaire; und, wiewohl durch die Schule der größten Philosophen gegangen, werden sie alle beide für Bellona Urania verlassen. Doch es bleibt zu hoffen, daß Morival am Erobern nicht in solchem Übermaß Geschmack finden wird wie Alexander.

Dieser Offizier kann so lange bei Ihnen bleiben, wie Sie es hinsichtlich seiner Anliegen für angemessen erachten, wenngleich bei richtiger Einschätzung des Landes sein Prozeß sich gut und gern ein Jahr lang hinziehen kann. Man berichtet mir, daß gewichtige Formalitäten der Grund für diese Verzögerung sind und daß man beim Parlament von Paris einen Prozeß nur durch zuwenig Ausdauer verlieren könne. Derlei hübsche Sachen höre ich mit Staunen, ohne daß ich auch nur ein Wort davon verstünde.

Sie haben recht, daß Sie die praktische Geometrie der transzendentalen vorziehen. Die eine ist nützlich und nötig, die andere ist bloßer Luxus des Geistes. Trotzdem gereichen diese Abstraktionen dem menschlichen Geist zur Ehre, und es scheint mir, als würden die Genies, die sich damit befassen, sich währenddessen vom Stofflichen befreien und sich in eine Region erheben, die oberhalb unserer Sinne liegt. Ich ehre das Genie auf allen Pfaden, die es sich bahnt, und wiewohl ein Mathematiker ein Weiser ist, dessen Sprache ich nicht verstehe, bedauere ich doch nur mein Unwissen und schätze ihn deswegen nicht weniger hoch.

Maupertuis, den Sie noch immer hassen, hatte seine Qualitäten: seine Seele war ehrenhaft; er hatte Talente und wußte so manches. Er war schroff, dem stimme ich zu; und das war es, was Sie beide miteinander in die Haare geraten ließ. Ich weiß nicht, welche unausweichliche Bestimmung es so will, daß zwei Franzosen im Ausland niemals Freunde sind. In ihrem Vaterland leben Millionen einträchtig beisammen; aber das ändert sich grundlegend, sobald sie die Pyrenäen, den Rhein oder die Alpen hinter sich gelassen haben. Nun ist es hohe Zeit, die Fehler zu vergessen, da jene, die sie begingen, nicht mehr existieren. Sie werden Maupertuis erst im Tale Josaphat wiedertreffen; aber nichts sollte Sie zum Aufbruch dorthin drängen.

Genießen Sie noch lange den Ruhm in dieser Welt, wo Sie über Rivalität und Neid triumphieren; überströmen Sie uns in Ihrer Abenddämmerung mit jenen Strahlen von Geschmack und Genie, die allein Sie aus dem Jahrhundert Ludwigs XIV., dem Sie so sehr angehören, weitergeben können; ergießen Sie diese Strahlen über die Literatur, hindern Sie sie daran zu verkommen; und wenn möglich, versuchen Sie, die Liebe zu den Wissenschaften und zum Geschriebenen, die mir aus der Mode zu kommen und sich zu verflüchtigen scheint, wiederzuerwecken.

Dies erwarte ich noch von Ihnen. Ihr Leben überflügelt das Fontenelles, denn in Ihnen ist zuviel Seele, als daß Sie so bald stürben. Hier haben wir Mylord Marischal, fünfundachtzig Jahre alt, so frisch, fast so gut auf den Beinen wie ein junger Mann; wir haben Pöllnitz, der ihm in nichts nachsteht und der mit noch gut und gerne zehn Jahren rechnet. Warum sollte der Verfasser der *Henriade,* der *Mérope,* der

Sémiramis es nicht soweit bringen? Viel Öl in der Lampe sorgt für langes Licht; und wer hätte mehr davon als Sie? Nun, Apoll hat mir enthüllt, daß wir Sie noch lange behalten werden. Ich habe ihn untertänigst angefleht und ihm gesagt: O meine einzige Gottheit, erhalten Sie Ihren Sohn von Ferney noch viele Jahre, zum Nutzen der Literatur und zur Zufriedenheit des Eremiten von Sans-Souci! *Vale.* Federic.

Bellona: Römische Kriegsgöttin.
Urania: Muse der Astronomie.
Fontenelle: Bernard Le Bovier de Fontenelle, 1657–1757, der altersmäßig unerreichte Doyen der französischen Frühaufklärung.
Sémiramis: Von Voltaires vielen und nicht mehr gespielten Dramen ist, über einen musikalischen Umweg, *Sémiramis* das bekannteste geblieben. Zusätzlich zur weltberühmten Ouvertüre vertonte 1823 Rossini dieses von Friedrich II. 1749 beanstandete Werk; s. S. 339 ff.

Selbstverständlich bleibt Voltaire auch im Jahr der amerikanischen Unabhängigkeitserklärung einer neunundsechzig Jahre alten Berufung und Angewohnheit treu, dem Tragödiendichten. 1706 verfaßte er seine erste, *Amulius et Numitor.* 1775 wird *Don Pèdre* fertig. Friedrich erhält die fünf Akte im Februar.

Aber noch ist Morival nicht gerettet. Im April läßt Friedrich dem Opfer von klerikal gefärbter Justiz eine demonstrative Auszeichnung zuteil werden.

222. Voltaire an Friedrich

Mai 1775

Sire, heute schreibe ich an Aristides und lasse bis auf weiteres den Alexander und den Alkiden beiseite.

Zusammen mit Morival werfe ich mich Ihnen zu Füßen. Dies ist der Stand der Dinge. Die Leute, die heute die Herren im Königreich der Gallier sind, werden ihn begnadigen; und dies wird es ihm, in zehn oder fünfzehn Jahren, ermöglichen, sein Pflichterbteil in der Normandie anzutreten. Doch um eines Tages in den Genuß eines so mageren Erbes zu kommen, verlangen unsere schönen Gesetze, daß man vor dem Parlament, das über die Bestätigung des Gnadenspruchs oder über dessen Verwerfung entscheidet, niederkniet.

Morival ist ein von Ehrgefühl durchdrungener Junge. Er findet, daß es eine Schande wäre, in der Uniform eines preußischen Offiziers vor diesen Amtsroben auf den Knien zu rutschen. Er meint, diese Uniform dürfe nur dazu dienen, Gallier auf die Knie zu zwingen.

Ungefähr dies teilt er Ihrem Residenten in Paris mit. Obwohl ich ganz Gallier bin, schätze ich solche Regung; und ich bin überzeugt, daß Sie Ew. Majestät nicht mißfallen wird.

Sie waren so gütig, uns zu schreiben, daß Sie unsere letzte Rettung sein wollten. Sie waren stets die einzige; denn immer habe ich die Familie und unsere Freunde in Paris wissen lassen, daß wir nicht auf Gnade aus sind. Nur auf Ihre Güte bauen wir. Sie haben gestattet, daß sich d'Étallonde Morival als Ihr Ingenieur und Adjutant Ew. Majestät bezeichnen durfte. Diese Titel, die, so will mir scheinen, keinerlei höheren militärischen Rang verleihen, sind möglicherweise eine Eigentümlichkeit in Ihrer Armee, zeichnen aber niemanden durch besondere Vorrechte aus.

So Ew. Majestät ihn mit einer geringfügigen Rangerhebung bedenken möchten, könnte er mit der kleinen Unterstützung durch seine Familie und seine Freunde höchst ehrenvoll weiterbestehen. Wann immer Sie es befehlen, wird er Ihren Befehlen nachkommen. Zeigen Sie Europa, ich beschwöre Sie, wieviel mehr Ihre Protektion als die unserer Parlamente bedeutet. Sie geruhten, der Familie Calas zu helfen, noch viel ungerechter wurde mit d'Étallonde verfahren; er ist das Opfer eines Aberglaubens und Fanatismus, die Sie genauso hassen, wie ich beides verabscheue. Es hängt nur von Ihrer Seelengröße und Ihrem Genius ab, vor aller Welt aus Ihrem Wohlwollen heraus einen sehr gescheiten, sehr tapferen und sehr nützlichen Offizier zu ehren, der von den feigsten und barbarischsten Menschen mit aller Niedertracht verfolgt wurde. Sie sind dazu bestimmt, nicht allein den Galliern, vielmehr ganz Europa Vorbild zu sein.

Ich harre der Befehle Ew. Majestät; ich wage zu hoffen, daß diese mich in meiner Gebrechlichkeit trösten werden und daß meine grauen Haare nicht, wie es heißt, mit Herzeleid ins Grab sinken werden.

Aristides: Entweder Publius Aelius Aristides, griechischer Gelehrter am Hof Marc Aurels, oder Aristides der Gerechte, athenischer Staatsmann und Feldherr.
Familie Calas: Voltaire meint wahrscheinlich Friedrichs Anteilnahme am Fall der verfolgten Familie Sirven.
Daß meine grauen Haare ...: Genesis 42, 38.

Während in Rußland der Pugatschow-Aufstand blutig niedergeschlagen wird, Katharina II. jedoch die Folterung der Rädelsführer der Kosaken- und Bauernerhebung untersagt; während Ludwig XVI. und Marie Antoinette von den mehrtägigen Krönungsfeierlichkeiten in Reims nach Versailles zurückkehren, wird die Gegend am Genfer See von einer Epidemie heimgesucht.

223. Friedrich an Voltaire

Potsdam, 17. Juni 1775

Fünfhundert französische Meilen, die ich binnen vier Wochen hinter mich gebracht habe, sollen meine Entschuldigung für drei unbeantwortete Briefe sein, von denen zwei im Augenblick meiner Abreise und der letzte bei meiner Ankunft eintrafen. Ich will sie entsprechend dem Datum beantworten.

Das Portrait, das Sie erhalten haben, ist ein Werk von Madame Terbusch, die, um ihren Pinsel nicht über Gebühr zu erniedrigen, meinem schartigen Antlitz den Zauber von Jugend verliehen hat. Sie wissen, daß es hinreicht, auf der Welt etwas darzustellen, um der Schmeichler nicht zu ermangeln; die Maler verstehen sich auf dieses Metier wie die abgefeimtesten Höflinge.

L'artiste qu'Apollon inspire,
S'il veut par ses talents orner votre château,
Doit, en imitant l'art dont vous savez écrire,
Ennoblir les objets et peindre tout en beau.

(Der Künstler, den Apoll beseelt,
Muß, wenn er Ihr Schloß mit seinen Gaben schmücken will,

Der Kunst nacheifern, mit welcher Sie zu schreiben
wissen,
Adeln den Gegenstand und alles malen
wunderschön.)

Gewiß verdienen es weder das Portrait noch das Original, daß man sich ihnen zu Füßen wirft. Dennoch, wenn die Affaire Morival allein von mir abhinge, so wäre sie längst zu seiner Zufriedenheit zu Ende gebracht. Ich hatte, wie Sie wissen, meine Zweifel, ob es gelingen würde, Richter zu erweichen, welche, um als unfehlbar zu gelten, niemals ihren Richtspruch revidieren. Die formalen Umständlichkeiten des Parlaments sowie die Frömmler, deren Zahl in Frankreich stattlicher ist als in Deutschland, schienen mir unüberwindliche Hindernisse bei der Rehabilitierung Morivals in seinem Vaterland zu sein. Ich habe Ihnen versprochen, daß ich seine letzte Rettung sein wolle, und ich werde Wort halten; er braucht nur hierherzukommen, er wird Patent und Sold eines Ingenieurs im Hauptmannsrange erhalten, Gelegenheit zur Vervollkommnung dieses Berufs finden; und *l'infâme* wird vergebens brodeln, wenn sie sieht, daß Voltaire und ich armes Individuum, daß wir beide einen jungen Mann, der den *puntiglio* und das kirchliche Zeremoniell nicht beachtet hat, aus ihren Klauen befreien.

Sie machen mich beben, wenn Sie mir von Ihren Krankheiten reden. Ich fürchte um Ihre Nichte, die ich nicht kenne, die ich aber als unverzichtbare Stütze für Sie in Ihrem Unterschlupf erachte. Ich bin weiterhin mit Staatsgeschäften überhäuft, in ein paar Tagen werde ich über alles hier wieder auf dem laufenden sein und mich dann zwangloser mit Ihnen unterhalten können. Ihre Kaiserin zeichnet sich in Moskau durch Nachsicht und Milde bei der Behandlung des Rests der Anhänger Pugatscheffs aus; das ist ein schönes Beispiel für Souveräne; mehr, als ich es glaube, hoffe ich doch, daß es Nachahmer findet. Adieu, mein teurer Voltaire; bewahren Sie einen Menschen, den ganz Europa, vor allem ich, vermissen würde, wenn er nicht mehr existierte; und vergessen Sie nicht den einsamen Mann von Sanssouci.

Federic.

Das Portrait, das Sie erhalten haben: Send- und Antwortschreiben anläßlich der Übersendung des Friedrich-Portraits von Anna Dorothea Therbusch sind nicht erhalten.
Puntiglio: Das italienische Wort ist abgeleitet vom spanischen *puntillo, punto de honor,* meint: Wahrung der Form.

224. Voltaire an Friedrich

Ferney, 7. Juli 1775

Sire, Morival war gerade dabei, den Genfer See zu vermessen und an seinen Ufern eine imaginierte Zitadelle zu bauen, als ich ihm mitteilte, daß er in Westpreußen oder in einem anderen Ihrer Staaten ganz reale entwerfen könne. Mit ehrerbietiger Dankbarkeit, die seiner Bescheidenheit gleichkommt, empfing er Ihre Gunstbeweise. Sie sind sein einziger König, sein einziger Wohltäter. Da Sie ihm erlauben, nach Potsdam zu kommen, um sich Ihnen zu Füßen zu werfen, werden Sie mir gütigst mitteilen wollen, an wen er sich zu wenden hat, um Ew. Majestät vorgestellt zu werden?

Erlauben Sie, daß ich in den Dank einstimme, von dem er auf immer durchdrungen sein wird; ich kann nicht, wie er, auf die Ehre hoffen, auf einer Bastion oder Schanze getötet zu werden; ich bin nur eine greise Memme und dazu ausersehen, in meinem Bette zu sterben. Nur Empfindung besitze ich, und vollständig sei sie Ihrer Bewunderung und der Liebe zu Ihnen geweiht.

Ihre Alliierte, die Kaiserin Katharina, vollbringt, gleich Ihnen, Großes. Vor allem sorgt sie für das Wohl ihrer Untertanen; aber der König von Frankreich übertrifft alle Könige, denn er vollbringt Wunder. Bei seiner Salbung hat er zweitausendvierhundert Skrofelkranke berührt, und er hat sie zweifelsohne geheilt. Es stimmt, daß eine der Maitressen Ludwigs XV. an dieser Krankheit starb, obwohl sie ausgiebig berührt wurde; doch ist das ein sehr seltener Fall.

Ew. Majestät waren so gnädig, mich wissen zu lassen, daß Sie sich nach den Truppenrevuen eine Weile beim Spiele Le Kains und Aufresnes entspannen konnten; doch weiß ich sehr wohl, daß Ihre Kriegshelden, die unter Ihren Bannern marschieren, über Ihre Bühnenhelden den Sieg davontragen.

Ew. Majestät inspizieren sie in einem Land von vierhundert Meilen Ausdehnung innerhalb eines Monats. Dies war ungefähr die Geschwindigkeit, mit der einer Ihrer Vorgänger, Julius Caesar hieß er, unser kleines Gallierland durchmaß. Auch er, dieser Jules oder Julius, dichtete, denn wahrhaft große Männer machen alles.

Mehr denn je bin ich der Anbeter und Bewunderer von Menschen dieses Schlags, deren Zahl so klein ist.

Empfangen Sie, Sire, huldvoll den tiefen Respekt, die Dankbarkeit und unverbrüchliche Verbundenheit des alten Kranken vom Juragebirge.

Revue: Truppenschau.

Hauptmann Morival und das Theater oder: Die Freuden des Alters. – Erst 1778 wird Friedrich noch einmal seine Heere marschieren lassen, und zwar in den Bayerischen Erbfolgekrieg, den unblutigen, sogenannten Kartoffelkrieg.

225. Friedrich an Voltaire

Potsdam, 12. Juli 1775

Glauben Sie denn, mein lieber Patriarch, daß ich noch immer den Säbel schwänge? In Wirklichkeit traf Ihr Brief mich mit der Feder in der Hand an; ich war gerade damit befaßt, alte Memoiren zu korrigieren, welche Sie, wie Sie sich vielleicht erinnern, als etwas noch recht Mangelhaftes und wenig Sorgfältiges vor Augen hatten. Ich schlecke meine Jungen ab; ich versuche, sie auf Hochglanz zu bringen. Dreißig Jahre später ist man schwerer zufriedenzustellen; und obwohl dieses Werk dazu bestimmt ist, auf immer in irgendwelchen staubigen Archiven vergraben zu bleiben, will ich doch nicht, daß es schlecht gemacht ist. Damit genug zu meinem Tun.

Was Morival d'Étallonde angeht, so sehe ich sehr wohl, daß Ihre guten Absichten nicht hinreichten, um die Vorurteile des Fanatismus aus den Schädeln Ihrer Präsidenten mit Baretten zu reißen. Es ist schwieriger, einen Doktor der Rechte zur Vernunft zu bringen, als die *Henriade* zu verfassen. Falls Morival nicht, die Kerze in der Faust, öffentlich Abbitte leisten will, so kann er hierherkommen; auf Ihre Empfehlung hin werde ich ihn im Ingenieurskorps unterbringen. Es ist besser, Vauban und Coehorn zu studieren, als sich zu erniedrigen, vor allem, wenn man unschuldig ist. Mir kommt es so vor, als machten sich die Fortschritte der Vernunft in Deutschland rascher bemerkbar als in Frankreich. Der Grund dafür liegt, denke ich, darin, daß sich in Deutschland viele katholische Geistliche und Bischöfe allmählich ihrer abergläubischen Praktiken zu schämen beginnen, während in Frankreich der Klerus Teil des Staatskörpers ist; und jede große Körperschaft bleibt alten Gebräuchen verhaftet, selbst wenn man um deren Mißbrauch weiß.

Hier wurde fast nur über die Krönung in Reims geredet, über die bizarren Zeremonien, die dort stattfinden, über das Heilige Salbgefäß, dessen Legende der Lappländer würdig wäre. Ein weiser und aufgeklärter Fürst könnte das Heilige Salbgefäß abschaffen, und sogar die Salbung selbst.

Ich habe hier zwei junge, sehr liebenswerte Franzosen kennengelernt; der eine ist ein Monsieur de Laval-Montmorency, der andere ein Clermont-Gallerande. Insbesondere letzterer zeigt lebhaften Esprit, zu dem sich ein gemessenes und bedachtes Auftreten gesellt. Anstatt der Krönung beizuwohnen, sind sie auf Reisen gegangen. Sie begleiteten mich nach Preußen, von wo sie sich, mit der Absicht, nach Wien zu gehen, auf den Weg nach Warschau machten.

Le Kain ist hier eingetroffen; er wird den Œdipe, den Orosmane und den Mahomet spielen. Ich weiß, daß er in Ferney war, es ist seine Pflicht und Schuldigkeit, mir alles, was er weiß oder auch nicht weiß, von dem Manne zu berichten, der diesen Flecken so berühmt macht. Vergangenes Jahr habe ich Aufresne spielen sehen. Ich werde Sie wissen lassen, welchen von beiden ich vorziehe, sobald ich Le Kain gesehen habe.

Ich habe das ganze Haus voll mit Nichten, Neffen und Großneffen; ich muß für sie Theater spielen lassen, um sie für die Langeweile, die in der Gesellschaft eines alten Mannes in ihnen aufkommen könnte, zu entschädigen. Über sich selbst muß man sich im klaren sein, und man muß sich der Jugend erträglich machen. Das geht mich an. Sie hingegen werden wohl das außerordentliche Privileg haben, niemals zu altern; und wiewohl etliche Gebrechen Ihren Leib heimsuchen, so triumphiert doch Ihr Geist über diese Angriffe und scheint täglich neue Kraft zu schöpfen.

Möge Minerva, möge Apollon, mögen die Musen und die Grazien über ihr schönstes Werk wachen und noch lange denjenigen bewahren, dessen Verlust Jahrhunderte nicht wettmachen könnten! Das sind die Wünsche des Eremiten von Sans-Souci für den Patriarchen von Ferney. *Vale.*

Federic.

Vauban und Coehorn: Sébastian le Prestre de Vauban und Menno von Coehorn, gegnerische Festungsbaumeister Frankreichs und der Niederlande im 17. Jahrhundert.
Während in Frankreich der Klerus Teil des Staatskörpers ist: Neben allen stilleren Einflüssen, den die Geistlichkeit auf die Regierungen des Ancien Régime in Frankreich hatte, stellte sie in der Ständeversammlung den steuerfreien Zweiten Stand. Allerdings trat diese zwischen 1614 und 1789 nicht zusammen.
Œdipe, Orosmane, Mahomet: Also standen drei Tragödien Voltaires auf dem Programm.

Im Deutschland des Sturm und Drang, der anbrechenden Klassik, des sich formierenden nationalen Eigenheitsgefühls lebt Friedrich II. mehr und mehr als eine Art geistiger Fremdkörper. Der Herr über Preußen ist natürlich kein Franzose, doch in deutschen, nationalen Regungen geht er noch weniger auf. Schon 1757 äußerte er in Leipzig gegenüber Professor Gottsched: »Seit meiner Jugend habe ich kein deutsches Buch gelesen, und ich spreche die deutsche Sprache schlecht, jetzt bin ich ein alter Mann und habe keine Zeit.« Gute zwanzig Jahre später, 1780, wird der achtundsechzigjährige Monarch sich nicht viel heimischer fühlen: »Will man zeigen, wie wenig Geschmack es in Deutschland gibt, braucht man nur ins Theater zu gehen. Dort kann man die abscheulichen Stücke Shakespeares sehen, die man ins Deutsche übersetzt hat, und die ganze Zuhörerschaft gerät in Verzückung, wenn sie diesen lächerlichen Späßen lauscht, die der Wilden Kanadas würdig sind.« Im Theater im Neuen Palais wird weiterhin die französische Tragödie gepflegt, deren strenge Regeln unter anderem verlangen, daß sich jedes

Geschehen an einem Tag und an einem Ort abzuspielen hat und daß aus Gründen der Dezenz kein Verbrechen auf offener Bühne zu sehen sein darf.

226. Friedrich an Voltaire

Potsdam, 24. Juli 1775

Nun bin ich mit Le Kain zusammengetroffen. Ich zwang ihn, mir zu erzählen, wie er Sie vorgefunden hat, und ich war erleichtert, von ihm zu erfahren, daß Sie in Ihrem Garten promenieren, daß Ihr Gesundheitszustand recht ordentlich ist und daß Ihre Konversation noch sprühender ist, als Ihre Werke es sind. Diese Heiterkeit, die Sie sich bewahren, ist das sicherste Zeichen, daß wir Sie noch lange besitzen werden. Dieses elementare Feuer, dieses Lebensprinzip ist das erste, was nachläßt, wenn die Jahre die Mechanik unserer Existenz untergraben und aushöhlen. So bange ich nun nicht mehr, daß der Thron des Parnaß in Kürze vakant sein wird, und kühn ernenne ich Sie zu meinem Testamentsvollstrecker; das bereitet mir großes Vergnügen.

Le Kain hat die Rollen des Œdipe, des Mahomet und des Orosmane gespielt; als Œdipe haben wir ihn zweimal gehört. Dieser Schauspieler ist sehr gewandt; er hat eine schöne Stimme, er gibt sich würdevoll, seine Bewegung ist nobel, und es ist unmöglich, dem Gebärdenspiel mehr Aufmerksamkeit zu schenken, als er es tut. Soll ich Ihnen dennoch naiv den Eindruck berichten, den er auf mich gemacht hat? Ich hätte ihn gern weniger outriert, dann würde ich ihn sogar für vollkommen halten.

Im vergangenen Jahr habe ich Aufresne gehört; er bräuchte vielleicht etwas von dem Feuer, von dem der andere zuviel hat. Hierbei befrage ich nur die Natur und nicht, was in Frankreich gerade gang und gäbe sein mag. Nun konnte ich dennoch weder beim *Œdipe* noch bei *Zaïre* meine Tränen zurückhalten; im letzteren dieser Stücke gibt es so anrührende Stellen und im ersteren so schreckenerregende, daß man von dem einen bewegt ist und beim anderen erzittert. Welches Glück für den Patriarchen von Ferney, diese Meisterwerke geschaffen und den Mann herangebildet zu haben, der sie auf der Bühne so unvergleichlich widergibt!

Diese Vorstellungen hatten viel Publikum: meine Schwester Amalie, die Prinzessin Ferdinand, die Landgräfin von Hessen und die Prinzessin von Württemberg, Ihre Nachbarin, die aus Montbelliard kam, um Le Kain hier zu hören. Meine Nichte aus Montbelliard sagte mir, daß sie eines Tages sehr wohl die Reise nach Ferney unternehmen könnte, um den Urheber der Werke aufzusuchen, die das Entzücken Europas sind. Ich habe sie sehr darin bestärkt, diese würdige Neugierde zu befriedigen. Oh! wie nützlich die schöne Literatur doch der Gesellschaft ist! Sie bringt Erholung vom Tagwerk, auf angenehme Weise vertreibt sie die politischen Dämpfe, die einem zu Kopf steigen, sie besänftigt den Geist, sie gefällt sogar den Frauen, sie tröstet die Betrübten, schließlich ist sie das einzige Vergnügen, das jenen noch bleibt, die von der Last der Jahre gebeugt sind und sich nun glücklich schätzen dürfen, von Jugend an dieser Neigung gefrönt zu haben.

Unsere Deutschen haben den Ehrgeiz, ihrerseits die Vorzüge der schönen Künste zu genießen; sie geben sich alle Mühe, mit Athen, Rom, Florenz und Paris zu wetteifern. So groß meine Liebe zu meinem Vaterland auch ist, ich wüßte nicht zu vermelden, daß man hierin bisher Erfolge verzeichnen konnte; an zwei Dingen mangelt es hier, an Sprache und an Geschmack. Die Sprache ist zu weitschweifig; die gute Gesellschaft spricht Französisch, und ein paar Schulmeister und ein paar Professoren vermögen ihr nicht den Schliff und die leichten Wendungen zu geben, die sie sich nur in weltläufiger Gesellschaft aneignen könnte. Bedenken Sie sodann die Unterschiedlichkeit der Idiome; jede Provinz besteht auf ihrem eigenen, und über irgendeinen Vorrang ist bis jetzt nichts entschieden. Was den guten Geschmack angeht, so fehlt es den Deutschen daran allüberall; sie waren nicht einmal fähig, die Autoren des Augusteischen Zeitalters zu imitieren; sie brauen ein abscheuliches Gemisch aus römischem, englischem, französischem und teutonischem Geschmack, und noch immer mangelt es ihnen an jenem feinen Unterscheidungsvermögen, das Schönheit, wo sie zu erspüren ist, leicht aufnimmt und das Mittelmäßige vom Vollendeten, das Edle vom Erhabenen wohl zu unterscheiden weiß und alles wohl plaziert. Wenn aus den Worten ihrer Poesie viel Gold blinkt, meinen sie bereits, Verse voller Harmonie zu haben; doch für gewöhnlich handelt es sich nur um einen Wirrwarr schwülstiger Ausdrücke. In der Geschichtsschreibung vergessen sie dafür auch nicht die kleinste Kleinigkeit, und sei sie noch so überflüssig. Ihre besten Werke finden sich in den Rechtswissenschaften. Was die Philosophie angeht, so meldet sich seit dem Genie eines Leibniz und der dicken Monade Wolff niemand mehr zu Wort. Nun meint man hier, das eigene Theater sei vortrefflich; aber bis jetzt hat sich nichts Vollkommenes blicken lassen. Deutschland gleicht zur Zeit exakt dem Frankreich zu Zeiten von Franz I. Der Sinn für Literatur beginnt sich auszubreiten; es heißt abwarten, bis die Natur wie zu Amtszeiten Richelieus oder Mazarins wirkliche Genies auf die Welt bringt. Der Boden, der einen Leibniz hervorgebracht hat, kann weitere hervorbringen.

Solch herrliche Tage meines Vaterlands werde ich nicht mehr sehen, aber die Möglichkeit erahne ich. Sie werden mir sagen, daß Ihnen das höchst gleichgültig sein kann, daß ich nur aus Lust und Laune den Seher spiele und ausgerechnet das Entfernteste sehen will. Das eben ist meine Fasson des Prophetisierens, und es ist von allen die sicherste, weil ich nie ein Dementi bekommen werde.

Ich meinerseits tröste mich damit, im Jahrhundert Voltaires gelebt zu haben; das ist mir genug. Er lebe lang, er verdaue gut, er sei heiter, und vor allem vergesse er nicht den Klausner von Sans-Souci. *Vale.* Federic.

Im vergangenen Jahr habe ich Aufresne gehört: Interessant, wie das *Hören* des Schauspielers den Vorrang vor dem Sehen von Mimik und Gestik hat. Es gibt also eine Dominanz der sozusagen intellektuellen Deklamation von Versen und ihres Inhalts vor der *action.*

Prinzessin Ferdinand: Eine Eigentümlichkeit des preußischen Hofes, Gattinnen mit dem Namen ihres preußischen Gatten zu bedenken: das reicht von Prinzessin Heinrich (eigentlich: Wilhelmine von Hessen-Kassel) bis zu Kaiserin Friedrich (eigentlich: Victoria, Tochter von Königin Victoria von England und Prinz Albert). Die Prinzessin Ferdinand, Schwägerin Friedrichs, ist Luise von Brandenburg-Schwedt.

So meldet sich ... niemand mehr zu Wort: Ein Königsberger Professor für Logik und Metaphysik, Immanuel Kant, sammelte jedoch bereits seit 1772 erste Gedanken zu seinem Werk *Kritik der reinen Vernunft,* das 1781 erschien.

Franz I.: Unter Franz I., 1494–1547, der zum Krieg ins bewunderte Italien zog, setzte in Frankreich in der Baukunst, Malerei und Dichtung massiv die Ausrichtung an italienischen, damit auch an antiken Vorbildern ein … So galt um diese Zeit beispielsweise Petrarca als der italienische Catull und Ronsard als der neue französische Petrarca.

227. Voltaire an Friedrich

[3. August] 1775

Le Kain, dans vos jours de repos,
Vous donne une volupté pure.
On le prendrait pour un héros;
Vous les aimez même en peinture.
C'est ainsi qu'Achille enchanta
Les beaux jours de votre jeune âge.
Marc-Aurèle enfin l'emporta:
Chacun se plaît dans son image.

(Le Kain, an Ihren Mußetagen,
Schenkt Ihnen eine reine Lust.
Fast hält man ihn für einen Helden;
Helden, die sogar als Malerei Sie lieben.
Genauso war es, als Achill verzauberte
Die schönen Tage Ihrer Jugend.
Doch überwand am Schluß ihn Marc Aurel:
In seinem Bild erkennt sich jeder gern.)

Es ist das schönste aller Schauspiele, Sire, einen großen, von seiner Familie umringten Mann zu sehen, der für kurze Zeit die Sorgen des Throns hinter sich läßt, um Versen zu lauschen und gleich darauf bessere zu verfassen, als an diesem Orte hier entstehen; das trägt sich bei Ihnen häufig so zu und in Versailles niemals. Es scheint mir, als schätzten Sie Deutschland sehr treffend ein, sowohl, was die Masse von Wörtern angeht als auch die Masse von Silben, die in ein Wort hineinpassen, als auch den Geschmack, der nicht ausgefeilter ist als die Sprache; die Deutschen leben in ihrer Morgenröte; sie stünden in ihrem Mittagslicht, wenn Sie geruht hätten, teutonische Verse zu dichten.

Es ist recht einzigartig, daß Le Kain und Mademoiselle Clairon beide zur selben Zeit Gäste des Hauses Brandenburg sind. Doch während die Kunst, französische Verse zu rezitieren, in Sans-Souci Ihr Gehör findet, bringt uns in Paris Gluck die Musik bei. Während unsere Orpheusse aus Deutschland kommen, kommen unsere französischen Rosciusse zu Ihnen. Aber die Philosophie, woher kommt die? Aus Potsdam, Sire, wo Sie ihr Unterkunft gewährten und von wo Sie sie in den größten Teil Europas ausgesandt haben.

Noch weiß ich nicht, ob unser König auf Ihren Pfaden wandeln wird, doch weiß ich, daß er Philosophen zu seinen Ministern gemacht hat, mit Ausnahme von einem, der das Pech hat, fromm zu sein.

Der Geschmack geht uns verloren, doch werden wir gedankenvoller; in diesem Zusammenhang ist vor allem Monsieur Turgot zu nennen, der würdig wäre, mit Ew. Majestät zu konversieren. Die Pfaffen wissen nicht mehr ein noch aus. Dies ist der Beginn einer großen Revolution. Noch wagt man allerdings nicht, offen Farbe zu bekennen; insgeheim untergräbt man den alten Palast der Anmaßung, dessen Grundstein vor eintausendsiebenhundertundfünfundsiebzig Jahren gelegt wurde; wäre er nach allen Regeln der Kriegskunst belagert worden, so wäre das Gerichtsurteil, das die Ermordung des Chevaliers de La Barre und Morivals befahl, mit kühnem Streich vernichtet worden. Heute errötet man darüber, ist betreten, doch mehr nicht; man hatte nicht den Mut, an diesen abscheulichen Richtern das Gesetz der Vergeltung zu üben. Man gab sich damit zufrieden, uns eine Begnadigung zu offerieren, die wir nicht begehrten. Wirklich groß sind nur Sie. Ich danke Ew. Majestät unter Tränen der Zärtlichkeit und Freude. Ich habe Ew. Majestät um neueste Order ersucht und erwarte sie jetzt, um Morival vor Ihre Füße zurückzuschicken, auf daß Sie hoffentlich höchst zufrieden mit ihm sein werden.

Geruhen Sie, dem Greis, dem es nicht so gutgeht, wie Le Kain es berichtet, weiterhin günstig gesonnen zu sein.

Gluck: Glucks *Iphigénie en Aulide* war im Februar 1775 in Paris uraufgeführt worden. Es ist bemerkenswert, wie der seit 1750 exilierte Franzose seine Kultur weiterhin auf das Geschehen in Paris bezieht: »Bei uns in Paris ...«.

Rosciusse: Quintus Roscius Gallus, römischer Mime des ersten vorchristlichen Jahrhunderts.
Der das Pech hat, fromm zu sein: Hierbei handelte es sich ausgerechnet um den Kriegsminister, den Comte de Muy.
Monsieur Turgot: Anne Robert Jacques Turgot, Baron d'Aulne, 1727–1781; der namhafte Wirtschaftstheoretiker versuchte als Minister eine durchgreifende Sanierung der französischen Staatsfinanzen. Nach der Freigabe des Getreidehandels scheiterten jedoch die meisten seiner Reformversuche am Widerstand von Hof, Klerus und Hochadel. Dieser erste Reformminister Ludwigs XVI. wurde 1776 wieder entlassen.
Der Beginn einer großen Revolution: Der gewaltige Begriff *une grande révolution* meinte vor 1789 und für Voltaire sicherlich noch etwas ganz Unblutiges. Diese ›Revolution‹ bedeutet für den Freigeist, doch Royalisten Voltaire 1775 vornehmlich noch einen Schlußstrich unter die Macht der Kirche im Staatsgefüge.

Eine preußische Analyse für Frankreich:

228. Friedrich an Voltaire

Potsdam, 13. August 1775

Ihnen gebührt Dank für all das Gute, das man Morival wünschen mußte. Der Beschützer von Calas und der Sirvens hätte es verdient, beim zuerst genannten ebensoviel Erfolg gehabt zu haben. Sie hatten die rare Größe, von Ihrem Unterschlupf aus die grausamen Richtsprüche der Richter Ihres Vaterlandes umzustoßen und die erröten zu lassen, welche, ganz in der Nähe des Thrones plaziert, Ihnen hätten zuvorkommen müssen. Was mich betrifft, so beschränke ich mich darauf, in meinem Lande zu verhindern, daß der Mächtige den Schwachen unterdrückt, und die Strafen, die mir bisweilen zu streng vorkommen, zu mildern. Das macht einen Teil meines Tuns aus; wenn ich die Provinzen bereise, kommt alle Welt zu mir, und ich prüfe selbst oder durch andere alle Klagen, und ich setze mich für Personen ein, von deren Existenz ich vor ihren Gesuchen nichts wußte. Solche Revision rüttelt die Richter auf und beugt allzu harten und strengen Verfahren vor.

Ich beglückwünsche Ihre Nation zu der guten Wahl, die Ludwig XVI. bei seinen Ministern getroffen hat. »Die Völker«, hat einer der Alten gesagt, »sind erst dann glücklich zu nennen, wenn Weise zu ihren Königen werden.« Wenngleich Ihre Minister Königen nicht vollends gleichen, so steht ihnen doch die entsprechende Autorität zu Gebote. Ihr König hat die besten Absichten, er will das allgemeine Wohl; er hat nichts weiter zu fürchten als die Pesten der Höfe, die versuchen werden, ihn nach und nach zu korrumpieren und zu verderben. Er ist sehr jung; er kennt die Heimtücke nicht und nicht die Finessen, derer die Höflinge sich befleißigen, um ihn für sich einzunehmen, damit er ihren Absichten, ihrem Haß oder ihrem Ehrgeiz willfährt. Er wuchs in der Schule des Fanatismus und des Schwachsinns auf; das läßt befürchten, daß es ihm an der Entschiedenheit mangeln wird, von sich aus das anzuzweifeln, was stumpfsinnig anzubeten man ihm beigebracht hat.

Sie haben Toleranz gepredigt, nach Bayle sind zweifellos Sie einer der Weisen, der der Menschheit am meisten Gutes getan hat. Doch wenn Sie auch die ganze Welt aufgeklärt haben, so waren doch die Ihrem Licht abhold, deren Nutzen vom Aberglauben abhängt; und die sind es doch, die noch immer über die Völker herrschen.

Ich nun, als treuer Jünger des Patriarchen von Ferney, ich verhandle derzeit mit tausend mohammedanischen Familien, denen ich in Westpreußen Heimstätten und Moscheen geben will. So wird es hier die vorgeschriebenen Fußwaschungen geben, und ohne empört zu sein wird man *hilli* und *halla* singen hören. Dies war die einzige Sekte, die in diesem Lande noch fehlte.

Der alte Pöllnitz, so, wie er gelebt hat, ist er nun gestorben, will sagen, am Abend vor seinem Hinscheiden war er noch ganz der alte Spitzbube. Traurigkeit herrscht nur bei seinen Gläubigern. Was unseren ehrenwerten und wackeren Mylord angeht, so ist er wohlauf; seine ehrliche Seele ist heiter und zufrieden. Ich bilde mir ein, daß wir ihn noch lange bei uns haben werden. Seine freundliche Philosophie läßt ihn sich ausschließlich mit dem Guten befassen. Alle durchreisenden Engländer pilgern zu ihm. Er logiert vis-à-vis von Sans-Souci, geliebt und geschätzt von aller Welt. Voilà, das ist ein glückliches Altern.

Alles, was Sie über unsere teutonischen Bischöfe sagen, ist

nur zu wahr. Sie sind mit dem *Zehnten Zions gemästete Schweine.* Aber Sie wissen auch, daß im Heiligen Römischen Reich überkommene Bräuche, die Goldene Bulle und andere betagte Narreteien dafür sorgen, daß man eingefleischte Mißstände als etwas Honoriges gelten läßt. Man nimmt sie wahr, man zuckt die Achseln, und alles geht seinen alten Trott.

Will man den Fanatismus zurückdrängen, dann sollte man von den Bischöfen die Finger lassen; wenn es indes gelänge, die Zahl der Mönche zu verringern, vor allem bei den Bettelorden, würde sich das Volksgemüt abkühlen und, weniger abergläubisch dann, der Staatsgewalt erlauben, Bischöfe entsprechend dem Staatswohl einzusetzen. Nur so kann man vorgehen. Das leise und lautlose Unterminieren des Gebäudes der Unvernunft hat unweigerlich zur Folge, daß es ganz von selbst in sich zusammenbricht. In Anbetracht seiner Lage ist der Papst genötigt, je nach dem augenblicklichen Bedarf seiner teuren Söhne fortwährend Bullen und Breven zu erlassen. Diese Macht, gegründet auf den ideellen Kredit, den der Glaube genießt, nimmt gemeinsam mit diesem ab. Wenn sich an der Spitze der Nationen dann auch noch einige Minister finden, die über gemeine Vorurteile erhaben sind, wird der Heilige Vater seinen Bankrott erklären müssen. Seine Wechsel und Papiere sind schon jetzt nur noch die Hälfte wert. Die Nachwelt wird ohne Zweifel den Vorteil genießen, frei denken zu können und nicht, wie wir, etwas so Entsetzliches wie seinerzeit in Toulouse oder letzthin in Amiens erleben zu müssen. Die Morivals so glücklicher Jahrhunderte werden nicht mehr die Barbareien zu fürchten haben, die an den Morivals von heute begangen werden. Sie brauchen ihn mir nur direkt hierherzuschicken; ich betrachte ihn als ein Opfer, das dem Schwert des Opferpriesters oder, besser gesagt, dem des Henkers entkommen ist.

Ich breche nach Schlesien auf; vor dem 4. oder 5. des nächsten Monats werde ich nicht zurück sein; so hat er ausreichend Zeit, seine Reise vorzubereiten. Wo auch immer ich mich befinde, meine Wünsche für den Patriarchen von Ferney bleiben die nämlichen, und da ich unterwegs nichts von ihm hören werde, will ich mit seinen Werken konversieren. *Vale.* Federic.

Ohne es zu merken, werden Sie mit mir reisen, und ohne daß es Sie etwas kostet, werden Sie mir Vergnügen bereiten, und wie gewöhnlich werde ich Sie auf allen meinen Pfaden segnen.

Die Völker... sind erst dann glücklich zu nennen...: Nach Platons *Politeia.*
Mit dem Zehnten Zions gemästete Schweine: Aus Voltaires *Le Temple de l'Amitié;* es geht um den zehnten Teil von Steuerabgaben, den die Staatsmacht an die Kirche weiterleitet. Dieser Usus ist übrigens heutzutage wohl nur noch in Deutschland üblich, wo die Geistlichkeit sich der staatlichen Finanzbehörden bedienen darf, um eine ›Kirchensteuer‹ einzuziehen.
Die Goldene Bulle: Wahlgesetzordnung für die Wahlen deutscher Könige von 1356, in der auch die Stellung der sieben Kurfürsten festgelegt wurde.

229. Voltaire an Friedrich

31. August [1775]

Sire, am heutigen Tag gebe ich Eurer Majestät deren tapferen und gescheiten Offizier d'Étallonde Morival zurück, den Sie mir für achtzehn Monate zu überlassen geruhten. Ich bürge Ihnen dafür, daß man zu Potsdam bei ihm nicht das frivole und dünkelhafte Gehabe unserer so betitelten französischen Marquis' finden wird. Sein Benehmen und sein beständiger Eifer beim Studium von Strategie und Ingenieurskunst, seine Umsicht bei jedem seiner Schritte und Worte, die Sanftheit seines Betragens, sein wacher Geist sind ausreichend starke Beweise gegen den ebenso widerwärtigen wie absurden Richtspruch dreier Dorfschultheißen, die ihn, zusammen mit dem Chevalier de La Barre, vor zehn Jahren in Abbeville zu einer Strafe verdammten, wie ein Busiris sie sich nicht auszumalen gewagt hätte.

Nach dem dreifaltigen Busiris von Abbeville findet er in Ihnen einen Solon. Europa weiß, daß der Held Preußens sein Rechtspender war; und als der Spender von Recht haben Sie die vom Fanatismus dem Henker ausgelieferte Tugend beschützt. Es ist anzunehmen, daß man in Frankreich keine solch gräßlichen Barbareien mehr erleben wird, die zu unserer leichten Lebensart bisher so seltsam und so oft im Kontrast standen; bald wird man nicht mehr sagen: Das munterste Volk ist das barbarischste.

Wir haben einen sehr weisen Minister, ausgewählt von

einem jungen, nicht weniger weisen König, und er will das allgemeine Wohl. Ew. Majestät bemerken dies in Ihrem letzten Brief, vom 13. Der Großteil unserer Fehler und Mißgeschicke rührte, trotz unserer Liebe zu Neuartigem, bislang von unserer Unterwerfung unter bejahrte Gebräuche her, die mit dem Namen Gesetz geehrt wurden. Unsere Rechtsprechung in Strafsachen gründet sich beispielsweise fast ausschließlich auf das sogenannte kanonische Recht und die ehemaligen Verfahrensweisen der Inquisition. Unsere Gesetze sind eine Mixtur aus der ehemaligen Barbarei und neuen Verordnungen, die sie nur schlecht korrigieren. Unsere Regierung war bislang immer etwas der Stadt Paris Vergleichbares: eine Ansammlung von Palästen und Bruchbuden, von Herrlichkeit und Elend, von bewunderungswürdigen Schönheiten und abstoßenden Mängeln. Allein eine neue Stadt könnte ebenmäßig sein.

Ew. Majestät geruhen, mir mitzuteilen, daß Sie in Gesellschaft meiner schwachen Werke zu reisen gedenken. Trotz meiner zweiundachtzig Jahre würde ich gerne deren Platz einnehmen. Ich sehe mich genötigt, Ihnen zu sagen, daß mehrere dieser Kinder, die auf meinen Namen getauft wurden, nicht von mir sind. Ich weiß, daß Sie eine Ausgabe aus Lausanne in zweiundvierzig Bänden besitzen, die von zwei Stadtbeamten und zwei Priestern, die mich nie konsultiert haben, bewerkstelligt wurde. Falls der dreiundzwanzigste Band dieses gewaltigen Sammelsuriums zufällig in Ihre Hände gerät, werden Sie etwa dreißig kleine Sachen in Versen finden, die des Kutschers Vertamonts wahrhaft würdig sind. In Lausanne ist es nicht nötig, soviel Geschmack an den Tag zu legen wie in Potsdam.

Was von mir stammt, verdient kaum mehr Ihre Aufmerksamkeit. Die Besessenheit der Verleger hat mich unter Papierstößen beerdigt. Diese Leute richten sich durch ein Übermaß an Eifer zugrunde. Hundertmal habe ich ihnen geschrieben, daß man nicht mit so schwerem Gepäck in die Nachwelt aufbricht. Das kümmert sie nicht; Ihre und meine Briefe, die irgendwie im Umlauf waren, haben sie entstellt. Da liege ich nun im Quartformat, von Ratten und Würmern angenagt, wie ein Kirchenvater.

Ew. Majestät werden also meine ewigen Zwiste mit den Larchers und Bruder Nonotte und Bruder Fréron und Bruder Paulian, diesen illustren Ex-Jesuiten, zu Gesicht bekommen. Diese hübschen Dispute müssen den Sieger über so viele Nationen und den Historiographen seines Vaterlandes ungebührlich langweilen. Zur selben Zeit, als Ihre Brüder, die Könige von Frankreich und Spanien, sie züchtigten, haben mir die Jesuiten den Krieg erklärt. Es waren ein paar nach ihrer Niederlage versprengte Soldaten, die einen armen Spaziergänger überfielen, um etwas zum Leben zu haben.

Die Jesuiten hätten mich in aller Offenheit verfolgen sollen; denn bevor sie aus Frankreich und Spanien verjagt wurden, hatte ich sie aus meiner Nachbarschaft verjagt. An der Grenze zu Bern hatten sie sich des Besitzes von sieben Edelmännern namens Crassi bemächtigt, allesamt Brüder, alle im Dienste des Königs von Frankreich, alle minderjährig, alle sehr arm. Mir wurde das Glück zuteil, das Geld zu hinterlegen, das nötig war, damit sie auf ihren von den Jesuiten besetzten Grund zurückkehren konnten. Sankt Ignatius hat mir diesen Frevel nie verziehen. Seit dieser Zeit arbeitet Fréron zusammen mit La Beaumelle die *Henriade* um; Paulian schreibt gegen den Kaiser Julian und gegen mich; Nonotte klagt mich in zwei dicken Bänden an, keinen Geschmack daran gefunden zu haben, daß der große Konstantin einst seinen Schwiegervater, seinen Schwager, seinen Neffen, seinen Sohn und seine Frau ermordet hat. Ich war so schwach, diesen Viechern ein paarmal zu antworten; die Verleger waren so töricht, diese Armseligkeiten, die niemanden kümmern, nachzudrucken.

Ich bitte Ew. Majestät, mit diesem Sammelsurium so zu verfahren, wie ich Sie mit so vielen Büchern verfahren sah; Sie griffen zur Schere, schnitten alle Seiten weg, die Sie langweilten, behielten die, die Sie vergnügen konnten, und verkürzten so dreißig Bände auf einen oder zwei: eine vortreffliche Methode, um uns von der Raserei zu kurieren, zuviel zu schreiben.

So ist denn, Sire, der Baron Pöllnitz tot; auch er hat geschrieben. So geht es am Ende uns allen, den Frérons, den Nonottes und mir. Nichts wird bleiben. Nur bestimmte Namen werden sich vor dem Nichts retten wie, zum Beispiel, ein

Gustav-Adolph und ein anderer, meiner Ansicht nach weit überlegener, dem ich von fern die siegreichen Hände küsse, die so ingeniöse und so nützliche Sachen schrieben, die die Unschuld beschirmen und die Wohltaten ausstreuen. V.

Busiris: Sagenhafter ägyptischer König, der alle Fremden schlachten ließ und seinerseits bei Gelegenheit von Herakles erschlagen wurde.
Solon: Gesetzgeber, Initiator der athenischen Demokratie.
Das sogenannte kanonische Recht: Kirchenrecht.
Ebenmäßig: Diese Vision der neuen, regelmäßigen Stadt, in der Tugend und Gerechtigkeit herrschen, findet sich dann mit diktatorischer Strenge in den Entwürfen des Revolutionsarchitekten Ledoux wieder.
Des Kutschers Vertamonts: Etienne, Kutscher des Monsieur de Vertamont, berühmter, 1724 gestorbener Bänkelsänger vom Pont-Neuf.
Larcher: Verfasser einer Schrift gegen Voltaires *Philosophie de l'Histoire.*
Bruder Fréron: Elie-Cathérine Fréron, 1719–1776, Literaturkritiker und hartnäckigster Antipode der Aufklärung und somit zähester Gegner Voltaireschen Freigeists, der diesen Kontrahenten jedoch am Ende nicht zu überleben vermochte.
Der Baron Pöllnitz: Pöllnitz war unter anderem Verfasser des Dresdner Liebesspiegels *La Saxe Galante.*

Die Lebenskurve des François-Marie Arouet neigt sich ihrem Ende entgegen. Voltaire erleidet am 22. Oktober einen Schlaganfall ... und überlebt ihn. Hingegen ist das Blasenleiden mit unkontrollierbarem Harndrang nicht mehr kurierbar. Solches blinde und blindwütige Walten der Natur, dem bestenfalls Glücksmomente und Hoffnungen auf Glücksmomente, das tätige Leben entgegenzusetzen sind, war bereits 1756 – ein Jahr nach dem Erdbeben von Lissabon – ein Gedichtthema Voltaires gewesen: »Zuweilen, an Tagen, die unserem Unglück zugehören, / Wischen mit der Freudenhand wir unsere Tränen ab; / Doch es entfliegt die Freude, zieht, schattengleich, vorbei: / Unsere Sorgen, unsere Kümmernisse, was wir verlieren, ist ohne Zahl.«

Die Mitteilung nach Potsdam über Krankheit und leidliche Rekonvaleszenz ist verlorengegangen.

230. Friedrich an Voltaire

Potsdam, 4. Dezember 1775

Keiner Ihrer Briefe hat mir mehr Freude gemacht als der soeben erhaltene; er befreit mich von der Unruhe, in welche die Nachricht von Ihrer Krankheit mich versetzt hat. Der

Patriarch von Ferney muß zum Ruhme der Literatur und zur Ehre des achtzehnten Jahrhunderts noch viele Jahre leben. Einen Schlagfluß, den ich 1749 hatte, habe ich sechsundzwanzig Jahre lang überlebt. Ich hoffe, Sie werden mir nacheifern. Das, was man einen Semi-Apoplex nennt, ist nicht so gefährlich; und wenn Sie eine strenge Diät einhalten und aufs Soupieren verzichten, werden wir Sie hoffentlich zur Genugtuung all derer, die denken, noch lange behalten können.

Sie fragen mich, was Geist sei? Ach! Ich zähle Ihnen alles auf, was er nicht ist: ich selbst besitze so wenig davon, daß mich seine Definition in einige Verlegenheit brächte. Wenn es Sie, zu Ihrem Amüsement, dennoch danach verlangt, daß auch ich mich darüber auslasse, so werde ich mich an Gedanken halten, die die Erfahrung mir eingibt.

Ich bin mir gewiß, daß ich nicht zwiefach vorhanden bin; daher erachte ich mich als einmaliges Wesen. Ich weiß, daß ich ein materiales, beseeltes und funktionierendes Tier bin, das denkt; daraus schließe ich, daß die beseelte Materie denken kann, genauso, wie sie elektrische Eigenschaften besitzt.

Ich erkenne, daß das Leben des Tiers von Wärme und Bewegung abhängt; ich vermute also, daß ein winziges Teilchen des Elementarfeuers durchaus die Ursache des einen wie des anderen Phänomens sein könnte. Das Denken schreibe ich den fünf Sinnen zu, mit welchen die Natur uns begabt hat; die Erkenntnisse, die sie uns vermitteln, prägen sich den Nerven ein, die deren Botschafter sind; diese Eindrücke, die wir Gedächtnis nennen, versorgen uns mit Ideen; die Hitze des Elementarfeuers, welche das Blut unablässig in Bewegung hält, ruft diese Ideen hervor, ermöglicht das Vorstellungsvermögen. Ist diese Bewegung lebhaft und leicht, dann stellen sich die Gedanken in rascher Abfolge ein; wenn die Bewegung langsam und gestört ist, kommen Gedanken nur von Zeit zu Zeit. Der Schlaf bestätigt diese Auffassung; ist er tief, so zirkuliert das Blut so gemächlich, daß die Ideen wie abgestorben sind, daß die Verstandesnerven sich entspannen und daß die Seele gleichsam zernichtet ist. Zirkuliert das Blut zu heftig im Gehirn, wie bei Betrunkenen oder im hitzigen Fieber, so verwirrt es die Ideen, wirbelt sie durcheinander; kommt es zu einer geringfügigen

Verstopfung in den Gehirnnerven, so führt dies zu Wahnsinn; dehnt sich im Schädel ein Wassertropfen aus, so ist die Folge ein Verlust an Gedächtnis; drückt schließlich ein verirrter Tropfen Bluts auf das Gehirn und auf die Verstandesnerven, so haben Sie die Ursache für den Schlagfluß.

Sie sehen, daß ich die Seele mehr als Arzt denn als Metaphysiker untersuche; bis wir Genaueres wissen, halte ich mich an das, was wahrscheinlicher ist. Ich bescheide mich damit, die Früchte Ihres Verstandes, Ihrer wiedererstandenen Einbildungskraft, Ihres schönen Genies zu genießen, ohne mich darum zu kümmern, ob diese bewunderungswürdigen Gaben aus angeborenen Ideen herrühren, ob Gott Ihnen all Ihre Gedanken einhaucht, oder ob Sie eine Uhr sind, deren Zeiger auf Heinrich IV. zeigt, während Ihr Glockenwerk die *Henriade* erklingen läßt.

Möge ein anderer sich ein Labyrinth anlegen, um sich darin zu verirren, ich meinerseits erfreue mich an Ihren Werken, und ich preise das Wesen aller Wesen dafür, daß es mich zu Ihrem Zeitgenossen gemacht hat.

Lange Zeit konnte ich Ihnen nicht schreiben; ich habe gerade meinen vierzehnten Gichtanfall hinter mich gebracht. Keiner davon hat mich mehr malträtiert; alle Glieder sind halb lahm. Dies hinderte mich nicht daran, Morival zu sehen und mich mit ihm ausführlich über Sie zu unterhalten; es steht uns wohl an, unsere Märtyrer zu feiern; sie leiden um der Wahrheit willen, die anderen sind nur die Opfer des Aberglaubens. Ich rechne täglich damit, daß Morival Wunder tut; das aufsehenerregendste wäre es, seine ungerechten Richter, die ihn verdammt haben, zu verwirren und sie Reue empfinden zu lassen.

Ich habe lebhaften Anteil genommen an der Gunst, welche der König von Frankreich Monsieur de Saint-Germain erwiesen hat. Dieser tapfere Offizier ist mir seit langem bekannt; er wird sich des Platzes, der ihm nun zugewiesen wurde, nicht unwürdig erweisen. Er verdient es sehr wohl, ihn einzunehmen, und er zeigt einen sehr lobenswerten Eifer für das öffentliche Wohl, was ihn allen achtbaren Menschen empfiehlt.

Zugleich beglückwünsche ich Sie, mein lieber Voltaire;

man versichert mir, daß Sie Steuerpächter für das Gexer Land geworden sind, daß Sie alle Steuern auf eine reduzieren wollen und daß dieses Exempel von Vereinfachung, das Sie geben, für ganz Frankreich Geltung bekommen wird. Tüchtige Köpfe sind überall am rechten Platz; genaues Denken, klare Vorstellungen und ein wenig Mühe sind das rechte Werkzeug sowohl für die Künste wie für den Krieg, für die Finanzen wie den Handel.

So wird es denn heißen, daß der Mann, dessen Einbildungskraft die *Henriade,* den *Œdipe* gebar, daß der Übersetzer Newtons, der Verfasser der *Histoire universelle,* das Orakel der Toleranz, der Nacheiferer Ariosts seine Nation obendrein die Kunst gelehrt hat, den gemeinen Mann vom Druck der Steuerschraube zu befreien.

Homer kennen wir nicht allzugut; aber Virgil war nur Dichter, Racine war kein Mann der Prosa, Milton war nur Sklave des Tyrannen seines Vaterlands, bleiben also nur Sie, der Sie auf all diesen so unterschiedlichen Gebieten Meister sind. So leben Sie denn also fort, um in dieser neuen Laufbahn Ihrem Vaterlande Licht zu spenden; es wird Ihnen seinen Geschmack, seine Vernunft zu danken haben, und das arbeitende Volk seine Schonung. Was Ihnen jetzt noch Gutes zu tun bleibt, bestünde darin, den Einsiedler von Sans-Souci nicht zu vergessen, der Sie zu sehr liebt, um nicht von Ihnen geliebt zu werden. *Vale.* Federic.

Monsieur de Saint-Germain: Der Comte de Saint-Germain war im Oktober zum Kriegsminister ernannt worden.
Steuerpächter: Voltaire war zwar nicht Steuerpächter geworden, hatte aber tatsächlich durchgesetzt, daß das Gexer Land nur einmal jährlich eine bestimmte Steuersumme zu zahlen hatte.
Milton: Milton war Sekretär Cromwells gewesen.

231. Voltaire an Friedrich

Ferney, 21. Dezember 1775

Sire, nie gab es einen gichtbrüchigeren noch philosophischeren König als Sie. Im Grunde müßten Sie so sein wie der, der erklärte: Nein, die Gicht ist kein Übel. Ihre Reflexionen zu dieser Maschine, die, ich weiß nicht, wie, die Fähigkeit besitzt, mit der Nase zu niesen und mit dem Schädel zu denken, taugen mehr als alles, was die Doktoren je auf griechisch oder hebräisch über diesen Gegenstand geäußert haben.

Ew. Majestät gleichen gegenwärtig Xenophon, der sich in der Muße des Friedens mit Landwirtschaft befaßte. Aber das geschah nach einem Rückzug von zehntausend und nicht nach Siegen über fünfzigtausend Mann.

Ich glaube, es wird Sie einige Mühe kosten, in Ihrer brandenburgischen Sandbüchse so reiche Ernte zu halten wie in den Gefilden Babylons, obgleich Sie, meine ich, mehr wert sind als sämtliche Könige jener Gegend dort unten. Doch zumindest werden Ihre Mühen die Mark und die Neumark und Pommern fruchtbringender machen als das Land Salomons, das so unsinnigerweise das Gelobte Land heißt und das doch noch sandiger war als der Weg von Berlin nach Sans-Souci.

Ew. Majestät sind zu gnädig, daß Sie meinem bescheidenen ländlichen Tun einige Aufmerksamkeit schenken. Durch Ihre Anerkennung ermutigen Sie mich. Nur einen kleinen Flecken Erde habe ich, um ihn urbar zu machen, und überdies ist er einer der unfruchtbarsten Europas. Zudem geruhen Sie, meine schwachen Geistesgaben anzuspornen, indem Sie mir einreden, daß ein Demi-Apoplex nur eine Bagatelle sei; ich wußte nicht, daß Ew. Majestät ebenfalls einem solchen Feind ins Auge geblickt haben. Sie haben ihn wie jeden anderen geschlagen, und letztlich triumphieren Sie auch über die Gicht, was noch beeindruckender ist. Von der Höhe Ihres Ingeniums strecken Sie meiner kleinen Denkmaschine Ihre schützende Hand entgegen; ich werde dreist genug sein, Ihnen in Kürze etliche recht wissenschaftliche, recht lachhafte Briefe zu Füßen zu legen, die Monsieur Paw betreffs seiner Chinesen, seiner Ägypter und seiner Indianer zu schreiben ich mir die Freiheit nahm.

Das grausame Abenteuer des Generals Lally, der Zusammenbruch und die Bubenstücke unserer Ostindischen Compagnie haben mich bewogen, mich über allerlei ins Bild zu setzen, was Indien und die alten Brahmanen angeht. Mir wurde dabei klar, daß unsere heilige christliche Religion sich einzig und allein auf die alte Religion Brahmas gründet. Unser Engelssturz, woraus der Teufel hervorging, und der Teufel, der an der Verdammung des Menschengeschlechts schuld ist, und das Sterben Gottes wegen eines Apfels sind nichts weiter als eine elende und kalte Kopie der alten indischen Theologie. Ich wage zu behaupten, daß Ew. Majestät dies als bewiesen erachten werden.

Ich kenne Monsieur Paw nicht persönlich. Meine Briefe stammen von einem kleinen Benediktiner, der ganz anders ist als Monsieur Pernetti. Ich finde, daß dieser Monsieur Paw ein sehr gewandter, geistreicher und phantasievoller und, um die Wahrheit zu sagen, etwas pedantischer Mann ist, bei dem man sich jedoch amüsieren und bilden kann.

Ich hoffe, Ihnen in ein oder zwei Monaten dies kleine Werk des heiligen Benedikt zu Füßen legen zu können.

Man berichtet mir, daß in Berlin eine vorzügliche Übersetzung des Ammianus Marcellinus mit lehrreichen Anmerkungen gedruckt worden ist; da dieser Ammianus Marcellinus ein Zeitgenosse des großen Julian war, den unsere elenden Priester nun nicht länger Apostata zu nennen wagen, erlauben Sie mir, Sire, daß ich mir dem Manne gegenüber eine Freiheit herausnehme, der es meiner Meinung nach nie versäumt hat, Julian in allen Dingen überlegen zu sein, der fast tat, was jener getan hat und was ich nicht auszusprechen wage.

Diese Freiheit besteht darin, Ew. Majestät zu bitten, anordnen zu wollen, daß mir via Michelet und Girard ein Exemplar dieses Werkes geschickt werde. Für meine Kühnheit bitte ich demütigst um Vergebung; alles, was Julian betrifft, ist mir kostbar, doch Ihre Gunstbezeugungen sind es mir noch weitaus mehr.

Mehr denn je werfe ich mich Ihnen zu Füßen; von Herzen hoffe ich, daß sie nicht mehr geschwollen sind.

Xenophon: Der athenische Historiograph und Feldherr hatte nach der Schlacht von Kunaxa gegen die Perser 10 000 Athener ins sichere Trapezunt geführt.

... kleinen Flecken Erde ... einer der unfruchtbarsten Europas: An anderer Stelle vermittelt Voltaire eine Vorstellung vom enormen Umfang seiner blühenden und mustergültigen Privatbesitzungen mit ihren Dörfern, Manufakturen, Feldern und Pflanzungen, Privattheater und Kirche, in der – laut

Legende – ein Hammelknochen als Altarrelique diente: »Aus einer Räuberhöhle mit Wilden ist eine kleine üppige Stadt geworden, die von 1200 nützlichen Menschen bewohnt wird.«
Demi-Apoplex: Friedrich hatte 1747 einen Schlaganfall erlitten.
Monsieur Paw: Corneille de Paw, 1739–1799, Domherr und Verfasser philosophischer Schriften über außereuropäische Völker.
Monsieur Pernetti: Antoine Joseph Pernetti, 1716–1801, Benediktiner und Bibliothekar in Berlin, Verfasser einer Schrift gegen Paws Schrift über die Indianer.
Ammianus Marcellinus: Römischer Historiograph des 4. Jahrhunderts, also zur Zeit von Kaiser Julian dem Abtrünnigen, der die antiken Götter dem Christentum vorzog.
Und was ich nicht auszusprechen wage: Nämlich: die heidnischen Götter wieder in ihre Rechte einzusetzen.

In Nordamerika erklären 1776 die dreizehn englischen Kolonien ihre Unabhängigkeit vom europäischen Mutterland. Diese Rebellion weit weg vom bisherigen Zentrum des Geistes und der Geschichte findet so gut wie keinen Niederschlag im Briefaustausch, der vier Jahrzehnte zuvor anhub, zu einer Zeit, als der Soldatenkönig noch seine ›Kaffeeschnüffler‹ zum Aufspüren des Luxusgetränks durch Berlin schickte und Hausfrauen zur Arbeit von der Straße in die Häuser prügelte. Dieser Friedrich Wilhelm I. ist nun seit sechsunddreißig Jahren tot. Émilie du Châtelet, die »Minerva von Cirey«, lebt auch schon seit siebenundzwanzig Jahren nicht mehr.

232. Friedrich an Voltaire

10. Januar 1776

Gerade zur rechten Zeit ist Ihr Brief eingetroffen. Mit den überall ausposaunten Nachrichten über Ihre Erkrankung hatten die Gazettenschreiber uns samt und sonders in Aufruhr versetzt. Ich bin entzückt, daß sie auch in diesem Fall, wie üblich, gelogen haben. Die neuerliche Attacke, die Sie heimsuchte, zwingt Sie, sich nun mehr zu schonen als bisher. Ich denke, daß man sich mit einer Mahlzeit pro Tag begnügen sollte; ein Diner gegen Mittag, damit der Magen Zeit hat, vor den Stunden des Schlafs vollständig zu verdauen. Ich habe vom Sultan Mekka-Balsam zum Präsent bekommen; somit aus erster Hand. Falls Ihr Arzt meint, daß die Anwendung dieses Balsams Ihnen förderlich sein könnte, würde ich Ihnen sehr gerne ein Fläschchen davon zukommen lassen.

Anbei das Buch, um das Sie mich bitten; der Übersetzer beklagt die Dunkelheit des Originals; er hatte alle Mühe, den Sinn etlicher Passagen zu erraten. Unsere Herren Akademiker befassen sich nun mit dem Übersetzen; damit bereiten sie mir eine große Freude, versetzen sie mich doch in die Lage, die Werke der Alten zu lesen, die bisher schlecht oder in altes Französisch oder überhaupt nicht übersetzt waren. Die Bücher sind für mich die Klappern des Alters, und ihre Lektüre ist das einzige Vergnügen, das ich habe.

Ich gestehe Ihnen ja zu, daß wenige Staaten, mit Ausnahme Libyens, sich rühmen können, es in puncto Sand mit uns aufnehmen zu können; dennoch machen wir in diesem Jahr sechsundsiebzigtausend Morgen Land urbar; diese Flächen werden siebentausend Kühe ernähren, ihr Mist wird den Sand fett und fruchtbar machen, und die Ernten werden auf diese Weise reicher ausfallen. Ich weiß, es ist den Menschen nicht gegeben, die Natur der Dinge zu ändern; aber ich denke, daß man durch Fleiß und Arbeit einen öden Landstrich verbessern und einen mittelmäßigen Boden aus ihm machen kann; und damit müssen wir uns bescheiden.

Ich habe dem Abbé Paw Ihren Brief vorgelesen; er war über die verbindlichen Worte, die Sie über seine Arbeit äußern, hoch erfreut; er schätzt und bewundert Sie, doch ich glaube, seine Meinung betreffs der Chinesen wird er nicht ändern; er sagt, er schenke dem Ex-Jesuiten Parennin, der in jenem Lande weilte, mehr Glauben als dem Patriarchen von Ferney, der nie den Fuß dorthin gesetzt hat. Gestatten Sie, daß ich Neutralität wahre und daß ich die Chinesen und deren Kasus den Advokaten überlasse, die für und gegen dieselben plädieren. Mit Sicherheit hat der Kaiser von China nicht die geringste Ahnung, daß man über seine Nation in Europa auf höchster Ebene zu Gericht sitzt und daß Menschen, die Peking nie betreten haben, über den guten oder schlechten Ruf seines Reiches befinden werden. Man muß zugeben, daß die Europäer wißbegieriger als die Bewohner anderer Teile unseres Globus sind; überall reisen sie hin, alles wollen sie wissen, sie wollen sämtliche Völker, zu denen sie vordringen, missionieren, und sie wissen die Vorzüge einer jeden Region zu schätzen.

Mit Ungeduld erwarte ich die Werke, die Sie mir bitte sehr schicken wollen. Sie wissen, welch ein Aufhebens ich von allem mache, was Ihrer Feder entströmt; doch im gleichen Atemzug gestehe ich meine außerordentliche Unwissenheit hinsichtlich Sitten und Gebräuchen der Völker der Mongolei, Japans und Chinas ein; mein Interesse beschränkte sich auf Europa; dieses Wissen ist für den täglichen Gebrauch und also unabdingbar. Was ich je über die Mongolei, Arabien und Japan an Kenntnissen anhäufen könnte, wäre nichts als das Ergebnis oberflächlicher Neugierde. Vom Kaiser von China kenne ich nur die schlechten Verse, die ihm zugeschrieben werden; sollte es in Peking keine besseren Poeten geben, so wird kein Mensch diese Sprache erlernen, um dergleichen Dichtungen lesen zu können; und solange das Fatum in jenem Lande nicht das Genie eines Voltaire hervorbringt, soll der Rest mich wenig kümmern. So leben Sie denn fort, mein teurer Marquis, mein werter Intendant, um dem Gexer Land zu helfen, um Ihrem Vaterland ein Beispiel für philosophisches Regieren zu geben und um all jene zufriedenzustellen, die, gleich mir, lebhaften Anteil am Wohlergehen des Proteus von Ferney nehmen. *Vale.*

Ein Diner: Le dîner, heute ein Abendessen, meinte ehedem eine Mittagsmahlzeit.
Parennin: Dominique Parenain, 1665–1741, Missionar in China.
Um dem Gexer Land zu helfen: Die Steuerreform für das Gexer Land, zu dem Ferney gehörte, hatte Voltaire mit Hilfe des befreundeten Ministers Turgot durchsetzen können. Dessen Gegner spotteten nun, daß Voltaire zum *Marquis Mascarille* und zum *Intendanten der voluminösen Provinz Gex* erhoben werden sollte. Dabei war der *Marquis de Mascarille* in Molières *Die Lächerlichen Preziösen* in Wirklichkeit nichts als ein aufgeblasener Hausknecht.

233. Voltaire an Friedrich

Januar [1776]

Sire, soeben erhalte ich den bezaubernden Brief vom 2. Dezember, mit dem Eure Majestät mich ehren; er gibt mir die Kraft zurück, er läßt mich alle Leiden vergessen, die so oft nahe daran sind, mir den Garaus machen zu wollen.

Ich werde mit Sicherheit niemals einen Vergleich zwischen Ihnen und dem Kaiser Kien-Long anstellen, obwohl er Urenkel einer himmlischen Jungfrau, der Schwester Gottes, sein soll. Ich nahm mir nur die Freiheit, mich ein wenig über diese Genealogie zu erheitern, die wesentlich anerkannter ist, als man meinen sollte; ich habe nur darüber geschwätzt, um meine Leiden zu verscheuchen; so Ew. Majestät einen Augenblick lang Gefallen daran finden, ist meine Mühe nicht vergebens.

Die alte Religion der Brahmanen ist offenkundig der Ursprung des Christentums; Sie werden davon überzeugt sein, wenn Sie den *Brief* über Indien zu lesen geruhen, und dies könnte vielleicht Ihren philosophischen Geist noch besser unterhalten; alles, was ich über die Brahmanen sage, entstammt Wort für Wort den verbürgten Schriften, die Monsieur Paw besser kennt als ich.

Ich denke ganz wie er über jene Leute, die vermeinen, China besser zu kennen als dieser Pater Parennin, ein hochgebildeter, hochgescheiter Mann, der dreißig Jahre in Peking zugebracht hatte.

Im übrigen steht über diesen *Lettres* der Name eines jungen Benediktiners, der gerne ein bißchen ein Philosoph sein möchte und der sich an Monsieur Paw wie an seinen Lehrmeister wendet, dem heiligen Benedikt und dem heiligen Idulphus zum Trotz.

Es ist wahr, Sire, daß ich von Ihren sechsundsiebzig Tagwerk Weideland und siebentausend Kühen, die Ihnen ihre Existenz verdanken werden, mehr Aufhebens mache als von den theologischen Romanen der Chinesen und Inder; doch auch Kaiser Kien-Long macht Land urbar, und es heißt sogar, daß sein Pflug mehr tauge als seine Leier. Sie sind mit Gewißheit der einzige König auf diesem Globus, der sich in allem als überlegen erweist.

Wie ein Wassertropfen dem anderen glichen Sie Apollon, wenn Sie sich nicht schon vor Zeiten einen anderen Heiligen zum Schutzpatron erwählt hätten, Mars geheißen; denn Apollon erbaute gleich Ihnen Paläste, machte Ebenen fruchtbar, war der Gott der Musik und der Poesie; obendrein sind Sie Arzt wie er, denn Ew. Majestät gehen in Ihrer Güte so weit, mir ein Fläschchen Mekka-Balsams senden zu wollen. Gegen das Brustleiden, das meiner Nichte zu schaffen macht, und gegen die außerordentliche Schwäche, unter der ich leide, ist es ein unerreichtes Heilmittel. Ew. Majestät sind nicht nur das Entzücken meines Lebens, sondern Sie verlängern es; der Rest meiner Tage soll Ihnen geweiht sein.

Ich danke Ihnen für den Ammianus Marcellinus, über den mir gesagt wurde, daß die Anmerkungen höchst lehrreich seien. Dieser Ammianus war ein abergläubischer Mensch, der an Luftgeister glaubte und an Hexer, wie jeder damals, wie die Finsterlinge sogar noch zu Zeiten Ludwigs XIV., wie mehr denn je die Polen daran glauben; denn es wird erzählt, daß sie erst kürzlich sieben arme alte Frauen verbrannten, die beschuldigt wurden, durch Zaubersprüche die Ernte verdorben zu haben.

Ich weiß nicht, Sire, ob ich meine Marquis-Würde nicht schon zu Ihren Füßen niedergelegt habe; für das bißchen Sorge, die ich dem kleinen Land, das ich mir zum Vaterland gemacht habe, angedeihen ließ, wollte ich keine Belohnung annehmen.

Ich bin zweiundachtzig Jahre alt, ich habe keine Kinder; die Erhebung eines Besitztums zum Marquisat bringt Pflichten mit sich, die meine Kräfte übersteigen; ich begehre derzeit keine anderen Ehrungen als die eine, immer unter dem Schutze Friedrichs des Großen zu stehen, dem ich bis zum letzten Augenblick meines Lebens mit tiefstem Respekt verbunden bin.

Den bezaubernden Brief vom 2. Dezember: Gemeint ist Friedrichs Brief vom 10. Januar 1776.
Sechsundsiebzig Tagwerk: Ungebührliche Verkleinerung von Friedrichs Kolonisierungsmühen, denn dieser sprach von *sechsundsiebzigtausend* Morgen.

Der Alte Fritz und das Abendmahl:

234. Friedrich an Voltaire

Potsdam, 19. März 1776

Es stimmt, daß die Christen, wie Sie sagen, grobschlächtige Plagiatoren von Fabeln waren, die vor ihnen erfunden worden sind. Die Heiligen Jungfrauen verzeihe ich ihnen ja noch, haben doch die Maler etliche wunderschöne Gemälde geschaffen; aber Sie werden mir gewiß zugeben, daß weder das Altertum noch gleich welche Nation eine widerwärtigere und gotteslästerlichere Absurdität ersonnen hat als die, den eigenen Gott zu verspeisen. Das ist das abstoßendste Dogma der christlichen Religion, die größte Beleidigung des Höchsten Wesens, der Gipfel des Wahnsinns und der Tollheit. Zugegeben, die Heiden ließen ihre Götter recht lächerliche Rollen spielen, indem sie ihnen alle menschlichen Leidenschaften und Schwächen andichteten. Die Inder schrieben ihrem Sommona-Codom dreißig Verkörperungen zu; je nach Bedarf. Aber dennoch, alle diese Völker verspeisten nicht den Gegenstand ihrer Anbetung. Es wäre den Ägyptern nicht gestattet gewesen, ihren Gott Apis hinunterzuschlingen. Aber solcherweise behandeln die Christen den alleinigen Schöpfer des Universums.

Die Chinesen, Inder und Tataren überlasse ich Ihnen und dem Abbé Paw. Die europäischen Nationen nehmen mich derartig in Anspruch, daß ich bei meinen Meditationen kaum von diesem interessantesten Teil unseres Globus loskomme. Dies hielt mich nicht davon ab, mit Genuß die Abhandlungen zu lesen, die Sie mir freundlicherweise zugesandt haben. Wie käme man sonst an das heran, was Ihrer Feder entfließt? Der Abbé Paw will wissen, daß Kaiser Kien-Long tot ist und daß jetzt sein Sohn regiert, er behauptet, dieser verstorbene Kaiser habe ungeheuerliche Grausamkeiten an den Jesuiten begangen. Womöglich will er, daß ich gegen Kien-Long Partei ergreife, dies um so mehr, als er weiß, wie sehr ich die Überreste der Herde des heiligen Ignatius beschirme. Aber ich bleibe neutral, bin eher damit befaßt zu erfahren, ob die Kolonie Penns weiterhin ihre pazifistischen Tugenden praktiziert, oder ob sie, Quäker hin, Quäker her, ihre Freiheit verteidigen und für Haus und Hof kämpfen wird. Kommt es dazu, und es hat ganz den Anschein, so werden Sie genötigt sein einzugestehen, daß es Fälle gibt, in denen Krieg notwendig wird, da die humanste aller Völkerschaften einen solchen führt.

Wenn ich überschlage, wann wir den Ammianus Marcellinus an Sie losgeschickt haben, so müßte er eigentlich schon ziemlich nahe bei Ferney sein. Unsere Akademiker stimmen alle darin überein, daß er wegen seiner Dunkelheit einer der am schwierigsten zu übersetzenden Autoren der Antike ist. Wenn wir die Alten in anderen Dingen auch nicht übertreffen, so steht doch fest, daß man in diesem Jahrhundert zumindest besser schreibt als in Rom nach den zwölf Caesaren. Methode, Klarheit, Gründlichkeit bestimmen alle Werke, und man verliert sich nicht in Nebensächlichkeiten, wie es die Gewohnheit der Griechen war.

Die Autoren, die man gähnend bewundert, liebe ich nicht, und wären sie Kaiser von China. Ich liebe vielmehr solche, die man mit Freuden wieder liest, so, wie es bei den Werken eines gewissen Patriarchen von Ferney, der ein paar Vorgänger gleichen Schlags in der Antike hat, der Fall ist.

Das ist Grund genug, weshalb Sie nicht sterben dürfen und daß Sie, während das geschwätzige Parlament Sie in Paris verbrennt, frische Kräfte sammeln, um die Vormünder der Könige und die Vergifter der Seelen zu zerschmettern. Das wünscht ein armer Gichtkranker, der sich seiner Genesung freut, da er so in den Genuß kommt, Sie fürderhin zu bewundern. *Vale.* Federic.

Sommona-Codom: Gottheit der Siamesen.
Die Kolonie Penns: Am 26. Oktober hatte König Georg III. bei seiner Thronrede den aufständischen Kolonien in Amerika mit Zwangsmaßnahmen gedroht.

Voltaire und das Ancien Régime:

235. Voltaire an Friedrich

Ferney, 30. März 1776

Sire, falls Ihr Kamerad, Kaiser Kien-Long, tot ist, wie Ihnen gesagt wurde, so würde mich das sehr ärgern. Ew. Majestät wissen, wie sehr ich Könige, die Verse machen, liebe und verehre; einen kenne ich, der mit Sicherheit bessere als Kien-Long verfaßt und dem ich so lange tief verbunden bleibe, bis ich dort unten dem verblichenen Kaiser der Chinesen meine Aufwartung machen werde.

Wir haben in Frankreich jetzt einen jungen König, der

eingestandenermaßen keine Verse, doch vorzügliche Prosa schreibt. Zuletzt hat er sieben schöne Werke herausgebracht, die samt und sonders dem Volk zugute kommen. Die Präambeln dieser Edikte sind Meisterwerke der Redekunst, sind sie doch Meisterwerke der Vernunft und Güte. Das Parlament zu Paris hat bestechende Einwände dagegen erhoben; es war ein Wettstreit des Geistes: Hätte man einen Preis für die beste Rede zu vergeben, so hätten Kenner ihn ohne weiteres dem König verliehen.

Dieses Recht, Gesetze zu bestätigen oder Einspruch dagegen zu erheben, das in Ihrem Königreich unbekannt ist, gründet sich auf das frühe Beispiel eines Pariser Stadtvogts zur Zeit des heiligen Ludwig und Ihres Konrad Hohenzollern II; besagter Stadtvogt beschloß, ein Register sämtlicher königlicher Befehle anzulegen, und 1313 tat ein Gerichtsschreiber namens Jean Montluc es ihm nach. Die Könige fanden diese Erfindung sehr nützlich. Philippe de Valois ließ sich vom Parlament seine Hoheitsrechte verbriefen. Karl V. griff wegen des berühmten Edikts bezüglich der Mündigkeit von Königen im Alter von vierzehn Jahren zur selben Vorsichtsmaßnahme. Häufig wurden Friedensverträge registriert; zu jener Zeit wußte man nichts von Einsprüchen. Die ersten Einsprüche in Gelddingen wurden unter Franz I. erhoben, und zwar wegen eines Gitters aus massivem Silber, welches das Grab des Heiligen Martins umgab. Da dieser Heilige keineswegs sein Gitter, Franz I. aber dringend klingende Münze brauchte, nahm er das Gitter, das ihm von den Domherrn von Tours ausgeliefert wurde und dessen Kosten aus den Krondomänen beglichen werden sollten. Das Parlament hielt dem König die Unrechtmäßigkeit dieses Handels vor. Dies nun ist der Ursprung aller Einsprüche, die unseren Königen seither so zu schaffen gemacht haben und die während der Minderjährigkeit Ludwigs XIV. schließlich zur Fronde führten. Eine Fronde ist unter Ludwig XVI. nicht zu befürchten; noch weniger zu fürchten sind die armseligen Umtriebe der Jesuiten, Jansenisten und Konvulsianer. Es trifft zu, daß unsere Schulden ebenso gewaltig sind wie die der Engländer; doch wir genießen alle Früchte des Friedens, einer guten Regentschaft und der Hoffnung. Ew. Majestät sind völlig im Recht, mir zu sagen, daß die Engländer nicht so glücklich sind wie wir; sie sind ihres Wohlergehens müde. Ich glaube nicht, daß meine teuren Quäker sich schlagen; vielmehr werden sie Geld lockermachen, und andere werden sich für sie schlagen; ich bin kein großer Politikus, Ew. Majestät wissen das; aber ich habe große Zweifel, ob das Londoner Ministerium so viel taugt wie das unsrige. Wir waren ruiniert, die Engländer ruinieren sich jetzt: *chacun son tour.*

Sie aber, Sire, Sie bauen Städte und Dörfer, Sie beflügeln alle Künste, und Sie haben keinen anderen Feind als die Gicht; ich hoffe, sie wird, wie so viele andere Mächte es taten, mit Ew. Majestät Frieden schließen.

Was die Jesuiten betrifft, die Sie so sehr lieben, so ist der Schutz, den Sie ihnen angedeihen lassen, höchst nobel für einen Exkommunizierten, wie Sie einer zu sein die Ehre haben; in derselben Eigenschaft habe auch ich einiges Recht, mir zu schmeicheln, daß ich mich des gleichen Schutzes erfreue. Ich glaube nicht, wie Monsieur Paw, daß Kaiser Kien-Long den Jesuiten, die in seinem Reich waren, übel mitgespielt hat. Pater Amiot hat sein Gedicht übersetzt; seinen Übersetzer liebt man immer, und ich bleibe dabei, daß ein Monarch, der dichtet, nicht grausam sein kann.

Gern würde ich es wagen, Ew. Majestät um eine Gunst zu bitten: Würden Sie mir also mitzuteilen geruhen, wer von uns zweien der ältere ist, Mylord Marischal oder ich; ich stehe selber im dreiundachtzigsten Jahr und glaube, daß er höchstens zweiundachtzig ist. Ich wünsche mir, daß eines Tages Sie Ihr hundertzwölftes feiern.

Sieben schöne Werke: Es handelt sich um die Reformedikte des Ministers Turgot.
Ihres Konrad Hohenzollern II.: Gemeint ist wahrscheinlich Konrad III., Burggraf von Nürnberg.
Fronde: Adelige Rebellionsbewegung gegen den aufkeimenden Absolutismus in den Jahren um 1650.
Chacun son tour: »Alle der Reihe nach«. Am Ende taugte das Londoner Ministerium – Voltaires Nationalempfindungen zum Trotz – dann doch mehr als das in Versailles: Nicht England ruinierte sich im Krieg in Amerika, sondern Frankreich, und zwar endgültig, Frankreich, das sich für die aufständischen Kolonisten einsetzte – also der Absolutismus für demokratische Rebellion –, nur um via Amerika dem europäischen Rivalen England zu schaden.

236. Voltaire an Friedrich

Ferney, 21. Mai 1776

Sire, Sie werden staunen, wenn Sie einen Blick in die kleine Schrift werfen, die ich Ew. Majestät sende; würden Sie darauf kommen, daß sie vom Landgrafen von Hessen stammt? Seitdem er Ihr Neffe ist und Ihre Werke gelesen hat, hat sein Talent sich entfaltet. Ich weiß nicht mit Sicherheit, ob er sich zu diesem kleinen Buch bekennt; aber ich weiß ganz gewiß, daß es von ihm ist; es handelt sich um ein Gemälde, bei dem man ohne weiteres erkennt, daß es von einem Maler Ihrer Schule stammt. Sie haben ein neues Jahrhundert hervorgebracht, Sie haben Menschen und Fürsten geformt. In wie vielen Bereichen wird Ihr Name die Nachwelt in Staunen versetzen!

Wir haben es wahrhaft nötig, daß Eure philosophische Majestät lange regieren; wir Gallier besaßen zwei philosophische Minister; nunmehr sind sie beide ihrer Ämter ledig, und wer weiß, ob sich Vorfälle wie mit La Barre und d'Étallonde in unserem unglückseligen Lande nicht wiederholen werden? Die Vernunft beginnt, so viele Parteigänger um sich zu scharen, daß ihre Feinde zu den Waffen greifen, und man weiß, wie gefährlich diese Waffen sind. Diese bedrängte Vernunft wird sich in Ihre Staaten flüchten müssen, so, wie die Protestanten bei Ihrem königlichen Großvater Asyl suchten. Seit ich auf der Welt bin, sah ich die Vernunft verfolgt; in diesem Zustand werde ich sie auch zurücklassen; aber ich bin überzeugt, daß sie eine unerschütterliche Stütze in dem Helden hat, der sagte:

> Mais, quoique admirateur d'Alexandre et d'Alcide,
> J'eusse aimé mieux pourtant les vertus d'Aristide.
>
> (Doch, wiewohl Bewunderer Alexanders und des Alkiden,
> Hätte ich doch noch mehr geliebt Aristides' Tugenden.)

Ich werfe mich dem Alkiden und dem Aristides unserer Tage zu Füßen.

Die kleine Schrift: Ein Fürstenspiegel Friedrichs II. von Hessen, *Pensées diverses sur les princes,* war in Lausanne erschienen. Der Landgraf hatte 1773 Friedrichs Nichte Philippine von Schwedt geheiratet.
Nunmehr sind sie beide ihrer Ämter ledig: Die Reformminister Turgot und Malesherbes waren am 12. Mai ihrer Ämter enthoben worden. Mit Turgots Entlassung wurden auch Voltaires Steuerreformen für das Gexer Land hinfällig, die alten Steuerrepressalien wieder eingeführt. Für Neuansiedler und gegen nur 7 Prozent Verzinsung bis zu seinem Tod hatte Voltaire bereits 83 Häuser bauen lassen, eine Investition, für die sich wegen des neuerlichen Steuerdrucks nun keine Zuzügler mehr fanden.

237. Friedrich an Voltaire

Potsdam, 18. Juni 1776

Nach einem Besuch bei meinen Halbwilden in Preußen bin ich nun zurück; und als gute Stärkung habe ich hier einen Brief vorgefunden, den Sie mir netterweise schickten.

Ich danke Ihnen für den Fürstenkatechismus, eine Hervorbringung, auf die ich aus der Feder des Landgrafen von Hessen nicht gefaßt war. Sie erweisen mir zuviel der Ehre, wenn Sie seine Erziehung mir zuschreiben. Stammte er aus meiner Schule, so wäre er weder Katholik geworden, noch hätte er seine Untertanen an die Engländer verkauft, so wie man Vieh zum Abschlachten verkauft. Letzteres paßt durchaus nicht zum Charakter eines Fürsten, der sich zum Erzieher von Souveränen aufschwingt. Der einzige Grund für dieses unwürdige Treiben ist schmutzige Gier. Mich dauern die armen Hessen, die so unglücklich wie unnütz in Amerika enden werden.

Auch wir hier haben von der Entlassung einiger französischer Minister erfahren. Mich erstaunt das nicht. Ich stelle mir Ludwig XVI. als ein von alten Wölfen umstelltes junges Schaf vor. Selbst ein Mann mit aller Erfahrung im Regieren hätte in Frankreich seine liebe Mühe; stets belauscht und zu trügerischen Umwegen verlockt, würde man ihn dazu bringen, falsche Schritte zu tun; so nimmt es nicht wunder, daß ein junger König ohne Erfahrung sich vom Strudel der Intrigen und Kabalen mitreißen läßt. Doch werde ich niemals glauben, daß Voltaires Vaterland in unseren Zeiten abermals zum Asyl und letzten Rückzugswinkel des Aberglaubens wird. Man weiß in Frankreich zuviel und hat zu viel Geist, als daß die abergläubische Barbarei des Klerus Grausamkeiten begehen könnte, von denen es in der Vergangenheit übergenug gab. Herkules hat den nemeischen Löwen gebändigt, und ein kräftiger Athlet namens Voltaire hat unter seinen Füßen die Hydra des Fanatismus zermalmt.

Mit jedem Tag macht in unserem Europa die Vernunft Fortschritte; die dümmsten Länder verspüren ihr Rütteln. Nur Polen nehme ich aus. Die übrigen Staaten erröten angesichts der Torheiten, zu denen der Irrtum ihre Väter verführte; Österreich, das fette Westfalen, alle, selbst Bayern, suchen ein paar Strahlen der Erleuchtung auf sich zu ziehen. Sie sind es, Ihre Werke sind es, die in den Geistern diese Revolution bewirkt haben. Der Rammbock guten Spotts hat die Wälle des Aberglaubens, gegen die Bayles gute Dialektik nichts auszurichten vermochte, zum Einsturz gebracht.

Genießen Sie Ihren Triumph; möge Ihre Vernunft noch viele Jahre über die Geister herrschen, die Sie aufgeklärt haben, und möge der Patriarch von Ferney, der Chorführer der Wahrheit, nicht den alten Einsiedler von Sans-Souci vergessen. *Vale.* Federic.

Mich dauern die armen Hessen: Bei dieser scharfen Verurteilung des Menschenhandels ist anzumerken, daß es in der Not des Siebenjährigen Kriegs in Preußen Geheimbefehle gab, selbst eigene Verwundete eher sterben zu lassen, als Amputationen vorzunehmen, wodurch sich die Zahl kostspieliger Invaliden vermehrt hätte.
Mit jedem Tag macht in unserem Europa die Vernunft Fortschritte: Es muß erstaunen: Mit solchen Worten, die Voltaires Ringen in alten Systemen und gegen alte Systeme beinahe überflügeln, hätte der diffizile König von Preußen, der zu Hause auf sehr geordnete Freiheit hielt, 1789 sogar vor die französische Nationalversammlung treten können; es sei denn, der Skeptizismus des von Voltaire beeinflußten Monarchen hätte dann wiederum dem Aufbruch des Volks in die neue Freiheit gegolten. Beim Sturm auf die Bastille war Voltaire jedoch seit elf und Friedrich seit drei Jahren tot.

Die Annullierung der Steuerreform für das Gexer Land, in dem Ferney lag, hatte für Voltaire finanzielle Einbußen mit sich gebracht: Die Häuser, die er für Kolonisten gebaut hatte, blieben leer. Während sich Frankreich für den Krieg gegen England in Amerika rüstet, stehen dem zweiundachtzigjährigen Philosophen neue Sorgen ins Haus. 1752, 1753, 1764 und 1769 hatte er dem Herzog von Württemberg insgesamt knapp 300 000 Livres geliehen. Während Friedrich II. von Preußen eine *Epistel auf d'Alembert* schickte, schickte der Tyrann des jungen Friedrich Schiller, Karl II. Eugen, gar nichts, keinen Heller, nach Ferney.

238. Voltaire an Friedrich

8. November 1776

Sire, Sie haben mir ein sehr rares Werk geschickt, denn alles darin ist wahr. Es war der Philosoph d'Alembert, der Euer philosophischen Majestät in Versen Dank sagte. Ach! es sind nicht meine zweiundachtzig Jahre, die mich daran hindern, Ihnen mit Versen zu sagen, daß Sie recht haben; vielmehr liegt es daran, daß ich seit zwei Monaten das erleide, was Sie in Ihrer schönen Epistel ansprechen:

> Et la pourpre et la bure éprouvent le malheur;
> L'un pleure sur le trône, et l'autre en sa chaumière.
>
> (Sowohl der Purpur wie der grobe Kittel empfinden Leid;
> Einer weinet auf dem Thron und der andere in seiner Hütte.)

Wenn ich in meiner Hütte nicht weine, so deshalb, weil ich zu dürr und ausgetrocknet bin, doch hätte ich zumindest etwas zum Weinen; die Herren von Nazareth lachen mitnichten so wie die Herren vom Strande der Ostsee; dumpf und grausam stellen sie den Menschen nach; sie holen einen alten Mann aus seinem Grabesloch und bestrafen ihn dafür, vorzeiten auf ihre Kosten gelacht zu haben. Alle Unglücksfälle, die einen armen Mann heimsuchen können, sind gleichzeitig über mich hereingebrochen, Prozesse, Vermögensverluste, Körperqualen, Qualen der sogenannten Seele; ich bin ganz und gar »der andere in seiner Hütte«; Sie aber, Sire, sind, in Gottes Namen, nicht »einer, der weinet auf dem Thron«; Sie kosteten nur für einen kurzen Augenblick ein widriges Geschick, und das ist schon lange her; aber mit welchem Mut, mit welcher Seelengröße leerten Sie den Kelch! Wie sehr diese Proben Ihrem Ruhme dienten! wie sehr Sie doch in jedem Augenblick aus eigener Kraft über dem Rest der Menschen standen! Aus meinem Versiegen und meinem tiefen Elend wage ich nicht, meine Augen zu Ihnen zu erheben. Ich weiß nicht mehr, wohin zum Sterben. Der regierende Herzog von Württemberg, Onkel jener Prinzessin, welche Sie so vorteilhaft vermählt haben, schuldet mir einiges Geld, das mir zu einer ehrenhaften Bestattung dienen sollte; er zahlt nicht, und es wird nach meinem Verscheiden sehr peinlich sein. Wenn ich es wagen würde, bäte ich um Ihre Fürsprache bei ihm; aber ich wage es nicht; am liebsten hätte ich Ew. Majestät zum Bürgen.

Doch ganz im Ernst, ich weiß nicht, wohin zum Sterben. Ich bin ein kleiner verschrumpelter Hiob auf meinem Schweizer Misthaufen; aber der Unterschied zwischen Hiob und mir besteht darin, daß Hiob genas und schließlich glücklich ward. Gleiches widerfuhr dem wackeren Tobias, verschlagen ins Land der Meder wie ich in einen schweizerischen Kanton; und das Lustige ist, daß es in der Heiligen Schrift heißt, seine Nachkommen hätten ihn mit Jauchzen begraben; offenkundig wartete eine schöne Erbschaft auf sie.

Sehen Sie mir denn nach, Sire, daß ich, beinahe schon so blind wie Tobias und elend wie Hiob, nicht in genügend gelöster Verfassung war, um es zu wagen, Ihnen einen überflüssigen Brief zu schreiben. In meiner Hütte besuchte mich ein junger sächsischer Baron oder Graf, der, glaube ich, Gersdorff heißt. Er ist sehr liebenswürdig, besitzt viel Geist und Anmut, ist höflich, bedachtsam. Es heißt, Ew. Majestät hätten sich zu Ihrem eigenen Vergnügen die Mühe gemacht, ihn heranzuziehen. Das ist deutlich zu spüren; Sie sind Achill, der Phönix erzieht, während vorzeiten Phönix der Lehrer von Achill war. Ich werfe mich Ew. Majestät zu Füßen. *De profundis.* V.

Qualen der sogenannten Seele: Es geht wahrscheinlich um die Angriffe des Abbé Nonnotte, den Voltaire in einer der späten Tragödien, *Der Tod des Sokrates,* zusammen mit anderen seiner Feinde als *Mörder* des Sokrates (!) auf die Bühne gebracht hatte.
Das ist schon lange her: Die Zeit des Siebenjährigen Kriegs.
Tobias: Tobias, der von Ninive aufbrach, um im Land Medien Schulden seines Vaters, des alten Tobias, einzutreiben; Altes Testament, Buch Tobias.
Gersdorff: Dieser Besucher ist weder nachweisbar noch identifizierbar.
De profundis: »Aus der Tiefe«.

239. Friedrich an Voltaire

Potsdam, 25. November 1776

Ihr Brief hat mich bekümmert, und die Ursache Ihrer Sorgen hätte ich nicht zu erraten gewußt. Die Gazetten schweigen sich aus; in Briefen aus Genf und der Schweiz war von Ihnen nicht die Rede; so mutmaße ich, daß *l'infâme*, infamer denn je, alles daran setzt, Ihnen Ihre alten Tage zu vergällen. In Ihrer Nachbarschaft aber liegen Genf, Lausanne, Neufchâtel, die Ihnen in Unwettern als sicherer Port dienen könnten.

Welche Prozesse verloren sind, weiß ich nicht. Den Großteil Ihrer Kapitalien haben Sie in Cadiz angelegt; sicher ist, daß die Gerichtsbarkeit des Bischofs von Annecy sich nicht bis dorthin erstreckt.

Hat man Ihnen wegen der Änderungen, die Sie im Gexer Land eingeführt haben, Ärger gemacht? Hat sich Plutos Gesinde mit den Messe-Scharlatanen zusammengerottet, um Ihnen Scherereien zu machen? Ich weiß nichts; das ist alles, was mir die Kunst des Mutmaßens zu erahnen erlaubt.

Währenddessen habe ich nach Württemberg geschrieben, um Ihnen bei einer Schuldforderung, von der ich weiß, beizustehen. Allerdings glaube ich, Sie davon unterrichten zu müssen, daß ich bei Seiner Durchlauchtigsten Hoheit nicht in allzu großer Gunst stehe und daß darüber hinaus besagte Hoheit jedesmal, wenn seine Gläubiger das Wort an ihn richten, unter heftiger Ohrenverstopfung leidet. Trotzdem, wir werden sehen, was sich machen läßt. Es ist eigenartig, daß mein Schicksal mich zum Tröster von Philosophen bestimmt hat. Alle Beruhigungsmittel aus meinem Krämerladen habe ich weggegeben, um den Schmerz d'Alemberts zu lindern. Auch Ihnen würde ich gerne welche verabreichen, wenn ich den Grund Ihres Leidens wüßte. Doch ich habe von Hippokrates gelernt, daß man sich nicht ans Kurieren eines Übels machen soll, ehe man es nicht genauestens untersucht und beobachtet hat. Meine Apotheke steht zu Ihren Diensten; es wäre besser, wenn Sie sie nicht nötig hätten. Inzwischen entbiete ich Ihnen meine besten Wünsche, daß Sie zufriedengestellt werden und lange leben. *Vale.* Federic.

Herr im Himmel! welche Grausamkeit, einem Manne das Alter zu vergällen, der die Zierde seines Vaterlandes und der größte Schmuck unseres Jahrhunderts ist! Welche Barbaren!

Prozesse: Unklar, um welche Prozesse es hier geht; Voltaire jedenfalls hatte etwa 600 000 Francs, mit hoher Verzinsung, in spanische Reedereien investiert.
Den Schmerz d'Alemberts: Die Freundin d'Alemberts, die Schriftstellerin und Seele des berühmten Salons der Marquise du Deffand, Julie de Lespinasse, war am 23. Mai 1776 gestorben.

Im Dezember 1776 teilt Karl II. Eugen, Herzog von Württemberg, seinem Gläubiger Voltaire mit, daß er vor 1778 nichts zurückzahlen kann. Eine weitere Enttäuschung für den greisen Voltaire ist es, daß Kaiser Joseph II. 1777 am Genfer See nicht haltmacht, um mit der berühmten Gestalt von Ferney wenigstens ein paar Worte zu wechseln. Im Haus Voltaire war alles für den Empfang des Monarchen vorbereitet gewesen. Als Graf Falkenstein ist der Kaiser auf dem Weg von Wien nach Paris und Versailles. Dort will der unter falschem Namen reisende, doch überall sofort erkannte Kaiser vor allen Dingen seine Schwester Marie Antoinette wegen ihres verheerenden Rufs als Verschwenderin und bedenkenlose Lebedame ins Gebet nehmen. Überdies will Joseph seinen Schwager, König Ludwig XVI., den begeisterten Jäger und begeisterten Handwerker, zu einer gewichtigen Operation überreden. Denn erst nach der operativen Beseitigung einer Phimose kann das beunruhigte Frankreich mit einer abgesicherten Zukunft, das heißt mit einem allseits ersehnten Thronfolger rechnen. Nach Josephs Besuch in Versailles läßt Ludwig XVI. den Eingriff vornehmen. So wird 1778 die erste Tochter des Bourbonen und Marie Antoinettes geboren; das Kind trägt den Titel *Madame Royale.* Der erste Dauphin, Louis, kommt 1781 zur Welt und stirbt im Jahr des Sturms auf die Bastille, 1789. Der zweite Sohn, Louis-Charles, wird 1785 geboren. Er überlebt als ungekrönter Ludwig XVII. seine guillotinierten Eltern um zwei Jahre und geht als Gefangener der Sansculotten im Alter von zehn Jahren in den Wirren der Revolution zugrunde.

Antwort auf einen verlorengegangenen Brief:

240. Friedrich an Voltaire

Potsdam, 26. März 1777

Von den drei Gründen, die Sie daran gehindert haben, mir zu antworten, sind der erste und der zweite eine Folge der Naturgesetze, der dritte jedoch ist ein Resultat menschlicher Bösartigkeit, was mich die Menschen hassen ließe, gäbe es nicht, zum Glück für die Menschheit, doch noch tugendhafte Seelen, die einen dieser Gattung gegenüber gnädig stimmen. Aber welch grausame Bösartigkeit, einem Greis nachzustellen und Vergnügen daran zu finden, ihm seine letzten Tage vergiften zu können! Das ist erschreckend und bringt mich so sehr gegen die tonsurierten Scharfrichter auf, die Sie verfolgen, daß ich sie vom Antlitz der Erde tilgen würde, hätte ich nur die Macht dazu. Der arme Morival, der schon als junger Mensch deren Verfolgungen zu erdulden hatte, ist davon, und hauptsächlich wegen der Unmenschlichkeit seiner eigenen Eltern, so schwermütig geworden, daß er jetzt einen Schlagfluß erlitten hat. Man hofft aber, daß er sich davon erholen wird. Er ist ein guter und rechtschaffener Junge, der es verdient, daß man ihm seines Eifers und seines Dranges wegen, Gutes zu tun, Wohlergehen wünscht. Ich bin überzeugt davon, daß Sie Anteil an seinem Zustand nehmen.

Die Leute, die mit Ihnen über die französische Regierung sprachen, haben, will mir scheinen, ein wenig übertrieben. Ich hatte Gelegenheit, mich über Einkünfte und Schulden des Königreichs ins Bild zu setzen: seine Schuldenlast ist gewaltig, die Quellen sind erschöpft, und die Steuern haben sich exzessiv vervielfacht. Das einzige Mittel, den Schuldenberg allmählich abzutragen, wäre es, die Ausgaben insgesamt zusammenzustreichen und sich von allem Überflüssigen zu trennen. Aber genau das wird niemals gelingen; denn anstatt zu sagen: Über diese Einkünfte verfüge ich, soundso viel davon kann ich ausgeben, heißt es: Soviel benötige ich, beschafft es irgendwie.

Ein kräftiger Aderlaß bei den tonsurierten Schuften könnte etliche Mittel an die Hand geben; allerdings würde es nicht ausreichen, die Schulden binnen kurzem zu tilgen und dem Volk die Erleichterungen zu verschaffen, derer es dringendst bedarf. Diese ärgerliche Situation rührt von den vorangegangenen Regierungen her, die Schulden gemacht und sie nie beglichen haben. Deren Last ist nunmehr so gewaltig, daß nur noch eine Bankrotterklärung bleibt, um sich davon zu befreien. Wenn der Krieg mit England entbrennt, was mir unabwendbar scheint, braucht man Kapital, um ihn durchzustehen; die Unmöglichkeit, welches zu beschaffen, wird zur Folge haben, daß die Zahlung von Dividenden ausgesetzt wird; und ehe man sich's versieht, sind dadurch mindestens vierzigtausend Familien im Königreich ruiniert. Verlassen Sie sich darauf, um eine so grausame Katastrophe abzuwenden, wird der Regierung nichts anderes übrigbleiben, als einen wohlüberlegten Bankrott in die Wege zu leiten, sich darauf zu verständigen, die Dividende zu reduzieren und den Wert der Staatskapitalien zu halbieren. Sie fragen mich, ob ich ein solches Vorgehen gutheiße. Nein, gewiß nicht, doch ein besseres sehe ich nicht. Wenn ich die gegenwärtigen Umstände prüfe, ist es alles in allem das beste; wie schon das Sprichwort sagt, von zwei Übeln soll man das kleinere wählen.

Eben diese Zerrüttung der Finanzen ist es, die sich derzeit auf alle Zweige der Regierung auswirkt; sie hat den klugen Vorhaben des Monsieur de Saint-Germain, die nicht einmal halb zur Ausführung gelangten, einen Riegel vorgeschoben; sie hindert das Ministerium daran, in europäischen Angelegenheiten wieder soviel Einfluß auszuüben, wie ihn Frankreich seit Heinrich IV. immer besaß. Was schließlich Ihr Parlament betrifft, in seiner Eigenschaft als denkende Instanz, so habe ich seine Wiedereinberufung mißbilligt, handelte es doch immer im Widerspruch zu den Prinzipien von Dialektik und gesundem Menschenverstand.

Sehen Sie, so entdeckt und gewahrt man die Fehler anderer und ist blind für die eigenen Mängel. Ich täte besser daran, mich um mein eigenes Tun zu kümmern und mich daran zu hindern, Dummheiten zu machen, als statt dessen die Uhrwerke zu zerlegen, die große Monarchien bewegen.

Sie berichten mir von einem deutschen Autor, der sich gleichfalls daranmacht, die europäische Politik zu lenken; ich kann Ihnen versichern, daß es ein Hirngespinst ist, Teilungen nach dem Muster der in Polen vorgenommenen durchführen zu wollen. Dieser große Mann ignoriert, daß dergestalte Teilungen etwas Seltenes sind und sich zu Lebzeiten ein und derselben Menschen nie wiederholen werden; die wenigen Wahrheiten, die sich in den Behauptungen dieses großen Politikers finden, beschränken sich auf die Möglichkeit neuerlicher Unruhen, die sich auf der Krim zwischen Rußland und der Pforte andeuten, auf die maßlose Begierde des Kaisers, sich bis nach Adrianopel auszudehnen. Dieser Fürst ist jung und ehrgeizig; meine über fünfundsechzig Jahre sollten meine Absichten über jeden Zweifel erhaben sein lassen. Ist mir überhaupt noch Zeit für Pläne gegeben?

Anstelle schlechter Verse von meiner Hand sende ich Ihnen beiliegend eine *Auswahl der vorzüglichsten Werke von Chaulieu und der Madame Deshoulières*, die ich zu meinem eigenen und dem meiner Freunde Gebrauch habe drucken lassen.

Um auf den göttlichen Patriarchen der Ungläubigen zurückzukommen, so glaube ich, daß er gut daran täte, seinen Feinden ein Schnippchen zu schlagen; deren Absicht ist es, ihm Kummer zu bereiten; er sollte ihnen lediglich Gleichmut und Verachtung entgegenhalten. Und sieht er sich genötigt, sich in die Schweiz zurückzuziehen, wird er sie von diesem freien Lande aus mit einem Bühnenwerk vergnügen können, das ihre Schändlichkeit und ihre Ruchlosigkeit entlarvt. Möge die Natur *divus Voltarius* bewahren und mich noch lange Zeit Neuigkeiten von ihm empfangen lassen! *Vale.* Federic.

Wenn Sie meinen Brief lesen, werden Sie mich für einen alten, verschrobenen Politikus halten; ich weiß selbst nicht, wie ich auf die Idee verfallen bin, mich zum Minister des Allerchristlichsten Königs der Gallier zu ernennen.

... der es verdient, daß man ihm ... Wohlergehen wünscht: Im Mai hatte Morival um einen Wohnzuschuß zu seinem Sold nachgesucht. Friedrich hatte diese Bitte um 4 Taler im Monat abschlägig beschieden.
Dividenden: Wahrscheinlich sind hier die Dividenden auf Staatsanleihen gemeint.
Den klugen Vorhaben des Monsieur de Saint-Germain: Der Kriegsminister hatte die königlichen Haus- und Paradetruppen reduzieren wollen und war bereits dabei auf den Widerstand des Establishments von Versailles gestoßen.
Ihr Parlament: Das aus Adligen konstituierte Parlament mußte bei den Reformbestrebungen der späten Minister des Ancien Régime stets die Beschneidung von Privilegien befürchten, etwa das der Steuerbegünstigung für Adel und Klerus.

Von einem deutschen Autor: Gemeint ist wahrscheinlich ein Graf Lynar, der schon 1769 öffentlich über eine Teilung Polens reflektiert hatte.
Auswahl der vorzüglichsten Werke von Chaulieu und der Madame Deshoulières: Sammlung von anakreontischen und idyllischen Gedichten.
Divus Voltarius: »Der göttliche Voltaire«.

241. Voltaire an Friedrich

25. November 1777

Grand homme en tout, et sans rival
Depuis Paris jusqu'au Mecque,
Vous fondez donc un hôpital
Pour la langue latine et grecque!
Vous placez leur bibliothèque
Vis-à-vis de votre arsenal.
Vous avez passé votre vie
Entre le dieu des grenadiers
Et le dieu de la poésie.
Tous deux, épris de jalousie,
Vous ont accablé de lauriers.
Vous les avez aimés en sage;
Vous les caressez tour à tour;
Et l'on pourra douter un jour
Qui des deux vous plût d'avantage.

(Großer Mann in allem, und ohne Ebenbürtigen
Von Paris bis hin nach Mekka,
So gründen Sie denn ein Spital
Fürs Lateinische und Griechische!
Deren Bücherschätze plazieren Sie
Vis-à-vis von Ihrem Waffenarsenal.
Ihr Leben haben Sie verbracht
Zwischen der Grenadiere Gott
Und dem Gott der Dichtung.
Alle beide, von Eifersucht erfaßt,
Haben mit Lorbeern Sie bedeckt;
Als Weiser liebten Sie die beiden;
Liebkosten beide stets der Reihe nach;
Und zweifeln wird man eines Tages,
Wer von den zweien Ihnen mehr gefiel.)

Wie ich erfahre, Sire, hat Monsieur d'Alembert Ihnen einen Märtyrer der Philosophie als einen Ihrer Bibliothekare vorgeschlagen. Es handelt sich um jenen Delisle, von dem Ew. Majestät bereits gehört haben und der nahe daran war, von einem Hohen Rat geistloser Barbaren abgeurteilt zu werden. Für einen Gelehrten ist dieser Delisle auch in ausreichendem Maße Schöngeist; er ist sehr rührig, er besitzt soviel wahre Tugend, wie Frömmler falsche zur Schau tragen. Ich halte ihn für höchst würdig, Ew. Majestät in allen Belangen der Literatur zu dienen; eine Berufung durch Sie würde hiesige Dummheiten und hiesiges Unrecht wettmachen.

Ich habe zwei Exemplare des *Prix de la justice et de l'humanité,* zu dem Sie so großzügig beigetragen haben, auf den Postkarren verfrachtet; sie werden bei Ihnen eintreffen, wann es Gott gefällt.

Heute bin ich vierundachtzig Jahre alt geworden. Gegen die letzte Ölung und die Leute, die sie verabreichen, hege ich mehr Abneigung denn je. Ich warte ab, liege zu Ihren Füßen, und ich rufe Sie als Tröster für dieses und das andere Leben an. Der greise Kranke. V.

Ein Spital fürs Lateinische und Griechische: In Berlin wurde Unter den Linden, gegenüber dem Zeughaus von Andreas Schlüter, mit dem Bau der Königlichen Bibliothek begonnen.
Delisle: Jean Baptiste Isoard de Lisle, 1743–1816, Autor einer indizierten *Philosophie de la nature,* also eines jener freigeistigen Werke, das durch sein Verbot um so mehr begierige heimliche Abnehmer fand.
Prix de la justice et de l'humanité: Preisschrift eines Wettbewerbs der *Gazette de Berne,* bei dem Fragen zu Strafrechtsreformen beantwortet werden sollten.

242. Friedrich an Voltaire

Potsdam, 17. Dezember 1777

Es ist angenehm, sämtliche Gedanken der Menschen, sofern sie überliefert sind, als Monument versammelt zu haben; was die Werke der Einbildungskraft angeht, so sage ich voraus, daß wir uns an Homer, Virgil, Tasso, Voltaire und Ariost halten müssen. Mir scheint, als würden in allen Ländern die Gehirne austrocknen und keine Blüten noch Früchte mehr hervorbringen. Was die Geschichtswerke betrifft, so wären sie wohl von einigem Nutzen, wenn man sie von Parteilichkeit, von falschen Anekdoten und Lügen reinigen könnte. Was die Metaphysiker angeht, so lernt man bei ihnen nur die Unbegreifbarkeit der vielen Dinge, welche die Natur außerhalb unserer geistigen Reichweite plaziert hat; und was all die theologischen Sammelsurien hypochondrischer und fanatischer Verfasser betrifft, so sind sie es nicht wert, daß man seine Zeit mit der Lektüre der albernen Wahngebilde vergeudet, die ihnen durch den Kopf gegangen sind. Von den Herren Mathematikern, die unaufhörlich unnütze Kurven viereckig machen, will ich gar nicht erst reden; ich lasse sie so mitsamt ihren Punkten ohne Ausdehnung und ihren Linien ohne Tiefe beiseite und dazu gleich noch die Herren Mediziner, die sich zu Richtern über unser Leben aufschwingen und doch nichts als Zeugen unserer Leiden sind. Was soll ich zu den Chemikern sagen, die, anstatt Gold zu machen, es bei ihren Experimenten in Rauch aufgehen lassen?

So bleibt zu unserem Nutzen und zu unserem Troste also nur die schöne Literatur, die man zu Recht als *lettres humaines* bezeichnet hat; an sie will ich mich halten. Der Rest mag recht nützlich sein in einer Hauptstadt, wo mit den Gütern des Wohlstands schlecht bedachte Kunstfreunde Zitate nicht verifizieren können, die sie in anderen Büchern fanden und die sie nun hier im Original wiederfinden werden; und genau dazu ist diese Bibliothek bestimmt. Aber selbstverständlich nehmen die Werke Voltaires hier den Ehrenplatz ein; die schöne Pariser Quart-Ausgabe ist hier in all ihrem Prunk ausgebreitet.

Sie schlagen mir als Bibliothekar einen Monsieur Delisle vor; doch ich muß Ihnen mitteilen, daß wir schon drei von der Sorte haben und daß man, gemäß dem Axiom von den Nominalien, ohne Notwendigkeit Wesenheiten nicht vermehren soll. Ich glaube, wir müssen uns an die Zahl halten, die wir schon haben. Ich will Ihnen gestehen, daß ich dumm genug war, das Werk dieses Delisle, für das er aus Frankreich verbannt wurde, zu lesen; es handelt sich dabei um eine formlose Rhapsodie, um Überlegungen bar jeder Dialektik und um Wahnideen, die man selbst einem Menschen, der im Rausch schreibt, nicht nachsehen würde und schon gar nicht einem Menschen, der sich als Denker ausgibt. Falls er sich in Amsterdam oder auch in Leiden als Gazettenschmierant verdingen wollte, könnte er genug zum Leben verdienen, ohne daß er seine Freiheit den Launen eines Despoten opfern müßte, indem er sich hier niederläßt. Zu Paris gab es Ex-Jesuiten, die nach dem Verbot ihres Ordens Mietkutscher wurden. Ein solches Metier wage ich Monsieur Delisle nicht anzutragen; aber er gäbe einen geschickten Kutscher ab, und es ist, alles eingedenk, besser, Europas erster Kutscher zu sein als der letzte seiner Autoren. Ich spreche ganz freimütig mit Ihnen; und kennten Sie das fragliche Original, würden Sie vielleicht zustimmen, daß er bei diesem Tausch rein gar nichts verlöre.

Was meinen höchst unwürdigen Schüler angeht, den Herzog von Württemberg, so bin ich weit davon entfernt, sein übles Betragen entschuldigen zu wollen. Man darf sich nur nicht entmutigen lassen; bei ihm gewinnt man mehr, indem man ihn bedrängt, als wenn man ihn von dem berechtigten Anspruch, den man hat, überzeugen will; noch hoffe ich, eine Siegessäule errichten zu können für *Voltaire, Bezwinger des Herzogs.*

Ich begebe mich in Kürze nach Berlin, um Karneval feiern zu lassen, ohne selbst daran teilzunehmen. Zur Zeit hält sich hier ein Comte de Montmorency-Laval auf, ein sehr liebenswerter Bursche, dem ich in Schlesien begegnet bin. Ich streite mich mit ihm; er will Deutsch lernen; ich sage ihm, daß es nicht der Mühe wert ist, da wir keine guten Schriftsteller haben, und daß er diese Sprache nur lernen will, um für den Krieg gegen uns besser gerüstet zu sein. Er hat Humor und ist gewiß kein Feind der Preußen.

Möge die Natur die Fasern des alten Patriarchen stärken! Mir ist an seinem Leib gelegen, denn sein Geist ist unsterblich. *Vale.* Federic.

Daß man ... ohne Notwendigkeit Wesenheiten nicht vermehren soll: Freie Abwandlung des Satzes von Wilhelm von Ockham, 1285–1347, wonach Nomina, Allgemeinbegriffe, die *Universalia* der mittelalterlichen Theologie, nicht ohne Notwendigkeit vermehrt werden dürfen: Im Gegensatz zum sinnvollen Wesensbegriff *Mond* wäre *die Mondheit* so unsinnig und überflüssig ... wie ein vierter Bibliothekar für die neue Berliner Bibliothek.

243. Voltaire an Friedrich

Ferney, 6. Januar 1778

Sire, großer Mann, der Sie mich bilden, der Sie mich trösten, der Sie mich am Ende meiner Bahn in allen meinen Gedanken bestärken! Eure Majestät, oder eher Eure Humanität, haben ganz recht: das metaphysische, theologische, fanatische Geschwätz ist zweifelsohne das Verabscheuungswürdigste, was wir haben; und dennoch wird man über diese hohlen Schimären so lange schreiben, wie es Universitäten, Gleisner und Geld zu verdienen gibt.

Unter den Mathematikern sind es höchstens Archimedes und Newton, die sich wirklich Ruhm erworben haben, weil sie höchst Vertracktes, höchst Unbekanntes und höchst Nützliches herausgefunden haben; Ruhm harrt nicht derer, die nichts weiter können, als *a b* plus *c* durch *x* minus *z* zu teilen, und die ihr Leben damit zubringen, über das zu schreiben, was andere ersannen.

Ein Geschichtswerk ist letztendlich nur eine Gazette; noch das getreulichste steckt voller Verfälschungen, und sein Verdienst kann nur in seinem Stil liegen. Dieser Stil ist die Frucht der Literatur; man halte sich also stets an die Literatur. So dachte der große Condé in seinem Refugium zu Chantilly; so denkt der große Friedrich zu Sans-Souci.

Als ich Ew. Majestät den Sieur Delisle vorschlug, damit er Ihre neue Bibliothek einrichte, wußte ich nicht, daß Sie bereits mehrere Schriftsteller mit dieser Aufgabe betraut hatten. Ich schlug ihn als einen arbeitsamen und exakten Mann vor, der sehr gut Auszüge anzufertigen und alles in Ordnung zu halten weiß. Ich hatte seine Talente für solche Arbeit kennengelernt, und ich wagte es, ihn als botmäßigen Kopf zu präsentieren, der sich solcher Pflichten gut entledigt hätte.

Ich gestehe, daß der Beruf eines Mietkutschers einiges für sich hat. Automedon war seinerzeit der Kutscher Achills, der dreispännig fuhr. Fuhrmann des Herzogs von Württemberg zu werden, würde ich ihm nicht vorschlagen; er liefe Gefahr, für seine Dienste schlecht bezahlt zu werden. Nichtsdestotrotz, Sire, bin ich Ihnen verpflichteter, als Sie denken; Ihr Zögling hat sich endlich ein wenig erweichen lassen; von den achtzigtausend Francs, die ich ihm geliehen hatte, hat er mir zwanzigtausend zurückgezahlt, und vielleicht zahlt er mir vor meinem Tod den Rest; mein Dank gebührt Ihnen.

Monsieur le Comte de Montmorency-Laval wird alsbald genug Deutsch können, um nach rechts und links schwenken und exerzieren zu lassen, doch hört er Sie französisch sprechen, wird er der Sprache der Montmorencys den Vorrang geben; ganz ohne Zweifel scheint sein Haus die Preußen liebzuhaben. Mit Ausnahme des Kardinals de Bernis gab es da nämlich nie irgendwen, der auf die Idee gekommen wäre, Frankreich mit dem Haus Österreich gegen das Haus Brandenburg zu verbinden; dafür wurde er gehörig gezüchtigt. Seine Politik war so unselig, wie die theologischen Schwärmereien dreißig weiterer Kardinäle lachhaft waren.

Ich weiß nicht, ob die Postwagen Ew. Majestät das kleine Paket bereits gebracht haben, das zwei Exemplare des Büchleins gegen die Folter und gegen die *Carolina* Karls des Fünften enthält; hier bei uns Schweizern wollen wir versuchen, menschliche Wesen zu werden; das wird nach Ihrem Vorbild geschehen; Sie sind es in allem für die ganze Erde. Ich werfe mich Ihnen in der Tiefe meines Verschlupfs zu Füßen, mit allem Respekt, aller Dankbarkeit, aller Bewunderung, die zu empfinden Sie mich nicht hindern können, wiewohl Ihnen all das auf dem Gipfel Ihrer Größe und Ihres Ruhmes herzlich gleichgültig sein kann.

Die Carolina: Constitutio Criminalis Carolina, die 1532 von Kaiser Karl V. erlassene Gerichtsordnung.

1777 verfaßt Voltaire eine Denkschrift über wirtschaftliche und soziale Mißstände in der Provinz Burgund und adressiert sie an die Regierung in Versailles. Er vollendet seine in Byzanz angesiedelte Tragödie *Irène* und beginnt mit einem weiteren Bühnenwerk, *Agathocle.*

Dem fortwährenden Besucherstrom mag und kann sich der vierundachtzigjährige Fels der französischen Literatur nicht mehr so ausgiebig widmen wie vorzeiten. Die meisten Gäste sehen Voltaire nur kurz. Die chronische Blasenentzündung, der damit verbundene Harndrang machen die spindeldürre Berühmtheit – deren Haushalt weiterhin die Nichte Denis vorsteht – oft unpäßlich. Voltaires Sehnsucht, noch einmal Paris zu sehen, nimmt mächtig zu. Dort ist er noch immer ein zum Teil verbotener Autor. Seit 1750 mußte er seine Verhaftung oder die Verbannung fürchten und war daher im sicheren Exil geblieben. Doch Anfang 1778 mehren sich die Zeichen für eine mögliche Heimkehr an die Seine: als *Patriarch von Ferney* hatte Voltaire etliche junge Mädchen adoptiert, versorgt, ihnen eine Heirat vermittelt. Zu diesen Adoptivtöchtern zählt auch eine Reine Philiberte de Varicourt. Sie hatte, durch Voltaires Vermittlung, den Marquis de Villette geheiratet. Von diesen beiden wird Voltaire immer wieder nachdrücklich zum Besuch bei ihnen in Paris ermuntert. Anfang 1778 trifft in Ferney die Nachricht ein, daß die Comédie Française die Tragödie *Irène* zur Aufführung bringen werde. Die Anwesenheit von Frankreichs schöpferischstem Dramatiker wäre die kaum vorstellbare und absolute Krönung der Uraufführung. Aus Versailles hingegen, wo Voltaire einst das Amt des Königlichen Historiographen bekleidet hatte, kommt kein Zeichen, daß der hochbetagte Exilant zurückkehren dürfe, geschweige denn am Hof von Frankreich empfangen würde. Ludwig XVI. verspürt keine Neigung, einem Mann, der als gottlos gilt, der sämtliche Autoritäten beständig mit seiner Kritik, ja, mit seinem ungehemmten Spott überzieht, seine Sympathie zu bekunden.

Ende 1777 oder zu Beginn des Jahres 1778 erhält Friedrich II. die ihm aus Ferney angekündigte Denkschrift zu den sozialen Mißständen in der französischen Provinz Burgund.

Das Antwortschreiben aus Potsdam ist nach zweiundvierzig Jahren das letzte Schreiben Friedrichs, das Voltaire erhalten wird.

244. Friedrich an Voltaire

25. Januar 1778

Ich erhielt die Schrift eines Weisen, eines Philosophen, eines beflissenen Bürgers, der die Regierung in aller Bescheidenheit über die Mängel der Gesetze seines Vaterlandes aufklärt und die Notwendigkeit ihrer Reform darlegt. Dies Werk verdient es, von aller Welt gutgeheißen zu werden. Was die natürliche Gerechtigkeit und die rechtschaffene Vernunft angeht, so kann es hier nur ein Empfinden geben, nämlich die Wahrheitsliebe, die Sie ins helle Licht gerückt haben. Weshalb folgt man ihr nicht? Weil man die Mühe mehr scheut, als man die Menschen liebt; wegen der Althergebrachtheit der Mißstände und vielleicht auch, um jener Krone keinen weiteren Edelstein hinzuzufügen, die ein alter

Philosoph sich aus der Vielzahl seiner Gaben zu schmieden wußte. Dieses Werk wird in meine Bibliothek einziehen als ein Denkmal der Liebe, die Sie für die Menschheit empfinden. Sie werden nichts dagegen einzuwenden haben, daß auch Kopernikus, in seiner Eigenschaft als Preuße, dort sein Plätzchen bekommen wird; er mag sich zwischen Archimedes und Newton einrichten. Was Ihren Newton angeht, so gestehe ich Ihnen, daß ich weder von seinem Vakuum noch von seiner Anziehungskraft etwas verstehe; mit größerer Genauigkeit als seine Vorläufer hat er die Bewegung der Himmelskörper nachgewiesen, das gestehe ich zu; doch Sie werden mir zugeben, daß es eine kunstreiche Absurdität ist, die Existenz des Nichts untermauern zu wollen. Wir sollten nicht die Grenzen überschreiten, die uns unser beschränktes Wissen über die Materie steckt. Nach meinem Dafürhalten ist die Lehre vom Nichts und von den geistigen Wesen, die ohne Organe existieren, der Gipfel der Verirrung des Menschengeists. Entschlösse sich ein armer Ignorant meiner Sorte zu sagen: Zwischen dieser Kugel und der des Saturn existiert, was keine Existenz hat, so würde man ihm ins Gesicht lachen; doch Sir Isaac, der dasselbe sagt, hat dies alles mit einem Haufen von Berechnungen gespickt, denen nur wenige Mathematiker zu folgen vermochten; lieber glauben sie ihm aufs Wort und nehmen Unwahrheiten hin, als daß sie sich zusammen mit ihm im Labyrinth der Integralrechnung und des Infinitesimalen verlaufen. Nach dem vorteilhaftesten Zuschnitt, den Newton berechnete, haben die Engländer Schiffe konstruiert; ihre Admiräle haben mir versichert, daß diese Schiffe keine so guten Segler sind wie die nach den Regeln der Erfahrung gebauten. Ich wollte in meinem Garten einen Springbrunnen anlegen; Euler berechnete die Leistung des Räderwerks, damit das Wasser in ein Bassin hinaufgelänge, über Kanäle wieder abfließe, um in Sans-Souci aufzusteigen. Meine Mühle wurde nach allen Regeln der Mathematik gebaut, und sie konnte keinen einzigen Wassertropfen weiter als fünfzig Schritt unter das Bassin hinaufpumpen. Eitelkeit der Eitelkeiten! Eitelkeit der Mathematik!

Ich glaube, daß Schweden besser zu Ihrem wenig systematischen Delisle paßt als unser Land; entscheidet er sich dafür, wird er binnen kurzem als der größte Schöngeist von Stockholm gelten; er wird die Lappländer von Umeå, Torneå, Kemigraod zu Metaphysikern machen, dazu die wilden Sitten der Bewohner der Polarstrände mildern. Descartes hat lange in diesem Königreich gewohnt; warum sollte sich nicht Delisle dort niederlassen? Zudem glaube ich, daß das Nordeis die Glut provencalischen Bluts, die bei ihm oft zu Attacken hitzigen Fiebers führt, kühlen könnte. Dieser physikalisch-politische Rat und die Universalreligion könnten sich sehr gut mit dem System der Säfteströme vereinbaren.

Dies ist das erste Mal, daß mein sogenannter Zögling sich gut benimmt; es ist eine schöne Sache, zu bezahlen, wenn man muß; eine noch schönere ist es, sich nicht widerrechtlich anzueignen, was einem nicht gehört. Der Tod des Kurfürsten von Bayern könnte Anlaß zu derartigen Vorgängen geben, welche die allgemeine Ruhe in einige Konvulsion versetzen könnten. Nie wurde der westfälische Friedensvertrag so oft gelesen, studiert und kommentiert wie eben jetzt. Ein noch dichterer Nebel als der unserer Wintermorgen verbirgt uns die Zukunft, und die Ungewißheit über das, was kommen wird, verdoppelt die Neugierde der Öffentlichkeit. Diese gewaltigen Ablenkungen haben mich nicht davon abgehalten, um das Leben des Patriarchen von Ferney zu bangen; unbarmherzige Zeitungsschreiber hatten Ihren Tod verkündet; alle, denen die Republik des Wortes etwas bedeutet, auch ich Unwürdiger, waren starr vor Schreck; Sie aber haben den Helden des Christentums ausgestochen; den dritten Tag erstand er wieder auf, Sie sind noch nicht einmal tot. So leben Sie denn, leben Sie, um auf Ihrer strahlenden Bahn fortzuschreiten, zu meiner Befriedigung und der all jener Wesen, die denken. Das wünscht der Einsiedler von Sans-Souci. *Vale.* Federic.

Der Tod des Kurfürsten von Bayern: Mit dem Tod von Kurfürst Maximilian Joseph war die bayerische, die ältere Linie der Wittelsbacher erloschen. Die Frage um die Nachfolge führte im Sommer 1778 zwischen Österreich und Preußen zum Bayerischen Erbfolgekrieg, der nach Truppenbewegungen, nach dem Friedensschluß von Teschen und der Thronbesteigung Karl Theodors von der Pfalz 1779 fast unblutig zu Ende ging.

Am 5. Februar 1778 bricht Voltaire mit Madame Denis und seinem Sekretär Jean Louis Wagnière nach Paris auf. Voltaire rechnet mit einer sechswöchigen Abwesenheit von Ferney. Am 10. Februar erreicht der Vierundachtzigjährige seine Heimatstadt. Der beispiellose Triumphzug des Dichters und Philosophen beginnt bereits an der Pariser Zollschranke. Nach dem Ausruf eines Zollbeamten: »Bei Gott, das ist Monsieur de Voltaire!« läßt man den, offiziellerseits unerwünschten, Reisenden sofort passieren. Voltaire steigt im Stadtpalais seiner Adoptivtochter, der Marquise de Villette, am Quai des Théatins ab – er wird 1791 in Quai Voltaire umbenannt. Die Ankunft des Haupts der französischen Literatur löst eine solche Euphorie und Bewegung aus, daß Madame Denis und Madame de Villette die Besucherstürme kanalisieren müssen. Die Marquise du Deffand, selbst Gastgeberin eines literarischen Salons, schreibt im Februar nach England: »Voltaire empfing gestern dreihundert Personen. Ich werde mich sehr hüten, mich in diesen Schwarm zu drängen. Der ganze Parnaß, vom Sumpf bis zum Gipfel, war dort. Er wird die Anstrengungen nicht bewältigen können; es ist möglich, daß er stirbt, bevor ich ihn zu sehen bekomme.«

In der Tat erleidet Voltaire nach zwei Wochen der Empfänge, Wiederbegegnungen und Konversationen einen Blutsturz. Im Angesicht des Todes und angesichts der Gefahr, daß sein Körper des Nachts in ungeweihter Erde vor der Stadt verscharrt werden könnte, kommt es zur leicht nebulösen Szene von Voltaires reuiger Rückkehr in den Schoß der Kirche: ohne Zeugen findet die Beichte statt. Dann überreicht Voltaire einem Abbé Gaultier, der sich selbst als die *Ecclesia triumphans,* die Triumphierende Kirche empfinden muß, ein vorbereitetes, jedoch eher freigeistiges deistisches Glaubensbekenntnis: »Ich sterbe in Anbetung Gottes, in Liebe zu meinen Freunden, ohne Haß auf meine Feinde und in Ablehnung des Aberglaubens.«

Aberglauben hatte in den Augen Voltaires zeitlebens für den ritualisierten Glauben gestanden. Nach der Absolution lehnt er die Kommunion ab. Durch die Tür des Sterbezimmers meint der Sekretär Wagnière, die Worte zu hören: »Monsieur Abbé, bedenken Sie, daß ich unablässig Blut spucke. Sie müssen sehr achtgeben, daß Gottes Blut sich nicht mit meinem vermischt.«

Der Vierundachtzigjährige, der nur mit einer Zehenspitze wieder in die Kirche zurückgekehrt ist, erholt sich leidlich von diesem vorletzten körperlichen Zusammenbruch. Am 30. März kann er sich zur Uraufführung seiner Tragödie *Irène* in die Comédie Française begeben. Dort findet nie Dagewesenes statt: Der Jubel um den Greis gipfelt in der spontanen Eingebung der Schauspieler,

Voltaires Büste aus dem Theaterfoyer zu holen, sie auf die Bühne zu stellen, sie mit Blumen und Palmenzweigen, den sich sträubenden Archi-Nestor selbst mit einem Lorbeerkranz zu krönen.

Nach dieser Apotheose in der Comédie erlebt Voltaire, wie Menschen auf der Straße die Pferde seiner eingekeilten Kutsche ausspannen wollen, um sie eigenhändig durch Paris zu ziehen. Am 7. Mai sucht Voltaire die Académie Française zu einer Festsitzung auf. Den verblüfften Mitgliedern der Versammlung legt er den Plan zu einem neuen Wörterbuch der französischen Sprache vor, bei dem er selbst den besonders umfangreichen Buchstaben *A* bearbeiten will.

Ende des Monats Mai sind Voltaires Kräfte aufgebraucht. Sein Arzt Tronchin gibt den Bettlägrigen auf. Der delirierende, von allen erdenklichen Medikamenten und Schmerzen gebeutelte Patriarch von Ferney weist einen Priester mit den Worten »Lassen Sie mich in Frieden sterben!« aus dem Zimmer.

Nach einem qualvollen Todeskampf, der über eine Woche dauert, stirbt Voltaire am 30. Mai 1778 gegen elf Uhr abends.

Eine größere Makabrität als das Nachspiel zum Sterben Voltaires ließe sich kaum erfinden. Bei der Sektion und Einbalsamierung des Leichnams, um den sich die Nichte und Haupterbin Marie-Louise Denis nicht mehr kümmert, nimmt der Chirurg das Gehirn Voltaires an sich und überläßt dem Marquis de Villette, Voltaires letztem Gastgeber, das Herz des Toten, in einer Kapsel verwahrt. Der Erzbischof von Paris lehnt eine ordentliche Beisetzung des ausgeweideten Verstorbenen kategorisch ab. Einbalsamiert und angekleidet, wie ein Schlafender, wird der Leichnam aus Paris herausgebracht, wird tagelang kreuz und quer durch Ostfrankreich gefahren, bis Voltaires Neffe bei Troyes endlich einen Geistlichen findet, der bereit ist, die sterblichen Überreste des Freigeists in der Abtei Scellières beizusetzen. Ein Grabmal darf jedoch nicht errichtet werden, und überdies wird der hilfreiche Abbé Mignot alsbald seines Amtes enthoben.

Dreizehn Jahre lang ruht der Leichnam in der Champagne. 1791 wird er in der Abtei aufgestöbert und zum Heiligtum der Revolution erklärt. Am 11. Juli 1791, genau dreizehn Jahre nach Voltaires Tod, muß der schon halbwegs inhaftierte Ludwig XVI. aus den Tuilerien mitansehen, wie die leiblichen Überreste des Philosophen und Ex-Historiographen Ludwigs XV. in einem Prunkkatafalk nach Paris überführt und als Symbol des Umsturzes und der Freiheit ins Panthéon gebracht werden. Dort bleibt Voltaire – neben den Resten seines Antipoden Jean-Jacques Rousseau – bis 1814. Wiederum im Mai stürmen katholische Ultraroyalisten das Mausoleum der Revolution und Republik, brechen die Sarkophage auf und vernichten die Philosophengebeine vor der Stadt in ungelöschtem Kalk.

Voltaires riesige Bibliothek wird von seinen Erben gleich nach seinem Tod verkauft und trifft schon 1778 in Petersburg bei Katharina der Großen ein; Voltaires präpariertes Herz, eingeschlossen in einer goldenen Kapsel, wird im 19. Jahrhundert Eigentum der Bibliothèque Nationale in Paris.

Den letzten Brief an Friedrich den Großen schrieb Voltaire zwei Tage nach der Uraufführung der *Irène* und nach seiner Dichterkrönung in der Comédie Française. Der Überbringer des Schreibens ist nicht mehr zu identifizieren.

245. Voltaire an Friedrich

Paris, 1. April 1778

Sire, der französische Edelmann, der Euer Majestät diesen Brief übergeben wird und der als würdig gelten kann, vor Ihnen zu erscheinen, wird Ihnen berichten können, daß ich lange Zeit nicht die Ehre hatte, an Sie zu schreiben, weil ich damit beschäftigt war, zwei Dinge abzuwenden, die mir in Paris auf den Fersen waren: Pfiffe im Theater und der Tod.

Es ist amüsant, daß ich mit vierundachtzig Jahren zwei tödlichen Krankheiten entronnen bin. So ergeht es einem, wenn man sein Leben Ihnen geweiht hat; ich habe Ihrer gedacht und ward gerettet.

Mit Erstaunen und recht süßer Befriedigung habe ich bei der Aufführung einer neuen Tragödie erlebt, wie das Publikum, das noch vor dreißig Jahren Konstantin und Theodosius als Muster von Fürsten und sogar Heiligen betrachtet hat, mit wahrer Verzückung Versen zujubelte, in denen es heißt, daß Konstantin und Theodosius nichts als abergläubische Tyrannen waren. Ich wurde zwanzig ähnlicher Proben des Fortschritts gewahr, den die Philosophie endlich bei allen Ständen gemacht hat. Ich hielte es nicht für undenkbar, in einem Monat den Lobgesang auf Kaiser Julian vortragen zu lassen; und falls die Pariser sich entsännen, daß er, gleich Cato, ihnen Gerechtigkeit angedeihen ließ und, gleich Caesar, für sie gekämpft hat, müßten sie ihm ewige Dankbarkeit bezeugen.

So ist es also wahr, Sire, daß die Menschen am Ende doch

hellsichtig werden und daß jene, die glauben, dafür entlohnt zu werden, daß sie die Menschen blenden, nicht ewig die Herren darüber sein werden, Ihnen die Augen auszureißen. Dank dafür werde Ew. Majestät zuteil! Sie haben die Vorurteile besiegt, wie auch Ihre anderen Feinde; alles, was Sie schufen, ist für Sie Anlaß zur Freude. Sie sind der Überwinder des Aberglaubens wie auch die Säule der germanischen Freiheit.

Leben Sie länger als ich, um all die Reiche, die Sie begründet haben, zu befestigen. Möge Friedrich der Große der unsterbliche Friedrich sein!

Empfangen Sie gnädig den tiefen Respekt und die unverbrüchliche Verbundenheit Ihres Voltaire.

– – –

Die Nachricht von Voltaires Tod erreicht Friedrich am 13. Juni 1778. Er schreibt an diesem Tag an d'Alembert: »Die Akademie von Berlin und ich haben die Absicht, dem großen Mann, der soeben verstarb, den Tribut zu zollen, der seiner Asche gebührt.« Die geplante Gedenkrede auf Voltaire kann Friedrich II. – vor allem wegen des Bayerischen Erbfolgekrieges – erst im Frühherbst und im Feldlager ausarbeiten. Die ganz außergewöhnliche Würdigung wird am 26. November 1778 in Berlin von Dieudonné Thiébault, Professor der Literatur, auf einer Sondersitzung der Königlichen Akademie der Wissenschaften und Literatur verlesen:

»Messieurs, in allen Jahrhunderten, vornehmlich bei den erfindungsreichsten und zivilisiertesten Nationen, wurden Menschen von herausragendem und seltenem Ingenium zu ihren Lebzeiten und mehr noch nach ihrem Tode geehrt; man betrachtete sie als herausragende Erscheinungen, die ihren Glanz über ihr Vaterland verströmten. Die vorzüglichsten Gesetzesgeber, welche die Menschen lehrten, in Gemeinschaft zu leben; die vorzüglichsten Helden, die ihre Mitbürger verteidigten; Philosophen, die in die Abgründe der Natur eindrangen und einige Wahrheiten entdeckten; die Dichter, welche die großen Taten ihrer Zeitgenossen künftigen Geschlechtern übermittelten; all diese Menschen wurden als der menschlichen Gattung überlegene Wesen erachtet: man glaubte sie mit einer besonderen göttlichen Eingebung begnadet. Von daher rührt, daß dem Sokrates Altäre errichtet wurden, daß Herkules als ein Gott galt, daß Griechenland Orpheus verehrte und daß sieben Städte sich den Ruhm streitig machten, Geburtsstätte Homers gewesen zu sein. Das Volk von Athen, das die vollkommenste Bildung besaß, kannte die *Ilias* auswendig und feierte voll des Feingefühls in den Gesängen dieses Gedichts den Ruhm seiner gewesenen Helden. Desgleichen weiß man, daß Sophokles, der im Theater die Palme davontrug, aufgrund seiner Gaben große Wertschätzung genoß und daß die Republik von Athen ihn überdies mit den bedeutendsten Staatsämtern bedachte. Jedermann weiß, wie geachtet Aischylos, Perikles, Demosthenes waren; und daß Perikles dem Diagoras zweimal das Leben rettete, das erste Mal, als er ihn vor der Wut der Sophisten beschützte, und das zweite Mal, indem er ihm mit seinen Wohltaten beistand. Wer auch immer in Griechenland begabt war, wußte, daß er Bewunderer und sogar begeisterte Anhänger fände: Eben diese kraftvollen Ermutigungen waren es, welche Genies sich entwickeln ließen und den Geistern jenen Schwung verliehen, der sie erhebt und die Grenzen des Mittelmaßes durchbrechen läßt. Welchen Eifer erweckte es bei den Philosophen, als sie hörten, daß Philipp von Mazedonien Aristoteles als den einzig würdigen Erzieher Alexanders erwählt hatte? In jenem großartigen Jahrhundert fand jedes Verdienst seinen Lohn, jedes Talent seine Verehrung; die guten Autoren genossen Ansehen; die Werke des Thukydides, des Xenophon fanden sich in den Händen aller; so schien denn jeder Bürger an der Berühmtheit jener Genies teilzuhaben, die damals Griechenlands Namen über den anderer Völker erhoben.

Bald danach bietet Rom uns ein ähnliches Schauspiel: dort sieht man Cicero, der durch seinen philosophischen Geist und durch seine Redekunst sich zum Gipfel aller Ehren aufschwang; Lukrez lebte nicht lange genug, um sein Ansehen zu genießen; Virgil und Horaz ehrte dieses königgleiche Volk durch sein Lob; Augustus gestattete ihnen vertraulichen Umgang, und sie hatten Teil an den Belohnungen, die dieser kluge Tyrann denen zuteil werden ließ, die seine Tugenden feierten, über seine Laster hinwegtäuschten.

In der Epoche der Wiedergeburt der Literatur in unserem Okzident erinnert man sich stets mit Freude des Eifers, mit dem die Medici und einige päpstliche Herrscher Männer der Literatur bei sich empfingen; man weiß, daß Petrarca zum Dichter gekrönt wurde und daß nur der Tod Tasso um die Ehre brachte, auf eben dem Kapitol gekrönt zu werden, das vorzeiten die Bezwinger des Universums im Triumphzug erreichten. Ludwig XIV., begierig auf jede Art von Ruhm, versäumte es nicht, die außergewöhnlichen Menschen zu belohnen, welche die Natur zuzeiten seiner Regentschaft hervorbrachte; er beschränkte sich nicht darauf, Bossuet, Fénelon, Racine, Despréaux mit Wohltaten zu überhäufen; seine Freigebigkeit erstreckte sich auf alle Männer der Literatur, egal welchen Landes, wenn nur ihr Ruf bis zu ihm vorgedrungen war.

So verfahren alle Zeitalter mit den glückhaften Genies, welche die menschliche Gattung zu adeln scheinen und deren Werke uns Erholung gewähren und uns über die Mißgeschicke des Lebens hinwegtrösten! So ist es denn nur zu gerecht, daß wir den Manen des großen Mannes, dessen Verlust Europa betrauert, Tribut zollen, den Tribut an Huldigung und Bewunderung, den er so sehr verdient hat.

Wir haben nicht vor, Messieurs, im Detail auf das private Leben des Monsieur de Voltaire einzugehen. Die Geschichte eines Königs muß aus der Auflistung des Guten bestehen, das er seinen Völkern angedeihen ließ, die eines Kriegsherren aus seinen Feldzügen, die eines Mannes der Literatur aus der Analyse seiner Werke: Anekdoten mögen die Neugierde unterhalten, Taten bilden. Doch da es unmöglich ist, die Vielzahl der Werke, die wir der Fruchtbarkeit des Monsieur de Voltaire verdanken, im Detail zu untersuchen, wollen Sie sich bitte, Messieurs, mit der flüchtigen Skizzierung, die ich Ihnen davon machen werde, zufriedengeben, wobei ich mich im übrigen darauf beschränke, die wichtigsten Geschehnisse seines Lebens nur zu streifen. Es hieße, Monsieur de Voltaire entehren, wollte man sich auf Erkundungen versteifen, die allein seine Familie angehen. Im Gegensatz zu jenen, die ihren Ahnen alles und sich selbst nichts verdanken, verdankte er alles der Natur: Er allein war das Werkzeug seines Glücks und seines Renommees. Es genügt zu wissen, daß seine Eltern, die dem Advokatenstand angehörten, ihm eine ehrbare Erziehung angedeihen ließen; er studierte am Collège de Louis-le-Grand bei den Patres Porée und Tournemine, die als erste die Funken jenes strahlenden Feuers entdeckten, von dem seine Werke erfüllt sind.

Wiewohl noch jung, wurde Monsieur de Voltaire dennoch nicht für ein gewöhnliches Kind gehalten: schon damals würde man seiner inneren Kraft gewahr; eben dies verschaffte ihm Zutritt zum Hause von Madame de Rupelmonde: diese Dame, entzückt von der Lebhaftigkeit des Geists und den Gaben des jungen Dichters, führte ihn in die besten Gesellschaften von Paris ein: die große Welt wurde für ihn zur Schule, in der sein Geschmack sich den feinen Takt, die Kultiviertheit und die Weltläufigkeit erwarb, welche die studierten und einsamen Gelehrten, die kaum wissen, was der feinen Gesellschaft gefallen kann, die zu weit außerhalb deren Gesichtskreises leben, um sie kennen zu können, niemals erlangen. Vor allem der Ton der guten Gesellschaft ist es, der in den Werken Monsieur de Voltaires vorherrschende Schliff, dem sie die Verbreitung verdanken, die sie genießen.

Als die Tragödie *Ödipus* und etliche heitere, gesellige Verse bereits erschienen waren, wurde in Paris eine ungehörige Verssatire auf den Herzog von Orleans, seinerzeit Regent von Frankreich, verkauft: Um jeden Verdacht von sich zu lenken, verfiel ein gewisser La Grange, Verfasser dieses Werks aus dem Dunkel, darauf, es unter dem Namen von Monsieur de Voltaire kursieren zu lassen; die Regierung handelte überstürzt; der junge Poet, ganz und gar unschuldig, wie er war, wurde verhaftet und in die Bastille gebracht, wo er einige Monate verblieb: doch da es der Wahrheit eigentümlich ist, früher oder später ans Licht zu kommen, wurde der Schuldige bestraft und Monsieur de Voltaire rehabilitiert und wieder auf freien Fuß gesetzt. Können Sie es glauben, Messieurs, daß es in der Bastille war, wo unser junger Poet die beiden ersten Gesänge seiner *Henriade* verfaßte? Doch es ist nur zu wahr: sein Kerker wurde für ihn ein Parnaß, wo die Musen ihn inspirierten. Tatsache ist, daß der zweite Gesang so geblieben ist, wie er ihn zuerst ersann: aus Mangel an Papier und Tinte memorierte er seine Verse und behielt sie auswendig.

Kurz nach seiner Freisetzung, empört über die unwürdige Behandlung und die Schande, deren Schmach er in seinem Vaterland erduldet hatte, zog er sich nach England zurück, wo ihm seitens der Öffentlichkeit nicht nur der schönste Empfang bereitet wurde, sondern wo er alsbald eine Anzahl von begeisterten Anhängern um sich scharte. In London legte er letzte Hand an die *Henriade*, die er dann unter dem Titel *Gedicht über die Liga* veröffentlichte. Unser junger Dichter, der alles zu seinen Gunsten einzurichten wußte, widmete sich, während er in England war, vornehmlich dem Studium der Philosophie; seinerzeit glänzten dort die weisesten und tiefgründigsten Philosophen; er griff den Faden auf, mit dem der umsichtige Locke sich selbst ins Labyrinth der Metaphysik geführt hatte, und um seine ungestüme Einbildungskraft im Zaum zu halten, unterwarf er sich den mühevollen Berechnungen des unsterblichen Newton: Er eignete sich die Entdeckungen dieses Philosophen so vortrefflich an, und seine Fortschritte waren so groß, daß er in einem Abriß das System dieses großen Mannes derart klar darlegte, daß es aller Welt verständlich wurde. Vor ihm war Monsieur de Fontenelle der einzige Philosoph, der, indem er die dürre Astronomie mit Blumen besäte, diese geeignet machte, dem schönen Geschlecht heiteren Zeitvertreib zu bieten. Die Engländer zeigten sich geschmeichelt, einen Franzosen zu sehen, der, nicht zufrieden damit, ihre Philosophen nur zu bewundern, sie sogar in seine Sprache übersetzte: alles, was es in London an Zelebritäten gab, beeilte sich, ihn zu besitzen; nie wurde ein Ausländer von dieser Nation freundlicher empfangen: doch wie schmeichelhaft dieser Triumph seiner Eigenliebe auch war, die Liebe zum Vaterland obsiegte im Herzen unseres Dichters, und er kehrte nach Frankreich zurück.

Die Pariser, nunmehr aufgeklärt durch das Lob, das eine ebenso gelehrte wie tiefsinnige Nation unserem jungen Autor gezollt hatte, begannen zu ahnen, daß in ihrer Mitte ein großer Mann geboren worden war. Jetzt erschienen die *Briefe über die Engländer*, in denen der Autor mit kräftigen und flinken Strichen die Sitten, die Künste, die Religionen und die Regierung dieser Nation zeichnet: die Tragödie *Brutus*, dazu angetan, einem freien Volke zu gefallen, folgte alsbald, desgleichen *Marianne* und eine Vielzahl anderer Stücke.

Damals lebte in Frankreich eine Dame, berühmt wegen ihrer Vorliebe für die Künste und Wissenschaften. Sie raten richtig, Messieurs, es ist die illustere Marquise du Châtelet, von der wir sprechen wollen. Sie hatte die philosophischen Werke unseres jungen Autors gelesen; bald lernte sie ihn persönlich kennen: Das Verlangen nach Bildung und der brennende Wunsch, die wenigen Wahrheiten, die dem menschlichen Geist zugänglich sind, zu vertiefen, knüpfte die Bande dieser Freundschaft enger und machte sie unauflöslich. Madame du Châtelet ließ sofort die Theodizee von Leibniz und die ingeniösen Romane dieses Philosophen fahren, um sie durch die umsichtige und behutsame Methodik Lockes zu ersetzen, weniger dazu geeignet, einen begierigen Wissensdrang zu stillen, als vielmehr die strenge Vernunft zu befriedigen; sie eignete sich die Mathematik in ausreichendem Maße an, um Newton in seinen abstrakten Berechnungen zu folgen; sie ließ sich sogar beharrlich genug darauf ein, um für ihren Sohn einen Abriß dieses Systems abzufassen. Binnen kurzem wurde Cirey der philosophische Zufluchtsort der beiden Freunde: hier schrieben sie, jeder für sich, Werke unterschiedlicher Gattungen, über die sie sich austauschten, dabei versuchten, gegenseitige Anmerkungen zu machen, ihre Hervorbringungen zur höchstmöglichen Vollkommenheit zu bringen. Dort entstanden *Zaïre, Alzire, Mérope, Sémiramis, Catilina, Elektra* und *Orest.*

Monsieur de Voltaire, der alles in die Sphäre seines Arbeitens einfließen ließ, beschränkte sich nicht nur auf das Vergnügen, mit seinen Tragödien das Theater zu bereichern. Ausdrücklich für den Gebrauch der Marquise du Châtelet verfaßte er seinen *Versuch über die Weltgeschichte;* die *Geschichte Ludwigs XIV.* und die *Geschichte Karls XII.* waren bereits erschienen.

Ein Autor von solchem Ingenium, ebenso vielseitig wie

präzise, entging nicht der Aufmerksamkeit der Académie Française; sie forderte ihn ein wie ein Gut, das ihr Eigentum war; er wurde Mitglied dieser berühmten Körperschaft und wurde eine ihrer schönsten Zierden. Um ihn gleichfalls auszuzeichnen, ehrte Ludwig XV. ihn mit dem Amt eines Kammerherrn und mit dem des Historiographen von Frankreich, das er gewissermaßen schon innegehabt hatte, als er die *Geschichte Ludwigs XIV.* schrieb.

Wenngleich Monsieur de Voltaire für so glänzende Zeichen der Wertschätzung empfänglich war, war er doch noch empfänglicher für Freundschaft; mit Madame du Châtelet unauflöslich verbunden, blendete ihn der große Hof nicht in dem Maße, daß er die Pracht von Versailles dem Aufenthalt in Lunéville vorgezogen hätte, noch viel weniger der ländlichen Zurückgezogenheit in Cirey. Die beiden Freunde genossen hier friedlich jenes Maß an Glück, das der Mensch genießen darf, als der Tod der Marquise du Châtelet diesen schönen Bund auflöste: es war ein vernichtender Schlag für Monsieur de Voltaires Empfindsamkeit, und er bedurfte seiner ganzen Philosophie, um standzuhalten.

Genau zu jener Zeit, als er all seine Kräfte aufbot, um seinen Schmerz zu dämpfen, wurde er an den Hof von Preußen gerufen; der König, der ihn im Jahr 1740 kennengelernt hatte, wünschte dieses ebenso seltene wie herausragende Genie zu besitzen; es war im Jahre 1750, daß er nach Berlin kam; nichts lag außerhalb seiner Kenntnisse; seine Konversation war so lehrreich wie unterhaltend, seine Einbildungskraft so funkelnd wie reich, sein Geist so schnell wie präsent: durch anmutige Phantasie machte er die Trokkenheit bestimmter Themen wett; mit einem Wort, er war die Wonne jeglicher Gesellschaft. Ein unseliger Disput, der sich zwischen ihm und Monsieur de Maupertuis entspann, entzweite die beiden Gelehrten, die dafür geschaffen waren, sich zu lieben, und nicht, sich zu hassen; und der Krieg, der 1756 ausbrach, weckte in Monsieur de Voltaire den Wunsch, sich in der Schweiz niederzulassen; er begab sich nach Genf, nach Lausanne; schließlich erwarb er Les Délices und richtete sich in Ferney ein. Seine Mußestunden teilte er auf zwischen Studium und Werk, er las und schrieb; so beschäftigte er durch die Fruchtbarkeit seines Ingeniums alle Buchhändler dieser Kantone.

Die Gegenwart Monsieur de Voltaires, die Aufwallungen seines Ingeniums, die Leichtigkeit seines Arbeitens überzeugten seine ganze Umgebung davon, daß man nur den Willen zu haben brauchte, um ein Schöngeist zu sein; es war wie eine Art epidemischer Krankheit, von der die Schweizer, die ansonsten nicht als zügellos gelten, befallen wurden; die gewöhnlichsten Dinge drückten sie nur noch mit Antithesen oder in Epigrammen aus: die Stadt Genf war von dieser ansteckenden Krankheit am heftigsten befallen; die Bürger, die sich mindestens als Lykurge erachteten, fühlten sich sämtliche befähigt, ihrem Vaterland neue Gesetze zu geben; doch keiner wollte denen gehorchen, die weiterbestanden. Diese von einem Drang nach falsch verstandener Freiheit bewirkten Gärungen waren Anlaß für eine Art Aufruhr oder Krieg, der bloß lächerlich war. Monsieur de Voltaire versäumte es nicht, dieses Geschehnis zu verewigen, indem er diesen sogenannten Krieg besang, und zwar in jenem Ton wie einst Homer den zwischen Ratten und Fröschen. Bald zeugte seine fruchtbare Feder Bühnenwerke, bald vermischte Schriften zur Philosophie und Geschichte, bald allegorische und moralische Romane: doch während er solcherart die Literatur mit seinen neuen Produktionen bereicherte, widmete er sich gleichzeitig der Landwirtschaft. Man gewahrt, wie sehr alles nur Denkbare den tüchtigen Geist reizt: Ferney war fast verödetes Land, als unser Philosoph es erwarb; er kultivierte es wieder; er bevölkerte es nicht nur neu, sondern siedelte dort auch eine Vielzahl Manufakturarbeiter und Künstler an.

Messieurs, rufen wir uns nicht allzu schnell den Grund unseres Schmerzes in Erinnerung; lassen wir Monsieur de Voltaire noch ruhig in Ferney und betrachten wir derweil aufmerksamer und bedachter die Vielzahl seiner verschiedenen Hervorbringungen. Die Legende berichtet, daß der sterbende Virgil mit der *Aeneis,* der er nicht die gewünschte Vollkommenheit hatte geben können, so wenig zufrieden war, daß er sie verbrennen wollte. Das lange Leben, dessen Monsieur de Voltaire sich freute, erlaubte ihm, an seinem

Gedicht über die Liga zu feilen, es zu verbessern und es zu dem vollkommenen Werk zu machen, das nun unter dem Namen *Henriade* bekannt ist; die Neider unseres Autors warfen ihm vor, sein Gedicht wäre nur eine Nachahmung der *Aeneis;* und man muß zugeben, daß sich Gesänge finden, in denen die Themen sich gleichen; doch handelt es sich nicht um knechtische Kopien: wenn Virgil die Zerstörung Trojas schildert, dann breitet Voltaire die Schrecken der Bartholomäusnacht aus; die Liebe von Dido und Aeneas vergleiche man mit der Liebe von Heinrich IV. und der schönen Gabrielle d'Estrée; dem Abstieg des Aeneas in die Unterwelt, wo Anchises ihm offenbart, welche Nachkommenschaft in ihm ihren Ursprung haben soll, halte man den Traum Heinrichs IV. entgegen und die Zukunft, die der heilige Ludwig ihm enthüllt, indem er ihm das Schicksal der Bourbonen verkündet. So ich meinem Empfinden Ausdruck verleihen darf, würde ich bei zweien dieser Gesänge dem Franzosen den Vorzug geben, nämlich bei dem über die Bartholomäusnacht und dem des Traums Heinrichs IV. Nur bei Didos Liebe scheint es, daß Virgil Voltaire überflügelt, denn der lateinische Autor fesselt und spricht zum Herzen, der französische Autor aber benutzt nur Allegorien: Will man jedoch die beiden Dichter ehrlich untersuchen, ohne Voreingenommenheit weder für die Antiken noch für die Modernen, wird man zugeben müssen, daß viele Kleinigkeiten in der *Aeneis* heutzutage in den Werken unserer Zeitgenossen nicht geduldet würden, wie zum Beispiel die Totenehrung, mit der Aeneas seinem Vater Anchises huldigt, die Fabel mit den Harpyien, deren Prophezeiung an die Trojaner, daß es ihnen so schlecht ergehen würde, daß sie ihre Teller essen würden, und daß diese Prophezeiung sich erfüllt, die Wildsau mit ihren neun Kleinen, welche die Siedlungsstätte bezeichnet, wo Aeneas ans Ende seiner Mühen gelangen soll, die zu Nymphen verwandelten Schiffe, der von Ascanius erlegte Hirsch, der den Krieg zwischen Trojanern und Rutulern auslöst, der Haß, den die Götter in das Herz Amatas und Lavinias gegen jenen Aeneas säen, den Lavinia am Ende heiratet; dies sind vielleicht jene Fehler, mit denen Virgil selbst unzufrieden war, die ihn den Entschluß fassen ließen, sein Werk zu verbrennen, und die nach dem Dafürhalten gerechter Zensoren die *Aeneis* unterhalb der *Henriade* rangieren lassen müssen. Falls bewältigte Schwierigkeiten das Verdienst eines Autors ausmachen, so ist gewiß, daß Monsieur de Voltaire mehr zu überwinden hatte als Virgil; Thema der *Henriade* ist die Unterwerfung von Paris durch den Glaubenswechsel Heinrichs IV. Der Dichter hatte also nicht die Freiheit, nach Belieben mit dem System des Wunderbaren zu walten; er mußte sich auf die Mysterien der Christen beschränken, an reizenden und malerischen Bildern viel weniger reich, als die Mythologie der Heiden es war. Den X. Gesang der *Henriade* kann man dennoch nicht lesen, ohne einzugestehen, daß die Zauber der Poesie über die Gabe verfügen, jedes behandelte Sujet zu adeln. Monsieur de Voltaire war als einziger mit seinem Gedicht unzufrieden: er fand, daß sein Held keinen hinreichend großen Gefahren ausgesetzt war und daß er daher weniger fesseln müßte als Aeneas, der keine Gefahr besteht, ohne in die nächste zu geraten.

Wenn man denselben unparteiischen Geist zur Untersuchung der Tragödien von Monsieur de Voltaire mitbringt, wird man hier und da gestehen, daß er Racine überlegen ist und daß er in anderen dem berühmten Dramatiker unterliegt. Sein *Ödipus* war das erste Stück, das er schrieb; seine Einbildungskraft war von den Schönheiten bei Sophokles und Euripides geprägt, und sein Gedächtnis erinnerte ihn fortwährend an die stete und fließende Eleganz Racines: getragen von diesem zwiefachen Vorteil wurde sein erstes Stück im Theater als ein Meisterwerk betrachtet; einige vielleicht zu gestrenge Kritiker fanden zu bemängeln, daß eine alte Jokaste in Gegenwart Philoktets eine fast erloschene Leidenschaft wiederaufleben fühle: aber wäre die Rolle Philoktets gestrichen worden, wäre man nicht in den Genuß der Schönheiten gekommen, die aus dem Gegensatz zwischen seinem Charakter und dem des Ödipus resultieren. Man fand, daß sein *Brutus* besser dazu geeignet wäre, im Londoner Theater als im Pariser gespielt zu werden, weil in Frankreich ein Vater, der seinen Sohn kaltblütig zum Tode verurteilt, für einen Barbaren gehalten wird; während in

England ein Konsul, der sein eigen Blut für die Freiheit seines Vaterlandes opfert, als ein Gott gilt. Seine *Marianne* und noch eine Vielzahl anderer Stücke zeugen von der Kunst und Fruchtbarkeit seiner Feder. Dennoch sollte nicht verheimlicht werden, daß Kritiker, vielleicht allzu unerbittliche, unserem Dichter vorwarfen, die Verknüpfungen in seinen Tragödien reichten hinsichtlich der Natürlichkeit und Wahrscheinlichkeit nicht an die in Racines Werken heran; schauen Sie sich, sagen sie, eine Aufführung von *Iphigenie*, *Phädra*, *Athalia* an: Sie glauben, einem Geschehen beizuwohnen, das sich ohne Zwang vor Ihren Augen entwickelt; beim Schauspiel *Zaïre* aber müssen Sie sich die Wahrscheinlichkeit vorgaukeln und gewisse Mängel, die Sie verstören, wohlgemut durchgehen lassen. Sie fügen hinzu, daß der zweite Akt ein Hors d'œuvre sei: Sie sind gezwungen, das Geschwätz des alten Lusignan durchzustehen, der sich zwar in seinem Palast befindet, aber nicht weiß, wo er ist; der von seinen vergangenen Waffengängen redet wie ein Oberstleutnant des Regiments Navarra, der Gouverneur von Peru geworden ist; man versteht nicht unbedingt, wie er seine Kinder wiedererkennt; um seine Tochter zur Christin zu machen, erzählt er ihr, daß sie auf jenem Berge sei, wo Abraham seinen Sohn Isaak dem Herren opferte oder opfern wollte; er bringt sie dazu, sich taufen zu lassen, nachdem Châtillon bezeugt, ihn selbst getauft zu haben; und das ist des Stückes Knoten: nachdem Lusignan diesen kalten und schleppenden Akt ausgefüllt hat, stirbt er an einem Schlagfluß, ohne daß jemand sich für sein Schicksal interessiert. Diesen Anschein hat es, denn es bräuchte einen Priester und eine Sakramentsfeier, um diese Verwicklung zu gestalten, wobei die Taufe durch die Kommunion hätte ersetzt werden können. Doch so begründet diese Bemerkungen sein mögen, beim fünften Akt vergißt man sie; die Anteilnahme, das Mitgefühl, das Erschrecken, das dieser große Dichter so überlegen hervorzurufen weiß, reißt den Zuschauer mit sich fort, der, erregt von so starken Leidenschaften, kleine Mängel zugunsten so großer Schönheiten vergißt. Man wird also darin übereinkommen, daß Monsieur Racine den Vorzug von etwas mehr Natürlichkeit und Wahrscheinlichkeit beim Knüpfen seiner

Dramen hat; und daß darin eine stete Eleganz, Üppigkeit, ein Fluß der Versifizierung herrschen, an die kein Dichter seither heranreichte: andererseits wird man, einige allzu epische Verse in den Stücken Monsieur de Voltaires ausgenommen, beim fünften Akt des *Catilina* darin übereinstimmen, daß er die Kunstfertigkeit besessen hat, Szene um Szene, Akt um Akt mehr zu fesseln und zum höchsten Grat der Katastrophe vorzustoßen: dies ist allerdings der Gipfel der Kunst.

Sein universales Genie umspannte alle Gattungen; nachdem er sich gegen Virgil versucht und ihn womöglich überflügelt hatte, wollte er sich mit Ariost messen; im Geschmack des *Rasenden Roland* schrieb er die *Pucelle;* dieses Gedicht ist keineswegs eine Imitation des ersteren; Fabel, Wunderbares, die Episoden, alles darin ist ursprünglich, alles darin atmet den Frohsinn einer strahlenden Einbildungskraft.

Seine geselligen Verse waren das Entzücken jedes Menschen von Geschmack; allein der Autor wurde dessen nicht gewahr, wiewohl weder Anakreon noch Horaz, Ovid, Tibull, noch irgendein Autor des schönen Altertums uns in diesen Gattungen ein Vorbild hinterließen, an das er nicht herangereicht hätte; mühelos zeugte sein Geist diese Werke; das befriedigte ihn nicht; er glaubte, man müsse siegreich die allergrößten Hindernisse überwinden, um eine wohlverdiente Reputation zu erlangen.

Nachdem wir die Talente des Dichters skizziert haben, wechseln wir über zu denen des Historikers. Die *Geschichte Karls XII.* war die erste, die er verfaßte; er wurde zum Quintus Curtius dieses Alexander: die Blüten, die er über seinen Stoff streut, ändern nichts am Wahrheitsgehalt; mit lebhaftesten Farben malt er die strahlende Tapferkeit des Helden aus dem Norden, seine Willensstärke in bestimmten Momenten, seine Starrköpfigkeit in anderen, die Zeit seines Glanzes und seine Mißgeschicke. Nachdem er an Karl XII. seine Kräfte erprobt hatte, versuchte er sich am Wagnis der *Geschichte des Jahrhunderts Ludwigs XIV.;* es ist nun nicht mehr der romaneske Stil des Quintus Curtius, dessen er sich bedient: er vertauscht ihn gegen den des Cicero, der in seiner

Rede für die Gesetzeseingabe des Manilius dem Pompejus huldigt: Es ist nun ein französischer Autor, der mit Begeisterung die berühmten Ereignisse jenes schönen Jahrhunderts darlegt; glanzvoll bringt er die Vorzüge zutage, welche damals seiner Nation den Vorrang vor anderen Völkern sicherten; die bedeutenden Genies zuhauf, die sich unter der Obhut Ludwigs XIV. zusammenfanden, die von einem zivilisierten Hof beschirmte Herrschaft von Künsten und Wissenschaften, die Fortschritte jeglichen Gewerbefleißes, jene Frankreich innewohnende Kraft, die seinen König gewissermaßen zu Europas Schiedsrichter machte. Dies einzigartige Werk verdiente es, daß die gesamte französische Nation, die er besser als irgendein anderer ihrer Schriftsteller gewürdigt hat, sich Monsieur de Voltaire dankbar verbunden fühlte. Wieder ein anderer Stil ist es, den er in seinem *Versuch über die Weltgeschichte* benutzt; der Stil ist hier kräftig und einfach; die Art, wie er bei dieser Geschichte verfährt, charakterisiert seinen Geist besser, als seine anderen Schriften es tun; hier erkennt man das Feuer eines überlegenen Ingeniums, das alles im großen Zusammenhang sieht, sich ans Wichtige hält und sich um Nebensächliches nicht kümmert. Dieses Werk wurde nicht geschrieben, um denjenigen Geschichte beizubringen, die sie nicht studiert haben, sondern um jenen, die sich in ihr auskennen, die wirklich wichtigen Dinge ins Gedächtnis zu rufen. Er hält sich an das erste Gesetz der Geschichtsschreibung, nämlich die Wahrheit zu sagen; und die Überlegungen, die er einstreut, sind keine bloßen Zutaten, sie entspringen dem Stoff selbst. Es bleibt uns noch eine Unzahl weiterer Abhandlungen Monsieur de Voltaires, die zu analysieren beinahe unmöglich ist; die einen befassen sich mit Themen der Literaturkritik, bei anderen sind es metaphysische Fragen, in die er Licht bringt, in wieder anderen sind es solche der Astronomie, der Geschichte, der Physik, der Rhetorik, der Poetik, der Geometrie; selbst noch seine Romane sind unverwechselbar; *Zadig, Micromégas, Candide* sind Werke, die zwar leichten Sinn zu atmen scheinen, aber moralische Bilder oder Kritiken etlicher moderner Systeme des Denkens beinhalten, wobei das Nützliche unzertrennlich mit dem Angenehmen vereint ist.

So viele Talente, so viele weitgefächerte Kenntnisse, in einer Person vereint, setzen die Leser in Verwunderung, gemischt mit Überraschung. Rekapitulieren Sie, Messieurs, das Leben großer Männer der Antike, deren Namen uns überliefert sind; Sie werden feststellen, daß ein jeder für ein einziges Talent stand. Aristoteles und Platon waren Philosophen; Aischines und Demosthenes Redner, Homer epischer Dichter, Sophokles tragischer Dichter, Anakreon heiterer Dichter, Thukydides und Xenophon Geschichtsschreiber; in nämlicher Weise waren bei den Römern Virgil, Horaz, Ovid, Lukrez ausschließlich Dichter, Titus Livius und Varro Geschichtsschreiber; Crassus, der alte Antonius und Hortensius beschränkten sich auf ihre öffentlichen Reden. Cicero, der Redner-Konsul, Verteidiger und Vater des Vaterlandes, ist der einzige, der verschiedene Begabungen und Kenntnisse in sich vereinte: Mit der großen Kunst des Wortes, die ihn all seinen Zeitgenossen überlegen machte, verband er ein gründliches Studium der Philosophie, so wie man sie zu seiner Zeit kannte; das macht sich in seinen Tuskulaner Gesprächen bemerkbar, in seiner wunderbaren Abhandlung über das Wesen der Götter, in jener über die Pflichten, das möglicherweise das vorzüglichste Werk zur Moral ist, das wir haben. Cicero war auch Dichter, er übersetzte die Verse des Aratos ins Lateinische, und man ist der Ansicht, daß seine Verbesserungen das Gedicht des Lukrez vervollkommneten.

So mußten wir denn die Spanne von siebzehn Jahrhunderten durchmessen, um in der Unzahl von Menschen, aus denen das Menschengeschlecht sich zusammensetzt, fündig zu werden; nur das Wissen des einzigartigen Cicero könnten wir dem unseres berühmten Autors vergleichen. Wenn ich mich so ausdrücken darf, kann man sagen, daß Monsieur de Voltaire allein einer ganzen Akademie ebenbürtig war. Es gibt Schriften von ihm, bei denen man vermeint, den mit allen Argumenten seiner Dialektik gewappneten Bayle wiederzuerkennen; andere, bei denen man glaubt, Thukydides zu lesen; hier ist es ein Physiker, der die Geheimnisse der Natur entdeckt, dort ein Metaphysiker, der, gestützt auf analoges Denken und Erfahrung, gemessenen Schrittes den

Spuren Lockes folgt. In anderen Werken stoßen Sie auf den Nacheiferer des Sophokles; auf dessen Spuren sehen Sie ihn dann Blumen ausstreuen; hier wiederum schnürt er sich den komischen Kothurn; doch scheint es, daß sein Geistesflug sich nicht damit begnügen mochte, sich nur bis zu Terenz und Molière aufzuschwingen; alsbald sehen Sie ihn Pegasus besteigen, der seine Flügel ausbreitet und ihn auf den Gipfel des Helikons versetzt, wo der Gott der Musen ihm seinen Platz zwischen Homer und Virgil zuweist.

So viele unterschiedliche Hervorbringungen und so große ingeniöse Unternehmungen machten schließlich lebhaften Eindruck auf die geistige Welt, und Europa applaudierte den überragenden Talenten von Monsieur de Voltaire. Man darf nicht glauben, daß Eifersucht und Neid ihn verschonten; all ihre Pfeile spitzten sie, um ihn zu fällen: Dieser den Menschen eingeborene Geist der Unabhängigkeit, der ihnen eine Abneigung auch noch gegen die rechtmäßigste Autorität einflößt, brachte sie noch heftiger gegen eine Überlegenheit der Begabung auf, an die ihre Schwäche nicht heranzureichen vermochte. Doch das Geschrei des Neids wurde vom stärkeren Beifall erstickt; Schriftsteller rechneten sich die Bekanntschaft mit diesem großen Mann als Ehre an. Wer auch immer Philosoph genug war, um allein das persönliche Verdienst anzuerkennen, stellte Monsieur de Voltaire weit über diejenigen, deren einziges Verdienst Ahnen, Titel, Ehrgeiz und Reichtümer sind. Monsieur de Voltaire gehörte zu jener kleinen Zahl von Philosophen, die sagen konnten: *omnia mecum porto.* Fürsten, Herrscher, Könige, Kaiserinnen überhäuften ihn mit Zeichen ihrer Wertschätzung und Bewunderung. Damit wollen wir nicht behaupten, daß die Großen der Erde Verdienste besser zu ehren wüßten; doch beweist dies zumindest, daß der Ruf unseres Autors sich so allgemein gefestigt hatte, daß die Häupter der Völker, weit davon entfernt, der öffentlichen Meinung zu widersprechen, vielmehr glaubten, ihr folgen zu müssen.

Doch da sich in dieser Welt überall das Gute mit dem Schlechten vermengt, widerfuhr es dem für den genossenen allgemeinen Beifall empfänglichen Monsieur de Voltaire, daß er ebenso empfindlich gegen die Stiche der Insekten wurde, die im Morast der Hippokrene-Quelle lauerten. Weit davon entfernt, sie zu strafen, machte er sie unsterblich, indem er ihre obskuren Namen in seine Werke einfließen ließ; doch bekam er von ihnen nur Tintenspritzer ab im Vergleich zu den rüderen Verfolgungen, die er seitens der Geistlichen zu erdulden hatte, die ihrem Stand nach einzig und allein Diener des Friedens sind und nur Barmherzigkeit und Wohltätigkeit hätten üben müssen: Von falschem Eifer so verblendet wie von Fanatismus verblödet, stellten sie ihm hartnäckig nach und wollten ihn durch Verleumdung erdrücken. Ihre Ignoranz ließ dieses Vorhaben scheitern; aufgrund mangelnden Verstands brachten sie die klarsten Gedanken durcheinander, so daß sie die Passagen, in denen unser Autor Toleranz anmahnt, so interpretierten, als enthielten sie atheistische Lehrsätze; und derselbe Voltaire, der alle Kräfte seines Ingeniums aufgewandt hatte, um die Existenz eines Gottes zu beweisen, vernahm zu seiner großen Verblüffung, daß er dessen Existenz verneint hätte. Die Galle, die diese frömmelnden Seelen so ungeschickt über ihn ausgossen, fand Zustimmung bei Leuten ihres Schlags, doch nicht bei jenen, welche auch nur die leiseste Ahnung von dialektischem Denken hatten. Sein wahres Verbrechen bestand darin, daß er die Laster so vieler Prälaten, welche die Kirche entehrten, in seiner Geschichte nicht feige bemäntelt hatte; daß er, wie Fra Paolo, wie Fleury und viele andere, ausgesprochen hatte, daß Leidenschaften den Lebenswandel von Priestern oftmals mehr beeinflussen als des Heiligen Geistes Hauch; daß er mit seinen Werken Abscheu vor den abscheulichen Schlächtereien einflößt, zu denen falscher Eifer trieb; und daß er schließlich diese stumpfsinnigen und frivolen Streitereien, denen Theologen sämtlicher Sekten soviel Wichtigkeit beimessen, voller Verachtung behandelte. Lassen Sie uns hier anfügen, um das Bild zu vollenden, daß alle Werke Monsieur de Voltaires kursierten, sobald sie aus der Presse kamen, und daß zu gleicher Zeit die Bischöfe voll heiligen Ingrimms sehen mußten, wie ihre Hirtenworte dem Wurm zum Fraße wurden oder in den Läden schimmelten. Dergestalt ist das Denken törichter Priester beschaffen. Man würde ihnen ihre Dummheit verzeihen, würden ihre miserablen Syllogismen nicht die Ruhe des Privatmanns beeinträchtigen; alles, was die Wahrheit zu sagen erheischt, ist, daß eine so falsche Dialektik hinreicht, um diese bösartigen und verachtenswerten Wesen zu charakterisieren, die, indem sie von Berufs wegen ihre Vernunft einkerkern, öffentliche Scheidung vom gesunden Menschenverstand feiern.

Da es hier darum geht, Monsieur de Voltaire zu rechtfertigen, dürfen wir keine der Anschuldigungen, die gegen ihn erhoben wurden, verheimlichen: die Scheinfrommen beschuldigten ihn überdies, die Ansichten Epikurs, Hobbes', Woolstons, des Lord Bolinbroke und anderer Philosophen dargestellt zu haben; aber ist es nicht evident, daß er sich, weit davon entfernt, diese Meinungen durch etwas zu bekräftigen, das jeder andere ihnen hinzufügen könnte, damit zufriedengibt, Berichterstatter eines Prozesses zu sein, in dem er das Urteil seinen Lesern anheimstellt? Und mehr noch, so Wahrheit das Fundament der Religion ist, was hätte sie dann von all dem zu fürchten, was die Lüge gegen sie ersinnen kann? Monsieur de Voltaire war hiervon so überzeugt, daß er nicht glaubte, daß die Zweifel einiger weniger Philosophen den Sieg über die göttlichen Eingebungen davontragen könnten.

Aber gehen wir weiter, vergleichen wir die in seinen Werken herrschende Moral mit jener seiner Verfolger: die Menschen sollen sich wie Brüder lieben, sagt er, ihre Pflicht ist es, sich gegenseitig zu helfen, die Last des Lebens zu tragen, in dem die Summe der Übel größer ist als die des Guten; ihre Meinungen sind so unterschiedlich wie ihre Physiognomien; weit entfernt davon, sich gegenseitig nachzustellen, weil sie nicht das gleiche denken, sollen sie sich darauf beschränken, durch kluge Einwände das Urteil jener zu korrigieren, die im Irrtum leben, ohne hierbei Argumente durch Eisen und Feuer zu ersetzen; mit einem Wort, sie sollen ihren Nächsten so behandeln, wie sie selbst von ihm behandelt werden wollen. Spricht hier Monsieur de Voltaire oder ist es der Apostel Sankt Johannes, oder ist es gar die Sprache des Evangeliums? Dem wollen wir die praktische Moral der Heuchelei und des falschen Eifers entgegenstellen; diese bringt sich wie folgt zum Ausdruck: Löschen wir doch diejenigen aus, die nicht denken, was wir sie denken lassen wollen, räumen wir die beiseite, die unsere Ehrsucht und unsere Laster enthüllen; Gott sei der Schild unserer Untaten, sollen die Menschen sich nur gegenseitig zerreißen, möge Blut fließen, wen schert's, wenn nur unsere Autorität zunimmt; laßt uns Gott unerbittlich und grausam machen, damit der Wegezoll vorm Fegefeuer und dem Paradies unsere Einkünfte mehre. So also dient die Religion den Leidenschaften des Menschen oftmals zum Vorwand, und so also wird durch seine Verderbtheit die reinste Quelle des Guten zu der des Bösen!

Weil das Anliegen Monsieur de Voltaires so edel war, wie wir es eben gezeigt haben, empfing er das Lob aller Tribunale, in denen der Vernunft mehr Gehör geschenkt wurde als geheimnisschwangeren Sophismen; welche Verfolgung durch den Haß der Theologen er auch erdulden mußte, er machte einen Unterschied zwischen der Religion und jenen, die sie entweihen; jenen Kirchenmännern, deren Tugenden die wahre Zierde der Kirche waren, ließ er Gerechtigkeit widerfahren; er tadelte nur die, deren verderbte Gesittung sie zum öffentlichen Ärgernis machte.

So verbrachte denn Monsieur de Voltaire sein Leben zwischen den Verfolgungen durch seine Neider und der Bewunderung seiner Anhänger, ohne daß der beißende Spott der einen ihn erniedrigt und der Beifall der anderen seine Meinung über sich aufgebläht hätte; er gab sich damit zufrieden, die Welt aufzuklären und durch seine Werke Liebe zur Literatur und Menschlichkeit einzuflößen. Nicht zufrieden damit, moralische Vorschriften aufzustellen, predigte er Wohltätigkeit durch sein Beispiel; er war es, dessen mutige Unterstützung der Familie Calas zu Hilfe kam, er war es, der für die Sache der Sirvens in die Schranken trat und sie den barbarischen Händen ihrer Richter entriß, er war es, der den Chevalier de La Barre wieder zum Leben erweckt hätte, wenn er Wunder hätte wirken können. Wie schön ist es doch, daß er aus der Tiefe seines Schlupfwinkels seine Stimme erhebt und daß die Menschlichkeit, deren Organ er ist, die Richter zwingt, ungerechte Urteile abzuändern! Könnte Monsieur de Voltaire nur diesen einzigen Wesenszug für sich verbuchen, so verdiente er es, der geringen Zahl wirklicher Wohltäter der Menschheit zugerechnet zu werden. Philosophie und Religion beschreiben also im Zusammenklang den Pfad der Tugend: Prüfen Sie, welcher der christlichere ist, der, wo ein Magistrat eine Familie grausam zwingt auszuwandern, oder der, wo die Philosophie sich ihrer annimmt und ihr Beistand gewährt; der Richter, der sich des Schwerts des Gesetzes bedient, um einen leichtfertigen Menschen zu töten, oder der Weise, der das Leben eines jungen Mannes retten will, um ihn zu bessern; der Henker von Calas oder der Beschützer dessen verzweifelter Familie? Das ist es, Messieurs, was das Andenken Monsieur de Voltaires denjenigen immer teuer machen wird, die mit empfindendem Herzen und einem Inneren geboren wurden, das zu Gefühlen fähig ist! Wie kostbar auch die Gaben des Geistes, der Einbildungskraft, das Emporstreben des Genies und umfassende Kenntnisse sein mögen, diese von der Natur nur selten verschwendeten Geschenke sind dennoch menschlichem Handeln und Güte nie überlegen; man bewundert erstere, letztere segnet und verehrt man.

Welche Bekümmernis es mir auch bereitet, Messieurs, mich auf immer von Monsieur de Voltaire zu trennen, ich spüre doch den Augenblick nahen, in dem ich den Schmerz abermals anfachen muß, den uns sein Verlust zufügt. Wir ließen ihn in der Ruhe Ferneys zurück; geschäftliche Angelegenheiten bewogen ihn, sich nach Paris zu begeben, wo er rechtzeitig genug einzutreffen hoffte, um einige Reste seines Vermögens aus einem Bankrott zu retten, in den er sich verwickelt fand. In sein Vaterland wollte er nicht mit leeren Händen zurückkehren; seine zwischen Philosophie und Literatur aufgeteilte Zeit förderte das Entstehen einer Anzahl von Werken, von denen er stets ein paar als Vorrat zurückhielt: da er eine neue Tragödie verfaßt hatte, deren Gegenstand Irene ist, wollte er sie im Theater in Paris auf die Bühne bringen. Seine Gewohnheit war es, seine Stücke strengster Kritik zu überantworten, ehe sie dem Publikum dargeboten wurden; getreu seinem Grundsatz, zog er in Paris alle ihm bekannten Leute von Urteilsvermögen zu Rate, opferte dabei leere Eigenliebe dem Verlangen, seine Arbeiten der Nachwelt würdig zu machen; den einsichtsvollen Hinweisen, die man ihm gab, folgend, machte er sich mit Eifer und besonderer Inbrunst an die Korrektur dieser Tragödie; ganze Nächte lang goß er sein Werk um; und um Schläfrigkeit zu vertreiben oder seine Sinne neu zu beleben, nahm er Kaffee im Übermaß zu sich: fünfzig Tassen jeden Tag waren kaum genug für ihn; diese Flüssigkeit, die sein Blut in heftigste Zirkulation brachte, erhitzte ihn in einem Ausmaße, daß er, um diese Art hitzigen Fiebers zu dämpfen, zu Opiaten griff, von denen er so starke Dosen nahm, daß sie, anstatt sein Leiden zu lindern, sein Ende beschleunigten: bald nachdem er so achtlos zu solchem Mittel gegriffen hatte, trat eine Art Lähmung auf, welcher der Schlagfluß folgte, der seine Tage beschloß.

Wenngleich Monsieur de Voltaire von schwacher Konstitution war, wenngleich Kummer, Sorge und großer Fleiß an seinen Kräften zehrten, wurde er doch vierundachtzig Jahre alt. Sein Leben war dergestalt, daß immer der Geist über die Materie triumphierte: es war eine starke Seele, die einem fast transparenten Leib ihre Kraft mitteilte: sein Gedächtnis war verblüffend, und bis zu seinem letzten Atemzug bewahrte er sich alle Fähigkeiten des Denkens und der Phantasie. Mit überschwenglicher Freude will ich Sie, Messieurs, an die Bekundungen von Bewunderung und Dankbarkeit erinnern, welche die Pariser Bevölkerung diesem großen Manne während seines letzten Aufenthalts in seinem Vaterland bezeugte! Es geschieht selten, doch es ist schön, wenn die Öffentlichkeit gerecht denkt und schon zu Lebzeiten diesen außergewöhnlichen Menschen Gerechtigkeit widerfahren läßt, welche die Natur von Zeit zu Zeit hervorzubringen geruht, auf daß sie bereits von ihren Zeitgenossen jenes Lob erfahren, das die Nachwelt ihnen mit Gewißheit zollen wird. Man sollte davon ausgehen, daß ein Mann, der alle Scharfsichtigkeit seines Ingeniums darauf verwandte, die Größe seiner Nation zu feiern, einige Strahlen davon auf sich selbst zurückfallen sähe: das spürten die Franzosen, und mit ihrer Begeisterung haben sie sich würdig gemacht, am Ruhmesglanz teilzuhaben, den ihr Landsmann über sie und das Jahrhundert ausgebreitet hat. Doch kann man glauben, daß eben dieser Voltaire, dem das unchristliche Griechenland Altäre errichtet hätte, der in Rom Statuen bekommen hätte, dem eine große Kaiserin, Beschützerin der Wissenschaften, in Petersburg ein Denkmal errichten wollte; kann man glauben, frage ich, daß ein solches Wesen je mutmaßen konnte, daß es seinem Vaterlande an dem bißchen Erde mangeln würde, um seine Asche zuzudecken? Wie denn, in diesem 18. Jahrhundert, das aufgeklärter ist als alle vorangegangenen, in dem der Geist so viele Fortschritte gemacht hat, finden sich Oberpriester, barbarischer als die Heruler, würdiger, bei den Wilden zu leben als in der französischen Nation, die blind von falschem Eifer, trunken von Fanatismus, verhindern wollen, daß an einem der berühmtesten Männer, die Frankreich je hervorgebracht hat, die letzten menschlichen Pflichten erfüllt werden? Aber eben dies hat Europa mit einer Mischung aus Schmerz und Entrüstung erleben müssen. Doch wie groß auch immer der Haß und die feige Rachsucht dieser Rasenden sind, die solcherart Leichnamen zusetzen wollen; weder das Geschrei des Neids noch ihr entfesseltes Geheul werden das Andenken an Monsieur de Voltaire beflecken. Das mildeste Los, das sie erwarten können, ist, daß sie selbst und ihre bösen Ränke auf alle Zeit von den Nebeln des Vergessens verschlungen bleiben; während das Gedenken an Monsieur de Voltaire von Zeitalter zu Zeitalter zunehmen und seinen Namen in die Unsterblichkeit tragen wird.«

Editorische Notiz

Die vorliegende Auswahl aus der Korrespondenz zwischen Friedrich II. von Preußen und Voltaire basiert auf der historisch-kritischen Edition, der vorzüglichen dreibändigen Ausgabe *Briefwechsel Friedrichs des Großen mit Voltaire* – auf französisch nach den verbürgten Originalen oder deren früheren Abdrucken – in den ›Publikationen aus den K. Preußischen Staatsarchiven‹, die Reinhold Koser und Hans Droysen zwischen 1908 und 1911 besorgten, sowie auf dem dazugehörigen Ergänzungsband, den Hans Droysen, Fernand Caussy und Gustav Berthold Volz 1917 herausgaben. Vom späteren Auftauchen bedeutsamer oder auch weniger gewichtiger Originale ist dem Herausgeber dieser Auswahl nichts bekannt geworden. Die Auswahl gibt etwa ein Drittel des als authentisch überlieferten Briefaustauschs wieder. Da kein vielbändiges »akademisches« Kompendium entstehen sollte, wurde auf die Wiedergabe zahlreicher Billetts, insbesondere aus Voltaires Potsdamer Zeit, verzichtet, deren Anspielungen kryptisch geworden sind, auf die Wiedergabe von Briefen, die weder neue Themen erschließen, noch bereits angeschnittene vertiefen, vielmehr bereits Gesagtes variieren, wiederholen. Das ist der Fall etwa bei Schreiben, in denen Voltaire immer wieder seine Anhänglichkeit an den preußischen Briefpartner bekundet. Der vorliegende Band gibt indes wohl alle Entwicklungsstufen einer über vierzigjährigen Beziehung wieder, schließt alle Themen ein, die Friedrich und Voltaire zur wechselseitigen Mitteilung reizten.

Die Wiedergabe der umfangreichen Gelegenheitspoesie kann immer nur ein Notbehelf sein: der Sinngenauigkeit wurde der Vorrang vor willkürlicher Versifikation eingeräumt.

Ein Personenregister wäre im Falle dieser Ausgabe eine unsinnige Aufblähung: Es gibt in der Korrespondenz Zeitspannen, in denen wenige Gestalten – etwa Émilie du Châtelet bis zu ihrem Tod 1749 – fortwährend gegenwärtig sind; andere Personen der Zeit – etwa der Tragödiendichter Gresset oder der Apotheker Stahl – werden nur in Nebenbemerkungen gestreift.

Friedrichs *Éloge de M. de Voltaire,* die dieser Ausgabe – welche diese Korrespondenz erstmals wieder zugänglich macht – hinzugefügt ist, erschien 1778 in Berlin »Chez G. J. Decker, Imprimeur du Roi«.

Schlussbemerkung

Fast immer wie mit leichter Hand schrieben sich Friedrich II. von Preußen und Voltaire Briefe, die nicht ihresgleichen haben.

Der Briefwechsel kann als erster kontinuierlicher europäischer Austausch auf höchster Ebene bezeichnet werden, zwischen einem deutschen Regenten, der die Landkarten, und einem französischen Philosophen, der das Denken veränderte.

Voltaire und Friedrich sahen sich fünf Mal, am längsten während Voltaires Berliner Aufenthalt, der vom Sommer 1750 bis zum Frühjahr 1753 dauerte. Bis auf wenige längere Schreibpausen blieben die Briefe das Tête-à-Tête von »Apoll« und »Mars«.

Gewaltig ist die Zeitspanne, die beider Korrespondenz umfaßt. Ein halbes Jahrhundert spiegelt sich wider in fulminanter Post. Sie reicht von Berichten über die Siedlungsbemühungen von Friedrichs Vater, des Soldatenkönigs, in Ostpreußen bis hin zur triumphalen Rückkehr des alten Voltaire ins Paris vor der Französischen Revolution.

Im August 1736 nähert sich der 24jährige preußische Kronprinz dem 42jährigen Voltaire, der mit mehr Bravour und Effekt als jeder andere versucht, die Ideale eines neuen Geistes zu verbreiten. Der Franzose kämpft für ein vorurteilsloses Denken, für Toleranz, die Erlösung des Menschen vom Joch fragwürdiger Autoritäten, für die Ausrichtung des Lebens auf ein tätiges freies Verantwortungsgefühl. Und Voltaire bejaht den Genuß des Diesseits. Bis in sein Todesjahr 1778, 42 Jahre lang, bleibt es für beide hochrangige Briefpartner ein entscheidendes Anliegen, in Theorie und Praxis, durch Demaskierung von Würdenträgern aus Staat und Kirche, durch Gesetzesreformen, die Urbarmachungen ungastlicher Gegenden, durch aktive Nächstenliebe die neuen Ideale wirksam werden zu lassen. In den dunklen Schöpfungsplan, über den sie diskutieren, wollen sie als Humanisten eingreifen.

Es ist nicht sinnvoll, an dieser Stelle die Ursachen, das Wesen und die Auswirkungen der Aufklärung nachzeichnen zu wollen. Brief-, absatz- oder satzweise liefert der Austausch zwischen Kronprinz und Philosophen im Exil, dann zwischen jungem König und Freigeist, Kriegsherrn und wohlhabendem Dramatiker, schließlich zwischen dem »Eremiten von Sanssouci« und dem »Patriarchen von Ferney« beispielhafte Zeugnisse für das Verlangen des ›Jahrhunderts des Lichts‹, das irdische Jammertal zu einem freundlicheren Wohnort zu gestalten.

Was die Korrespondenz an Zeitgeschehnissen, Geistesfragen, Problemen beim Reisen, Fährnissen in Krieg und Frieden im einzelnen aufgreift, ist schwer einzukreisen.

Alles Erlebte und Gedachte kann Anlaß zur Mitteilung sein.

Fülle und Reichtum dieser Post umschließt bleibend Gültiges und Kurioses, Heiteres und tief Bewegendes. Das stets eindringlich Berichtete reicht von den Ausgrabungen, die den römischen Ursprung von Rheinsberg in Brandenburg beweisen sollen, von den energischen Versuchen moderner Philosophen, sich der amtschristlichen Kandare zu entledigen, von gleichzeitig und persönlich durchgeführten physikalischen Experimenten in Preußen und Lothringen bis zum Scheitern eines Herrn Delisle als Berliner Bibliothekar. Nur nach Voltaires Flucht aus Preußen 1753, den hochkarätigen Schimpfkanonaden des beleidigten Monarchen, der nachfolgenden spektakulären Gefangennahme des Franzosen in Frankfurt am Main tritt zwischen beiden Briefpartnern ein beredtes Schweigen ein. Erst die Selbstmordpläne des Preußenkönigs im Siebenjährigen Krieg und die rettenden Trostbriefe Voltaires entfachen das Gespräch neu.

Bis zu Voltaires spätem Ausruf an den *Alten Fritz*: »So ist es denn wahr, Sire, daß die Menschen am Ende doch hellsichtig werden«, rollt vor dem Leser eine abendländische Welt in all ihren Vermischungen, Verschränkungen, Selbstvergewisserungen und ihrer utopischen Kraft ab.

Während Voltaire zeitlebens mit Theaterstücken, Epigrammen, Satiren, Pamphleten – und mit seinem Konversationsgenie – die gebildete Welt auffrischt und antreibt, ist es bisweilen Friedrich, der handfestere Fortschritte bei der Verbesserung der Welt vermelden kann: »Ich war in Preußen, um die Leibeigenschaft aufzuheben, barbarische Gesetze zu reformieren und vernünftigere zu verkünden, um einen Kanal einzuweihen, der Weichsel, Netze, Warthe, Oder und Elbe verbindet, um seit der Pest von 1709 darniederliegende Städte wiederaufzubauen, zwanzig Meilen Sumpf trockenzulegen …«

Im Namen von möglichst viel Glück, Wohlfahrt und Selbstbestimmung auf Erden verhält sich Voltaire 1753 jedoch nicht weniger eindrucksvoll, als er dem absolutistischen Freund die detaillierte Rechnung darüber aufmacht, was es kostet, ihn, einen freien Mann und Denker, verhaften und erniedrigen zu lassen. Bei diesen Frankfurter Geschehnissen handelt es sich exemplarisch um den Konflikt zwischen dem Wohlverhalten eines Bürgers und Untertans und der freien Daseinsentfaltung. Zweifellos gehört auch Voltaires Brief vom Dezember 1740, in dem er mit katholischen Glaubensfanatikern, insbesondere aber auch mit Mohammed abrechnet, zu den massivsten und spannendsten Dokumenten des Zeitalters der Emanzipation von vorgefertigten und anbefohlenen Lebensregeln: »Der Geist der Milde zeugt Brüder, jener der Intoleranz aber Ungeheuer.«

Das kollegiale aufklärerische Verhalten beider Briefpartner, von König und Philosoph, findet seinen Höhepunkt nach 1765, als es gilt, den zum Tode verurteilten vermeintlichen Kruzifixschänder Morival d'Étallonde aus Nordfrankreich vor dem Zugriff der religiösen Rechtsprechung zu retten. Diesem Zusammenwirken von Voltaire und Friedrich entspräche es, wenn heutigentags Menschenrechtsorganisationen und Regierungen Hand in Hand arbeiteten, um von Diktaturen Verfolgten wieder zu Recht und Freiheit zu verhelfen.

Doch die Korrespondenz gerät beileibe nicht zu einem Tugendspiegel, in dem nur segensreiche Ambitionen und gute Taten zu sehen wären. Zu temperamentvoll und eigenwillig bleiben die Partner. Zwischen drei blutigen Eroberungskriegen um Schlesien ist es Voltaire, der den schwer berechenbaren und mächtigen Brieffreund plötzlich mit unglaublicher Kühnheit zu attackieren wagt: »Werden Sie denn niemals aufhören, Sie und Ihre Amtsbrüder, die Könige, diese Erde zu verwüsten, die Sie, sagen Sie, so gerne glücklich machen wollen?«

Jahre danach kann sich der friedvoller und skeptischer gewordene Preußenkönig nur darüber wundern, was der vom Freiheitskampf der Griechen berauschte Schöngeist vom Genfer See ihm abverlangt: »... während Sie in Ihren Werken eine Kunst [die Kriegskunst] verschreien, die Sie infernalisch schimpfen, muntern zwanzig Ihrer Briefe mich auf, mich in die orientalischen Wirren zu mischen. Vereinen Sie, so Sie können, diese Widersprüche ...«

Eine endgültige Formel, die persönlichen Ehrgeiz und Friedfertigkeit, Geltungsdrang und Arbeit für das allgemeine Wohl in sich vereinen würde, fanden der nervöse Voltaire und der zwiespältige Monarch natürlich auch nicht – es sei denn in Friedrichs Alterswort: »Leben und leben lassen« oder in Voltaires zeitloser und offener Beschwörung eines letztlich sinnvoll gelebten Lebens: »Wir müssen unseren Garten bestellen.«

Im Vergleich zu Briefwechseln späterer, bürgerlicher Zeiten, in denen ein anderer, privater Ton vorherrscht, entfaltet das schriftliche Zwiegespräch zwischen Voltaire und Friedrich noch einmal alle Möglichkeiten der antiken, der klassischen, der vorrevolutionären Redekunst. Von Huldigungen, in denen Tadel mitschwingt, über Angriffe, die eine Zuneigungserklärung beinhalten, vom raschen Gelegenheitsgedicht über das Zitat, das den Bildungsschatz des Weltmanns zeigt, wird kaum ein stilistisches Mittel ausgelassen, um Informationen und Erwägungen in eleganter Manier an das Gegenüber weiterzuleiten. Die Gestalten Antoine Watteaus schiffen sich mit graziöser Geste zur Insel Kythera ein. Friedrichs und Voltaires Elogen, Bonmots, Metaphern und Epigramme gehen auf Reisen, um zur Insel der gediegenen Freundschaft zu gelangen.

Zwischen den Girlanden der souveränen Unterhaltungskunst wirken dann die verschiedenen Gefühlsentladungen um so eindringlicher, in denen Friedrich 1753 den umtriebigen Voltaire kurzum als »Premierminister Cesare Borgias« abkanzelt, oder wo Voltaire – nicht weniger direkt – den preußischen Entfesseler mehrerer Kriege als »Aderlasser der Nationen« tituliert.

An unerschütterlicher Verbundenheit lassen am Ende jene Formulierungen nichts zu wünschen übrig, in denen beide Umgestalter des Jahrhunderts – als sie wußten, daß es für sie auf Erden kein Wiedersehen mehr geben würde – einander ihre Zuneigung bekunden: »Bewahren Sie einen Menschen, den ganz Europa, vor allem ich, vermissen würde, wenn er nicht mehr existierte.« Oder seitens des alten Voltaire in der Schweiz: »Sire, als Sie krank waren, war ich es selbstverständlich auch, und gleich Ihnen versuche ich mich trotzdem in Prosa und Vers, wiewohl bei meinen Versen und bei meiner Prosa nichts Sonderliches herauskam; ich kam daher zu dem Schluß, daß ich dazu geschaffen war, bei Ihnen zu leben und zu sterben; und daß es ein Mißverständnis war, wenn das nicht so gekommen ist.«

Kein Zweifel, bis vor die Todespforten bleibt Voltaire auf dem Terrain seines Französisch witziger und wendiger als Friedrich, der zuweilen allerdings das strengere Denken für sich verbuchen kann. Die französischen Briefe des Königs, jedem Franzosen sofort als hohe Schreibkunst erkennbar, gehören zur besten literarischen Prosa im Deutschland des 18. Jahrhunderts.

In seinen zu Lebenzeiten absichtlich nicht veröffentlichten *Mémoires pour servir à la vie de M. de Voltaire* hält Voltaire über seinen königlichen Gastgeber von 1740, 1743 und 1750 unter anderem fest: »... seine Neigung galt nicht dem weiblichen Geschlecht.« Die gelegentliche Briefanrede des Franzosen »Ich träume von meinem Prinzen, wie man von seiner Geliebten träumt«, wird man dennoch nicht wörtlich nehmen können. Der Philosoph und Dichter liebte Frauen, zuerst eine Madame de Rupelmonde, später Émilie du Châtelet, wenngleich Vergeistigung und Abstinenz früh ineinander überzugehen scheinen. Die Korrespondenz zeugt nichtsdestoweniger von einer Freundschaft, welche die üblichen Formen sprengt, sogar die des Jahrhunderts des »Freundschaftskults«.

Die ersten Schreiben vor Friedrichs Thronbesteigung ähneln höfischen Verbeugungen, Menuettschritten, Kratzfüßen.

Doch dem Ertasten und Erkennen des anderen, angesprochenen Wesens mittels philosophischer Fragen schließen sich alsbald die Zeiten bizarrer Konflikte an. Friedrich untersagt deutlich, daß sein Freigeist mit der Lebensgefährtin in Berlin eintrifft. Im Gegenzug wechselseitiger Besitzansprüche ist es für Voltaire während seiner Potsdamer Jahre unerträglich, daß ein anderer – zum Beispiel Monsieur de Maupertuis – bei Friedrich in höherer Gunst stehen könnte als er selbst. Die eifersüchtige Verbundenheit kippt, gleichsam nach den Regeln der Liebe, in einen ebenso feurigen Haß um, als Friedrich den unbezähmbaren Schriftsteller nach seinem heimlichen Entweichen aus Preußen in Frankfurt festnehmen und nachdrücklich demütigen lässt. Voltaire reagiert bald darauf mit der Idee, Kampfwagen zum Zerstückeln der preußischen Truppen zu entwickeln.

Die beiden ichbezogenen Männer vermochten nicht, dauerhaft miteinander zu leben. Ebensowenig konnten sie für längere Zeit ohne Neuigkeiten voneinander bleiben.

Erst im Alter und aus sicherer Distanz fanden beide zu einem Ton und zu einem fürsorglichen Arrangement, das an Philemon und Baucis denken lässt, das einvernehmliche alte Paar, das einander nach aufgewühltem Leben begreift und uneingeschränkt würdigt. »Ich habe vom Sultan Mekka-Balsam zum Präsent bekommen, somit aus erster Hand. Falls Ihr Arzt meint, daß die Anwendung dieses Balsams Ihnen förderlich sein könnte, würde ich Ihnen gern ein Fläschchen davon zukommen lassen.« So Friedrich 1776 an Voltaire, zwei Jahre vor dessen Tod in Paris. Und Voltaires Abschiedsgruß vom qualvollen Sterbelager nach einem halben Jahrhundert der Zugehörigkeit vermag weiterhin zu Tränen zu rühren: »Leben Sie länger als ich, um all die Reiche, die Sie begründet haben, zu befestigen. Möge Friedrich der Große der unsterbliche Friedrich sein!«

Friedrich II. oder der Große und Voltaire, ja, beinahe ›Fritz & François‹ schrieben und diktierten ihre Briefe auch für die Mit- und Nachwelt, und es lässt sich vielleicht noch anfügen: Was eine *Champagnerbahn* ist, muß unklar bleiben, aber der Übersetzer und Herausgeber hat sich – angesichts dieses Austauschs – eine lange glückliche Zeit auf einer solchen befunden.

Hans Pleschinski